U0747037

清詩話全編

道光期十五

張寅彭　編纂
張宇超　朱洪舉　點校

上海古籍出版社

第十五册目次

石樵詩話

石樵詩話提要

《石樵詩話》八卷，據道光二十九年湖湘採珍山館刊巾箱本點校。撰者李樹滋，字直喬，號石樵，湖南湘潭人。坐館爲生。石樵説詩甚通達，如不以叠韵、和韵及用古人韵爲嫌，反謂其能「限韵悟詩」，「足撥開性靈」，非學博才大者莫辦，蓋「繫鈴者能解鈴也」（卷四）。此即較袁隨園通達。又謂「阮步兵《詠懷》、陳拾遺《感遇》自是古今絶唱。或謂皆篡賊之黨，不當存其詩，迂哉其論也」（卷二）。此則較養一齋爲通達。評詩亦絶無唐宋門户之限，所謂「吾不知其爲漢魏爲唐宋也」（卷七）。故全書所録嘉道間人詩，律細調昂，不主一格，氣象頗爲闊大。其中湘潭桑梓之地，採擷尤爲充分。自國初張文炳以下，有所謂「新張詩學」；陶仲調（汝鼐）五古《湖南寇事詩》凡千餘言，全録之；曾國藩其時已被許爲「卓然一大詩宗」。又極重七古歌行一體，於其章法、用韵、長短句式皆詳爲界説，舉出張度西（九鉞）《浮沉石歌》全首用對仗爲創例，識甚精。所録歐陽俊《題秦皇壓氣臺》「六國併吞秦鼎定，不趨正路趨别徑。築城曾把胡兒防，築臺又把王氣鎮。築城拒胡胡亥亡，築臺壓漢漢高振」云云，復得七古堂皇正大之氣也。又能賞「境地不高而工整絶倫」者之美，鍊字如「夕陽尋上樓」之「尋」，「涼風搜客衣」之「搜」；佳句如「坐久苔痕欲上衣」，「漫訝家貧無四壁，家無四壁好看山」；對句如「文撑王勃腹，詩繡杜陵腸」，「岐黄舊業肱三折，元白新詩手一編」，似此佳例俯拾皆是，雖未云超邁唐宋，而已自不遑多讓矣。石樵詩識大方，故全書録族親友人詩甚夥，而仍能不俗，可謂晚近湖湘詩學之一力作也。

石樵詩話卷一

湘潭李樹滋直齋纂

詩話始於宋歐陽公，自後作者，大約不出紀事、論詩、感舊三種。然以詩紀事，唐人《麗情集》、《本事詩》已肇其端。計敏夫《唐詩紀事》因之，當別爲一書。若論詩，則詩人各有得力處，不相爲謀，以一律求之，無異刻舟求劍。惟感舊則就立言者一人之見聞，或朋從、或先輩，隨時劄記，既不爲劉季緒之詆諆，又不涉裴安期之附會，爲篋中之藏焉，自無不可。至詩話中考證則始於周益公《二老堂詩話》，亦詩話中別調，自不可少。第專以此見奇，則又似《演繁露》、《名義考》諸書，非詩話體矣。

吾鄉謚恪勤公陳總漕鵬年，山河竹帛，不朽固不在詞章也。然其爲詩，不事雕琢，動合唐音。《爲朱公聖題徐士荞畫障》云：「徐顛吾楚之奇士，飄然巾舃飛仙樣。平生善畫兼善酒，畫興方豪酒無量。有時懶發不可醫，筆研凝塵封十丈。京口作客懶尤劇，一月不出滄江上。紫陽主人素好客，招邀屢促看山杖。況有阿咸作酒人，醉墨淋漓神乃王。信宿何勞腹劈藏，束帽紛披意酣暢。同時過我意氣豪，手持新畫山水障。老樹參差絶磴閒，夕陽杳靄横烟嶂。紫翠千重與萬重，細路微茫迷去向。頽唐古塔似雷峰，縹緲天池疑雁宕。不應未着畫中人，滄洲老子天所放。同君痛飲三百杯，春溪踏碎桃花浪。」公生而剛正，忤當軸，繫江寧獄。時趙恭毅公申喬出都，過其地，奉天語浙江督撫：「還我活陳鵬年。」其忠忱格君如此。袁簡齋枚爲之立傳。公號滄洲，著有《道榮堂詩文集》。

陸中丞朗夫，清操自勵，閒涉書史，爲樸實有用之學。巡撫湖南時，總制以閱兵抵長沙，陸迎入廨，所食皆菽乳菜蔬，訝之。曰：「天久不雨，地方官戒殺清齋，故所食如此。」總制素豪侈，歸寓，悉徹其豐膞。人嘉總制之知過，而益歎公清德感人之速也。公詩瀏亮真切，《偶感》云：「知己未妨當代少，浮名深恐後人聞。」《廣園同阮唐山同年作》：「苛節删於相熟後，淡懷長似訂交初。」公諱耀，吴江人。没之日家無長物，其友徐貢生嘆之曰：「一貧至此，即不死亦難度日矣。」今入祀鄉賢祠。

鐵中丞保，字冶亭，東鄂氏，滿洲人。少以詩名，尤工書法。北人論書，以劉相國石庵、翁鴻臚覃溪，及中丞爲鼎足。嘗選滿洲人詩百二十卷爲《熙朝雅頌》。中丞詩以雄渾勝。《雨中過鄒縣望嶧山》云：「嶧陽千仞鬱崔嵬，雨濕芙蓉面面開。碑碣字消秦帝後，風雲氣擁岱宗來。山川地有參天勢，鄒魯人多曠世才。我欲登高停使節，隔溪空翠濕龍煤。」《登攝山最高峰》云：「危峰崱屴千巖外，瘦削芙蓉入渺冥。龍虎氣蒸鍾阜白，金蕉影蘸海門青。時平莫問山多隱，僧老方知藥有靈。欲訪江郎舊亭館，碧雲紅樹幾飄零。」又《即事》云：「愁裏逢春驚老至，中年生女當兒看。」用意皆極警動。「文章本天成，妙手偶得之。」此語信然。李西巖相國《過采石磯口占》云「五風十雨梅黄節」，正在求對不得，程篁敦隨應聲曰：「二水三山李白詩。」真天造地設，非解人不能索也。

順治己丑，王師平潭，以潭人多貳於勝朝，下令殲焉。邑人唐魏子有詩紀之云：「黑雲壓江雪盈尺，夜半渡馬三萬匹。將軍醉飲不離鞍，斫關潛遣精騎逸。自注：諸帥大宴。寒城燈火雜人聲，賊耶子耶疑虚實。須臾毳帳百重圍，笳葉不吹謀大密。平明捧出屠城令，親點紅旗三千卒。番刀霍霍吼向晨，父老手猶抱降帙。魄奪全無痛噫聲，血殷只與溝渠溢。腕臂半脱鬆被衣，頭顱倒擲雙折膝。初捕複壁及廢井，漸識假髡犯禪室。摩抄頂辮信手芟，就中鑒别百不失。令不殺僧，僞者不免。墮樓若個紅顔人，子女悉掠。解圍那用書生筆。幕客數百士。鼠雀食盡不爲城，與就生烹寧潰出。拄撐八萬身首誰，可數者八萬。聚萃賢愚成蟣虱。鬼哭猶聞問十家，高季，號十家子。愁煞回探歸馬疾。不知何處活七人，僅存七姓。涕泣髣髴爲予述。大殺連三小殺五，自辛至戊凡六七。己丑孟春正月日。」魏子名世徵，順治辛丑進士，出宰玉山。尤西堂序其詩謂「蕭然而秋風，鬱然而雲雨。粲然而湘娥笑，淒然而山鬼愁」，信不謬云。

宋梁文靖公克家《梅花》詩云：「九鼎燮調終有待，百花羞澀敢言芳。」用王沂公之意，亦魁天下，位宰相。本朝張文端公英爲諭德時，《咏梅》云：「嘉名他日傳調鼎，記取蟠根在草萊。」王漁洋見之曰：「此宰相語也。」後亦果驗。三公貴顯，皆於咏梅兆之，亦一奇也。

康熙中開博學鴻詞科，湖南獲舉者，王了庵徵君岱而已。鴻博已入選，爲忌者擠去，宰澄海，卒，澄立祠祀之，與韓、陸二公配享焉。楚詩竟陵之後多墮入魔道，至徵君始起而振之，時人以與漢陽王孟穀戩並稱「二王」。其詩尤精五律，《觀音巖》云：「靈鷲飛何日，青蒼面此巖。佛身依洞長，僧舍傍山嵌。石乳泉成雨，年深樹補岩。我來尋往跡，蝙燕語呢喃。」子禹書亦能讀父書，詩境高渾，雅近韓、陶。《碧泉對月》云：「半壁壓石陰，烟霧蒼莽深。久之風榛開，孤光吐泉心。月英化寒露，清彩凝空潯。隱隱合潭氣，碧散青蒼林。」

《困學紀聞》中有云：「秀幹終成棟，精鋼不作鈎。」包孝肅拯之志也。「人心正畏暑，水面獨摇風。」豐清敏稷之志也。又云：「更無柳絮隨風舞，惟有葵花向日傾。」見司馬公之心。「浮雲世事改，孤月此心明。」見東坡公之心。愚按丁謂詩云：「天門有九重，終當掉臂入。」王元之謂其奸邪。王荆公詩：「今人未可輕商鞅，商鞅能令政必行。」楊元素謂覩其行事，已頗類之矣。是不特君子之志可知，小人之志亦無不可知也。

嫦娥奔月事，詩人多用之。本於《淮南子・覽冥訓》：「羿請不死之藥於西王母，恒娥竊以奔月，悵然有喪，無以續之。」注云：「恒娥，羿妻。」張衡《靈憲》作「姮娥」，其言比《淮南子》爲詳。楊升庵謂「古者羲和占日，常儀占月，儀、俄音近，因訛爲嫦娥。」袁簡齋復引一説，謂「奔月爲坋肉之誤」。翟晴江則謂「好事者寓言，其造爲名字，即取《詩》『日升月恒』義耳。唐人避穆宗諱，宋人避真宗諱，凡經籍『恒』字，多改爲『常』，時人因亦呼恒娥爲常娥，或並改其字爲嫦。字書惟《正字通》收之，可見其沿俗也」。至《太平廣記》言：「嫦娥奔月，後復還爲羿妻。月中自有主者，爲結璘，非嫦娥。」益繆悠不可究詰矣。

邑周伯孔聖楷，淹雅淵博，談古今事若列眉。嘗自謂以才運書，則可導河源於腕底，規建章於硯北。以雅資博，則酌群言而攻瑕奏新，準至理而露文抒性。生平著作浩繁，而《楚寶》一書，尤資掌故，入國朝《四庫全書》存目，近年鄧翁湘皋又爲之重梓焉。詩奇瑰鴻麗，能不落古人窠臼。《咏昭山》云：「嶽氣静好雲中蹲，餘巒靡不伏而犇。九向九背至昭山，却與嶽麓相吐吞。辟之巨祖衍其派，特起亦能壓諸𡶶。我廬去山三十里，山下能高雲在水。朝看暮看沙鳥飛，嵐光樹光屋簷裏。每乘清景嘯空舲，晴渌峰文浄如洗。古云名士名山産，愧聞此語面發赧。山川美惡錫由人，名士遨遊帝所簡。不見嶺巖何地無，謝朓青山常在眼。」

鄉前輩胡虞繼，詩如景星慶雲。國初時，名噪天下。著有《芝廬唱酬集》、《榆林詩鈔》。假歸，著《南旋集》，其境地則又高矣。《月夜偕謝康山何朝宗登觀湘樓》云：「如帶江流憶遠津，蘭華香草最彬彬。樓頭好月非無主，霧裏湘鬟若有人。漢水烟波長悵望，晉陵雲樹引蹄輪。西南歲晚猶行役，暫向龜欄一欠伸。」

張瓚《過昭陵灘》云：「江頭落日照平沙，岸曲帆迴帶影斜。撥刺魚驚知石磧，依微火聚認山家。一舟危渡如天上，雙槳輕摇送落花。險絶不須驚灩澦，蛟龍眠處慎無譁。」此間題詠甚多，無與抗手。

萬樓爲潭之勝境，凡韵士高人過此，必紀以詩，亦隨題隨失。舊閲邑乘注周聖權七律一首，渾厚沖和，視後來之徒矜豪氣者，大有純駁之别。句云：「岸花明媚接芳洲，三月江風送客遊。臺閣初成延勝蹟，山川有待識名流。野烟窈窕村中樹，帆影參差檻外舟。清絶瀟湘堪唱和，競將韵事一時收。」

秦涵村文超，詩具錘鑪，尤工寄託。乾隆時，天下無不欽仰。摘其《泊鷓鴣磯》云：「暝色深林岫，輕舟尚數移。衆灘争水急，一鳥掠烟遲。星斗徵時會，江山寄别離。夜深猶默望，想見古人思。」

余伯華舅氏自入詞垣，即與顧太史元熙友善。每檢其小楷式帖，囑余朝夕臨摹，余竊瓣香奉之。嗣見其詩牌集字詩十首，俱名人吐屬。《采蓮曲》云：「藕舲半壁動烟水，度曲仙姬鶯七里。蘋沙雪皺衫痕肥，鳥夢釵叢漾羅綺。游蜂隔鬢撲零絮，欲刻榴瓊訪鳳使。楚臺人去藍橋風，老魚喧竹猿呼子。」

「丹虹飲島白波永，珠宫畫浣天衣影。霧絲飄錦紅香殘，一笛花陰引蘭艇。鳴璫拂窗翹鷺醒，荇罥裙紗緑雲冷。檀娃邀伴過儂家，海龍飛雨關南嶺。」

萬方伯荔門先生貢珍，政聲清簡，遐邇臚歡。而優待士林，尤多蒙其拔擢。詩近蘇、韓，有盱衡一代之概。九日雅集城南書院留别，黄樹齋先生爵滋贈以句云：「南邦耳目一番新，如此江山如此賓。檻外嵐光遲遠别，樽前帆影駛餘春。長沙太息匡時策，衡嶽流連採藥人。知有詩篇追吏部，可能回首憶兹晨。」方伯書法秀逸，尤冠絶一時。

桃花江爲屈大夫著《離騷》地，過者每多懷古之作，皆貌合而神離。近見益陽汪上舍紹瓚七律一首，沉着痛快，妙絶，無理學語障，聞者皆爲擊節。句云：「懷沙人去已千年，今古英雄絶可憐。緑水有情悲楚客，碧桃無主寄詩仙。愧争科第休題塔，愛讀《離騷》怕問天。兩岸漁歌聲未歇，寒風吹斷隔江烟。」上舍號少庵。

黎侍御樾喬先生吉雲，讀書以忠孝自勵。歲戊子，赴春闈，余與偕行。詩酒餘閒，輒以古今治術分别剖斷，如孟博出使時焉。及由詞垣改台諫，不争名，不立異，惟以忠君愛國爲心，故所論列皆關天下大計。昨歲引疾歸里，亦可退則退，初無容心於其間也。然雜宫錦於漁蓑，敢忘君賜；話玉堂於茅舍，更覺身榮。生平詩始學韓、蘇，近年則宗漢、魏。出都有《留别》詩八首，如香象渡河，羚羊掛角，幾於無迹可求。録其三云：「殘蟬已無聲，楚客今當歸。寸稟養頑鈍，悠悠經歲時。仰視蒼天高，正色無由窺。周道自挺挺，我行殊紛歧。省識轉惶惑，汗漫無耑倪。鑪薰就詹尹，緐偁滋然疑。人生要自審，進退命所司。吾其爲瓠樽，襆被從此辭。」「諫官非冗員，爲國肅紀綱。驄馬好威儀，繡豸美文章。一介田間來，居然繆所當。豈猶不足與，而有奢志萌。顧惟策萬里，駑劣豈宜襄。六載了無補，得不還耕桑。敬告同僚友，去就皆官常。昨者陳與朱，翩若鳧雁翔。」「幻想學那吒，骨肉還吾親。終知非了義，爲有心肝存。昔裦終天憾，便擬余佩捐。丙舍今當成，寢食依松阡。禮讓式閭里，詩書逮兒孫。仕隱有殊軌，羅衮皆君恩。百年會有盡，一息念所天。去去君門遠，魂夢長周旋。」

十年五過瀉江，間得其地之詩，亦旋於客中散佚。春間致書魏寯卿良、劉礪卿代英，囑録舊作。時二君鋭意科名，但云：「願以異日。」自是一江春漲，尺素難通，以爲此乃續選時事也。頃譚荔生持礪卿《題祝融峰看雲圖》詩一首，離奇變幻，氣旺神周，信名下真無虚士，而余平日之推仰，尤爲不謬。句云：「開元大素烟霞朧，堂懸萬丈晴雲圖。昌黎詩句開雲頂，至今雲氣猶衙衙。白衣蒼狗氣不化，神霄鬼物潛爲軀。矧兹朱嶽九千丈，離宫閃鑠西南隅。都疑山嶽孕靈怪，但見一氣包寰區。我思洪荒混沌死，陰陽爲炭乾坤鑪。造化小兒弄狡獪，古今變幻成須臾。譚子胸次有丘壑，凌雲意欲登天衢。下睨魚龍争洞穴，起視樓閣棲蓬壺。近談真經憶張子，頗識物理參太虚。青雲出山作霖雨，白雲在天不可呼。逍遥世外雲中君，塵世頫仰胡爲乎。我見君圖意清遠，我生豈爲形骸拘。五峰十洞觀止矣，欲往從之遊匡廬。匡廬飛瀑觀者誰，謫仙之子高陽徒。」豪宕蒼勁，真有不可一世之概。礪卿工書善畫，古文學昌黎，不徒得其形似。

長沙縣令王初田先生葆生，《題夢遊南嶽圖》詩，語必堅凝，意歸清俊，每覓其稿不得。頃荔生檢其三首之一，遂急付諸剞劂。句云：「一棹浯溪路，衡峰數往還。霞蒸丹檞嶺，烟罨緑蘿灣。回雁知何處，驂鸞證此班。山靈迎九面，一面我猶慳。」先生治理精明，一時稱爲循吏。

《題昭山》詩無四言者，惟馮一第有四言一首，純樸古雅，恰似《葩經》，握槧懷鉛之士，所當諷詠。詩云：「滙流二湘，參江一峙。列峰磅曲，仰抱湘水。迴帆無門，瀦波不駛。烟銷閣出，山滅江起。如嶽半峰，如雲層累。西岩漁父，九疑帝子。永懷來遊，空山月喜。」

題畫詩無寄託，直偃師戲耳。近見湯逸庵孝廉又新及張茂才新藻所題畫詞，縱横恣肆，直欲睥睨千古，真才人手筆也。逸庵《題伏虎圖》云：「視眈眈，欲逐逐，群獸莫如虎最毒。欲逐逐，視眈眈，虎性噬人何貪殘。有時火烈拔林舞，木葉紛紛落如雨。有時長嘯南山頭，驀然捲地風颼颼。掉尾那容續走狗，雄威直欲吞全牛。君不見，嵎可負，險可走。勇非叔段强非莊，善搏更誰誇赤手。何物深山顛和尚，一猛一顛兩相向。手揮蒲扇雲團團，霎時塵落千林端。匪劘其牙匪探口，竟爾一拜一稽首。願茲佛法長皈依，敢似從前作大吼。我聞深潭制毒龍，毒龍馴伏深潭中。又聞涿水駕赤鯉，赤鯉慴伏涿水裏。忽披此圖逾駭然，始信法力真無邊。世上豈止猛虎猛，凡間幾見顛僧顛。方今利口尠分剖，不減咆哮恣吞吐。願吾師顯大神通，收盡人間市中虎。」張號翰卿，《題宋道君畫鷹》云：「人君自有君人德，且不斤斤事翰墨。況復技小如丹青，一藝之長一臂力。嗚呼噫嘻宋道君，高名竟從畫鷹得。長空突出百鳥驚，聰明豈曰非天錫。昔有作者張僧繇，能使窺簾鳩鴿匿。後高孝行亦爲之，奮翮幾於欲破壁。如張如高都擅名，豈爲官家名稍抑。九重天子兩畫師，不圖工力乃悉敵。須臾胡馬壓空來，萬里營連鴉陣黑。兩河南北盡哀鴻，瞻烏無屋其誰適。胡不移此畫鷹心，拚救蒼生巢燕急。與驅烏合蜂蟻屯，曷畫蒼鷹使一擊。」

湘潭詩人惟張氏一門最盛，其來自國初者，人呼爲「新張」。新張詩學，皆開派於南麓先生之《鄰嶽堂集》。先生當擾攘之秋，流離播遷，不廢吟咏。嘗以其集呈王漁洋，漁洋署其端曰：「排宋入唐，追蹤老杜，即本朝三家亦避席，何況餘子。」推崇可謂至矣。兹摘其《望水簾洞》詩云：「洞靈源注晚峰巔，百丈遥看冷到泉。織女機頭抛練落，仙人簾内抱龍眠。翻騰玉宇濤生海，吐納朱陵雪滿天。我欲乘閒看醉石，笛聲嘹亮隔輕烟。」《靈隱寺》云：「舟窮路折接崔嵬，萬軸千巖一障開。石壁佛閒花散雨，洞門龍老夜轟雷。百年身世消清磬，三月湖天熟早梅。嬾煞黄鸝啼不得，冷泉亭上却飛來。」皆足開拓萬古心胸。又《滕王閣》云：「山横秀色春連楚，江急寒聲夜入湖。」《即事》云：「地迥日收丹壁秀，話閒天入午鐘清。」俱盛唐名調。先生諱文炳，舉人，以縣令終。

漁洋老人《秋柳》詩別有寄託，後人和韵之作，皆難出其範圍。邑李花潭少時亦和其韵，爲騷壇傳誦。録其一云：「百花依舊染藍衣，太息而今景物非。細雨池塘新燕少，夕陽門巷亂鶯稀。風翻荻葉搓絲老，雲點蘆花誤絮飛。莫問春明門外樹，宦遊人正恨睽違。」詞意清婉，不減漁洋丰致。花潭名湘甲，經術湛深，性情渾厚。成進士後，出宰湖北縣令，陞授漢陽同知。告疾歸里，遽赴玉樓，其嗣君亦相繼下世。廉吏、清才，一齊抹煞，殊可慟也。花潭素善度曲，著有《桃花夢傳奇》，藏於家。

異哉吕居仁之作《江西詩派圖》也，吾不知其去取之意云何。夫居仁在宋時，以詩得名，自言傳衣江西，乃自山谷以降，列陳師道、潘大臨、謝无逸、洪芻、饒節、僧祖可、徐俯、洪朋、林敏脩、洪炎、汪革、李錞、韓駒、李彭、晁冲之、江端本、楊符、謝薖、夏倪、潘大觀、林敏功、何顗、王直方、僧權善、高荷，合二十五人，以爲法嗣，謂其源流出豫章也。但山谷清新奇雋，自出機杼，誠爲别出一派。而所列二十五人，陳師道雖失之直，然學本於杜，在圖中端推傑出。若何顗、潘大觀，有姓名而無詩，王直方詩絶少，又無可考。且陳師道彭城人，韓駒陵陽人，潘大臨黄州人，夏倪、二林蘄人，晁冲之、江端本、王直方開封人，祖可京口人，高荷京西人，其不皆江西也明矣。如不定以江西人爲例，則同時秦少游亦爲吴人，日與山谷唱和，胡不入派？如必以江西人爲例，則同時曾文清贛人，又與居仁以詩往還，胡以又不入派？擇焉不精，語焉不詳，欲免後人之異議難矣。趙雲崧《咏廬山》詩云：「江西詩派江西人，從來多骨少肉筋。」則其爲派亦從可想已。

昔余客長沙，王壽卿讌集同人，有翩翩公子倜儻不群者，則李秀才文鶴也。余愛其清才雋宇，訂莫逆交，自是得接其尊人春橋先生。酒酣耳熱之時，以《湘萍賸草》見示，皆上窺漢魏，下涉三唐。兹録其《俠客詞》一首，餘可概見。詩云：「匣底卧龍吟，盱衡意氣深。偏多不平事，都上酒邊心。緩急人時有，恩仇我獨任。何慚天下事，韜晦薄華簪。」殊有建安風骨。其集中題詞，亦多名作。長白穆耕珊先生揚阿云：「邂逅遇佳士，好句寄心聲。何必論今昔，斯人獨性情。清言參妙諦，古誼重新盟。從誰拾生草，揮手自兹去，潯江别恨生。」江寧鄧制軍嶰筠先生廷楨云：「山水入遥唱，泠然笙磬音。從誰拾生草，復此奏瑶琴。客路關河老，交情縞紵深。海天孤艇上，爲爾一長吟。」時先生居制軍幕中，適制軍與林少穆尚書則徐查辦海口事件，舟中暇時所作也。少穆先生亦贈詩云：「詩人不樂以詩名，少作翻疑老更成。開盡紅蓮詞客艶，拾來香草故園情。鯨魚碧海奇能掣，雛鳳丹山韵又清。今日謫仙移櫂去，吟懷難遣踏歌聲。」其推重如此。余亦題有句云：「有子號稱名下士，讀公詩勝古人書。」

「桃符灑灑萬家屋，人海聲中轟爆竹。索逋客散馬脱閑，守歲詩成蛇赴壑。山人拈香燒華燭，爲即墨侯致湯沐。良田每每慶有秋，豚蹄報賽輯景福。倏兮醉飽神果靈，當筵自坦便便腹。忽來虬鬚中書君，跌宕凌空恣剥啄。云何禿我千兔豪，坐領芬芳玷詩祝。元香太守復申申，爾本頑然靦面目。緊余植身重圭璋，磨頂放踵胡太酷。楮生黧面同怨咨，侯自無言氣肅穆。山人眉笑謂三君，顧我嘗學斷斯獄。師克在和交有功，四友同文匪異族。我生真宰窮幽搜，粉本一一借川岳。諸侯藴藉兼風流，佐我臨池濯塵俗。流傳吟吻生奇香，照耀千秋賤球玨。烟雲供養將無同，稱耐久朋侯所獨。温而能厲恭而安，策勳第一理亦足。三君莞爾無異詞，相視莫逆倍肫篤。餕餘淺酌心陶然，胸中萬壑千巖矗。明年大有知頻書，四友德馨聚一軸。」此謝薌泉先生振足《題硯圖》詩也。濡染大筆，爲後學豎一標準。先生剛方正直，在朝時人皆畏其嚴厲，有「燒車御史」之名。著有《知耻齋詩集》。

湘潭於長沙爲劇邑，號稱難治。十年前，俞同甫先生昌會來視其事，渾厚精明，士民感如父母。吾友陳副車錫昌上樂府八章，頌其《賑災黎》云：「原上草，原上草，旱既太甚形枯槁。忽然雲油而雨沛，蓬蓬勃勃生機遂。小草豈無知，窮民亦如之。君不見，潭邑之衢通水陸，林林總總，不少鰥寡與孤獨。仁人哀此無告民，時給纊繒與糜粥。於鑠乎，寒者衣其德，飢者食其德，使君依然無德色。」他如紀其公平則有《潭州月》，紀其廉潔則有《湘江水》等作，皆非諛詞。乃治潭不過二三年，即擢陞太守。陳副車亦已下世，侯德固不能忘，而讀副車諸作，又頓增鄰笛之感矣。副車號潄薌。

詩有不謀而合者，一夕集同人茗談，賀鐵耕述《咏眼鏡》云：「料定此生離不得，我爲水母爾爲鰕。」辛木聞之，鼓掌曰：「余曾題《瞽丐牽犬圖》，亦用此典，君何先得我心也。」問其句，則曰：「料向前生問因果，一爲水母一爲鰕。」二詩題目不同，覺妙手拈來，頭頭是道。又湯日弆與吴北萱同咏《茶罏》，限「紅」字韻。正在思索間，湯忽拔案叫絶，謂得一妙句。吴曰：「君必是『紅』字韻，此妙我亦得之，但未得對句耳。君且勿言，各書於紙，以證異同。」及書就時，則皆是「火倩樵青一扇紅」之句，彼此大笑。余謂慧業文人，每心心相印。間見近人詩文，往往與古人胳合，而論者總謂其蹈襲雷同，正不知抱許多寃枉矣。

詩貴雄傑，能此者莫如張君筦侯之作。其《月下渡黄河》云：「無限榮光隱曜浮，軒車漸漸駐鳴騶。遠分山嶽來天上，直送魚龍到海頭。夜月一萍飄客使，曉風萬弩薄陽侯。洪濤涉盡不知險，大笑前身是斗牛。」《咏杜陵》云：「拾遺雄律横今古，亦在夔州以後詩。暮雨江聲寒涕淚，黄雲秋色老鬢髭。疎狂發嘯群猱落，困頓籌邊萬馬馳。剩有草堂長未覓，楚天孤處坐興思。」《飛將軍》云：「朔雪陰風幾度遼，將軍何定數嫖姚。短衣直盡關旁虎，隻尾難分座上貂。西漢功名歸牧豎，北平汗血付柴軺。餘威獨有焦銅識，怕向天山更射鵰。」《楚霸王》云：「五年父老虚延頸，千古風雲太慘顔。」《木蘭女》云：「燕頷率知飛食肉，蛾眉偏得學彎弓。」皆識力俱到之作。著有《潄石園詩稿》。筦侯名九鍵。

詩最不宜蹈襲，而古詩每令人覬覦。如昔人題釣臺云：「好了嚴子陵，虧了漢光武。子陵有釣臺，光武無寸土。」其用意可謂包一切、掃一切矣。而後有咏梁太子臺者亦云：「蕭梁無寸土，太子有高臺。」此明明託胎於此。又見《隨園詩話》中《戲馬臺》云：「儘教宿上歸劉氏，剩有斯臺與項王。」語雖委婉，其意不無雷同。吁，我口所欲言，已言古人口。以今日而言，詩非别具卓識，任如何推敲，皆前人殘膏賸馥耳。

湘陰茂才徐海宗並庚，工書，能詩。與余交垂二十年，每遇春秋佳日，輒酣吟朗詠。家無擔石，不計也。詩多蒼涼激楚，同人欲梓以傳世，因不得其全稿。兹録其《感懷》八首，已可見其才力。詩云：「窮骨何來五百金，不平鳴但有秋吟。朝霜漸上星星鬢，夜雨全寒寸寸心。少壯幾時將老大，廟廊無分即山林。焦桐料斷中郎聽，太息良材爨下音。」「悔抛躬稼攬征鞭，遠道輪蹄鐵易穿。噍羽哓音思樂國，哀絲豪竹感中年。洞庭柑橘何緣樹，杜曲桑麻未有田。五角六張長照命，不堪回首在山泉。」「邯鄲遊俠五侯賓，錯信天涯若比鄰。破屋果然成壯士，買絲終竟繡何人。凄凉紙帳梅花夢，齷齪泥巢燕子春。龍性未馴難自薦，飯牛歌久薄齊臣。」「借住青山足臥遊，采茶烹瓠六春秋。閉門但稱慵慵病，舉目都成黯黯愁。自斷此生休射虎，更無高會可椎牛。健見身手狂夫喙，含醉新豐犒馬周。」「亦有先人敝草廬，每思歸理舊樵漁。平生遠志無消息，垂老高堂重起居。貧裏家山堪墮淚，别來兒女漸知書。一身八口區區願，太上忘情總不如。」「墨池魚槁管城髡，百戰歸來有淚痕。夢裏侯王今白髮，眼中裘馬半朱門。世方貴士難高隱，天好生才易寡恩。筴卜篿占無一是，可憐顛倒楚王孫。」「絲桐在御不能歌，門指西州痛哭過。舊雨頭銜新鬼大，生憐心事死捐多。九原選士何倉卒，一代論交半折磨。富貴無忘言在耳，思量冥報已蹉跎。」「劍炊矛淅待雞鳴，長夜漫漫莽自驚。一息存猶思作苦，萬緣灰不到謀生。禽言豈有翻車粟，婦誶何堪戞釜羹。來日大難還日日，杞人憂患不分明。」又《挽妓》一聯云：「試問十九年磨折，却苦難來，如蠟自煎，如蠶自縛。没奈何羅網横加，曾語余云：君固憐薄命者，乃惜一援手耶？嗚呼，可以悲矣！憶昔芙蓉露下，楊柳風前，舌妙吴歌，腰輕楚舞。每盼酡顔之醉，常勞玉腕之扶。天台無此緣，會真無此遇，廣寒無此遊。縱教善病工愁，拚他憔悴；尚恁底談心遥夜，暗數雞籌。况平時裊裊婷婷，齊齊整整。詎圖三兩月歡娱，竟抛儂去。望魚常渺，望雁常空，料不定琵琶别抱。然爲渠計：卿豈昧夙根哉，而肯再失身也？若是，殆其死乎？迄今荳蔻香消，蘼蕪路斷，門猶崔認，樓已秦封。怕招紅粉之魂，枉墮青衫之淚。女媧弗能補，精衛弗能填，少君弗能禱。惟願降神示夢，與我周旋；更大家稽首慈雲，乞還鴛帖。願後日夫夫婦婦，世世生生。」音節蒼凉，詞情愷摯，因附録之。惜天不予以年，深爲悼惋。

邑明經馬悔初先生敬之，幼負神童之稱，自髫齡冠童子軍，即以高文典册，照耀儒林。生平讀書，搜奇愛博，摘異鈎新。又能抉取菁華，以供驅使，故其詩豪宕激楚，倜儻雄奇。凡横戈躍馬之士，見者無不俛首。頃從李雲根壁端見其《題沈粟仲先生畫幅》之句，清超中寓以澹曠，遂取以付梓。句云：「憶二百八十峰色，西湖如鏡照烟鬟。别來丘壑知何似，且畫湘中平遠山。」「老樹椏槎不入時，團蕉偃蹇帶疏籬。參軍無那宦情薄，許爲秋光屢賦詩。」

石樵詩話卷二

湘潭李樹滋直齋纂

長律須氣局嚴整，屬對工切，段落分明，而其要在開合相生，不露鋪叙、轉折、過接之迹，使語排而忘其爲排，斯爲能事矣。唐初應制、贈送諸篇，並稱佳妙，少陵出而瑰奇鴻麗一變，故方此爲開先手，後此無能爲役。

詩畫都根性情。近讀胡竹秋宗岱畫蘭，氣雋神清，如持萬斛秋光，足以療俗。其小阮筱吾質尤靈敏，嘗有句云：「萬壑風聲吼，一衾寒氣生。何堪此長夜，獨自坐深更。殘雪壓窗白，孤燈伴壁清。江東雲尚渺，形影自相親。」惜未冠而卒。

近人懷古詩有極工者。如丁禮門明府《女媧陵》云：「泰古人原憑結撰，洪荒天亦待彌縫。」《扁鵲墓》云：「從來國手回生易，自古人心療妬難。」張甄齋觀察《陳橋驛》云：「黄袍豈願欺周主，寶鼎何能讓晉王。」王香谷上舍《渚宫懷古》云：「空儲圖史傳忠孝，只少心肝對父兄。」皆妙有斷制，不落套語。

次韵詩能疊至十數次者，固由學博，亦關才大。曩見安化羅淇泉先生繞典與劉大泉、譚荔仙用工部韵互相唱酬，疊至十二、三次，如入山陰道中，步步引人入勝，真騷壇開山手也。摘其《贈荔仙》詩云：「憂思填胸苦未寬，苔岑結契足吟歡。西風煮茗秋逾淡，夜雨當窗夢亦寒。莫向侯門空鼓瑟，好從皇路慶彈冠。最憐明月秋江上，孤雁南翔不忍看。」「欲爲王郎歌莫哀，羈愁莽莽已千回。消磨歲月讀書畫，歷盡風霜歸去來。攬勝記尋裴相宅，問天誰訪屈原臺。離懷似醉非關飲，無限情波泛酒杯。」

余友李春城生平有三好，好詩、好酒、好客。昔年家資未落，過客之能詩、能酒者，必倒屣相迎。且於凡善舉，時復罄所有以濟，如伍愛山、張謙庵之刻詩集，春城之力居多。所作詩不雕不琢，而自然清綺。其《述懷》云：「我性多癖好，嗜酒如嗜學。經史味深醇，諸子皆糟粕。肴核百家文，醞釀深宏博。所以終日醉，持螯竟大嚼。世味了不知，仰首視寥廓。得遇飲中仙，相與洗盞酌。偶爾酒缾空，三日作大惡。床頭一甕滿，閒愁殊不着。吾家老青蓮，於我留衣鉢。醉來草新詩，醒後都忘却。親友視之笑，家人顧而樂。三萬六千日，百年亦夢覺。有能從吾遊，醉鄉真可託。不見劉伯倫，持鍤豈云錯。不見老山公，接羅亦倒著。我亦猶斯耳，獨據鸕鷀杓。胡盧一笑間，清風滿山閣。」春城名林現，著《自醉吟樓詩集》，待梓。

昔有以房屋質人而出遊者。吴雲臺題其壁云：「主人自有風塵樂，盡讓園林鳥鵲居。」用意頗涉詼諧。頃見歐陽辛木題《小瀛洲觀河圖》詩，可謂風流藴藉。句云：「勝跡荒凉歲幾經，小瀛洲畔舊茅亭。忍看杜老千行墨，長揖湘君兩眼青。畫裏尚留詩補夢，樓頭誰貯酒盈瓶。何時魏宅千緡贖，拚向花前醉不醒。」「且喜君能守一經，無端回憶子雲亭。人當勝地誰頭白，畫可傳家亦汗青。兩代江河新卷軸，六時花草舊銀瓶。披圖應有箕裘感，十載園林夢易醒。」蓋先是黄谷音築廣廈於星郡，其間亭臺樓榭，花柳池魚，俱極幽雅，顔之曰「小瀛洲」。後典去，主人猶戀戀不捨。其子雲舫因繪圖索詩，一時和者，語多激楚，未免唐突西施。辛木此詩，感慨中又寓慰藉之意，故佳。

余平日論詩，最喜尚才氣。近自湘陰吴雲臺外，則僅見吾友歐陽辛木梓。辛木天懷曠達，自七歲拈韵，即學李、杜、韓三家，本朝詩則最喜趙雲崧、張船山所作。以趙之意矯，張之筆超也。稿中佳什，不及備載。摘其《咏零露臺》云：「轉眼樓臺夕照紅，昔時漢武氣熊熊。可憐勝跡悲零露，無復英雄起大風。運會何堪歌薤葉，仙人空自泣金銅。高名千載難磨滅，避暑猶思覓桂宫。」《雨花臺》云：「荒凉遺蹟暮雲浮，説法當年意可求。五代直如花過眼，千秋誰識棒當頭。布衣罩帳興王地，剩蘂殘香故國秋。莫更臺城傷往事，禍根早伏亂臣謀。」其沉鬱頓挫，真是才人手筆。七古則天馬神龍，不可方物。如《題李海槎乘槎破浪圖》云：「書生奇氣塞天下，不在功名在圖畫。雷雨經綸會有時，豈忍埋頭伏廬舍。李生意態何昂藏，豪興忽發神飛揚。群流洶洶束不得，騰上仙槎去如擲。人疑君作張騫遊，支磯石畔多風流。修到神仙愁更甚，吾縱可欺仙不肯。又疑君自五湖來，茫茫烟水清吟懷。人生未履富貴地，浮家泛宅談何易。我知君意大不然，不願學逸叟，不願求神仙。已被老天强生我，我用我法無不可。但恐此權天奪之，輪環顛倒如沙泥。耳目手足皆束縛，遂使終日不得揚吾眉。再欲跳出劫灰外，執彼之法將焉施。何如衝波去萬里，一任白日扶桑馳。馮夷鼓浪鯨張口，鱗蟲瑟縮駭且走。天亦不忌真英雄，百怪消滅匿群醜。風雲變態須臾間，龍争吟兮虎怒吼。凡物得志皆軒渠，即此知君大抱負。吁嗟乎，尺寸之地安如山，令我對此開心顔。我欲將身化爲石，亦倩畫師圖入丹青間，看君擊櫂大海何時還。」辛木，籲卿弟也。

阮步兵《咏懷》、陳拾遺《感遇》，自是古今絶唱。而或謂阮爲司馬昭作勸進牋，陳仕武后建明堂議，皆簒賊之黨，不當存其詩。迂哉其論也，必如所云，則漢之李陵降匈奴，蔡邕仕董卓，建安七子自孔文舉外，無一不爲曹氏用。而晋之潘安仁亦黨賈氏，陸士衡亦抗王師，其詩皆不當存。自唐以下，詩人尤指不勝屈。渠胡不一一摘之，獨集矢於二人，何爲乎？且即以二人論，其心猶不無可原。按阮嘗登廣武，發英雄之嘆，絶司馬之求昏，而「丹淵」一歌，其感慨尤深，勸進之作，安知非權宜免禍？武后朝，周興、來俊臣以羅織助惡；楊再思、閻朝隱以諂柔固寵。陳以區區一拾遺，屢進讜言，雖不能比於梁公之乃心唐室，較五鬼、四其御史等不有愈乎？王船山著《通鑑論》，極爲刻覈，而於陳獨有恕詞，蓋有以諒其心矣。「蚍蜉撼大樹，可笑不自量。」此之謂也。

晏楂薌夫子，余業師也，與余先大父交最篤。余受業時，夫子年才五十，雅意栽培。每課文講經之餘，即將漢魏以來諸詩諄諄誨迪；今越三十年，猶服膺不置。邇來夫子年躋八秩，積藁如山，俱堪傳世。《樵夫詞》云：「鳥嚶嚶，獸麌麌，山自深，木自古。風落枯枝不藉斧，一肩挑過桃花塢。歌聲滿徑夕陽斜，歸與山妻治雞黍，閉户不妨三日雨。」有勸其爲暖老計者，喻以詩云：「卅載鰥居似守貞，累君憐我太多情。應知處士林和靖，抱着梅花過一生。」其風趣如此。又過余祖東垣公墓云：「隴西李東垣，耽吟到白首。其量如春風，其詩粹衆有。非鬼亦非仙，瓣香杜陵叟。幾度見余詩，説項不絶口。白雲峰外峰，紅杏酒家酒。詩酒易忘年，呼我爲小友。惜羈千里足，終負八叉手。迄今三十年，墓木拱林藪。自我徙州宅，桑梓契闊久。支衰扶杖來，念舊不敢苟。是詩春將暮，鵑啼微雨後。佇望馬鬣封，近在仙岡右。掛劍既已遲，不覺面沮忸。回憶卅載前，撫肩呼負負。」何肫摯乃爾耶？夫子名士謚，歲貢生。

詠史之詩，涉獵不深，則難於博大；鋪叙太甚，則難於清超。而一二飣餖家，每粘著一事，明白斷案，此又是史論，非詩格也。近見吾鄉張雲池履信詠史諸作，精警絶倫。《董仲舒》云：「墜緒難尋泗水濱，秦灰而後此傳薪。謀謨終古推三策，科目開天第一人。主父官聞遷謫者，公孫爵已錫平津。醇儒轉作驕王相，賈傅同悲死逐臣。」《太史公》云：「五十萬言推博洽，二千餘載費搜尋。龍門著述淵源在，蠶室煩冤感慨深。左氏以來誰抗手，孟堅之論未知心。壯遊燕趙多豪俊，奇氣縱横自古今。」《孫夫人》云：「王氣金陵秀獨鍾，孫郎威望震江東。誰知小妹香閨日，大有諸兄霸國風。列侍女官皆甲冑，于歸夫婿更英雄。獨憐哀怨同湘瑟，萬里蒼梧夕照中。」《宗留守》云：「呼天無計悟宸聰，老病猶聞勵鞠躬。直向劫餘争日月，更從刀上活英雄。北行君父冰霜裏，南渡朝廷涕淚中。千古武鄉遺恨在，大星無那隕秋風。」識力俱超，自足睥睨一世。

余昔館醴東時，閒與人酬和，而性情最洽者，則莫如李氏三秀才。一青培，號玉山。一青登，號金墀。其青麟號瑞卿者，余門下士也。三人皆能詩。玉山《題黄金臺》云：「干戈叢裏偶憑臨，板築登登殺氣侵。萬馬可能售白骨，千金何惜買丹心。燕人有幸饑飧雪，齊禍無端釀已深。七十餘城猶反掌，招賢名直到於今。」瑞卿《咏狄梁公》：「北斗以南一人耳，群賢都付藥籠收。力排鸚鵡回天日，冤雪綿衣不死秋。未有婁公頻薦士，那能武媚便低頭。東宫畢竟迎鑾後，還問當年國老不。」金墀胸懷灑落，下筆即見風雅，《題抱梅美人》云：「羅浮手植歲頻闌，清福須知領略難。自種自看還自抱，免他攀折到人間。」詩趣雖淡，而寓意深矣。

邑楊鶴皋雲松，近人中之衛叔寶也。十三歲補弟子員，隨食廩餼，幾幾乎有長風萬里之勢。惜長吉鬼才，未三十遽赴玉樓矣。其題《崔婆井》詩，人多傳誦。句云：「阿婆井畔閒沽醉，挈榼欲呼張道仙。祇須痛飲作清聖，不用移封到酒泉。石甃苔深蘸寒碧，斷碑藤老鎖蒼烟。武山山下桃源路，多少春風不賣錢。」井在常德府武山下，宋時張虛道士掘之，其水如酒，可市錢，藉以報崔婆者。鶴皋賦性幽雅，嘗於所居第傍植竹千百竿，各賦一詩，分刻於其上，一時播爲韵事。後遂以「竹舫」名其集。集中詩皆清雋，余猶愛其「晚燈孤寺磬，疎雨半潭星。敗葉呼風急，孤燈伴雨青」之句。

古來高人，多隱於岐黄，如漢之韓康，唐之孫思邈，代不乏人，而詩文不概見。獨本朝薛一瓢、徐靈胎以名醫兼爲詩人，與袁簡齋諸人交，爲藝林增一盛事。何賓田老人，邑名醫也，詩亦樸茂。《哭楊予和茂才》云：「自我湘灣居，君家結鄰里。尊祖吉亭公，風月接杖履。題詩萬竹間，尊甫亦繼起。回首卅餘年，流光一彈指。每念黄壚遊，清淚猶瀰瀰。那堪哭故人，又哭故人子。我今已衰年，那不管生死。憶君背父生，幼小即奇嶷。神采出端凝，世俗謝奢靡。手澤讀父書，膽丸課母氏。我叨癡叔呼，忘年到汝爾。酒陣出奇兵，詩城築高壘。洒落縱高談，過從無虛晷。每謂此子才，瀧表可立俟。豈期采芹香，尚虛折桂蕊。未登長吉年，已作長吉鬼。老親白頭摧，少婦紅顔毁。諸孤尚黄口，憑棺哭不止。哀感到路人，在旁不忍視。況我三世交，情極十分矣。吁昨病篤時，半月坐相倚。執手脉無言，含睟淚如洗。恨乏續命湯，汲取上池水。東風何顛狂，竟折瓊芳蔫。天既賦以才，胡爲促其紀。

理有不可明，數有不可解。手把《離騷》篇，茫茫問真宰。」他作甚多，不及備録。黎樾橋侍御嘗贈一聯云：「岐黄舊業肱三折，元白新詩手一編。」其仰重有如此者。

落花詩佳者最少，近見萬芷汀曾鈔得陶宫保雲汀先生澍詩六首，真冲容大雅，寄託遥深。詩云：「誰舞山香曲檻頭，砑光帽側欠風流。半欄紅雨三生夢，一夕東風滿院愁。薄命可堪人出塞，銷魂最是客登樓。天涯芳草關情處，不獨鵑啼未肯休。」「同日仙輿去盡忙，六銖空記舞霓裳。開窗怕見霏霏雨，掃徑深憐瓣瓣香。誤我來時剛半面，無人賞處剩孤芳。春江月色西斜夜，抱得琵琶訴别腸。」「剪剪風前意態工，者番芳信竟成空。羅裙有恨誰搴緑，錦襪臨歸尚印紅。浦口雲封春寂寂，樓頭香渺雨濛濛。瓊瑶滿眼多漂泊，莫更當筵唱惱公。」「見説神人喜御風，飄零此意豈天公。韶華老去春如寄，妙諦拈來色即空。玉樹底須歌法曲，扁舟竟自出吴宫。癡心付與閒蝴蝶，點點香堦拾剩紅。」「記得開樽玩月華，幾回銀燭照流霞。多情自把金鈴繫，試手曾將羯鼓撾。芳事易容春闃若，香泥不斷雨多些。輸他年少風流甚，收拾紅雲上帽紗。」「依約猶能襯舞衣，狂華餘慧悟來非。半垂簾幕人初去，重到園亭客竟稀。得勢自搏羊角起，尋芳合趁馬蹄飛。隔年小别渾閒事，贏得成林結實肥。」

趙介亭《踏青》詩云：「芳草緑縈蝴蝶夢，桃花紅碎杜鵑聲。」如初日芙蕖，新鮮可愛。

余方與一二舊雨縱談間，忽有人掀簾竟入，則江右周半醒也。半醒初耳余名時，抱恙難出，倩其同鄉者先通款曲，余時猶以爲誑，不意其生平大有詩癖也。談次述南京灼灼女史《懷外》云：「散步閒堦出户遲，偏逢新柳惱情癡。東風不解離人苦，猶長從前折處枝。」又「梨花一簾月，楊柳半溪烟。」皆堪傳誦。又《述蜀中劉少雲遊岑公洞》云：「洞口跨長虹，泉響濺清越。風聲竹影中，雲過鳥初歇。藤護古靈芝，詩刊舊碑碣。日暮思抱琴，弄此岩前月。」半醒謂其似陶，余謂當在韋、柳之間。

何閣部騰蛟，字雲從，貴州黎平人。撫巡湖南時，功勳節烈，照耀千古，郡志、省志，皆紀之甚詳。詩專尚性情，而風骨尤高。《送張總戎之任武岡》云：「江南江北望如雲，嶺表孤峰帶夕曛。報國惟憑心與力，勤勞今日屬將軍。」

近日詩人每竊古人膏馥，輒自詡據虞白上座。不知深於詩者，一味去膚存液，而神理意興，全不傍人籓籬。吾老友劉海伯鉅觀，寧邑名下士。詩承其尊人子復翁衣鉢，皆清蒼古澹。今夏有《觀漲》詩一首，洗盡凡艷，自見清腴，真老斲輪手也。句云：「長沙自古稱卑濕，楚望於今混漢池。禾稼未甦三户地，積儲難預一年支。連宵激浪驚河伯，終歲愁霖怪雨師。怕聽哀鴻中澤集，撫循全賴長官慈。」

高陽顧符《夢中》詩云：「凉雲止復行，水花開復落。烟柳夕陽時，蟬聲動高閣。」漁洋大爲之欣賞。邑僧瘦石亦於夢中得有「亂峰争着月，短棹獨摇烟」十字，超然欲仙。然夢中之詩固佳，而警夢之詩亦多雋句。薌泉《題夢初樓》云：「十年一覺江湖夢，夜雨瀟瀟不盡愁。是夢未醒醒是夢，如君合住夢初樓。」辛木《題希夷睡像》云：「五代無醒人，先生睡亦醒。帝王直游戲，鬼哭髑髏頂。覘此疲癃民，曷敢安斯寢？維天生聖人，有宋定神鼎。先生始無憂，從此可高枕。」噫！前望古人，後望來者，果誰是醒人耶？

往年余見丁卯橋森制藝，氣象峥嶸，足與望溪諸公抗座，而未知其能詩也。頃閱其平日咏史、感懷諸作，杼軸予懷，亦騷壇中之傑出者矣。《淮陰縣》云：「猜疑機自封齊伏，推解恩隨破楚終。」《韓退之》云：「三代以還豪傑士，八千里外諫争臣。」《屈大夫》云：「紅塵已歷三千劫，白簡猶存廿五篇。」《韓蘄王》云：「南渡江山支半壁，西湖風月占餘生。」七古如《月夜登壺山》云：「月皎皎，水茫茫，水月上下争輝忙。清風拂我面，白露浣我腸。洞庭何浩渺，衡嶽何昂藏。群山萬壑，一一收之襟帶旁。噫吁嘻！先我而登者去不回，後我而登者望不來，但見此月此水相瀠洄。誰與把酒山頭，坐令萬古抑鬱之牢愁一齊開。」五古如《雜感》云：「寶刀三尺長，光芒射秋水。恐落俗人手，埋藏空谷裏。夜深時一鳴，寂寞心不死。干霄氣如虹，眼前誰壯士。壯士期不來，寶刀躍而起。遇合會有時，電掣風雷紫。平生慎磨礪，葆此精與采。」

方言皆有出處。如「千里送毫毛，禮輕仁義重」及「青菜半年糧」等語，俗口流傳，亦都付之無稽之數，而不知其皆有所沿也。工部詩云：「四時八節禮不缺，且同千里寄鵝毛。」又云：「青菜糧之半。」則似此等語，在唐以前即有之矣。然詩發乎情，根乎性，隨手拈來，罔非奇趣，不必計其雅與俚也。如「庭前一隻棗子樹，一日上樹能千回」，亦工部句。國朝雲崧，一代名家，亦有「我何功德施人世，喫肉三千四百斤」之句，見者未嘗不啞然相笑。而今人每即此苛論前人，殆少所見而多所怪也。

舜放驩兜於崇山，在今澧州永定縣西南。崇山絶頂有巨壟，土人皆以見之爲不祥。張埰有詩弔之云：「崇山雖僻古堯封，旅冢知埋第幾峰。未放以前曾佐帝，蓋愆無後直稱凶。岩泉尚漬唐虞淚，宿草全荒去住蹤。莫向九嶷叫烟雨，當年何故不夔龍。」

顧華玉璘撫湖廣時，有《浮湘稿》四卷，凡楚南名勝，題咏殆遍。余尤愛其《謁周子故居》詩，四十字中能包括無限。詩云：「道喪千餘載，天南得異人。玄圖開太極，絶學指迷津。庭草常交翠，池蓮不斷春。咏歌風月下，瀟洒挹公神。」

唐張童子以九歲舉明經，見《韓昌黎集》，而詩不傳。閩省何小洲，亦九歲五經成誦，詩亦清曠，殆近世之張童子乎？其《咏秋月》云：「夜月明如鏡，微雲澹不收。如何千里共，只解照離愁。」《春草》云：「何處來春意，階前草忽青。珠簾遮不住，漸欲入中庭。」《天漢》云：「露冷天無際，風來水不波。」用意皆雋。其尊人金洲工書畫，善元人樂府，亦風塵中雅人也。

何錦堂老人生平詩頗近漁洋。頃有人誦其六十時題《愛晚村八景》，中多警句。余尤愛其《花潭漁唱》一首，句云：「涓江江水過花潭，潭上蘆花一鏡涵。最好風光銀世界，漁人曲共唱江南。」

寧鄉黄藏山道觳，足跡半天下。工詩與畫，得王、孟之遺，凡悲愉感觸，一寓於詩。其《登濟寧城樓懷古》云：「浮雲滿關塞，遊子齊魯間。觴汝一杯酒，長安何日還。凉風撼滄海，瘦日銜秋山。太息狂生去，愁來鬢亦斑。」是樓爲賀監觴太白處。藏山佳什甚多，拈此已可想其胸次之磊落。著有《南六堂詩草》。

孫鳳州《贈歐陽圭齋》詩云：「圭齋還是舊圭齋，不帶些兒官様來。若使他人居二品，門前簫鼓響如雷。」亦諷世之語。

崔璆晚泊湘江，澹烟微月，有客把釣而歌云：「高枕形骸外，空江何限情。落葉不同調，半夜起秋聲。」追問姓名，置其釣竿，長嘯而去。亦異人也。

仙人之詩，另有一種縹緲之致。余嘗登岳陽樓，見樓上有吕仙留題云：「朝遊北海暮蒼梧，袖裹青蛇膽氣粗。三醉岳陽人不識，朗吟飛過洞庭湖。」又《鶴林玉露》載，吕洞賓遇鍾離翁於岳陽樓，授以仙訣，遂不復之京師應舉。今岳陽飛吟亭有人題絶句云：「覔官千里赴神京，得遇鍾離蓋便傾。未必無心唐事業，金丹一粒誤先生。」余酷愛其用意深婉，不徒以新穎見長。

錢塘厲樊榭鶚搜奇愛博，最熟宋、元以來叢書、稗説。乾隆元年薦舉博學鴻詞，旋以孝廉擢縣令。入京時，謁道訪查蓮坡，即留於查之水西莊，觴咏數月，同撰周密《絶妙詞箋》，遂不就選而歸。揚州馬秋玉兄弟小玲瓏山館多藏書古器，延樊榭爲上客，日事探討，撰《宋詩紀事》、《遼史拾遺》，今皆録入四庫書中。所作詩幽新雋妙，大抵取法陶、謝及王、孟、韋、柳，而别有自得之趣。五言如《題華山草堂》云：「心跡竟沉淪，空山悶古春。亭留唐野史，名在宋逋臣。破壁全題字，雙松一作薪。惟應千載上，愁煞瘦腰人。」七言如《登寶石山闗》云：「塔下樓開躡級登，東風聊憶昔游曾。春深城郭渾如畫，定裹鶯花不屬僧。人影漸移湖上柳，烟花又緑壁間藤。留題爲紀閑縱跡，只有看山詑最能。」皆擷宋詩之菁華，而去其蕪蔓者。考樊榭下世，葬於杭州西溪王家塢，因無子嗣，不久化爲榛莽。越四十餘年，何君春浦琪遊西溪，見草堆中有樊榭及姬人月上粟主在焉，因偕同人送至黄山谷祠供之。王德甫先生昶題其楹云：「丈室花同天女散，摩圍詩共老人參。」時李光甫方湛、陶鳧香梁諸公皆有詩詞紀之，并屬周生宗彦於其忌日奉酒脯薦焉。

東閣大學士劉爾鈍先生統勳，諸城人。光明正直，畿輔内外無不懾其剛果，而情意肫然，究未嘗過爲嚴峻。臨終之日，五更起，盥洗飲食如常，升輿至東華門外，輿微側，家人呼之不應，啓帷視之，則已瞑矣。上親臨其喪，不待禮臣議請，賜謚文正。詩高華名貴，《題澄懷園八友圖》云：「久切金蘭契，同殷翊贊心。勤拳分几席，酒灑共芳林。烟樹瀛州景，風篁韶頀音。西園圖雅集，應遜此高深。」忠君愛友之心，此可概見。

蒲給諫平若，江蘇人。令建昌，有清操。去任時，載壽樟、壽石以歸。賦詩留別，有「祗有雲居雲一段，被余裁剪入歸裝」之句。邑人相率選石鐫之，以比於鬱林廉石。

漢陽黄道開寄程伯建詩云：「名士官仍薄，崎嶇近夜郎。心驚萬里目，鬢壓十年霜。濁酒傾鸚鵡，高情典鷫鷞。蠻天山雨外，應任楚歌狂。」讀之氣味尚厚，不同凡響。

石嵋森，字天半，號迂叟，一曰退庵，一曰剩人，一曰狂奴，一曰壺山，潭之曠達人也。詩有灝氣。《君山》云：「峰巒十二聳山靈，萬頃波光一點青。孤鶴夕陽高岸淚，老龍明月滿湖腥。丹鉛已失軒轅鼎，蔓草空餘帝女亭。我欲穿崖尋竹杖，樵人指點説南屏。」

優人能詩，最是歌場快事。昔有閩人王翠芳者，聲色俱絶。以避難隨父來潭，墮跡梨園，非其本心也。詩哀艷淒楚，邑先輩曾梓其詩，曰《秋禪集》。《題葛氏山莊》云：「厭堆落葉和雲掃，愛種靈根帶月鋤。」《和吴白廣湘江偶作》云：「遷客離愁楊柳岸，美人香草夕陽樓。」《舟過折康》云：「滿船愁壓孤帆重，萬里書沉一雁斜。」《洞庭晚發》云：「紅蹙奇峰推日出，白翻巨浪擁山來。」聲調皆佳。

從來物理之感召在造物，亦出於無心而偶然脗合，遂徵靈異。永郡蔣氏泰垣、敬亭、錦橋昆仲篤友愛。其尊人瑶川先生，宅前植山茶一株，忽三萼連蒂，咸謂和氣所感，因以「瑞萼」名其堂，並繪其圖。制軍阮芸臺先生元題云：「丹砂鍊出雪中姿，絶勝田家荆樹枝。料是對床風雨夜，已曾花萼偏題詩。」「惆悵鴒原翅忽垂，三株樹底記相隨。聯鑣惜未陪驄馬，棠棣春風共勒碑。」

南省有雞㙇菌生樹間，熟而切之，味如雞肉。王建詩：「雁門天花不復憶，况乃桑鵝與樹雞。」注：菌也。殆即此與？

張螾《洞庭湖》詩「青草浪高三月渡，緑楊花撲一溪烟」，未嘗不極工雅，然是村港小景，且其鍊字尚近纖巧，大雅所不取也。試思浩然「氣蒸雲夢澤，波撼岳陽城」之句，是何等氣象。

沈歸愚云：「蘇詩長於七言，短於五言，工於比喻，拙於莊論。」此知蘇之深者也。竊謂子瞻胸有洪鑪，金銀鉛錫皆歸鎔鑄，而筆之超曠，足以達其所見。遺山詩云：「論詩只到蘇黄盡，滄海横流却是誰。」詞雖過誚，亦未必無所見也。

嘗考《岳陽風土記》云：「李觀守賀州，有道人陳某自云一百三十六歲，因言及吕洞賓，近日在南岳見之，吕云過岳陽日，憩城南松陰。有人自杪而下，相揖曰：某非山精木魅，幸先生哀憐。因與丹一粒，贈之以詩。後年餘，李守岳陽，果城南有老松。以問寺僧，曰舊題詩壁，久已摧毁，但能記其詩曰：『獨自行來獨自坐，無限世人不識我。惟有城南老樹精，分明知道神仙過。』」又見《明統志》云：「吕仙遺跡在寶慶府城中。宋賈宗奭倅郡，有古鏡，甚寶之。時聞有回處士善磨，召見，風骨軒昂，乃取藥堆鏡上。處士曰：『藥少須歸取。』去不復還。遣人詢其處，乃見太平寺門上有詩云：『手内青蛇凌白日，洞中仙果艷長春。須知物外烟霞客，不是城中磨鏡人。』詩後題『回道人』。宗奭驚嘆，其鏡上藥已化，惟所堆處，表裏瑩澈。仙家變幻，一至於此。」

回道人過泛洲，題詩二句於古柏上云：「勒馬問船牛鼻渡，釣魚望月橘林洲。」好事者鋸其柏，片片成字。今所存枯柟，亦復踰抱。見湖南省志。

零陵居士李唯，字宗古。垂老病足，養鷓鴣、鸜鵒以樂餘年。嘗出《謝李道人苕帚杖》、《從蔣彦回乞葬地》二頌示黄庭堅。庭堅贈以詩云：「題攜禪客扶衰杖，斷當姻家葬骨山。因病廢詩仍廢酒，鷓鴣鸜鵒伴清閒。」「詩無傳女似中郎，杞菊同盤有孟光。今日鷓鴣鳴蹇蹇，他年鸜鵒恨堂堂。」

胡天俊寓潭州清淨覺地，月夜撫琴梅下，見美女欲前且却，胡調之，許以異日。至期，胡不果去，女遺詩云：「蕭蕭風起月痕斜，露重雲環壓玉珈。望斷行雲凝立久，手彈珠淚濺梅花。」

余昔耳蔡雲堂能詩，未見其所作。頃晏稺薌袖其平日酬唱諸篇，儘多佳句。過其弟雲閣墓云：「騷人寂寞此遊仙，玉樹生埋劇可憐。季子來時惟短劍，左徒遺澤祇殘篇。孤村宿草西風裏，滿地黄花墓雨天。我爲招魂殷載酒，一杯聊奠墓門前。」又集中附文月江見贈詩有「窗派芭蕉報雨聲」七字，亦佳。

《文章緣始》謂七言詩起於《柏梁》，其實非也。七言自《三百篇》中，「自今伊始歲其有」、「式微式微胡不歸」、「君子有穀詒孫子」、「如彼築室於道謀」等句，已開其漸，然猶曰未爲全篇也。甯戚《飯牛歌》、孔子《獲麟歌》、卞和《獻玉退怨歌》，始皇時民謡云：「神仙得者茅初成，駕龍上昇入太清。時下玄洲戲赤城，繼世而往在我盈。帝若學之臘嘉平。」非全篇七言乎？然猶曰出於諸子小説，未見正史也。若項羽《垓下》、漢高《大風》、《烏孫公主歌》，明見《史記》、《漢書》，皆在武帝先，烏得謂自《柏梁》始乎？又按：《柏梁》詩本出《三秦記》，《日知録》極辨其僞，安知非後人擬作，而託之於武帝時乎？趙雲崧觀察引《靈樞經》「凡刺小邪日以大，補其不足乃無害，視其所在迎之界」爲言，是七言更起於黄帝之時矣。然《靈樞經》亦後人僞作，不如《史記》、《漢書》之可據也。

考據家不可與言詩，然詩中恰有可資考據者。如海運，人言始於元，不知杜詩有「雲帆轉遼海，粳稻來東吴」及「吴門持粟帛，泛海凌蓬萊」之句，是唐已有之。楊貴妃之死，新舊《唐書》、《通鑑》俱以爲縊，而劉禹錫《馬嵬》詩「貴人飲金屑，倏忽舜英暮」，是死於金屑，非縊也。韓昌黎陽山之貶，《唐書》以爲論宫市，考昌黎《赴江陵途中》詩云：「是時京師旱，田畝少所收。」又云：「適會除御史，誠當得言秋。拜疏移閤門，爲忠寧自謀。」又云：「黽勉不回顧，行行詣連州。」則是因論旱而貶，非宫市也。《蔡中郎傳奇》，今人但知作於元高則誠，不知南宋時放翁已有「身後是非誰管得，滿村聽唱蔡中郎」之句矣。女子裹足，宋人説部以爲始於李後主，不知晉樂府《雙行纏曲》：「新羅繡行纏，足趺如春妍。他人不言好，獨我知可憐。」是六朝前已有之矣。東坡《赤壁賦》有「吹洞簫之客」，不詳其人，不讀吴匏庵詩，安知爲楊世昌乎？此外不可枚舉。至若王建《宫詞》、汪水雲《湖州歌》等詩，楊孚《元灤京雜咏》，多足與史傳相證明。惜余讀書不多，不能一一遍舉之耳。

詩中引用故事，有傳訛口久因而不覺者，有出於通人誤用而後人仍之者。姑摘數條於此，以備考證。如張騫無乘槎事，乘槎入天漢，是海上客。毛寶無放龜事，放白龜是寶所統武昌軍人。甘羅無十二爲丞相事，丞相是羅之祖茂，羅但爲上卿而已。元龍無百尺樓事，所謂卧百尺樓者，乃劉先主譬語，以責許汜也。「東床坦腹」，人謂之睡，按《羲之傳》，乃食也。一班窺豹，人謂之棋，《獻之傳》乃樗蒲也。范張雞黍，本傳張劭白母：「請設饌以待范式。」無雞黍事也。東方朔割肉，乃伏日，非社日。白首爲郎，乃顔駟，非馮唐。吕望非熊，據《六韜》，乃非羆之訛。東坡詩用「牢九」，據束皙《餅賦》，乃「牢丸」之訛。至昭君之出塞琵琶、七夕之烏鵲填河、王母之蟠桃瑶池，後人即明知之，亦不復究其由來矣。

張船山《邯鄲道中》云：「乍着朝衫瘦不支，枕頭休笑客來遲。十年走熟邯鄲路，才到黄粱入夢時。」用意可謂雋永。而鄉前輩周侍郎系英罷歸過此云：「卅載京華夢裏天，而今身世兩茫然。醒來猶未黄粱熟，我比先生早十年。」意激昂而詞藴藉，深得敦厚之旨，故不久復職，陛見時，蒙天語褒以「人品端方，學問亦可」八字，真千載一時矣。侍郎抱負雄傑，督學江南時，適江干新廟落成，諸生攀轅乞題一聯，隨應聲曰：「吾道南來，確是濂溪的派；大江東去，無非湘水源流。」人服其才。

邵香伯先生善畫荷葉，幾於能空前絶後。而其爲詩，亦復豪邁。《重登芙蓉樓》云：「前遊回首幾經年，勝地從來藉客傳。樓閣重新如有待，江天極目總無邊。何妨玉笛梅三弄，最好澄波月對圓。拾級曾尋高處坐，人家深處起炊烟。」「短棹曾經載酒過，流光容易擲輕梭。夢痕舊事茫無跡，止水臣心定不波。古調孤絃欣賞少，殘碑死友姓名多。畫圖踏雪思王宰，鶴氅風流紀咏歌。」四首録二。

歸震川古文爲勝國一大宗，而其爲吏絶無幹濟。如醮墨等事，至流爲笑柄，豈儒林、循吏二者不能兼耶？邑侯李寅庵先生春暄以名進士宰潭，其《步月樓文集》直逼震川，而在潭政績尤見名儒作用。即今夏賑荒籌備完善，視富鄭公在青州時無以過也。余紀以詩云：「生殺未可測，造化亦聽之。天心不到處，人力爲轉移。時四月維夏，黎民方阻饑。尋呼儼倉葛，城壓累卵危。賤子捧一硯，那計薪木非。賤子復何恃，恃有公在兹。吾愛孟夫子，發棠殷護持。貧者無遏糴，饑者皆粥糜。東望更慘絶，蛟龍莽無涯。鄰國倏爲壑，襁負來肩隨。膝裏尚棘手，外復成瘡痍。補劑出攻伐，萬命在一醫。置心人腹中，藹然仁風吹。時勢況如此，洶洶馬脱羈。掉厲變乃激，優容奸易滋。公惟準以理，人但矜其慈。蒼蒼本仁愛，麥秀仍兩歧。豈非和煦感，鼓腹方寸知。倘作瓣香祝，與爲萬口碑。」

自古稱好士者，曰昌黎、東坡二公，皆身爲士大夫，登高一呼，萬山皆應。至於無二公之位，而能存二公之心者，近人惟李明經壎南先生家杞，聞人一善，稱不絶口。一時群從蔚起，有江東諸謝之風，皆明經所栽植也。其小阮之炯號春颿，之煌號雲洲，俱蜚聲庠序。其詩常多傑句，春颿《題聽雪圖》云：「替梅索句敲窗急，如絮隨風墮地輕。」雲洲《菊影》云：「晚香墮地扶難起，凉月穿籬淡欲摇。」皆雋。

黎樾喬先生出都，繪有《湘山歸隱圖》。其中題辭或幽静而閑止，或奔騰而排奡，皆音節自然，駸駸入前賢之席。而何太史紹基五言一章，尤堪壓卷。詩云：「齒牙未及脱，鬢髮初欲蒼。行步健黄犢，年甫半百强。何爲不自釋，日日思歸鄉。君言非退尚，亦非有激昂。自點烏臺職，諫草積盈筐。十疏九不報，甚愧愚且盲。蹔可避賢路，游興湖湘長。庶幾身世理，推究轉精詳。或因著書老，永付名山藏。或爲出岫雲，與世敦農桑。出處後難卜，臨分祇傍徨。交君廿餘年，情好如弟兄。切瑑在道義，砥礪有文章。每懷言笑際，元氣到混茫。槎枒不及斂，往往見鋒鋩。豈真好馳騁，甘蹈疎與狂。中有不獲已，冀挽頹俗唐。幽思互珍閟，直道勉扶襄。臭味久益合，蘭蕙同芬芳。同志豈能多，比歲多分翔。君復舍我去，疵謬孰余匡。驅車歷燕齊，因循過徐揚。旋飲章貢水，始及衡山陽。今兹溥霖潦，行省皆報荒。饑鴻數十萬，哀號不成行。仳離方滿眼，能不悲中腸。何不遄其行，早艤湘中航。天下山水秀，無有如瀟湘。屈宋始摹績，元柳更張皇。幽深最無際，曲折實難量。湘山不負人，自押塵土黄。羨君此去好，脱落葚與裳。布衣濯水源，竹杖破山光。家園萬梅花，開出山酒香。好共昆季飲，亦唤兒孫嘗。回音望京國，一夢醒黄粱。如有田家詩，爲我寄遠將。臨行就我酌，梅花撐屋梁。月色亦何好，夜半天欲霜。離緒不可理，語笑暫成場。日下才士藪，投贈鏘琳瑯。我詩竟難就，未免别懷傷。」昔六一居士序《宛陵集》，謂古雅純粹。汪堯峰序愚山詩，謂簡切樸茂。舉似太史，洵非阿諛。太史書法不可名狀，其超妙處真有龍跳天門、虎卧鳳闕之勢。余向得其書，珍同拱璧。

羅小溪勳，一號子銘，爲中丞蘇溪先生哲嗣。翩翩公子，馳騁名場。其平日詩詞皆如啖州翡翠、渤海珊瑚，殆才學兼長，而南北往來，尤得江山之助耶？頃見其《贈譚荔仙》詩云：「茫茫今古何寥落，譚子風流據上衡。大海蒼天有詩客，褐衣長劍一儒生。可憐落魄悲君釋，豈是多才負白卿。嘆息濱陽江上月，別離空復爲人明。」雄壯之音，令小儒咋舌。

張喜亭《雨田夜泊》云：「兩槳輕收帶晚霞，岸花香氣撲窗紗。一燈如豆荒村影，何處青帘是酒家。」風雅絕倫。

石樵詩話卷三

湘潭李樹滋直喬纂

余友徐拙齋，吴門人也。少負雄才，不幸以病廢而遁於詩，激昂慷慨，皆上窺李、杜，下涉蘇、韓，固所謂因病而詩益工也。將遊粵，《寄鐵華先生》云：「萬里走雙劍，一身兼五窮。精神疲道路，鹽米困英雄。歸興白雲外，壯懷青史中。遥知漢皋客，同此感飄蓬。」《旅行》云：「風霜欺病骨，衣食走殘生。」《秋夜書懷》云：「天空秋欲語，寒重夜無聲。」「一聲孤雁月沈水，半枕薄寒天欲霜。」皆凄婉可誦。

常熟蔣伯生先生因培，詩詞清俊，大有唐人風味。《寄陸平李中丞》云：「自許一身同壁立，天教隻手挽頽波。」《寄百菊溪制府平徐州》云：「大將威名知萬福，小兒啼哭畏張遼。告誡無多惟止酒，寒温未了便論詩。」《呈陳笠帆中丞》云：「封疆事當家門作，文武官如子弟教。」皆膾炙人口。又《罷歸贈别》云：「此日也知難鑄錯，平生原不解言錢。」「三黜何妨同柳下，一年筭祇負梅花。」「有酒豈能誇獨醒，無田何處説歸耕。」又《和楊魯生見贈》云：「蒼狗幻看過影去，黄楊同是厄餘人。」皆傑句也。其古風猶清空跳脱。《題李白樓梅花卷》云：「李生作畫如作詩，筆未著紙先凝思，往往平澹生新奇。李君作畫如作字，不與俗書趁姿媚，自得天然飛動勢。畫梅不難難得真，擺落形似傳精神，十指拂拂生陽春。横掃銀光三十尺，千枝萬枝一瞬息，摶捖縱横皆有力。望之無際尋無端，筆墨一縷花中蟠，明月隱現春風寒。信手隨心無不可，向背披離俱貼妥，只見梅花不見我。生平自許王元章，把臂或者陳白陽，眼中突過曹林汪。我愛畫梅入骨髓，今於李生嘆觀止，伎矣神乎直至此。借君此卷十日留，置身恍在羅與浮，但見翠羽鳴啁啾。」

古今記載，不特稗官小説不可信，即廿一史中，亦有失實者。《史通·曲筆篇》云：「蜀老猶存，知葛亮之多枉；秦民尚在，知符生之被誣。」余嘗以其言推之。陶桓公之夢折翌，褚河南之譖劉洎，則東坡、真西山曾辨之。元和八司馬之被惡名，則范文正公著論發揚之。《宋史》以下雜取小説家傳成文，尤不足據。如王雱請斬韓琦、富弼首，王平甫謂王安石願相公遠佞人，以歲月考之，皆牴牾不合。趙師罣之爲犬吠媚韓侂胄，本出於李心傳《繫年要録》，周草窗已力辨其不然，而《宋史》仍取之入傳，至今爲口實，豈非誣之甚耶。善乎元劉静修之詩曰：「記録紛紛已失真，語言珍重在詞臣。若將事事求心迹，恐有無邊受屈人。」

余既作詩話，凡近人之以詩投者，余隨手摘其佳句，間有與古人相複處，人笑余如洪容齋作《夷堅志》，急於成書，故其受人之欺。余曰詩句複前人，在唐宋諸大家已有之，不始今人也。「水田飛白鷺，夏木囀黄鸝。」本陰鏗詩也，王維襲之曰：「漠漠水田飛白鷺，陰陰夏木囀黄鸝。」「省闥開文苑，滄浪學釣舟。」薛據詩也，而杜少陵襲之曰：「獨當省署開文苑，兼從滄浪學釣舟。」「百年分夜半，一歲春無多。」而黄魯直詩亦云：「百年中半夜分去，一歲無多春暫來。」「不解隴頭水，年年恨何事。全疑嗚咽聲，中有征人淚。」而于濆詩亦云：「借問隴頭水，終年恨何事。深疑嗚咽聲，中有征人淚。」唐詩「忍以浮雲看世代，悲將流水照鬚眉」，而劉青田《題太公釣渭圖》亦云：「浮雲看世代，流水照鬚眉。」宋時某僧贈一僧詩云：「河分山勢司空曙，春入燒痕劉長卿。不是師兄犯詩句，古人詩句犯師兄。」謹援之，爲諸公解嘲。

六朝最重門第，其崛起草野者謂之寒人，雖至公卿，不能與世族爲伍。尤可笑者，侯景請聚於王、謝，梁武帝不許。後景陷台城，竟偪納簡文帝溧陽公主而莫之敢禁。然既曰世族，自當與國同休戚，有賞延於世之功績。乃夷考六朝中，一時爲國家出力建功名者，如沈慶之、曹景宗、吴明徹等，大都皆出自寒人，而世族無聞焉。甚至褚淵、王儉贊成禪代，史臣猶爲之辨，謂世族可坐致膴仕，非人主之私恩。市朝雖改，寵命方新，責人以死，乃世情之過，差不以爲非也。至唐中葉，此習始革。余讀《南史》，有句云：「門第自教延世族，勳名畢竟讓寒人。」

陶靖節題甲子之説，昔人多辨之，大要以靖節詩自庚子迄丙辰，凡題甲子者十，皆作於晉年爲言。錢竹汀宫詹獨以爲不然，謂陶文自義熙後題甲子者二篇，他文多散佚不傳。以是推之，當亦不書年號而題甲子也。詩自爲詩，不得統之於文章，《宋書》明言所著文章，未嘗云詩也。沈休文去靖節不遠，當必有據。其論亦新。

今人謂詩之率爾者曰趁韵，不知所本。偶檢《全唐詩話》，乃知爲權龍袞詩。龍袞，景龍中爲左武衛將軍，侍皇太子宴，吟《夏日》詩，有「嚴霜白皓皓，明月赤團團」之句。或曰豈是夏景，曰趁韵而已。太子援筆贊之曰：「龍袞才子，秦州人氏。明月晝耀，嚴霜夏起。如此詩章，趁韵而已。」今之未窺六甲先製五言，而自命唐音者，大率皆龍袞派耳。

近日詩話之盛行，宇内無如袁簡齋《隨園詩話》，幾乎家有其書矣。余閲其中亦有可議者，如「宫娥不識中書令，説是誰家美少年」，此宋人王溥詩也，誤以爲元人。「陌頭盲女無窮恨，猶撥琵琶説趙家」，此元人瞿存齋《過汴梁》詩也，誤以爲南宋時刺高宗詩。《車輦》詩引韓嬰曰：「宣王中興，士得行親迎之禮，其友賀之，而作此詩。」按：此乃明人僞撰申培詩説之言，非韓嬰語也。又引《焦氏易林》云：「鳧雁啞啞，以水爲家。」按：《易林》乃「以水爲宅」，非「家」也。蓋出於一時記憶，不曾檢閲原書，著述家每多此病。

詩人有以佳句得名者，如趙倚樓、鄭鷓鴣、鮑孤雁之類。亦有以詩作嘔噱者，白樂天謂張祜「鴛鴦鈿帶抛何處，孔雀羅衫屬阿誰」爲款頭詩，祜謂白「上窮碧落下黄泉，兩處茫茫皆不見」爲目蓮變。盧廷讓《哭邊將》詩：「牒多身上職，盌大背邊瘡。」人謂是打脊詩。賈島《哭僧》詩：「寫留行道影，焚却坐禪身。」時謂之燒殺活和尚。羅隱《牡丹》詩：「若教解語應傾國，任是無情也動人。」周繇謂爲女障子詩。又隱詩「雲中雞犬劉安過，月下笙歌煬帝歸」，時人謂之見鬼。孫魴掖詩：「劃多灰雜蒼虬跡，坐久烟銷寶鴨香。」沈彬以爲得烟火氣多。裴説《杜工部墓》詩云：「擬鑿孤墳破，重教大雅生。」廖凝笑以爲掘墳賊。杜師孟坐静堂，詩曰：「每日更忙須一到，夜深還是點燈來。」人以爲登溷詩。王荆公作《謝公墩》詩：「我名公字偶相同，我屋公墩在眼中。我去墩來應屬我，不應名姓尚隨公。」人謂與死人争地界。《顔氏家訓》梁氏費旭詩云：「不知是耶非。」殷澐詩云：「飄颻雲母舟。」簡文云：「旭既不識其父，澐又飄颻其母。」僧貫休上蜀王建詩，有「萬水千山得得來」之句，建呼爲得得和尚。薛昂《賦蔡京君臣慶會閣》詩，有「拜賜應須日萬回」，人呼爲薛萬回。金人張翥有「西風了却黄花事，不管安仁兩鬢秋」，人號爲張了却。趙渢有「好景落誰詩句裏，蹇驢駝我畫圖中」，人稱爲趙蹇驢。

十年前，余自江右旋里，過袁氏之緑筠山房。漱六語余曰：「余新得一詩弟子，年少才高，必登大雅之堂。」問之，則伍趙匯泉，名新亭。余比戲一聯云：「卓爾文壇宜小友，多君詩社得雄軍。」當見其《咏燕》云：「簾前緩緩飛，檻外喃喃語。昨日新巢成，道不如舊主。」甚見天籟。又《贈人入蜀完娶》句云：「片帆江上挂行旌，江水無端作恨聲。一路青山好眉黛，畫時深淺認分明。」「不信人言蜀道難，看君此去興偏闌。從兹身被秦雲裹，料得閒花手盡删。」亦極風趣。年來積學尤深，且日與名下士唱和，故其詩益雄偉超曠。其《題夢遊南嶽圖》云：「我聞衡峰九千丈，誰能飛跨諸峰上。又聞衡峰八百里，誰能一掃入眼底。平生吐氣如長虹，名山歷歷羅心胸。天風吹上南嶽頂，夢中烟水何忽忽。手挹洞庭一杯酒，左連翼軫右箕斗。山鬼顧之語且驚，何物狂奴此吟叟。一峰未去一峰迎，峰峰相送争俯首。芙蓉萬朵擲眼前，天梯石壁相勾連。虬蟠虎走不可以態狀，身雖未往心怦然。歸來説夢汗浹背，枕畔猶噴山頭烟。噫吁嘻！青蓮夢天姥，少文事卧遊，才人放眼天爲愁。人生快意得如此，古來萬事從東流。胡爲舉世皆夢中，足爲藹兮寒號蟲。生前丘壑萬萬許，一點不得搜鴻濛。狂奴狂奴聽我語，夢不易夢醒亦苦。此外雲山何渺綿，看我睡倒乾坤五百年。」

咏史，大題也，須以識力發爲議論。咏物，小品也，須以刻畫傳其神似，然尤貴有寄託，否則是村人猜謎語耳。吾鄉惟馮君斗南兼擅其長。咏物詩如《雁字》云：「畫一可能參造化，書人直欲補《春秋》。」《風筝美人》云：「晝裏不隨鸞去杳，掌中真覺燕飛輕。」《泥美人》云：「艷質染從花落後，情根種自草生初。」《春帆》云：「片影緑拖流水去，一痕青帶遠山來。」《落花》云：「到地莫愁紅落盡，向人轉覺緑成陰。」其咏史如《卧龍岡》云：「出處直從三代上，興亡早定一廬中。」《淮陰釣臺》云：「生事終憐同狗走，死時應悔棄魚竿。」《平原君》云：「本來座上無佳士，可惜樓頭斬美人。」《歌風臺》云：「天下已爲亭長有，魂歸終傍故鄉無。」《王彦章墓》云：「芒碭賊本非真主，五代忠猶見此人。」皆可傳誦。他如《遊白雲寺》云：「一白裏群翠，禪關何處尋。撥雲入幽邃，清梵忽流音。古寺絶塵跡，空潭澄我心。何當共彌勒，移住此山深。」《宿昭山寺》云：「暝入招提寄客蹤，一宵身在最高峰。篆烟爐定安禪意，古殿燈寒黯佛容。煩惱未除三尺劍，塵心已斷五更鐘。清凉一枕支僧榻，卧聽濤聲瀉碧松。」亦令人尋味。

陽信令陳維國，武陵人，以進士治陽五載。致仕歸，閉户讀書，詩宗唐人。《旅懷》云：「一塔燈懸烟裏畫，半窗鐘度枕邊詩。」《雁字》云：「歷落文章經雪老，縱横筆意自風騷。」先生號坦山，著有《坦山山人詩集》。

熊祭酒伯龍，賦性孤介，礪名節，其制藝衣被天下。典浙試，一榜中狀元三人，探花一人，咸稱爲慧眼。詩最真摯，《答王廣文治徵》詩云：「才長應不忍辭官，苜蓿荒齋許暫安。豈有繁華容我共，莫將貧賤望人寬。樊川黯淡留歸燕，宫樹迷離斷彩鸞。飽喫魚羹多作賦，泥頭酒熟憶新歡。」先生漢陽人，年五十三卒。著有《穀詒堂集》。

吾邑侯多詩人。謝公攀雲《潭州漫興》云：「緑楊城郭古潭州，重鎮西南據上游。三尺釣臺陶侃石，千秋霸迹馬殷洲。青歸衡嶽雲中樹，紅露瀟湘水外樓。絶勝湖山教管領，被人呼作小諸侯。」時年已六十，詩猶妍麗如此。

浙江諸丈虎臣，名文炳，偉然人望，公卿咸仰重焉。余與其哲嗣星衢交好，得讀先生之畫，已稱巨、董，而其詩尤洒脱淵深。《題何芠亭先生詩文集》云：「琳琅百卷光熊熊，開編照我雙青瞳。大閱賦就頌聲起，碧雞金馬難爲功。古調濯秋水，長歌號天風。有時鬥濃麗，珠翠雙蛾紅。有時尚整肅，紳笏端厥躬。是皆平澹寫襟臆，暢好宮徵諧絲桐。時乎怒起不可縱，勃勃氣出霄騰烽。八柱一折共工首，十日九隋後羿弓。有宋之野降神語，有鄭之都鳴鬼雄。群衆閉目走且哄，掩耳氣懾總全聾。我乃放聲讀一通，春雷效我聲靂靂。君詩何炫爛，君情何淒婉。賈生非好哭，梁鴻每長歎。太息浮生日罔功，是誰寬裕能貞幹。懷符儋爵誇膴仕，捷徑歧趨矜巧宦。詩人一一能狀之，意在激揚多畏憚。九閽欲聞高莫呼，長宦未覩目先盱。吁嗟無多言，妙諦不容讚。我昔好誦書，不願爲小儒。縱觀百代意不愉，退身蓬蓽爲安居。世間百事不挂眼，放懷萬物皆可娱。斗米負百里，老親樂有餘。一經守傳家，幼穉遵前模我初。出遊檢敝篋，千篇詩草藏幽谷。自慮愚憨好盡言，有頌無聲意已足。吁嗟乎，猛虎去其牙，文鹿去其角。將使雄爲雌，毋乃氣已蹙。不覺引吭爲一鳴，讀公詩卷生不平。」

病後感懷，詩家故態。涇縣胡墨莊云：「人意與雲同入妙，詩篇如草不容删。」吾鄉張小謝云：「久不作詩人已俗，未能成佛我尤狂。」俱清婉可誦。又曹可玉云：「飛夢江流闊，吟詩夜氣清。」亦病起真景。

國初詩人，詩格多高潔清渾。余考耆舊事實，於《楚寶》一書，見邵陽王稚潛嗣乾《九日送潘辰章》詩云：「登高已自謝才名，詩卷相看氣漸平。乍笑鬚眉同洛社，且忘風雨在彭城。河山漫送群公淚，絲竹難陶晚歲情。世事未堪容久住，各攜太息返柴荆。」

武康孝廉高文照，當病革時，謂其門人曰：「我一生最佩服王公德甫，刻我詩集，必求其序。」高詩風發泉湧，言之高下皆宜。《移家》詩云：「屈子何煩賦卜居，井泉近處即吾廬。突黔不暇虛安竈，家具偏多爲載書。投刺了無新賀客，遺榮猶有舊懸車。門前一段鷗波漲，領得頭銜是老漁。」「吟囊畫篋蠹橫陳，幾日安排覺斬新。明月仍來耘老閣，青松又結趙家鄰。借他美蔭樽須設，移得名花屋不貧。雞犬寂寥奴婢少，免他圖畫笑詩人。」「當年辛苦話誅茆，計拙依然鵲作巢。差喜比鄰懷蟋蟀，肯嫌在户詠蠨蛸。蓬蒿點綴宜開徑，猿鳥稀疏坐近郊。夢裏金蛇坊畔路，寄聲林水漫相招。」

沈栗仲先生《秋夜》詩云：「銀潢絡角逼宵清，節序推遷意自驚。風掃雲霾瞻北斗，露寒橘柚感南榮。漫期夢蝶神形適，難得飛蚊羽翼輕。惆悵江鄉多苦雨，詰朝還喜見晴明。」真是詩人吐屬，名士襟懷。

海棠盛於蜀，而杜少陵在蜀獨無海棠詩。後人雖有論説，終莫能知其故也。《蓮坡詩話》載：「天津許女史《和張若厓大尹雪中海棠詩》云：『移從香國本無雙，幾見淩寒意不降。日映輕紅嬌帶淚，風扶弱質笑迎窗。朱門舊許宜春睡，冷院新看伴玉缸。却恨杜公無好句，空教十月渡寒江。』」

曩余自都門歸，中表龍吉皆艷稱雲度上人詩句，問之，年纔十三，爲秦副車百二姪孫。嘗述其《賞牡丹》詩云：「好教我佛慈雲護，盡使人間富貴同。」余爲絶倒。後又閲其《題紫陽閣》云：「隱約昭陵樹，嵯峨衡嶽峰。蒼然滿高閣，一氣羅心胸。石瞰波千折，篙鳴灘萬重。凭欄回首望，身在碧芙蓉。」「昔人杳何處，千載長相思。水緑山青地，斯人宛在兹。我來此停錫，如見古鬚眉。卅里龍潭路，烟雲無盡時。」又《贈滙泩》云：「滿頭青壓鬢，雙眼白看人。」《山寺》云：「紅醉葉三徑，白鋪雲半天。」又《次友人韵》云：「一徑晚雲沉野寺，半庭涼月戀詩人。」「蛛絲網蝶抽還續，鳥性防人倦亦飛。」《題抱梅美人圖》云：「香雪兜來兩袖輕，月明林下亦關情。佛前一個拈花女，罰到人間又幾生。」皆極新穎，惜乎天不與年，遽奪吾齊已去也。

汪庶子杏江學金，鎮洋人。爲持齋少司空哲嗣。所著《静厓詩稿》，世稱爲「揚州烟月，江左文章」，余未得窺全豹，而讀其《河北舟次》云：「平野連天闊，長河帶郭斜。客程遲候雁，暮色上歸鴉。烟柳低垂岸，春潮露淺沙。真沽七十二，是處酒人家。」又《書朝宗先生集後》云：「梁苑遺編迥絶倫，英名奇氣未全湮。少年濁世佳公子，垂死清流舊黨人。直以文章褫馬阮，肯將名節負吴陳。風流江左傳遺事，争唱《桃花》曲部新。」真玉樹瓊林，非尋常數墨家所能望其項背。

余選詩時，馮君德甫稱蔡可齋序薫之詩不置。旋自持《六分山房詩稿》見示，果色色俱佳。《題張虚堂停琴佇月圖》云：「有客愛月復愛琴，月輪未上琴先横。一彈再鼓意不盡，推琴起立銀河明。松陰獨立悄無語，茫茫萬古心如許。空把心期託廣寒，流泉石畔暫延佇。憶昔家住龍安下，烟霞我亦耽幽雅。在山泉清出山濁，枯桐在爨誰知者。覽景披圖竟宛然，高山流水記當年。持杯問月月不答，一曲琴心畫裏傳。」《祝融峰》詩云：「直上如登天，群峰納萬有。雲夢盪心胸，亂流挾腋肘。翼軫高可捫，寒光落吾手。笑呼雲中君，大醉夫人酒。」《杜陵草堂》云：「稷契平生志，江山萬古詩。」《贈内》云：「畫眉月恰初三夜，警枕雞剛第一聲。」

蔡鐵君先生銈，少學詩於張度西老人，幕遊粵東時，有《羊城訪古詩》一卷。《咏南漢金塗鐵塔》云：「鑄盡炎州鐵，燒殘蔀屋膏。黄金空佞佛，碧殿莽成蒿。雲黯河林樹，風生漲海濤。荒淫播千載，倚塔首頻搔。」《花田》云：「花塢艷三春，花田葬美人。紅樓犁作土，粉骨掬爲塵。化蝶魂猶膩，憐香夢亦新。劉郎竟何處，弔古倍酸辛。」

悼亡詩以元稹爲最近。吾友辛木六首亦哀而艷。句云：「彌留床簀劇心酸，十載榮枯夢裏看。貧縱多情愁每半，去無一語説應難。皮囊忍見魂離殼，爪幕誰教骨换丹。營奠營齋復何日，夜闌獨對短檠寒。」「鏡臺回首思悽然，里巷蕭條起暮烟。枉説狂奴温壻貴，自來嬌女左家憐。羊車春好空三月，鴻案眉齊悵百年。瞥眼韶光太容易，妒花風雨忽漫天。」「梅花自嫁林和靖，但覺癯顔一味清。我豈有才常坎坷，君應折福是聰明。怕開針綫如留贈，已隔人天尚説生。稚子偏知成永訣，蓋棺痛切索娘情。」「糟糠相伴苦經營，蔗境差嘗便促行。似此收科真錯死，不須癡念到來生。庸醫早誤肱三折，伴我誰遲夜五更。同夢覺非今日事，蟲飛爲底獨薨薨。」「大兒解語小兒雛，一女遺剛六月餘。縱使聰明都絶頂，恐難母面記生初。異時婚嫁誰將伯，此日劬勞大困予。莊論香閨言在耳，傳家衣鉢只詩書。」「慈親無那又瑶京，地下應教掩泣迎。作鬼可憐身太弱，見姑還望事如生。腸非鐵石偏重斷，淚不鮫綃況屢傾。六十日來頻疾首，一編天問未分明。」

昔有二女子，色頗艷，落拓湘潭，時有欲促其爲妓者，女不從，赴池死。潭人憫其節，以厚瘞之，並題有《雙璧詩》成集。吕梅閣之次子，甫八齡，有六言詩一首云：「枕土幾莖芳草，眼前無限青山。今日一抔黄土，當年兩個紅顔。」味淡而永，童子中不多得也。

嘗見某詩云「妻悍老尤工」，詩則妙矣，如家律何？夫丈夫自有氣節，一妻子尚不能制，猶能擔當君國大事乎！然觀子美詩云：「嘆息謂妻子，我何隨汝曹。」樂天云：「妻拏不悦怪生問，而我醉卧方陶然。」可想見閨門之内，肅若朝廷。

虞臣龍方，上湘名宿也。少時《咏竹影》云：「十里江干波静處，三更湘上月來初。」《柳絲》云：「渭城客子牽新恨，板渚孤舟繫舊堤。」皆不沾不脱，真咏物妙手。

吾姻兄曹可玉珂，天才超曠，傲骨崚嶒。性嗜酒，醉即賦詩，所作皆奇思勁氣。年二十七補弟子員，不一年卒。時袁太史芳瑛正同赴秋闈，聞其死，曰：「吾無以報故人，當梓其詩以存其人。」及通籍假旋，請於可玉之尊人西林先生，得遺稿以刊成集。詩多學蘇，而七古尤勝。《中秋與友對酒玩月歌》云：「山人看月防月走，關門看月月在牖。山人有月復有酒，舉杯對月月在手。愛此杯中明月光，欲飲不飲俯其首。酒光瀲灧月排蕩，忘覺我我周旋久。座中有客笑余癡，如子所言俱否否。坡老空杯亦自持，謫仙對月愁無偶。百年如此幾中秋，有酒不飲將誰咎。肯把囊錢對月償，可知明月杯杯有。

君不見，誠齋老子太頑皮，和月和天吞入口。」又《萬顛子歌》云：「萬顛子，汝何顛，汝本蓬萊島上餐風飲露之飛仙，紅塵别去千餘年。汝何不隨梅家翁，乘鸞棲入飛鴻山。又何不隨王太子，吹笙控鶴緱山天。城郭如故人民非，塚纍纍兮草芊芊，汝胡爲乎來人間。人間何處脚可立，元氣淋漓真宰濕。古鬼亂逃新鬼泣，地老天荒一枝筆。我昨訪友湘之湄，得讀君畫聆君詩。中夜起舞拔案叫，訪君那惜更漏遲。深宵世上語奇事，何物顛狂此遊戲。深巷敲門犬聲細，入門不作詩畫議。丈夫豈屑雕蟲技，丈夫豈屑雕蟲死。一卷示我真蹄言，我已五體投地矣。可知君家學問得骨髓，閒爲詩話皮毛耳。嵩牛幹馬不足道，吴帶曹衣曷克比。王摩詰，顧長康，恨不齊肩事吾子。俗子紛紛看不得，鍊就狂奴雙眼白。今日逢君一旦青，何時攜看瀟湘月。」七言如《題劉丈書舫畫册後》云：「諸公衮衮登省臺，杜句。三絶今重見鄭虔。天下名山得鄒魯，胸中豪氣隘幽燕。學難後輩争千古，居易長安動九年。我亦忘形到爾汝，銜杯相遇且生前。」《題吴檑臺詩後》云：「雲山别後幾徘徊，旅館相逢一卷開。川嶽精神在吾黨，乾坤俯仰妬斯才。九州尚有留題處，萬古曾經幾度來。願取君詩擲江水，長風挽得逆流回。」他如《題木蘭從軍圖》云：「萬里帶回袍上血，十年歸插鏡中花。」《答胡佩秋》詩云：「賜也幾疑貧是病，次公何乃醒而狂。」《病夜》云：「踈雨敲回江上夢，晚風吹瘦鏡中容。」皆可誦也。嚴明府麗生先生題其集後云：「秋月平分一笑逢，天花快翦白芙蓉。清言玉屑三千斛，奇氣朱陵四百峰。老我只餘身似繭，知君應有筆如龍。建安骨向西園覓，衍派當歸阮嗣宗。」又郭意城孝廉崑燾題云：「十年前識曹文叔，慷慨襟期故儼然。今日嘔心存一卷，當時豪氣赴重泉。丘山零落空餘憾，生死蒼茫莫問天。無限淒涼鄰笛感，寒鐙風雨對遺編。」二詩亦纏綿愷惻。

自來文字之交，都有天然作合。余正搜緝詩稿，張子月莽從書肆中得鈔本詩二卷，詞意清警動人。及閱其序，乃知爲張太史樹槐所著，不知其已刊與否。就中録其一二，以誌一時感慕。《題懶雲窩》云：「杳杳香臺接翠微，亂崖深處覓禪扉。秋陰繞屋涼先得，蛩語連山客到稀。溪雨暗催丹障合，松風閒抱白雲歸。何時攜屐重來此，絶頂峰頭看曙暉。」

黄仲則景仁，武進人。詩如淚流鮫客，悉化明珠；米擲麻姑，俱成丹粒。因屢試不售，乃充四庫全書館謄録，得主簿，未及選，没於蒲州。畢秋帆、洪稚存諸公爲經紀其喪以歸。詩不勝選，録其《都門秋思》詩云：「五劇車聲隱若雷，北邙誰見塚千堆。夕陽勸客登樓去，山色將秋繞郭來。寒甚更無修竹倚，愁多思買白楊栽。全家都在風聲裏，九月衣裳未翦裁。」又《移家京師》云：「貧是吾家物，其如客裏何。單門餘我在，萬事讓人多。心跡嗟霜梗，生涯判雨簑。五湖三畝志，經得幾蹉跎。」又《武昌雜咏》云：「郢中有客皆詞賦，楚國何峰不雨雲。江漢欲浮天地外，山川渾老戰爭餘。三春無樹非垂柳，五月不風猶落梅。」俱膾炙人口。著有《兩當軒》、《蕉梢》諸集。

《隨園詩話》載宋笠田一聯云：「護籬小犬吠生客，曝背老翁調幼孫。」謂其詩有旨趣。而張小謝《過有此廬》云：「舊犬識人摇尾卧，小娃避客掉頭奔。」亦雋。

往見《雲溪友議》，妓亦有因人之詩而貴者。李八座翺潭州席上有舞柘枝者，匪疾而顔色憂悴。殷堯藩侍御贈以詩云：「姑蘇太守青娥女，流落長沙舞柘枝。滿座繡衣皆不識，可憐紅臉淚雙垂。」詰之，乃姑蘇韋中丞愛姬所生之女也。曰：「妾以昆弟夭喪，無以從人。委身樂部，耻辱先人。」言訖涕咽，情不能堪。亞卿命更其服，餙以袿襦，與韓夫人相見。顧其言語清楚，宛有冠蓋風儀。遂於賓榻中選士而嫁之。舒元輿侍郎聞之，自京馳詩贈李公曰：「湘江舞罷復成悲，便脫蠻鞾出絳帷。誰是蔡邕琴酒客，魏公懷舊嫁文姬。」詩亦雅切。

同一陶寫性情，而詩與詞異。蓋詞出鶯吭燕舌，不難寫《騷》之艷麗，詩於弄月籤風，則當擷《騷》之菁英。苟用意太深則苦沈悶，鑄詞太鍊則近雕刻。昔人謂陳簡齋「杏花疎影裏，吹笛到天明」之句，真自然而然，不知此學《騷》而能超乎《騷》者。今人能用力於此，必詩家射鵰手也。

李、杜二公，際遇不同，故其詩亦異，然正不可優劣。善乎嚴滄浪之言曰：「太白不能爲子美之沈鬱，子美不能爲太白之飄逸。」太白《夢天姥吟》、《遠離別》等詩，子美不能道；子美《兵車行》、《垂老別》等詩，太白不能作。白也，甫也，一而二，二而一者也。

世家子弟多不好學，一遇式微，輒有東里西叟之嘆。吾鄉周侍郎孫道源，年少有才，其尊人左章翁没於官，家無長物。道源謀諸當路，得扶櫬歸。服闋，厲志讀書。詩亦清超，《村行》云：「曉氣涼如水，微雲淡一天。烏聲喧打稻，山意静流泉。蓮葉碧於洗，枳花紅欲然。人家蒼翠裏，炊飯竹籠烟。」

余曩於辛木案頭見有《袖月樓詩集》，意新詞麗，最是風人吐屬。《久雨乍晴》云：「鳩厭舊巢攜婦去，鷗憐新水引雛來。」《秋夕》云：「墻角影低遮月少，樓頭聲壯得風多。」又《山寺待友》云：「帆遠烟中樹，僧歸雨外山。」皆足尋味。其人爲瀏陽劉卓庵。

上舍中之能詩者，舊有長洲陸杏村，其《邗溝有感》云：「繡陌曾驅白鼻騧，春風離恨在天涯。矮墻一樹花如笑，記取紅橋第幾家。」可謂詩中有畫。

人不幸而流爲妓，亦甚可憫，而能以氣節自持，則又可愛可敬。昔歌者譚意，流落長沙，八歲寄養竹工張文家。將及笄，官妓余婉卿見其資艶，兼工詩筆，乃厚貲求售，一時車馬如市。會汝州張正字爲潭茶使，相得甚歡，意乃歸之。張調官，意餞别曰：「子本名家，我乃倡類。今之分袂，決無後期。腹有君之息數月矣，君宜念之。」别後寄詩曰：「瀟湘江上探春回，消盡寒冰落盡梅。願見兒夫似春色，一年一度一歸來。」張内逼慈親，外畏物議，約孫殿丞女爲姻，不敢作書報意。後三年，孫氏謝世，有客自長沙來云：「意掩户不出，買田百畝，親教其子。」張乃如長沙，意不肯見，曰：「子已有室，宜去，毋浼我。」張曰：「吾妻已亡矣！」意云：「通媒妁，行六禮，乃敢聞命。」張如其請，挈歸京師。意閨門有禮法，其子以進士及第。噫！始之偶墮青樓，亦勢不得已也。然不由是，則不能得如是之夫，即不能得如是之子。造物於此中，不知費許多轉移，人顧可限量乎哉！事出《唐百家小説》，一見《通志》。

羅湘進士吴西橋英樾詩，漁獵百家，獨標雋旨。舊作云：「河朔風流還少年，冶遊重憶十年前。彈筝擫笛江南夜，盤馬呼鷹塞北天。除患孝侯曾射虎，同龕彌勒近逃禪。春來把釣溪頭屋，衹向西林貸酒錢。」

余中表郭融峰，幼失怙。其母劉太夫人苦凛冰操，摒擋家政，内外仰其慈祥。邇家頗中落，而課子教孫無怠志，故融峰之學日進。融峰詩尚性靈，《與蕭雪樵話舊》云：「士當失路多奇想，人不工詩定薄情。」出語甚雋。

世間無意事，常卜於詩。余每欲鬻所居第，以宅屬他人，不果。忽其主人欲以此售，余正在擬議，余薈麓弟曰：「君詩有『立錐蘿補三間屋』之句，不此之補而奚補乎？」遂購之。

張螺山嶅田官滇，歷十六廳州縣，以事落職出塞。著《吹蘆吟草》一集，蒼涼悲壯，久爲士林稱頌。旋蒙恩釋回，尹中丞莘農先生以柬相招，於臨行時，作《留别》詩八章，猶餘塞外茄音。詩云：「幽棲半載荷腰鑱，抛却家山又掛帆。壇坫故交多白髮，江湖殘客剩青衫。歌成别調辭偏澀，酒到離筵令不嚴。此後消寒應憶我，一鞭風雪在巉岩。」「江湖沿路訪相知，懊惱東吴返櫂時。復合祗期龍躍劍，亂飛翻似雀無枝。北山猿鶴情方熟，南詔雲山夢又馳。門户全生終乏策，更攜阿買走天涯。時挈三子傳符同行。」「窮愁底事戀家園，自夏徂冬始出門。顧我侵衰老兄弟，憐他失教小兒孫。歸期遲速渾無據，去路迢遥又斷魂。昔日雄心竟何在，升沉局變已難論。」

石樵詩話卷四

湘潭李樹滋直齋纂

舅氏龍宫贊白華先生名瑛，性清潔恬淡。詩律清華，在唐於樂天爲近，而名貴過之。七言如《留别都門諸友》云：「匹馬單衣出軟塵，知交寵餞過城闉。一尊話别三千里，同輩關心十五人。廊廟正須匡濟略，江湖宜著病閒身。鴛飛鷗泛雖分隊，共詠堯天浩蕩春。」《星沙懷渭槎舅》云：「憶從姜被各分持，加飯何人慰客思。湘水烟波三月暮，故園書信一春遲。遥知白晝看雲處，定在西堂入夢時。風雨對床尋舊約，大蘇珍重是吾師。」《書蔡清漪遺草後》云：「十年前愛讀君詩，有句都成幼婦詞。此業欲傳當日許，斯人早死至今疑。看雲白晝添兄憶，盥露遺編重我悲。惆悵苦吟身不見，雨風回首對床時。」「一第香生蟾窟秋，京華騎馬賦重遊。飛騰心逐沖霄鶴，養到功參露地牛。歲月指彈成過客，文章身後惜名流。屬花可信詩人命，零落殘紅攪獨愁。」《題黄惺溪侍御蘭臺歸覲圖》云：「六年遊子快言歸，鳴鳳聲高出禁闈。報國心懸龜左顧，思親身逐雁南飛。白雲多處湖湘近，愛日長時笑語依。想見腰金冠豸客，膝前還學舞萊衣。」「接鷺陪鸞興不孤，紅塵强半爲名驅。陳情李密多私願，歷宦王尊少畏途。入世誰忘蕉葉鹿，托身人羨柏臺烏。脆梨畢竟稱佳味，肯戀吴江一尺鱸。」七絶如《七夕漫興》云：「明鏡紅妝歲月過，經年相見莫蹉跎。雲階月地重回首，不到秋來不渡河。」「紅顔白髮最關情，前度黄姑憶舊盟。恨煞長生殿中語，此生不約約他生。」「盈盈一水隔銀灣，雲幄匆匆惜别顔。最是臨分兩行淚，西風吹落到人間。」《張騫泛槎圖》云：「雲水中間盪一舟，西風空闊海天秋。祇今乞取丹青筆，猶與人間説壯遊。」「底須洞裏喫胡麻，載得蒲萄入漢家。一樣銀河好秋色，可從博望借靈槎。」五言如《風夜泊京口》云：「泊岸一舟横，風聲挾水聲。空江吹夢闊，孤枕壓濤平。遊子宦仍薄，故園春又生。倚門知白髮，今夜數歸程。」俱音韵和諧，丰神酣暢。其試帖詩尤足與法時帆、吴穀人諸公抗衡。楊觀察椒雨先生見而序之，亦將付梓，以公同好。

余渭槎舅氏，邑庠生，諱璥。詩近西崑體。《送白華舅入都》云：「灑洒湘皋記别筵，當時同送月中仙。憐君奪錦剛三月，愧我吹壎長五年。公衮恰分紅杏艷，萊衣仍被白雲牽。四千里外歸心切，祖逖鞭加舊馬韉。」「布衣席帽幸全除，佳話還添得子初。刷羽已成巢閣鳳，脱鱗新養化龍魚。百齡約算年猶少，三載遲行計未疎。先嗣克繩科第顯，慰懷早寄隴頭書。」「手足情還比阮嵇，泮林曾共一登梯。事憂塞馬行多窘，文愧真龍價尚低。公自注：癸酉、丙子，兩薦不售。嗜飲幾曾甘濫醉，沉吟何敢漫留題。區區近狀勞相訊，涵養些些似木雞。」「入里勤爲菽水謀，板輿花外竹修修。建存祇覺貧而樂，先意能承疾是憂。桃葉不妨紅袖麗，江沱偏少緑衣愁。分明一夜連床話，手寫蠻牋寄萼樓。」

陳孝廉開常《寄周鏡湖》詩云：「黄鶯噪高樹，求友無定身。幽蘭秀空谷，襲香非異人。人生感聲氣，心醉如飲醇。雨恨期不來，不論舊與新。」「去歲湘南經，炎夏連芳春。周子逢一笑，縞紵皆前因。鸞翼並兄弟，憐我蹤跡蘋。開懷夜月皎，解語春風親。」「刹静馬嘶鐵，燈挑魚炳銀。漆膠不肯散，肝膽交披陳。黄葉忽秋到，白雲來夢頻。自君之别矣，我亦歸漣濱。」「相思杳一載，魚雁空風塵。見説鳳凰寺，壚筦養天真。飛簡遞佳句，一讀一愴神。花香復鳥語，應許同芳辰。」孝廉號夏莽，湘鄉人。

農部主政唐育庵方煦，與白華舅選拔同年，生平性情最愜。其寫心處，每寓之於詩。舅有《咏菊詩》四首，唐和之，甚有寄託。録其一云：「籬下怡情九月天，居聯槐市亦吾緣。萱庭繫念三千里，菊徑尋芳十五年。冷艷晚開偏耐久，孤標獨賞不邀憐。傲霜今日人皆識，誰憶培根在歲前。」又湖北潘鐵君光藻與舅氏同舉進士，亦和有句云：「豈惟榮日使人歡，孤影猶堪雪夜看。分是秋容衰亦好，天生瘦骨學原難。仙粧澹想螺鬟緑，壽相清於鶴頂丹。我欲四時勝君健，春苗夏葉恣朝餐。」二詩皆以舅氏品行清高，借此以傳其概也。又録舅氏原韵一章：「韶華何用共追思，到此方稱化匠奇。傲骨特於青女見，寒情除是白衣知。倘無人愛將終隱，但有花開未惜遲。爲語春叢莫輕薄，冷香還要入時宜。」勵名、持節、養性、修身，皆可於此詩會之。

詩之有次韵，倡於元、白，盛於皮、陸，非詩家正軌也。《洛陽伽藍記》王肅入魏尚公主，其故妻謝氏寄以詩曰：「本爲箧下蠶，今爲機上絲。得路遂騰去，頗憶纏綿時。」其公主代答，亦用絲、時二韵。葉石林《玉澗叢書》謂類書有梁武帝同王筠和太子懺悔詩，云仍取筠韵，又似六朝已有此體矣。唐以後和韵甚多，不能具録。惟劉長卿《餘干旅舍》云：「摇落暮天迥，丹楓霜葉稀。孤城向水閉，獨鳥背人飛。渡口月初上，鄰家漁未歸。鄉心正欲絶，何處搗征衣。」張藉《宿江上館》云：「楚驛南渡口，夜深來客稀。月明見潮上，江静覺鷗飛。離家久無信，又聽搗征衣。」此二詩工力悉敵，不言次韵而自然相合，亦奇。

莫愁，古仙人也。《河中之水歌》所言莫愁，自盧家婦也。惟金陵之莫愁湖，以爲因樂府《石城》之莫愁而名，則誤。葉並叔封《莫愁村序》云：「莫愁村在石城下，漢水西。周邦彦作《西河》詞以爲金陵故事，蓋誤以石頭城爲石城也。」按《唐書·樂志》曰：「《石城樂》，宋藏質作也。《莫愁樂》《石城樂》所出也。《詩記》曰：石城在竟陵，質嘗爲竟陵郡，於城上眺矚，見群少年歌謡通暢，因作此曲。」又曰：「石城有女子名莫愁，善歌謡，《石城樂》和中復有忘愁聲，因有此歌。」《古今樂録》曰：「莫愁樂妓，而有此歌。其詞曰：『莫愁在何處，莫愁石城西。艇子打兩槳，催送莫愁來。』」然則莫愁爲宋時石城女子明矣。今志稱莫愁爲盧家女，善歌舞，嘗入楚王宫，殆屬無據，疑因歌謡訛爲歌舞耳。詩曰：「石城臨漢水，水西莫愁村。古曲禾縣邈，傳辭疎討論。不見少年歌，微聞渡水喧。蛾眉久寂寞，庭草空黄昏。」

詩文用換字法，始於宋，而盛於明，朱國楨言之甚詳。今之講漢學者，多效之，如以脱爲奪，亡爲無，驟讀之，殊不可解。《七修類稿》記嘉靖中文人多用換字法，有虞子厓戲改岳忠武《送張紫岩北伐》詩云：「誓律飈霆速，神威震坎隅。遐征逾趙地，力戰越秦墟。驥蹂匈奴頂，戈殲韃靼墟。旋師謝彤闕，再造故皇都。」按：武穆原詩乃「號令風雷迅，天聲動北陬。長驅向河洛，直入向燕幽。馬喋月氏血，旗梟克汗頭。歸來報明主，恢復舊神州」。子崖故逐字换之，以嘲時人，誠堪捧腹。

咏史懷古詩，固當出新意議論，然亦不可太刻，失温柔敦厚之旨。昔人謂杜牧之「東風不與周郎便，銅雀春深鎖二喬」之句，涉輕薄。予謂用意太刻，且非詩人所宜言，至宋人學之，益爲深文，幾如商鞅之法、張湯之律，以故入人罪爲能事矣。劉静修《書事》詩云：「卧榻而今又屬誰，江南回首見旌旗。路人遥指降王道，可是周家七歲兒。」又元人一詩云：「憶昔陳橋兵變時，欺他寡婦與孤兒。誰知二百餘年後，寡婦孤兒又被欺。」二詩譏刺太甚，本不甚佳，明都穆著詩話極稱之，以爲辭嚴義正，道人所不能道，真不可解。

宋南渡諸君以孝宗稱首，雖不能恢復中原，而南北通好，與民休息，在南宋號爲小康。其詩間見於宋人説部中，亦工麗可誦。《湖南通志》載其《題茶陵州皇雩山圖》詩云：「仙鶴飛去是何年，靈蹟猶存古嶺邊。藤老龍蟠疑護法，山禽幽語是逃禪。手攀古木身忘倦，口吸香泉骨欲仙。鄰叟不知唐世遠，猶言謝母舊因緣。」

《吴越春秋・黄竹歌》曰：「斷竹，續竹，飛土，逐肉。」爲兩言詩之始。然作者殊罕，惟《輟耕録》載虞伯生咏蜀漢事，通首皆兩字一韵。趙雲崧謂古來通首二言詩，僅此一首。三言詩，《金玉詩話》謂起於高貴鄉公，然《三百篇》「山有榛，隰有苓」、「江有沱，之子歸」等篇，已有此句法。漢《安世房中歌》、《豐草葽》及《雷震震》一章，郊祀歌之《練時日》、《太乙貺》、《天馬徠》等章，皆全篇三言，非高貴鄉公始作也。劉伯温集有《思美人》一篇。《懷麓堂詩話》羅明仲謂三言亦可爲體，因出樹、處二韵，迫西涯題扇。西涯援筆題云：「揚風帆，出江樹。家遥遥，在何處。」此外不多見。往時朱竹垞、查初白間亦爲之。

聯句，《雪浪齋日記》謂始於昌黎，《漁隱叢話》謂始於六朝，《文心雕龍》謂始於柏梁。余按：《式微》詩，《列女傳》謂黎莊公夫人聯句詩。自是以後，作者日繁。陶淵明有聯句一篇，謝晦將被戮與兄子世基聯句一篇，謝宣城有聯句七篇，是六朝時此體已盛行，烏得云古無此法，自退之斬新開闢手？趙雲松云杜集有《夏夜李尚書筵送宇文石首赴縣聯句》，又有《與李之芳宇文彧三人聯句》，則唐人聯句，亦不自昌黎始。

今人謂詩文之劣者曰胡語，不知所昉。按，宋人實有胡語詩。《詩話總龜》宋余靖作胡語詩：「夜言没羅言後盛。臣拜洗，言受賜。兩朝厥荷言通好。情幹勤。言厚也。微臣雅魯言鈍。祝君統，聖壽鐵擺言嵩高。俱可忒。言無疆。」沈存中《筆談》載：「刁約使契丹，戲爲詩云：『押宴移離畢，如中國執政官。看房賀跋支。執衣防閤人。餞行三匹裂，小木罌。密賜十貔貍。形如鼠而大，遼人以爲珍饈。』」

集句詩始於宋初，東坡、山谷、劉貢父皆不謂然。然如石曼卿《下第集句》云：「一生不得文章力，欲上青雲未有因。聖主不勞千里召，姮娥不惜一枝春。鳳凰詔下雖沾命，豺虎叢中也立身。啼得血流無用處，著朱騎馬定何人。」王荆公之「風定花猶落」對「鳥鳴山更幽」，俱妙。又韓詩「排雲叫閶闔」對杜詩「奏賦入明光」，林震之「流水無言草自春，青山有恨花初謝」、陸放翁之「我亦輕餘子，君當恕醉人」等句，皆自然湊泊，如無縫天衣。趙雲崧謂因難見巧，亦文人游戲筆墨之一端也。按：晉傅咸有《七經詩》，今見《初學記》，皆集經語爲之，何義門謂爲集句之始，則自宋以前，已有之矣。

曩在京聞賀柘農先生《萬柳堂》詩逼近唐音，當從海秋主政處袖稿以歸，迄今猶能記憶。句云：「昔年宰相横經舍，今日禪宗選佛場。問寺偶迷芳草騎，款關偏得白雲鄉。數聲風竹忽如雨，一徑野花微有香。延客山僧差不俗，新詩滿壁貯琳瑯。」「禪堂茶罷自長哦，話到滄桑感逝波。無奈來尋秋索寞，不堪重對樹婆娑。靈和舊影千條盡，官渡西風九月多。五百金絲重手植，會看眉黛掃雙蛾。」先生名熙齡，勵學敦品，培植英才不少。惜主講書院時，予客醴東，竟未於春風中坐一月也。

《楚辭》「夕餐秋菊之落英」，「落」非隕落之落。《爾雅》云：「俶、落、權輿，始也。」落英，謂菊之始華時，故可餐。沈存中云：「採藥用花者，取花初敷時採。」此其證也。姚寬不得其旨，引《宋書·符瑞志》沈約云：「英，葉也。《類篇》云：『英，草榮而無實者。』此言食秋菊之葉耳。」吴仁傑謂：「《爾雅》：『榮而不實者謂之英。』《月令》：『仲夏，木槿榮。』謂於此時著花也。菊葉固可食，然《本草》採葉在三月，今云秋菊，則非食葉之時矣。」按：宋人小説載，王荆公有「吹落黄花滿地金」之句，歐陽公譏之。荆公引《楚詞》爲解，已屬附會。而又移之於東坡，言天下惟黄州菊落花，東坡至黄始知之，更爲無據。耳食之徒，每援此爲問，故爲辨其大略如此。

自古咏昭君詩，當以杜工部爲冠。白香山之「漢使却回憑寄語，黄金何日贖娥眉」，猶不失忠厚。王荆公之「漢恩自淺胡自深，顔色如花心糞土」，則苛刻，非人情矣。明人之「君王莫殺毛延壽，留畫商岩夢裏賢」，更爲墜入惡道，直等諸自鄶無譏。余按：《昭君外傳》載其怨詩曰：「秋木萋萋，其葉萎黄。有鳥處山，集於苞桑。養育毛羽，形容生光。既得升雲，上游曲房。離宫絶曠，身體摧藏。志念抑沉，不得頡頏。雖有委食，心有徊徨。我獨伊何，來往變常。翩翩之燕，遠集西羌。高山峩峩，河水泱泱。父兮母兮，道里悠長。嗚呼哀哉，憂心惻傷。」通首怨而不怒，殊得風人之致。後人代昭君言，固不如昭君自言之爲真也。

國初吾楚逸老，以衡陽王船山、寧鄉陶仲調爲最，有事時皆隱居著書。陶順治初爲人所告，幾罹大辟。洪經略至長沙，始得解放歸，遂祝髮隱入潙山，自號爲忍頭陀，詩多「黍離」、「苗秀」之音。其《湖南寇事詩》一篇，於楚中寇亂，言之尤悉，凡千餘言。余初以集隘，思節而存之，既而以吾楚兵事始末備見於此，遂全録之。詩曰：「崇禎歲癸未，西寇毒全楚。當其破鄂城，遼烽逼宸寧。武昌萬柳條，烟塵接淮汝。闖賊犯金陵，獻得乘閒舉。仲夏黄鶴悲，化作令威語。撫軍先渡江，萬堞無人拒。紅旗入來驅，十餘萬士女。倉皇漢陽門，散髮投江渚。填江咽不流，逆氣横巴丘。湖南血色日，赤盡千里秋。幾年尚苛斂，公爲民所仇。賊始建旗號，八月攻湘州。偉人蔡司李，獨與張許儔。歃血要守帥，豈知懷異謀。引騎突上關，須臾傾北樓。司李既抗節，孝廉亦被收。閹豎與逆將，左右于沐猴。飛檄下縣官，迫促魂魄寒。獻賂以緩難，亂民乘爲奸。販夫與牧豎，迭衮宰尹冠。驍騎四郊馳，焚索盡馬鞍。良由江黄人，教賊爲忍殘。遮山似兔罝，圍人入城闌。惡少髡鉗奴，猙獰投營盤。箭箙紅錦襖，佩刀雜絲鞶。或署爲曹省，或名爲武弁。瀾翻報讎怨，殺奪無辛酸。但作關西音，即得胡越看。可憐賢良子，草鞋短褐單。百計竄閨閣，畏爲賊所干。華屋玳瑁牀，棄置卧野豻。悲哉衡陽郡，賊目據王宫。張設僞守令，孝秀被脅從。恫疑五嶺師，大掠趨沅龍。萬騎雜牛馬，别部驅女童。奏樂食野外，燎柴照營中。雜遝白銀甲，婆娑紫雕襱。黄面横刀瘢，跳躑如蹲熊。云是西府主，自謂響馬翁。濱潙兩水間，屠戮遭奇凶。斮截婦孺手，委積丘腥紅。生人魂未復，十日還復東。陰風滿我縣，屯劄密千重。驟然陰風黑，叱吒屠章縫。章縫亦何辜，指作抗逆徒。一百四十首，冤魂落須臾。怨氣成毒雲，大聲奔賊隅。軍中自詑慄，比曉而前驅。嗚呼此事慘，有如秦坑儒。云是仲冬月，風雪陰霾殊。昏昏城野間，人鬼遭于途。往例自拔幟，官軍得張弧。前日温家兵，沿路來焚屠。沅湘五百里，從此蕩室廬。怪哉湘鄉兵，四三莽田夫。乘間集黨與，駕言恢鄉圖。無乃撫軍誤，輕聽前執殳。擅殺恣剽掠，强食膽氣粗。犁鋤亦兵具，燔我書畫厨。迨於明年春，逃官稍欲出。觀察還蘇姑，賊去亦當至。公坐民間堂，下令禽僞職。雜弁與豪胥，緹騎大得志。痛哉誰陷之，覥顔復相治。幸聞李中丞，補過用撫字。太守舊堵公，覲後亦還涖。泣涕沾劫灰，放聲弔忠義。荒荒埽宫廟，拳拳解羅織。于時疫且饑，後骼掩前胔。斗米四百錢，議賑不及施。假令花源來，行事多黠鷙。寧人實教猱，又奉觀察意。陶子公車還，肝腸痛墮地。期功强近親，冤死多異事。老母與妻兒，生得鬼神庇。早計脱虎口，亦賴吾子智。相見潙山陰，重生萬行淚。旬日慟趙甦，作書上守使。一請理脅從，再請用慈吏。忍見兵火餘，豺鼠復恣肆。丘墓倘不守，嶺海或可寄。漸聞都門變，憂怖不敢寐。世亂人命微，詩書日廢墜。過此當如何，傷心聊復記。」

耒陽杜少陵祠，題咏極多，皆昔人所謂「來來往往一首詩，魯班門前掉大斧」也。惟吾鄉張度西先生二首，特爲沈雄。詩云：「叠嶂長灘捲白銀，懸崖老樹壓修筠。英雄濩落誣牛酒，行客凄凉薦藻蘋。萬里朝廷終不到，一方將帥是何人。中興稷契經綸在，猶向荒江惜此身。」「遺墓何緣委夕陽，樵夫指點話荒唐。長懸光燄爲衡嶽，可葬騷人是楚湘。異代羅含俱有宅，平生李白亦他鄉。惟餘江海飄零者，每過空祠淚幾行。」

馬嵬坡詩，大抵刺明皇荒淫。近人或有翻新，爲楊妃叫屈，不知明皇以一女子，至天下震動，宗室屠戮，讀少陵《石壕村》、《無家别》諸詩，唐之不亡者幸耳，尚得從末減乎。余最愛高德卿一詩云：「事去君王不奈何，荒墳三尺馬嵬坡。歸來枉爲香囊泣，不道生靈淚更多。」

古人詩多有用字音借對之法。張子容《逢孟浩然》詩：「樽開柏葉酒，燈發九枝花。」借「柏」作「百」也。張喬《月中桂》詩：「根非生下土，葉不墜秋風。」借「下」作「夏」也。劉賓客詩：「清秋方落帽，子夏又離群。」不獨夏對秋，而「子」亦借作「紫」，對「清」字也。梁揆《鶻鶚出風塵》詩：「高騰霄鳳渚，下睨塞鴻賓。」借「渚」作「主」也。杜少陵《贈高常侍》詩：「次第尋書札，呼兒檢贈詩。」借「第」作「弟」，對「兒」字也。東坡「厨人具雞黍，稚子摘楊梅」，亦以「楊」借「羊」。《螢雪雜説》載《省題》詩「天子居丹扆，廷臣獻六箴」、「白髮不愁身外事，六么且聽醉中詞」，俱以「六」借作「緑」也。《東門》詩：「青門無外事，尺地是生涯。」以「尺」借作「赤」也。見趙雲崧《陔餘叢考》。

錢牧齋尚書以東林名臣晚登台輔，既無救於敗亡，復首倡迎降之策，入國朝又爲桀犬之吠，其反覆狙詐，真小人之尤，杭大宗、袁簡齋皆有詩刺之。予謂不若無名子一首爲曲盡其生平，末二句云：「最憐攀折章臺柳，若向西風問阿儂。」以柳如是事影入，尤惡絶，妙絶！

余少時擬《子夜歌》中一章云：「日暮伯勞鳴，思歡腸欲斷。曳火上竿頭，仰天一長歎。」或訾余以諺語入詩。余曰此風人體也。古樂府：「石闕生口中，銜悲不能語。」《子夜歌》云：「霧露隱芙蓉，見蓮不分明。」「明燈照空房，悠然未有期。」「理絲入殘機，何悟不成匹。」《讀曲歌》云：「芙蓉腹裏萎，蓮子從心起。」劉禹錫詩：「東邊日出西邊雨，道是無情却有情。」「玲瓏骰子安紅豆，入骨相思知未知。」李義山《無題》詩：「春蠶到死絲方歇，蠟炬成灰淚始乾。」等詩皆是借同音字寓意，今諺語雖間有之，要是古風人之遺，非故以意造也。

趙雲崧云：「壽詩、輓詩、悼亡詩，惟悼亡詩最古。潘岳、孫楚皆有悼亡詩，載入《文選》。」余謂輓詩雖不見於《文選》，然《文選》所載誄辭，皆四言叶韵，沈約有《哭范僕射》詩，已爲輓詩之權輿。若壽詩則不爲六朝無之，即唐亦無之，至宋始盛行。葉水心《題蜀僧北澗集》云：「集中有上生日詩，不可傳於後。」是宋時稱壽詩爲戒。今則不論胥翁牙儈，凡遇壽辰，徵引成帙，諛詞多而真意少，詩道由是衰矣。

用方言入詩，唐人已有之。用俗語入詩，始於宋人，而要莫善於楊誠齋。俗謂「待人」曰「等人」，誠齋《過汴京》詩云：「州橋南北是天街，父老年年等駕迴。忍淚失聲詢使者，幾時真有六軍來。」用以入詩，殊不覺其俗。

俗所傳《三國志演義》事，實多鑿空杜撰，質諸正史，毫無證據，俗士多惑之。如關公秉燭待旦，潘氏以之入《史論》。許田射圍，華容放操，黄氏以之入《讀史吟評》。明嚴氏著《通鑑補》，盡取之以補正史。方志因之，展轉附會，飾爲古迹，而騷人墨客，形於歌咏，幾若當時實有其事矣。雖然，漁洋爲一代詩家正宗，尚有《落鳳坡弔龐士元》、《梟磯孫夫人祠》詩，又何責於他人哉？

東坡云：「天下事無對必有偶，凡經史中成語，無不可對。」余嘗戲集之。如東坡詩：「君特未知其趣耳，臣今時復一中之。」「人言盧杞是奸邪，我覺魏徵但嫵媚。」陸放翁之「國家科第與風漢，天下英雄惟使君」。梅執禮之「天之未喪斯文也，吾亦何爲不豫哉」。王平甫之「與我周旋寧作我，爲郎憔悴却羞郎」、「二十四考中書令，萬八千户冠軍侯」。王安中之「君子有酒多且旨，化國之日舒以長」。朱新仲之「此時老子興不淺，旦日將軍幸早臨」。吴師道之「丈夫不學曹孟德，生子當如孫仲謀」。近日王漁洋之「豈有酖人羊叔子，祇無悔過竇連波」。厲樊榭之「誰其云者兩黄鵠，我欲遺之雙鯉魚」。嚴海珊之「春水方生公速去，桃花浄盡我重來」。皆極工也。

余讀《晉書》，雅不喜王始興，才略心術皆在陶桓公、温忠武之下，乃當時稱之爲「江左夷吾」，史臣亦褒之不遺餘力，誠所不解。金慰祖《讀史偶成》云：「岌岌東晉朝，瓜分少完土。江左多英流，瑯琊賴群輔。誰令王茂弘，庸才稱仲父。睚眦死伯仁，流涕亦奚補。敦也叛逆同，假破東征斧。佳傳惑千秋，誅心等蘇祖。當時第一流，我服温忠武。」可謂先得我心矣。金字繩武，號蘭隅，嘉定貢生，早卒。有《緑雨山房吟稿》。

近世士大夫，不能爲八廚之推才振人，而徒持三君之名節繩士，見貧而有求者，輒嘖嘖然議之。不知貧而無求則必如陳仲子、鮑焦之徒，而後可易地以思，果能茹西山之薇，採鹿門之藥，去而不返乎？邑人林盤庵有句云：「貧來取利多，非義老至成。」貪竟似官。

宋律詩多用轆轤格、轆轤韵，雙出雙入。如黄山谷《謝送宣城筆》詩云：「宣城變樣蹲雞距，諸葛名家捋鼠鬚。一束喜從公處得，千金求買市中無。漫投墨客摹科斗，勝與朱門飽蠹魚。愧我初無開先手，不將閒寫吏文書。」前二韵押七虞，後七韵押六魚，所謂雙入雙出也。楊誠齋、范石湖多用之。又有進退格韵，一進一退，如東坡《題南康寺重湖軒》詩：「八月洞庭湖，蕭條萬象疎。秋風片帆急，暮靄一山孤。許國心猶在，康時術已虚。岷峨山萬里，投老得歸無。」以魚、虞二韵相間而押，所謂一進一退也。南宋人間亦用之。又有葫蘆格韵，先二後三，見齊己《風騷旨格》，今不傳。「韓亡子房奮，秦帝魯連耻。本自江海人，忠義動君子」，宋謝靈運之詩也。「黄泉雖抱恨，白日自留名。悲君感義死，不作負恩生」，陳江總《弔魯廣達》之詩也。二詩千載下讀之，猶令人感慨振興，不當以人廢。

五言詩，世謂起於蘇、李。然《古詩十九首》，或謂枚乘所作。乘，景帝時人。是又起於乘，非蘇、李也。《文心雕龍》云：「《召南·行露》，已肇半章。《孺子》、《滄浪》，亦有全曲。」則五言久矣。鍾嶸又以「鬱陶乎余心」爲五言濫觴。然《三百篇》中，韵語參差，諸體皆備，五言已指不勝屈。若《小雅》「以介我稷黍，以穀我士女」、「彼有不穫穉，此有不斂穧」、「乃求千斯倉，乃求萬斯箱」等句，已皆連用五言，特未製爲全篇耳。趙雲崧謂「漢初諸人本此，以爲全篇，遂成五言體」。獨錢竹汀以爲七言在五言之先，五言起於東漢，蘇、李諸詩，皆後人僞作。辨凡數百言，見《十駕齋養新録》。

四言詩自漢以後者益罕。《文選》雖多所取録，然自韋孟《諷諫》、茂先《勵志》、叔夜《送兄》外，佳作寥寥。此外如張衡《怨詩》、淵明《停雲》，皆傑出者。唐以後四言遂絶，李白「羅幃舒卷，似有人開。

明月直入，無心可猜」，及柳子厚《皇雅》，皆偶一爲之。方岳《深雪偶談》謂五言而上，世人往往各極其才之所至，惟四言輒不能工。劉後村謂《三百篇》在前之故。

九言詩，摯虞以《泂酌》篇爲始，李西涯謂起於高貴鄉公，顧亭林謂始於《書·五子之歌》「凛乎若朽索之馭六馬」。楊升庵又引杜詩「男兒生不成名死已老」爲九言之始，然皆非通首九言也。趙雲崧云通體爲九言者，《珊瑚網》載：元時天目山僧明本有《梅花》詩云：「昨夜東風吹折中林梢，渡口小艇滚入沙灘坳。野樹古梅獨卧嚴寒屋，踈影横斜暗上書窗敲。半枯半活幾箇擫蓓蕾，欲開未開數點含香苞。縱使畫工善畫也縮首，我愛清香故把新詩嘲。」此則通首九言也。至升庵《梅花》詩云：「元冬小春十月微陽回，緑萼梅蕊早傍南枝開。折贈未寄陸凱隴頭去，相思忽到盧仝窗下來。歌殘《水調》沉珠明月浦，舞破《山香》碎玉凌風臺。錯認高樓三弄叫雲笛，無奈二十四番花信催。」則又創爲九言律矣。

頌禱之祠，以渾渾穆穆爲貴，不同雅音之切響也。然余觀魏人公讌、唐人應制，皆滿簡浮華。試觀古人祝君如《卷阿》之詩，稱道願望至矣，盡矣，而頌美中時寓責難，深得人臣事君之義。

盛唐詩惟在興趣，其妙處透徹玲瓏，如水中之月、鏡中之象，所以流傳不朽。

詠史，不過美其事而歌詠之，隱括本傳，不加藻飾，此正體也。左太冲《詠史》多自攄胸臆，乃又其變。張景陽以恬退安閒，亦借史攄懷，然不似太冲之激昂慷慨，蓋其境有不同也。鮑明遠《詠史》壯麗可觀，然漸事誇餙，非徒不及太冲，亦遜張遠矣。

天地間水流雲在，月到風來，何處着一點滯相。詩家能覷破此旨，則下筆如神，自是一片化機。若泥定此處應如何，彼處應如何，則刻舟求劍，縱有精思，必無生趣。

人必有真學問、大見識，乃能有佳句。如太空之中不著一點，如星宿之海萬源湧出，如春雷一響萬物發生。古來可語此者，屈大夫以下，李、杜、韓、陶，其庶幾乎。

題范文正公祠堂詩，名作不少，惟吴蘭雪先生詩尤闊達雄壯。句云：「秀才天下同憂樂，老子胸中貯甲兵。」

詩於無心流露時，每見身分。王曾布衣時作《梅花》詩云：「而今未問和羹事，且向百花頭上開。」吕蒙正曰：「此生已安排狀元宰相矣。」吾友伍趙滙詮《咏雪》云：「天上有花皆皎潔，人間無闕不彌縫。」胸次可想。

蓋詩最貴真切，今人求對仗，多尚浮靡，不知探驪貴得其珠，若鱗爪有何用耶？

詩有定境，患無定論。明詩自永樂以還，宗尚台閣體，李東陽、何景明七子振而起之，於是復歸於正。沿流以至正嘉，則後七子王世貞、李于鱗，高華矜貴，未嘗不各有所長，但其鍛鍊未深，摹古太甚，而謝榛、吴國倫、徐中行、宗臣、梁有譽等輔之，沿襲雷同，致來攻擊之口。於是一變爲袁公安之詼諧，再變爲竟陵鍾譚之僻澀，三變爲陳仲醇、程孟陽之纖佻，詩衰極矣！而當時議者，反推孟陽，歸咎於王、李，並刻論李、何，究係門户之見，非定論也。

中唐元、白齊名，然微之近浮華而少實意，不若樂天處江湖而有憂國之心。宋時蘇、黄並駕，然魯直多生澀而欠渾成，不若東坡胸有洪爐，於李、杜、韓後，又開闢一種境界。

詩肖乎人，殆非虚語。魏文帝《芙蓉池》詩：「丹霞出明月，華星照雲岡。」自是帝王氣象。左太沖《詠史》詩：「振衣千仞岡，濯足萬里流。」卓然大家風骨。

詩貴鍊氣、鍊局，尤貴鍊字。張小謝《贈馬司愚》詩云：「文撑王勃腹，詩繡杜陵腸。」撑字、繡字，可謂龍梭織就矣。又曹可玉《雨霽》詩云：「春笋亂成竹，夕陽尋上樓。」《城郭晚眺》云：「疎雨過天半，涼風搜客衣。」尋字、搜字，亦幾幾嘔出心肝。

詩不學古，謂之野體。然泥古而不能通變，猶學書者俱講臨摹，分寸不失，書非不妥也，而神理不存。作者必摩着心頭，放開眼界，於源流升降之故瞭然於中，則動與古合，而凡骨不知幾時换却矣。

詩必探源於經史子集，方有意味。若徒以詩入詩，便類於潢潦無源。但實事貴用之使活，熟語貴用之使新，抹盡斧鑿痕迹，斯爲不受古人束縛。曹子建善用史，謝康樂善用經，杜少陵經史並用，故氣味淵永，聲色俱佳。

阿中丞雨窗先生經濟學問，世欽山斗，而其襟懷灑脱，往往於詩見之。其《題畫》云：「叢桂香殘柳上垂，登樓恰正雁來時。西郊嶽色籠佳氣，北郭湘痕寄遠思。有客揮毫剛中酒，當官得暇便吟詩。但教不負持螯約，莫問他年健是誰。」當時題者甚夥，此稱絶唱。

擁厚貲者多慳吝鄙野，惟吾同宗名家賽號敬亭者，風流儒雅，絶無紈絝氣習，尤好行義舉。昔年邑城垣間有傾塌，敬亭商同里陳君海嶠出重資修補。奏聞，議叙五品職銜，爲邑人仰重。詩亦研鍊可愛。有《殘花詩》十首，録其一云：「幾度憑欄惜歲華，披離枝葉半横斜。蝶來恰似憐香客，雨過頻多減色花。謾説歸途防鹿女，何堪深院老吴娃。愁容擬作迴風舞，鳳泊鸞飄詎有涯。」又《題桃花扇傳》云：「玉樓歌舞散朝雲，别後相思日易曛。莫笑桃花偏命薄，至今人説李香君。」《白桃花》云：「自來縞素宜之子，不着嫣紅誤美人。」《舟中阻風》云：「江干驟雨波翻白，船裏炊烟火不紅。」自是名人風味。

雅致題不宜作莊嚴語，亦猶雅致事不宜作莊嚴勢也。昔有典史去看梅花，衣朝衣、冠朝冠，僕從擁輿，皂隸喝道，或嘲以詩云：「紅帽呵時黑帽呀，洛陽典史看梅花。梅花跪道低聲訴，小的梅花接老爺。」夫典史豈不知看梅是雅事，奈其心横據一典史之見，且以爲如此張揚，亦足爲梅花生色，而不知花之視爲塵俗人也久矣。作詩不善認題，盍借鏡如此？

詩以聲爲用者也，其微妙在抑揚抗墜之間。讀者静氣按節，密詠恬吟，覺前人聲中難寫、響外别傳之妙，一齊俱出。朱子云：「諷咏以昌之，涵濡以體之。」真得作詩趣味。

南城吴照南廣文，天才不羈，詩極清綺。《訪友》云：「秋水船隨湖雁至，故人樽向桂花開。」「路熟重尋前代寺，天晴補看去年花。」置之晚唐集中，可與温、李抗衡。

昔人論詩，不喜叠韵、和韵及用古人韵，以爲因韵縛束，便不能見性靈。余謂詩能限韵，則因韵悟詩，反足撥開性靈，所謂繫鈴者能解鈴也。每見詩家往往因限詩而能得生平未得之奇，道古人未道之語。蓋文人之心，變化無窮，果成竹在胸，又何往而不自適耶。

錢竹汀少詹年十九成進士，覃精經史之外，旁通中西之學。撰有《廿一史考異》，又《金石跋尾》四集。詩清而醇，和曹來殷《秋柳》詩云：「極目長條更短條，永豐南角最魂銷。渭城舊恨歌三叠，白下新愁送六朝。零落夜烏啼轉急，蕭條客鬢話無聊，春來縱説輕離别，尚有濃烟拂畫橋。」

邑張少廷尉湘門先生璨，與魯亮儕觀察俱以權奇倜儻稱。果親王重其才，將大用之。先生決意南旋，家居垂二十年，極林泉之樂。詩古雅端潔，頃於唐友石案頭見其《題曾虹受行卷》云：「敝帚何堪學郢斤，論文君意欲云云。三年先輩人如海，摇首拈鬚羨此君。」「酒槍歌扇逐群顛，文社疏來已二年。怪汝雄心銷未得，研朱重點白雲篇。」「老大蛾眉賦玉臺，嫁衣未辨也須裁。笑拈刀尺誇新樣，親見天孫織綿來。」「斐几緗簾烟篆長，尹邢風度與端相。遥知華省三條燭，迴向南豐一瓣香。」

嶽麓爲楚南名勝，當春和日麗，書院及各寺觀百花争放，雖肄業生均禁擷採，然遇遊春佳麗結伴偕來，人面與花紅鬬妍，羅裙與緑葉争色，在監守者亦目迷口鉗，恣其攀折。日晡渡河，紅香壓轎，芳翠圍舟，真冶遊樂事。劉鸞坡《即事》云：「東風料峭試羅衣，結伴尋春入翠微。斜日亭臺遊賞遍，肩輿滿載百花歸。」頗有畫意。

石樵詩話卷五

湘潭李樹滋直齋纂

歌行起步宜高唱而入，有黄河落天走東海之勢。以下隨手波折，隨步换形，蒼蒼莽莽中自有灰線蛇踪、蛛絲馬跡，使人眩其奇變，仍服其謹嚴。至收結處，紆徐而來者，防其平衍，須作斗健語以止之；一語峭折者，防其氣促，須作悠揚摇曳語以送之，不可以一格論。至轉韻，無定式，或二語一轉，或四語一轉，或連轉幾韻，或一韻叠下幾語，大約前則紆徐，後則一流而出，欲急其節拍以相亂也。

詩之難作者，莫如閨閣。稍涉浮麗，即墮入《玉台》、《香奩》餘習；一味脱棄鉛粉，則未免見寒乞陋相。若自然温粹，冲和如水仙一囊、湘梅半萼，嫣然於薄冰新雪之外，六朝而下，惟明之朱妙端、楊文儷、桑貞白、商景蘭，國朝陳燦、錢鳳綸、柴静儀、朱柔則輩，庶幾近之。今人以繪句絺章，競稱閨秀，要皆難得風人遺旨，由其根抵之不深也。

郭天門先生都賢，益陽人。性聰慧嚴介。中天啓二年進士，官至江西巡撫。遭時多故，遂爲僧。生平博學强識，工詩文。書法瘦硬，兼善繪事，人得其所寫竹，即片紙皆珍若至寶。祝髮後流寓無定，卒客死荒寺，所著有《衡嶽集》、《止庵集》、《秋聲吟》、《西山片石集》、《破草鞋集》、《佛嬾子觳音水閣吟罪狀》、《蒿夢集》、《補山堂集》、《些庵雜著》。詩皆不及備載。萬曆中，無錫縣丞孫宗伯繼臯送其歸益陽，詩云：「上書不達賦歸來，空橐何妨載石歸。臣自當誅曾出位，衆皆欲殺可憐才。三年水國將漕苦，十日風江泊浪哀。但不負丞休亦得，幾枝殘菊媚寒杯。」詩意似曾以建言譴謫者，惜其事不傳。陶宮保雲汀嘗誦其詩於鄧湘皋先生，因採以廣其傳。

文以養氣爲歸，詩亦如之。七言古或雜以兩言、三言、四言、五六言，此七言之短句。或雜以八九言，十餘言，皆伸以長句，而欲振蕩其勢，迴旋其姿也。其間忽疾忽徐，忽翕忽張，忽停瀠忽轉掣，乍陰乍陽，倏來倏往，莫不有浩氣鼓蕩。其機如吹萬之不窮，如江河之滔漭而奔放，斯長篇之能事極矣。

曾謙山先生傳薪，衡山人。以舉人大挑，先官山東滕縣暨滋陽令，旋請改教，現任邑教授。品端行直，士林仰如山斗。詩醇樸簡老。《酬何芰亭司馬自訟詩》云：「律禁閒曹受詞訟，豈容兩造互呈控。片言折斷需良才，閒曹雖良誰借重。先生鄉舉方待銓，結綬適得六品從。民情曲直權在州，州牧持權弗與共。可憐水部工吟詩，詩人祇作等閒用。頃讀先生自訟詩，詩詞幽奧多鬱思。不聽人訟祇自訟，聊分單辭與兩辭。猾胥豪奴斂伎倆，甲告乙愬歸有司。數十身由一身散，藐兹方寸中主持。以已構訟已還聽，與人無與人何訾。於乎！《抑戒》賓筵列周《雅》，作詩悔過良亦寡。不患有過患不知，知而自訟豈虛假。當日未見興嘆嗟，已難求之聖門下。何意君詩攄素懷，竟是當時自訟者。」

「虞歌曲盡怨天亡，潮落沙平舊戰場。千里江東羞不渡，六朝曾此作金湯。」此姜西溟《烏江》詩也。袁簡齋已收入《隋園集》中。而君鄉明經戴和笙先生醇《烏江懷古》詩，斷制亦確。句云：「破釜沉舟竟渡河，烏江回首恨如何。八千子弟空秦卒，百萬侯王潰楚歌。地盡已知容我少，天亡不悔殺人多。遮留董父操成算，鹵莽英雄命坎坷。」先生負性嚴正，淹博經史，生平著作浩繁，其詩文集已彙成卷付梓。又著有《周易通源》，亦將出以公世。

宋景文詩「蟹美持螯日，魚香抑酢天」，抑酢者，以鹽漬魚肉而藏之也。楊淵《五湖賦》「連航抑酢」，殆本乎此。

李明府光甲孝廉諱鑣潭父，吾友孝廉名士衢曾祖也。生平著作宏富，乃其制藝、古文爲座主吴太史袖攜入都，至洞庭覆舟漂去，詩稿則於赴官之日寄郭孝廉家，亦燬於火。頃僅搜其《過鑿石浦》一詩云：「杜老文章在，江山照奇麗。生涯歷轉蓬，冥心契爻義。陰陰古木間，日暮鳴蜩嘒。蕭寺度疎鐘，深林相蔽翳。暫覺薰風來，襟帶皆和惠。聖武屢豐年，神功祚先歲。一暮宿江天，波平舟不繫。」清微澹遠，惜不多存。

蔡少尉鼎新，號子琴，蘇州吴縣人。綽有治才，而襟懷曠達，尤有天半朱霞、雲中白鶴之概。生平書畫兼工，詩亦澹遠有神。《題畫蘭》云：「幽想入空谷，微香生硯池。果然神似否，祇有美人知。」詠泉上人《登希青亭》云：「千秋毅魄餘枯骨，一派寒聲走怒濤。」《七夕》云：「塵世幸無兒女債，神仙亦有别離情。」一雄渾，一幽雋也。又《哭徐海宗》云：「嶽雲黯高山，湘江澹流水。人生無百年，豈易逢知己。昔與徐君交，春風生席几。契闊等芝蘭，傾懷忘俗靡。曾記唱《陽關》，垂鞭慕桑梓。别思一年餘，離愁何處是。關山本非遥，渺若隔千里。天末雁聲寒，颯颯秋風起。相期故人來，忽報故人死。寒窗燈不花，苦雨滴未止。逝者竟如斯，衷懷曷能已。搔首問青天，一哭而已矣。」

王岱洲《詠梅花》詩，有「工部詩中失海棠」之句。余初不知其所謂，及閲王禹偁《詩話》云：「杜子美避地蜀中，未嘗有一詩説着海棠，以其生母名海棠也。」陸放翁以爲老杜不應無海棠詩，意其失傳耳。余觀《淮南子》云：「百梅足以爲百人酸，一梅不足以爲百人酸。」又安得以此少之。

詩人各有寄託，但其境地各有不同。余閲《燈花詩》最多，兹摘其一二，以覘胸次。謝薌泉先生云：「自有珠璣繞紫氣，了無枝葉本丹心。」張翰卿云：「絶無緑葉扶偏好，爲有丹心晚更明。」辛木云：「春縱無邊開不到，心難灰盡落還生。」雲度上人云：「一現早知空是色，短檠相對碧無情。」

詩人半屬狂士，如楚秀才揚芬，其胸本具别裁，而其以詩自豪，有目空一切之概。頃述其《咏宋太祖》云：「誰於五季息紛争，夾馬香孩應運生。能恕風塵無特識，不妨雪夜事微行。白駒借喻功臣泣，黄袱留看國主驚。况復天寒臨講武，毡幃裘帽念西征。」余謂此詩無他妙，衹是運典妥貼，尤好在開口即籠括一切耳。楚服其言。

醴陵選拔易清漣，向共硯城南，覩其詩，多近元祐諸人。兹見《送李孝廉北上》之句，尤極峭勁。詩云：「君行不可駐，歲晚一孤舟。把酒此爲别，挑燈相對愁。片帆輕雪舞，江水帶冰流。剩有詩情健，蒼茫紀壯遊。」「自昔論交者，如君我獨欽。文章根性出，肝膽照人深。長坂驊騮路，冲霄鸞鶴音。相期各珍重，從此縮朝簪。」

性情高雅之人，所行每異塵俗。邑陳上舍觀圖，號小摶，才氣軼群，讀書過目成誦。近年棄舉子業，獨闢一精室，專肆力於詩、古文詞，不稍倦。暇則譚棋品畫，作字調琴。又與名下士日相唱酬，故詩境益佳。五言如《登祝融峰》云：「斷雲收雨脚，斜日度山腰。」《湘江晚泊》云：「濤聲衝岸起，風勢破空來。」七言如《秋夜舟中》云：「征雁叫雲千里恨，寒蟲咒月一天秋。」皆極工麗。又《鼓琴》云：「一縷香蘇睡鴨魂，緑梅花落正黄昏。小樓獨撫瑶琴坐，萬籟無聲月到門。」尤爲人傳誦。

齊丈治卿年老好詩，《九日和友人》句云：「萬種風流雄兩晉，一枝花筆艷三唐。」《病後感懷》云：「名以文章著，詩從慷慨歌。」於遲暮之秋，尚有此等音韵，亦偉人也。其哲嗣嶽生孝廉，詩亦大有父風。

長沙參軍劉星樓炳南，詩得香山之麗，而淡雅處又似蘇、黄。《游西湖》云：「秋風吹送盪湖船，船到湖心水接天。青嶂遠銜雙塔寺，碧波遥帶六橋烟。聰明莫謂神仙幻，指葛仙鍊丹處。祠墓空留將相賢。謂忠岳武穆。試上跨虹回首望，樓臺掩映夕陽邊。」「霸業銷殘尚有樓，荒墳蘇小亦千秋。平湖緑水三更月，花港紅菱一葉舟。得住孤山真處士，未攜鶯侣負杭州。鐘聲響切南屏晚，短棹歸來作卧游。」星樓，廣州香山人。以書生投筆從戎，會英夷跳梁，隨大軍征勦有功，銓選令職。生平好遊歷名勝，足跡幾半天下，洵不媿風雅云。

楊武陵相國身後，謗議紛起，其子崧雖作《籲天録》辨之，人不之信也。平心而論，武陵之奪情，由於金革，自難以常情指摘。其督師主勦，不爲無見，而連破張獻忠等積年之逋寇，亦未始無功。至以賊委蜀，教百姓誦《觀音經》等説，直東齊野人語耳。陶文毅《過天心湖望相國墳》有詩弔之云：「運籌帷幄原乖術，畢命疆埸匪愛身。世亂始知才不易，督師死後更無人。」「師門忍用鞭尸報，謗口誰從死後明。檮杌若教成信史，莫將首惡赦周生。周生事見《池北偶談》。」二詩持論平允，相國有知，當爲首肯。

順天府尹彭咏莪蘊章，爲余白華舅門下士。早耽理學，繼勵功勳，所尚並不在詞章之末。然其詩漁獵百家，又工於寄託，亦多可傳。如《聞蟬有感》云：「千林寂寞薰風裏，新蟬一聲差可喜。無何散作亂蟬聲，十十五五嘶不已。豈有朱絃疎越音，但覺筝琶聒人耳。初聞新蟬清我心，亂蟬使我躁心起。立言自古嘲雷同，何況言官論國是。」奇險峻峭，彼尸位者聞之，得不汗顔耶！《漁隱叢話》云：「富貴於人，造物所靳。自古以來多不在於少年，嘗在於晚景。而人至晚景得富貴，未免置第宅、售妓妾，以償其生平所不足。如樂天詩云：『多少朱門鎖空宅，朱人到了不曾歸。』司空曙詩云：『黄金用盡教歌舞，留與他人樂少年。』讀此二詩，使人悽然。」余生長貧賤，誠未知税駕何所，姑書此爲異日砭石云。

余與張蓉軒無一面交，人傳其《春興》詩有「坐久苔痕欲上衣」之句，余深羡其丰致。既又見其《春日話舊》云：「記逐萍踪出晚村，讀書聲裏到君門。人情聚散渾如夢，歲月蹉跎欲斷魂。十里關山青不斷，半江春漲緑無痕。何緣今夕尊同把，楊柳依依事怕論。」亦佳。

丁酉選拔羅姻丈名汝槐，爲侍講學士碧泉先生姪行，門第清華，品節端峻，讀書破萬卷，皆過目不忘。少年詩宗唐宋，讀綺麗處如在「緑楊城郭」「二分明月」間。然近日詩境尤高，主講淥江書院時，有《入淥》詩一首，古雅澹逸，足與玉局翁抗衡。詩云：「淥水百里來，出與清湘併。狹岸約束之，飛流勢逾競。我行泝流上，沿路得幽勝。坼岸鬱盤紆，沙石顯瘦硬。盈盈掌握掬，了了眉宇映。群峰迎面來，峭壁削蘿磴。孤松何代植，拔挺雪霜勁。怪哉扶輿氣，靈秀此獨孕。帆隨山路轉，槳與谷聲應。

前指迷去程，後顧失來徑。人家臨絶巘，炊烟裊塵甑。危灘數重上，水力激益横。長年奮先登，力竟氣猶盛。固知防下流，須具强忍性。遥塵起市廛，近響辨鐘磬。湍湍不盈尺，已再歷朝暝。後來循此塗，漸進慎毋輕。」

余不識羅翰秋，荔仙來，謂翰秋上舍濱江之詩人，且濱江一才人也。嘗述其《漫興》云：「一回拊缶一高歌，興極還將鐵硯磨。自鑿靈源千萬頃，不知人世有江河。」何軒爽曠達乃爾。

六朝詩至陰鏗，漸開沈、宋近體之源，其《新成長樂宫》一篇爲陳文帝所賞，後世律詩之先聲也。詩曰：「新宫新壯哉，雲裏望樓臺。迢遥翔鶡仰，連翩望雀來。重檐寒露宿，丹井夏蓮開。砌石披新錦，梁花盡早梅。欲知安樂盛，歌管雜塵埃。」其他佳句可誦者，如《渡青草湖》云：「帶天澄迥碧，映日動浮光。行舟逗遠樹，渡鳥息危檣。」《和侯司空登樓望鄉》云：「寒田穫里静，野日燒中昏。」《廣陵岸送北使》云：「亭嘶背櫪馬，檣轉相風烏。」《江津送劉光禄不及》云：「鼓聲隨聽絶，帆勢與雲鄰。」《婕妤怨》云：「花日分窗進，苔草共階生。」《閒居對雨》云：「觸石朝雲起，從星夜月離。」《晚泊五洲》云：「水隨云度黑，山帶日歸紅。」《侯司空宅咏妓》云：「鶯啼歌扇後，花落舞衫前。」皆典雅流麗，盛唐名作不過如此。鏗字子堅，南平人。南平今澧州。吾楚詩人當以鏗爲祖，而通志、州志皆不及採入，故詳著之，補吾楚文苑之遺焉。

有人自玉山堂來，稱賀鐵畊作循自刻詩集，倩余覓一梓人，且問余選詩若干。余曰：「只少鐵畊詩耳。」越日，持古近體詩數十首，俱可傳誦。《跳蟲吟》云：「天地萬物之窠臼，或潛或飛或行走。何哉蟲乃黑而微，專恃騰踔出其醜。山雀逴及趨距工，井蛙且遜跳粱久。依人作計殊惱人，公孫布被十恒九。曉夢驚飛蝴蝶魂，宵眠打散鴛鴦偶。捷如馬勒潭溪超，健如鯉躍龍門陡。或如豕突徒狼奔，校巡那得捕快手。偶然韓信紿已擒，忽又孟明囚不守。唾指按甲伺其來，我兵伏左賊攻右。老身輾轉復反側，爬沙不覺血縷縷。跳蟲汝勿謂不羈之才世絶無，棲屑蟣虱視蔑如。又勿謂捷足可以恣叫鼻，蠻争觸鬥無爾虞。莫敖高舉荒谷縊，梁冀跋扈羽林誅。」《倣劍南小體詩》云：「興味蕭然退院閒，黄昏初定閉柴關。雨餘簷溜成銅滴，風定爐烟轉玉環。花事與人争夢過，客懷因酒似詩删。學書未就塗鴉慣，宿墨淋漓兩袖斑。」

曹丈西林以詩課子，可玉最得其傳，次珊谷亦工吟咏，惜皆不壽。昨讀西林翁詩，兼得珊谷遺稿。西翁《樵夫》云：「一天雲樹密森森，樵斧丁丁深復深。僻地幾經猿鶴夢，險巖應破虎狼心。山中熟睡尋蕉鹿，石上敲棋易古今。惟囑枯桐休折斷，尾焦原可待知音。」《漁父》云：「楊柳堤邊影緑簑，荻花深處唱漁歌。誰憑鷗夢翛然遠，我不羊裘自在多。萬里西風吹髮短，數聲柔櫓帶烟拖。停橈試問鄰舟客，如此匆匆近若何。」珊谷《過一笠亭》云：「黄昏來古寺，散步入林深。喬木參天外，孤亭得樹陰。風過山鬼嘯，人静野蛩吟。對此發幽趣，寥寥太古心。」又《荷包牡丹》云：「花滿柔枝力不勝，鼠姑同放勢争榮。囊空不自知羞澀，浪得人間富貴名。」

古今詩人以詩名世者，或只一句，或只一聯，或只一篇。如「池塘生春草」，則謝康樂也。「澄江浄如練」，則謝宣城也。「壠首秋雲飛」，則柳吴興也。「風定花猶落」，則謝元正也。「鳥鳴山更幽」，則王文海也。「空梁落燕泥」，則薛道衡也。「楓落吴江冷」，則崔信明也。「庭草無人隨意緑」，則王胄也。温庭筠有「雞聲茅店月，人跡板橋霜」。嚴維有「柳塘春水漫，花塢夕陽遲」。常建有「曲徑通幽處，禪房花木深」。杜荀鶴有「風暖鳥聲碎，日高花影重」。孟浩然有「氣蒸雲夢澤，波撼岳陽城」。張祜有「樹影中流見，鐘聲兩岸聞」。周朴有「曉來山鳥鬧，雨過杏花稀」。劉筠有「雨勢宫城闊，秋聲禁樹多」。寇萊公有「遠水無人渡，孤舟盡日横」。徐鉉有「井泉分地脈，砧杵共秋聲」。趙師民有「麥天晨氣潤，槐夏午陰清」。此類不可勝數。今人才力不如古，而貪多鬬巧，務欲求勝於古，豈知古人詩之見傳，固不在於多與寡哉。

南麓先生有子六人，俱天才宏富，詩學清奇雄偉，無美不臻。因仿隨園叙周氏兄弟詩例，鎖録於左。拔貢生埴，號貢五，著有《湘帆閣詩集》。《京江夜泊》云：「江濤薄暮勢微收，鐵甕無風得好留。邀笛步遥人對月，藏春庵近客吟樓。一聲清磬驚懸狖，數點漁燈動宿鷗。人境蓬萊原未遠，金山突兀海鰲浮。」

邑增生美五坤，和其弟《枕石山房落成》云：「闢得南軒十笏堂，迴廊修弄自低昂。湘潭雨接簷間溜，嶽麓雲堆欄外墻。閒假欹眠親石局，詎甘高枕隔書床。松齋十里花橋路，竹杖芒鞋興正長。」

前五諱垣，以舉人官桂陽州學正，後選河西知縣，因老辭歸，著有《潭上草堂詩稿》。詩尤風雅，有《湘江竹枝詞》十二首，足資楚南掌故，因摘録之。詞云：「衡日九千餘丈落，衡嵐七十二峰開。香官今夜何峰宿，紫蓋南看瀑布回。衡峰夕照。」「山門灘落見昭陵，萬石千篙不可聽。越客吴儂剪紙拜，湘潭也復有空舲。空舲素浪。」「湘水桃花曲曲迷，湘雲帆影粤東西。送郎津口呼郎聽，是鷓鴣啼杜宇啼。津江雲帆。」「觀湘門外碧湘秋，黄葉亭前一葉流。君去江東勞寄語，儂移河岸第三樓。湘潭黄葉。」「昭潭無底橘洲浮，五月楓江水似秋。趁早燒香山頂去，午時縣裏賽龍舟。橘洲曉岸。」「郎家楓浦雪晴天，妾隔銅官渚外烟。江口新人雙十六，網網落水倒划船。銅渚雪漁。」「一灣楓荻一灣秋，三十六灣聲不休，誰唱沈河江上曲，渠儂都怨靳江流。灣河楓荻。」「村村湖葉村村赤，寸寸湖波寸寸風。波似妾心無遠近，葉如郎跡任西東。洞庭晚波。」不俚不雅，洵是劉禹錫的派。余今春應陸費中丞校經堂課，亦擬二十首，極力摩寫，不能得其風味。存其二云：「醝商米賈擁艨艟，不減魚鹽蜃蛤雄。三十六灣灣不定，來帆風接去帆風。」「長沙城内辛夷舞，長沙城外杜鵑聞。兒女未知忠孝事，清明先拜蔡公墳。」

興五諱增，進士，官縣令。告歸後最喜遊覽，所至必紀以詩。《登仙女山》云：「絶頂崔嵬徑百盤，憑陵身到碧雲端。中天霧積千峰翠，八月涼迎客袂寒。名士自來雙蠟屐，仙人終古一青巒。秋容澹蕩三湘迴，款納從教結伴看。」《半山庵》云：「晚風吹霧將成雨，歸客穿林帶濕愁。上界鐘從何處盡，半山烟似向人留。丹楓翠竹還殊態，捫薜攀蘿衹舊遊。遥望白雲詩趣遠，松花香引入書樓。」著有《梼南詩鈔》。

拔貢生和五坊，先官廣西知縣，所至有慈惠聲。嗣任山西諸縣，士民稱爲王屋仙吏。《入都謁關帝廟集句》云：「赤脚丹心照彼蒼韓偓，天恩已息陣堂堂杜甫。吴宫花草埋幽徑李白，魏國山河傍夕陽李益。宸極此時飛聖藻崔日用，盛名天下挹餘芳皇甫冉。男兒事業惟公有杜牧，英傑高吟意興長。」都中聞者無不欣賞。後引見時，朝房聞司官呼先生名，疑爲什邡令張昉，禮部任公蘭枝、兵部吴公應棻曰：「此爲張坊。」文端公廷玉云：「余知其人，是即集『吴宫花草、魏國山河』咏關夫子者也。」天然湊合，自來無此恰好。

程雲階世漢，性有詩癖，雖事區萬品，情綜千塗，而令序芳辰，必事吟咏，詩亦清雋可愛。《題九面樓遺稿後》云：「先生淮海擅風流，幾度豪吟五筦遊。酒壘生前鑪尚在，詩名死後卷還留。怕看落葉三秋樹，忍把遺編九面樓。夜對寒燈風雨下，瓣香爇到寸心愁。」《過芋香精舍》云：「佛天青幾處，四大本來空。香沁曇花雨，凉生貝葉風。文章前輩老，筆硯故人同。忽憶離家客，天涯類轉蓬。」皆佳，惜任事太繁，審事太密，其精神不能全注於此。

程雪門爲雲階子，年少能詩，潭人皆契重焉。惜未三十而卒。今夏閲其遺稿，猶想見其絺章繪句時英氣勃勃也。稿中詩多佳句，《題陸放翁謁武侯廟詩後》云：「萬死投荒蜀道崎，武侯祠廟柏參差。分明南渡偏安日，不異西州嗣統時。六出王師生拜表，九原家祭死留詩。兩公心事昭千古，一樣淋漓痛哭詞。」《湖上春遊》云：「雨湖春水緑迢迢，十里紅亭五里橋。遮道花迎公子面，夾堤柳鬬美人腰。是何好夢鶯難破，如此芳魂蝶易銷。天亦有情忘不得，緑雲粧點嫩晴朝。」

葛月樓美秀而文，詩亦如之。幼時有《雨湖竹枝詞》，出風入雅，人人點頭。詞云：「昨宵聽罷雨湖雨，今日有人堤上行。似爾黄鸝便傳語，此湖宜雨亦宜晴。」「清風亭畔幾人家，若箇新來此賣茶。

一領紅衫青兩袖，鬢邊斜插玉簪花。」「一堤如帶柳條鋪，一水如油緑滿湖。中有桃花作春色，門前人面與模糊。」「石路西南宛轉通，一湖長在畫圖中。祇今大埠橋前水，流出桃花幾樣紅。」

楊紫卿季鸞，南楚老詩人也。詩集甚富，余在京亦曾見之。嗣又得其《游平山堂》一律云：「淮南佳景屬平山，難得登臨我輩閒。竹石不妨評位置，亭台聊復試躋攀。鶯花寂寞徵歌後，麝墨淋漓被酒還。若覓歐陽舊時蹟，風流原只在人間。」

胡弼臣安國官吾邑，駐守蓋十年矣。其祖若父皆以讀書成名，弼臣能讀父書，就武非其本志也。然其風流倜儻，真醇儒品度。頃擢善化總戎，贈别者甚多佳句。萬廩生政襄句云：「秋霜射獵辰彎臂，夜月談兵甲貯胸。」楚君薌石云：「功名慚短劍，風度挹輕裘。」余亦贈以句云：「細柳長松一手栽，旌旗摇曳逐雲來。人欣秦宓詩書士，我識班超將相才。長冠百夫城有障，春濃十載畫登臺。鶯遷又泛長沙棹，檣燕留行日幾回。」

《侯鯖録》：「今之秘色磁器，世言錢氏有國，越州燒進，不得臣庶用之，故云秘色。」比見陸龜蒙《進越器》詩云：「九秋風露越窑開，奪得千峰翠色來。好向中宵盛沆瀣，共嵇中散鬬遺杯。」乃知唐已有秘色，非錢氏爲始。

郭孝廉崑燾，號意城，筠仙太史之弟也。天才英異，氣宇軒昂，間爲詩詞，皆溯源六朝，得其津筏。昨於歐陽子壽扇端見其録舊作數首，清微淡遠，古意蟠鬱，殆漢魏間遺音耶！摘其一二云：「流雲倏東馳，白日黯無色。開門驚四顧，天高野烟塞。礎潤知雨零，履霜肇冰泐。天時與人事，日日相促逼。

逝水無駐波，潮汐安可息。甌石吾何求，隱憂常惻惻。」「鳳凰寂無聲，烏鵲乃喧擾。鸚鵡詡能言，人前更糾譎。金丸忽駭彈，僧響閟群鳥。鷹鸇擊同類，悚身何悍慓。營營樊中蠅，聱耴極秋杪。泥塗張蚓竅，徒令聞者愀。安得羅浮雞，一鳴天下曉。」

伯壎仲篪，古人於兄弟之間，自有一段至情至性，而不徒以倡和爲樂也。昔年客長沙，適羅雲皋孝廉自都門旋里，備述曾學士滌生先生學問經濟自是第一流人，且其藹然孝弟，尤徵天性之厚。頃於湘山圖中，見其寄弟子植詩三首，肫樸真切，並一生忠孝之心，亦躍然紙上。詩云：「乖違予季今三載，辛苦學詩絶可憐。王粲辭家遘多患，陸機入洛正華年。輪蹄塵裏鬢毛改，鼙鼓聲中筋骨堅。門内生涯何足道，要煩嘗膽報堯天。」「漢家八葉耀威弧，冬幹春醪造作殊。豈謂戈鋋照京口，翻然玉帛答倭奴。故山豈識風塵事，舊德猶傳嫁娶圖。長是太平依日月，杖藜零涕説康衢。」「辰君平直午君奇，自注：澄侯生庚辰，温甫生壬午。屈指老沅真白眉。入世巾袍各骯髒，閉門諧笑即支離。中年例有妻孥役，識字由來孝養衰。貧裏光陰親鬢白，嗟予漂泊在天涯。」「杜韓不作蘇黄逝，今我説詩當附誰。手似五丁開石壁，心如六合一遊絲。神斤事業無凡賞，春草池塘有夢思。何日連牀對燈火，爲君爛醉舞僛僛。」

近日詩人多事叫囂，吾友汪茂才昌壽號蓉江，獨具一種静穆之氣，而音節尤極瀏亮。如《山居春興》云：「漸覺東風拂面輕，閒來門外暢幽情。春光點水波初緑，天意催花雨欲晴。酒熟喜逢知己飲，鳥啼如勸踏青行。待看郭外新開霽，柳下同聽出谷鶯。」《消夏》云：「小小山亭伴苧蘿，參差竹影漾輕波。幽軒一角臨池面，差喜開窗得月多。」「緑竹深深當列屏，柴門無客晝常扃。高人恰與雲同睡，雲到飛時夢亦醒。」《春草》云：「清明細雨過三月，荒塚東風夢六朝。」五言如《秋夜》云：「吟懷隨月滿，詩格入秋孤。」《雨後晚眺》云：「野鳥銜烟入，畦牛帶月眠。」都饒韵致。

周鐵樵姻丈名裕梓，以經學傳家。兄弟皆能詩，而姻丈之詩尤多奇傑。《題白雲深處癖吟圖》云：「天上有白雲，山中有詩客。好雲出無心，好詩妙偶得。雲即天之詩，變幻在頃刻。詩即天之雲，起伏在閤闢。二者本自然，静觀皆自適。周生會其妙，圖寫雲爲壁。一卷坐長吟，箕踞而脱幘。朝看白雲生，笑言開啞啞。暮看白雲生，神明更奕奕。烟波天上雲，氤氲生肺鬲。吐我胸中詩，樓臺絢金碧。入雲既已深，作詩亦成癖。長歌響遏雲，短調雲濯魄。當其搦管初，十指雲烟積。詩雲兩不分，詩雲兩無迹。我家雲深處，長年爲形役。性更懶於雲，枯腸雖搜索。披圖神氣旺，雲氣盪胸臆。此意我會之，狂言雙手拍。詩束筆萬枝，雲懸梯百尺。守我雲中君，招我詩中伯。清廟明堂間，朱絃響疎越。雲在鶴矯矯，詩成情脉脉。碧天雲路長，秋風振逸翮。」其弟曉江先生名裕楠，邑孝廉也。詩於宋楊、陸爲近。《舟次岳陽樓下》云：「喜看波面平如砥，未到樓頭意已仙。」《澤口阻風》云：「山雨欲來人語亂，江風漸落浪聲柔。」《旅次》云：「雨因久旱如佳客，人遇他鄉即故知。」皆爲人傳誦。

沅江秦明經錫祉夏五過余選樓，時煮賑事繁，未暇談詩。越日持贈友作數十章，俱杼軸予懷，於此事殆三折肱矣。碎句如「窮極詩千古，公餘留一枝」、「倚竹翠於鬢，賞蘭香襲裾」，皆新。其全章可誦者，則有「記得瓊湖晤，如今恰廿年。風波成往事，歲月孰虚延。此夕客中客，幾山烟外烟。倚樓争遠眺，參昴四更天」，亦淡遠有味。明經弟錫祺，亦精詩律，著有《壽齋詩話》。

邑咏泉上人能詩，其往來者多名下士。每過余選樓，輒稱符司馬南洤賦性雅潔，當讀書餘閒，即吟詩作畫，種竹栽花，故其發而爲詩，皆清詞麗句。旋袖其《登紫荆山》云：「古寺懸雲際，濃陰四面遮。林深山徑曲，秋老樹枝斜。遠黛凝青嶂，新詩艷碧紗。一聲清磬裏，歸路數寒鴉。」《賞牡丹》云：「春風紫禁狂吟日，夜月雕闌醉倚時。」《雨後即事》云：「馬蹄荒草亂，牛背夕陽孤。」皆工。南洤名典，家頗豐贍，常好行義舉，今夏邑饑荒，里人多仰賴焉。

前採羅小溪勳詩，僅得七律一章，味美於回，令人有乞餘不足之意。頃荔仙搜其《諸將》詩五首，清雄峻拔，蓋合李、杜爲一手者。《邊防》云：「漢祖揮戈定朔方，烽烟回首燭天荒。中朝詔已屠龍馬，六代功猶攘犬羊。銅島黑風吹海白，雪山紅日傍雲黄。將軍雅解論兵革，日月叢中聳佛光。」《駐防》云：「分土編營五色旗，軍中從此習弓騎。枉教司馬憂歧卒，不道從龍便將裨。白手健兒紛醉夢，羽林諸子半藩籬。早知四海無供給，莫讀高皇創業碑。」《海防》云：「絶島專征建虎威，神機多與昔人違。天應痛悔和戎誤，將不能軍國事非。南海艨艟消戰火，緑營旗幟造虹飛。論才祇數劉郎健，細雨凉風大帥歸。」《苗防》云：「番夷往事久成烟，又聽箐嵐語杜鵑。降虜軍聲嚴僕射，墮鳶勳業馬文淵。狼貙塞堡屯田卒，魚蚌蠻人壑障天。銅馬赤眉方一例，休將佽射侈投鞭。」《運河》云：「樓船使者晝咽喉，多恐倭奴據上遊。五月江深諸道集，長淮天險重臣愁。材官早已屯涇渭，羽檝依然轉置郵。額守萬方根本地，旌旗無恙到神州。」又見《舟中感事》詩十二首，音節蒼凉，其樸茂處有西涯樂府遺音，惜集隘不能備録也。

周峙生詒萬，性樸誠不苟。讀書於經史外，旁通金石之學，而鑱刻晶石銅章，尤極精妙。曩鐫有《鑾園印存》，間亦取閲，恍置身圖書府中，頓滌西塵三斗。詩亦幽雋。《秋閨》云：「井梧霜葉曉風凋，掠過深閨逐影飄。妾若爲郎憔悴甚，恐郎他日更魂銷。」《秋砧》云：「一片寒砧石半欹，聲聲練搗月明時。淚珠空自隨流水，流到郎前郎未知。」《飛絮影》云：「落溷容難重對鏡，沾泥心合早忘機。」《落花聲》云：「既然含笑饒千態，怎肯無言了一生。」不必以家數律之，自與古合。

沅平各邑婦女，多以白布挑繡覆首，醴北驛路則覆以青紗。客商往來，以親手煮茶爲敬。劉鸞坡《醴北途中口占》云：「青紗覆首避輕塵，修短纖濃仿洛神。自煮名泉留小啜，雪甌擎出掌中春。」蓋實事也。鸞坡名開墀，天性剛毅，負氣任俠，不爲豪右勢宦所移。獨發於詩歌，多旖旎靡麗之作。余常索其存稿，答云：「少年綺語半涉輕浮，感憤時事率多譏訕，二者均傷忠厚，不欲示人，只堪自怡悦也。」惟記其《新柳有贈》云：「淡淡描金倚畫樓，欲開青眼屢嬌羞。東風淺逗心初動，黄鳥輕棲體尚柔。未解纏綿忘我別，不勝烟雨替卿愁。緑波南浦春如鏡，映出蛾眉月一鈎。」語殊清麗，惜所贈非解事者，不知籠以碧紗耳。

石樵詩話卷六

湘潭李樹滋直齋纂

邑蕭梓南之櫟，現以州同知候銓。其人氣豪腸熱，見義必爲。今夏邑煮賑，梓南既指囷以濟，又身佐其事。酷暑中備極焦勞，越五十日，未嘗少倦。生平詩離奇滉瀁，似李崆峒諸人，著有《若谷山房詩草》。就中摘其事與詩之俱可傳者，以見梗概。有某妻買侍女香玉爲篷室，不知其夫先有他約，夫欲退香玉，返價不諧，遂成訟。李丈壎南謀以金贖香玉，寄馬悔初家。梓南爲之覓耦，因紀其事云：「美人不可見，義士不可得。李侯意氣雄且奇，欲作天涯豪俠客。掀髯向我嘆不平，道有侍兒號香玉。生小茫茫迷故里，流涕能爲隴上曲。有人把鏡春無侶，爲夫買妾亦豪舉。祇言消恨無煩療妬羹，那知王珉團扇先有主。從兹列屋鎖雙眉，兜離窈停無限悲。妾心匪石郎疑石，石在郎心妾不知。黨奄蜂衙尋構難，平地風濤腸欲斷。得有人兮爲還珠，濟以慈航登彼岸。我聞惻惻感公賢，解囊不吝比輸錢。先生大笑吾去也，文姬一婁返闕前。可憐千古紅顔原命薄，千古好花原易落。既有東皇肯護持，何須聳肩掃黛自怨兒身弱。籬下暫將寄馬融，此身幸免辱泥中。蕉葉未曾經捲雨，楊枝何忍更隨風。湘南遍聯香玉句，碧海如雲歲云暮。共覓鴛譜續鸞膠，鵲橋佇見雙星渡。休嫌月缺與花殘，梅蕊須從雪裏看。從來此輩原不長貧賤，崎嶇況預歷艱難，爲語旁人如是觀。」

《若谷詩草》題辭美不勝收，余獨愛張明府聲价二律。句云：「眼前所見吾誰與，三十蕭郎妙若何。笑織鴛鴦成麗句，大驅龍虎入悲歌。雲霞靄靄恩情艷，風雨茫茫感慨多。猶記説詩清夜裏，一燈紅照口懸河。」「不辭沈醉一千觴，劍斫珊瑚七尺長。太守下床眠許汜，步兵青眼對嵇康。閒情遠岫和烟淡，奇氣炎天作雨凉。我亦愛詩豪舉者，爲君歌罷極蒼茫。」

余居京時，知王遜之贊府吟才敏秀，而其以驚才絶艷之筆，寫嫣紅姹紫之情，尤多韵語。猶記其《尋春詞》云：「廿四番風花信遲，令人惆悵意如癡。從來好事多磨折，杜牧三生信有之。」「踏青相約美人車，拾翠曾經第幾家。草緑迎媒須有意，春城二月碧桃花。」「一葉堪題吐鳳才，幽情脉脉少人猜。桃園春色今如許，衹恐青鸞去不回。」「尋春消息事争差，金屋空言待館娃，夢到遼西情不已，銷魂真個屬盧家。」「我亦浮雲等此身，雪泥鴻爪倍傷春。欲餐洞府胡麻飯，惟恐桃花解笑人。」

邑前輩論秦副車百二關之詩，境地不高而工整絶倫，洵確評也。余見其《武侯祠》云：「君是英雄首，臣居第一流。龍雲欣際會，魚水共綢繆。支手撑天力，勞心闢地謀。三分承正統，五夜夢神州。」「割據爲尊漢，艱難始帝劉。行師真管樂，託命儷伊周。幼主勤規過，中原誓剪仇。南征乙未歲，北伐戊辰秋。」「草木知威命，風雲佐運籌。兩朝躬已瘁，六出志難酬。火未臨卭熄，星先渭水投。虎威生尚畏，狐媚死應羞。」「名士知無忝，奇才信不侔。典謨遺表重，宇宙大名留。神享岷江祀，人追錦里遊。雞豚春社酒，争拜武鄉侯。」《三醉亭》云：「蒼梧鶴駕駐湖濱，貰酒清風過此頻。渴飲吞殘雲夢水，朗吟銷盡岳陽春。三千界裏無佳釀，五百年來少醉人。炊熟黄粱惟噉飯，邯鄲不及洞庭津。」著有《九面樓詩集》。

張藻字於湘，江蘇人。知縣之項女，畢禮室尚書沅母。學邃德優。庚子高宗南巡，沅居憂里門，縷陳母氏賢行，聖書「經訓克家」四字賜之。詩深厚真切，《抵子巡撫署》云：「連朝話別到更深，不盡婁江望遠心。莫怪老人添白髮，兒童幾輩换鄉音。」「周遭竹嶼與花潭，檻外雲光映翠嵐。儘有琑窗詩料在，不須回首憶江南。」又少時《咏梅》云：「出身首荷東皇賜，點額親添帝女裝。」乾隆庚辰，子沅舉進士，殿試第一，乃知此詩竟成讖語。著有《培遠堂詩集》。

江右許女史權，進士崔謨室也。詩在閨閣中獨標雋旨。《七夕》云：「七月七之夕，家家望女牛。神仙不可見，涼風何飀飀。我疑天孫之巧轉近拙，東西隔斷難飛越。一年一度一分離，千古銀河響幽咽。不須乞巧向天孫，若賜巧多愁欲絶。君不見東家力田婦，耕饁常相隨。旦暮共苦樂，白首不分離。又不見西鄰有才女，夫壻上玉堂。終年不相見，悵望悲河梁。玉露無聲夜清悄，盒中盼斷蛛絲繞。不知巧思落誰家，只恐巧多人易老。寄語人間癡兒女，寧爲其拙毋爲巧。」又《寄外》云：「柳風梅雨路漫漫，身不成飛着翅難。除是今宵同入夢，夢時權作醒時看。」

張勤淑，四川遂寧人。舉人吴翀室。《對雨懷鄺鳳巢安人》云：「浣花箋舞峩眉雪，十載凄涼鐵甕城。寒雨侵簾通海氣，疏鐘到耳帶江聲。醉吟應有清新句，愁坐還添羈旅情。我欲扁舟話離别，拍堤春水正盈盈。」情景俱佳。

長洲布衣李崧之室人薛素儀瓊，夫妻唱和於浣香園，每多佳句。《寒食》詩云：「一樣鶯花二月天，餳簫聲裏興蕭然。三旬九食吾家事，不獨今朝是禁烟。」

前搜閨秀詩，得吟香女史一卷，温厚冲和，誠不概見，惜未署姓字，而採詩者亦不余告也。録其中《秋夜遣懷》云：「簷溜潺潺雜亂泉，庾公清思轉陶然。澆成一夜無情雨，洗盡千秋有恨天。把酒漫談前輩事，挑燈細閲後生篇。桂花消息今何似，珍重生香雲外傳。」七絶如《春日雜感》云：「緗簾閒倦嫩寒輕，遲日融和喜乍晴。臺畔垂楊堦下草，纖纖緑到可憐生。」「餳簫吹暖賣花天，翠斝紅歌照几筵。領取園林生意趣，一分疎雨二分烟。」

「愁生明月夜，人瘦落花天」，此嘉定女史侯承恩髫齡作也。中年詩尤深穩。《遣懷》云：「萬事如今付子虛，何時却把好懷舒。一年花信春將暮，半世光陰病未除。不愛繁華休入夢，但能清静便攤書。青箱世業家風在，手澤猶存樂自餘。」著有《盆山集》、《松筠小草》。

從來寫貧苦詩易至工穩。浙東巡道沈啓震之母孔繼瑛，先其家極寒，嘗有句云：「夜枕先愁明日米，朝寒又典過冬衣。」可謂痛快。

江蘇女史蔣操，字修端，著有《秋雲草》。余祇見其《幽琴歎》一詩，已徵性情之正。句云：「吾欲將幽琴，把向侯門試。由來希世珍，入門衆所忌。愛多情不專，中道輕相棄。昔聞鼓琴人，難洽齊王意。縱使千萬彈，古調與時異。所以甘貧賤，十年永不字。」朱柔則號道珠，錢塘人。爲諸生沈方舟室。方舟久客紅蘭主人邸第，道珠畫《故鄉山水圖》以寄。主人見而作詩，有「故憐夫婿無歸信，翻畫家山遠寄來」句，遂厚贈以歸，一時傳爲佳話。道珠詩藴藉風流。《約顧女春山河渚觀梅》云：「相期何渚玩春華，一棹迎風路未賒。樓外有梅三百樹，美人不到不開花。」

誥贈一品太夫人堃秀，滿洲人，輕車都尉佛隆峩室，侍郎德鄰母。幼通經史，侍郎經書皆其口授。乾隆八年太夫人年八十，高宗聞其賢，制詩賜之曰：「治身勤四德，教子勖三遷。樂意斯長壽，令聞乃大年。封柑曾著潔，畫荻舊稱賢。彤管芳規在，千秋耀簡編。」真閨閫中非常際遇也。太夫人詩醇樸端簡。《冬夜偶吟》云：「一篝燈火歲將除，寒素家風稱索居。細剪剡籐三四幅，爲兒黏補讀殘書。」

袁寒篁字青湘，江蘇華亭人。布衣玉屏之女。以其父無子，守貞侍父，以孝行著。有惡少窺覘，掩袂啼哭，故其詩皆閒雅端潔。《咏隋堤》云：「汴水溶溶浸碧空，只今何處認隋宫。亂鴉自集斜陽外，芳草猶存斷岸中。惟有客舟依夜月，不留御柳舞春風。千秋艷態真陳迹，珍重羅山淺淺紅。」又《自遺》云：「漫訝家貧無四壁，家無四壁好看山。」

羅谷山先爲染人，張謙莽前輩見其能詩，以其兄之女妻之，遂業儒，而詩益工。《題嚴將軍》云：「求生必得死，求死必得生。將軍頭未斷，留得斷頭名。」《過羅園看菊》云：「看花老輩盡云亡，一笛西風淚萬行。惟有花神更愁絶，種花郎也鬢如霜。」《懷種竹老人》云：「緑陰墮地日無縫，青靄掃天雲動梢。」《愛晚村懷人》云：「破書千歲蠹，老樹五更蟬。」《白石山樓》云：「樓高常有月，巷小不容車。」《途中口占》云：「雲起澗邊石，雨來江上峰。」皆佳。

吾友張梅生坦，小謝弟也，其詩樸茂不及乃兄，而清雋過之。《秋興》云：「詩思催成梧葉雨，酒顔吹醒桂花風。」《敝裘》云：「皮縱猶存應怕相，毛還易落不禁吹。」《閒居》云：「詩爲偶吟多草創，酒常藏得待花開。」《冬日漫興》云：「枕上夢痕防蝶掃，雪中詩料倩驢馱。」皆佳。而「雪中」七字，尤古人所未道破。

方葆巖制軍詩清高深穩。《贈張船山》云：「横塘春漲接江波，一舸淩風可蹔過。郭外好山如有待，座中名士恨無多。閒邀野客尋松菊，並載佳人出苧蘿。相約莫愁湖上去，扣舷同和竹枝歌。」

王岱洲其仁，江南孝子也。父早逝，事母盡職。其母嗜香草，顔其居曰「湖山香草堂」。及僑寓洞庭山下，則繪《香草圖》以隨。又嘗繪《嶺上白雲圖》、《春曉圖》、《歸帆圖》，皆爲思親而作。當路公卿聞者，皆繫詩於上，亦孝之所感也。岱洲有《梅花詩》百韵，海内共仰。兹録其一二云：「水月溶溶照素姿，最堪憐是半開時。眼前春色須珍重，莫待成陰子滿枝。」「一樹能先天下春，萬花誰敢步芳塵。何須待到和羹日，始識當年宰相身。」

邵陽蔣大年《濱江酹友》詩云：「憶將春雨望途泥，山色遥憐望裏迷。放艇烟花同泛泛，懷人池草但萋萋。怪從北地來鴻翮，肯爲東風逐馬蹄。楚澤由來悲滯客，浮雲不散萬峰西。」蔣爲順治辛卯恩貢，其文有秦漢風。壬辰、癸巳大饑，民相食，力請於中丞袁公廓宇賑救，復懇題減，鄉里賴之。

荆州明經嚴以立《漲湖限逃字》云：「生不出湖内，去湖何所逃。一帆流夜月，四壁立秋濤。日暮魚蝦闊，天空水木高。萬家烟火失，僦屋向餘皋。」頗有氣力。

柳彝子天生，長沙人。負氣豪放，詩曠達不羈。《贈唐魏子成進士》云：「長安一夜白馬嘶，青袍剪水緑雲吹。楚人慣自唱《白雪》，知音者希君遇之。」「如君富貴何爲少，我縱貧賤長亦好。檀橋樹裏蕭蕭徑，茅屋三間秋色早。」「月明偏映晚籬薄，荷葉翻鷺對人老。可知澄清在天下，有人一室不除掃。」「望斷長亭驛路重，東籬會當杞菊封。那能對酒不歌發，願君爲雲我爲龍。」

吾友吴孝廉淮，詩如春雷震物，大海回瀾，真仙才也。姑摘其《書出師表後》云：「秦漢以還誰宰相，典謨而後此文章。千三百字古今淚，四十餘年割據場。世上有情容仲達，隆中無福遇先王。出師未就身先死，老杜詩成萬古傷。」

王岱洲自楚歸吴，鄉前輩作《岸花送客圖》以贈之，各繫以詩。其最佳者王印潭德符云：「一笠孤亭一葉舟，踏歌聲起楚江頭。生憎踠地青青柳，不繫征帆繫客愁。」劉梅莊玉云：「當年揮手緑楊津，一片雲帆掛暮春。不戀五湖風月好，還家多爲倚門人。」朱礀東成云：「前年春盡憶歸舟，水宿風餐共唱酬。五十日消四千里，到家翻動別離愁。」吴半江淞云：「仙舟輕泊楚江隈，小別靈威古洞來。百四四峰都看過，一峰齊帶一詩回。」王偉人先生杰云：「岱洲妙筆信無塵，叠叠雲山總逼真。好景不應人世有，右丞今識是前生。」一時傳爲佳話。

王岱洲《白雲圖》，爲思親作也，一時題者不少。楊湘岩端云：「天肅肅，風愔愔，白雲飀飀傷人心。望之不可即，兒心非石亦非金。老猿叫霜月，慘裂青風林。夢魂茀鬱，不得飛越。糾結纏綿，兒心不滅。」徐棹湖其相云：「雲乎誠何心，日傍山之麓。出山常在山，未嘗各分逐。一氣只氤氲，紛紛復郁郁。山自不改移，雲終有歸宿。篤哉思親人，於中試遐矚。天涯况味多，無過水與菽。遊子吟非郊，補亡詩豈束。古人有至情，一雲一寫足。寫之妙無言，望之動幽獨。」曠六柱楚賢云：「山水静動智仁資，此中領略誰知之。春山一桁開翠嶂，波濤萬頃堆琉璃。遥瞻白雲天際起，獨立蒼茫有所思。」

皆雅切精警。

芋香上人性聰慧好學，詩亦古雅。和余中表郭琴堂過訪韵云：「掃開白雲徑，踏破紅雨林。地僻花飛濕，天空樹補深。舉杯足幽趣，掬水自清心。烟磬一聲瞑，泠泠雜梵音。」「有客來何處，蒼蒼問竹林。鳥啼山徑曲，秋入寺門深。雲定棲禪意，塵空悟道心。西風正蕭瑟，木葉下清音。」其他碎句如《涓江晚眺》云：「天籠遠浦鴉排陣，日落空江雁送聲。」《秋日舟中》云：「隔林古寺穿烟出，近浦危峰倒影浮。」皆妍鍊可愛。

何水部遜詩專攻琢句，杜少陵亦嘗學之，故有「爲學陰何苦用心」之句。黄氏《東觀餘論》云：「古人論詩但愛遜『露濕寒塘草，月映清淮流』及『夜雨滴空堦，曉燈暗離室』爲佳，不知遜秀句若此者殊多。如《九日侍宴》云：『疎樹翻高葉，寒流聚細紋。日斜迢遞字，風起嵯峨雲。』《答高博士》云：『幽蝶弄晚花，清池映疎竹。』《還渡五洲》云：『蕭散烟霧晚，淒清江漢秋。』《答庾郎丹》云：『蛺蝶縈空戲，日暮望江橋。』《贈崔録事》云：『沙流繞岸清，川平看鳥飛。』《送行》云：『江暗雨欲來，浪白風初起。』庾子山輩有所不逮。」《銅雀妓》云：「曲中相顧起，日暮松栢聲。」句殊雄古，而顔黄門謂其每病辛苦饒貧寒氣，毋乃太貶而太刻乎！

余觀張氏詩人於南麓翁父子，已欲鑄金事矣。而其繼起者尤代有傳人，卓哉何教澤之遠也。官浙江温處兵備道，諱九鈞。《遊懺心寺》云：「不厭陂陀石路賒，棕鞵步訪野僧家。篠篠繞屋青千箇，淪瀫當門緑一涯。市遠漫沽彭澤酒，泉香且試趙州茶。此心自分澄如水，那用和南懺釋迦。」其襟懷澹雅，迥非東華塵夢中人所可見及。

翰林院編修九鐔，號蓉湖。其詩抱杜尊韓，諸體皆工，著有《笙雅堂詩集》。摘其《澗水閣小集》云：「小閣淩波擬畫艭，花間飛琖試春缸。魚吹錦浪來朱檻，燕啄香泥過緑窗。白傅園林閒耐老，謝家詩句劇雖降。踏青信是東城近，柳色依依似曲江。」

余初不解道家有「正一」之名，問於道友蕭書田，曰其遠宗老子，則稱觀主，其人盤髮於頂，如所謂方外人也。敝教事天師，則變名爲「正一」，以别其非出家者云，其實皆老子之教也。書田棄儒就道，初念原不及此，故暇時即事吟咏，詩亦清超。《咏紙風車》云：「輕風鼓動似輪移，晝夜曾無住足時。太息百年三萬六，兩丸日月太奔馳。」頗有寄託。又題《乞代夫死疏》云：「不願妾獨生，願乞代夫死。一門兩丈夫，讀疏如讀史。」語亦直切。道士中於潘硯耕外又見斯人，惜潘早逝，稿皆不存也。

七古從無用對句，惟度西《浮沉石歌》對仗到底，末用單點作結，語意奇肆，真目無千古。歌云：「倏兮而來若騰擲，忽兮而伏誰沮抑。雨淋日炙苦不休，天柱雲根孰敢測。朝看海水怒憑陵，暮與三江相持繫。化鯨或恐雷霆疑，藏珠無使蛟龍得。坐令放浪閲人世，也復酣嬉雜蜃蜮。馮唐白首尚爲郎，臣朔金門猶執戟。噫吁嚱，浮沉石。」

洞庭謫仙酒樓詩，舊推明人酈湛若爲最。詩云：「落日洞庭霞，霞邊賣酒家。晚虹橋外市，秋水月中槎。江白魚吹浪，灘黄雁踏沙。相將楚漁父，招手入蘆花。」然其佳處，純以風韵勝人。張度西先生年十三登采石磯謫仙樓七古，通篇雄奇超邁，固已膾炙海内。後又重登，有五律一首云：「百代一樽酒，憑陵天地間。曾攜狂客至，醉踏大江還。我亦樂遊者，高樓此再攀。如何今夜月，只照昔人顔。」與七古一首争雄，亦駕鄺詩而上之矣。先生名九鉞，以舉人官知縣，生平詩如太白之超忽俊逸，右丞之雄厚高峻，兼擅其長。暮年性好溪山，流連詩酒，青簾畫舫，緑笠紅衫。游筇所至，無不承蓋扶輪，掃門納屨。著有《陶園詩集》。

落花詩始於二宋。其後作者代起，明人尤多佳句，不可勝摘。如唐伯虎之「雙臉胭脂開北地，五更風雨葬西施」、「紅顔仙脱三生骨，紫陌青銷一丈塵」，文徵仲之「丹葩漂泊明妃淚，緑葉參差杜牧情」，余襄公之「金谷已空新步障，馬嵬徒見舊香囊」，沈啓南「錦里門前溪好浣，黄陵廟裏鳥還啼」，馬彂叔「紅樓白日憐珠墜，青冢黄昏痛玉埋」，董叔允「拂地霓裳迴妙舞，凌波羅襪泠香魂」，魏君屏「金谷樓中魂已斷，玉人斜畔骨空埋」，「强學迴風差自舞，欲教奔月苦難升」等句，雖風格不高，而皆俊麗可喜。袁簡齋亦有《落花詩》二十首，以人所習見，兹不備録云。

《古今詩話》：張昌齡謂蘇味道曰：「某詩所以不及相公者，爲無『銀花合』。」蓋以蘇《元夕》詩有「火樹銀花合」之句也。蘇答曰：「某所以不及相公者，爲無『金銅丁』。」蓋以張《贈張昌宗》詩有「昔遇浮丘伯，今同丁令威」之句也。《摭言》：白樂天刺蘇，詩人張祜來謁，曰：「久欽君納頭詩。」祜愕然，白曰：「『鴛鴦鈿帶抛何處，孔雀羅衫屬阿誰』，非款頭耶？」此以詩而得嗢噱者。

梁楝字隆吉，湘洲人。咸淳戊辰進士，宋亡後居武林，詩多孤憤激烈。《金陵廢宫》云：「六代依然又一唐，青山坐閲幾興亡。心知江左非王業，口説中原是帝鄉。落日有時登北固，春風吹夢過錢塘。荆墳檜宅依然在，留與烏衣話短長。」《金陵三遷有感》云：「憔悴城南短李紳，多情烏帽染黄塵。讀書不了平生事，閲世空存死後身。落日江山宜唤酒，西風天地正愁人。任他蜂蝶黄花老，明日園林是小春。」哀怨之音，凄然滿紙，《離騷》遺響也。

漁洋山人極稱陳泰之歌行，爲元末一大家，謂可與太白抗行。余訪之歷年不獲。今年夏，於《沅湘耆舊集》見之，才氣縱横，信漁洋之言不虚也。《送汪水雲》云：「三十年來喪耆舊，天下彈琴水雲叟。猶疑胆氣世間無，自説蹉跎晚何有。漢宫麗華陰貴人，臣忝近歲居宫門。東觀初令習史書，竇詔再值行絲綸。熙明殿中蚤朝罷，仗内玉輦扶皇君。昭容傳詔促侍燕，屏棄舊樂嫌繽紛。調絃始學鳳皇語，度曲便覽聲有神。銀山千片潮捲雪，天馬萬匹風驅雲。龍顔正色動一笑，錦幄勸醉葡萄春。今時富貴眼看盡，異域飄零心尚存。流傳弟子竟誰在，散落江湖嗟獨聞。人生底用誇長健，白首青衫淚如綫。尊前指法鬬呼韓，玉腕香餘夢中見。」

《山房隨筆》：直北某州有道君題壁一詩云：「入夜西風徹破扉，蕭條孤館一燈微。家山回首三千里，目斷山南無雁飛。」人至晚年，多遲暮之悲，故形於詩詞，類多感慨，如「衰朽殘年」、「兩鬢星霜」之類，不一而足。獨劉夢得云：「晚景休嫌短，爲霞尚滿天。」蔣復軒《鑷白髮》云：「勸君休鑷鬢毛班，鬢到班時亦自難。多少朱門年少子，被風吹上北邙山。」以壯語出之，覺壁壘一新。

元遺山有妹爲女冠而艷，張平章當揆欲娶，使人囑裕之，辭以可否，稱妹以爲可則可。張喜自往，覘其所向。至，則方自手補天花板，輟而迎之。張詢近日所作，應聲答曰：「補天手段暫施張，不許纖塵落畫堂。寄語新來雙燕子，移巢别處覓雕梁。」

婦人能詩，宋時最多。兹於宋人詩話中，擇其雅者録之。倩桃《上寇萊公》云：「一曲清歌一束綾，美人猶自意嫌輕。不知織女螢窗下，幾度抛梭織得成。」荆公女吴安特妻《憶家》云：「西風不入小窗紗，秋色應憐我憶家。極目江山千萬恨，依然和淚看黄花。」邱舜諸仲女《寄夫》云：「簾裏孤燈覺曉遲，獨眠留得宿粧眉。珊瑚枕上驚殘夢，認得蕭郎馬過時。」福州妓周氏《贈陳筑》曰：「夢和殘月過樓西，月過樓西夢已迷。唤起一聲腸斷處，落花枝上鷓鴣啼。」《春晴》詩曰：「瞥然飛過誰家燕，驀地香來甚處花。深院日長無箇事，一瓶春水自煎茶。」

柳枝詞創於唐人，劉夢得、白香山後作者日衆，大抵皆陳陳相因，無甚新穎。吾鄉張度西先生嘗客金陵，作《秦淮殘柳詞》三十首，清詞麗句，直欲駕劉、白而上之，楊開鼎所謂英雄感慨之情，非兒女婀娜之恨者也。姑略摘數首，以見一班。云：「十里燈船漲翠痕，珠簾明滅盡招魂。寒霜古渡無人管，一樹蕭蕭閉繡門。」「飛絮飛花想像知，靈和官樣竟如斯。風流那得常常在，月落烏啼又一時。」「桃根桃葉去迢迢，艇子歸來隔暮朝。死外驚心惟有别，更無人惜最長條。」「萬竹園荒石磴斜，寒烟明月帶栖鴉。朱門一本頹唐甚，不是江家即段家。」「七尺氍毹翠影空，石巢片片各西東。南朝自産江都令，莫怨臺城一夜風。」「風前曾與鬬腰肢，委宛輕旋顧喜遲。斜日涼風太蕭瑟，誰人爲唱司勳詩。」「浥水尚書夢已醒，眉樓無處問飄零。白門柳劇何人唱，多少吴娘掩淚聽。」「龍虎江聲日夜凋，短衣重上石城橋。客心正似長淮葉，舞向秋風未肯銷。」

五馬用作太守事，始於樂府《陌上桑》云：「五馬立踟躕。」《漫叟詩話》云：「鄭氏《詩》箋，『孑孑干旟，在浚之都，素絲組之，良馬五之。』鄭注謂《周禮》州長建旟，漢太守比州長，故云。不知州長非漢之郡守也。」《學林》云：「漢官儀出使以駟馬，太守加一馬爲五馬。《詩》云：『良馬四之，五之六之。』蓋言素絲紕組所見之數，非太守之五馬也。」潘子貞則云：「漢制九卿，中二千石，駟馬右騑。太守、相，駟馬而已。其有功德如秩中二千石及使者，乃有右騑。故以五馬爲太守美稱。」柳景元兄弟並爲太守，時人語曰：「柳氏門庭，五馬逶迤。」亦原於此。

王觀國云：古人以四聲爲切韻，紐以雙聲疊韵，必以五音爲定。蓋謂東方喉聲爲木音，西方舌聲爲金音，南方齒聲爲火音，北方唇聲爲水音，中央牙聲爲土音也。雙聲者同音而不同韵也，疊韵者同音而又同韵也。《廣韵》曰：「章灼、良略是雙聲，灼略、章良是疊韵。」又曰：「颵颲、靈歷是雙聲，剔歷、颵靈是疊韵。」舉此例，凡諸音凡是此而紐之，可以定矣。趙雲崧云：「杜詩以『支離』對『飄泊』，『支離』則雙聲也。『悵望』對『蕭條』，則疊韵也。」《雲溪友議》引「月影侵簪冷，江光逼屨清」，謂「侵簪」則疊韵，「逼屨」則雙聲也。梁武帝嘗作疊韵詩，使朝士和之。「日後牖有榴柳」，此疊韵之始也。至唐末，全句疊韵者多，皮、陸嘗此倡和。如龜蒙之「痛愉吴都姝，春戀便殿宴」、日休之「康莊傷荒凉，坐虜部五苦」等句是也。《詩》「蝃蝀在東」、「鴛鴦在梁」，雙聲之始也。六朝詩如王融之「園衡炫紅藹，湖荇曄黄華」，唐詩如温庭筠之「棲息銷心象，簷陰溢艷陽」，皆仿雙聲而爲之者也。

蔡儀甫廩膳生雲逵，邑名下士也。詩不多作，而出語自耐人思，所謂「腹有詩書氣自華」也。《歲暮感懷》云：「乾坤日夜鼓鴻鈞，過客升沉幾度新。看到貴來期復賤，應憐富後莫如貧。華亭鶴唳空才子，金谷花開失主人。曾與莊生交一臂，逍遥攜我出風塵。」頗類知道之言。五言如「清言消宿翳，遠浦受朝陽」、「春光開曲沼，流水淡斜陽」。七言如「三畝尚留懸磬室，百年須作弈棋看」、「沿堤啖餌魚離水，隔院含櫻鳥出林」。皆工。

宋魏泰喜撰小説，嫁名他人以誣巇賢者。如《碧雲騢》之類，至毁及范文正公，當時正人皆輕之。然於詩恰有所得，《桐江詩話》録其《荆門别張天覺》詩云：「秋風十驛望臺星，想見冰臺照坐清。零雨已回公旦駕，挽鬚聊聽野王筝。三朝元老心方壯，四海蒼生耳已傾。白髮故人來一别，却歸林下看昇平。」殊峻峭可喜。泰有《臨漢隱居集》二十卷，今佚。《臨漢隱話》一卷，今存，刻《七子詩話》中。

杜詩「家家養烏鬼」，其説有四。《漫叟詩話》以豬爲烏鬼，《冷齋夜話》以烏蠻鬼爲烏鬼，沈存中、黄朝英以鸕鷀爲烏鬼。獨《蔡寬夫詩話》云：「元微之《江陵》詩『病賽烏稱鬼，巫占瓦代龜。』注云：『南人染病，則賽烏鬼。』則烏鬼之名，自見於此。巴楚間嘗有捕得殺人祭鬼者，問其神明，曰烏野七頭神，則烏鬼乃所事神名耳。爲其殺人而祭之，故詩首言『異俗吁可怪，斯人難並居』。若養鸕鷀捕魚而食，有何吁怪不可並居之理？則鸕鷀决非烏鬼，似當從元注也。」

律詩至唐，變態極矣。詩話所列諸體外，又有平仄各叶一韵者。章碣詩：「東南路盡吴江畔，正是窮愁暮雨天。鷗鷺不嫌斜兩岸，波濤欺得逆風船。偶逢島寺停帆看，深羡魚翁下釣眠。今古若論英達算，鴟夷高興固無邊。」自號變體，不知其何所本也。

石樵詩話卷七

湘潭李樹滋直齋纂

宋人絶句有極佳者，余少時喜誦之，猶記數章。譚知柔云：「漫郎無處覓歸田，江北江南水拍天。斗擻十年塵土夢，秋風吹上釣魚船。」張庠云：「一年春事又成空，擁鼻微吟半醉中。夾道桃花新雨後，馬蹄無處避殘紅。」曹彦章母王氏《觀妓》云：「周王宴罷下瑶臺，窄窄紅鞋步雪來。恰似陽春三月暮，楊花飛處牡丹開。」徐適云：「白髮青衫晚得官，瓊林頓覺酒腸寬。平康夜過無人問，留得宫花醒後看。」張文潛云：「亭亭畫舫繫春潭，只向行人酒半酣。不管烟波與風雨，載將離恨過江南。」鄭毅夫云：「田家汩汩水流渾，一樹高花明遠村。雲意不知殘照好，却將微雨送黄昏。」陳天錫云：「舍南舍北雪猶存，山外斜陽不到門。一夜冷香清入夢，野梅千樹月明村。」

近日贈答之詩，半是寬泛，否則直古人唾餘耳。吾友曾蓉谷旭詩尚清真，而灑脱處尤饒有風味。録其《贈友》二首，餘可概見。句云：「月缺花飛弔影單，蠹魚生計太艱難。廿年一硯磨人老，五夜孤檠照夢寒。心緒可憐灰後熱，鬢毛何事客中殘。君家兄弟如相問，爲道東山誤謝安。」「書劍身如狴犴囚，晴雲飛鳥笑人不。鶯花世界孤雙眼，詩酒招攜記幾秋。南浦魂消芳草日，西堂約訂木蘭舟。佳期記取東籬菊，定到柴桑訪舊遊。」

天下傷心之婦女，莫若晉絳土滿人流，商賈爲居民世業，男子甫冠，謀生異地，或字久無家，或嫁即遠離，一去數十年，貪得忘歸，則字者爲之待期，嫁者爲之撑持門户，十室二三。更可傷者，子外出，仰事無人，則迎守空房以養親，此尤爲婚禮之變。和五先生修《曲沃志》，賢淑貞烈外，將及千人，詩以傷之，云：「婚姻六禮備爲祥，親迎承宗命有常。比翼鴛猶同宿沼，雙飛燕尚共栖梁。群稱娶已歸其室，更羨親能奉北堂。節孝紛紛呈苦行，傷心怕迎守空房。」

緯雲上人詩名播吴越，與張前五唱酬最密。其《讀前五枕石山房八記漫題》云：「了無聲雜沓，流水日潺湲。閣在雲霄上，人居木石間。一簾吟夜月，四壁看秋山。做得維揚意，飛簷列小顔。」「叱未成羊去，依然石四邊。疏崖深作磵，引水曲通泉。不礙蒲斜插，偏宜荇亂牽。錦鱗時出没，相對可忘年。」此學蘇而得其曠逸，學柳而得其清雄，宜當時之附盛名也。四首録二。

戴衣仙女史，梁維山之母，陶園詩弟子也。其讀陶園《南漢宫詞》，譜《鶯啼序》一闋題卷首云：「聽談海邦舊事，儘銷殘蠟炬。憶劉漢，蠻觸争雄，絡海包山爲府。半塘上，珠鞍雅髻，素馨取次開花塢。宴紅雲，溪漲離支，分酣仙乳。　學士金箋，侍中素腕，寫胭脂艷簿。芳菲苑、醉擁妖鬟，候窗愁殺宫女。鬥花晨，銀輪彩燕，鬧水戲、帆摇鼉鼓。嘆偏隅，烟月作坊，痴憨如許。　蓬萊宫闕，妝點風流天子，鶯花豈有主。便坐斥唐家刺史，自把蕭閒，大夫驕署。車燒沈水，溝流珠琲，從來角縱何曾覩。六尚書，争上呼鸞路。紅巾浥汁，雌凰笑逐迷雀，墜釵落鈿無數。　降車一出，十二金人，泣泠風宿露。衹一夜、水田浮到，曼壽虫沙，曜石飄殘，媚猪黄土。千年侈艷，而今何在，摸魚歌起空蜑户。有多情、仙史才如虎。輕衫來往臺岡，快掃瑶箋，自揮玉塵。」

《湘山圖》中，又有曾尚書國藩五首，句奇語重，真卓然一大詩宗。句云：「時歲喜遒邁，煩悰無少舒。秋色滿天地，良朋還去予。十年聚京輦，並頭相煦濡。深言洞金石，密意安綦絇。傾歡酌家釀，鐙火照狂愚。不能久依倚，脱棄如驚鳧。民生若時會，進止非人圖。物自持其末，吾自敦其初。高秋天萬里，浩蕩一春鉏。」「逆夷昔爛熳，兵甲禦南東。殺人飼蛟鱷，大海爲之紅。君時即我謀，雪涕向蒼穹。夜半草萬言，朝奏甘泉宫。道謀復旁午，群策難昭聾。聖擇有姑舍，神斷自天聰。自獻雖不效，義憤伴賈終。事往一回首，人各發舊蒙。所貴中無疚，焉計達與窮。」「平生秉微抱，志與詩騷親。孤音裂肝鬲，劃然震乾坤。持用告庸子，舉世褎不聞。先生有妙鼻，容吾揮一斤。賞姸越恒理，逐臭詫奇芬。高歌切哀玉，吹我上青雲。多譽墮盛德，雖然起不仁。文章事微薄，在物未爲珍。秋毫校得失，老死相齗齗。從今溉根本，破硯吾欲焚。」「萬歲行滔滔，後水逐前水。今古數達官，泥沙不可紀。生存勢薰天，死去飽螻蟻。達人計深長，逝不顧穅秕。嗟予本野性，邂逅絆金紫。尺寸無功能，高明畏神鬼。雷同混太倉，或恐乖廉耻。倦羽企迴風，余余行休矣。筐筥鍤松秧，從君萬山裏。」「洞庭天下闊，清傑橫六宇。中有兩佳人，乃是淵騫伍。湖北字菽雲，南曰孟容甫。厥氏同劉宗，神明本漢祖。實爲吾友生，交期徹肺腑。乘隔漫河關，夢魂奔越苦。朝憶便成昏，夜思或達午。此士卧深山，静氣却豺虎。君去倘尋求，夙鯁適一吐。物外得真游，方寸能歌舞。」

陳侍御慶覃先生岱霖，性剛方嚴正，在朝直聲錚錚，人既服其精明，又畏其風烈。詩皆日光玉潔，非雕琢家所能辨。有《歲盡遺懷》四首，久爲名公卿稱賞。句云：「蕭瑟年光警暮鴉，逼人愁思起天涯。焦桐爨下知音急，短鬢樽前照影斜。送鬼昌黎難傲命，作官陶令苦思家。勞勞車馬從頭數，五度春明感歲華。」「不學王郎砍地歌，倦開雙眼自摩抄。知還心愧歸飛鳥，苦累身如負重駝。塵世因緣難見佛，浮生安樂總無窩。沅湘舊是騷人地，欲采蘅蕪奈遠何。」「捍海籌邊費討論，時籌辦海塘及海邊夷務。誰將赤手挽乾坤。彎弧一射狼星落，揵竹全開蜃氣昏。到眼蝸蠻殊未了，回頭泰華孰稱尊。茫茫世宙人何限，那惜虞卿獨閉門。」「到處鴻泥亦可悲，時星皆告歸。高齋寂寂苦吟時。文章憎命翻磨蝎，得失何心謝灼龜。把酒自澆銀鑿落，向人空剩古鬚眉。寒灰悶撥情難遣，檢點來朝一祭詩。」

張謙莽禮邑上舍，生平詩專尚風調，而敏捷過人，同社有「落座便成詩一首」之戲。少時與黎月翁友善，月翁往年南旋，爲梓其全集，名《謙莽詩稿》。稿中之詩，如《咏揚州》云：「六代蒼茫弔古情，烟花仍占舊時名。垂楊雨後青連郭，芳草春深緑進城。猶是二分明月夜，依然一曲玉簫聲。邗溝自古繁華地，漫説當年北府兵。」《河東訪友》云：「課耕課讀兩無間，家在河東積翠間。百畝水田三頃竹，數椽茅屋一房山。黄雞白酒秋前約，細雨斜風醉後還。他日春波把雙槳，桃花紅過小溪灣。」五言如「古寺夜初静，空山寒正深。孤燈耿殘壁，破衲擁枯吟。雪壓澗邊竹，風鳴窗下琴。有懷能不寐，猶記舊題襟」。皆爲人傳誦。

近人作詩，多妄騁才華，一遇小題，便教擱筆。吾友張茂才新藻之詩，如千金戰馬，躍溪注澗，無所不宜。《咏花魂》云：「鶯聲太巧銷疑盡，蝶夢難尋醒尚非。」《忍笑得頭字》云：「眉語未通先掩口，頰潮剛上便回頭。」刻畫工緻，且巧不傷雅。而慷慨激昂之作，亦多可傳。如《和海宗七夕感懷》云：

「碧雲涼擁梵天樓，羈旅無聊數漏籌。作客何堪兼作嫁，多情如許便多愁。神仙事已成陳迹，落拓人偏對早秋。識面既遲天復暮，黄昏風雨響蕭颼。」「心血何曾值一錢，年來我亦思茫然。塵中插脚知誰濟，天外昂頭合自憐。祇此風流千古賞，莫教塊磊寸心填。浮生多少殘棋局，着子能閒即是仙。」

伍趙雲輦，薈泩兄也。聞其英年積學，争自琢磨。及余遊歸，而雲輦已下世矣。薈泩述其平日所作，亦多可傳。《同友人話雨》云：「一雨洗殘秋，黄花暗帶愁。劈箋誇巨手，剪燭話從頭。竹院烟俱暝，蕉窗濕欲浮。冷雲凝不散，擁入曲江樓。」

晉省之盤山，峰巒峻峭，寺觀周遭。當風日清和，幽禽噪樹，流泉響山。昔驅車至太行，欲往遊不得。適見張湘漁先生集中有《盤山雜詠》十數章，氣旺神閒，中有畫意，誠足爲斯山生色。《天成寺》云：「佛殿棲岩脚，山門壓樹頭。豁然天朗朗，未覺地幽幽。翠點屏光合，鈴喧塔勢遒。此間宜信宿，閒坐有南樓。自注：此樓中懸乾隆年御題「江山一覽」扁額暨歷次詩。」《雲罩寺》云：「翠屏南向立，雲罩倚其端。一塔插霄漢，諸峰披肺肝。不經登陟久，誰識到來難。藹足松林下，樵歌聽未闌。」《挂月峰》云：「蒼海一杯黑，浮圖千尺彤。近山拋地碎，遠塞入天封。空曠足流睞，高寒時撫胸。獨憐岩徑仄，自雲罩寺後繞岩登峰，鑿石爲徑，仄處僅二人許，上偪懸崖，下視無地，稱奇險焉。二客不能從。謂鄂可亭、諸景韓。」其他碎句，如「人亂丹梯色，禽喧碧澗聲」、「峰勢趨甘澗，林陰貯午涼」、「花氣熏羅袖，峰陰倒翠巒」，皆晚唐名句。

先生諱力卓，以舉人歷任山西縣令，渾厚精明，所至俱仰其慈惠。

每見名流刻集，例取樂府裝頭，如「練時日」「天馬來」等題，照數裝去，輒如排户門神，了無生氣，令人見而欲嘔。向讀施鐵如先生《斷鍼行》暨《西河城》二詩，真氣勃鬱，緯以新裁，一字不襲樂府，無非樂府神骨。後讀《陶園集》中《張鍋魁歌》，拉拉雜雜，淋淋漓漓，聲音笑貌，瑣碎質實，神色俱古，直與鼎足而三。歌云：「張鍋魁，賣鍋魁，成都城，家無妻孥身無名。衆卒强傲之，負糧隨西征。猓可群蠻奴，伺箐突赴之，縛衆劫糧將屠之。鍋魁怒跳呼，左手奪賊刀，右手擲賊顱。如風如電如霹靂，賊盡屍横目光瞿。白日爲破裂，刀氣横淋漓。衆卒言感恩，偏裨言咄哉奇。飛報大將軍，呼使來，頭無巾，足無完屝，偏袒笑立，不跪不揖。口稱鍋魁，刀躍躍猶濕。將軍喜：汝鍋魁，汝殺賊幾何？報功勿遲迴。大旗悠悠，萬夫無語。帳中秦聲，青天風雨。鍋魁愚，但知賊盡事了心快輕，不知爲功，不知數賊顱，腰環報大營。將軍曰壯士，吾當奏天子，官汝千夫長，錫汝金滿笥。錦袍貝帶冠駿驤，有妻羅敷秦氏女，有牛有馬有羊豕。鍋魁愚，不願官職，不願金與銀。但願放歸賣鍋魁，長作太平一細民。將軍笑聽之，鍋魁棄刀走不顧，仍挑鍋魁擔，叫入長街深巷去。賣鍋魁，滿城聞之駭且疑。士民撫腰臂，婦女看鬚眉。咄哉奇，傭販二十年，豈真有力如虎貔。鍋魁不讀書，不識字，忠義何由知？國家風化百餘年，激此鹵莽好男兒。大牛噉芻豆，不如一羸牸。鷂子飛上天，能擊巨鳥没。將軍班師入成都，不聞張鍋魁呼，但聞城中人作歌。不歌《周南》《兔罝》野人詩，歌我朝張鍋魁。」按：張鍋魁，秦人，鬻麪鍋魁於成都市，以所業名。爲征金川兵卒負糧，蠻酋四十餘劫糧，縛衆卒，將刃之。鍋魁奪賊刀，砍賊殆盡，解衆縛。大將軍予以官，不肯。予之金，不受。仍歸賣鍋魁於成都市中。如此奇人，得此奇什，堪並垂不朽。

羅湘左孝廉宗棠，與其兄宗植《留京感懷》云：「一家三處共明月，萬里孤燈兩弟兄。」可謂才情横厲，硬語獨盤。蓋其所謂「三處」者，孝廉先就贅於吾邑周氏，時其夫人尚留於潭，故較他人又多一處耳。然使更「三」爲「兩」，則味同嚼蠟矣。

寄園解人，汪少庵姪也。詩如春樹珠苞、仙花玉蕊，令人把玩不盡。稿不多得，僅採其《石門》詩一首，蓋學《長慶集》而能去其淺率者。詩云：「合沓重門險，蹁躚此地遊。石危籐作磴，風冷樹鳴秋。酩酊思前事，荒蕪賸古丘。箇中誰管領，修竹暮烟稠。」

唐人最重進士，觀《摭言》及《國史補》所載，一時風尚可以想見。其不第者，往往以失意而生悖心。如李振、李山甫等，皆爲强藩腹心，謀害朝臣，以洩其憤，而黄巢亦以進士不第，至去而爲盜。獨羅江東隱，終身不第，乃能説錢武肅王舉兵討梁，不以己之遇不遇爲意。其莒厲叔、魯仲連之流乎！其《咏松》云：「陵遷谷變須高節，莫向人間作丈夫。」雖爲己寫照，實爲千古人臣之龜鑑也。又俗傳隱出口成讖，閩中書筒灘、玉髻峰，皆留有異跡，黄滔贈隱詩云：「三徵不起時賢重，九轉丹成道者言。」似隱又能通道術，然天上無不忠孝的神仙，以隱之忠列於仙班，視劉安、李林甫輩爲無愧矣！此等事或可傳信，正不當以出於俚俗而删之。

「進士」見《禮記・王制》，「舉人」、「貢生」見《後漢書・章帝紀》，以之入詩，則始於唐人。徐凝《答施先輩》云：「料得仙官列仙籍，如君進士出身稀。」白香山詩「乞錢羈客面，下第舉人心」。孟浩然詩「孝廉因歲貢，懷橘向秦川」。然唐舉人歲貢與今制異。

《南部新書》有胡釘鉸、張打油二人，皆能爲詩。《升庵外集》載張打油《雪》詩，即俚俗所傳「黄狗身上白，白狗身上腫」也，故今又謂之打狗詩。

袁玉庭濩瑛太史，漱六兄也。學精經史，尤喜談制藝。凡先輩名文及近人雋作，祇一過目，歷數十年不忘，人謂其有時文癖。詩亦雅潔。《題竹林七賢圖》云：「有友行不孤，有竹看不俗。幽徑覓雲深，此情良與屬。所以竹林遊，風誼千古足。而君瀟灑姿，寄跡湘江澳。三分與一分，環繞萬竿玉。盪胸空翠中，翺然謝塵逐。酒酌青筒青，琴眠緑陰緑。晉魏有高風，曠代企賢躅。樂事古與同，賞心今豈獨。兹焉入畫中，可以擬中曲。有時清風拈，故人來不速。或阮而或嵇，餘子亦卓卓，我思逍遥游，煩襟一以浴。倘得龍鱗攀，願爲貂尾續。」

毛邑尊《題石潭壁》詩，見者多和其韵，然皆鋪寫景物，於循吏風懷，未能吐出。惟劉翁春臺諱光甲之詩，寓情於景，亦真切亦工雅也。句云：「看徧長安九陌春，分符來作濟川人。三湘上下司民牧，十載中間沛德綸。冠蓋出衝紅杏雨，珠璣留鎮緑楊津。石潭潭水深千尺，争似先生凈絶塵。」劉丈，邑庠生，爲余姻前輩，性情學問皆尚樸實。晚年無意科名，以教子課孫爲樂，故常有「三間白屋棲三代，一領藍衫老一生」之句。其平日寄興之作，如《七十六歲自壽》云：「吕再四年辭渭水，白前一載赴香山。」久爲士林傳誦。其餘佳什甚多，不能備録。

宋歐陽公、程子，皆述其母賢行，以傳後人。蓋閫内之事，非其子孫詳述，外人不能悉知也。周蔭繁上舍志祠之母舟太安人節孝，入邑乘。蔭繁欲以遺徽傳示雲礽，縷成十律，摘其一云：「寂寞空幃黯自傷，丸熊畫荻慰愁腸。汗青密補書千卷，蕉緑新摩字一行。細雨簾櫳人倚膝，晚風庭院句生香。可憐母道兼師道，不羨驕淫戒敬姜。」又其孫詞臣上舍輝文，其家藏「壽萱」二字，爲前明藩王所書，值其母劉大夫人誕辰，取語意吉祥，顔於堂北，作《壽萱》詩以志其慶。句云：「壽萱兩字墨花鮮，末署藩封帝胄賢。大筆特書留法楷，小人有母正高年。借他吉語慈幃奉，俾我春暉子舍綿。一曲宛衿將晉酒，北堂香襲紫瓊筵。」二詩真摯流動，而根本之學，亦具見於此。

東坡云：「少年人文字，須氣象崢嶸。」余謂少年人作詩，貴詞華綺麗。余姻親彭鶴汀，名其寶，幼受業於余最峰叔，見其詩多工雅。《山居》云：「走壑泉聲欺石瘦，摩天雲勢削峰齊。」其兄竹汀《登白雲峰》云：「半龕清磬僧敲月，一縷孤烟樹放雲。」皆佳。

宋潘庭堅特《題岳麓寺道鄉台》曰：「坡仙不謫黄，黄應無雪堂。道鄉不如新，此台無道鄉。青山非其人，山靈能頡頏。一落名勝手，境與人俱香。悲吟倚空寂，臨眺生慨慷。道鄉不可作，承君田書字。不可忘。」王深寧極爲賞異，著於《困學紀聞》中。今《岳麓志》及《湖南通志》皆不載，録以補遺云。庭堅，福州閩人。端平年進士第三，歷太學正，通判潭州。有《紫巖集》。

王儉詩，鍾嶸品詩，置之下品。然王伯厚謂儉四言頗有子建、淵明餘風。其《侍太子九日元圃宴》云：「秋日在房，鴻雁來翔。寥寥清景，藹藹微霜。草木摇落，幽蘭獨芳。春言淄苑，尚想濠梁。既暢旨酒，亦飽徽猷。有來斯悦，無遠不柔。」著《志險集》五十一卷，今佚。

花蕊夫人《宫詞》百首，東坡曾書其三十二首，其佳者如：「龍池九曲遠相通，楊柳絲牽兩岸風。

長似江南好風景，好船來往碧波中。」「黎園弟子簇池頭，小樂攜來候宴游。試炙銀笙先按拍，海棠花下合《梁州》。」「内人追逐採蓮時，驚起沙鷗兩岸飛。蘭棹把來齊拍水，並船相鬥濕羅衣。」「厨船進食簇時新，侍坐無非列近臣。日午殿頭宣索膾，隔花聽唤打魚人。」「羅衫玉帶最風流，斜插銀篦漫理頭。閒向殿前騎御馬，掉鞭横過小紅樓。」「春日龍池小宴開，岸邊亭子號流杯。沉檀别作神仙女，對捧金盆水上來。」皆清婉可喜。南宋楊太后亦有《宮詞》五十首，見《七修類稿》。

今俚儒教人作文，必曰「起、承、轉、合」，不知四字乃言詩，非言文也。范德機《詩法》：「作詩有四法，起要平直，承要春容，轉要變化，合要淵永。」其移以入時文，應自明人始。

夏憩亭太守博識多才，肫肫然以循吏自勵。宰吾邑時，政多慈惠。余曾贈以句云：「除却催科無所拙，一論爲政總防苛。」蓋實際也。乃一二載，即陞古丈坪任。去之日，士民皆涕泣攀轅，有「還我使君」之嘆，其得人心如此。生平詩多見道語。《題夢游南嶽圖》云：「湘潭去衡岳，隔衹百餘里。欲遊則竟遊，胡爲勞夢裏。真境從幻探，究未得真揆。我來治此邦，管領年餘矣。教讀原有真，相期各礪砥。幻妄群屏芟，清醒夢奚詭。望嶽欲一登，從公鮮暇晷。神殿大禹碑，步跂鄴侯履。何當凌祝融，面目識其旨。捧日登南天，下界掃塵滓。六合仰光輝，不徒七二止。嗤彼謝東山，高卧貪睡美，借茲報曙鐘，搜豁尋芳軌。道岸聳穹窿，回頭無彼此。展圖一振呼，幽眇破此始。」莊言偉論，可作一則座右銘讀。太守名廷樾。

余昔與周鏡芙共硯麓山，每述其尊人玉堂翁遊粵時，有《珠海詩存》一卷，當索其稿不得。頃以全集見示，鏤金錯采，美不勝收。摘其《立秋口號》云：「凉雨初霏酷暑收，僑居十載又新秋。自慚刷雨雲間雁，漫學忘機海上鷗。詩思乍飛梧一葉，旅懷横掃酒雙頭。蠻鄉風景生惆悵，對榻談心月滿樓。」又《三巴寺》云：「遠山横夕照，古木動秋馨。」《韓公祠》云：「亂石夾濤晴亦雨，高山聳翠地連天。」皆宋人警句。翁好行義舉，曩有荒民棄嬰兒於翁門首，時是兒病篤，翁取而育之，現年二十矣，翁猶待如子姪。其他推解事多不能枚舉，亦上舍中之傑出者。翁名輝贇。

曩在吴雲臺案頭見濱江劉大泉七律四章，逼近初唐氣味。越二年，始晤其人於星沙，而匆匆中又未及絜譚風雅。頃見其《贈譚荔仙詩》，風華典贍，聲調尤極光昌。句云：「歲月如流不稍寬，廿年佳節異悲歡。庭萱漸長千莖雪，野菊徒增九月寒。秋水磨殘歐冶劍，西風吹老鹿皮冠。一家樂事有多少，縱有茱萸不忍看。」「關河冉冉角聲哀，陵谷遷延第幾回。人似孤鴻依影立，愁如三峽倒江來。同懷半作青雲客，陳跡空餘戲馬臺。久欲登高望遠海，莫徒搔首倚殘杯。」大泉名鈞，英年積學，精心散體，文尤深得嘉定四先生矩矱。

魁太守蔭庭《題夢游南嶽圖》云：「游山如讀書，有得始深造。静趣貴冥搜，靈臺啓衆妙。譚子南邦傑，文譽神明召。置身衡嶽巔，烟雲供嘯傲。翳余守此邦，案牘廢吟眺。菲薄嗚寸衷，恒恐山靈笑。新圖遠乞題，厚意如相詔。三復昌黎詩，敬爲知己告。」清深蒼古，吾不知其爲漢魏爲唐宋也。

詩趣貴幽，詩筆貴曲，近惟文月江得之。《秋日登高》云：「萬里蕭條眼底收，西風吹客上危樓。山非抱恨因何瘦，人是多愁不爲秋。吟到黄花詩有骨，醉殘緑酒月當頭。關心舊雨同星散，未識裁書寄雁不。」

譚茘生溥好詩，喜遊。曩繪《夢遊南嶽圖》，索詩。足跡幾遍南楚，而繫詩於上者，不下千百首，茘生詩亦從此進矣。《贈馬秋耘先生》云：「湖海知名久，吟邊筆有神。洪鐘無細響，高境入天真。投老青山笑，持身古性純。潙鄉數名宿，今見幾完人。」「舊友皆名下，新詩四壁多。一牀踞風雨，雙管來江河。畫裏雲開嶽，自注：指《題夢嶽圖》。玄亭酒泛波。我來同問字，許唱范傭歌。」

今人以殿試一甲第一人爲狀元，此沿明制，考之於古不然也。《摭言》：放榜後，狀元以下到主司宅門下馬。又狀元以下與主司對拜，拜訖，狀元出行致詞，於未經廷試而稱之，實今之會元耳。又其時不獨第一人曰狀元，鄭谷登第後，《宿平康里》詩：「好是五更殘酒醒，耳邊聞唤狀元聲。」考谷登趙昌翰榜，係第八人。宋周必大文稿有《回姚狀元穎啓》、《回第二人葉狀元適啓》、《回第三人李狀元寅仲啓》，似凡新進士，俱得稱狀元矣。

作畫，雅事也。畫而能詩，則尤雅矣。吾鄉楊湘南，名道隆，生平善畫蝴蝶，居第有覺香亭，即作畫處也。當脱稿時，輒有蝶栩栩然來，人謂其畫通靈，遂呼爲楊蝴蝶。余正欲訪其人，忽自持《九蝶圖》相贈，並繫詩於後云：「漆園仙吏舊稱狂，訪緑披紅鎮日忙。不是詩人逢謝叟，花陰飛徧總尋常。」蓋指予選詩意也。其《應人畫帳額》云：「細草離離閒古苔，軟東風裏影徘徊。分明莊叟遊仙境，一日教君夢一回。」又《應道生上人》云：「六朝僧隔萬重山，四五年來見面難。恨不此身同化去，翩躚飛上草蒲團。」皆極生動。

沈歸愚宗伯選《國朝詩別裁》，去取頗不滿人意，其小注尤多錯誤，姑舉數條言之。如施愚山《見宋荔裳遺集》詩：「張堪妻子竟誰託。」注云：「張堪無託妻子事。」案：張堪託妻子於朱暉，見《後漢書・朱暉傳》及《東觀漢記》。繆沅《王孝子》詩：「閉門揖老叟，夢中與神會。午食見指南，莎羹未粗糲。當歸乃隱語，不聞附子膾。」注以此數句爲「若可解，若不可解」。案：王原夢日午食莎羹，解者南方午位也。莎羹，附子膾也。求諸南方，父子其會乎。見《大泌山房稿》，《明史》取以載之本傳。周茂源《過張文忠故第》詩：「立談工巷遇，何似富民侯。」注云：「以張禹柔媚得君爲比。」案：張禹乃安昌侯，非富民侯也。江陵驕亢，正與張禹相反。詩如果用張禹，亦不貼切矣。見張眉大《海南日抄》。余謂詩人多不講考據，此未足爲公病。然公時亦有講考據處，如《説詩晬語》中，引張平子賦及謝康樂詩，力辨四月稱清和之誤，不知四月稱清和，本出魏文帝《槐賦》，文同此義，別此則顯係疎漏，不能爲公曲諱矣。

《能自訟齋詩集》，辛木所作也。中附黄雲章茂才振漢和其《遊雨湖》詩云：「憶昔西湖借一枝，春來風信幾番遲。魂銷烟柳妨鶯語，夢逐花香有蝶知。我惜韶華添舊恨，君開圖畫譜新詩。芳心肯付東流去，白社聯吟更讓誰。」詩極風致。

濱陽許女史小瓊，余昔於朗江聞其詩名。頃見其用工部韵題《夢嶽圖》二首，真香閨妙手。録其一云：「瓊京小謫可勝哀，祇算南柯住一回。名士每從圖裏識，好山都向夢中來。鶯花過眼成駒隙，雲水無情屬蟻臺。天姥吟餘清興發，當頭明月勸銜杯。」

吕小梅詩有才識，《題赤壁題詩圖》云：「大氣淋漓筆一枝，高風千古説題詩。江山無限關心事，名士英雄兩不知。」聞者擊節。

自古政莫難於賑荒。曩讀阮制軍《荆州紀事》詩，竊羨其意美法良，足上慰宸衷，下全民命也。今春沅、龍、益、陰等縣患水，就食於潭者以數萬計。時潭青黄不接，鄉城米貴如珠。加以流民屯集此地，潭人深爲慮焉。邑尊仁庵李公祖春暄隨勸捐議賑，自進士至布衣無不樂從。客紳則江右之余翁學智，亦率在潭客商争相鼓舞，而襄其事者，則黎侍御樾喬之力居多。計不三日，即設粥九廠以待流民，本邑貧户則發減糶濟之，得生活者不少。事竣，展侍御《歸隱圖》，感而附詩於末云：「豎節錚錚凛職司，蓴鱸底事動歸思。眼看萬里君門遠，心有千秋諫草知。嶽面尚應争北向，湘流合與障東之。蘿雲竹雨梅花屋，清夢回猶戀紫墀。」「即看過境澤鴻嗷，午夜焚香首重搔。帝有鈞恩原共渥，臣雖草莽敢辭勞。瘡痍洗滌情猶摯，詩酒流連興尚豪。我正宏搜千古事，待公揮麈振風騷。時余選樓亦賑粥局，侍御一日一至。」

林茂才九峰，名元春。近體詩尚工麗，五、七古則奇肆突兀。《春郊野步》云：「郊原物候新，春氣日和煦。杜鵑綴深紅，青山澹微雨。閒步小橋東，緣流極花隝。山鳥發清音，向人時振羽。行行心頗愜，白雲生遠浦。」《有客》云：「有客有客年四十，自陳生平百憂集。本欲雞豚逮親存，寸草春暉報無及。非無銅山高淩烟，枉教阿堵羅牀前。鵝眼不入青錢選，對此感歎心旌懸。客且安坐聽我語，如君無乃東家女。病心争效美人顰，富者閉門貧者去。何如麗質産若耶，天生顔色嬌如花。靚粧理鏡珠簾幌，朝處越溪暮椒華。我昔曾過太行麓，空群且作鹽車服。世無伯樂知者稀，曷若白駒在空谷。一朝健足出塵中，盡洗萬古凡馬空。千里百里馳飛電，三花五花乘長風。玉鞍金勒充御廐，驊騮騄駬争馳驟。回首伏櫪兔毛焦，那復當年戀棧豆。」

石樵詩話卷八

湘潭李樹滋直齋纂

窮形作畫，不必入畫；極意作詩，不必得詩。深於詩畫者，正於不著筆處遇之。予嘗登樓遠眺，見樹頂藏鴉，山嵐滴翠，便如身在畫圖中。又嘗扃户静思，見竹影摇窗，茶烟裊目，輒覺詩情落紙上，乃悟坐即有詩，行即有詩，簡文所云「會心處不在遠也」。但此種清福，不堪向莽漢饒舌耳。

歲戊子入都，得見羅中丞蘇溪先生繞典，嗣中丞捷南宫，僦寓余白華舅氏旅館，凡其詩文，皆令余取讀，近所刊《知養恬齋詩集》，半當時記誦之句。其未入集者，又有《秋陰詩》三十首，描摹盡致，神韵俱恬。姑舉一聯云：「簾幕重重雙鶴瞑，湖光渺渺一鷗飛。」真詩外有詩。又《贈周蓮仙》詩云：「花滿春城絮滿街，晴空一碧洗氛霾。聞鐘合醒膏粱夢，投筆羞談時命乖。三尺青琴共心賞，一燈黄卷暫頭埋。擔當宇宙奇男子，肯爲牢愁鬱遠懷。」「記驅羸馬踏銅街，誓掃邪氛曀且霾。未必奇才都福薄，漫言古道與時乖。槎能貫月天難管，劍自冲霄地敢埋。唤醒英雄五更夢，聞雞應暢祖生懷。」又《新昏詩》三十首，録其二云：「貯嬌金屋不同街，隔面渾如月被霾。何幸紫鸞將約訂，免教黄犬悵音乖。枕貽洛浦波微步，花夢羅浮雪未埋。新詠玉臺珊架筆，徐郎風貌稱吟懷。」「紛紛蜂蝶過鄰街，幾度尋芳破曉霾。坦腹似聞佳壻快，畫眉妨與俗人乖。輕憐飛燕雲膚膩，翩若驚鴻雪爪埋。好訂雙聲才調集，蘭閨兄妹勝同懷。」余謂前二首得老杜之雄奇，後二首得香山之秀雅。又黔省有義學，在濂溪祠側，題一聯云：「情是故鄉真君子，蓮花同愛敬；德從初學入童蒙，香草共芬芳。」咸稱雅切。

童剌史雲逵翬，寧鄉名進士也。宰於黔，以賢著。公餘即潑墨賦詩。余前見其《和周蓮仙留别》詩清微澹遠，尚有王、孟遺音。句云：「我生性耐冷，難可炙手熱。君爲處囊錐，匪值錚錚鐵。相逢不冰炭，躍冶交娱悦。飄然萍水踪，欻爾漆膠結。仙袂好風來，雞黍兼醴設。憐我簿領紛，心勞而政拙。暇談雜莊諧，意態雄且傑。不律花怒生，干將鋩勿缺。氣羨高若雲，齒牙艷於雪。羡君入蓮幕，壯懷吐騷屑。而我指頭顱，歸志行將決。兒時釣弋場，天寶尚重説。招山鬱嵯峨，潙水鏡澄冽。他年重握手，車笠勿復别。」

余友周蓮仙茂才，名清藻，負才積學，詩雄渾澹遠，動筆皆佳。近幕遊黔中，與羅蘇溪中丞諸公酬唱，尤多傑作。過圖雲關，見有誦賀中丞藕耕德政，題「古之遺愛」匾額，感而賦云：「楹語煌煌處，留題字尚新。官從升降見，情到死生真。恨我游來晚，斯人迹已陳。遺徽誰與嗣，憑眺夕陽頻。」詩者，性情之所流露，無所謂奇，但貴真貴切。周蓮仙贈某廣文云：「携家歸夢少，冷宦著書多。」確是教官分際。羅小蘇贈某典史云：「蘆中未必長名士，柳下何妨作小官。」亦警切而有風趣。小蘇爲蘇溪中丞哲嗣，名濤，今秋選拔生也。

晏稚薌沅，吾楂薌師第三子。嘗有「滿地秋光收白屋，一天詩思瀉紅螺」之句，共稱秀雅。又《偶成》云：「送窮韓昌黎，留窮段成式。一欲勸之歸，一欲挽之住。韓送段偏留，都爲疾窮故。我亦有窮魔，驅蛩相依附。不送亦不留，任爾自來去。」尤超。

有不署姓名之人題《蓮子圖》云：「我日日醉醉不死，君日日畫畫不止。莫將衰敗怨西風，開過蓮花有蓮子。」秋水南華，莫能方其詩境。

上湘羅星垣茂才鴻儒，才氣磅礴，稱一黌之儁。僑寓長沙，與交最篤。惜初衣未遂，遽赴玉樓。周鏡芙哭以句云：「名駒伏櫪天難問，旅櫬臨歧兄曰嗟。」紙短情長，令人於邑。

吴穀人先生《有正味齋詩》，皆奉爲圭臬，而不知其平昔酬唱，尤得唐人風味。《虎丘》詩云：「虎氣消沉鶴氣荒，東風容易客迴腸。貞娘墓上年年柳，畫了春愁畫夕陽。」又「看紅看白數花枝，傳唱朱翁樂府詞。一半櫻桃一半筍，送春天氣不多時。」《讀放翁詩》云：「蘇黄以後無其匹，梁益之間老此生。」《題黄仲則集後》云：「美人黄土今生歇，才子閒情若個知。」《西湖夜泛》云：「蟲聲千葉雨，月氣一湖烟。」《舟中即事》云：「野水争灘上，閒雲爲竹留。」才情超越。浙中自朱、查、杭、厲之後，此稱獨步。

詩外有詩，最令人擷覽。吾友拔貢生梁鶡甫文鈺，《感事》詩云：「美人家住白雲灣，繡閣深深晝掩關。褪盡鉛華羞對鏡，望無夫壻怕登山。十年待字依慈母，幾度紉裳嫁小嬛。辜負春光金莫贖，且拈花線敢偷閒。」詞意渾含，殊工寄託。

張邑侯仲雅，諱雲璈，錢塘人。淹博經史，少負才子名。宰吾邑近十年，化淳俗美。暇即以詩酒自娱，邑中人多與唱酬。解組後寓揚州二十年，得佳山水以養其性靈，故其詩雄豪博麗，如三島十洲，動皆異産。兹摘其一二，以誌吾心折焉耳。《順水舟行》云：「好山過眼總成空，篷底篙師一曲工。此去只愁來者怨，人間難得兩頭風。」《夜坐》云：「如粟燈枝短似檠，夜凉詩骨不勝清。西風解識悲秋意，吹到芭蕉忽住聲。」又：「長松閣雨千峰暝，短袖攜雲兩臂寒。」皆極偉傑。著有《簡松集》、《蠟味小草》。

彭石原維新，記誦淹博，材器絶人，李贊皇、張江陵之流也。立朝錚錚，不肯苟同，卒以此罷歸。詩亦傲兀奇崛，肖其爲人。《陶然亭》云：「何處還容着世氛，紅塵碧落此間分。風催南郭調刁籟，秋洗山西襞積紋。酒渴極憐遥岸水，心空好看太虚雲。憑欄吟罷舒長嘯，驚起蘆花鷺一群。」

鹿江布衣田洣人子湘，少慷慨，負氣節，慕朱家、郭解之爲人。中年落魄，愛邑之昆山，饒烟霞趣，遂徙居焉。詩步趨中唐，佳處直逼韋、柳。《題譚佩先山房》云：「萬峰臨水立，一徑繞雲通。秋净壺天碧，霜高嶺樹紅。禽聲隔花脆，月色透窗融。獨有高樓客，清歌和未工。」《發津口》云：「平明發津口，兩岸聽雞聲。春漲碧於繡，遠山青欲迎。花飛渡頭曉，鳥弄樹梢晴。今夜寒閨月，應須計客程。」其他佳句如「雲山雙槳汨，風雨一天詩」、「耐貧工避客，學儉減吟詩」。七言如「戲藻魚驚新雨躍，課雛鴉帶夕陽歸」、「兩岸烟光溪水碧，一天秋信嶺楓丹」、「消遣閒情千日酒，平章春事一闌花」，皆妙。

邑高山唐氏族多英俊，皆與予交好，縉雲茂才其一也。縉雲工詩古文詞及制舉藝，壬寅歲，受知於俞邑尊同甫，已擬冠軍矣，會忌者言其非寒士，抑置第二，人多爲惋惜。然縉雲即以是年入泮，前後酬答皆不復省憶，唯記其夢中句云：「雨濃山翠重，雲暗鳥聲輕。」殊逼真唐人。

人徒知國初江陰後降，屠戮甚慘，而不知順治己丑之役，吾邑人殲焉。何黎平閣部死於邑流水溝，時同死者凡四十餘萬。其可名者，自邑令及舊紳二十餘人。乃江陰得諸文人傳述，並爲閻典史同難者立祠，而吾邑二百餘年來，絶無人道及，並閣部亦無廟祀，此邑中一大闕事也。吾友王茂才榮蘭《題唐魏子屠城紀事》詩云：「誰教殺運起中湘，萬馬潛來作戰場。勝國本無生可戀，頑民祇合死相償。連天殺氣揮屠伯，入夜英魂護鬼王。自注：何閣部時號鬼王。化作青燐休更恨，遺骸千載骨原香。」《過流水溝弔何黎平》云：「黎平往蹟幾滄桑，弔古猶教感慨長。一木豈能支大厦，孤城那敢抗興王。倒戈人自同劉豫，捧檄公偏效李綱。當事問誰修祀典，表忠更爲薦馨香。」

余作詩話時，以詩投者無虚日，余皆擷其秀而登之。友人王子佩言：「譚生士衡欲以詩相投，懼如鍾會之於嵇中散，逡巡未果。」余甚愧其言，亟索其詩閲之，則佳句絡繹，不可勝摘。姑録其二，以見一班。《秋原晚步》云：「西風原上路，襟怯越蕉涼。疎雨拖雲脚，殘虹畫夕陽。芙蓉經露落，木葉到秋忙。對此添離恨，鄉心逐雁行。」《題戲馬圖》云：「演武高登戲馬臺，驊騮千里一鞭開。須知世上英雄客，終向凌烟畫上來。」均令人點頭。

周復生賦性幽雅，詩多游戲之作。《觀劇》云：「輝煌袍服態施施，氣燄須臾亦自宜。眼底神通憑播弄，有人看汝下場時。」論者以爲語近詼諧，不知其警醒世人多矣。復生名景旦，邑庠生。

宋劉克莊嘗刻法帖，時東坡極其欣賞，世所傳潭帖是也。近潙寧劉子壽康又搜刻法書數百家，吾郡大爲增一韵事。詩亦洒脱。《初度》云：「卅年踪跡鎮相於，且喜弧懸近歲除。佳日謾言坡老並，新詩敢説建安初。竟無高會追鳴鹿，尚有癡情戀蠹魚。他日一經傳子弟，豎儒應笑我迂疏。」

女史柳春艷，號西江，爲子愚參軍之女。幼聰慧能詩，十二歲時，有《咏梅》詩數十首，爲士林欣賞。其《語梅》云：「黄金難易愛梅心，幾度抛針葉底尋。叮囑瓊葩須速放，阿儂明日要花簪。」《拜梅》云：「鴨爐親自爇沉檀，月色窺人上玉欄。小婢不曾攜簟至，掃來黄葉作蒲團。」「問渠仙骨幾經修，似我來生得到不。花影拂衣香拂面，背人膜拜見人羞。」《尋梅》云：「深院寒梅放，聞香未見花。小鬟親指點，竹外一枝斜。」皆妙人妙語，惜于歸後即登鬼籙。其弟春生爲余小友，每述所行事，輒潸然淚下。吁，可惜也。

徐熙爲寫生妙手，其竅在胸有成竹。湘陰李進士東園先生得春與余爲忘年友，生平守正不阿，故其詩亦莊嚴雄偉。《許昌懷古》云：「半壁河山仍漢社，一家詩賦振宗風。」《樊城懷古》云：「鼎叢已限三分局，魚腹空懸八陣圖。」《召陵懷古》云：「長江飛渡何愁漢，劍閣平填豈論城。」《荆州懷古》云：「競把興亡悲漢代，莫將成敗説荆州。」皆檃括本傳，而又能自攄胸臆。先生著有《敏學齋詩草》。其哲嗣名運芳者，昨歲補弟子員，亦能詩。

李東園《詠淮陰侯》詩云：「張良思報韓，椎秦得不死。淮陰亦韓裔，當時稱國士。何不從信遊，藉雪先人耻。報韓非本心，歸漢求膴仕。鳥盡而弓藏，殆從赤松子。」意甚警切。而田宣尉使阮霖云：「四百炎劉一手提，侯身難保況王齊。從來縛虎屠龍客，未有機權制牝雞。」亦直切了當。

蘇長公記《文與可篔簹谷偃竹》云：「竹之始生，一寸之萌耳，而節葉具焉。自蜩腹蛇蚹，以至劍拔千尋，皆生而有之者也。今畫者皆節節而爲之，葉葉而累之，豈復有竹乎。」余謂作詩者亦宜振筆直遂，如兔起鶻落，有少縱即逝之概，便非湊合。

陳明經桃文諱之駓，才思波湧，亦文中巨無霸也。徐司寇健庵、韓宗伯慕廬致書勸赴北雍，其旨云：「君出則爲名士，居則終爲山人。」駓不報，直署其尾云：「但爲雞口，毋爲牛後。」晚悉焚其著作，曰：「毋爲世俗口議。」其性情傲岸如此。詩亦矯拔。《贈王赤雲》云：「見説千年遲變鶴，肯令五柳怨飛鷴。」亦悲壯之語也。

李春晟，麻陽人。《滕王閣》詩：「雨後山青天兩界，月明人盡笛千聲。」下筆頗落落大方。

國初湖湘問多遺老，而吾鄉郭幼隗先生金臺名尤著。南渡後，督師何公騰蛟、巡撫堵公允錫先後論薦，授職方郎中，再起監司僉事，皆以母老辭。詩莊嚴渾厚，《題霞棲庵片石》云：「衆山蟠孤岑，淳愛覆群木。參天通一門，中隱巨靈石。人烟隔數峰，片石獨淵矗。苔蘚篆古意，幽映憩修竹。開士契我心，振音扣空谷。名香泛遠圃，静與山花逐。門徑羅新規，疎觀又遥目。此中還龍象，掛席敷廣緑。誰詩爍迦邏，應見邱邸復。」

何義門先生焯，文名燥天下。身後著述散佚，其門人僅梓其評經史等書，爲《讀書記》行世，故詩多不傳。李君尺雲嘗述其《題畫竹》詩，有「不根而生由意生，不笋而成由筆成」之句，此意未經人道破。嗣見吴縣吴方伯俊題某廣文畫竹詩，尤見峭拔，句云：「一竿受風娟欲語，一竿撑空拔儕侶。一竿横逸露半身，下有緋嬰尚戴土。廣文胸中十萬竿，三竿乍向醉後吐。以其落筆想其餘，鸞鳳鞭笞伏膈腑。長安酷暑鎖渴羌，清風萬錢何處賈。濕雲漏雨騰蒸甑，木榻驅蠅坐沸釜。翻身向壁變清涼，稍覺湘妃步秋雨。可憐内熱捐精神，一幅琅玕那堪煮。」

元和顧太守宗泰《魚臺舟中》云：「荻花無數夕陽邊，景物依稀入楚天。白板橋通沽酒市，綠楊絲繫賣魚船。水環棠邑民風古，驛傍河梁客思懸。此夕看山認齊魯，鄉園望斷轉淒然。」滄洲李觀察廷敬《潞河舟行》云：「黄葉聲繁雨脚斜，輕舟宛轉避汀沙。河流曲似穿珠蟻，節序忙如赴壑蛇。去住關情秋燕子，榮枯相倚野藤花。一痕漸透斜陽好，欲染閒雲作絳紗。」二詩皆佳。余昔自都門歸樊城，舟中亦有句云：「傳唱驪歌出御溝，輪蹄蹀躞又輕舟。紅酣楓葉霞千樹，白到蘆花雪一洲。客裏風霜增劍氣，眼中裘馬半詩儔。樊川居士知何處，我欲持杯問白鷗。」

王漁洋言：「中興中字去聲，中酒中字平聲，近人用二字往往交誤。然杜詩『側聽中興主，長吟不世賢』。是又作平聲用矣。」愚按：古人詩平仄隨意，漁洋嘗舉唐人詩用字音與今人別者，如劉夢得「停杯處分不須吹」，分作去聲。王建「每日臨行空挑戰」、羅虬「不應琴裏挑文君」，挑皆上聲。包佶「曉漱瓊膏冰齒寒」，冰去聲。段成式「玳牛獨駕長檐車」，長上聲。白香山「請錢不早朝」，請作平聲。「四十著緋軍司馬」，司入聲。「紅欄三百九十橋」，十讀平如諶。「爲問長安月，如何不相離」，相思必切。「燕姬酌蒲桃，燭淚沾盤壘」，蒲桃，蒲上聲。「三年隨意未量移」，量平聲。「金屑琵琶槽」，琵仄聲。劉夢得「抛却丞郎争奈何」，争去聲。獨孤及「徒言漢水纔容舫」，纔去聲。徐鉉「莫折紅芳樹，但知盡意看」，自注云：「但，平聲。」李商隱「可惜前朝玄菟郡」，菟去聲。「九枝燈檠夜珠圓」，檠音景。袁簡齋云：「到此應常宿，相留各判年。」杜詩本以「判」作仄聲用，「先判一飲醉如泥」，忽又作平聲用矣。他如「刺史諸侯貴，郎官列宿應。爲問彭州牧，何時救急難」，均應作仄用，而皆强以平押之。元微之《遺春》詩寒韵中用「聲名老更判」，《憶開元舊事》用「安能懼謗訕」，《送侍御之嶺南》咸韵中用「洞照失明鑒」，皆以仄押平。余按王觀國《學林》，古人如此類用字者甚多。劉公幹《雜詩》：「方塘含白水，中有鳧與雁。安得肅肅羽，從爾游波瀾。」以去聲用瀾字。陸士衡樂府「親友多零落，舊齒多凋喪。市朝互遷易，城闕悵丘荒」，以平聲用喪字。又《爲顧彦先贈婦》「辭家遠行游，悠悠三千里。京洛多風塵，素衣化爲緇」，以上聲用緇字。劉越石《答盧諶》詩：「握中有玄璧，本自荆山璆。惟彼太公望，昔在渭濱叟。」以平聲用叟字。江淹《望荆山》詩：「寒郊無留影，秋月懸清光。悲風繞重林，雲霞肅川漲。」以平聲用漲字。韓退之《答孟郊江漢》詩：「終宵處幽室，華燭光爛爛。」於艱字押，則以爛作瀾音用。今人久不講韵學，於此等處茫然不知，所以姑紀其大略於此，俟知音者辨焉。

守法度曰詩，載始末曰引，體如行書曰行，放情曰歌，兼之曰歌行，悲如蛩螿曰吟，通乎俚俗曰謡，委曲盡情曰曲。

詩始於意格，成於句字。意格貴高，句調貴古，字法貴響。

氣象欲其渾厚，其失也俗。體面欲其宏大，其失也狂。血脉欲其貫穿，其失也露。韵度欲其飄逸，其失也輕。古大家所以過人者在此，今人多不及古人者亦在此。

張太史世渌《和諸弟贈别》詩云：「高梧鳴鳳正朝陽，闕下銜來玉版章。晝錦敢言題永叔，板輿慵羡學檀郎。時留鳩杖秋中影，未斷金罏夢裏香。笑我出山成好事，灞橋風雪折衰楊。」「談文里舊好高陽，惆悵離群賦別章。自識名材同杞梓，誰云絶唱屬錢郎。迢遥馬上衣裳冷，珍重尊前笑語香。計到款懷姜被日，知君百尺試穿楊。」莊雅絶倫。

陳熙農畯詩學宋人，每多佳句。摘其《曉行》云：「幾家殘月呑雞口，萬里吟鞭掛馬頭。」《避暑》云：「半簾清送三更雨，四座涼生一笛秋。」皆工。其弟滋農名畹，詩亦清腴。《春晴晚眺》云：「湘江春水緑，燦爛一天霞。牧笛催行犢，深山噪晚鴉。白雲三徑淡，紅日半竿斜。蛺蝶雙雙過，墻東滿院花。」

宋明府于庭先生翔鳳，長洲人。經濟學問，兼擅其長。吾友吴雲臺遊其門下，每語先生詩情淵深樸茂，真仁人之言。兹見《題何芰亭詩集》之句，令人欲瓣香以祝矣！句云：「雨逢春甲子，天氣轉嚴寒。薄病苦朝寢，長吟代午餐。古懷存骨肉，奇思作波瀾。豈僅追陶謝，還當接建安。」「政術今非古，彌縫掩餙多。衹宜隨俗云，奈此問心何。未敢爲深語，聊同續短歌。君山元寂寞，一望濕烟蘿。」又趙明府致和題辭一首，語亦曠達。句云：「磈磊填胸古氣蟠，風雲鬱勃湧奇觀。别開世界非人到，無此襟懷下筆難。」

吉安御史郎蘇門先生葆辰，與余舅氏龍伯華先生同年。曩於京華領其言論丰采，真如在光風霽月中也。詩清朗異常，《題何芰亭集後》云：「天禄當年共校書，花磚月影未來初。上堂一揖各分卷，猶記槐廳舊直廬。」「散直歸來日已遲，呼燈窗下讀君詩。銀塘水滿月初墮，想見清吟脱稿時。」

瀏陽秀才李德馨詩有才氣，《感懷》云：「夢覺揚州剩一身，頻年落拓楚江濱。雲山倦眼輪蹄慣，風雨寒窗筆硯親。末路心如泥裏絮，勞生骨是爨餘薪。茂林病後無消息，憶煞梁園舊主人。」「襆被匆匆泣路歧，還家無地擁皋比。平生未敢輕餘子，造化由來是小兒。鮑叔千金分有幾，王孫一飯報何遲。懷人不盡知心話，話向巴山夜雨時。」「秋風一榻病維摩，長夜其如傀儡何。醉酒果然豪氣減，留鬚便覺好詩多。幾番對鏡傷遲暮，敢謂投梭廢嘯歌。學佛學仙成底事，英雄髀肉儘消磨。」「悔持劍匣快恩仇，王粲無端又上樓。燕子生涯長作客，菊花天氣不勝秋。琴書老我青氊冷，鹽米驅人白髮愁。冷落東山舊絲竹，羊曇未忍過西州。」八首録四，餘不記憶也。

才人之詩，隨便都見闊達。向竹泉先生舊時《題琵琶亭》云：「無復琵琶水上聲，淩雲空樹勢峥嶸。一商人婦一遷客，千載同爲寫不平。」「亭上鬚眉奕有神，精靈豈戀此江濱。古今憑弔知多少，一夜潯陽送客人。」其見地固已超矣。又大梁鐵塔在信陵君廟側，亦題詩云：「魏王猜忌終難釋，魏國山河竟入秦。千載荒祠奉公子，不須憑弔爲酸辛。」「鐵塔何年撐碧落，太行終古抱黄河。此行不止吟眸闊，攬取中原灝氣多。」又是何等胸次！竹泉名簡修，邑庠生。其哲嗣名新曙，亦補弟子員，詩皆清雋。

黄周星字九烟，湘潭人。本姓周氏，父逢泰，官江南。生長於金陵，爲上元黄氏撫養，遂冒其姓。生有異稟，六歲能文，七歲工書。崇禎年成進士，除户科給事中，不就。歸湘潭，葬父畢，復反上元。性剛介，詩文慷慨激昂，嘗選《唐詩快》三集行世。國初時變姓名曰黄人，字略似，僑居湖洲。布衣素冠，寒暑不易，狀類狂易。七十自撰墓誌，作《解脱吟》十二章，縱飲盡一斗，大醉，沉易南潯河死，五月五日也。所著書爲盜掠，散佚失傳。嘗自鑴一私印曰「性剛骨傲，腸熱心慈」，又嘗詡與正人君子、鬼神仙佛相合。有詩云：「高山流水詩千軸，明月清風酒一船。借問阿誰堪作伴，美人才子與神仙。」其胸襟洒脱如此。

丁酉選拔淩君荻洲，名玉垣。曩晤於吴雲臺寓館，皎皎乎有鶴立雞群之概。頃欲採其詩，適胡竹秋鈔其《寄周小樓》詩云：「思歸同悵大刀頭，湖海飄零二十秋。漢口酒香君且住，武昌魚好客何求。行踪短鬢年時數，别夢長江日夜流。寄語西山山畔月，三年清味在黄州。」可謂字字清雋。荻洲並工書善畫，長沙人。

漁洋論詞，謂「一曲之中，安能句句高妙？只用筆處不可輕放」。余謂作詩者，亦難使處處清超，只著意處或選聲，或設色，或摹神，深加鍛鍊，便有意味矣。

同社吴茂才樹棠，性清超澹雅，詩亦肖乎其人。《題荷花生日》云：「碧雲鄉裏醉顔酡，一片晴霞檻外拖。絶色人疑台背少，稱觴客恐熱腸多。祝從蓬島詩難艷，拜倒蓮房臉易波。擬學坡仙賡《水調》，長生一曲譜如何。」

邑侯葉枚村先生治潭有聲，潭人敬如慈父神君。不一年，以憂勞成疾，竟不起，潭以詩文誄者不下數千萬首。徐孝廉石泉彙其稿，以裝成册。歸櫬日，士紳皆哭聲震天，鄉父老亦科頭跣足，號送於河。生平作詩皆清超秀勁，《題文節母抱樹圖》云：「一死真何惜，千秋節義存。英雄成女子，肝膽照閨門。古木無顔色，空山有淚痕。賢哉文氏母，湘水苦招魂。」「丹青誰畫出，往事注前明。兒女閨中夢，松楸世外情。祇因心匪石，尚覺面如生。二百餘年後，猶聞駡賊聲。」又《出郭》云：「眼中赤子謀生聚，頭上青天凛鑒觀。」其政治可想。

雁蕩，名山也。千巖萬壑，奇詭異常。欲一探其勝，不果。適常熟屈心梅先生見復視潭驛丞任，得其《題雁蕩山》詩卷，頓覺眉宇一空。其《題朝天鯉峰名》云：「六六溪迴尾有餘，龍門當日躍何如。幾時化石横山脊，千佛西來當木魚。」《卓筆峰》云：「大好名山可著經，一枝翠破海天青。玉簪拔地如相授，合占江花夢有靈。」筆情洒脱，翛然塵壒之外。

吾友王子佩精於考古，有博學之名，其咏史小樂府足與楊鐵崖抗席。《博浪椎》云：「壯士求滄海，椎秦博浪沙。祖龍空大索，難問趙高家。」《八司馬》云：「宦寺權先固，諸君奈若何。徒將成敗論，司馬抱冤多。」《小太宗》云：「珠崖投太尉，元德表仇公。不信當時治，人稱小太宗。」皆節短音長。

楚茂才雲木櫺詩筆清雋，用典而不爲典用。摘其一二錦句，可窺全豹。《題隨園詩話》云：「性靈寫出風情語，書卷融成狡獪才。」《苦雨和韵》云：「花亂濕馳蝴蝶懶，霧沈聲甕子規啼。」祝其兄桂海云：「都有性靈堪學佛，不多兄弟總能詩。」騙樹者以梅枝接桃樹，題云：「仙人自有分身法，名士都經換骨來。」《贈張梅生》云：「天欲窮人教識字，古惟名士拙謀生。」《戒晝寢》云：「可雕此後誰誅我，不倒而今合號翁。」《閒居》云：「愁因對月生情種，事要瞞天亦善根。」惜屢困名場，晚年家漸落寞，以憂成疾，卒。其《送春》句云：「閱盡繁華始退身。」蓋讖語也。

唐茂才昭儉，樹節高峻，考古精詳，暇即焚香鼓琴，有嵇中散、韋蘇州遺風。詩清芬襲人。《題畫蘭》云：「滿腹離騷竟體芳，芙蓉合佩美人裳。沅湘寂寂春深處，清夢應來水一方。」

寧波沈明府栗仲先生，名下士也。以進士官楚南，雅尚清高。生平喜撫琴作書，人咸目爲仙吏。會嗼夷跳梁，時先生年六十九，尚滯湖湘。聞其鄉多被擄掠，感賦云：「攙過年華七十翁，湖山溷迹一飄蓬。浮生幾日憂時變，半畝無田祝歲豐。寰海跳梁嗟小醜，經時敵愾望群公。老臣筋力消磨盡，尚欲提戈作鬼雄。」又《題賈太傅祠》云：「生平不拜長沙傅，痛哭清時駭聽聞。」此意未經人道破。先生名道寬。

歐陽頜卿俊才高學博，十年前同受知於吕太守儷堂先生。進謁時，太守以大器目焉。乃至今皆蹀躞名場，亦怪事亦恨事也。其詩雄健奔放，真有光焰萬丈之勢。《題秦皇壓氣臺》云：「六國併吞秦鼎定，不趨正路趨别徑。築城曾把胡兒防，築臺又把王氣鎮。築城拒胡胡亥亡，築臺壓漢漢高振。我聞湯武始征誅，揖讓惟聞堯與舜。禪繼都由氣運成，小術焉能保萬乘。氣倘可壓奚待秦，周臺更比秦臺峻。自古正氣能壓人，臺能壓氣吾不信。漢氣壓秦秦祚移，秦臺壓漢漢兵勝。秦漢興亡只一臺，臺真漢滅秦之應。」《題東方朔偷桃圖》云：「神仙之流盜賊祖，游戲神通試漢武。蟠桃爛熳結瑶池，隻手飛空潛摘取。守桃仙童竟不知，賊兮賊兮真神奇。數枚猶未奉天子，三竊先曾被此兒。我聞神仙服丹藥，鼎爐鉛汞時斟酌。别從火裏種金蓮，長生消受蓬萊樂。東方幻術愚世人，人甘其愚信爲真。直令仙境成盜藪，萬古冤煞群仙靈。披圖不惜發餘論，替仙直把賊名辨。偷桃未必即成仙，縱得成仙仙不願。」又《詠菊》云：「不求人愛生偏晚，自到花開世更凉。」其抱恨矮屋中者深矣。

何司馬芰亭名彤文，少時即喜作詩，及與海内名公卿贈答，益見超越。有《觀棋感事》詩三首，和者凡數十家。其一云：「何殊蝸角觸蠻争，尺寸疆偶紙上兵。虎窟直探憑胆大，蟻封徐騁見心精。路當窮後方知悔，劫未灰時尚冀生。却笑旁觀緣底急，也勞壁上代經營。」可謂佳矣。而沈栗仲和詩，其警句云：「阻兵驟畏唐藩鎮，清禁徐收漢閹宦。」則又妙於用事。

溆浦舒鸞橋其鋏，爲郡中名宿。曩晤於長沙旅館，出示詩、古文、詞，皆有道之言。近見《和何通守芝亭對雪》警句云：「登樓對此宜呼酒，有客多才也道鹽。」「人能僵卧真高士，婢解烹茶有幾家。」又其弟雲槎，名其錦，詩亦大雅。《贈芝亭》句云：「宛陵烟景真如畫，水部風流雅擅詩。」「國器理多居半刺，文人例合宦長沙。」

余曾祖廣陵公，諱濤，博涉經史，中乾隆庚午舉人，爲蔡筠谷先生揚宗高弟。生平不輕作詩，猶記其《輓楚翁業圖》一聯云：「燕臺冷落黄金盡，塵榻依稀明月窺。」餘多不存。

先大父春垣公諱世甲，邑增生。性好詩，著有《彩橋莊詩文集》，待梓。歿之日，爲門下士藏匿，竟令予小子不能仰誦先芬，一大恨事也！曩從故紙堆中得大父酬贈詩，有祝肄堂伯祖壽云：「我聞東坡生日讌赤壁，横江獻曲弄清笛。洛下簪纓文潞公，同甲會開氣昂激。我輩泥塗之甲子，自分生平渾無似。太平風月侣漁樵，何必金樽迓珠履。門外兒童走且驚，堆盤仙桃紛前楹。二三舊雨重交情，欲從把臂飛翠觥。主人固辭我曰否，人世難逢笑開口。荒溪尚有青青韭，甕頭新釀重陽酒。簾捲蝦鬚户懸弧，高設四筵來鴻儒。興酣舉觴祝主人，瑶篇錯落大小珠。吾兄本是青雲客，吾家推君眉最白。少年壯氣堪食牛，老向秋風歛鵬翮。沅有芷，澧有蘭，高人風味振騷壇。飴孫訓子自怡悦，族黨梓里披心肝。桂老愈辛神愈固，不須更學丹砂術。日猶能健廉頗飯，日猶能健邯鄲步。余年差小余且老，伏櫪未能攄懷抱。安得惠連發才思，春滿靈運池塘草。就毫效顰意如何，視君養静保天和。富貴浮雲奚足論，與君長醉花萼樓。白頭兄弟相婆娑，白頭兄弟相婆娑。」又輓余外祖龍邃庵公詩四首，録二首云：「談心猶憶桂花天，矮屋秋風結夙緣。愧我長依辛苦地，羨君早赴孝廉船。十年萍寓留清夢，一榻茶烟伴老禪。記得泐潭遊歷遍，荷香瓜架夕陽邊。」「自譜潘陽又幾秋，關情休戚倍綢繆。子平婚嫁酬初願，靈運山川續舊遊。細雨疎燈春啓甕，曉風殘雪夜行舟。不堪往事重回首，江樹連離一段愁。」頃彭花伯述大父曾寄其先人有「一壺緑酒憑誰賞，十里青山我欲來」之句，餘皆不存。余最峰叔，邑茂才，名澤春，品端學富，詩多風雅。《七月十五夜望月》云：「向晚清風瑟瑟來，素蟬輝處暮雲開。一年十二團圓夜，屈指今宵第七回。」「嘹喨誰家笛韵和，冰輪穆穆漾金波。中元月好人争望，待到中秋望更多。」

吾肄堂伯祖，邑庠生，諱世舉。少負大志，從羅慎齋夫子遊，每有青出於藍之譽。年八十，能詩。祝鳳書叔祖五十初度云：「羡君知非年，誕逢陽復月。吉日好懸弧，風雨開霽色。我來索酒觴，老復興不劣。松下童子言，主人出第宅。到門貪看竹，稚子來迎接。亦有賓在座，杯盤咸布列。不用山海錯，家殺與家核。用展養志情，一堂騰歡悅。人情本不一，冷暖有分别。豪傑遇茲辰，遠遊且返轍。千金治一觴，百金博一劇。其在貧賤儔，往往作逋客。不令兒女親，故使友朋隔。不敢賽奢靡，宰割戕壽脉。是乃仁術也，造物爲之格。以此致遐齡，不求而自獲。」又八十時病篤，自輓一聯云：「若果魂升於天，問當年長吉仙人作賦玉樓，到底是何筆墨；漫云逝者其耋，視吾家白頭老子藏身母腹，此時猶算胞胎。」尤是胸懷洒落。

嚴滄浪云詩有十八體，若風、雅、頌、樂府、古選、建安、黄初、正始、太康、元嘉、永明、齊、梁、南北朝、初唐、盛唐、晚唐、宋元祐者是。余維建安、黄初本屬同時，奚容區而爲二？且正始之嵇、阮，太康之左、潘、張、陸、陶、郭，元嘉之顔、鮑、謝客，永明之玄暉諸人，皆備於選體，則就古選中分其體可也，於古選外更列其體不可。九體則近體、古詩、排句、集句、聯句、絶句、雜言、口號、迴文者是。

詩無真意，則聲華傷於雕琢，格律涉於叫囂。然舍其格律、聲華，則枵然山澤之癯而已。近見濱江鄧孝廉廷相，古近體詩於沈鬱頓挫之中，寓悠揚摇曳之致。而咏古諸什，尤極精卓。《昭君》云：「爲國從戎非薄命，昭君何怨訴琵琶。不歸朔塞留青草，已逐東風作落花。可汗願爲宫女壻，焉支生是美人家。近來漢苑無圖畫，玉葉金枝犯漠沙。」《望太行山》云：「北渡黄河水，西望太行山。千里一迴顧，商周都此間。崑崙渺天下，碣石沉海瀾。山川自終古，感慨寄無端。」均膾炙人口。

曩聞譚蘭亭甚有詩名，是時相思若渴。兹見其《咏堂棣花》云：「一樹斜陽照眼明，參差枝葉若相迎。來生願合償兄弟，出色花都有性情。書補《毛詩》留逸句，春殘唐代剩樓名。笑子孤負東風約，只解庭前種紫荆。」真有情有景之作。又《輓友》詩，摘其一云：「泣穿秋水照顔紅，鳧舃誰瞻馬首東。愁絶深情天怕管，一簾風月鎖春宫。」亦佳。

恩貢生謝仲玉璜丁，明末造棄舉子業，自肆力于詩文。所著有《燹餘集》、《此園集》、《益楚初集》，未梓。其詩多血性語。《瀟湘行》一篇，因革之感三致意焉。所云「我家六十口，僅活兩旄倪」，蓋紀實也。而亦未嘗不風雅。《將入城》云：「盡日登山供遠眺，有時洗耳又臨流。清風到室先開户，明月窺簾莫下鈎。租吏過門無剥啄，詩人得句索賡酬。黄花欲去清樽在，城市相邀憚久留。」又《村庄九日》云：「長避城闉爲愛閒，住山無日不登山。柴門落葉憑風掃，曲徑疏枝候月還。何處無詩招岫色，有時縱酒却秋顔。黄花滿插雙絲鬢，宜趁歸來問小鬟。」又《有感》一聯云：「青山拂去辭知己，白髮重來慰故人。」皆清麗可誦。

衡山聶美梅先生鐮敏，現官滇南縣令，聿著賢聲。生平著作宏富，皆博大昌明。其浩瀚處，人稱「蘇海韓潮」。昔余登岳陽樓，見其題壁云：「夕陰催暝壓湖樓，浩蕩風波攪客愁。濁浪疊排雲斷處，亂帆争趁日西頭。窮愁憂樂無先後，終古神仙自去留。誰倚闌干弄長笛，商音吹满洞庭秋。」時壁間題詞甚多，此足壓倒元、白。又宗蕚初述其《題采石磯太白酒樓》之作，亦極超曠。句云：「蓋代詞場第一樓，樓中人去已千秋。餘生不作夜郎客，此夢真成天姥遊。仙骨到今明月在，詩神終古大江流。因公爲憶襄陽叟，芳草鞦州無限愁。」俱炙膾海内。先生尤喜撰楹語。嚴子陵廟聯云：「托業吕韓間，上觀一千餘年，渭水悠悠淮水咽；置身霄漢外，俯視二十八宿，帝星朗朗客星高。」關聖廟云：「能待旦，能讀《春秋》，能養浩然之氣，斯無愧周公孔子孟子；惟忠君，惟愛兄弟，惟從王者之師，故永懷先主皇侯武侯。」岳陽樓云：「勝狀攬重湖，放得開眼底乾坤，許從杜老拈詩筆；愁心生萬古，吞不盡胸中雲夢，莫向仙人借酒杯。」俱見規模闊大，胸次軒敞。

蓮仙爲羹梅先生之女，幼從其尊人學詩詞，旨雅秀。長適邑同宗蕚初，紡績餘閒，不廢吟咏。余與蕚初交篤，因得常窺其稿。其《咏白菊》云：「誰撑傲骨出東籬，洗净塵氛别有姿。瘦影高擎斜月裏，澹粧涼透降霜時。乍疑送酒人偕立，頻悵吟梅客未知。自是素心表清潔，粉糕何事更相遺。」《春日》云：「暖風遲日透紗窗，花氣如蒸冷氣降。忙煞畫梁新燕子，銜泥來去自雙雙。」《採蓮曲》云：「數聲柔櫓過横塘，水面風回夾岸香。莫向烟波争度曲，恐驚花底睡鴛鴦。」皆風華掩映，齒頰流芬。又《踏青》碎句云：「芳草緑沾遊子屐，杏花紅簇美人頭。」亦麗。

節孝之後，每多英傑。余昔館袁上舍道林家，得悉其尊人早逝，其母郭太夫人矢志《柏舟》，時上舍甫數齡，太夫人勵其勤學，早有文名。嗣見其孫枝玉立，又延余課讀。其長孫紫堂上舍，名邦鑑，任事有才，文亦多春夏氣。次次山，英姿鋭氣，挺特不群，尤爲多士之冠。偶檢舊篋，見紫堂《過湖上草堂》云：「一葉高隨飛鳥下，千林遠抱曲江回。」次山云：「紅豆難消春雨恨，黄金不療俗人癡。」二生襟懷，此可想見。

易篆卿象吉，余姻丈也。生平以氣節自持。讀書研求精藴，必貫澈乃止。詩尤洞悉源流，閒潑吟箋，皆有妙旨。其《春暮》云：「春如好友去常惜，情比落花飛更多。」《昭潭感懷》云：「三徑好花圍作屋，一林黄葉坐題詩。」真中晚唐名句。又《讀唐史》云：「終古開疆吴越王，錢塘江水大波揚。唐家土地梁朝爵，俱是英雄富貴鄉。」亦雅切妥當。著有《浣湘詩草》。

李雲根之蒓，邑高士也。生平志節皎然，雖東漢人獨行不過是矣。讀書搜奇愛博，尤有琴、棋、畫三癖。余每過其書齋，異書古器之外，緗軸聯牀。閒潑墨爲畫，神妙絶倫。詩有雅人深致。《題畫幅》云：「重巖瀉溜碧如油，雲影天光分外幽。多少樓臺看不定，半湖烟雨蕩漁舟。」

龍椒圃先生德馨，余從堂舅氏也。其詩步趨唐宋，美不勝收。姑舉其《夢中得句》云：「赴海水忙爭馬足，出山雲嬾付樵歸。」上句寫少時意，下句寫晚年情狀，趣味甚雋。

詩味貴淡，淡則永。詩詞貴樸，樸則真。上湘舒青洋前輩東，書史撑腸拄腹，爲錢南園學使入室弟子。吾友周曉春先藍述其《元日》詩云：「一日二日爆聲連，去年今年忽太懸。人心猶未分新舊，錯喚今年作去年。」洵綺語，能道俗情。

蕭春湖仁恕詩詞清麗。余曩於可玉寓齋見其《舟泊昭山下》云：「截江陡插玉芙蓉，斜日荒涼挂古松。倚枕忽驚殘夢斷，曉風吹墮一樓鐘。」真是香山餘韵。今秋，其哲嗣載蕣名厚鈞者來就余詩。詩意氣飛揚，談皆中理。其詩有以澹雅勝者，如《僧房曉起》云：「松花滿地落無數，野鳥禁寒時有聲。」有以雋永勝者，如《閨怨》云：「洞房深鎖緑苔生，瘦減容光爲此情。惟有舊時菱鏡在，照奴顔色甚分明。」皆吟壇中傑作也。又「幽壑響殘磬，流泉飛古藤」，十字亦健。

詩生於情，亦緣於景。今秋上湘縣署中丹桂重開，其邑尊師梧岡先生鳴鳳喜成一律，和者如雲。時黄淥溪司馬園中之桂，亦謝而復開，司馬亦和其韵云：「豈關勝會續無常，戰倒秋風兩度香。對我居然成舊識，非君孰敢領群芳。都疑破格翻新様，始覺前番未艷妝。攀折有人來正後，影高休弄月昏黄。」豪邁英爽，味外有味。司馬爲秬園哲嗣，名澤及，讀書識高於頂。近摒擋家政，暇惟以詩酒自娛，邑人多仰重焉。

李孝廉慶清爲黎樾喬先生高弟，詩、古文詞皆以六代風華資其芳潤。昨得其詩稿十二章，以集隘不能備録。摘其《勵志》詩云：「佻達在城闕，杕杜生道周。貧窶傷不已，北門恣其游。怨尤胡不泯，懷抱胡不幽。鼎鐘勒何日，瓊琚贈何由。戈羽實分陰，琴瑟調寸修。塗巷歎息輟，山川涕淚收。何者不自得，而爲杞人憂。息影讀盤誥，安神窺畫疇。君子曰勉兹，古義阻悠悠。」

酌雅詩話

酌雅詩話提要

《酌雅詩話》二卷續編一卷，據民國三年刊雲南叢書初編本點校。撰者陳偉勳，字金門，號酌雅主人，雲南劍川人。道光十二年舉人，曾入山西提學使杜受田幕。有《味道軒詩集》。按有道光二十九年自序。此書奉孔子「詩無邪」一語爲的，弘揚儒家風雅詩教，力闢釋、道二教及所謂淫辭媟語，故名「酌雅」。其論或有悖時迂腐者，然詩道關乎人心，維繫古今之正論，亦所在多有，著爲詩話，不失爲一家之言也。大抵取宋、明詩話如《砦溪》、《存齋》(《歸田》)、《南濠》等作以爲上乘，進而發揮議論。於本朝詩話則譏漁洋以己作託諸寺廟是「佞僧」，尤不滿《隨園詩話》之競艷天下、不分芳臭及自恃必傳諸弊，續編一卷，幾爲駁袁之專論。然仍以詩人許隨園，故竟較昔日章學誠之詆袁爲可聽。又每以己詩附於各則之後，以結各則之義，雖如有韵之理語，然亦可窺其用心之密，而自序固已前云「非能詩者，亦非知詩者」矣。

自叙

余非能詩者也，亦非知詩者也，何有詩話？顧嘗服膺「思無邪」之一言，以爲是千古言詩極則。外聖人之言，舍性情之正而言詩，必非佳詩。故嘗持此意而論列風雅，首正者莫如邪説。邪説者，一釋教，一淫辭是也。浮屠之説，聖人之世無之，惑世誣民，莫此爲甚。程子謂「當如淫聲美色以遠之」，不爾，則駸駸乎入於其中。痛切甚矣。唐人詩中有贈某上人、某禪師之作，輒戒學者，令勿讀。此篇特以朱子《感興》論二教詩爲篇首。朱子論二教，亦有輕重。仙之説，詩中或用以寓高致尚可。至如丹竈金鼎、長生不老、白日飛昇、荒誕無稽之論，宜與釋氏在所闢者。又或僧寺清潔，多可遊賞，未嘗不供吟咏。而或稱及其佛，題及其僧，總不免爲俗話。有問於余者曰：「子之遠佛如此，詩話中何以採入僧詩二首？」余曰：苟其有得於道，不汩没於其寂滅之談，而果得風雅之趣，則亦人其人而已。儒之取笑於此僧者尚多矣，何必歸而不受哉！至若古今淫書，不下數十百種，今士大夫所同好者，莫如《西厢》、《聊齋》、《紅樓夢》。是三書者，余嘗比之於妓館之污，不解其何以膾炙人口如此。昔有餘杭同年盛稱《聊齋》不可不讀者，余亟爲辨之，因著《辟蠹令》一篇，論淫書之蠹人心者甚悉。夫芳草美人，《離騷》托興，其意在於愛君。《三百篇》中，淫風不一，聖人未之删者，欲以懲創人之逸志，亦以觀列國之盛衰。其必法《韶》舞而放《鄭》聲者，正以其淫也。如《衛·碩人》一篇，形容至「手如柔荑，膚如凝脂」等句，可謂揣摩入神，抑思其詩固何爲而作，其用意固何在耶？後人淫詞媟褻，汙巇簡編，即不論其人而論其詩，已不可登大雅之堂已。陶詩醇厚古茂，太初之音，詩與人均堪不朽。杜固詩中之聖，雖顛沛中不忘蒼生社稷，所以可傳。太白天才，東坡大才，樂天逸才，詩已爲人間絶唱。但樂天、東坡多贈妓憶妓之作，未免脂粉。竊欲於二公詩集中去此等篇，以全其美。少年人或鄙笑之，老成人未必不稱善也。更如元之楊廉夫，詩才冠世，張士誠據吴時，東南名士多歸之，所不能致者，惟廉夫一人。是其人品高卓爲何如，而多置姬妾，載與俱遊。至爲《香奩八體》詞，題目已多鄙褻，不止爲文章疵纇，余猶爲深惜之。故於此篇，既以闢異説諸篇弁諸首，即以論瞿存齋所載《鶯鶯傳》一段次其後，庶幾合程子「淫聲美色以遠之」之意，亦得夫子「一言以蔽之」之旨。其餘如嘲風月、弄草木，隨詩人意興所到，但有流麗而出於端莊、婀娜而含於剛健者，俱不必棄去。總使歸於風雅，有補詩道，無蠹人心而已。抑嘗竊附己作者，不過以抒寫己意，爲朋儕及子姪輩示教耳，非敢云詩也。然苟得其意而好尚不迷於所在，其於世未必無補。道光己酉中秋前三日酌雅主人自叙。

酌雅詩話卷一

劍川陳偉勳纂

朱文公《感興詩》論二教二篇云：「飄飄學仙侶，遺世在雲山。盜啓元命符，竊當生死關。金鼎蟠龍虎，三年養神丹。刀圭一入口，白日生羽翰。我欲往從之，脱屣諒非難。但恐逆天道，媮生詎能安？」「西方論緣業，卑卑喻群愚。流傳世代久，梯接淩空虚。顧盼指心性，名言超有無。捷徑一以開，靡然世争趨。號空不踐實，躓彼荆棘塗。誰哉繼三聖，爲我焚其書。」瞿存齋詩話云：「論二教之害，然亦有輕重。」余謂自漢、魏以來，詩人感興多矣，亦曾有此興致否？長夜漫漫何時旦，有文公此二篇意興，斯爲紅日中天。余素不言二教者，竊不揣固陋，步元韵妄擬二首，非敢有僭踰之志，亦以發明朱子之意，兼伸景仰之私云爾。詩曰：「古有三不朽，修煉豈深山。但能盡其性，焉知生死關。後人多異術，九轉誇神丹。此丹一入口，飛昇生羽翰。長生固不易，媮生奚足難。我懷學仙侣，俟命斯心安。」「自有釋氏教，天下多顓愚。以彼所謂道，不過憑空虚。奈何諸夏人，反謂中土無。至乃譯其語，相與幽谷趨。遂令百世下，荆棘紛滿塗。我生雖獨後，安能容其書。」

樂天《九日思杭州》云：「笙歌委曲聲延耳，金翠動摇光照身。」又：「故妓數人頻問訊，新詩兩首倩流傳。」東坡有《懷錢塘》云：「剩看新番眉倒暈，未應泣别臉消紅。」又：「休驚歲歲年年貌，且對朝朝莫莫人。」皆憶妓贈妓詩也。老杜《寄贊上人》云：「與子成二老，來往亦風流。」東坡《贈辨才》云：

「我比陶令媿，公爲遠公優。」又：「聊使此山人，永記二老遊。」皆寄僧贈僧詩也。余獨有詩曰：「拙性難容脂粉氣，狂歌不作香奩詞。篋中今日搜存藁，猶喜曾無贈妓詩。」又有曰：「名士常當寂寞時，喜交方外與吟詩。生平我獨成偏拗，不共僧流接一辭。」嘗有一富僧，士類多與往來。及其老也，欲共壽之，求序於余。余曰：「和尚乃作壽乎？作和尚壽乃請我爲文乎？」笑拒之而已。

宋宣仁太后上仙，置道場内殿。有長老升法座，一僧問曰：「太后今歸何處？」對曰：「太后身歸佛法龍天上，心在兒孫社稷中。」舉朝稱善。夫以太后之事而飯僧内殿，已非宫闈清肅時事。聞佞僧一語，又舉朝無不稱善，斯時舉朝尚有一有識者否？「佛法龍天」，果成何語！浮屠鄙説，浸人耳目久矣。當此僧升法座時，想見大小臣工悚息聽命，唯唯諾諾光景。及其交口稱善，不惟阿順逢迎，且於異端之行，更有以生其威而張之燄。上之政教如此，下之風俗可知。舉世憒憒，吾道能無荆榛耶？不獨宋宣仁后事已也，滔滔者天下皆是也。吁，可慨矣夫！迺爲之詩曰：「道場法座果何事，佛法龍天更可異。太后宜有母道存，飯僧乃以懺何罪？舉朝稱善我不知，宰相以下都兒戲。吾道荆棘千餘年，人心胡爲而此醉。」

「元微之當元和長慶間，以詩著名。傳入禁中，宫人能歌咏之，呼爲『元才子』，風流蘊藉可知也。其作《鶯鶯傳》，蓋託名張生。復製《會真詩》三十韵，微露其意。而世不悟，乃謂誠有是人者，殆癡人前説夢也」云云。《歸田詩話》余謂《鶯鶯傳》乃淫書也，自有此書，世之年少讀書人迷溺其中不少，後世復演爲劇，於是村夫俗子及婦孺無知，胥感此而不禁淫心也。自來才子言行多不雅馴，況見之著述，以誤後人、以污名教如此傳者，悉詩書中罪魁也。宜禁而焚之久矣，又從而表章之，何哉？爲之詩曰：「晚唐長慶間，才子元微之。妄作《鶯鶯傳》，復製《會真詩》。其言實鄙猥，奈世多貪癡。但見讀書人，觀之爲意移。恍已遇洛神，忽若來西施。心猿復心鵲，不禁紛交馳。此傳將千年，貽誤乃如斯。比之作俑者，厥罪何能辭。願并異端書，焚使俱灰飛。」

《滹南詩話》云：「郊寒白俗，詩人類鄙薄之。然鄭厚評詩，蘇、黄輩曾不比數，而云『樂天如柳陰春鶯，東野如草根秋蟲，皆造化中一妙』，何哉？哀樂之真，發乎性情，此詩之正理也。」又《歸田詩話》云：「『閉門覓句陳無己，對客揮毫秦少游』，山谷詩喻二人才思之異也。後山詩如『壞牆得雨蝸成字，古屋無人燕作家』，寥落之狀可想。淮海詩如『翡翠側身窺緑酒，蜻蜓偷眼避紅妝』，艷冶之情可見。二人他作，亦多類此。跡其生平際遇，屯泰不同，信乎各有造物也。」余按二説云云，觀於陳、秦，郊與白之遇可知矣。感此，隨筆書之曰：「蟲鳴秋草孟東野，鶯囀春柳白樂天。信皆造化中一妙，郊寒白俗何論偏。秦少游何揮毫速，陳無己何覓句艱。由來質地有敏鈍，悲歡遭際各前緣。總之詩以理性情，必得其正方可傳。」

《砦溪詩話》論李太白云：「世俗誇太白賜牀調羹爲榮，力士脱鞾爲勇，愚觀唐宗渠渠於白，豈真樂道下賢者哉！其意急得艷詞媟語，以悦婦人耳。白之論撰亦不過爲玉樓金殿、鴛鴦翡翠等語，社稷蒼生何賴？就使滑稽傲世，然東方生不忘納諫，況黄屋既爲之屈乎！説者以謨謀潛密，歷考全集，愛君愛民之心如子美語，一何鮮也！力士閹闥腐庸，惟恐不當人主意，挾主勢驅之，何所不可？脱鞾乃其職也。自退之爲『蚍蜉撼大樹』之語，遂使後學吞聲。愚竊謂如謂其文章豪逸，真一代偉人。如謂其心術事業可施廊廟，李、杜齊名，真忝竊也。」余按：黄砦溪先生名徹，字常明，宋之君子也。胸臆清超，持論正大，觀其《詩話》，可知其爲人矣。今考太白召見沈香亭，應製作《清平調》三曲，頗見優寵，得待詔翰林。及在禁中與貴妃宴樂，妃衣褪，微露乳，白以手捫之曰：「軟柔新剥雞頭肉。」禄山在旁接對云：「滑膩如凝塞上酥。」帝續之曰：「信是胡兒只識酥。」君臣荒淫如此，此何異江總文才艷惑陳後主之後轍。禄山作亂，明皇播遷，有由然矣。讀《砦溪詩話》，因咏之曰：「唐室天寶年，太白天才妙。應制沈香亭，三曲《清平調》。優寵博一官，翰林予待詔。後與楊妃宴，乃至捫乳笑。淫辭媟褻陳，胡兒始尤效。謫仙非不仙，奈何此作鬧。力士庸腐餘，脱鞾何足校。」

瞿存齋云：「太白詩：『剗却君山好，平鋪湘水流。巴陵無限酒，醉殺洞庭秋。』是甚胸次！少陵亦云：『夜醉長沙酒，曉行湘水春。』然無許大胸次也。」余謂不然，洞庭有君山，天然秀致，如「剗却」，是減趣也。詩情豪放，異想天開，正不須如此説。既如此説，亦何大胸次之有？余兩過洞庭，雅愛君山之勝。遊之數日，登西南最高巔，觀八百里湖，銀濤浩蕩，方見所謂「氣吞雲夢」者，豪放處正在於此。爰題太白詩後云：「天地自空曠，詩情亦等閒。洞庭秋自好，何事剗君山？」

趙子昂以宋王孫仕元朝，擅名詞翰。嘗書淵明《歸去來辭》，得者珍藏之。有僧題絶句於後云：「典午山河半已墟，褰裳宵逝望歸廬。翰林學士宋公子，好事多應醉裏書。」後人不復著筆。蓋僧詩之妙，妙在婉詞，尤妙在直筆。婉詞，第四句是也；直筆，則第三句是。起二語謂靖節歸來之故如是，歸來之決如是。今以宋公子而爲元之翰林學士，何故又書《歸去來辭》哉！皮裹春秋，非僅作遊戲伎倆也。嘗見子昂畫《輞川圖》，一人題其畫云：「多少青山紅樹裏，豈無十畝種瓜田？」可謂婉諷。又一人云：「江心正好看秋月，却抱琵琶過别船。」幾於直駡。此僧詩更婉而直，兼寫子昂醉夢，冷極辣極。余因是有感矣。使子昂而無才，亦孰知其無節者？乃詩詞文字，件件足取人憐，憐之甚，則惜之甚。蓋有才之不可無節如此。猶憶丙戌年將應朝考，前字臨柳帖，先君子命改臨趙松雪。勳竊語云：「其人不足學。」先君作色曰：「做其字耳，豈倣其人乎！」彼時年方壯，所見謹嚴中未免固滯，故嘗鄙薄其人，並其字亦棄去。今則有持平之論，即論其人，亦不作冷諷直駡語。於其書《歸去來辭》也，賦詩以正之曰：「翩翩濁世佳公子，柔脆偏逢見節時。當日只消歸一字，風流今尚耐人思。」

韓文公有詩云：「偶然題作木居士，便有無窮求福人。」寓意清刻矣。然謂之「木居士」，尚有題名，尚稱爲士。近世且有無名可題者，如一頑石、一荆棘叢之類，竟有無知人惑諂而祭之，而彼亦遂若真有靈焉者，大可怪矣。戲咏之曰：「石本非能言，棘更無神異。不知何時人，香火偶奉事。遂有陰黠者，憑之爲禍祟。此物果何奇，愚者競禱媚。更有巫覡等，簧鼓爲樹幟。竟使兹傀儡，血食享無墜。安得霹靂火，闢此幺麽類。赤日常中天，天下無邪魅。」

杜詩：「東林竹影薄，臘月更須栽。」又云：「生平憩息地，必種數竿竹。」坡云：「寧可食無肉，不可居無竹。無肉令人瘦，無竹令人俗。」余曾栽竹數次，亦多以臘月。讀書處有一小軒，名曰「有竹居」，題詩曰：「有竹有竹可無俗，幾千百竿繞我屋。春風春雨新翠浴，夏日壓簷森衆緑。蕭疏秋月涼可掬，冬雪枝間零碎玉。四時之趣唯我欲，中有數椽作家塾。老去有書日日讀，閒課兒孫願已足。」

應瑒詩：「昔有行道人，陌上逢三叟。年各百餘歲，相與鋤禾莠。往前問三叟，何以得此壽？上叟前致詞：室内姬䶬醜。二叟前致詞：量腹節所受。下叟前致詞：暮卧不覆首。要哉三叟言，所以能長久。」楊廉夫效其體，亦有《路逢三叟詞》云：「上叟前致詞：大道抱天全。中叟前致詞：寒暑每節宣。下叟前致詞：百歲半單眠。」應詩真質，楊因而恢廓之，大意已盡。余有味乎其言，又從而衍之曰：「昔訪農山叟，歸路樂油油。又遇叟三人，百歲體方遒。拱立問三叟，得此果何修？上叟前致詞：神獨與天遊。中叟前致詞：去私以忘憂。下叟前致詞：寡欲淡所求。要哉三叟言，所以壽長留。」

東坡嘗拈出淵明談理之詩有三，曰：「采菊東籬下，悠然見南山。」曰：「笑傲東軒下，聊復得此生。」曰：「客養千金軀，臨化消其寶。」皆以爲知道之言。坡公蓋非知淵明先生者也。先生實能樂道，非僅知道。其詩亦無處非理語，何止三者而已。嘗於論世知人之下，洞觀其始終表裏心跡，使斯人而在聖門，當不出季次、原憲下；而其胸次悠然，無入不自得之趣，在在與浴沂者等。至其行藏出處，與時消息，安貧樂道，屢空晏如，亦即「顏氏之子，其殆庶幾」之亞。聖人稱蘧伯玉爲君子，曰：「有道則仕，無道卷懷。」先生當晉室將亡，劉宋將興之會，浩然賦《歸去來辭》。其因督郵之至而引退者，特託之燔肉不至之微意，實即不稅冕而行之家風，儻所謂「見幾而作，不俟終日」者，非與？嚴子陵歸釣富春山，識者以爲能振興東漢一代氣節。先生不爲五斗折腰，足令聞風者頑廉懦立，有功名教，百世下同不朽已。特子陵遇有道時而顯，先生遇無道時而晦耳。若其嘗寄興於酒者，乃其活潑之懷借此抒寫，亦非僅劉伯倫《酒德頌》之爲，有識者自能窺其底藴。其寓情於菊者，正韓魏公所謂「晚節黄花」之意，正其撫時傲世之心性所見端。周子謂「菊之愛，陶後鮮有聞；牡丹之愛，宜乎衆矣」。周子豈沾沾取先生之愛菊而已哉，蓋别有取焉者也。知周子之所以愛蓮，則知先生之所以愛菊矣。故陸稼書先生嘗議其「笑傲東軒」、「南窗寄傲」之一「傲」字，余昔曾爲解之。見《味道軒詩稿》中。至其詩，語語理趣，不可枚舉，姑即數處言之。如「傾身營一飽，少許便有餘」，可謂守分知足也；「衆鳥信有託，吾亦愛吾廬」，大有萬物得所氣象也；「歡言酌春酒，日暮天無雲」，魚躍鳶飛，並無纖毫障翳也；「既耕亦已種，時還讀我書」，日用行習，常此無損無加也；「不賴固窮節，百世當誰傳」，「朝與仁義生，夕死復何求」，是實有所得，爲天地不虚生之人也；「及時當勉勵，歲月不待人」，終日乾乾，自强不息也；「縱浪大化中，不喜亦不懼」，「應盡便須盡，無復獨多慮」，即君子所性，富貴不淫，貧賤不移之大道也；「前塗當幾許，未知止泊處」，「古人惜分陰，念此使人懼」，則有進無止，欲罷不能，過此以往，未之或知之詣力也。詩味皆從理道中流出，其詞則所謂「天然去雕飾」，不待負才使氣，有意爲工也。詩集中半多田間景物，不屑屑於風花雪月之談，足見古聖人《豳風・無逸》稼穡知依、憂勤惕厲相傳之心法。李麓堂稱其詩質厚醇古，愈讀而愈見其妙，蓋深有味於語言文字之外也。余昔嘗賦夢見先生詩，後又有《咏菊》詩，已極闡揚之意。今既歷舉先生之詩，以想見其爲人，更舉先生自況語以證之。其云「樂乎天命復奚疑」，真能樂天命者也；其云「羲皇上人」、「無懷氏之民」、「葛天氏之民」，真羲皇以上懷、葛之人，非三代下人也；其云「此中人語，不足爲外人道」，真可爲知者道，不能爲俗人言也。自是而先生之爲先生見矣。因更賦之曰：「先生非詩人，論詩固豪傑。使其出聖門，狂狷優同列。風浴咏《歸來》，春光共怡悦。不爲五斗米，不屑斯不潔。出處行藏間，知幾既明哲。乞食以安貧，先生有《乞食》詩。樂道無中熱。身世寄桃源，覺有天地別。安能魏晉時，一出使腰折。寄傲南窗前，頑懦扶其劣。聞風百世下，我懷陶靖節。」

西湖爲東南名勝，士大夫攜酒載妓，簫鼓喧闐，游塵萬斛矣，而以白樂天、蘇東坡二鉅公爲首唱。自唐越宋，以迄於今，千載一轍。有元僧圓至者，《曉過西湖》詩云：「水光山色四無人，清曉誰看第一春。紅日漸升絃管動，半湖烟霧是遊塵。」湖内驪珠被此人探去矣。其云「清曉第一春」者，分明自詡無人見到之意，不知前人亦有得此意者否？余因咏之曰：「多少西湖載酒朋，曉看春色問誰曾。如何領略湖中趣，第一還輸者個僧。」兩間景物，供人勝趣不少，人人得意處又各不同。如此類多矣，何獨西湖遊人。

「邦有道，危言危行；邦無道，危行言孫。」「言孫」以避禍也，而「危行」仍不可變。「危」訓高峻，不言高峻言「危」者，惟高故危也。余嘗味此言而未能盡其道。明楊憲使孟載詩有「亂世身如危處立，異鄉人似夢中來」之句，「危處立」三字善於形容，蓋已將夫子「危」字之意和盤托出矣。不禁爲之擊節，用賦一律云：「何事憂心悄悄懸，衹緣身在最高巔。樞機未發思榮辱，人世何争任後先。急雨狂風穩立脚，長途重擔硬摩肩。應將百尺竿頭進，勒馬危崖慎著鞭。」

魏仲先野詩「身猶爲外物，詩亦是虚名」，隱者語也。余謂從陰隲之原説起，則民胞物與，天下皆吾分内，身何可爲外物？從嗜慾之途説來，則此語真能透闢，非了悟者不能言。又詩以言志，以理性情，在古人已不廢；特後人有意近名，雖作詩，亦猶有「名」之一念，至謂爲虚名。則并此念而消融之，乃真能淡定者矣。慕而爲之詩曰：「隱士孰稱賢，翛然魏仲先。無心時飼鶴，有夢慣遊仙。名已空千古，身還置一邊，惟將真質性，無欲静還天。」仲先《閒居書事》云：「成家書滿屋，添口鶴生孫。」《寇萊公見訪》詩：「驚回一覺遊仙夢，村巷傳呼宰相來。」詩中用鶴與夢本此。

都南濠《詩話》：「元微之《題劉阮天台山》詩云：『芙蓉脂肉緑雲鬟，罨畫樓臺青黛山。千樹桃花萬年藥，不知何事憶人間。』後元遺山云：『死恨天台老劉阮，人間何戀却歸來？』正祖此意。頃見楊廉夫詩集亦有是作，云：『兩婿原非薄倖郎，仙姬已識姓名香。問渠何事歸來早，白首糟糠不下堂。』較之二元，情致不及而忠厚過之。」余謂劉、阮事，無是公也，亦不足深辨。特怪詩人咏之者如二元作意，千手雷同。近世甚有爲之排律試帖者。文人氣習，大抵爲然。求如廉夫用意者，不可得也。余欲一正論之，鮮有不笑罵其迂者，不得已，爲引一詩。嘗有人作客京師，乃别娶婦。王孟端舍人作詩寄之云：「新花枝勝舊花枝，從此無心念别離。可信秦淮今夜月，有人相對數歸期。」其人得詩感泣，不日遂歸。余謂劉、阮殆不及此人多矣，天台仙子亦不過新花枝之艷，白首糟糠獨不嘗對月數歸期乎？好事者爲作此詩者立其題目曰：「天台仙子送劉阮還家。」夫曰「還家」，其有家明矣；曰「老劉阮」，元遺山詩云云。則還時已老，初時年少可知。年少有家而别，到老方歸，吾不知艷説劉、阮者亦嘗念及其家室作何安頓否？」二元詩「不知何事憶人間」、「人間何戀却歸來」，使其身遇此事，必將老死不歸；其糟糠少婦轉眼白首，不足以當其一盼，獨非天下負心人乎？《列仙傳》乃神其説，曰：「劉晨、阮肇還家，已有七世孫矣。」吾不知其入山採藥時，年少已有子否，可笑也。此事雖筆墨游戲，亦不宜太涉荒唐。爰爲賦之云：「少年何日到天台，應是新婚别亦纔。思婦人間今易老，那堪夫婿始歸來。」又賦云：「天台仙子貌如花，兩婿迷中尚憶家。假使詩人作劉阮，糟糠白首悵天涯。」因憶二十餘年前北上，霑益旅次枕上口占兩絶句云：「月色滿香街，春深花睡去。孤燈此獨眠，蝶夢已深處。」「遊子戀他鄉，歌姬列四旁。豈非佳麗偶，曾否共糟糠？」又《邯鄲旅次書懷》云：「遠行何日不思歸，爲有糟糠共縞衣。一宿羅浮終夢耳，落花流水是耶非？」亦同此意。

瞿存齋《詩話》云：「汴梁相國寺，暇日予與黄體方遊焉。將謂有南方花木之盛，香茗之供，而鄙陋殊甚。僧皆氈帽皮韈，髪長過寸，言貌粗俗。體方呼爲『惡僧』，口占云：『步入空門見惡僧，紅氈被體髪鬅鬙。』予續之曰：『一言能得君王意，安得當年老贊寧。』蓋宋初，贊寧爲寺主，太祖至寺行香，問曰：『朕見佛，拜是，不拜是？』對曰：『見在佛不拜過去佛。』大合帝意，遂爲定禮。」余謂自來浮屠多黠慧者，「見在佛不拜過去佛」云云，亦其家揣摩極熟，衣鉢相傳之語，何足稱重。或其寺僧傳爲佳話，流俗從而附和之耳。存齋顧引而稱揚之，何也？爲續黄體方二語後，足成一絶，又次韵再得一絶云：「步入空門見惡僧，紅氈被體髪鬅鬙。由來族類原非我，面目那令人不憎。」又：「更有許多狡黠僧，闍黎新剃不鬅鬙。渠身已墮空門裏，作態炎涼更可憎。」

老杜《茅屋爲秋風所破歌》：「安得廣廈千萬間，大庇天下寒士俱歡顔。風雨不動安如山。嗚呼何時突兀見此屋，吾廬獨破受凍死亦足。」樂天《新製布裘成》云：「安得萬里裘，蓋裹周四垠。穩暖皆如我，天下無寒人。」《新製綾襖成》云：「百姓多寒無可救，一身獨暖亦何情。心中爲念農桑苦，耳裏如聞飢凍聲。爭得大裘長萬丈，與君都蓋洛陽城。」二公皆以天下爲心者，但白實學杜耳。且杜窮而白達，所謂「穩暖皆如我」、「都蓋洛陽城」等句，亦未盡見諸行事，只留虚語而已。夫士生三代下，固多有志未逮者，然欲使匹夫匹婦皆被其澤，亦何道而能然哉？余嘗反復思之，除却三代井田之法，而欲使天下無一夫不得其所，亦空言「萬里裘」耳。井田之説，自孟子語滕文公後，有宋朱子、張子慨然欲行之，而卒有志未就，固知古道之不可復行於後世也。然士苟有志，當未達時，浩歌千古，何不可作快心之論？因誦杜、白詩興感曰：「少陵萬間屋，庇士亦差足。樂天萬里裘，虚空何處求？伊周事業今已矣，安能一夫無不獲。惟有井地大略存，相時損益加潤澤。不須亟奪富人産，但令無容連阡陌。就中畫作公私田，給富者租供賦役。一夫量授幾許畝，一家量占幾許宅。田中穀稻牆下桑，少壯不飢老衣帛。士人耕畢還讀書，數椽風雨聊自適。比户時聞機杼聲，深秋處處催刀尺。衣食既足學校興，閭胥黨正官師擇。作育秀髦胥彬彬。孝弟力田登户册。父老扶杖多歡聲，頌揚明聖手加額。歌挾纊，樂春臺。屋能自立衣自裁。廣廈大裘安用哉！」

前人有「紅塵三尺險，中有是非波」之句，閲歷世情語，聞之足戒。然獨不云「不作風波於世上，自無冰炭到胸中」乎！横逆之來，固有陰險不可測者，然除却三自反之外，只有禽獸，何難之一解。若夫君子所患則亡矣，非仁無爲也，非禮無行也。如有一朝之患，則君子不患矣。聖賢之大處如此，其存心厚處即此，其獨立不懼處亦即此。若徒畏世情之險，不能立定自己脚跟，將隨一世爲浮沈。除非做鄉愿之同流合污而後可，則何可也！《咏懷》曰：「世上風波我不作，胸中冰炭自然無。縱逢三尺紅塵險，息是非波仍故吾。」

謝安語王羲之曰：「中年以來，傷於哀樂。」羲之曰：「年在桑榆，自然至此。頃正賴絲竹陶寫，恒恐兒輩覺減其歡樂之趣。」王、謝風流，當時仰若神仙，而其自視猶不能盡樂如此。至其子孫凋謝，景況全非矣。劉夢得詩云：「舊時王謝堂前燕，飛入尋常百姓家。」寥落之狀，不堪回首。惟安石、逸少二公，尚以賢傳至今日。人之榮悴，亦在人不在境矣。因論此，感作云：「王謝人瞻一代仙，桑榆哀樂有誰憐？惟知絲竹堪娱老，未識子孫可象賢。淝水有功安石著，《蘭亭》一序右軍傳。人生莫問枯榮事，須立芳名在盛年。」

李肇《國史補》載韓愈游華山，窮極幽險，心悸目眩，不能下，發狂號哭。華陰令百計取之，方得下云。後公《答張徹》詩云：「洛邑得休告，華山窮絶陘。倚巖睨海浪，引袖拂天星。磴蘚澾拳跼，梯飈颭伶俜，悔狂已咋指，垂戒仍鐫銘。」賢者豈輕命若此？偶出於一時之高興耳。善乎邵康節先生有曰：「美酒飲教微醉後，好花看到半開時。」凡興到時，須留不盡之意，險處尤不可往。《易》所謂「見險而能止」，知矣哉！此須是慎於始，方無悔於終也。乃咏之曰：「遊山太高興，昌黎已咋指。登高與臨危，處處皆如此。得意十分事，可至三分止。花果半開好，酒以微醉美。乘興思留餘，最要謹其始。」

又就韓文公詩賦一首以咏志曰：「欲睇滄海日，欲摘曙天星。會上華山頂，直入青霄青。下視九點烟，豁爾雙眸醒。素抱區區志，維嶽應降靈。但恐高處險，息心仍自銘。」

楊軒《牡丹》詩：「楊妃歌舞態，西子巧讒魂。利劍斫不斷，餘妖種此根。」惡之極矣，但未言絕之之道。余步其韵，得七絶云：「任是楊妃歌舞態，憑他西子巧讒魂。但看尤物爲頑物，利劍何難斫此根。」夫尤物足以移人，豈能移我不移於物之心。但置我心於淡，而視此物爲頑，天下已無足移我者。不然，今古茫茫，餘妖不絶，雖利劍亦何可勝斫耶？

前論《牡丹》詩，謂雖冶艷之物，以淡視之，無足動懷。此爲根原之論，然到此地位，究未易言。雖袒裼裸裎於我側，與之偕而不自失焉，此惟柳下惠能之。昔魯男子行遇雨，避路旁一空舍中，有一女子繼至欲入，男子閉門辭以男女之别。女子曰：「何不聞柳下惠坐懷不亂？」男子曰：「此柳下惠能之，我則不能。」終不之内。人稱魯男子善學柳下惠。大程夫子目中有色，心中無色，此亦幾聖人地位，不容易言。伊川先生便是整齊嚴肅也，嘗曰：「不見所欲，則心不亂，誠恐既見而不動心之難也。」故學者非禮勿視之功，須戒慎於平日，尤須斬絶於臨時。當艷冶之來前，宜敬以自守，嚴以相絶。設有情不自禁處，便當存不可與不敢之心，或閉門而不内，甚則踰垣而避之。其要總在斬斷一念，不可稍有遊移。打過此關，方免失足。有一生館於某家，夜半有女自窗窺之。生亟吟詩曰：「掐破紙窗容易補，損人陰德最難修。」邪心頓息，明日遂託故辭歸。此即不可不敢之心，踰垣避之之意，盛德事矣。故淫情竊發，惟有一「敬」字勝之。此最是學者下手功夫，即持之終身，可保無失者也。因於論《牡丹》

詩後，賦長古一篇云：「嗜好溺人易，色慾味彌旨。旨者在必棄，淡之而已矣。以淡清心源，以敬立心軌。但屬非禮處，一切嚴視履。艷冶逼人來，此心只如水。妖媚百般態，爾自爲爾耳。青天白日下，安得此偪傀。視之以怪物，淫情何自起。倘猶見爲人，應亦懷羞耻。嚴氣復正性，可懼不可喜。天帝實臨汝，天心常顧諟。保我清潔軀，不墮污泥裏。打過此一關，乃足稱佳士。所以少年人，允宜慎厥始。小小嫌疑間，也勿涉瓜李。坐懷誰不亂，慾熾已難止。嚴拒且敬避，當學魯男子。」

《碧溪詩話》云：「老杜所以爲人稱慕者，不獨文章爲工，其語默所主，君臣之外，非父子兄弟，即朋友黎庶也。嘗觀韋應物詩，及兄弟者十之二三，《廣陵覲兄》云：『收情且爲歡，累日不知飢。』《冬至寄諸弟》云：『已懷時節感，更抱别離酸。』《元日寄諸弟》云：『日月昧遠期，念君何時歇。』《社日寄》云：『遥思里中會，心緒悵微微。』《寒食》云：『聯騎定何時，吾今顔已老。』又云：『把酒看花想諸弟，杜陵寒食草青青。』《初秋寄》云：『高梧一葉下，空齋歸思多。』《聞蟬寄諸弟》云：『緘書報是時，此心方耿耿。』《登郡樓寄諸季》云：『上懷犬馬戀，下有骨肉情。』觀此集者，雖譏鬩交痛，當亦變而怡怡也。」余素深於兄弟之情者，今已無兄弟矣，言念不勝泪流。讀韋蘇州詩，知其拳拳於手足間者，有厚於天性者也，因賦此以勖子侄輩爲兄弟者：「人生有散復有聚，兄弟一别無聚時。安得四海皆骨肉，與我筋力常相持。吁嗟我亦將老矣，手足之念何窮期。今觀庭下棣華鄂，交輝一樹連理枝。尚念同氣篤天性，友恭一室真怡怡。上繼祖父作堂構，下翼子孫爲燕語。」

黄碧溪又云：「余嘗赴京師，往辭伯父，坐中舉兄弟《贈行》詩：『問人求穩店，下馬過危橋。』又觀

《東坡集》，見《送任安節》詩，言其伯曾有送其父老蘇下第歸蜀云：『人稀野店休安枕，路入靈關穩跨驢。』急難之誠，意皆相合。余官辰沅逾年，族弟來相視。將行，送之云：『就舍勿令人避席，渡江莫與馬同船。』雖鄙近不工，亦可用於畏途也。」余謂三詩語皆切至，惻惻動人，直可爲座右銘箴，非徒行旅格論也。因感作《持身涉世》排律一篇云：「寬著性中地，嚴存心上天。平居惟就穩，高興最防顛。花徑休留憩，巖牆肯傍眠。路從迷處轉，物向愛時捐。勉赴程千里，勞擔任一肩。船頭牢把舵，馬上慎揚鞭。勿犯紅塵險，應憐素履鮮。試從身世外，靜裏看魚鳶。」

《砉溪詩話》又云：「舉人過失難於當。其尤者，臧孫之犯門斬關，惟孟椒能數之，臧孫謂『國有人焉，必椒也』，其難如此。司馬相如竊妻滌器開巴蜀，以困苦鄉邦，其過已多。至爲《封禪書》則諂諛，蓋其天性，不復自新矣。子美猶云：『竟無宣室詔，惟有茂陵求。』太白亦云：『果得相如草，仍餘《封禪》文。』和靖獨不然，曰：『茂陵他日求遺藁，猶喜曾無《封禪書》。』言雖不迫，責之深矣。李商隱云：『相如解草《長門賦》，却用文君取酒金。』亦舍其大，論其細也。舉其大者，自西湖始，其後有譏其諂諛之態，死而未已。正如捕寇逐盜，已爲有力者所獲，搤其吭而騎其項矣，餘人從旁助栓縛耳。」余謂舉人過失，貴舉其尤，乃謂有關世道者。如召陵之役，管仲不責楚之僭王，乃責其包茅不入，非舍其大論其細者乎！夫子論晉文曰「譎」，論鄉愿曰「賊」，《春秋》筆削，斧鉞加誅，爲其關萬世之風俗人心矣。孟子衛道，斥楊、墨之説曰「邪」而務息之；韓子原道，闢佛、老之教曰「怪」而力排之。俱擔當世道，與除洪水猛獸之害等。《封禪書》逢君惡，所失不小，故砉溪云然。然只宜謂舉人罪案，不當謂舉人過失。如人過不在此，論者則揚其小者且不可，况摘其大者乎！馬伏波《誡兄子書》云：「吾欲汝曹聞人過如聞父母之名，耳可得而聞，口不可得而言也。」程子曰：「君子論人，當於有過中求無過，不當於無過中求有過。」至哉言矣。故千古之罪有不容誅者，當案而斷之；一時之過有不可揚者，當容而隱之。詩以言之曰：「《春秋》筆法挾斧鉞，一字之間扶世大。聖人不爲已甚者，於人曷曾毀一個。學者學存敦厚心，吾口忍污人面涴。十分可用自治功，半句不可言人過。伏波書及程子語，願誦萬遍銘之座。」

韋蘇州《贈李儋》云：「身多疾病思田里，邑有流亡愧俸錢。」《郡中讌集》云：「自慚居處崇，未覩在民康。」識者謂有官君子當切切作此語，信矣。余以舌耕糊口，兼得一家之人終歲勤動，數年來差少負債之苦。雖猶未盡清償，亦庶幾有一飽之樂。惟習見鄉鄰多貧人，每欲推解，無力爲之，奈何！讀韋詩《咏懷》云：「三冬初過喜逢春，暖氣微微覺我身。作鮒已霑升斗水，爲霖欲活萬千人。縱無經濟存天下，何忍飢寒迫里鄰。默念東風噓拂遍，家家生意十分匀。」又：「舌耕居處固何崇，况得舉家勤動功。日日培將心糞厚，年年仗得硯田豐。解推無力憐吾邑，温飽何情獨我躬。若得一官餘五斗，捐分那惜俸錢空。」

司馬温公《題趙舍人庵》云：「清茶淡飯難逢友，濁酒狂歌易得朋。」濁酒狂歌之朋，非真朋也，真朋須於清淡中求之。故求友者，於人須慎擇，在己宜信宜敬。擇慎於始，信結於中，敬持於終，斯得益而友道盡矣。若夫平居里巷相慕悦，飲食遊戲相徵逐，此中安得佳士哉？因發明温公意曰：「五倫有朋友，人世不寂寞。但於聲氣中，益損宜斟酌。或求心性真，或求學識博。可與事功同，可以身家託。

要在流俗外，遇之於淡泊。觀其輕勢利，觀其重然諾。知其中不欺，不忘久要約。慎擇既得之，先施不可薄。情禮俱真摯，文飾可脱略。功過相切劘，共得苦言藥。屈志老成人，因依總不惡。將恐將懼時，亦如安與樂。始之以忠信，久之以共恪。締交直到頭，到頭只如昨。結契有如此，雲霞方落落。飲食遊戲間，肝膽向誰著。」

張文潛詩云：「兒童鞭笞學官府，翁憐兒癡旁笑侮。平明坐衙鞭復呵，賢於群兒能幾何。兒曹鞭笞以爲戲，翁怒鞭人血流地。一種戲劇誰後先，我笑謂翁兒更賢。」戲言足以風世。余於此亦有風詩云：「公今即爲民父母，奈何日日喜鞭撲。人人脱袴露肢體，輕笞傷皮重傷肉。小民所争亦小事，忍使訟庭徹號哭。身體慘痛髮膚傷，此輩誰非父母育。古人示辱只蒲鞭，德化仁心是民牧。得情勿喜更勿怒，願造蒼生萬人福。」

石曼卿《贈鍼師》云：「卧龍有病君醫取，心爲生靈不爲身。」王逢原云：「丈夫出處誠何較，心痛蒼生爲泪垂。」賢者設心如此，皆未得行其志。余亦有《贈醫者》詩云：「今日之人不如古，今人之病半須補。以彼元氣不充腑，倉廩難供餒腹肚。脈俱緩細見各部，用藥先宜戒寒苦。參耆之劑可常主，慎勿輕施汗下吐。閭閻省識多窮户，有疾醫之戒勿取，我亦能醫願未普。」

范文正公《淮上遇風》云：「一棹危於葉，旁觀欲損神。他年在平地，無忽險中人。」公自少立志，便要做第一等人，秀才時已以天下爲己任。於此倉卒中，亦無非康濟斯人之念。四句詩質厚微婉，咀嚼不盡。余嘗味之有年矣，推其意，步「人」字韵得若干首：「誰是旁觀立，曾經出險身。回頭思曩日，舉手急援人。一」「有心同濟物，無力獨行仁。但倡樂施事，一錢堪救人。二」「唤醒迷途客，臨歧指點頻。俾來遵大路，一指亦扶人。三」「報到橋曾斷，前途莫問津。聊爲支一木，一步亦攜人。四」「兩家相擊鬭，禍結如齊秦。果使圍能解，一言堪濟人。五」「當世有佳士，泥塗遭遇迍。揄揚爲薦拔，一字可提人。六」「且挹升斗水，來蘇涸轍鱗。王孫縱無報，一飯亦矜人。七」「安得裘千里，蒸爲天下春。惟憐寒乞者，一衣能活人。八」「愛欲周民物，先無廢懿親。如憐貧族屬，一産足分人。九」「胞與同原廣，相賙切里鄰。誰家炊不繼，一餔足均人。十」「隨分儒生事，無勞問屈伸。若符霖雨志，應澤萬千人。十一」

白樂天云：「實事漸消虚事在，銀魚金帶繞腰光。」又：「簪纓假合虚名在，筋力消磨實事空。」功名富貴，事事皆虚，惟有筋力爲實事。老時所覺，誠如此言。然即筋力尚健，亦豈徒銀魚金帶，優遊歲月已乎？人生自有實事，一息尚存，無日非孜孜之候，勿徒歎老而已。爰爲《勵志詩》曰：「老去思維歎不禁，自摩筋力自長吟。蹉跎歲月頻回首，悠忽生平未稱心。但悔從前無片善，須知此後有分陰。人生枉被虚名誤，實事端從何處尋。」老當益壯，少年當作何如用功！

《豳雅·大田》之詩云：「彼有遺秉，此有滯穗，伊寡婦之利。」田家豐樂，民俗敦龐，盛世光景如見。少陵詩：「築場憐蟻穴，拾穗許村童。」仁民愛物之言，可風可誦。余嘗作《田園雜興》詩百首，亦言及之而猶略。因作《兒童拾穗歌》曰：「秋隴一望黄雲平，千村到處歡聲同。雁響寒空正晴日，黄雲一穫盈郊中。幾日登場看露積，果如此櫛如崇墉。亦有餘糧尚棲畝，喜來拾穗多兒童。不論此疆與彼界，三三兩兩各西東。彼穫遺秉此滯穗，夕照滿籃歸不空。籲嗟此輩悉人子，何爲獨使其家窮。安得餘夫廿五畝，十六以上盡歸農。老有養兮少有長，鰥寡孤獨皆有終。年年大有家家樂，普天一慶公私豐。」

白樂天《登第後歸覲留别同年》詩：「擢第未爲貴，拜親方始榮。」得志悦親，最是人生得意事。若其同年中有已失怙恃者，對此當爲泣下。勳年五十以前，侍具慶下，常有毛義捧檄之思，今則已矣。獨惜我先人未酬之志終屬望於我身者，未之能慰耳。詩以言志曰：「擢第非所冀，捧檄非敢期。悵望白雲處，思以慰親思。郡中未紡織，美利開何時。黨中有庠塾，興教將何資。親心一一存，苦恨終無貲。諄復勖後人，念釋尚在兹。吾今亦將老，百年從可知。天命竟何如，此竟當屬誰。當代有名世，吾身幸見之。」

王介甫詩：「久諳郭璞言多驗，老比顔含意更疏。」乃郭景純欲爲顔含筮，含曰：「年在天，位在人。修己而天不與，命也；守道不回，性也。人自有性命，無勞蓍龜。」顔公此言純是聖賢心事，非真有得於道而超卓於識者不能如此。介甫徒以「意疏」爲言，疏更甚矣。詩以闡其言曰：「命爲天之理，念釋當在兹。命爲天之數，人則何敢知。修己天不與，命也誰能移。惟有順受正，居易以俟之。智不與命鬬，勇豈與天違。存心敬事天，樹德須務滋。惠迪盡性道，天命總無私。不必問君平，無復勞龜蓍。」

《榕城詩話》載閩中鄭荔鄉方坤《咏暖鍋》火鍋也。詩三十六韵，頗得奇警。今録其結七聯云：「是物固驅寒，内熱亦宜省。動揺及齒牙，燀灼延項領。或作馬卿痟，音霄，頭病，又消渴疾。司馬相如有消渴疾。或嘲杜預癭。譬彼嗜酒人，腐腸終不醒。寄語屬厨孃，此後當亟屏。和以冷淘槐，啜以甘泉茗。物候一轉移，習習清涼境。」余嘗作《席上銘》云：「已飢方食，未飽先休。醲酒厚味，慎勿輕投。受之以節，節而不流。淡泊自甘，旨趣常留。」凡飲食固當以淡泊爲佳，以節爲貴也。今感荔鄉《暖鍋詩》，又於飲食外推開一義。但屬衆人所趨者，皆爲熱鬧之場，必以冷淡視之，乃能得「習習清涼境」矣。因作五古《十我銘》曰：「暖鍋本取暖，亦須防其熱。凡百熱鬧場，俱作如是説。衆人趨美味，我固警饕餮。衆人趨美色，我獨嚴窺竊。衆人趨美利，我必勵廉潔。衆人趨遊戲，我獨守軌轍。衆人趨權勢，我自持風節。衆人趨智巧，我可安樸拙。衆人尚意氣，我勿争雄傑。衆人尚才辯，我休逞口舌。衆人事殘忍，我慎無操切。衆人盡貪迷，我尚思明哲。理趣無可虧，世味無妨缺。但屬性分外，於物鮮所悦。嗜慾熏人心，淡之如冰雪。」

《榕城詩話》載閩中查侍讀嗣瑮《過建灘》詩八首，俱極古雅。前七首曲盡船行之險，第八首獨垂警云：「下水例買米，上水例買鹽。買米利無幾，買鹽贏倍添。利多非汝福，官府禁最嚴。貪心溺不戢，終恐罹髡鉗。往來各有欲，輕取已不廉。擇利莫若輕，米賤汝勿嫌。」嘉哉言矣！「擇利莫若輕」五個字，其重利者之五更鐘乎？「米賤汝勿嫌」，布帛菽粟之言。人惟爲所當爲，行所當行，分内事皆坦途也，又何有利有不利哉！衍而爲之辭曰：「利者義之和，大利莫如義。但爲所宜爲，人物意俱遂。」一「儋石亦有數，分外何能溢。欲利未必利，徒自壞心術。」二「一介無私心，一家有骨肉。次及朋友間，便宜占無獨。」三「如賈算三倍，錙銖取不餘。君子重廉讓，奇貨安可居。」四「二月賣何絲，五月糶何穀。勸彼放債人，厚利無多贖。」五「人屋爲我住，人田爲我耕。勸此置産人，議價無太輕。」六「貿易論物值，

誰則甘騃癡。若與肩挑人，無妨我喫虧。」七「國家有例禁，明法固須慎。暗中人不知，天理無容欺。」八

闔中謝編修道承，字又紹，釋褐後謁文廟，賦詩云：「六經原不爲科名，爵判天人在此行。今日瓣香分獻後，驅車歸去自分明。」士人一行作吏，頓易初心，只爲此關打不過耳。此人所言斬截，見道分明，必不棄天爵，必能慎官箴者也。次韻和之曰：「讀書原不爲科名，行義將持何道行。幸得斯之能信定，不須臨仕始分明。」

《豳詩》：「九月築場圃，十月納禾稼。」豳地寒，穫稻差晚，又露積田間，納亦需有時日。若寒熱中和之鄉，穫稻蚤晚，多以霜降爲期。穫後三五晴日即納禾，納後晴日，次第家家打稻聲矣。築場納稼，俱宜晴日。嘗賦《田家秋晴打稻景》曰：「寒入西風甫二分，秋空晴色愛斜曛。青林一半多黃葉，碧落些須有白雲。日暖午雞鄰舍響，霜清晨雁遠天聞。田間笑語聲歡樂，打稻家家婦子勤。」

《碧溪詩話》：「牧之《贈阿宜》詩：『一日讀十紙，一月讀千箱。』古人讀書以紙計。范雲就袁叔明讀《毛詩》，日誦九紙。又袁峻家貧無書，每從人假借，必皆鈔寫，自課日五十紙。」余按：一紙，一篇也。日誦十篇，十日百篇，百日千篇，一年三千六百篇，十年不曰得數萬篇乎！讀書只要立志，功夫不間斷，破萬卷書不難耳。爲之詩曰：「袁峻果勤學，借來書自鈔。日計五十紙，自課安辭勞。阿宜一月讀，十箱能記牢。月計原有餘，但勿工夫拋。學人貴立志，志定成英豪。譬陟千仞山，有志摩其高。一步進一步，循途無序淆。會當凌絶頂，天地覽周遭。」

瞿存齋《詩話》云：「昌黎《示兒詩》云：『始我來京師，只攜一束書。辛勤三十年，以有此屋廬。

此屋豈爲華，於我自有餘。中堂高且新，四時登牢蔬。前榮饌賓親，冠婚之所於。庭内無所有，高樹八九株。西偏屋不多，槐榆翳空虚。松果連南亭，外有瓜芋區。主婦治北堂，饍服適戚疏。恩封高平君，子孫從朝裾。開門問誰來，無非卿大夫。不知官高卑，玉帶懸金魚。問客之所爲，峩冠講唐虞。酒食罷無爲，棊槊以相娱。躚躚媚學子，牆屏日有徒。嗟我不修飾，比肩於朝儒。詩以示兒曹，其無迷厥初。』朱文公云：『韓公之學，見於《原道》。其所以自任者，不爲不重。而其生平用力深處，終不離文字言語之工。其好樂之私，日用之間，不過飲博過從之樂。所與游者，不過一時之文士，未能卓然有以自拔於流俗者。觀此詩所詩，乃《感二鳥》、《符讀書》之成效極至，而《上宰相書》所謂「行道憂世」者則已不復言矣，其本心何如哉？』按朱子所以責備者如是，乃向上第一等議論。俯而就之，使爲子弟者讀此，亦能感發志意，知所羡慕趨向而有以成立，不陷於卑污苟賤而玷辱其門户矣。韓公之子昶，登長慶四年第。昶生琯、衮，琯咸通四年、衮七年進士，其所成立如是，亦可謂有成效矣。詩可以興，此詩有焉。」余謂朱子所言，固向上第一等議論，存齋所言亦俯就感發子弟之意。韓公雖官至侍郎，其初攜束書來京，歷三十年辛勤方有此日。中閒艱難空乏，已經屢屢，此意亦不能不令子孫知之。詩所言，本道家常話，俾後人知所省惕，知所羡慕，以無忘稽古之力，亦皆人情所有。惟詩張處似有落時趨者，娱樂處似未免俗氣者。此等處未能檢點，誠由於道德心性未底純粹之故。今且不論學問之純疵，而論創垂之不易。爲子孫者，其尚知稼穡艱難而自勉於爲善，以保其祖宗締造之基，庶不至玷辱門户，而堂構可期矣。爰以《無逸》「知依」之意，詩示子姪及孫輩曰：「父母生我最愛我，使我讀書期我賢。曩時家業正貧素，已有風雨廬數椽。今日添修可容膝，兼得數畝瘠壤田。生意稍蘇未幾歲，不幸抱憾此終天。憶昔我從授室後，舌耕糊口三十年。中間京雒往復數，捧檄想争毛義先。文章有命空手回，生涯依舊理青氈。婚嫁半畢半未畢，家人作苦還可憐。我以筆力代耕耨，老至仍與書爲緣。讀書未必非我福，但欠德業能光前。小心勤事不敢怠，懼忝所生心自懸。爾曹喫飯閒讀書，尚念積善世相傳。」

《存齋詩話》載高九萬《送方秋崖以諫去國》詩曰：「忠言歷歷未曾行，盡載圖書出帝京。餘子但知才可忌，先生當以去爲榮。門闌竹石關心久，部曲溪山照眼明。長嘯歸與莫惆悵，浙江風定自潮平。」余賞其激昂奇崛，更喜「餘子忌才」、「風定潮平」之意，不啻搔著癢處，爲之擊節不已。適作《且遯先生傳》，欲以詩咏之，擬即用其韵而難於「京」字不能强押。因想及何叔京「戰國之時，聖賢道否，姦巧之徒，得志横行，氣燄可畏」之語，遂拈筆咏之曰：「先生且遯將安行，戰國言懷何叔京。自顧無才猶見忌，不聞多謗便爲榮。瞢騰幾度乘春醉，昧爽何時到日明。歸去鄉關仍似昔，一湖風定已波平。先生處有百里湖云。」《存齋》又載：「張光弼，廬陵人，元至元間爲浙省員外。張氏專據，謂張士誠據吴也。棄官不仕，以詩酒自娱，號一笑居士。有詩云：『一陣東風一陣寒，芭蕉長過石欄杆。只消幾度瞢騰醉，看得春光到牡丹。』蓋言時事也。」「瞢騰」句用此。

都南濠《詩話》云：「道家言人身中有三尸，又謂之三彭。每庚申日，乘人之睡，以其過惡陳之上帝。故學道者遇是夕輒不睡，許郢州詩云『夜寒初共守庚申』是也。柳子厚有《罵尸蟲文》，元吴淵穎有《三彭傳》，則儒者亦以爲有是説矣。嘗記《避暑録話》載道士程紫霄云：『三彭烏有，吾師託此以懼爲惡者耳。』遂作詩云：『不守庚申亦不疑，此心常與道相依。玉皇已自知行止，任爾三彭説是非。』此足以破其徒之惑，且道家而肯爲是言，尤可貴也。」余謂天人相通，天有理，人有心，人心中常凛一天，所爲必求合於理。合於理，斯合於天。而其合與不合之際，雖一念之微，人不知而己獨知之，己不知而天已知之。守庚申之説，欺誣已甚。使所爲皆善，何守之有？使所爲不善，而欲蒙蔽以欺天，天可欺乎哉？紫霄詩善矣，而有自信自是之意。今不敢自信，而惕然曰：「青天何在不隨人，監察肩頭信有神。但恐焚香難默告，心知安用守庚申。」

《南濠詩話》云：「朱陳村在徐州豐縣東南一百里深山中，民俗淳質，一村惟朱、陳二姓，世爲婚姻。白樂天有《朱陳村》詩三十四韵，其略云：『縣遠官事少，山深民俗淳。有財不行商，有丁不入軍。家家守村業，頭白不出門。生爲陳村人，死爲陳村塵。田中老與幼，相見何欣欣。一村惟兩姓，世世爲婚姻。親疏居有族，少長遊有群。黄雞與白酒，歡會不隔旬。生者不遠别，嫁娶先近鄰。死者不遠葬，墳墓多繞村。既安生與死，不苦形與神。所以多壽考，往往見元孫。』予每誦之，則塵襟爲之一灑，恨不生長其地。後讀坡翁《朱陳村嫁娶圖》詩云：『我是朱陳舊使君，勸農曾入杏花村。而今風物那堪畫，縣令催租夜打門。』則宋時朱陳已非唐時之舊。若以今視之，又不知其何如也。」余誦樂天詩，亦不禁爲之神往；讀東坡詩，又不禁爲之太息。都南濠先生，明正德間人。云「以今視之，不知其何如」，則至今更不知何如也！賦詩曰：「朱陳世業杏花村，壽考人多嫁娶蕃。唐宋至今千百載，令人那不憶桃源。」

《存齋詩話》云：「信雲父，山東人，元兵南下，爲張宏範元帥館客。文文山被獲，宏範命雲父館待之，日侍談論，頗有向南之意。贈文山詩云：『宗廟有靈賢相出，黔黎無患太皇明。』文山因教以詩法，即領悟，作樂府云：『東風吹落花，紛然辭故枝。莫怨東風惡，花有再開時。』文山稱賞，因贈之云：『東魯遺黎老子孫，南方心事北方身。幾多江左腰金客，便把君王作路人。』」余按，雲父樂府，寓意深婉，不僅賦落花，即作落花詩亦妙。猶記季秋作詩，有「青林一半多黃葉」句，今初冬而黃葉落矣。因賦落葉云：「昨吟黃葉猶依樹，今日枝間已半空。莫道凋零如此易，青青轉眼又東風。」

《碧溪詩話》云：「《寇萊公外傳》記公所得厚禄，惟務施予。寢處一青幃三十年，有親厚者求之，欲其易去，公笑而答曰：『彼詐我誠，雖敝何害，實不忍以敝獲棄耳。』蘄者媿之。故魏野詩云：『有官居鼎鼐，無地起樓臺。』及北使來，顧望縉紳而言曰：『「無地起樓臺」相公安在？』其清望爲人所景慕如此。然永叔《歸田録》頻論其侈汰，司馬温公亦云，豈非奢外而儉内歟？」余按，外奢内儉，且勿論其然否。今獨有味乎「不忍以敝獲棄」之一言而三復之，見其有愛惜物力之意焉，有不遺故舊之情焉。萊公必非驕奢侈汰而至於暴殄者也。爲咏詩曰：「萊公一幃三十年，不忍令以敝獲棄。官居鼎鼐不爲貧，至起樓臺尚無地。此非侈汰所能然，亦豈矯情故立異。惟樂施與素行乎，清望乃能感北使。因知雷州亦德惠，枯竹無心插復翠。公爲丁謂所譖，貶雷州。後州人祀之，插枯竹掛紙，枯竹復生。仁心所至格天心，不忍初心可記憶。我今有味萊公言，銘佩當存不忍字。」

《漁洋詩話》云：「白樂天自寫其集三本，一置東都聖善寺，一置廬山東林寺，一置蘇州南禪院。自云：『願以今生世俗文字之因，轉爲來世讚佛乘、轉法輪之緣。』予昔亦嘗以《漁洋集》一本付楚雲師藏之南嶽；一本付拙庵師傳之盤山。昨門人劉翰林太乙言，欲以八分手書予正續集，置之嵩山少林寺，亦香山居士後一段佳話。」余謂古人作書，不求炫世，異時顯晦，聽之而已。即所謂「藏之名山，傳之其人」者，豈必置之僧寺、付之和尚哉！「名山」即學堂書院，凡讀書名勝處是也。「其人」則講學受業、合志同道、能見知聞知之人，又豈異端所可寄託？彼二公者，何瑣屑謬戾如此乎！爲咏之曰：「香山居士既佞佛，漁洋老人又佞僧。今生來世豈儒語，因緣可憐讚佛乘。士人當受孔子戒，浮圖何自爲友朋。楚雲拙庵等和尚，師之師之更可憎。天下滔滔入夷狄，安得周公方且膺。一二名公尚如此，言距楊墨誰其能。君子反經衛正道，尚無邪慝庶民興。」余於詩無所聞，何自而有詩話？因平昔慣見此等語，輒眥裂髮豎，欲拔劍斫地，手援墮入魔道中者而盡出之，匪直爲風雅一道挽狂瀾於既倒而已。後生淺學，不能望古人項背，何敢以筆墨爲口舌，訾議古人？世有君子，原其心而諒之。

《漁洋詩話》又云：「《莊子》：『宋玄君將畫圖，衆史皆至，受揖而立，舐筆和墨。有一史後至，儃儃然不趨，受揖不立。之舍，使視之，則解衣盤礴。玄君曰：「可矣，此真善畫者也。」』詩文須悟此旨。」余謂何獨詩文，士人奉身入世，須有倜儻不群之概，纔處處見真精神。若猥瑣齷齪，志氣卑靡，未免餘子碌碌也。爲咏之曰：「衆史舐筆何齷齪，一史後至特英妙。不趨不立儃儃然，目中何自有權要。解衣盤礴旁無人，是何胸次誰能料。吾欲倩工畫此圖，當爲儒生一寫照。」

酌雅詩話卷二

劍川陳偉勳纂

白樂天《送崔考公》云：「稱意新官又少年，秋涼身健好朝天。青雲上了無多路，却要徐驅穩著鞭。」可爲少年躁進者戒。又有云：「竿頭已到應難久，局勢雖遲未必輸。」上句爲居高者警，下句爲求速者箴。夫人惟進德修業，及事機之當赴者，勉以求之，決不可遲。若功名進取之地，常人以爲遲則必輸，豈知局勢云者，如弈棋然，下子之遲，有多少審慎斟酌在此，豈爲輸局乎？進而言之，人事固然，天意從可知矣。語妙處，含皆有味，包孕無窮。詩之所以能感人者，在言之有餘不盡中能曲傳難之意，三復之可也。

《存齋詩話》：「元末姑蘇之被圍也，唐伯剛和人『泥』字韵云：『玉樓金屋愁如海，布襪青鞵醉似泥。』謂當時居權要者不如處閒散者之樂也。葛天民詩亦云：『二十四友金谷宴，千三百里錦帆遊。人間無此榮華樂，無此榮華無此愁。』意正相類。」余謂前詩即四皓《紫芝歌》「富貴之畏人，不如貧賤之肆志」意，又嵇康《秋胡行》「富貴憂患多」之意；後詩即韓文公《送李愿歸盤谷序》「與其有樂於身，孰若無憂於其心」之意。但彼以直言爲戒，此以反面相形指點，緊切中含蓄無窮，意味微妙可思。富貴逸樂者，當奉以爲箴銘；貧賤勤苦者，知此亦可無歆羡而自安也。抑猶有進者，人不可苟富貴，亦不可徒貧賤。君子非必惡富貴而趨貧賤也。聖賢中正之道，審富貴而安貧賤。玩一「審」字、「安」字，便有多少識量、多少心性功夫在。若只言可貧賤不可富貴，又誰獨可富貴者？又古今有德業聞望人，何亦多從大富貴出者？故必素常學問功夫有可以處富貴而不虚，處貧賤而不没之道。由是審乎則隱則見之幾，安乎不淫不移之素，能守正，能見幾，能循分盡職，能與道爲卷舒，富貴可也，貧賤亦可也，惟其道而已矣。惟是人多厭貧賤而貪富貴，貪便不明，不明便沈溺而不能超出。不能超出則富貴中之憂患實多，有欲如貧賤人之安閒而不可得者。富貴固不可貪淫已！

《砦溪詩話》：「林和靖《贈人》詩云：『馬從同事借，妻怕做官貧。』怕貧者，婦人女子耳。大丈夫之不移，何隕穫之有！子美云：『長貧任婦愁。』亦以男子未嘗愁也；『讓粟不謀妻』，以明謀及婦人，則不得辭也。又云：『浮生有定分，飢飽安可逃。歎息謂妻子，我何隨汝曹。』樂天云：『妻孥不悦生怪問，而我醉卧方陶然。』退之曰：『莫爲兒女態，戚戚憂貧賤。』」余謂數言皆丈夫之言也。世間不少奇男子，爲此關打不過去、做不出人者多矣，觀此亦足興已。

《砦溪》又云：「漢武帝見顔駟龐眉皓首，問：『何時爲郎，何其老也？』對曰：『文帝好文而臣好武，景帝好老而臣尚少，陛下好少而臣老矣！』老于爲郎，此事尤著。竊怪老杜屢傷爲郎白首，屢稱馮唐而罕及駟。駟既生不遇三君，身後又不遇老杜，可笑也。」余謂人生各有際遇，遇者唾手功名，不遇者終身偃蹇。此不可强者也，聽其自然可也。

《砦溪》又云：「《否卦》：『包承，小人吉。』説者謂小人在下者包之，小人在上者承之，蓋處否當然。杜詩『曲直吾不知，負暄候樵牧。』『是非何處定，高枕笑浮生。』『洗眼看輕薄，虚懷任屈伸。』『寄謝悠悠世上兒，不争好惡莫相疑。』其寄傲疏放，擺脱世網，所謂兩忘而化其道者也。」余謂杜老所言，本足開拓心胸，推倒豪傑。而「寄謝」二語顯露圭棱，猶有罵世之意。處否之世，以言語賈禍者多矣，聖人「危行言孫」之教，允足爲萬世法程。

「杜詩：『霄漢瞻佳士，泥塗任此身。』只『任』字即人不到處。自衆人必曰『歎』，曰『媿』，獨無心『任』之。所謂『親如浮雲，不易其介』者也。繼云：『秋天正摇落，回首大江濱。』傲睨天地，汪汪萬頃，奚足言哉！」《碧溪詩話》云云，洵能道出少陵心事，而其己之倜儻不群，亦可見已。

「房千里作《骰子選格序》云：『以六骰雙雙爲戲，以數多寡爲進身官職之序，而且條其選黜之目焉。』東坡以流俗狂惑，經營儻來，惴惴唯恐後於他人，何異投骰者心動於中而色形於外，欲求勝人者哉！王逢原《彩選》詩云：『卒無及物效，惟有高人氣。昏昏忘所大，擾擾争其細』。」按所謂「選格」、「彩選」者，即如今所戲《升官圖》是也。謂之陞選則爲名，以之賭錢則爲利。此争名争利場也。今之官場何以異是？吁，可慨矣！且戲爲無益，賭博更非所宜近。至存勝人之心、高人之氣，尤爲蕩害性情。知存心養氣者，決不爲此。戒之戒之。凡屬賭戲者並宜戒。

瞿存齋云：「詩社以『楊妃襪』爲題，楊廉夫一聯云：『安危豈料關天步，生死猶能繫俗情。』題目雖小，而議論甚大，所以諸人莫及。」余謂小題發出大議論，固詩家作手，然此等題可不必作。楊貴妃蠱惑明皇，終以喪身亡國，千古殷鑒。懲創之，唾罵之，可也。雖其頭面且勿要刻劃，乃齒及其所遺之一脚襪而争賦之，以污吾筆墨乎！文人好事不經，往往如是。存齋又載：「歐陽文忠公《題安徽公主手痕》云：『故鄉飛鳥尚啁啾，何況悲笳出塞愁。青塚芳魂知不返，翠崖遺跡爲誰留。玉顔自昔爲身累，肉食何嘗爲國謀。行路至今空歎息，巖花野草自春秋。』公主，僕固懷恩女，唐代宗册立之以嫁吐蕃。此其出塞時爬破石上手痕云。」朱子評「玉顔」二句，「以議論言之，第一等議論；以詩言之，第一等詩」。信然。余謂此等題目，雖咏之可也，必須持論正大，於淒婉中寓諷切意。如昭君出塞等亦然。

「賈生、終軍欲輕事征伐，大抵少年躁鋭，使緐歷老成，當不其然。昔人欲沈孫武於五湖，斬白起於長平，誠有謂哉。嘗愛杜老云：『慎勿吞青海，無勞問越裳。大君先息戰，歸馬華山陽。』又『安得壯士挽天河，净洗甲兵長不用。』『安得務農息戰鬭，普天無吏横索錢。』『願戒兵如火，恩加四海深。』『不眠憂戰伐，無力正乾坤。』其愁歎憂戚，蓋以人主生靈爲念。孟子以善言戰陣爲大罪，我戰必克爲民賊。仁人之心，易地皆然。」此《砦溪詩話》也。引證確切，議論深沈。輕事用兵者，當書一通爲戒。

詩貴含蓄有味。宋龐祐甫《過汴京》詩云：「蒼龍觀闕東風裏，黄道星辰北斗邊。月照九衢平似水，胡兒吹笛内門前。」首三句只平叙汴京之盛，煞句冷然一拍，便有無窮感慨，無限悽愴。所謂「節短音長」者是也。《黍離》詩以不言正意而佳，此以直言之，更覺悲壯蒼涼之甚。

《砦溪詩話》：「靖節『歡言酌春酒』、『日暮天無雲』，此處畎畝而樂堯、舜者也。堯、舜之道，即田夫野人所共樂者，惟賢者知之耳。鍾嶸但稱爲『風華清美』，豈直爲『田家語』？其樂而知之，異乎衆人共由者，嶸不識也。」黄公可謂靖節知己矣。抑非其學問真到明白處，性情直到純静處，亦安能知此哉！

後村劉克莊絶句云：「新剃闍黎頂尚青，滿村聽講《法華經》。那知世有彌天釋，萬衲如雲座下聽。」謂小道惑衆而不知有大道也。第一語寫胡僧醜態出，第二語寫村夫愚態出，第三四語借論以伸正論，以壓群邪。能言距楊、墨者，不已爲衛道功臣哉！余嘗見此輩人，聞此等語，輒欲與爲一瓣香，結習然矣。

唐文宗《夏日與諸學士聯句》云：「人皆苦炎熱，我愛夏日長。」柳公權續云：「薰風自南來，殿閣生微凉。」東坡謂「宋玉對楚王雄風，譏其知己不知人也。公權小子，有美而無規」，爲續之云：「一爲居所移，苦樂永相忘。願言均所施，清陰及四方。」黄砦溪論此云：「東坡駁公權極是，或謂『五絃之薰，解愠阜財』，已有陳善責難意。愚謂不然，凡規諫之詞，須切直分明，乃可以感悟人主。故盗言孔甘，良藥苦口。若以『薰風自南』爲陳善閉邪，恐後世導諛獻媚、説持兩可者，皆得以冒敢諫之名矣。」《滹南詩話》則云：「公權『殿閣生微凉』之句，東坡謂其有順而無箴，乃爲續成之。其意固佳，然責人亦已甚矣。規諷雖臣之美事，然燕閑無事，從容談笑之暫，容得順適於一時，何必盡以此而繩之哉！且事君之法，有所寬乃能有所禁。略其細故於平素，乃能辨其大利害於一朝。若夫煩碎迫切，毫髮不恕，使聞者厭苦而不能堪，彼將以正人爲仇矣，亦豈得爲善諫邪？」二説不同如此。余謂砦溪所言，嚴正之論也；滹南所説，豁達之詞也。臣之於君，於從容談論之暫，細故無關大指者，固不宜煩碎迫切，引繩批根；亦不宜一味將順，毫無警發。此時欲有所諷諫，須微婉如東坡「願言均所施，清陰及四方」之意，庶幾善夫。

元虞伯生《登滕王閣》詩：「天寒高閣立蒼茫，百尺欄杆送夕陽。」豪邁蒼涼，有上下五千年之概，信非伯生不能作也。《榕城詩話》載，閩中張遠，字超然，領康熙己卯鄉薦第一，常挾策遊四方，未有所遇，登滕王閣題詩云：「高閣登臨此大觀，四山對面壓龍盤。愧無詞賦驚閻帥，已把文章讓子安。人世百年風浩浩，長江千古水漫漫。南州高士今誰是，有客斜陽獨倚欄。」亦風流蘊藉之作，結寓自家身分，高在含而未露，令人聽弦外之響，詩法之妙可知矣。其《咏松濤》有「月明何處雨，風定數聲鐘」句，亦佳。

楊仲弘詩「風雨五更雞亂叫，江湖千里雁相呼」，不過直言直語耳，而其中有無數時景，無窮心事。詩中佳境，妙處不可勝言。

《碧溪詩話》：「東坡云：『通家不隔同年面，得路方知異日心。』乃唐人不赴期集，辭云『紫陌尋春，尚隔同年之面；青雲得路，可知異日之心』也。」余謂古今人情，大概可見。

《碧溪詩話》：「或問鄭綮相國今有詩否？答云：『詩思在灞橋風雪中，驢子背上，此處那得之？』《北夢瑣言》載，綮雖有詩名，本無廊廟之望，及登庸，中外驚駭。太原兵至渭水，天子震恐，渴于攘除。綮請于文宣王謚號中加一『哲』字，其不究時病率此類。此人只可置之風雪中令作詩也。」余謂讀書人迂疏不達時務如此者多。故學者平日所講求正心修身，須求爲德行實學；格物窮理，須求爲經義實學；揆幾度務，須求爲經濟實學。本領素裕，然後爲有用之學，非無用之學也。

酌雅詩話續編

劍川陳偉勳纂

乾隆間，錢塘袁太史子才枚詩學敏妙，固應爲本朝一大家。其才亦不減曹子建，一時聲名傾動天下，有由然也。惟性愛近紅裙，喜爲狹斜之行。至門徒中有殊色者，且漁獵而狎昵之。此其一己之嗜慾，亦孰從而禁之者。乃至形諸歌咏，傳諸筆墨，付諸棗梨，欲天下人皆知之而競艷之。鄭、衛風行，廉耻道喪，害義傷教，莫此爲甚。而猶欲以騷壇一幟，自命爲風雅之宗，吾不知其何可也。孔子曰「放鄭聲」、「鄭聲淫。」其亦幸而不生聖人之世而爲所放也。此其詩自須删。顧其人恃才，目空一世，有言及此等正論者，必訾詆而排抑之。如云：「宋《蓉塘詩話》譏白太傅在杭州，憶妓詩多於憶民詩。此苛論也，亦腐論也。《關雎》一篇，文王輾轉反側，何以不憶王季、太王而憶淑女也？孔子厄於陳、蔡，何以不憶魯君，而憶及門也？」又云：「本朝王次回香奩絶調，沈歸愚尚書選國朝詩擯而不録，何所見之狹也。嘗作書難之曰：『《關雎》爲《國風》之首，即言男女之情。孔子删《詩》，亦存鄭、衛。公何獨不選次回詩？』沈亦無以答也。唐李飛譏元、白詩『纖艷不莊，爲名教罪人』，卒之千載而下，人知有元、白，不知有李飛。」又云：「余戲刻一私印，用唐人『錢塘蘇小是鄉親』之句。某尚書見之，大加訶責。余初猶遜謝，既而責之不已，余正色曰：『公以此印爲不倫耶？在今日觀，自然公官一品，蘇小賤矣；誠恐百年以後，人但知有蘇小，不知有公也。』一座囅然。」其剛愎自是如此。余謂其論《蓉塘詩話》一段，直不成話耳，不必與辨。作書難沈歸愚一段，誣經誣聖，詖淫邪遁具矣。乃云沈無以答，詎知沈之不屑答耶。至謂千載而下、百年以後，人但知有元、白，不知有李飛；但知有蘇小，不知有某尚書，壓倒正人，自負不朽，尤爲可惡。夫自古賢人君子，湮没而不傳者何限；奸邪小人，彰彰史册者又不知凡幾！所謂不能留芳百世，亦當遺臭萬年。子才不分芳臭，而以蘇小自況，自恃詩才之必傳，則百世下又誰不知有陳後主、隋煬帝乎！鄭板橋曰：「昔人謂陳後主、隋煬帝作翰林，自是當家本色。吾亦謂杜牧之、温飛卿爲天子，亦足破國亡家。乃有幸而爲才人，不幸而爲天子，其有遇有不遇也。」此自是千古不磨之論。板橋名燮，乾隆丙辰進士。爲人瀟灑不羈，日以詩酒自娱。集有《家書》一卷，皆教其子弟，有《顔氏家訓》遺意。其爲正人可知。且又有詩才，而所言若是。百世下不知杜牧之、温飛卿，又安知有元、白，更安知有蘇小乎？余謂詩之詖淫而不軌於正者，縱極風流冶艷，爲人所不能爲，亦陳後主、隋煬帝之流亞耳。每見才人放蕩，自視不凡，不知陳、隋二主當日自視又何如也！子才高才卓識，詩可傳者實多，何竟以淫情自護哉？李雨村《詩話》云：「尹文端公總制江南，袁子才門生，待之甚厚。然有招，多辭不往，文端頗怪之。子才寄詩言志云：『不是師門愛懶行，尚書應諒此中情。聽來官鼓心終怯，换到朝鞾足亦驚。老眼書銜愁小字，詩人得寵怕虚名。閒時每看青天月，長恐孤雲累太清。』」雨村又云：「子才有三不信，一不信佛。其弟春圃設醮九華，子才戲咏二絶云：『禪門閒看白雲飛，從不燒香惹是非。生怕佛靈能降福，受他恩重要皈依。』『不求自己偏求佛，佛手拈花笑不清。道我至今心抱歉，未曾一粒施臺城。』」余謂二篇當爲其詩集中壓卷。又出門不信擇日，葬地不信風水，具見卓識。

沈歸愚先生選《明詩别裁》，有劉永錫《行路難》一首云：「雲漫漫兮白日寒，天荆地棘行路難。」批云：「只此數字，抵人千百。」袁子才笑之云：「『風蕭蕭兮白日寒』，是《國策》語；『行路難』三字，是題目。此人所作只『天荆地棘』四字而已。以此爲佳，全無意義。」余謂子才恃才，常多刻論。信如所言，則「風蕭蕭兮易水寒」，亦只算自作得「易水」二字矣。後世才人之好爲雌黄也如此。

子才嘗論本朝文之有方望溪，詩之有王阮亭，俱爲一代正宗，而才力自薄。近人尊之者，詩文必弱；詆之者，詩文必粗。所謂佞佛者愚，闢佛者迂。「愚」字是也，「迂」字似亦有理。然竟以爲「迂」，則孟子黜異端、韓文公觝邪説，是甚麽絶大緊要事，乃亦以爲「迂」乎？子才不喜佛，而以闢之者爲迂。識不足，膽亦不足，正由博學而學實不足於本原矣。

子才論韓侂胄伐金失敗，與張魏公之伐金而敗一也。後人責韓不責張，以韓得罪朱子故耳。嚴海珊《咏張魏公》云：「傳中功過如何序，爲有南軒下筆難。」冷峭蘊藉，判斷簡明。

明天啓間，常熟趙某《題天聖閣》云：「天在閣中看世亂，民從地上作人難。」今世干戈擾攘，蒿目時艱，同此浩歎。

許魯齋先生《即景》云：「黑雲莽莽路昏昏，底事登車尚出門。直待前途風雨惡，蒼茫何處覓烟村。」明蘇人劉完庵爲僉事，將致政，有憲司索題《牧牛圖》。完庵題云：「牧子騎牛去若飛，免教風雨濕蓑衣。回頭笑指桃林外，多少牧牛人未歸。」憲臣感悟，即掛冠去。余謂魯齋先生詩可爲輕出躁進、冒昧不明者之戒。完庵詩可爲不早見幾、戀棧不去者之箴。士君子進禮退義，故難進而易退。且有道則見，無道則隱，出處行藏，皆自有道。二詩特以比興寫之，真是醰醰有味。

《三百篇》用賦、比、興三義，而比、興居其二，其味永矣。《古詩十九首》亦多此體。若詩中寓有身分者，比興更多含蓄。陶靖節《飲酒》詩有云：「青松在東園，衆草没其姿。凝霜殄異類，卓然見高枝。」用意顯然，語特生趣。韓魏公罷政判北京，新進多慢之。公嘗作《園中》詩云：「風定曉枝蝴蝶亂，雨匀春圃桔槔閒。」意趣所至，多見於詩。本朝無錫秦留仙松齡初入翰林，賦《白鶴詩》應制，有句云：「高鳴常向月，善舞不迎人。」上顧左右曰：「此是有品者。」高文良公夫人名琬，字季玉，蔡將軍毓榮之女也。公巡撫蘇州，與總督某不合，屢爲所傾。而公卓然孤立，《咏白燕》第五句云：「有色何曾相假借。」沈思未對，適夫人至，代握筆云：「不群似恐太分明。」蓋規之也。蔣用庵侍御罷官後過隨園，《咏菊》云：「名花自向閒中老，浮世原宜淡處看。」自家與隨園身分俱在内也。如此類者，古近體中不勝枚舉。偶拈數例，以見大致。

唐時下第士子多爲詩刺主司，獨章孝標作《歸燕》詩獻侍郎庾泰宣曰：「舊壘危巢泥已落，今年故向社前歸。連雲大厦無棲處，更望誰家門户飛？」宣諷吟，恨遺才。及重典禮闈，孝標獲雋。又高蟾下第後，以詩獻侍郎李昭曰：「天上碧桃和露種，日邊紅杏傍雲栽。芙蓉生在秋江上，不向東風怨未開。」明年，昭知貢舉，亦及第。本朝落第詩，程魚門云：「也應有泪流知己，只覺無顔對俗人。」陳梅岑云：「得原有命他休問，壯不如人後可知。」袁香亭云：「共説文章原有價，若論僥倖豈無人。」又云：

「愁看童僕淒涼色，怕讀親朋慰藉書。」王菊莊云：「親朋共帳登程日，鄉里先傳下第名。」皆可與唐人頡頏。然讀姚武功云：「須鑿燕然山上石，登科記裏是閒名。」則爽然若失矣。余歷應朝考會試，四次不遇，未嘗有憤懣語、乞憐語，亦無甚寂寞之態。惟隱念堂上人老，萬里奔馳，不容易耳。曾憶道光壬午秋闈揭曉，自題落卷後二首云：「不怨今年同考官，功名僥倖已知難。若非清夜糊塗眼，兩比何爲一段看。題係「舜有臣五人而天下治」，中權故作兩比流走。批云：「中段不整。」以此不售。」其二云：「昔戰秋闈已擅場，文章有命總茫茫。自知無德知無分，正己何知較短長。嘉慶丙子鄉試，已取中，不知緣何被落。至壬午已歷三科矣。」癸巳禮闈報罷後，與歐陽米樓比部及同鄉下第兩三人晚步登窯臺，是日適新科殿試，登臺遠眺，未免有感。米樓英年早捷南宮，猶以不得館選爲恨，乃唱一律，結云：「席蘆啜茗饒清興，我輩偏慚作賦才。」余次其韵和之云：「獻賦金門誰氏哉，偏饒我輩此登臺。閒中散步塵囂遠，高處流觀意境開。望切郊原紛作雨，時正祈雨。名誰日下震如雷。吟詩啜茗管消受，未必長淹有用才。」米樓少余十餘歲，已得部曹清秩，詩意猶有所未慊，故專發其意以相況，得失全不介意也。

袁子才謂詩中理語，如《文選》「寡欲罕所缺，理來情無存」、唐人「廉豈沽名具，高宜近物情」、陳後山《訓子》云「勉汝言須記，逢人善即師」，又宋人「獨有玉堂人不寐，六箴時曉獻宸旒」，皆是理語，何嘗非詩家上乘？至乃「月窟」、「天根」等語，便令人聞而生厭矣。余謂詩中理語何止此數句，而數句亦自佳，無庸異議。乃謂邵子詩爲可厭，彼豈能知邵子者哉，又豈能知「天根」、「月窟」數句之意者哉！夫此數語不可以詩求之也，明矣。即以詩論，亦誰能如此説者？「乾入巽來知月窟」，姤也，一陰生也；

「地逢雷處見天根」，復也，一陽生也。姤復消長，陰陽氣化，循環不息，生生不窮，所以謂「天根月窟閒來往，三十六宫都是春」也。邵子精於《易》，明於天人之理，所言「言以詩出之」者，乃咏歎不盡之意，非欲求工於詩而自列於詩家也。今千載下人盡尊之爲大儒，誰復奉之爲詩人乎！子才於晚唐詩人元、白輩推尊之極，即有人詆其瑕者，必强辯壓倒人而後已。千古淫人，以才自護，而於正大語則厭之，氣味不同故也。「月到天心處」，動中静也；「風來水面時」，静中動也。「一般清意味，料得少人知」，此何如理窟乎？抑詩而已乎？宜乎更少人知矣。

酌雅詩話後跋

詩話必具史筆，誠宋人過嚴之論。而衡山文璧序《南濠詩話》，乃至謂「玄辭冷語，用以博見聞、資談笑而已，奚史哉」，抑何陋矣！士人著書立説，有關世道人心。詩話雖只論詩，然苟歸諸雅正，則興感之易，有裨世道人心不少。余觀詩話、雜説行於世者多矣，惟能持正論者爲上乘。有宋宰相陳俊卿序黄常明先生《䂬溪詩話》云：「作詩固難，評詩亦不易。酸鹹殊嗜，涇、渭異流。浮淺者喜夸毗，豪邁者愛遒警，閒静之人尚幽渺，以至嫣然華媚無復體骨者時有取焉，而非君子之正論也。夫詩之作，豈徒以青白相媲、駢麗相靡而已哉！要中存風雅，外嚴律度，有輔於時，有補於名教，然後爲得。杜子美詩人冠冕，後世莫及，以其句法森嚴，而流落困躓之中，未嘗一日忘君民也。孔子曰：『《詩三百》，一言以蔽之曰：思無邪。』以聖人之言觀後人之詩，則醇醨不較而明矣。」余因閲諸家詩話，時出己意，竊附其間；或又得詩，以題其後。零碎草稾，不覺成編。爰即以「酌雅」名之。大意在觝排異學，黜落淫辭，而凡有益於世道人心者，亦各因所觸而推衍其説。至如吟風弄月等詞，苟其有得於比興之意，有合於風雅之旨者，亦取而附焉。總兢兢奉夫子「思無邪」之一言以爲矩範而已矣，「詩話」云乎哉！

（吴忱、楊君、張宇超點校）

澹園詩話

澹園詩話提要

《澹園詩話》一卷，據咸豐三年刊本點校。撰者于祉（一七八八—一八六九），字燕受，號澹園。山東濰縣人。以處士終老。有《三百篇詩評》。書首有道光二十九年自序及咸豐三年自跋，蓋付梓距成書又歷四年。于氏論詩主一「意」字，然以「巧」、「妙」乃至老杜詩之「沉鬱頓挫」多方説意，頗能出新，遂成一家言。其中如「作詩如作羹，總要好湯。意似肉，詞似湯」之喻，直可追吴喬「詩酒文飯」一説之妙。本此評詩，《三百篇》以後之詩人，推崇所謂「天勝者」即陶淵明、李太白兩家。然非不重法，所謂善言意者必先言法，故亦頗論詩體、作法。又終歸於意，乃法熟而意自至也。此亦即其「意難言傳」之旨。於本朝詩學則取漁洋之説爲主，然亦不無攻錯，大抵變化漁洋及漁洋所從出之司空圖、嚴滄浪一派詩學以立論。如謂《唐賢三昧集》非當司空及滄浪意，「必如太白絶句、樂府短章及王右丞五絶始可當之」。謂「沖澹」一品可與「雄渾」匹，故淵明與思王匹，太白則勝老杜也。以太白代王維，較漁洋稍欲擴大，而仍不取老杜，無論退之。論古體謂「五言古意至劉宋而盡」，實即李攀龍「唐無五言古詩」之意，字面却不認同滄溟此説（篇中誤作嚴滄浪之説）；謂「七言古意至李唐而盡」，則義甚曖昧，唐前七古尚未成體，其古意不足道，豈得與五古並提？而杜韓蘇黄既不得其賞，則唐人之七古僅得太白一家，唐後之七古不入法眼可知，而俱未見具體之論，此與漁洋同失。其説或可視爲嘉道時期之新版神韻説也。全卷論析沖澹之旨甚有心得，幾如明人徐禎卿《談藝録》之續編，於明詩亦最許徐昌穀、高子業一派。又從人品胸次求意之源，如崇陶即直指陶公於舉世清談之際獨推孔子爲先師，許韋蘇州爲陶之上嗣，而拈出朱子「韋公近道」之説，是此一篇清妙之藝術論，又不無沾溉於嘉、道儒學復振之時風矣。

澹園詩話自序

古之詩人但能其事，而不言其法；後之詩人能言其法，而不能言其意。意之所隨，不可以言傳也。輪扁謂齊桓公曰：「以臣之術觀之，斫輪，徐則甘而不固，疾則苦而不入。不疾不徐，得之心而應之手。臣不能以授臣之子，臣之子亦不能受之於臣。」夫業之精微，雖父子不能相授受，何其難歟！業之流傳，雖千古可以作覿面，又何其易歟！此無他，知其意與不知其意而已。孟子曰：「大匠誨人，能與人規矩，不能使人巧。」夫巧，意也；規矩，法也。法熟而意自至，故善言意者，必先言法也。自近代以來，言法者日衆，然皆妙意未伸。不揣鄙陋，略以平日所見雜著詩説若干條，始於漢、魏，終於本朝。冀有補於詩學，而惜其言之終不能達其意也。道光己酉夏四月澹園自序。

澹園詩話

濰縣于祉燕受甫著

《三百篇》以後，文人郊廟之作，有其辭無其德，遂成浮辭。漢《天馬》、《房中》、《郊祀》諸篇，猶有文章可觀。降至魏、晉，徒憑漢詞，輾轉橅摩，文章德業，兩無取焉，反覺可厭。《頌》非後世所可假借如此。偶讀傅休奕樂章，論及之。

樹之近轍者多枯，而喜動於雷，散於風。鳥之入籠者思去，而受範於林，安於巢。此無他，自然不自然之分也。故詩以自然而入化，以雕飾刻削而傷元氣。

吴修齡論詩，比之釀米爲酒，飲之則醉。其説誠確矣，然只是説得一個渾字。詩非虚不渾，非渾不高。浮淺人心，短舌長説，到十分快意處，心下方鬆顙。是以瑣屑鄙俚，毫無餘韵。

吾鄉王文簡雅尚神韵，而飴山趙氏執「詩中有人」之説，力詆其後，然亦不能不服其語言之妙天下也。飴山吹毛求疵，甚矣發其隱私。讀其書，令人一笑。

阮翁實有縹緲無著之失。飴山趙氏力足相救，而未能相掩，百世下自有定評也。當時吴修齡頗與飴山並力攻文簡，而吴詩尖纖，不足令大雅一顧，飴山第喜其附己而親之也。作詩不深厚，固是讀書涵養工夫未到，亦是鑿鍊工夫未到。然鑿鍊之法不盡在字句，要向没字句處下工夫。

飄風驟雨，平陸成江，非不可驚可愕，然遂霽涸，不能潤物入深。能潤深者轉在輕風細雨，即此可悟詩品。

詩也者，運實而行於虚者也。水中月、鏡中花，此虚者也，畢竟實有個花月。

詩之巧處，一字不可改，一語不可删，此六朝、三唐人伎倆也。漢、魏大作手則不然，元氣渾淪，不雕不飾。其拉雜重複、壘砢不句處，正如深山中古木，虯枝曲幹，臃腫支離。其拙處正是其巧處。

古詩意澹，一代濃於一代。若天限之，其故在過與求勝，惟恐不及古人，而去古人轉遠。詩品視人品爲優劣，人品高一分，詩品便高一分。陶公是三代後第一流人物，故其詩爲三代後第一流詩品。非不闕後王輞川得其瀟灑，孟襄陽得其清峻，儲太祝得其直樸，韋蘇州得其沖澹，柳河東得其古雋。各有陶公之一體，而皆失之工。求如柴桑翁之太羹玄酒，爛漫天真，則上自建安，下訖中晚，未之或見也。此無他，陶公之人不再作，故陶公之詩不再見也。詩品之高下系於人品如此。程子有言曰：聖人之文自然，與學爲文者不同。至哉斯言也。讀陶詩須從此著想。

陶公無意爲詩，故其詩自然不煩繩削而成，朱子欲取以續《三百篇》之後，豈過情哉！

古今詩人以天勝者有二：一曰陶彭澤，一曰李供奉。陶公是古今隱逸之宗，故其詩高絶古今而不可攀；太白乃古今才人之冠，故其詩奇絶古今而不可測。二子之外，雖多高奇，俱可以力致也。

陶、韋詩兼旬一笑，累月一颦，而一俯一仰，自足令人情移。然須細心體認，方能得其言外之旨，弦外之音。非若鯨魚拔浪，巨刃摩天，一見便識也。

畫家作樹忌根頂俱齊，作詩亦然。根齊並脚也，頂齊平頭也。但腰腹之間人多不論，腰腹不錯落而頭脚能錯落者鮮矣。

今人每以風花、雪月、金玉、魚鳥等字裁對整齊者謂之煉，不知是工不是煉也。煉之謂，言斂也，謂英華收斂入内也。

有意思語煉得到，偏若無意思。無意思語煉得到，偏若有意思。如此説煉，方是古人家法。清詩有兩派：不立間架，自成片段，靖節是也。刻煉精密，山巔水笑，康樂是也。唐之詩人若孟襄陽、韋蘇州、柳河東，雖皆祖述靖節，要亦不廢康樂。蓋陶多率易，不濟之以謝，恐入於浮滑。謝好苦撰，不濟之以陶，恐入於堆累。惟陶謝並學，斯無間言。

唐人能四言者絶少，獨柳州《平淮雅》最爲近古。漢魏四言有極工之語，如曹孟德之「月明星稀」、王仲宣之「風流雲散」、嵇叔夜之「手揮」「目送」，皆妙絶一時，雖後人蔑以加矣。

樂府有一題，必有一題之聲調，如今曲詞是也。陶、謝以來，五言古詩不過隨時寄興，非必期於被之管絃也。近日飴山趙氏乃於五言古平地鑿空，創爲聲調，取古人平仄稍符其説者，定爲成式。而所引既多，遂亦自相矛盾。至漢魏以來，樂府失傳之聲調，反隨波逐浪，無所發明，豈能服人？

阮翁論七古平仄，不論五言，似可從。七言古雖始於《柏梁》，間作於魏、宋，其實體裁至唐人而始具，但就唐人立論可也。至於五言，莫盛於漢、魏，莫工於晉、宋。飴山概置不譜，而獨於四唐糟粕之餘，廣征博引，是猶論腿脚不論首腹，韈履以上，皆長物耶？文簡知其五言遠而難稽，多而難齊，且不必有一定之式，故不復置喙，而但論七言也。吾以此服其有灼見。

凡五言古換韻處，可不入韻。五言律首句，尤不當入韻。至五言樂府，則宜入韻。蓋五古及五律主静，樂府主動。七律可不入韻者，音節宜舒徐也。樂府則宜入韻者，音節宜激蕩也。此皆古人成法，不可不知。

絶句原非近體，故古人多出韻之句。唐人五言律首句亦多出韻者，謂之借韻。然必兩韻相通，乃可借也。

美人不多笑，故一笑傾城，再笑傾國。若粲然終日，雖艷如王嬙，姣如西施，不復能動人矣。作五言古亦然。通篇端雅，厚意不佻。只一語兩語作憨弄姿，便風情無限，昔人所謂「却扇一顧時」也。

「真」之一字，人多不曉。今人但以家人瑣屑、淺言俚語爲真摯，不知是俗，不是真也。試觀《論語》一書，何嘗有一語瑣屑，而日用行常之理，自句句沁人心腹，又何嘗有一語不真？故古之作者愈真愈高，今之作者愈真愈卑。

陶公四言不屑屑規摩風雅，而一種鬆秀流逸之致，令人心醉。自曹、王以迄潘、陸，皆不及也。《文選》不登一字，殊不可解。

詩忌説理，固也。陶、謝大雅，轉以理語生色。如陶詩「人生貴有道，衣食固其端」、「不覺知有我，焉知物爲尊」，謝詩「事爲名教用，道以神理超」、「慮淡物自輕，意愜理無違」等句，是理語，亦是名句。若置之杜工部、岑嘉州、白香山諸公集中，便腐而可厭。文各有體，不相襲也。

康樂製題最佳，唐人製題似多本之大謝。

題之謂，言提也，如衣之有領，網之有綱，一提便振起通身也。故作短題，須不漏不脱；作長題，須不侵不犯。少陵詩中之聖，猶以作題爲難，何論餘子。

剪去支蔓，不是一切刊落枝葉，如禿樹一般。但使通體順成，如天造地設，不可有絲毫冗贅之處。至於四旁小枝，有花葉點綴，方不寂寞。

作詩於不甚著意處，反宜多言，舉典鋪張揚厲，如臨風殊錦，炫目動心。至用意出色處，偏著語無多，如虹光電影，瞥然一見，便收拾歸於無何有之鄉，其他字句皆烟雲矣。

大概作詩通幅不過兩層，或前反而後正，或前賓而後主，或前景而後情，或單刀直下一意到底，多一層意便添一番手脚。陶、謝以來，古詩無甚長篇者，正爲此也。

煉句不如煉字，煉字不如煉格。格如衣冠之有式樣，式樣好即韋布亦佳，式樣不好即錦綺亦不佳。譬字學羲、獻，畫學王、李，縱不得佳，必不墜入惡道。

漢魏詩如唐人之畫，跡簡意淡，而意無不包。唐人古詩如宋、元以來山水，纖悉俱備，而筆墨蹊徑，望之渾然一片，按之千頭百緒，却又畛界分明。

今人所以不能自拔於流俗者，只是「粘皮帶骨」四個字耳。字字放活用，句句向裏煉，方可洗盡此病。用字活難矣，用意活尤難。古人語意有味在酸鹹之外者，只是用意活耳。一露才情便傷雅道，讀漢、魏、晉、宋詩，切不可存才情一念。山谷讀陶如嚼枯木，昌黎論詩不及柴桑，得無才情一念存其中耶？

言之無物，固不可以立言；但取有物，即又何不爲有韵之文，而必矻矻於《風》、《騷》、漢、魏人之作耶？此潮州、道州之所以不無遺憾也。

《三百篇》周公之作，本不可以文章論，而文章之妙遂爲後來文士所不能到。如《鴟鴞》卒章音調絶奇，《東山》「零雨」，情致款款，婉而多風。至《七月》之二章，則妙遠而不測矣。他如《簡兮》之激昂，《小戎》之爾雅，《雞鳴》、《蟋蟀》之深婉，《谷風》、「蚩氓」之曲折頓宕，種種佳什，後先輝映。自是闕後，一變而韋孟《諷諫》，司馬《封禪》。再變而傅毅《迪志》，王粲《思親》。嵇中散、陶彭澤，三變爲清逸。陸清河、顔光禄，四變爲藻麗。文章漸變，去古寖遠。惟明妃怨詩，風情迥别，「父兮母兮，道里悠長」之句，洵足攀鱗碩膚，背隨郢騷。漢興以來名流輩出，而温柔敦厚之旨轉在紅粉，甚可異也。

陳思《贈白馬王》篇，首尾相連，本之《文王》之什。陳思之作，又梁武《西洲曲》所徙出。而《西洲曲》音節蕩逸，實又唐人七言古之先聲。

叙事長篇須將一篇眉目先於起手數語提明，然後次第叙去，不散不亂。亦有閑閑説起者，中間轉折過渡之法，切宜留心。

凡轉折過渡處，須經營慘澹，不使一毫露鍼線之跡，有山斷雲連之勢。古文家謂之空轉，謂之暗渡。

詩之一道不是風流事業，只因幾篇韵語，鏗鏘跌宕，便引出許多風流之作。漢、魏作者，猶存古意；晉、宋而後，漸就綺麗。迄於今人，遂至嘲風弄月，研雷敲花，直將風雅一道認做詞曲小唱一般。而世俗輕薄子乃取元、白、温、杜一二艷詞麗語、風調宜人者，輾轉摹擬，至香奩、閨閣不離口，豈不可哀！故予論詩，必自胸襟始。

胸次不可以僞，如浮華人不能强作樸素語，豪蕩人不能强作幽静語。縱或學問掩飾，不無近似，而氣象意度、口吻風趣，畢竟不似。坡公《和陶》是其前鑒。

五言古以古澹爲貴，但前後選詞頗不容易。語深不得，亦淺不得；新不得，亦熟不得；更提掇不得，轉折不得。蓋深則有叵測之病，淺則無奥衍之致。新則不復有古意，熟則動入於油滑。詞源已竭，則另起一頭而提掇，故提掇不得。鍼線逗露，則轉折立見而不能渾成，故轉折不得。詩家小道，其難如是。

氣不深，語不遒，難免有淺熟之病，是在讀書涵養。

詩境非平不遠。蜀山萬重，極天亘地，非不可以開拓心胸，然而歷久趣盡，反覺險惡。不如廣莫之野，别有天地。故李、杜高奇，終遜陶、韋平曠。

五言古如澄波安流，清風飄拂，切不可務爲新警，致令色澤不雅，體裁不圓。至其用韵，則但當一韵到底，不必轉换。轉换則調急，失閒雅之度。譬如秋水潺湲，遇石而激，其下必駛也。

猛將不必援戈舞錐，即嗔目叱吒，便足驚人。名士不必扢雅揚風，即一顧一盼，便足風韵。《選》體亦要有錯綜。或四句之中情景相生，或一聯之内參差作勢，或筆换而意不换，或意换而筆不换。推之通體，莫不皆然。而要不外乎抑揚、顧盼、輕重、高下之間，互相爲力。若失之縱横，定乖雅道。

王阮亭尚書頗以司空氏「不著一字，盡得風流」爲無上之妙，而嚴滄浪「羚羊掛角」之説，亦時並取。然觀其所選《唐賢三昧》，雖多佳構，恐非二子意中所有也。二子之説，必如太白絶句、樂府短章，及王右丞五絶，始可以當之也。

陳仲醇論《史》、《漢》之文曰：「詩文須單刀之下，最忌綿密周致。密則神氣拘迫，疏則天真爛漫。《史記》佳處在疏，《漢書》不及處在密。元畫疏，宋畫密。」余乃進一解云：晉詩疏，宋詩密。陶詩疏，謝詩密。王孟詩疏，韋柳詩密。而王疏於孟，柳密於韋，又不可不辨。杜詩入神之句如「虯髯似太宗，色映邊塞春。」「落日照大旗，馬鳴風蕭蕭。」七言如「風吹客衣日杲杲，樹攪離思花冥冥。」「三更風起寒浪湧，取樂喧呼覺船重。」「滿空星河光破碎，四座賓客色不動」之類是也。明李崆峒《詠石將軍戰場》云：「追北歸來血滿刀，白日不動青天高。」毛大可《詠打虎兒》云：「虎驚顧兒舍父逸，深林風草皆無色。」紀伯紫《觀白石翁畫》云：「忽然盤礴神明開，天地低昂萬形失。」凡此皆有神力，擬至於杜，殆無愧色。

長篇逐段换韻，則段落分明而音調不急。若二句一韵，則音節繁促。當於首尾及轉關處用之，音節方有緩急，更好上口歌頌。至於樂府，尤所必需也。

近日趙飴山論用韵，有頭重脚輕之病。而張蕭亭舉蔡中郎詩非之，其説固是，然不並以趙説，似尚一隅之見也。

畫有筆墨，詩亦有筆墨。筋節鉤剔處，筆也；似連不連可解不可解處，墨也。黄大癡云：「糊突處謂之墨。」詩至糊突處則妙矣。

詩要破碎，不完不整，却有一種頓錯即離之妙，往復於字句之外。此在神理上聯屬，非尋常雕琢字句者所知。老杜詩云：「遠山忽破碎。」此詩三昧也。若十分順流，不當眼則白矣。「白」之字，最是學詩病痛。

作詩如作羹，總要好湯。意似肉，詞似湯，湯清腴，肉便清腴甚。有湯好於肉者，然湯之精液實從魚肉熬煉而出，故不可先詞後意。肉做得十分糜爛時，湯與肉融洽渾厚，幾不知湯之出於肉，肉之出於湯矣。近代膠西王無竟詩非不競貴，然幾有肉無湯，一上口便嫌刺喉。

詩其猶水乎？水性柔弱，而無微不入，無堅不破，隨地作勢，因物賦形，活潑不滯，深静難測，故其妙至於神而無方。

詩如作畫，山川林木，忽斷忽連，忽有忽無。忽一峰突起，而烟雲半遮。忽一水直下，而岡陵頓掩。或一村數家，只露一屋兩屋。或一林數樹，只露一梢兩梢。每樹必分四枝，而枝枝有掩映。每石必分三面，而面面有向背。至於前後左右，彼此相生，一枝一節，全神俱在。或備極毫髮，而不爲過；或盡脱形似，而不爲疏。非夫高明之姿、圓通之學，其孰能解此？

詩詞貴簡，簡則精神團結，氣質渾厚。如華子潛之「時聞鳥雀喧，因念禾黍熟」，不及王輞川之「雀喧禾黍熟」，朱竹垞之「遥看鄉樹近，倍覺旅程遲」，不如施愚山之「家近恨歸難」。他可類推矣。

愚山黄山諸作，字字獨造，語語沉著，從康樂煉入，工部煉出，真嘔心抉髓之技。緣此派不爲王新城所喜，故尚未大行於世。

律體流水對固佳，然必洗去聯絡之跡方大佳。余最愛放翁「津吏報添三尺水，山僧歸去萬重雲」之句，覺「小樓」、「深巷」一聯尚費湊泊。

高密李石桐先生，律宗張、賈古詩，亦近韋左司，漁洋而後，風格一變。其論張曲江、元次山、沈千運等五人差爲近古，而陳伯玉、李太白則殊於古無涉。愚謂太白《古風》氣質猶粗，《感遇》深婉綿緲，得蘇李《十九首》之神髓，當與阮公《詠懷》並行。千古唐賢，未有及者，奈何以未能復古目之哉？至嚴滄浪唐無五古之説，則張蕭亭辨之明矣，余亦何用再贅。

山陰陳老蓮洪綬嘗仿周景玄士女圖，已數四矣，然猶臨橅不已。或曰：「此已勝原本，何數數爲也？」老蓮曰：「吾畫易見好，却亦易到。周本至能，而若無能，此其所以難能也。」老蓮豪士，乃有此至精至粹之語。從古詩文書畫到絶頂時，都有此境界，老蓮第從六法揭明此旨耳。余論詩無以易之。

陸清河四言獨步一時，乃兄平原當在下風。而史云不及，非四言也。其《答兄平原》尤漢魏以來絶調。題「書」字疑衍。

漢人三言如《煉時日》、《天馬來》諸篇，幽氣靈光，後人雖才大如海，不能到他地位。

六言長篇不多者，以其難於行氣也。陳思頗有長篇，骨格亦佳。

元微之謂太白不能窺杜老藩籬，或專指其律及七言古詩而言也。若論樂府、絶句，則老杜不能窺太白之藩籬矣。讀李、杜詩，當分别觀之。

古詩用韵有通叶轉换之法，取其便於拈取，暢所欲言也。唐、宋以後，多以能押險韵炫長，而胸中所欲言，文多掣肘。甚或拉雜牽合，至生疵謬，皆不可以不辨。

煉得入亦須煉得出。刻削之跡，不能融化，皆能入不能出也。

太白詩如「相思黄葉落，白露濕青苔。」「待來竟不來，落花寂寞委青苔。」手法極高，但兩篇一格，詞意相類，亦筆墨之累，須删去一首方妥。

學詩必先學割愛，我意中好句好意盡可入詩，而前後文勢必不可入，入則爲累，只合删去。解此方可與論詩。

或謂韓詩出於《雅》、《頌》，試看昌黎集中都是《雅》、《頌》題耶？《謝自然》、《國風》題耳，竟是一篇論辨。

竹枝詞不妨於俚，妙處全在以委曲之筆，寫風土人情，樂府之類也，與七言絶迥别。詩不妨麗，總要有精神。如傾城之色，頭面腰肢，媌曼絶倫，只一雙眼似瞽人一般，便如設色圖畫，木雕傀儡，通體無生氣矣。

萬年少壽祺，書畫家也，特工韵語。周櫟園侍郎謂其工篆刻、度曲，旁及百工之事。好狹斜游，恒爲名妓作小照，以故諸名妓皆樂就之。乃其後竟冠僧冠、服僧服爲僧，盡遣所買歌妓，自名曰「明志道人」、「沙門慧壽」，斯亦奇矣。余最愛其「白日尚懸寒郭外，群山不動大河西」之句，蓋甲申滄桑後爲僧時作也。

詩至曹子建，高渾博大極矣。然已漸就華飾，不如乃翁古樸，猶是漢人風規。老瞞蹀血一生，乃復與詞人争長，然英雄本色，時時顯露，未可遽以詞人目之也。

陶詩煉在内，坡公《和陶》煉在外。煉在内，故寬裕而有餘地。煉在外，故緊促而少風度。此無他，胸襟有高有不高，涵養有熟有不熟也。

近日始曉得陶詩鍛煉之法，乃從無字處下工夫。但反復追摹，只是著力不得。

百忙中不能作詩，只好將意中所得或一兩語，或三數語書之於紙。暇時足成之，此錦囊拾句之法也。然畢竟不能成章。若將通篇一氣寫出，然後仔細逐句潤色，或一詩至二三易稿，則字句雖工而不傷元氣，且更血脈一貫。《文心雕龍》有云：「外文綺交，内義脈注。跗蕚相銜，首尾一體。」此最詩文要訣，不可不知也。

每讀東坡詩至天機迅發處，覺其一種奇趣横生，紙上風發泉湧，不可思議，而又能融化痕跡，歸於渾圓。擬其所至，得之太白爲多，而沈鬱頓錯處復近杜。

蘇詩巧密處却是宋人習氣，瑣屑處更不待言。

韋蘇州淡而能濃，疏而能密，煉而無痕，法而不巧，當是陶公之上嗣也。陶公後不可無韋，韋公前不可無陶，二公皆近道之姿也。

朱子獨許韋公爲近道之姿，其於陶公可知矣。陶公當空談無實之時，獨推孔子爲先師。向使陶公生春秋時，則亦原憲、游、夏之倫，何爲不近道哉！

杜工部入神之句與陶公入化之詩同一關鈕，但陶公尚平淡，杜子喜奇傑耳。要其用力無斧鑿之痕，裁縫滅針線之跡，渾無二至也。

作詩無題，莫如擬古，或山林閒適、即事玩物亦可。若交無雅士，日與市井人相唱酬，篇什雖多，未免爲識者所笑也。

朱子《擬子昂感遇詩二十首》最爲沈鬱，而不免於病韵，若不病韵，便可操桴鼓而與古人對壘。然朱子初不計此。朱子嘗言作詩害道，遂不復作。此其所以病韵也，非力不能致也。

中晚諸公詩大抵病韵，以其長於雕繪而短於氣格也。若盛唐諸賢，則長於氣格而短於雕繪，所謂犛牛其大，若垂天之雲，而不能捕鼠，雖短何害。

昌黎《元和聖德詩》盛稱人口，惟蘇子由以爲不然，謂其瑣屑失義旨也。余謂子由之説近是。昌黎詩雖似古奥，其實鄙俚。强事鋪張，非惟不及漢魏，即柳州《平淮雅》亦當遠避三舍。後人特畏其盛名而崇之也。《淮西碑》最佳，可與柳州爲伍。

《慶曆聖德詩》字字實録，宋人中大文章也。但其辭欠古奥，尚難與漢、魏比跡。

少陵《丹青引》重規叠矩，是古今七言古第一首好詩，他人所無也。後學宜從此入手，然後錯綜變化，出奇無窮。《飲中八仙歌》乃其變化之極者。

氣不清，骨不秀，難免有俗氣。然江海之水，水之至大者也，而不能清。巴蜀之山，山之至奇者也，而不能秀。大而能清，奇而能秀，其惟太白之詩乎？

劉越石英雄落魄，千載酸心。故後人哀其人而重其詩，録其長而忽其短。至謂「宣尼」二語是法，可發一笑也。越石詩實多不工之語，特其氣韵雄傑，往往似魏武抱痛念恨，不暇修詞，千載下宜相諒也。

潘安仁《悼亡》詩詞既清真，氣亦流動，二陸所不逮也。後人鄙其人，兼薄其詩，豈非因咽而廢食耶？

詩家入門之訣，倫、次二者而已矣。昌黎所謂「文從字順」者也。然亦有不倫不次而語更入妙者，此則變化之極，不可以語於初學之人也。

以類相從曰倫，有序不亂曰次。此二者詩之經緯，不可有毫釐之差者也。若或差之毫釐，定當謬以千里。

古人教人倫次，但以口授，未嘗著以爲書，故其法不傳。要亦不過如朱子所説「一字挨一字，一層挨一層」而已，但不能無疾徐耳。其義雖易知，非指授不明也。

小謝一派，至唐人幾於絶響，惟王摩詰得其遺意，所以駕出襄陽之上。襄陽非不高，但少馨逸之趣耳。太白一生服膺小謝，而縱横之氣，轉不能肖其韵味。宋、元以來，更無嗣音。此種氣味竟如金膏玉液、瑶草琪花，非人世所有，奈何奈何！

詩以自然天成爲極則。若窮深極索而入於苦澀，雖臻高格，斷非上乘。謝公詩所以不及陶公，少陵詩所以不及太白者，在此一著。朱子論詩，以少陵爲聖，太白爲神，亦此意也。後人學杜者多，則群推少陵而抑太白，豈篤論與？

太白詩天趣爲主，後人天趣少，所以不能學。陶公詩亦然，特其詩平淡，後人天資相近者尚多，故學之者亦不少。若其胸次之曠逸，超然自得，則相去遠矣，故得之者亦絶少。儲詩有筆力，去陶公轉遠。

詩辭妙處，「含蓄」二字盡之矣。即《三百篇》化工之筆，亦不出此二字。但古詩有古詩之含蓄，樂府有樂府之含蓄。古詩尚質，樂府尚婉。質者欲其言有盡而意無窮，婉者欲其言在此而意在彼。《三百篇》《國風》變《雅》，樂府之最善者也。其妙處往往非意所到，至有通體不言其故者。降至漢魏，妙處纔有其十之二三耳。

今人論詩，動曰：「李白詩吾知之矣，其某篇是道何情，某篇是説何事。杜甫詩吾知之矣，某篇是忠君，某篇是憂亂。」不知《三百篇》、漢、魏之作，不可解者多矣，亡慮所説何事，皆不失爲至文，則其故固不必深考矣。古人所謂意乃是意匠，老杜所謂「意匠慘澹經營中」者也，輪扁所謂「意之所存，不可以言傳」者也。詩之工拙，全在於此。知此方可以言詩，不知此，雖至終身鑽研，加以老彭之年，無濟於事也。

昔人云：「精熟《文選》理。」理者，意之母也。意非理不立，理非意不行。理有定，以意無定；意無定，以理有定。

老杜之言忠君愛國，有關治亂，固也。要其所以不朽者，不專在此。其文章沈鬱頓錯，使人讀之而心動，此所謂意也。

施愚山《謁孔廟》詩云：「愴如亡子，初見父母。」如此方可謂言之有物。

司馬仲達《讌飲》詩確偉闊大，似可比肩魏武。然其氣度舂容，字句清穩，已開晉人先聲。柳州詩有峭致，其源出於大謝。東野詩亦有峭致，其源亦出於大謝。然東野之詩不及柳州遠甚，以其少藴籍也。東野詩巉刻太過，其於昌黎臭味，實相伯仲，故昌黎極稱之，而五言古穆如清風之旨蕩然矣。

阮嗣宗《詠懷》乃陳伯玉《感遇》、張曲江《感遇》所從出。而阮詩恍惚迷離，不可測其端倪，當是漢、魏以來獨辟之徑，奇特之筆。此種筆墨不易仿佛，有嗣宗之才之遇則可，無嗣宗之才之遇則妄也。

嗣宗詩絶無蹊徑。有蹊徑始有畛界，有畛界始有方圓，有方圓始有繩墨，有繩墨然後可以循規倚矩。而至神而明之，繩墨之外，别有繩墨。蹊徑之外，别有蹊徑。

嗣宗詩起滅無端，但只見其雜遝淩亂，任意馳騁，不復有所羈紲，而自然合度，自能成體。後惟鮑明遠、李太白略得其仿佛。

鮑明遠樂府雜用長短句，錯綜變化，乃晉宋之間獨開生面者，昭明以其詩不合《選》體，故未録入，其實乃絶藝也。其一種夭矯崛强之氣，大不易到。

庾子山句多奇警，仍不失古意，所以獨布一時。其「枝高出手寒」一語乃詠梅絶調，亦凡詠花木者之絶調也，可謂高絶。知此方知從無字句處下工夫。

詩無古意，必多俗態，雖工，不足傳也。詩有拙意，始有古意。

詩至庾子山，格調大變，此雖一時習氣使然，亦其力不能復古也。少陵稱其「清新」，乃謂字句，非謂體格也。

有明一代風氣但尚摹擬，其不屑摹擬者，轉走入荆棘叢中。可知古人窠臼不可全蹈，亦不可全脱，在善於變化而已。

跳出古人窠臼之中，仍不在古人窠臼之外，方是善學古人。夫詩不師古而能造極者，未之有也；詩不變古而能成家者，亦未之有也。合千途而爲一轍，彙萬派而成一宗，斯謂得之。

劉青田五言氣體最高，可稱復古而不襲古。

詩有文理，如木有文理，一絲亂不得，亂則通體不諧矣。此等處最宜留心，《文心雕龍》所謂「内義脈注」者也。

詩有外工内不工者，内義不注也；詩有内工外不工者，外紋不交也。與其内義不注，寧使外紋不交，慎之慎之。

詩須生中見熟，拙中見巧，柔中見剛，平中見奇，淡中見濃，稚中見老，枯中見腴，醜中見秀，方中見圓，直中見曲，野中見雅，典中見韵，無中見有，近中見遠，方是造極。

詩無平熟，總要煉得平語、熟語，煉得到都是高標。奇句、險句，琢不雅反成傖父。

詩有纏聯而下者，却不可如作草書，一筆數字。務需筆斷意連，意斷神連，如雲之起滅，風之斷續，始稱佳妙。

偶讀黄孝昭《送顧友星之都門》詩，有「荒烟流古道，落日在垂楊」一聯，但覺其妙，不知其故。細思之，即换筆换意之法也。

聲調貴響，亦貴雅，前人所以獨推重唐音。今讀唐人律絶，覺其油然感人者，韵勝故也。語無滯礙，筆無癡重，故響。意不深刻，氣不粗豪，故雅。

徐昌穀、高子業皆以高雅勝，又能自成一家，所以爲難。後學之師古人，仿古則太似，離古則太卑，惟徐高可無愧色。

薛君采《論李何》詩曰：「秀逸終憐何大複，粗豪不解李崆峒。」「粗豪」一語是學杜通病，不獨崆峒如是，二李皆然。惟杜茶村學杜沉著精煉，不蹈此病。茶村真老杜之功臣也。

四皇甫篤意《選》體，特六朝之優孟衣冠耳，苦乏真精神。

陳眉公詩頗清雋，論者謂其在王、李上。然與論詩須先觀其家數，後定其優劣。家數大者，語雖闊，不可繩以小家家數；家數小者，語雖工，不可繩以大家。

鄆南田精於寫生，亦工於詩。嘗見其五言古詩，體近六朝，亦雅人也。

昌樂閻考功詩學陶公，又加之以峻潔。余最愛其句云：「白雀依人静，青蟲墜面涼。」又句云：「烟中霜葉淡，風際落花涼。」兩押「涼」字，俱雋絶。

沖澹一派雖不得列於大家，亦可於大家匹。是以司空氏言詩首重「雄渾」，次列「沖澹」。或以爲在大家上，殆猶畫家尊逸品於神品上也。

雄渾如陳思王是也，沖澹如陶彭澤是也。此二家照耀古今，如日月之經天，江海之行地，未有能出其右者。

衛夫人謂：「多力豐筋者聖，無力無筋者病。」此言雖是，恐啓浮筋露骨之病，不如坡公「細筋入骨無人知」爲盡善。詩到神化時，不見其用力，而力在句外。

張、王樂府雖似新警，了無音節。楊鐵崖又在張、王之下。太白樂府雖出鮑明遠，實青於藍，以其有奇氣兼有仙韵也。自漢、魏以來，有奇氣兼有仙韵者，太白一人而已。

余家舊藏唐伯虎畫册，簡貴處幾不欲落筆。後見吴遠度擬作，惟恐不盡，便有上下床之分。可知作詩貴簡不貴多，以多取妙，斯不妙矣。

蘇、李贈答是生别作死别，又兼無限心事萃於一時，欲其不言，得乎？看他何等簡淡。

蔡文姬《幽憤詩》發露太盡，似非漢人詩。然建安以還，恐無此筆力，其序述亂離情事，慘刻而真，仍有蒼古渾樸氣象，當即文姬作無疑也。《孔雀東南飛》一首可與爲敵。

今人每曰：「以文言道俗情。」夫既曰「俗情」，安得有「文言」？古人詩有似俗而雅者，乃是常情出於至理，非俗情也。

孔子於《三百篇》獨取「思勿邪」一語，蓋詩所以言情，雖聖人不能於情外責人。其情之正者，禮義而已。

觀魚鳥便於魚鳥有會心，看山川便於山川有遐想，此詩人隨處寄興，冥合萬物而不滯於物者也，俗士安可語此。

讀《莊》、《列》諸書，往往有詩思。其言多寓言，筆多奇筆，理多妙理，故趣味近詩。吾曹大開眼界，廣辟法門，即古文書畫之意可以入詩，不必學漢、魏、六朝、四唐、兩宋人韵語，方是學詩。近欲疏枝大葉作一詩，仿董源畫，尚未能成。私擬源畫曠遠，詩家所未有，宜備此一種。古人觀蛇鬬而悟書法，看雲起而知畫理。意之所在，雖異物可以類推。若執定古人成式，揣摩形肖，何足貴乎？詩欲盡空倚傍，方可獨立門庭。

朱子五言古出於陶、韋，又能原本六經，故格高而有物。邵堯夫詩雖不能樵古，然其佳者頗多。悟道之言，不可無此一種。李長吉詩搜險創奇，嘔心吐血而後成，所以享年不永。韋應物神恬氣静，又無枯槁之習，所以年登大耋。詩之一道，足以徵天壽乃爾。

「正」有法可尋，「奇」非神解不能。神解非思索所及，亦非思索所不及。暗中試弄，了無著力處，忽得之意想之外，擲筆大叫，覺有鬼神在旁。

思入微際，多不可曉。有從奇處得者，有自淡中來者。皆在有意無意之間，不可限以方圓。有意，意也。無意，亦意也，惟不意於意者知之。始於有意，終於無意。無意之意，非意所到也。

詩畫無他奇，不過意匠而已。然非筆墨之妙，不足以達之。其可解者筆墨也，意匠不可解也。辭如米，意如精液。米非精液不能成味，精液非米不能飽人。人飽於米，不飽於精液。雖可以生肌肉，不可以益精神。米可以示人，精液不可得而示人也。味可語人，其味在酸鹹之外者，不可得而語人也。辭得意而不浮，意得辭而不隱。要之意到微妙處，辭亦難達。惟稱意以措辭，則意因辭顯，辭因意彰。二者相需而成，然只是一個意。

意到難解處求之辭，辭到難解處求之意。辭、意俱不可解，則凝神靜慮，以聽其自解而已。有一物必有一物之意，其物之俗者，無論其物之雅者。如水仙之意近仙，菊花之意近隱，蓮花之意近君子，牡丹之意近富貴，皆意也，不因言而見者也。人能知花中之意，則能知詩中之意矣。

辭欲副意，意欲逼古。居今之世而必求合乎古者，古人之意已盡，不能復有所加也。强出新意，則卑矣，纖矣。

五言古意至劉宋而盡，七言古意至李唐而盡。

釋氏云：「如海一滴，味具百川。」學詩者不可不知此義。然須多讀書，盡得其膏味，融會貫通，久之若忘，始達斯境也。

學詩須先立志，忠信廉耻，以端其本。然後肆力於子史，以廣其識；博覽詩文，以盡其才。及至下筆時，尋常意思，等閒話頭，説出來自與人不同。何也？其胸次、筆墨迥異於人故也。古人過人處只是如此，無他異也。

跋

詩無定體，却有定理。高下短長，必中繩墨；進退伸縮，必合規矩。此其有定者也。然筆之所到，意即隨之；意之所到，理即隨之。理自然而活潑，不可限以高下短長、進退伸縮之數也。故有定之中，仍歸無定。而高下短長、進退伸縮之數，又非可以意爲者。是有理焉，以爲之主宰，爲之節制。而後行乎其所不得不行，止乎其所不得不止，而自然之度合矣。故無定之中，仍歸有定。余著《詩話》若干條，率言規矩繩墨。夫規矩繩墨可以爲法，而不可以爲法外之法。吾願世之好是道者進求其理焉，可也。故《詩話》既已付梓，又爲之跋如此。咸豐癸丑秋七月澹園居士識於攬古軒中。

（吴忱、楊焄、張宇超點校）

聲調譜闡說

聲調譜闡説提要

《聲調譜闡説》一卷，據光緒十年刊本點校。撰者鄭先樸（一八二〇—一八五六），字久興，湖南長沙人。諸生。有《求是齋詩集》。書首有道光三十年自序，即成於是年。係就趙執信《聲調譜》加以闡説，原譜「不肯明言」者，「皆明言之」。其大要略爲：五言以齊梁體爲古、律之過渡，七言以初唐體爲古、律之過渡；後世盡去之者，即可爲純古、純律體，保留之則生出古詩律調之種種問題。故於五言即詳説齊梁體，於七言則除詳説初唐體外，再增一柏梁體。其言甚明達。然又分著成五言與七言句圖式，七言尤以每句下三字之不同平仄組合爲據，分爲八部，以八卦對應，每部八句，八八六十四，每句首字可平可仄，成其所謂百二十八種調，則不免拘於齊整而不適用於作詩、解詩矣。又作五律與七律拗調圖式，亦聊勝於無。此書又題泰和姚頤增評，姚爲乾隆三十一年進士，鄭氏所據，或爲其評本。又「總論」有一則「原譜」謂「歌行轉韵者可以雜入律句，借轉韵以運動之，純緜裹針，軟中自有力」云云，乃沈德潛《説詩晬語》中語，非趙譜也。

序

余幼讀《聲調譜》，猝不能解，竊怪同此平仄，何律調易知、古調獨難也。稍長，請於先叔父鶴舟夫子，得聞其略。厥後取唐宋名家詩遍閱之，益覺豁然。方知古調非難知，作譜者故匿其指耳。今春卧痾一室，無以自娱，取舊譜而詳説之，編成一卷，題曰《聲調譜闡説》，期於闡發其旨，無使閱者猝不能解爾。

道光三十年三月，長沙鄭先樸序。

一、古詩聲調之紊，始自齊梁。學者欲合古調，必盡去齊梁之調。原譜於齊梁體僅録唐人擬作五詩，又不言其聲調之獨別，使人茫然。今悉詳説之。

一、七言内唐初體實別有聲調，少陵以下往往效之。原譜無一字言及，幾使人妄疑古賢之失調。今特補論於柏梁體後。

一、因園原譜後，列李賀《十二月樂府》，《四庫全書總目》疑其不可解。愚按：所標平仄與古詩同，而必別立此條者，蓋此公好與漁洋爲難。漁洋嘗謂樂府別是聲調，體裁與古詩迥別。因園不以爲然，故立此條以破其説。其取李賀此篇者，取其五七言皆備也。

一、原譜於聲調宜忌不肯明言，僅就古詩點出，使人自悟。今皆明言之，不待閲者思索也。

聲調譜闡說

益都趙執信原本　長沙鄭先樸闡説
泰和姚頤增評

總論

原譜云：「詩之由來，皆爲樂也。樂之節奏，不可一音不諧；詩之平仄，不可一字不論。西涯云：『詩有具眼，亦有具耳。具眼主格，具耳主聲。』漁洋云：『毋論古、律，正體、拗體，皆有天然音節，所謂天籟也。唐、宋、元、明諸家，無一字不諧。』第其譜俱爲枕中鴻秘，世不經見，昧者且有寧律不諧無使句弱之説，間見一二，揣摩有得，又不能了然於口，後學所以鮮師承也。」

先樸曰：聲調之弊有二，一曰蹇澀，讀去令人口吃；一曰低沓，讀去令人氣索。低沓由於入律，蹇澀由於用齊梁調及柏梁調。

原譜云：「徐蓋山曰：『古詩調猶可入律，律詩調必不可入古。如寫八分不可參楷法，古文不可入時文腔也。』」

先樸曰：入律之戒，惟平韵七古最嚴，平韵五古次之，仄韵詩又次之。平韵七古，惟出句可用律調，對句即宜用古調。平韵五古，上句不律，下句可律；下句不律，上句可律。但不宜兩句純律耳。

仄韵詩，若摩詰「聲喧亂石中，色静深松裏」，工部「照室紅鑪促曙光，縈窗素月垂文練」一聯，亦屬無妨，但不可於上下聯中，再用相粘律句耳。至四句换韵者，其聲調有二：有用古調者，杜、韓是也；有多參律調者，初唐及元、白是也。二體蘇、陸兼用之。

原譜曰：「五古與七古不同者，七古平韵單句末字忌用平聲，五古平韵單句末字正宜用平聲。至仄韵詩，則平上去入間用，與七古同。」

原譜曰：「凡古詩押平韵者，若下句是律，上句末字宜平。如：『借問大將誰，恐是霍嫖姚。』『恐是』句律，『誰』字平是也。押仄韵者，下句是律，上句末字宜仄。如：『愁因薄暮起，興是清秋發。』『興是』句律，『起』字仄是也。如此則雖雜律句，仍是古調。七古亦然。」愚按：平韵詩出句或用律，而末字平，亦妙。如：「突兀壓神州，峥嶸如鬼工。」「突兀」句律，而「州」字平；「憶昔初蒙博士徵，其年始改稱元和。」「憶昔」句律，而「徵」字平是也。仄韵亦然。平韵七古出句末字忌用平聲，唯是律句不忌。

原譜云：「拗律乃仄韵正調。」五七古皆然。

原譜云：「仄韵時用律句參之。」愚按：五七古皆然。

原譜云：「仄韵詩三句俱律，但不粘亦可。如『言入黄花川，每逐清溪水。隨山將萬轉，趨途無百里』是也。」愚按：七古亦然。如「豈聞一絹直萬錢，有田種穀今流血。洛陽宫殿燒焚盡，宗廟新除狐兔穴」是也。

先樸曰：一聯中，一句律，一句拗，仄韵詩可用。如原譜所録「感此懷故人，中宵勞夢想」，及「相望試登高，心隨雁飛滅」是也。七古亦然。如「模糊半已似瘢胝，詰曲猶能辨跟肘」，及「厭亂人方思聖賢，中興天爲生耆耈」是也。

原譜云：「歌行轉韵者，可以雜入律句，借轉韵以運動之，純緜裏鍼，軟中自有力也。」愚按：四句換韵者，如《西洲曲》、張若虚《春江花月夜》、東坡《送戴蒙赴成都玉局觀》之類，純用律調。如杜《渼陂行》、韓《瀧吏》之類，仍用古調。二者皆正格。若六句換韵，八句換韵者，斷不可多。參律句宜用古調，微特少陵《花卿歌》、《丹青引》諸作如是，觀樂天《長恨歌》純用律調，而首段一韵八句，便用古調，亦可悟矣。

原譜云：「字有揚有抑，平去爲揚，入上爲抑。凡單句末字，必錯綜用之，方有音節。如以入聲爲韵，第三句或用平，第五句或用上，第七句或用去，大約用平聲者多。然亦不可泥，須相其音節變換用之。但不可於入聲韵單句中，再用入聲字住脚耳。雖唐人亦間有用者，却不用爲妙。即平韵詩單句末字，亦宜上去入三聲間用。」

五言句圖

先樸曰：五言句調非古即律，無不入格者，不似七言有柏梁調也。其别爲齊梁調者，須合數句論之。

（平仄）平平平平　古　　（平仄）仄仄仄仄　古
（平仄）仄平平平　古　　（平仄）平仄仄仄　拗
（平仄）平仄平平　古　　（平仄）仄平仄仄　古
（平仄）仄仄平平　律　　（平仄）平平仄仄　律
（平仄）仄仄仄平　古　　（平仄）平平平仄　古
（平仄）平仄仄平　律古　（平仄）仄平平仄　律
（平仄）平平仄平　拗　　（平仄）仄仄平仄　拗
（平仄）仄平仄平　古　　（平仄）平仄平仄　拗

先樸云：五古自《十九首》至陶謝，音節悉合，間有失者，不過百中之一二。及齊梁而大變，讀去似律非律，似古非古，蓋古詩衰而律詩將出之候也。洎乎唐代，名家輩出，法度日嚴，律則純律，盡去齊梁之拗强；古則純古，兼無漢魏之疏失。於是齊梁間古律雜糅之調，以入律詩謂之失粘，以入古詩謂之落調。作古詩者，但取齊梁調而盡去之，即古調矣。

原譜云：「總之，兩句一聯中，斷不得與律詩相亂。」愚按：相亂即齊梁調，唯仄韵中間有似律而仍爲古調者，詳見總論中。

先樸曰：拗律固是仄韵正調，平韵中亦可用之。如原譜所録「秋色有佳興，况君池上閒」，及「潭嶂積佳氣，蘡英多早芳」是也，但平韵忌一聯中一句拗一句律耳。

先樸曰：四句中，一句是律無妨。如原譜所録「石徑陰且寒，地響知遠鐘。似行山林外，聞葉履聲重」，及「時與道人偶，或隨樵者行。自當安蹇劣，誰謂薄世榮」是也。

原譜云：「平韵詩末二句入律，盛唐人時有之。」

先樸云：初學有捷訣，但取句圖中古句拗句用之，絶不粘惹律句，自然合調。

齊梁體

先樸曰：齊梁體，原譜太略，今詳言之。又原譜所列五詩，皆唐人效齊梁之作，今愚所論，即引齊梁詩，庶不至數典忘祖。

先樸云：詩至齊梁，詩之衰也。杜曰：「恐與齊梁作後塵。」韓曰：「齊梁及陳隋，衆作等蟬噪。」蓋字多繁縟，句皆對偶，體格本介在古律間，故音節亦古律相雜也。但對偶之習，自劉宋已然，音節之乖，則始自齊人耳。

五言之齊梁，猶七言之柏梁也。凡律調、古調、拗律調，及拗律、古詩中不可用之調，無不入格。

齊梁體有通篇皆律獨拗數句者，如徐孝穆《山齋》詩，賀力牧《亂後别蘇州人》詩。有通篇皆律獨首尾用古句者，如江文通《南還尋草市宅》詩、《經始興廣果寺》詩。有八句純律者，有六句純律者，有四句純律者，有四句純律却不粘者。平韻如文通：「輶軒通八表，旌節騖三秦。聽歌酬敏對，繼好佇行人。」仄韻如子山：「奔河絶地維，折柱傾天角。成群海水飛，如雨天星落。」又如謝宣城：「交藤荒且蔓，樛枝聳復低。律不粘。獨鶴方朝唳，飢鼯此夜嚎。」仄韻如宣城：「北拒溺驂鑣，西龕收組練。江海既無波，俯仰流英盼。」江海句不粘，却是律。以上皆尋常古詩所忌。

押平韻者，四句中三句是律，固齊梁調。即四句中兩句是律，末字又上下諧，無論上下聯粘不粘，皆齊梁調。如江文通「日落長沙渚，曾陰萬里生。藉蘭素多意，臨風默含情」，陰鏗「洞庭春溜滿，平湖錦帆張。沅水桃花色，湘流杜若香」，此一聯皆律者。謝宣城「高閣常晝掩，荒階少諍辭。珍簟清夏室，輕扇動涼颸」，一三古，二四律。又「海暮騰清氣，河關秘棲冲。烟蘅時未歇，芝蘭去相從」，一三律，二四古。范龍彦「田家樵采去，薄暮方來歸。還聞稺子説，有客款柴扉」，一四律，二三古。沈家令「生平少年日，分手易前期。及爾同衰暮，非復別離時」，一四古，二三律。此上下聯各帶律句者。若分作兩處，可入古詩；在一處，則齊梁調也。以一聯論，每喜用一句拗一句律之調，如何水部「念此一筵笑，分爲兩地愁」，沈家令「夢中不識路，何以慰相思」，庾慎之「鷹與雲俱陣，沙將蓬共飛」，拗律無此。庾子山「望氣求真隱，伺關待逸民」，拗律無此。又多兩句皆律却不粘者，如何水部「少壯輕年月，遲暮惜光輝」之類。以上所論，皆平韻古詩所忌，仄韻却無妨。

押仄韻者，四句中三句是律，若句句不粘、末字不諧者，爲古調；句句相粘，末字亦諧者，爲齊梁調。如庾子山「人生一百年，歡笑惟三五。何處覓錢刀，求爲洛陽賈」是也。

七言句圖

先樸曰：七言句調除半律外，皆不論第一字。除半律及「〔平仄〕仄仄平仄仄平」二種，柏梁調及「〔平仄〕仄平平仄平仄」二種拗律外，皆不論第三字。所喫緊者，在下三字。今以下三字爲主，取百二十八種調，分爲八部，以便記憶。

乾部 ☰

〔平仄〕仄仄仄平平平　古

原譜云：「下三字平，第四字必仄。」愚按：恐其入柏梁調也。又曰：「如第四字平，則第六字必仄以救之。」愚按：今離部後四調是也。

〔平仄〕仄平仄平平平　古

〔平仄〕平仄仄平平平　拗古

〔平仄〕平平仄平平平　拗古

〔平仄〕仄仄平平平平　柏梁調

原譜云：「此種句調，止可用於柏梁體，尋常古詩不可用，轉韵尤不可用，用則乖音節矣。」愚按：仄韵詩亦無以柏梁調作出句者。

〔平仄〕仄平平平平平　柏梁調

平仄 平仄平平平平　柏梁調

平仄 平平平平平

兌部 ☱

平仄 仄仄仄仄平平　古

愚按：下三字用「仄平平」者，第二字、第四字皆宜仄，首二行所列是也。或曰：首二行所列，亦柏梁調，特原譜未言耳。

平仄 仄平仄仄平平　古

平仄 平仄仄仄平平　律　半律

平仄 平平仄仄平平　半律

平仄 仄仄平仄平平　柏梁調

平仄 仄平平仄平平　柏梁調

平仄 平仄平仄平平　柏梁調

愚按：此行及下行所列，尋常古詩中間有用者。原譜云亦宜酌之。

平仄 平平平仄平平　柏梁調

離部 ☲

平仄 仄仄仄平仄平　古

仄平 仄平仄平仄平　古

仄平 平仄仄平仄平　拗古

仄平 平平仄平仄平　拗古

仄平 仄仄平平仄平　拗

仄平 仄平平平仄平　拗

仄平 平仄平平仄平　古

仄平 平平平平仄平　古

震部 ☳

仄平 仄仄仄仄仄平　古

原譜云：「下三字用『仄仄平』者，其第四字必仄，如『紫金百餅費萬錢』是也。若第四字平，則第二字亦必平，如『城門人開掃落花』是也。」

仄平 仄平仄仄仄平　古

仄平 平仄仄仄仄平　古

仄平 平平仄仄仄平　古

仄平 仄平平仄仄平　律　半律

平仄
仄仄平仄仄平　柏梁調

愚按：此本半律，因拗第三字，於調已乖，故古律均不用。

平仄
平仄平仄仄平　古

平仄
平平平仄仄平　古

坤部 ☷

平仄
平平平仄仄仄　古

平仄
平仄平仄仄仄　古

平仄
仄平平仄仄仄　拗古

愚按：七仄之句不可連用，如《韓碑》詩：「入蔡縛賊獻太廟，功無與讓恩不訾。帝曰汝度功第一，汝從事愈宜爲辭。愈拜稽首蹈且舞，金石刻畫臣能爲。」「入蔡」句、「愈拜」句皆七仄。中「帝曰」句「功」字用平以救之，下文「文成」四句亦然。

平仄
仄仄平仄仄仄　拗古

平仄
平平仄仄仄仄　古

平仄
平仄仄仄仄仄　古

平仄
仄平仄仄仄仄　古

平仄
仄仄仄仄仄仄　古

艮部 ☶

平仄　平平平平仄仄　古

平仄　平仄平平仄仄　古

平仄　仄平平平仄仄　半律　律

平仄　仄仄平平仄仄　半律

平仄　平平仄平仄仄　古

平仄　平仄仄平仄仄　古

平仄　仄平仄平仄仄　古

平仄　仄仄仄平仄仄　古

原譜云：「下三字用『平仄仄』者，第四字必須仄，如『還朝豈獨羞老病』是也。」愚按：此部後四行皆是也。又按：如第四字平，則第二字亦須平，如首二行所列是也。

坎部 ☵

平仄　平平平仄平仄　古

平仄　平仄平仄平仄　古

愚按：此句第三字仄，故拗律中不用。

平仄　仄平平仄平仄　拗

平仄 仄仄平仄平仄 古
平仄 平平仄仄平仄 拗
平仄 平仄仄仄平仄 拗
平仄 仄平仄仄平仄 古
平仄 仄仄仄仄平仄 古

巽部 ☴

平仄 平平平平平仄
平仄 平仄平平平仄
平仄 仄平平平平仄
平仄 仄仄平平平仄
平仄 平平仄平平仄 半律
平仄 平仄仄平平仄 律 半律
平仄 仄平仄平平仄 古
平仄 仄仄仄平平仄 古

原譜云：「七古凡一韵到底者，其法度悉同。謂平韵、仄韵同。惟仄韵詩，單句末字宜平仄閒用，平韵詩單句末字忌用平聲。若换韵者，則當别論。」

原譜云：「平韵詩起句不押韵，落字不宜平。如『張生手持石鼓文，勸我試作石鼓歌』，不學可也。仄韵詩起句不押韵，落字仍可仄。如『憶昔北尋小有洞，洪河怒濤過輕舸』是也。」

原譜云：「上句雖不論，亦宜少拗，乃健。」愚按：平韵、仄韵皆然。

原譜云：「平韵七古，出句下三字皆仄，對句下三字皆平，此老法也。」

原譜云：「大抵平韵詩，出句第五字宜仄，對句第五字宜平，此一定之法。」愚按：此言殊不可泥。對句第五字平，可用之調二十六，此外六種仍不可用。對句第五字仄，不可用之調十六種，此外十六種仍屬可用。出句第五字仄，固無不合，出句第五字平，亦有可用之調二十種。詳見句圖中。

原譜云：「换韵者間以律句無妨，若一韵到底者，斷不可雜以律句，大抵以第五字爲關捩。彼俗所云『一三五不論』，不惟不可以言近體，亦不可以言古體也。」

又云：「换韵似律無妨者，惟仄韵不拘，至平韵句，仍以第五字用平聲爲正。」

原譜云：「九字句，衹以下七字爲主。」

原譜云：「柏梁句雖是古調，止可用於柏梁體中。至於尋常古詩不可用，轉韵尤不可用，用則乖音節，當細辨之。」愚按：柏梁調杜、韓時用之，杜如「少壯幾時柰老何，向來哀樂何其多」，韓如「街東街西講佛經，撞鐘吹螺鬧宮庭」。或疑二公失調，或又引爲口實，謂柏梁調到處可用，皆非也。蓋二公所用柏梁調，係兩句連押兩韵者，斷章取義似柏梁體，故用之無妨。亦猶少陵《大食刀歌》，雖通體二韵，而二韵中句句用韵，似柏梁體，故有「鐫錯碧甖鸊鵜膏，龍伯國人罷釣鼇」等句。太白《廬山謡》雖係轉韵，而中一段句句用韵，故有「金闕前開二峰長」之句。古人於此，大是不苟，但後人不必效，故東坡、放翁則無之。

柏梁體

原譜云：「柏梁句句用韵，雜律句其中，猶不用韵之句。偶入律調，下句救之也。」愚按：亦不可兩句相粘，致如律詩起聯。《飲中八仙歌》「長安市上酒家眠」以下三句，純是律調，不學可也。

原譜云：「柏梁詩《大官令》云：『枇杷橘栗桃李梅。』語本可笑，後人效之，遂成體裁。昌黎《陸渾山火》『鴉鴟雕鷹雉鵠鵾』，及坡翁《韓幹牧馬圖》『騅駓駰駱驪騮騵』，陳後山《上蘇公》『桂椒柟櫨楓柞樟』，林艾軒《資中行》『鐘鎛鼎鬲匜盤盂』，韓子蒼詩『蓴藕藷芋蘘荷薑』等句可見。然史游《急就篇》『鯉鮒蟹鱓鮐鮑鰕』、『竽瑟箜篌琴筑箏』、『騂騩騅駮驪騮驢』、『牂羖羯羠羝羭』已在前矣。若仰山答潙山云：『瓶盤釵釧券盂盆。』禪語偶亦相似。至鄧林『鴻鵠鵾鵬鵰鶚鶻，鱒魴鰷鯉鰋鱨鯊』，用之律則非體。」

唐初體

先樸曰：唐初五古，尚沿齊梁陳隋餘習，七古亦別有音節，雖係轉韻，却與尋常轉韻者微別。尋常至六句一轉，八句一轉，必用古調。唐初往往一連六七句，純是相粘律調。如盧昇之《長安古意》首段八句純律。武三思《仙鶴篇》「宛轉能傾吴國市」六句、劉希夷《代悲白頭翁》「公子王孫芳樹下」六句，亦復如是。又喜用一句拗、一句律之調，如駱賓王《帝京篇》：「翠幌珠簾不獨映，清歌寶瑟自相依。」又「久留郎舍終難遇，空埽相門誰見知。」此等句實齊梁之隔日瘧，匪唯一韻到底之古風不可用，即四句換韻者亦不可用，在仄韻則無妨耳。

先樸曰：右丞《老將行》，工部《洗兵馬》、《古柏行》，微之《連昌宮詞》，皆參用此體，故詞藻富麗，隊仗齊整，而聲調亦多入律。

先樸曰：唐初體亦詩中不可少之格，少陵所謂「不廢江河萬古流」也。然綺麗有餘，矯健不足，終非正格。何大復以爲在少陵之上，何其謬哉。

五律句圖

不論仄平平仄——不論仄仄拗平仄

平平仄仄平——
- 平平平救仄平救上句
- 仄拗平平救仄平救本句，亦救上句

不論平平仄仄——
- 不論平仄拗平救仄救本句
- 不論平仄拗仄仄古句

不論仄仄平平——
- 不論仄平拗平平古句
- 不論仄平拗仄救平古句

七律句圖

不論平仄仄平平仄——不論平不論仄仄拗平仄

不論仄平平仄仄平——
- 不論仄平平平救仄平
- 不論仄仄拗平平救仄平

不論仄不論平平仄仄——
- 不論仄平平仄拗平救仄
- 不論仄不論平仄拗仄仄古句

不論平不論仄仄平平——
- 不論平不論仄平拗仄救平古句
- 不論平不論仄平拗平平古句

原譜云：「平仄仄仄拗平仄，及平仄平平救仄平四種句，名當句拗，亦名雙拗，下句救上句也。平仄平仄拗平救仄暨仄拗平平救仄平三種句，名單句拗，亦名單拗，本句救本句也。」

先樸曰：凡仄仄起一聯，拗則必救，不可獨拗上句，如「花隱掖垣暮，啾啾棲鳥過。吾舅政如此，古人誰復過」之類。平平起一聯，正宜獨拗上句，因下句不可拗，拗即古句，如「遥憐小兒女，未解憶長安」、「清新庾開府，俊逸鮑參軍」之類。此言拗體中正格也，變格則不盡然。

原譜曰：「不入律而猶可用者，平平仄仄仄，如『身輕一鳥過』下句「槍急萬人呼」之類。仄平仄仄仄，如『往還二十載』下句「歲晚寸心違」之類。已似古句，便宜酌用，若仄仄平平平，平仄平平平，全是古句，古人間施於通首皆拗之篇，不效可也。又平平仄平平暨仄仄平仄平，不可入律，人猶知之。至仄平仄仄平，律中從無此等句法，人多不知者，則『一三五不論』之説誤之也。」

原譜云：「五平聲成句，惟古詩有之，律體絶無。若五仄句如『積水不可極』、下句「安知滄海東」『白日若不落』下句「紅塵應更深」之類。又有參一平聲字於句首，如『幽意忽不愜』、下句「歸期無奈何」『河漢不改色』下句「關山空自寒」之類。又有平聲字在句中，如『萬物都寂寂』、下句「堪聞彈正聲」『雨洗山木濕』下句「鴉鳴池館清」之類。中必有入聲字，對句第三字必平，此亦唐律句之一。」

原譜云：「七言止於五言上加平平、仄仄耳，拗處總在第五、六字，其第五、六字即五言之第三、四字。七言之仄仄平平仄仄平，即五言之平平仄仄平。此句五言第一字仄，第三字必平，故七言第三字仄，第五字必平，如『横笛短簫悲遠天』、『山雨欲來風滿樓』、『水鳥帶波飛夕陽』之類，不可勝指，不如是不成律也。各種拗法、救法，除上二字，與五言盡同。至若『春風三百九十橋，愧我十年感遇詩』，兩『十』字皆不諧而用之者，當時長安語音讀『十』如『繩』，絶非妄下，但今人斷不可效也。」

原譜云：「工部『雲白山青萬餘里』句，『萬』字仄，『餘』字必平，『餘』字救『萬』字也。『萬』字仄，『山』字亦必平，若第三字仄，仍落調矣。」

原譜云：「工部《和裴迪早梅》詩及《所思》等篇，起句便拗。俗云拗第三句方可，誤也。」

原譜云：「凡拗律詩，無八句純拗者，其中必有諧句。如上四拗，下四諧，上六拗，下二諧。或中間拗，前後諧。若不粘不諧，定是古詩。」愚按：此言亦不可泥。如原譜所録「不信最清曠」一篇，通體不粘不諧，而實非古詩也，但此體不多見耳。

説詩淺語

説詩淺語提要

《説詩淺語》一卷，據道光三十年刊蹄涔詩文集本點校。撰者俞鋕，字芷衫，浙江平湖人。有《蹄涔詩文集》。俞氏學詩於徐熊飛。此卷附於《蹄涔集》後，雖云「淺語」，實甚自負，特署名「春水船長年三老隨筆」，取老杜「春水船如天上坐」與「長年三老遥憐汝」之意，自命詩船掌舵手也。其説各體，五古有六七種，而以漢魏六朝及初盛唐爲正宗；七古有四五種，而不廢長慶體、梅村體；五律又分四體，而以七律爲最難，故閲人詩，「及七古出，而本事畢露；七律出，而無一毫遁形處」，諸語雖非創論，然主各體之别，要言不煩，所見甚當。間或闌入自家心得，如論七絶三、四兩句一呼一應，只作一句解；聲調專講一入聲字之用等，此誠爲初學之可造材發矣。於本朝詩大抵推漁洋，亦屬正宗。餘則不甚入法眼。「近有鉅公大家」云云，即指隨園。又拈出竹坨之《風懷詩》嘲戲之。不滿郭麐，故有《讀郭摘瑕》之作。論詩則服膺吴喬《圍爐詩話》，爲摘數則，蓋兩人皆重比興，而好爲駁論之性格亦相仿也。

説詩淺語

春水船長年三老隨筆

詩説古多矣，類皆繁徵博引，某詩佳，某詩佳，卷帙雖多，無當於詩法，入門之捷徑。唯有明徐迪功《譚藝録》一書，論作詩精微深造極則，但取徑過高，措辭典奥。在已成者，精益求精，開卷有益；若在初學，有不驚其言如河漢者幾希。近多不棄謭陋，問道於盲，若不先爲提清門户，縱評泊工拙，使人茫無泮岸，將工者工在何處？拙者拙在何處？俱不可解。因拈論數則，以當揮麈清談。病餘枯坐，旁無典籍可稽。迅筆疾書，不用文飾。故曰「淺語」，非敢自稱爲詩話也。

論樂府

樂府自四言、長短句、五、七言，古今各體皆有之。其氣味古樸，聲調圓厚，另有一種神理。要其字皆合乎律吕，調必諧乎宫徵。往古或然，輓近以來，恐但求貌似而已，如填詞家之倚聲，未必可盡播管絃也。

近體如雲卿《獨不見》、太白《清平調》、王龍標《塞上》諸作，是樂府，不是律絶，須細心體會得出來，方爲善讀詩者。

古樂府多不可解之語，大抵是當時方言。又有讀不斷之句，是其中有闕文，慎不可曲爲穿鑿，以貽「妃來呼豨」之誚。

論五言古

五言古詩，實權輿於《三百篇》，如「誰謂雀無角」、「知子之好之」之類，不一而足。自是而後，至漢爲盛。《十九首》及蘇、李贈答，是爲此體之祖。古樸不雕，味厚情摯。降及建安，洎乎曹魏，文采漸增，古質稍降。晉、宋以下，間用隊仗。陶公之太羹玄酒，謝家之山水方滋，最爲傑出。然源同派別，風旨各殊，總之不離乎正宗。此一體也。

齊梁以後，對工調叶，漸將由古入今，而變之未盡，尚在不古不今之間。是又一體也。

五古轉韵，胎源樂府，而《定情詩》、《西洲曲》是其濫觴，須要輕倩靈活。此又一體。

有唐初盛古今，分别判然。王、孟、高、岑、韋、柳，模山範水，爲千古不祧之正派。而杜老、白公，則間有叙事體參互其間。至少陵《北征》、玉谿《行次西郊》等作，洋洋纚纚，一氣千言，又五古中别開生面也。

韓、孟聯句，鑱刻險峭，又闢一徑，所謂愈出愈奇。以上各體益以樂府，大約有七種。此種之句調字法，不得雜糅彼種。稍有闌入，在門外觀之，何嘗不是五古，未免爲識者所笑耳。

論七古

七古，古亦有之。其源實出於孔子《臨河》、《楚聘》、《獲麟》諸歌，暨楚騷「沅有芷兮澧有蘭，思公子兮未敢言」等句，宛然歌行聲口。殆項羽《虞兮》、漢高《大風》，武帝之《秋風》、《瓠子》，以及平子《四愁》、子桓《燕歌》，遂開出蹊徑。六朝以降，靡靡之音，似律非律，固不足道。至有唐而諸體咸備，各不相雜。約而言之，大較不出四、五種。

句句用韻，胎源柏梁。而別出機杼，亦可施之。他題但用句須堅强古樸，大忌參入律句，致成敗調。

一韵到底宜平，不甚宜仄。杜老固無所不可，餘子用仄，終覺稚弱耳。取昌黎《石鼓歌》、樊南《韓碑》二詩，熟讀千遍，自能理會得。

轉韵七古，最易流利合拍，大抵平仄相間爲妙。大作手或連平連仄，然難於自然鬥筍，必慘淡經營到一氣呵成，始覺天衣無縫。有兩韵一轉，三韵一轉，四、五、六韵一轉者。

長慶體規模四子，而氣韵稍新，蓋轉韵而宜參律句，樂天《長恨歌》、微之《連昌宫詞》是其祖也。至近時，吴祭酒專於用此，激昂哀感，幾欲青出於藍。

此外，尚有義山之黑，長吉之幽，任華之奇，盧仝之怪，皆別出新裁，以求異人之撰。余以爲如有諸公之才則可，無諸公之才則不可也。

總論五七古

昔趙秋谷宫贊問古詩秘訣於漁洋山人，山人曰：「難言也，工夫到則自然合法耳。」秋谷慍之。及晚年作《聲調譜》一書，言古體平仄自有一定之法，舍此則爲敗調，取唐、宋諸名家詩以實之。其書雖拘，頗有益於後學。後見翁覃溪先生小石帆山房《聲調譜》，更廣其意，多趙書三倍。言古詩字字須講，尤令人不可捉摸矣。其實五古平押者，第三字切須平。仄押者，第三字宜用仄。七古關捩，在第五字，亦如之。五言轉韵及《選》體、七言初唐體、長慶體，皆不拘此例。至於全體奥妙，雖萬言不能盡，欲著書以曉人，難矣。漁洋之言，又何嘗不是耶！

論五律

五律有四體：一樂府。一莽蒼悲壯，如右丞「風勁角弓鳴，將軍獵渭城」、少陵「感時花濺淚，恨别鳥驚心」之類。一有神無迹，如襄陽「挂席幾千里，名山都未逢」、右丞「不知香積寺，數里入雲峰」之類。其外有對仗整齊而佳句可摘者，又一體也。大忌直白輕率，吾師白鵠山人所謂「五言時文」、「七言尺牘」，則詩律掃地矣。

論七律

凡學詩，莫不先會七律。而不知七律之難，昔人所謂「代不數人，人不數首」。譬如挽千鈞之弩，只到得七分地步，總不能彀十分。凡閲人詩集，開卷或五古、五律，驟難辨别根底，及七古出，而本事畢露；七律出，而無一毫遁形處矣。蓋律之爲言法也，五十六字虚實相生，銖兩悉稱，一字弱不得，亦一字俗不得。其氣自首至尾，暗中貫串，而不覺八句各有身分家數，如第一句有第一句身分，第八句有第八句身分是也。絲忽移易不得，此其所以爲難也。

第一句要如飄風驟雨，颯沓而來，又如所謂亞夫將軍從天而降。蓋此題題理、題神根生於此，不可不鄭重落手，以爲一篇綱領。不得輕率出場，如戲劇中小丑者然。第二句承上，稍平衍着實。蓋上句如天半飛濤，從龕、赭兩山洶湧而入，狀如怪峰惡嶺；及至内江，一落千丈，其勢雖平，而演漾跳盪不已，是此句神理。三、四爲一篇正面，要骨重神寒，鏘金戛玉，如「江間波浪兼天湧，塞上風雲接地陰」、「旌旗日暖龍蛇動，宫殿風微燕雀高」，如明人「四塞河山歸版籍，百年父老見衣冠」、「白首應憐班定遠，黄金先賜霍嫖姚」，近世如王文簡「吴楚青蒼分極浦，江山平遠入新秋」、「高秋華嶽三峰出，曉日潼關四扇開」之類，斯爲極則。而要莫難於第五、第六者，蓋上聯調法隨我所欲，此聯頂上聯而來，氣欲相貫，而語必更端，既恐複調，又恐鬧韵。平頭、蜂腰、鶴膝等病，種種奔凑，要儘力洗伐出來，另開一種境界。如遊穹窿山者，上聯是三十六殿金碧輝煌，此聯是迤逦出山，長松古澗，瑶草琪花，天然不致夾雜。於此益見一聯情、一聯景，或一聯據今、一聯用古，是斷斷不易之論矣。而尤莫難於七、八二句矣。今一篇到結穴歸宿處，既欲鎮壓得住，不致頭重脚輕，又須虚虚籠住，大忌將意義盡情説盡。要如神龍掉尾，雲中鱗爪，隱約似有若無；又如鳴琴既闋，餘韵悠然，必用泛指傳出，所謂言有盡而意無窮。嗚呼，蓋至是而七律之能事畢矣。是即所謂「代不數人，人不數首」。爲此説者，亦苦能説而不能行耳。

詩須字字填實，著不得幾箇虚字。凡承接轉圜處，只用半箇字作關捩。如「返照入江翻石壁，歸雲擁樹失山村」，「翻」字、「失」字是也。「左徒舊宅猶蘭圃，中散荒園尚竹林」，「猶」字、「尚」字是也。

詩與文迥然兩樣。文不妨直説，詩必須比興而出。文中應用字，不可入詩；詞、曲字不可入詩；尺牘字尤不可入詩。嘗跋《小雲廬詩本》云：「詩者，蓄積於中，醖釀而出，如酒之非水，如乳之非穀。」語雖不多，自謂確中窾要矣。

凡詩須慘淡經營，通體醖釀，自首至尾，仍歸一氣呵成。不可逐口唾出，處處見補綴接筍之痕。

詩不止但論平仄，平仄中陰陽聲當講。又不止但論陰陽，三仄中上去入當講。神而明之，自成一片宫商。嘗有句甚佳而聲調不響者，緣缺一箇入聲字耳。故每句必得一入聲字方好。如上句入聲不得已而多著者，下句可無入以救之；如無入而句佳者，或緣陰平聲用之得法耳。

論五絶

五絶，今體中近古者。要説得含蓄不露，言有盡而意無窮，斯爲佳構。二十字中，有旋乾轉坤之力。譬遇大題，以一篇雜列千言，長古中不覺缺漏，方稱奇作。又有樂府一體，純乎天籟，別自不同也。

論七絶

七絶以清新爽脆爲妙。規模稍小，措語亦須輕倩。且關捩在第三句一呼，而本意在第四句一應，三、四兩句十四字只作一句解也。一、二語尤須疎疎敘下，使下二句壓得住，是此體本色。大忌頭重脚輕，或四句無疎密輕重之別，則不佳矣。

論雜體

外有數目詩、生肖詩、一字至十字詩、三言詩、六言詩、九言詩、五平詩、五仄詩、回文詩、禁體詩，皆遊戲神通，非大方家數，不可學也。七言長律亦非正體，唯應試或有之。唯五言長律，自唐以來，代有傑作，須句調不複，段落分明，不妨閒一涉筆。

凡工力未充，慎不可作長短句。蓋古來名人之作，行乎其所不得不行，止乎其所不得不止。篇中如干字，多一字則贅疣，少一字則缺陷。或長或短，皆若天造地設。每見今人近體未成，輒摇筆學青蓮歌行，補綴割裂，如山歌盲詞，真令人嘔出酸餡也。

馮補之論律有二義：一如法律之律，則首必貫尾，句必櫛字，對偶不可舛也，層次不可紊也。一如音律之律，則雙聲宜避，叠韵宜更，輕重不可逾也，清濁不可淆也。若夫平頭、上尾、蜂腰、鶴膝之類，尤當諄諄致辨云。

崑山吴修齡喬論詩甚精，著有《圍爐詩話》。《柳南隨筆》録十三則，今又節録其七。云：「作詩者不可有詞而無意。無意則賦尚不成，何況比興！唐詩有意，而託比興以雜出之，其詞婉而微。宋詩亦有意，惟賦而少比興，其詞徑以直，如人而赤體。明之『瞎盛唐詩』，字面焕然，無意無法，真是木偶被文繡耳。」

「意喻之米，飯與酒所同出。文喻之炊而爲飯，詩喻之釀而爲酒。文之措詞必副乎意，猶飯之不變米形，噉之則飽也；詩之措詞不必副乎意，猶酒之變盡米形，飲之則醉也。醉則憂者以樂，喜者以悲，有不知其所以然者。」此條與余與朱小雲觀察論詩書昒合，特益精詳耳。

「詩之失比興，非細故也。比興是虚句、活句，賦是實句。有比興則實句變爲活句，無比興則實句變成死句。許渾詩有力量，而當時以爲不如不作，無比興、下死句也。」

「詩苦於無意。有意矣，又苦於無辭。如聶夷中之『鋤禾日當午』云云，意則合矣，而其辭率直，又迫切，全無詩體。」

「五、七言律，皆須不離古詩，氣脈乃不衰弱。而五言尤甚。」

「詩意大抵出側面，鄭仲賢《送別》云：『亭亭畫舸繫春潭，只待行人酒半酣。不管烟波與風雨，載將離恨過江南。』人自別離，却怨畫舸。義山憶往事，而怨錦瑟，亦然。文出正面，詩出側面，其道果然。」愚按：「文出正面」四字不能無弊，夫正面何嘗有好文章耶？

「作詩學古則窒心，騁心則違古。唯是學古人用心之路，則有入處。」

以上各條，皆先得我心之所同然，可知平生持論之苛，非敢創爲杜撰之説也。其實名之曰詩，固有不得不然者。近有鉅公大家，日拈一題，隨手謅成，皆飲酒徵逐之事。歲刻一卷，煌煌等身，臚列官銜，如《縉紳録》。又有江湖小品，尖纖淺薄，千篇一律，萬口雷同。此詩道之厄運，梨棗之奇禍，而其人乃翩翩然自詡爲「詩人」，人亦群然以「詩人」目之，殊可笑也。

温柔鄉語，斷斷不可犯之。試思此爲何事，可公然形諸筆墨耶？義山《無題》，實仿《國風》、《楚騷》之遺意，借美人、香草以寓君臣朋友之離合，非實事也。若微之《會真》、致光《香奩》，則公然實寫，已非正則。近代如《疑雨集》之專工此體，曲意摹繪，幾與《秘戲圖》並驅争先，何爲也哉！長洲選詩獨不登馮定遠、王次回兩家，最爲有識。

唐堂集唐，借「香屑」以見儲材之富、運思之巧，是天地間另外一種才子奇書，又不當以「香奩」斥之。

竹垞《静志居琴趣》，刻劃艷情，淋漓盡致。然别爲一卷，可存可删。唯集中閑情間見《風懷》二百韻，曲折寫去，覼縷可尋。設使晚年鬚鬢皓然，孫曾臚列，忽一人離席而起，請教「梅陰雖結子，瓜字尚含瓤」十字作何解説，不知翁將何以爲辭也。

凡閲人詩集，不必看詩，先看製題，雅俗迥判。趙雲松觀察自詡「天下第三人」，其《甌北集》十二册，開卷有《醃菜》、《美人》、《風箏》等題，便欠雅人深致矣。

近日，郭頻伽先生詩名藉甚，耳食者心悦誠服，其聲稱在雪廬先生之上。銈嘗訪諸先生，先生啞然而笑，不置一辭。然其《靈芬館詩》四集發價甚昂，不脛而走，余獨未之見也。昨朱小雲觀察見示近代名人詩十餘種，始得寓目。其佳處固出入小倉、忠雅之間，而大堪捧腹者，亦指不勝屈。因作《讀郭摘瑕》一小卷，異日當出而共論之。

讀郭摘瑕

讀郭摘瑕提要

《讀郭摘瑕》不分卷，據蹄涔詩文集本點校。撰者俞銈生平見《説詩淺語》提要。按郭麐乃嘉、道詩壇一名家，詩格屬隨園一路，故爲俞氏所不喜。所摘四十餘句，誠不入目，而《靈芬館詩集》今存四千餘首，瑕瑜互現，畢竟瑕不掩瑜。即如《寄懷隨園先生》實爲二首，另一首「昨得先生全集讀，從朝至夜眼昏花」云云，亦復粗率；然此題亦非無佳作，如《呈隨園先生袁枚》二首即甚有章法，前一首「園疑昔日曾窺處，人似平生未見書」寫初見，後一首「生尚識公休恨晚，天留此老亦情多」發議論，追慕之意即恰如其分，而公勝園之意則生峭矣。乾嘉之際詩風丕變，頗有嘗試以文爲詩者。俞氏力主詩、文兩體有别，有「酒之非水，乳之非穀」之喻，遂不能容靈芬館之「粗率」矣。沈濤《匏廬詩話》曾記郭麐與徐熊飛移居嘉興，一時并立爲二詩派，一主性靈，一主氣韵，各有信衆。而俞氏大爲乃師聲名不如頻伽抱屈，故有此摘瑕之作也。

讀郭摘瑕

春水船長年三老隨筆

讀《靈芬館初集》至《四集》竟，才氣横絶一時，誠未易到。然金沙雜陳，披之簡之，殊屬費力。蓋刻意求新，祧唐宗宋，仍不能出楊、陸之範圍，終落近代鉅公窠臼。昔人所謂大中隨園之毒、不可救療者，其此之謂與。間有辭不達意處，摘出以俟大雅，非敢效《正錢》《談龍》之故習也。盛名之下，世人耳食者多，恐不免蚍蜉撼大樹之誚。請陳一二，與同人共討論焉。

「奴隸皆華堂，我門能無篳」，「惡詩多得官，好詩多抱山」，「好人無高官」。

此數語嫌太過。罵世而不能出以藴藉，徒覺牢騷。且何以處華堂而非奴隸者，得官而未必惡詩者，好人而現居高位者？總之，詩以比興爲工。直遂説盡，其流不至於此不止也。禰正平謂劉表曰：如此之作，將使張子布見之耶？時馬小眉觀察爲君刻詩，儀徵中丞、賓谷都轉皆極意稱揚，而顧以「奴隸」、「惡詩」、「惡人」大駡之，使人齒冷。

「凡我同盟例要詩。」

「例」字最俗。時人以爲好。「甌北之名流，例有虎丘詩」亦然。「要」字亦俗。上四字襲盲左，下三字中俗字居其二，尚得謂清新俊逸乎？

「只消幾枕懵騰睡，又過一番菡萏花。」

「懵騰」、「菡萏」，清濁相懸天壤。此律詩頷聯也，全首精神所注，而率略如此。雖日賦萬首，又何難哉！

「似言辛苦成何用，便到渠儂作麽生。」

佛偈耶？番譯耶？一字不可解矣。

「明月春於緑，美人氣之秋。」

上句不解。下句亦太殺風景。

「先生鼻觀真奇絶，一出門來聞酒香。」

酒鬼。船上人皆能之。

「但得長年飽喫飯，不辭高處學脩仙。」

總之不離乎俗。

「只有蜻蜓比我早，立荷葉上等花開。」

於理未確。「螻蟻也知春色好，倒拖花瓣上東墻。」自是佳句。蓋上句「也知」二字，有下句證成之也。「等花開」，誰則知之？

「生本非狂皆欲殺，世何所見亦交推。」

上句「皆」字已隱一「世」字在。然則世之交推又何人也？且交推而鄙薄之，曰「何所見」，則并知己者亦一筆抹殺之。真殺風景語，非特自相矛盾而已。即殺李推袁，典亦破甚。

「幾樹花殘幾樹纔，看花何必等齊開。」

「纔」字押脚嫩甚，且與上「殘」字雖韵異而音同。下句淺率，如唱攤頭。若八九歲小學生作此，記責手心一次。

「君過四十我亦幾。」

「幾」者，幾幾乎亦將四十也。李、杜、韓、蘇有此體否？

「又被君家鴟夷約。」

七絶第三句也。此從《金縷曲》第四句通過來，亦輓近俗套也。

「海水摇空魚鼉嗟。」

甲魚嘆氣，確是新奇。

「疾雷半夜或摎逋，唤起高卧懶嵇康。」

《喜雨》七古。開天闢地自有七古以來，從未有此一調法。趙秋谷宫贊已亡，翁覃溪先生及見，何不以聲調譜切實教之。

「與君但得長相見，此别固應無盡頭。」

夯些的仙家，也解説不出。

「共言至性應無有，爲告傷生亦過中。」

批同上。

「算人間世只如此，但去來今或不同。」

批同上。

「人來故國閒何闊。」

《水滸》山歌云：「我無妻來猶閒可，你無夫來實孤恓。」聖歎批「猶閒可」三字：不通，好笑。此句「閒何闊」三字，更好笑於「猶閒可」矣。

「寒林矗矗森。」「迴船涼露篛篷溥。」

詩之所以佳者，全在神韻。神韻之妙，可以歌，可以泣，皆由一片宫商，耐人咀味，抑揚婉轉，讀之百千萬億遍而不厭也。「矗矗森」、「篛篷溥」，試請高聲朗誦，欲不笑而不得矣。

「衝黑從知吏不何。」

不敢誰何也，押韻牽强。

「碌礡場寬牛矢堆。」

「情知『春草』『池塘』句，不到柴烟糞火邊。」野田景色無邊，何至料量及牛矢堆耶？然則坑深落糞遲，亦不妨災梨禍棗矣。

「請鄰招我嚼復嚼。」

雖曰有出，亦俗不可耐矣。不知有牛矢堆否？一笑。

「鄉里善人差足矣，諸侯上客亦何哉。」

與甌北「問道於盲君誤矣，望風而拜我甘焉」同其腐，而無其爽。虛字押脚，雖曹劉、杜韓，亦必無佳句，況他人耶！

「老至養生視後鞭。」

七律起句，不知所云。

「螢流千百鐙。」

與「寒林矗矗森」同一調也。

「便到寒冬未冰自注：去聲。兢。」

按首句「詩懷漸減酒懷增，便到寒冬未」此十二字，何等平庸軟熟，忽着「冰兢」二字，如請生客一般。「冰兢」非必不可用也，或崛强拗七古可耳。

「元日今朝一事無，三翁袖手笑都盧。」

難道袖了手，都盧、都盧、都盧，笑了這一日？

「定爲情死爲愁死，是不能尋不忍尋。」

詩入魔道，遂有此種不可解之語。「是」改「非」字，尚可解。

「紫蜨黄蜂商略晴。」

蜂有聲而蜨無聲，如何商略？昔有人吟「五更鼓角吹殘月」句，自鳴得意。一童子云：角可吹，鼓不可吹。聞者啞然。

「人笑小時何了了，天能予畀不區區。」

即一《三國》、盲左，用得拖泥帶水。第二句仍舊不懂。

「未愁後進供聊爾，多恐兒曹付忽諸。」

嘗言理語不可入詩，而況非理語。文語不可入詩，而況尺牘語。不求甚解，是真好詩；萬不可解，乃真惡札矣。可歎！

「算猶未是歸人棹。」

是詞非詩。就是詞，亦非絶妙好詞。

「答言我亦欲東耳，不識君知夫驥乎？」

惡札。

「自家要做秋深意。」

「自家」言天也。近詩惡習，往往有之。漁洋、竹垞，亦料不到此。

「小女問耶可作詩。」

隨園詩曰：「嬌癡小妹憐兄貴，教把宫袍著與看。」已謂不可向邇。不謂其流遂至於此也。

「舉頭問月爾何意，月亦不言所以然。」

咳！

「思量結个竹籬笆，各色花枝也要些。」「竹槍籬外輕雷過，羊眼豆花朵朵開。」

吾邑薙髮匠《鏡池樓詩集》，誓不肯作此等語，而名却甚近。始知普天下同聲拜服者，固别具一種肺腸也。

「忽然何處聞大笑，窗紙鑽一癡蒼蠅。」

時人俯首拜服，尊爲東南第一手者，想專爲此等奇句耳。幼時讀趙雲松觀察「盆池忽漫一聲響，閃出一條金鯽魚」，意疑金鯽魚閃出盆池，未必有聲響，而顧裝腔作勢出之，殊爲可笑。不謂靈芬主人欣然慕之，乃另出機杼，作此二語。真奇絶也。

凡此皆就句論句耳，至於篇法之可議者，更僕難數，拈論一首於左，餘可類推。

寄懷隨園先生

「憶别先生又一年。」

細思此語，普天下書房中冬烘先生，考棚中破頭巾，小學生初解平仄者，書場上唱盲詞朋友，不知幾千百萬萬，何人不能道？

「隨園風景定依然。」

平平尺牘語。

「不知樹更幾圍大。」

先生錯矣。既曰「定依然」，又曰「不知」，其矛盾一也；别僅一年，樹更大幾圍？無此大得快的樹，其破綻二也。俗語所謂「朝種樹，晚乘涼」，原來不錯。

「可有詩從萬口傳。」

怎麼没有？

「性不佞人何況佛。」

情景參錯，氣勢聯絡成律，然不足爲公等語。即一「不」字，兩聯中罔知避忌，且俱用在上一句。然則作律詩又何難耶？

「事唯欠死恐成仙。」

諂諛俗格。

「舒舒淮水明明月。」

不費力。

「或約重來待放船。」

既曰「或約重來」，又曰「待放」，只一意連下若干虚字，而語仍未醒。可怪亦可憐已。

竹垞有言，開卷第一首便是七律詩者，必無佳作。此語誠然。然作詩之難，未有難於七律者。起筆難，首二句承筆更難；頷聯轉筆難，頸聯合筆尤難。收聯故諸詩或可以藏拙，而七律一出，工拙立辨矣。

閨秀録

閨秀録提要

《閨秀録》一卷，據光緒十一年刊本點校。撰者孫兆溎，字子香，江蘇崑山人。曾入林則徐幕府。有《花箋録》。按卷末有二則記及道光二十七年丁未事，書當成於此年後不久。孫氏一門女眷多能詩，平日又留意搜輯師友内眷之詩作、詞作，而成此一卷。内亦偶有袁隨園三女弟、林少穆夫人等名流。雖篇幅無多，然多爲親近者，每能由詩及人，較嘉道時漸盛之閨秀詩選、詩話有情味也。

閨秀録序

光緒乙酉，歲在旃蒙作噩，仲冬之月，梅花未蕊，葭管朗吹。蜜雪盪空，凍雲沈夢。青氈困其寒抱，素志耿其孤芳。雁影不來，鵬程未上。一燈淒絶，五内焚如。俞子筠仙從申江寄到《閨秀録》一編，屬叙片言。披而讀之，則皆閨中吟詠，才媛思婦之詩也。粉白黛青，五香十色。貞木剛勁，幽蘭馨馥。蕩纏綿之淚，抒婉轉之懷。萬花弄春，群鳥囀曉。或借題以寄興，或即景以言情。或句索珠樓，傳爲韵事。或人來瑶圃，播入美談。要皆莊而不挑，麗而有則。織蘇氏之綿，詠謝庭之絮。稱班家才女，錦繡胸羅。富寧文書倉，珠璣口吐。莓苔古緑，宫絹新黄。語本大方，詞非側艷。播之歌詠，又何愧焉。然而墜玉誰收，零金易散。空有鶯花之感，難傳巾幗之名。此集珊網羅珍，金閨翦錦。必使新聲永繼，佳話長留。山鐫翡翠之珉，世護蘭茗之玉。他日風微人往，境過情遷，讀是編，猶想見其風流餘韵也。梁溪健初鄒守中序。

閨秀録

崑山孫兆溎子香甫輯　石室居士録

餘姚孫清簡鑨夫人精制舉業，決科第得失如影響，其叔鑛受長嫂之教，得捷南宫。又漢陽蕭方伯丁泰入黌爲上舍，其内子閲其文，輒塗乙之。庚子偕行入都，沿途討論，至入試日，曰：「第可綴榜尾耳。」果名籍將盡。因出都僻處，日夜課之。及春，稍色喜，謂：「子工力盡矣。奈天姿不超拔，技止此耳。但可望本房之首。」遂舉第八名，王斗溟士昌所拔也。婦人之能詞賦者多矣，未有能工帖括者，亦天地鍾靈之創格也。聞林少穆先生夫人能讀《漢書》，作古文。鏡帆太史得力於母教者居多。余在先生幕中半年，未聞傳説，不知果確否。

錢湘舲宫詹《甘節記》：「余季女淑，字冰如。幼許字同邑王杜胥之子利謙。甫及冠，未婚而夭。女年二十，聞耗一慟幾絶，即毁粧，欲往歸。時杜胥分守東昌，道遠未得驟赴。親串中相爲解釋，志弗移。余憐其志之苦且堅也，告之杜胥，迎之歸。瀕行，泣辭於前曰：『女命蹇，應爾。毋傷懷。』箱篋中祇攜《女孝經》、《古列女傳》，匍匐徑去。於今三年矣。昨冬手緘一函來。並附五言截於後，有『夜來風雪裏，聽得竹聲寒』之句。女素不習韵語，略解章句而已。自歸太原，撫嗣息，纔五齡，課以四子書及古唐詩，繇是漸曉吟詠。今秋杜胥以丁艱服闋，自里門來京謁選。言女性耽寂静，終日手一卷，坐窗竹間，悠然自適，雖飲冰茹蘗不爲苦。因取來詩意境，倩老友少迂先生代寫《聽竹圖》以存其概。

《易》曰『甘節』，又曰『苦節』，兹弗苦而甘焉，斯安之矣。余懷不亦慰也夫。湘舲桼記。」

毘陵趙湘娥能詞，嘗見其詠飛絮詞云：「早抽條，遲作絮。不見花開，衹見花飛處。繞砌縈簾剛欲住。打箇盤旋，又被風扶去。　野塘村，荒草渡，離却枝頭，總是傷心路。待趁殘春春不顧，葬爾空池，恨結萍無數。」又《賣花聲》云：「夢斷小樓頭，宿雨初收。鬧晴蜂蝶上簾鈎，一院海棠春不管，儂替花愁。　吟賞記前游，轉眼都休。風前扶病强抬頭，知道明年人在否，花替儂愁。」此才不減易安。

武林龔定庵舍人好古學博，然恃才睨傲，目空一世。僑寓崑山，晤於李葆馨。座間，出示趙飛燕玉印。印方廣八分許，玉質純粹潔白，絲毫無瑕。紐作鳳形，文曰「婕好妾趙」，鳥篆。據云以七百金易得，誠千古雅物也。聞著作甚富。時正赴公車，行色匆匆，不及索觀。其婦何擷芸能詩，並佳。見其《留别清馨女史》五律云：「氣味花同馥，聰華玉比温。神仙居上界，謫降亦高門。原注：「清馨爲菘圃相國季女。」竹柏前緣在，松蘿雅誼敦。足徵家法古，相業百年存。」「笑我無家者，看山便結緣。偶同棲廡客，不費買鄰錢。鄉夢同思越，離樽又入燕。將何夸别墅，只合署迎仙。」

清馨夫人善詞，録其《送擷芸女史北上》一闋云：「只恨訂交晚，蕙蘭氣質，鸞鳳神情。更堪羨，名姝國士相並。心欽，是前緣定。苔岑合，第一知音。貽新句，愧玉温花馥，褒錫平生。　銷魂，分離太易，驪唱愁聽聲聲，況穠花如夢，春水方盈。丁寧，記同心約，鱗鴻便，問訊須頻。江南好，正綺窗梅放，偕我思君。」此調短音促節，殊不易填，乃《臨江仙》變格也。

蔣春漪女史立玉和擷芸女史原韻云：「未見傾心久，相逢笑語温。論交初逐隊，問誼本通門。絮果塵蹤合，蘭言譜系敦。殷勤頻握手，定有古風存。」「明月三人夢，青山萬里緣。揮毫宜補畫，卜宅未名錢。自笑長爲客，相期共入燕。陽春原寡和，學賦媿游仙。」

丁亥夏仲，葆馨又出示其夫人和作云：「林下翩翩秀，風姿賦淑温。臨池工衛格，寫韻富班門。地借聲名重，情因洽比敦。神仙欣在望，松石此間存。」「流水襟懷契，清風邂逅緣。爲憐山繞屋，何惜俸餘錢。雅集開東閣，聯吟訂北燕。臨歧珍重意，瀛海佇登仙。」嗣後葆馨補官入都，緣事出口，清馨悒鬱不得志，亦即珮返瑶池。十數年間，流離顛沛，扼腕殊深。幸葆馨於丙午年得沐賜環玉門生人，而其喆嗣小馨德儀即於丁未春捷南宫，入詞林。日上蒸蒸，後起正無限量，將見葆馨之蔗境彌甘，不大可慰清馨夫人於地下也夫？

松江歸珮珊女史，詩、畫、書法，久已名著江南。先君在鶴沙時，得其筆墨甚多，余幼時取而藏之。後南北遷徙，不知爲何人竊去，殊可惜也。近見其題《醉花圖》三絶，録之：「休問黄粱夢短長，人生快意最難忘。等閒肯放青春過，月地花天醉幾場。」「衆香國裏任盤桓，酒壘詞壇境界寬。九十春光濃似錦，名花最好醉中看。」「花影朦朧月影涼，醉鄉滋味淺深嘗。紛紛桃李輕開落，好向春風種國香。」

孫月坡娶朱氏，號步華。才不逮貌，貌不逮德。《寄外・疏影》詞云：「輕寒小暖，又杏花雨過，草長遥岸。楊柳梢頭，多少春光，漸被東風偷换。銷魂自送孤帆去，便瘦損容顔誰管。但繡窗課女紅餘，有句懶題團扇。回憶連環忍解，帊羅凝淚點，天渺人遠。且喜雙魚，剖得鸞箋，幾度翦燈重氈。平安算把離愁慰，奈此際，情懷難遣，更夜深悄入鴛幃，顧影恨添梁燕。」月坡寄内詞附録：「東風送暖，漸小池解凍，緑生芳岸。橋畔誰家，深掩柴門，又見桃符新換。看花懶趁香車去，便悄去也無人管。歎此身飄泊天涯，忍覔玉釵羅扇。休悵歸期未定，亂山阻客夢，山遠水遠。試問粧臺，昔日鄰娃，可到綺窗閒氈。黄昏翠袖添愁緒，且暫把吟箋逍遣，莫繡牀只課描鸞，不管舊巢雙燕。」

陶稚雲婦張氏次珊，爲秀水閨秀，鴻案分箋，常相酬唱。《寄外》詩云：「夜深紙帳穩兒眠，起剔銀燈更擘箋。寄語山郎無别事，自家珍重自家憐。」「也因家計太蕭條，匹馬河山不憚勞。消得旅愁春儘買，莫教消到沈郎腰。」

余長姊雲仙適錢氏，姊丈德齋，湘齡宫詹姪也。後得痰迷之症，家故中落。姊親操井臼，苦力持家，以勞力太過，得疾不起，時年三十有八。喜吟詠，工五律。《七夕》云：「七夕期良約，雙星會在秋。停梭辭貝闕，吹笛到瓊樓。鵲作橋梁渡，雲爲筏楫浮。明朝依舊隔，耿耿漢横流。」《雁字》云：「雁字排來穩，分行托太虚。藍憑天作紙，白借羽成書。飲啄沙汀集，翺翔蘆荻居。知時秋候至，得氣有誰如。」《晚香玉》云：「潔白容如玉，飄飄送晚香。清姿梅並潔，素質菊同芳。蕊浥三更露，葩含一片霜。冰肌誰得似，月下美人行。」《自歎》云：「自歎貧如洗，誰憐薄命人。思親惟有淚，念弟倍傷神。女泣嫌衣敝，兒啼索食頻。不堪書寄遠，媿赧欲沾巾。」生子三。長名鳳生，年十六，以大興籍入泮。又不幸夭折。二三俱失業，家愈落。姊柩尚浮厝京中，風雨剥落，鬼幾餒而，一何命薄至此！

二妹藍仙適武林汪氏，妹倩笠樵，雨園宫詹第三子也。妹幼喜丹青，先君作畫時，恒樂侍不倦，盡得六法之妙。以故，都中大家閨媛争相求購，爲之紙貴。其尊嫜虚白老人，巾幗才子也。有《不櫛吟》行世。嘗爲余題《梅雪美人圖》云：「明月從教問後身，歲寒同傲一枝春。滿天香雪供吟眺，不是羅浮夢裏人。」「妙手丹青洵足誇，輕籠紅袖倚横斜。傳來紙上無雙艷，好並人間第一花。」筆意高超，洵係老手。妹從之學韵語，頗得詩中三昧。亦爲余題前圖云：「枝南枝北兩相迎，對影成雙品最清。緑萼仙姿堪作伴，漫嫌覿面總無聲。」「滿林白雪映蒼苔，莫認羅浮夢裏開。一笑披圖春色早，糢糊疑道是蓬萊。」詩甚有作意。妹爲先慈所最愛，遠歸京邸，不免有望雲之想。壬午歲，先慈見背，妹哀傷逾分，又以所生不育，抑鬱成疾，竟以甲申花朝日合掌禮佛而逝，時年二十有九。大雷之痛，其能已耶！余有哭妹詩三十六韵，存稿中。

三妹鶴仙歸蘇州韓氏，妹倩小螺，晚香二尹長子也。妹尤慧美，鍼黹外即就余討論聲韵，並就子均弟學畫，均有神悟。作畫作詩，較兩姊尤勝。惜於道光丁亥遽棄塵凡，年僅二十三。不意余之女弟兄皆作曇華之現，殊令人欲問蒼蒼也。《題墨秋海棠》云：「欲向西風寫絳仙，秋光宜淡墨痕鮮。旁人漫擬楊妃醉，畢竟娥眉虢國妍。」「籬邊牆角一枝枝，雨洗風梳巧弄姿。最喜繡餘閒坐處，新磨墨汁當焉支。」《題菊花芙蓉》云：「西風料峭畫難工，閒弄丹鉛作淡濃。白帝也憐秋太素，黄花開處問芙蓉。」《畫海棠》云：「閒仿邊鸞寫折枝，幾番絲雨淡胭脂。描來小院黄昏後，正是花眠月上時。」「雪綴雲裝花萼輕，海棠枝上月三更。不須更點銀光燭，已照紅粧分外明。」《題芝蘭並秀圖》云：「芝是神仙種，蘭爲王者香。圖來團扇上，挹處自芬芳。」《爲花洲三哥畫梨花墨海棠系以長句》云：「春容旖旎春風艷，滿眼芳菲顏色蒨。桃花含笑泛紅雲，柳葉凝烟亞金線。」「東皇妙手擅丹青，竟把乾坤作畫屏。繪將簇簇繁華景，染出閬閬大地春。」「果然造化聰明者，濃淡勻調自幽雅。玉宇誰真搦管揮，金閨儂亦拈毫寫。」「自憐腕力太纖纖，且學邊鸞傍鏡奩。要將螺黛奪天巧，不遺胭脂上筆尖。」「墨鮮粉膩都珍重，海棠却共梨雲夢。箇中無限玉樓春，折來宜向瑶池種。」「洗盡嵰山紅雪芳，相映寒山白雪香。嬌艷差同銀世界，風光應勝碧雞坊。」「涼風倏倏落眼底，飛絮撒鹽兩堪擬。畫成更爲阿兄題，暝炎時節清涼矣。」各詩用筆用意，均極綿麗，所恨不櫛耳。妹遠嫁沂水，時晚香任沂水丞。聞其病重，灤泉弟馳往省視，已蓋棺三日。索其遺稿，亦渺不可得。據韓氏人傳述，云臨危之先，自將畫稿、詩箋，及文房畫具、畫籍等物，付之一炬。噫，妹其有隱恨與。

姪女秋容嫁上海曹氏，初不知其工韻語。今春茂林爲余言其姊素能詩，然不喜作，即作亦隨手棄去，鮮有存者。偶於字簏中得其《病起》一絶云：「消磨歲月藥罏中，繡幙慵開怯晚風。病起不知春欲去，下階細數落花紅。」詩筆清婉嫻雅，殆天資明敏，非學力之功也。

長洲秋伊女史張洵和鶴仙《題畫》兩絶云：「絶似當年謝自然，吟烟滴露轉清妍。墨痕更比啼痕好，不向秋階著雨鮮。」「何須競説傲霜枝，何用描成别樣姿。一卷《離騷》一尊酒，惲冰閒煞好焉支。」又和秋容《病起》絶句云：「想見疎慵似夢中，曉愁側冷夜愁風。閒翻樂府情無那，倚遍闌干惜落紅。」

隨園女弟素文，命爲最薄，所適非人，依母氏以終。録其《追悼》三首，是蓋深于情者，何月老之誤人也。詩云：「燕去空粱晚，簾虚素月流。輕羅冷團扇，明鏡掩粧樓。有女憐狐稚，無書問遠游。誰知白楊樹，蕭瑟墓門秋。」「寂寂疎簾裏，飛霜下碧空。殘花啼曉露，病髮落秋風。牉合三生幻，雙飛一夢終。憑棺猶未得，淚盡大江東。」「死別今方覺，生存已少緣。結褵過十載，聚首只經年。舊事渾如昨，傷心總問天。蕭蕭風雨際，腸斷落花烟。」

隨園第二妹名杼，《夢先夫子言別》一律云：「隱隱殘燈滅，郎君入夢時。五年真死別，一夕又生離。未見征衫濕，先教粉淚垂。願移昏作晝，尚可望歸期。」

隨園三女弟，詩以秋卿爲最，嫁汪楷亭孟翊。夫婦唱酬甚得，而又以娩難先亡，可爲命也夫。録其《秋日雜詩》兩首云：「小紅欄外即風塵，榮落空教眼界新。閬苑庭寬仙鶴步，碧梧秋老鳳凰身。寒鷩玉指擎梭婦，忙逼殘陽打稻人。寄語朱門紈袴子，莫教沉醉過蕭晨。」「歎惜梁鴻已暮年，應來林下共耕烟。詩書事業難追步，兒女年華各比肩。黄葉林深初過雨，紅蓮花盡已涼天。孀娥不管人間事，照到儂心亦解憐。」

桐城汪樸齋杰，稼門先生令阮也。以府參軍需次秦中，自言其妻妾皆能，出示其妾李夢仙《春日病起》詩，句云：「愁病懨懨鎮日眠，經春永到曲欄前。花殘幽砌堆紅玉，鶯坐垂楊破緑烟。惆悵不成連夜夢，風寒猶怯晚春天。傷情一對小兒女，會説阿姨瘦可憐。」《詠雁寄外》云：「辛苦年來已備嘗，許多心事付圓吭。塞雲吴水悲迢遞，紅板青旂叫夕陽。夢斷長安一片月，魂銷楚澤滿天霜。稻粱能否差如意，休寫牢騷在異鄉。」樸齋現作湖南大令，稚雲嘗誦其婦次珊《寄外》，句云：「詩慣緘愁還忤俗，酒能行樂亦傷神。吟壇良宴君須記，祇可陶情莫當真。」稚雲頗有狂傲之病，醉後亦喜罵座，其婦規之，可爲切中。

石河旅店有琴仙、素馨兩女郎題壁二律，和者甚衆。琴仙詩云：「何曾有夢到天涯，十二巫山鎖妾家。一線寒光收曉月，半窗香雪落梅花。冰肌乍減涼偏覺，睡眼纔開淚便遮。愁壓錦茵眠未穩，起來强理髻兒斜。」素馨句云：「但教飄泊即天涯，似妾何曾更有家。萬種依人輕若絮，一生薄命蹇於花。三千弱水條條隔，十二巫山面面遮。惆悵鶴羹何處覓，背人偷拭淚橫斜。」余有和作云：「因緣翰墨遇天涯，黄絹新詞屬謝家。但看仙才清似水，可知卿貌勝如花。不堪嬌小風塵走，底事情癡淚眼遮。我亦東西飄泊者，青衫檢點舊痕斜。」素馨有「惆悵鶴羹」之句，似是小青一流人物。重步一律云：「此恨綿綿未有涯，院庭深鎖在誰家。芳情如許同飛絮，愁緒無聊怨落花。秋水伊人明月共，巫山神女暮雲遮。鶴羹未必能醫妬，痴立垂楊日影斜。」

浦夢珠女史和袁蘭邨《臨江仙》並序云：「久深泥絮之悲，復動風萍之感。强收鮫淚，研以麝臍。依數和成，用申惆悵。惟是天名有恨，媧補難全。水號相離，禹疏不到。頻喚奈何，冀逢子野。竟能悔過，尚望連波。録奉壁雙夫人正之。薛濤箋小，難遍傳薄命之詞。秦女笙清，或善譜工愁之曲耳。」詞云：「記得鳩媒來問字，背人悄坐蘭房。偷聽細語説周詳，夢徵誇緑鳳，生甲怕紅羊。道作雙星須傍月，一言難辯荒唐。神仙生豈便隨郎，誤人劉碧玉，貪嫁汝南王。」「記得纚笄侵曉起，畫眉初試螺丸。春痕淡淡上春山，乍驚新樣窄，較似昨宵彎。一樣敷來仙杏粉，難匀怪煞今番。傳聞郎貌玉珊珊，粧成嬌不起，偷向鏡中看。」「記得零丁江上棹，匆匆誤作桃根。竟將入溷作飄茵，夫人城十丈，圍不住穠春。付與閒房教獨守，苔衣繡似長門。小名替改更愁聽，不教行暮雨，偏喚作朝雲。」「記得傷春經病起，日長慵下粧樓。慧因悔向隔生修，草偏栽獨活，花未折忘憂。一幅生綃窗下展，新將小影雙鉤。畫成未肯寄牽牛，只緣描不出，心上一痕秋。」

閨秀李佩金紉蘭，題黃仲則詞集，調寄《金縷曲》云：「展卷靈光放，罨銀屏，玉蕤烟燼，冷吟閒望。讀到夜窗虛似水，百斛淚珠難量。可只爲，梅花惆悵，真向百花頭上死，倩二分明月和愁葬。疏影淡，暗香蕩。奇才合住青冥上，想當時，栽紅暈碧，清狂情況。歎息詞人零落盡，祇有青山無恙。對衰草，斜陽門巷，小雨滴殘秋夢瘦，怪金飈涼透朱櫻帳。正繞砌，亂蛩響。」

吴門女士陳筠湘，號琳簫，詩人施澐之婦也。工韵語，善丹青。所著《九華仙館詩稿》未刻。録其《送外金陵秋試》云：「無端秋思上眉稜，一一輕裝檢點曾。多恐銷魂添別恨，淚花不放到吴綾。」「幾年同聽一樓鍾，小別難禁跳脱鬆。生怕摩霄鵬更遠，秋江轉欲怨芙蓉。」「秦淮湖上好烟波，此去金風柰老何。水榭月華知更好，夜深防取嫩涼多。」

何二我之婦杜采采韵芙，姊妹皆能詩。妹柔嘉適同里某，采采歸二我，傾城名士，鴻案分箋，比翼和鳴，致足樂也。惜紅顏命薄，一例千秋。不及三年，悼亡遽賦。二我與余交最稔，每談其細君，輒涔涔淚下。戊子春，余將赴青門，二我手一編付余曰：「此亡婦《雪蕉仙館遺稿》也。聞君將刻《花箋録》，丐君存之，或可藉此以傳，其許我否？」余曰：「諾。」詩多不及備載，録其《寒食前一日作》云：「火改散新烟，烟飛亂紙錢。錫簫寒食路，細雨杏花天。荒塚啼新鬼，春山叫杜鵑。明朝襄祭事，不敢任春眠。」《子夜坐月》云：「小樓秋老怯衣單，鑪鴨猶温香已殘。風度蝦鬚人語静，露凝鴛瓦月光寒。丹楓葉落芙蓉渚，白雁聲來蘆荻灘。玉笛鄰磋聽不斷，教人那得夢魂安。」《寒食吟》云：「餳簫一聲春寒促，家家盡上青山哭。北山紙灰南山飛，鬼氣從之渡溪曲。新烟漠漠天沉沉，孤客尋魂行不速。風雨無人日暮時，棠梨花下鬼吟詩。」《詠蠶豆》云：「離離豆莢翠烟含，正值蠶家飼早蠶。圓綻幾同梅實七，收成約過月春三。墨花落處青先結，曉露晴時緑正酣。知味端推楊萬里，要欺崖密十分甘。」《春游即事》云：「數聲玉笛捲珠簾，一樹梨花雪壓檐。颺酒旗風何料峭，近寒食雨慣廉纖。王孫拾翠春調馬，高士聽鶯曉載柑。無限幽情吟不盡，門前緑水似雲添。」《意中四時詞》小序云：「二我謀卜居村墅，鮮有合意者。因戲作《四時詞》呈之，非所敢望也，願布腹心。」其詞曰：「小樓社燕作香巢，門對春江緑一篙。應是漁人得仙處，一枝楊柳間枝桃。」「荷花四面坐中央，團扇蕉衫怯曉粧。百樹梧桐千樹柳，未秋庭院已先涼。」「不妨屋舍小如舟，爽滿西山月滿樓。中有詩聲吟不絶，桂花香裏度中秋。」「一宵寒雪玉無瑕，掃得親煎雀舌茶。絶似孤山林處士，檐頭早放玉梅花。」空中樓閣，結撰烟霞，慧質靈心，其設想自有此高致也。

道光辛卯，湖北大水，有沔陽州士人朱凱攜妻秦氏就粟關中。秦氏固年少能詩，弱質纖纖，不堪其苦。流轉至南山時，郭蘭坡維暹爲寧陜司馬，詢訪得之，並索讀其稿，贈以資斧，送之回籍。蘭坡以詩寄余，囑存之《花箋録》。但其詩多瑣尾流離之況，小序云：「辛卯歲大水，家室蕩爲澤國。良人攜妾客游秦關，以香閨葳蕤之質，歷窮途跋涉之艱。百恨纏綿，以歌代哭，非云風雅，聊誌離愁。」《登程》

云：「極目重重盡是山，恨郎攜妾向秦關。行經鳥道魂應斷，步到蠶叢淚更潸。弱柳摇殘枝一搦，香蓮踏破瓣雙彎。遥看故國雲烟障，安得七香車送還。」《旅況》云：「空山逆旅暫爲家，君自酣呼妾自嗟。借剪重裁新鳳履，乞湯始浣舊羅紗。漫將殘粉匀春面，懶畫愁眉戴野花。梳罷臨窗無玉鏡，雲鬟一挽任偏斜。」《客感》云：「千里飄零一葉輕，綺羅香盡衹釵荆。他鄉詩自愁中得，故國花從夢裏評。曲曲崎途腸共轉，寥寥客舍影同盟。滿腔憂思何時吐，惟有空山一放聲。」「愁淺愁深衹自知，難將利刃斷歸思。近來有句皆成哭，到處無言渾似癡。瘦怯惟餘殘息在，心神久共斷魂離。倘君飛旆旋家日，恐是他鄉妾死時。」其他佳句如「夜静誰憐人困憊，挑燈猶補鳳頭鞋。」「春風客路愁飄絮，夜雨孤窗泣杜鵑。」「翠袖惟添新漬淚，羅衣不復舊薰蘭。」「家在夢中翻似近，心無聊處轉如迷。」「谿月送歸千里夢，村雞唱徹五更愁。」「幾尺漲添新雨後，一川波送落花時。」皆可誦也。

余繼娶涂氏名瑩，别號月卿。年十八歸余，性格豪爽，心地聰明。初歸時僅麤識字義，嗣見余吟詠，愛慕不置，因授以唐詩，並教以典故及作詩之法。最愛讀吴梅村、袁子才詩集，如白香山之《長恨歌》，吴詩之《永和宫詞》、《卞玉京彈琴歌》，袁詩之《費宫人刺虎歌》等大篇，皆能朗朗上口，背誦不輟。十數年苦心孤詣，已稍知音韵，偶有所作，居然可觀。録其《題畫菊送韓雪坡夫人赴直隸》云：「瑟瑟西風酒正賒，東籬恰喜鬬霜葩。不知彭澤歸來後，三徑新栽幾許花。」「寫到黄華筆亦香，研珠滴露費平章。描摹要得高人格，不是春花儘艷粧。」「灞橋楊柳望參差，塗路風霜好自持。我藉黄花來贈别，他年記取送行時。」《詠蘭·調寄眼兒媚》云：「烏盆瓦缶素花新，芳草結爲鄰。瀟湘九畹，汀洲叢箭，滿室香勻。芬芳一縷心脾沁，好夢幾時徵。姍姍來也，丹心著露，粉蕊含春。」

淮安王嘻女嫁同里成肇孫。康熙壬午七夕，肇孫赴省試，婦以詩送之曰：「祝君一爵上輕舟，今歲佳辰送遠游。記昔華陽驚水漲，即今燕子逐江流。梧桐露冷雙鈎月，楊柳風飄萬壑秋。此去鵬程應得意，十年心力可相酬。」肇孫試後被放，逃於酒，遂病。臨危執婦手曰：「若讀書知名節乎？」婦曰：「唯。」夫死，越日，女遂自經於柩前。時年二十有四。

武林王維高之女字静姑，性耽書史，喜吟詠，少失恃。家綦貧，勉習女紅，爲易粟計。稍暇，即手執一編，側髻長哦。及笄，許同里余某。于歸前一夕，諸姑姊咸代整奩具甚忙。窺女何作，則據粧案閱《南史》，洋洋意自得也。其夫業賈，鄙樸不文，女抑鬱得疾，不逾年竟死。死後檢其遺稿，得詩百餘首，俱清迥無脂粉氣。内有一篇云：「誰言讀書好，多少青衿牖下老。誰言讀書輕，幾多白屋出公卿。青衿牖下老，每被詩書䛗誤了。白屋出公卿，又道詩書不負人。人言反覆不足信，君子讀書惟安命。」噫，瑣瑣裙釵，乃得此通儒見道語，亦大奇矣。

常州管蘅若之配劉絮窗，阮山先生從姊也。耽詩書，工吟詠，年未四十而殞。曾以傭繡資買唐詩，作絶句云：「遲遲曉日度簾前，堪笑年來此性偏。滿院秋光渾不賞，金鍼贏得買書錢。」《題自畫秦淮圖》云：「車馬踏殘三月草，鶯花閲盡六朝人。閨中不識滄桑境，寫到繁華亦愴神。」《送别感賦》云：「理罷雲鬟展轉思，池塘正值夢回時。近來詩句如春柳，只向東風贈别離。」其他如「門外野桃黄鳥粟，水邊芳草白鷗裀」、「只今籬畔多瓜菜，翻笑黄花似逐臣」、「瀟瀟一夜紗窗雨，欺盡愁人與落花」，皆佳句也。又《行香子》詞云：「柳色纔匀，草色方新，怪東風，釀就離情。絃鳴玉軫，酒泛金樽，奈不銷愁，不銷恨，只銷魂。　極目行雲，是處傷神。看斜陽，又近黄昏。桃花片片，杜宇聲聲，正欲歸春，欲歸鳥，未歸人。」

吾鄉楊五俊幼女名蘭，即王菱江之室也。有句云：「霜瘦曉樓山。」莊刺史炘之女有句云：「燕飛不礙畫簾低。」徐翠鬟有句云：「幾番花信催人瘦，一夜春寒與夢疎」、「一簾細雨鸜哥浴，滿地殘紅燕子忙」，皆爲人傳誦。

肥城張烈婦《絶命詞》，其一曰：「窗明几净學塗鴉，曾向閒庭管物華。此後春光誰是主，年年風雨泣梨花。」

常州才媛楊氏孟貞適某，年未三十而殁。其遺集卓然可傳。如《和伯生姑》云：「却憐二月尚春寒，花信相催杏欲殘。留得一枝紅粉在，朝來獨自倚欄看。」《寄外》云：「揭來飄泊木門城，又見桃花春水生。一語寄君君記取，客舟三度過清明。」《次小姑芝田韵》云：「似動新愁起斂容，仙山海上路難通。年來儂與秋俱瘦，不是愁中即病中。」以上四則皆《風懷録》。

古吴楊雲裳女史題壁詩云：「深閨不慣涉風塵，纔過山邨又水濱。對鏡自憐痴婢立，却言儂貌愈鮮新。」「儂猶作客到天涯，何怪征人遠憶家。但願世間車馬息，莫辜秋月與春花。」「紅顔忍使撲黄塵，回首傷離灞水濱。姊妹閨中應屈指，有人愁織柳條新。」「雙飛燕燕共天涯，忍學吴儂慣憶家。莫笑鈿車忙不住，同登庾嶺看梅花。」「丁亥四月，隨夫子之任粤東，和楊雲裳女史原韵。江右徐蠹窗女史漫筆。」蠹窗，費子夷原配也。

常熟蔣芝生女史宛儀，伯生先生之姑也。能詩善畫，嘗見其自畫紫籐，題《偷聲木蘭花》云：「金鶯啼破窗紗曙，紺架垂垂籠紫霧。一片晴香，濃護湘簾畫影長。料應昨夜群仙醉，揉得絳雲千縷碎。罥住東風，只在秋千小院中。」

「客子題牆故感秋，道途説盡故園愁。青雲得路身安樂，可有功夫憶陌頭。」「浮踪未敢拜嬋娟，新月穿窗怪影圓。誰道清光千里共，可能寄語問吴天。」「金臺女史徐寶華和壁間韵，以寄恨懷，時年二十二。道光三年並誌。」詩雖不工，味其語意，似有難言之隱，不知何人淑配也。同時又有蘇堤女史慧珠題壁云：「隆隆車響撲沙堤，曉露侵衣滑馬蹄。悔嫁金龜好夫婿，安門不及餅家妻。」

吴江繡林女史和琴仙原韵，囑辛田主人代書於壁云：「夢到天涯與水涯，姑蘇臺下憶儂家。依依共折橋邊柳，緩緩同尋陌上花。鄉味久懷雲子滑，晚烟昨把月兒遮。從今共櫂吴江裏，不畏崤函石徑斜。」

山東余小禪國文之母史太君能詩，聞已刻稿。余與小禪同客青門，嘗向小禪索其母夫人大集，小禪尚因循未與也。兹係子鈞弟所鈔示，先録存之。《秋夜感懷》云：「閒庭寂寞夜悠悠，蕭瑟西風起暮愁。花亦有情常入夢，人如無恨不知秋。參空世事千般幻，好勝歡心一旦休。幾樹菩提明月下，亂蛩聲裏看雲流。」《暮秋懷大兒墨農》云：「秋風秋雨近重陽，游子牽心在異鄉。秦地雲山迷望眼，任城花草碎柔腸。歸期未遂淵明願，客邸須懷武伯章。五載思兒難下筆，那禁清淚濕衣裳。」「平安書是病中修，詆犢情深無日休。九月東山悲木落，五年西隴聽猿愁。古槐烏鳥啼殘照，老圃黃花瘦晚秋。一去秦關歸信杳，蕭條萱草不忘憂。」又《懷二三兩兒》云：「瀟瀟風雨灑庭除，透骨秋寒念客居。卧不成眠兒去後，飢常忘食病來初。日籌釜米搜空篋，夜惜燈花望遠書。寄語雞窗各努力，儒衣爭換返衡廬。」

浙江石門女史史筠，號湘霞。史松雨之次女，余春輝之室，即小禪之母也。有《蘿月軒詩稿》八卷。《採蓮曲》云：「采蓮復采蓮，輕舟湖上長。櫓響雜歌聲，鴛鴦水面戲。波動怕驚飛，含羞渾不語。人愛蓮花紅，儂偏愛藕素。藕斷尚絲連，蓮卸香何處。憶遠吟車馬，行時春之初。梧桐葉落秋何如，淒涼憔悴空閨裏。珠箔垂垂獨自居，忽逢雲外秋歸雁。一紙家書如覿面，感君念妾意纏綿。濯指開緘腸欲斷，問君畢竟幾時還。妾已愁消紅粉顏，幾回夢繞關山道。相思不斷如連環，相思相思無處說。捲簾訴與天邊月，明月已圓人未圓。素輝偏照孤幃前，商飈蕭瑟寒機動。蟋蟀聲中愁不眠，小鬟夢囈呼不醒。起來自撥殘燈影，窗前恨煞長鳴雞，一聲啼起霜天冷。」

常熟茂才周蘭君原祺，刻其室人《鏡青樓遺稿》詩，雖不多，而雋永可傳。女史姓姚氏，名蕙貞，號洵芳。幼受業於其伯父子俊先生，遂博通典墳，工吟詠。鏡清樓者，蓋其幼時有「四壁雲迷衣桁白，一樓山映鏡奩青」，爲其伯父子俊所歎賞，因取以名其樓。蘭君與姪輩交，攜以示余。録其《春晚寄椒芬妹》云：「風雨催春去，無聊直到今。愁如飛絮亂，病與落花深。遠磵發幽籟，空林生薄陰。所思憐弱妹，妝閣倦停鍼。」《即事》云：「幽絕村莊景，曾無車馬紛。籬荒圍亂竹，山缺補閒雲。浴鷺隨流水，眠牛映夕曛。機聲聞織素，篝火夜能勤。」《紫瓊仙館即景》云：「偶怡幽境步迴廊，深院無人日正長。書卷抛餘聊作字，篆烟散後尚留香。一簾花影藏朝靄，半畝桐陰做晚涼。燕子自來還自去，舊巢珍重護雕梁。」《湖橋春泛》云：「三月桃花水拍堤，湖橋恰趁野航低。流鶯似惜韶光晚，訴盡春愁不住啼。」「扁舟一葉擬飛仙，劃破璃璃鏡裏天。十里緑楊波面映，眉痕如畫闘山妍。」

方素娟女史《題鏡青樓遺稿·沁園春》詞云：「滴粉搓酥，鏤雪團香，新詩一編。想吟工謝絮，曾邀叔賞，賦成鮑茗，慣博夫憐。山映奩青，雲迷桁白，絶代銷魂句早傳。鴛鴦侶，喜一般才調，一樣華年。　匆匆催返瑶天，悵月照青琴，冷素絃。幸銀鈎細字，猶霏麝馥，金荃麗製，尚叠鸞箋。元相悲懷，潘郎愁緒，觸撥香痕意惘然。空惆悵，望碧城縹緲，難挽飛仙。」又有周潔香女史亦題二絶云：「青山奩鏡掃雙蛾，賸有遺編耐細哦。道藴才華茂漪筆，知君清氣得來多。」「纏綿佳句吐蠶絲，命薄如花繫夢思。從未識君真面目，讀詩疑對畫眉時。」

讀《小詩航詩鈔》，見劉筠湘女史《自題寒與梅花同不睡圖》七律四首，甚佳，録之。詩云：「淡烟薄霧做黄昏，漏洩清輝月一痕。縞袂何人愁獨立，素妝無語欲銷魂。香催庾嶺春猶淺，夢斷羅浮玉不温。間盼隴頭消息杳，悄涼兀自閉重門。」「生怕江城玉笛飄，徘徊佇盡可憐宵。清偕詠絮才原絶，瘦入凌波影獨超。未免有情雙翠羽，最無聊賴一枝簫。孤標恰喜癯仙共，相對幽窗慰寂寥。」「冰肌玉骨艷初胎，肯遣相思一夜灰。花影似潮流夢去，月華如水擔愁來。迢迢紙張鑪香燼，隱隱銅壺漏箭催。疑是音書傳閬苑，翎聲天際鶴初回。」「幾度巡檐耐自看，微茫北斗挂闌干。詠花何處紅羅艷，倚竹渾忘翠袖寒。清露霏珠催警鶴，淡雲掃髻怯驂鸞。惱人最是霜天角，防取腰支帶易寬。」女史名靈簫，小詩航未詳出處，不知何地閨秀也。或云即吴門女士陳筠湘，誤其姓耳。

道光丁未冬，官樗邨以小影屬題，題者甚衆。内有種蘭女史所題兩首，不特詩意清新，字跡亦娟秀。詢之樗村，云女史姓蔡名淑，漢川尉程容齋之室也。本吴縣洞庭山人，寄籍湖南者，現已作孀居嫠婦矣。《題霜天曉行圖》云：「纔聽報雞籌，匆匆佩劍游。嚴霜侵馬足，殘月冷貂裘。世路難先著，功名筆早投。料伊閨閣裏，艷説覓封侯。」《題天際歸舟圖》云：「買得扁舟破浪行，何曾烟水阻歸程。仲宣書劍非無主，張翰蒓鱸恰有情。兩岸白雲潮未落，半林黄葉雁初横。天涯儘有耽游客，合把斯圖仔細評。」

頃與樗邨談及少穆夫人，樗邨出詩兩首示余，曰：「此丁未正月望間鄭夫人所作《殘牡丹》、《殘水仙》兩律也。當時竊意語句不祥。冬月杪聞夫人在滇南制軍署仙游，竟成詩讖矣。」其詩云：「漫云如醉復如痴，默默無言若有思。往日天香曾染翰，祇今國色忍離枝。也知富貴生來種，可是神仙謫降姿。誰解騷人留戀處，霜毫欲寫不成辭。」「依稀洛浦月昏黄，解佩歸來卸晚妝。素質生成冰雪潔，翠衣不藉麝蘭香。憐卿綽綽清如許，對我亭亭静有常。曾是蕊珠宫裏客，暫來塵世閲滄桑。」據此則少穆夫人之能文，似可徵信。

湖南張伯良杰任直隸深州，愛才好客，人比之鄭當時。其配夢仙夫人，爲劉雲房尚書外孫女，美而工詩。伯良曾爲周二南誦其夫人一聯云：「千里暮雲人北去，一帆明月雁南征。」音節甚高。伯良殁，夫人自縊殉節。

片玉山房花箋録・詩話

片玉山房花箋録・詩話提要

《片玉山房花箋録・詩話》二卷，據咸豐二年刊片玉山房花箋録本點校。孫兆溎生平見《閨秀録》提要。此二卷原爲《花箋録》卷九、十，其「閨秀」一卷前人既已單刊，則「詩話」亦不妨抽出單行。《花箋録》凡例謂前十卷成於道光七年丁亥，實則詩話兩卷，卷九記有道光十七年事，卷十下半二十一年、二十二年、二十五年、二十八年、二十九年事不一見，最末一則記事爲咸豐二年，越數則前亦有一則記咸豐二年事，知其成書甚晚，付梓始輟筆也。孫氏有才藝，論詩主性靈而不拘一格。曾隨父銓宦游山左十餘年，道光中又作幕西北多年，兩地加上江南蘇崑吴地，結識詩人雖廣，録詩則有裁鑒，非僅存人而已。同人投詩欲其採入詩話，竟有久置而失記姓名者，可見重詩不重人也。評詩創一「清挺」，似從袁枚評詩之「清」字訣來（又有「英挺」一詞）。自謂最喜梅村體，所録七古之作每以之比，如蘇州錢棨《鐵笛歌》、上海曹樹翹《楊娥曲》、常州董潮《紅豆山莊》、崑山孫啓楙《燕子樓歌》、望江倪文蔚《雉皋故妓行》，杭州王士驤《團扇篇》、吴縣張京度《諸葛武侯銅鼓歌》、山陰朱淥《卿雲萬態奇峰歌》、常熟蔣坊《玉門關》，及秀水陶遂《題醉鍾馗十三鬼趣圖》、《醉後放歌》、《桃花行送劉雪畹之邗上》等，均予全録，以存其叙事委曲完備之長。諸家籍不出吴越，盡顯太倉此體之厚澤，亟可與國初徐釚之《本事詩》前後對觀。又極重七言近體，多録七律、七絶連章之作，頗便通觀一題數首之章法功夫。如周樂道光間山左名家，其《二南詩鈔》已刊，復全録其《秦中雜感》七絶十二首；太倉周賡盛《夷警》七律十二首，以爲不減張船山寶雞題壁之作，亦全録之。其他四首一題之作入録最夥，多爲佳作。選萃而非輯佚，詩話幾成總集矣。嘉道時七言近體大熟，此書或可睹一斑。孫氏與陳僅交識，服膺其爲「大手筆」，録其長篇短制，各體皆擅場。陳氏詩識甚精，作亦相匹也。又記佚名《詩喻》一則，以植物作比，自「陳思王如酴醾」，至「元遺山如杜鵑，虞楊范揭如五色薔薇」，歷代數十家，各喻以一花一木，發揮敖陶孫《詩評》之體可謂極致，亦才人之作也。

片玉山房花箋録・詩話卷上

崑山孫兆溎子香甫輯　姪啓楙參訂

詩話之作，古今浩如烟海，余亦何敢效顰。特以友朋投贈，積聚既多，故彙成卷帙，以備隨時吟誦。或與其人世交素好，而湮没無聞，存其吉光片羽，以寓闡幽之意。並各系以小傳，是以摘錦少而成篇者多，遂取詩話以名其簡端。閲者諒之。詞話例亦倣此。

陸朗夫中丞題其子絅《愛日圖》句云：「百年三萬六千日，一日還須一日工。已惜孩提虚歲月，莫教妻子困英雄。聖賢事業千層上，忠孝關頭一念通。最忌畫圖如畫餅，眼前好看腹難充。」此詩一氣呵成，殷殷垂戒，是大聖賢、大英雄本分語。録之以弁詩話之首。

詩有至情，自然天籟，雖不工亦工。吴郡洞庭東山徐心田理與先文林爲莫逆交。天資豪放，後困丞簿以終，殊可惜也。詩多至性語，録其《送姪之澧州作》云：「送爾澧州去，攜燈話夜闌。寸陰當自惜，長鋏莫輕彈。歲月去人易，功夫到手難。文章隨處是，努力費研鑽。」「切切愁難解，依依泪共揮。莫忘今夕語，還想舊時非。貧賤安吾素，疎狂與世違。男兒能自立，庶可慰庭闈。」

崑山詩人丁璞存潤詩筆雋永，與先君同客津門，唱酬甚樂。性微傲，所如不偶，卒以明經困死牖下。後人亦不振，詩稿未知散失否。恐久而湮没，亟取先君代爲録存者全録之。《將之豫中留别同人》句云：「秋風毷氉憶京華，今古名場笑畫蛇。我豈貪吟梁苑雪，天教飽看洛陽花。無邊鄉夢隨明月，不斷詩情逐晚霞。携得叢殘書數卷，行囊羞澀已休嗟。」「生存零落易悲思，仰屋愁吟煮字詩。乍客心如萍蕩漾，欲歸期較燕參差。禰衡刺笑投人少，祖逖鞭羞著我遲。白下槐花黄漸老，憑誰先到鳳皇池。」「三年魂夢繞中州，聚散何如水上鷗。今我獨能西向笑，故人偏倦北方游。牽蘿空谷猶青鬢，懸帳高堂未白頭。珍重臨歧相慰籍，莫愁觸熱到吴牛。」「無端浪跡似逃名，去去真如一燕輕。千里尚難謀食宿，諸君容易説逢迎。銷磨氣燄論詩筆，收斂鋒芒鬥酒兵。他日乘風馳片羽，暮雲春樹兩關情。」《洛中中秋》云：「良夜忽已寂，客中思悄然。三秋今夕好，孤影獨誰憐。酒渴思千日，禪枯學九年。鄉心無夢達，莫掩北窗眠。」「千里驚秋慣，天涯意不同。白雲鄉夢斷，銀漢客槎窮。花氣珠簾霧，歌聲玉笛風。前塵悟榮顯，慚媿説苓通。」「哀樂中年易，新吾莫作狂。榮枯隨梗迹，毁譽任詞場。鶴唳深宵静，蛩吟秋意長。旅懷當此夕，顧曲笑周郎。時同人咸觀劇。」「戢翼人騎鶴，懷歸客泛槎。孤雲皆有託，旅思獨無涯。浪説白榆影，空聞丹桂花。海天清未極，秋好定誰家。」《洛中除夕》云：「逝水流光可奈何，紅輪莫返魯陽戈。閒中歲自堂堂去，客裏年惟草草過。身健轉嫌能事少，途窮始覺泥人多。酒腸近較詩腸窄，漫擬狂吟捲白波。」「衕齋如竅仄聲閉孤蹤，壯志于今已漸鎔。此日名場慚畫虎，當時藝苑悔屠龍。心閒喜展辰年曆，夢短愁聞午夜鐘。休撥寒爐書悶字，凄凉身世任遭逢。」「除夕東風破曉霜，春光取次到江鄉。柳應舒眼窺籬落，梅漸凝粧倚苑墻。花草關心皆歷歷，雲山引領揔茫茫。遥知白髮銀燈下，閒對兒童話洛陽。」「投林窮鳥夜驚呼，愁絶羈人欲向隅。懷腊任教嗤鄭璞，張筵未敢效齊竽。寒衾索夢憑誰見，明燭裁詩祗自娱。傳語故鄉陳仲舉，更將懸榻拂塵無。」「局影閒兼酒半醺，聽殘爆竹夜初分。羈愁漸已如青草，鄉夢依然見白雲。鵲語乞靈憑曉卜，鷄聲催舞向晨聞。惟餘狂態難消得，朗誦昌黎逐鬼文。」「閑身是處最淹留，湖海終慚百尺樓。九錫名花供嘯傲，千金敝帚誤管謀。癡頑聊復從兒嬾，貧薄何能替婦愁。微物向人堪自詡，洛中風景一囊收。」又《落葉》四首云：「霜落亭皋淡夕霏，紛紛秋意到山扉。飄摇已悟浮生似，遲暮空憐舊蔭非。流水有情催遠去，長風無力引高飛。遥林一帶明如畫，不悮寒雅向晚歸。」「辭條那復戀孤根，亂點溪橋印屐痕。禁苑翻風迴冷袖，荒堦埋影返驚魂。駱賓王詩：驚魂聞落葉。蕭蕭遠浦初移棹，寂寂空山正掩門。最是凄凉聽不得，江南幾處夕陽邨。」「打面酸風作意顛，關心榮落自年年。松筠晚節渾如故，桃李新陰不似前。秋老人應驚候雁，曲終誰與和哀蟬。荒雲寒日烟波闊，冷殺吴江九月天。」「不論野店與荒溪，月峽風亭處處迷。掃徑人嫌埋屐齒，投林鳥誤揀枝棲。飄來有字憐蟲跡，歸去無邊襯馬蹄。莫爲沉淪嘆摇落，未妨門巷掩蒿藜。」詩太蕭瑟，宜其坎壈終身也。

詩人鮑汀，未詳出處。閲先文林《戊申日記》，載其近體詩數十首，高超俊邁，洵稱名手。其詩中自注有「話余庚子鄉薦事」一語，似係先人同年而遇於長沙者。老成凋謝，大雅淪亡，問訊無從，遂致失傳姓氏。録其詩，竟不禁感慨係之。《過金山寺》云：「樓臺一簇湧江心，絶頂高標落梵音。吴楚十帆争上下，干戈六代易消沉。共傳古寺猶留玉，誰識空岩尚有金。幾度扁舟往來客，飄蕭華髮不勝簪。」《大觀亭懷古兼簡奇麗川方伯》云：「空亭巀嶪皖江隈，淼淼江光四面開。青眼故人前度别，白頭游子又重來。忠臣遺骨埋荒草，武帝雄圖付劫灰。日暮風高吹浪起，怒濤飛雪捲晴雷。」《登黄鶴樓》

云：「畫棟朱甍最上頭，傳聞仙客舊時游。春從芳草洲邊老，江向梅花笛裏流。巫峽雲來都似夢，瀟湘風起便成秋。何當舉手招黄鶴，踏遍名山十二州。」《登岳陽樓》云：「雲氣蒼茫雨氣收，洞庭高浪蹴天浮。消磨歲月餘長鋏，牢落乾坤此倚樓。三楚諸峰環上郡，二妃仙珮自中流。都將今古無窮感，付與沙邊睡白鷗。」《望衡嶽》云：「祝融崒嵂鎮三湘，禮秩千秋奉赤璋。地壓蒼龍朝北極，天懸朱鳥奠南方。風雷陰壑晴飛雨，雲海高峰夜吐芒。孤艇今宵應有夢，夢隨賓雁到衡陽。」《余忠宣公廟》云：「銅馬黄巾縱毒痡，星精下墜鬢先殊。忠宣生而髮白。隻身間道衝群寇，百戰殘山倚小孤。堪嘆睢陽無膽鼠，何曾卞壺有遺雛。江邊一片精忠地，容得降臣履跡無。」《弔韓忠公》云：「樓櫓崩摧戰血漂，驚開病眼電光摇。常山舌在身猶壯，許遠魂歸恨未消。詎有功名懸日月，何妨忠節並雲霄。英靈若與寒江湧，應逐前潮作後潮。」《仙棗亭》句云：「聽殘玉篴落梅花，又逐東風踏亂霞。只見孤亭小於笠，更無仙棗大如瓜。春濤帶雨趨三楚，濕翠和烟壓萬家。欲訪安期滄海上，蓬萊縹緲望中遮。」《次漢陽有寄》云：「窈窕江城百雉環，漢陽樓閣水中間。深閨種盡相思樹，倦客愁登大別山。碧草傷心和夢遠，白頭作客又春還。斷雲一片仙蹤杳，誰渡梅花起緑灣。」《酬李迂松》云：「蘆簾草閣小於巢，漠漠烟霏帶雨敲。萬里關山雙短鬢，百年天地幾窮交。故鄉夢斷鐘聲杳，長鋏歌殘蠟淚拋。馬首明朝又東去，江南雲樹在鞭梢。」《桂林秋望》云：「山園八桂鬱青葱，雉堞高低入畫中。巀嶪甲亭標嶺外，紆回癸水抱城東。飛鳶墮處雲猶黑，新燕來時葉未紅。萬里征衫悲短鬢，不堪翹首聽秋風。」「徙倚闌干客思長，斷雲疎樹共蒼蒼。秋風不到蓮花幕，落日偏明薜荔裳。幾處青燈吟舊雨，有人小閣話新涼。笛聲忽共寒蟬遠，飛過蠻烟落短墻。」「何年鉦鼓靖邊關，銅柱高標紫翠間。耕織昔連諸苘猓，衣冠今遍九溪蠻。拋殘珠露梧桐井，占斷金風蘆荻灣。檢點雲邊千疊翠，更無窈窕似鄉山。」「回憶西神第二泉，品茶鬥酒與分牋。蝦鬚金押圍羅綺，雀舫銀燈奏管弦。一别關山春似水，幾回風雨夜如年。誰憐白首思歸客，吟遍南荒瘴嶺烟。」其他佳句如：《初至粤西》云：「桂嶺穿雲排紫劍，灕江翻雪走銀沙。」《孫補山中丞席上》云：「夜月迴臨鳷鵲館，秋風先到芰荷衣。」《與李迂松夜話》云：「黄茆瘴外開新釀，紅葉聲中溯故知。」《伏波廟》云：「常見靈旗飄瘴域，直將圖像補雲臺。」《次李濱篁》句云：「吟尋舊事身如夢，秋到他鄉鬢易絲。」皆雄壯自然。

詒晉齋主人不獨書法冠時，詩才亦出人頭地。嘗見其《尋詩》二律云：「盡日尋詩何處尋，下簾獨坐當行吟。隔花晝漏催叉手，煮雪風爐喻稱心。春月園林隨事足，中年筆墨向人深。老梅兩本垂垂發，岑寂從他冷自禁。」「老梅兩本情親致，聊賴尋詩正到君。硯北餘情收小雪，江南往事杳行雲。曉鶯坐樹調新語，春水漫冰試舊紋。我亦興隨花信發，鬢霜休遣水邊聞。」詩境幽細，不似天潢一派中人語。

松江許穆堂侍御寶善善填詞，詩亦清挺。掌教玉峰，與先人最契。詞已梓行，未見詩集，後嗣式微，想已作廣陵散矣。録其《懷徐心田》句云：「高卧人踪絶，書來動我思。多情誰似爾，卓識每安卑。半世劉伶酒，千秋謝朓詩。山中如許共，莫厭杜分司。」又懷先人句云：「烟火萬家林木暗，關河千里故人遥。」

蘇州三元錢湘舲先生棨初及第時，人皆以沂公期之。因與時相不合，浮沉翰苑者十載，後稍稍晉級宮詹，以閣學終，未克大用，惜哉。先文林時客成邸，最與莫逆，命其二子喬齡、喬雲受業焉。喬齡先歿，喬雲以貲郎爲四川二尹，近方捐升縣宰，需次湖北。書香一脉，似未有繼。湘舲先生題咏甚多，不見專集，恐愈久愈泯，亟録數首，以誌世好云。《鐵笛歌》云：「會稽詩老儕虞揭，樂府歌成聲激切。卷衣甲帳月華涼，吹徹寒箏寸迸裂。傳聞緱氏治師名，笵出玲瓏土花纈。季長才調廣平心，留響人間肯磨滅。跌宕詞場檀板隨，洞庭波闊龍吟咽。玉山再訪草堂空，誰識江南又一鐵。況是仙踪林壑稀，凍雲穿破今歇絶。我朝元音簴業設，樂章曾補工尺缺。九天不接霓裳聲，無人會傍宮牆竊。此器何來三弄稱，冰霜迎面頻擊節。合趁天風一撇迴，瓊花片片飛如雪。從此柯亭製更精，米家書畫船中列。玉簫金管莫輕吹，輪與清商起岩穴。」《粤東使還和朱石君贈行》詩云：「慶霄治象輝光覃，斗台聯耀離丙南。誰擎一柱巨靈臂，來撐海上神山三。公身如來現金粟，大千世界停鸞驂。早歲承明侍朵殿，嶽嶽風采傾朝簪。文章事業根性分，上清玉局時開函。掖扶後進拔大度，衆流趨壑容納堪。牙幢五嶺森氣象，定心寂若棲巖龕。多生去來真懵憧，空花幻出疑靈曇。願叩真如證前果，涅槃不染分青藍。蓬萊仙人招手接，丹梯引步登層嵐。只愁塵鞅未解脱，春絲細裏同僵蠶。盤陀壽世福無量，法輪到此飛霖甘。試選廣場會千佛，一燈慧照憑先參。湛清草木皆可數，猗園風物羅香柑。尊前却憶鳳巢侶，如聯裀坐殷勤談。他日蒲輪迓闕下，黃閣一老推彭聃。石君先生好佛，故篇中多用經典語。」《題詩冢石刻後》云：「乞詩有客自吴門，艷説梁谿佳話存。黃葉滿林傾絮酒，青山無主葬吟魂。風騷鬱結成奇氣，露草凄清認泪痕。千古名心埋不盡，劫灰留與後人論。」五言如「斯文台斗北，吾道鬱林西」、「桂山良夜月，灘水幾人看」、「十年成一夢，千里斷雙魚」、「親朋憐幻影，風雨感秋聲」，七言如「一夕吟情秋墜葉，十年宦跡墨磨人」、「詩經蜀棧思逾峭，話入吴儂味更深」，皆係性靈語。

西苑之澄懷園爲翰詹儤直之所。亭臺花木，真同蓬島。入直者亦能携友進内，先文林課湘舲之二子，曾同居焉。時各學士有前、後《觀荷詩》五十首，摘録數首，以見閬苑神仙翔咏休和之盛。汪雲壑如洋先生句云：「西北高樓若有人，風裳水珮話前因。百年小换維摩劫，不識名花幾化身。」「地僻難逢載酒尋，風清月曉耐沉吟。詩人解道情兼恨，體物何曾到苦心。」「傍水籬門麑眼攢，彎碕斜插釣魚竿。園丁也占閒風月，只有鳴蛙尚屬官。」「銜泥歲歲此空巢，花好今年未忍抛。寄語采芳人着意，凉風已在碧梧梢。」陳梅垞先生詩云：「樊桐一角睡情癡，依約荷喧雨到時。六合空明雲散净，起看苞坼幾多枝。」「高柳鳴蟬聽不嫌，碧陰深處障羲炎。都緣齋閣臨池近，時遞花香入酒簾。」錢湘舲先生詩云：「冒水朱華態自妍，離披風葉正田田。前身太華峰頭現，小謫蓬池又一年。」「依光玉宇近高寒，小憩池邊話夜闌。天與閒中好風月，此花能共幾人看。」「石橋宛轉互通車，堤柳陰陰覆緑渠。門外纖塵飛不到，翠環一角是吾廬。」「結廬都傍水之涯，亞字銀墻一道斜。潑剌幾聲聽葉底，有人深夜試魚叉。」又無名氏《澄懷園荷花雜詩》云：「眼中色相夢中身，墜粉輕翻苑路塵。可向佛圖澄鉢裏，三生悟得去來因。」「晴霞曉接翠烟稠，只許閒灘卧白鷗。安得紅香最深處，玉簫明月泛歸舟。」「濃緑參差羃晚烟，環池圓影正田田。驚蟬斷續流螢暗，渾是江南五月天。」「南浦歸雲淡欲無，差池雙燕啄菰蒲。

會須滿飲蓮花白，醉寫澄懷第一圖。」細味詩中語意，似即先文林所作。卷中不注姓氏，未敢據定，俟再攷。陳萊軒先生《後觀荷雜詩》云：「東港荷花墜冷房，西池荷葉似人長。經旬小覺流光换，一度金風又送涼。」「紫府仙歸鶴並騎，鈍根憐我拂衣遲。掃花未了天門事，依舊黄粱半熟時。原注：諸同人皆入城，余與王正亭宫洗留直。」「天寒似覺釣人稀，昨夜微霜换袷衣。偶向池邊掠吟鬚，白頭愁見野鷗飛。」「野花側塞蝶伶俜，岸草荒荒一片青。可惜知微閒畫手，不將東絹寫寒汀。原注：崑山孫少迂先生善山水，舊設硯於錢湘舲殿撰直廬。」「敗綿已折霜前葦，斷梗難牽浪裏萍。畢竟荷心常抱苦，晚來湘葯結亭亭。」

吴山尊鼒書畫雙絶，曾作桃花，系以短句，贈張百亭誌別，頗有古意。其詩云：「小桃未花時，與君初相識。看花滿長安，我馬獨躄躠。不知秋風生，猶作好顔色。長安陌上塵，淚和紅雨濕。斜陽照古道，送我還鄉國。屈指兩春風，又作六街客。朝露借恩光，花期倘同及。」又王鐵夫芑孫亦題二絶，録其一云：「我自長安老曳裾，紅塵撲面十年餘。題詩那有生花夢，只想春流釣鱖魚。」先文林亦有題詞，載全集中。

崑山王椒畦先生學浩，績學士也。登賢書後，一赴公車，從此絶跡京華，隱居自樂。家於玉峰之南，有亭有池，有花有竹。園中種梅甚多，不下數百本。自築一軒，名曰「易畫軒」。平居以畫自給，畫專工山水，已造四王之室。現今大江南北稱第一手，人得其尺幅，皆目爲珙璧。與先文林交最深，嘗以六法互相質證，故余家藏先生畫最夥。近年已八秩，神明未衰，猶孜孜作畫。孫曾繞膝，日起蒸蒸，後福期頤，正未有量。余兄弟往謁，先生以先文林另爲青目，有所求無不立應，而誠懇告誡，不異子姪。其篤於友誼如此。先生高蹈鄉居，余則浪跡萍蹤，久處千外，故於先生詩不多見。惟閲先人筆記，載其客津門時有《平臺晚眺》兩律，亟録之，以誌大雅。云：「日日登臨見落暉，城隅烟火萬家圍。天邊黄菊重陽近，海上銀槎八月違。入户蛩聲悲自咽，辭巢燕羽倦還飛。秋風莫遣牙檣動，多少江南客未歸。」「投鞭欲指大荒東，莽莽危臺獨眺中。萬竈黄烟秋黯淡，孤城粉堞夜朦朧。幾回照我當頭月，何事愁人撲面風。多少鄉心兼別緒，江南秋色滿垂虹。」

法時帆先生《乞畫詩龕圖》詩，其原序云：「識少迂先生十年矣。室邇人遠，結想遥深。時雨初晴，驅車過訪。老屋數椽，書畫枕籍，據案握管，蕭然有古士風。茶話移時，塵壒頓遠。歸途有述，聊志企慕云爾。」其詩曰：「我弗能作畫，間嘗究畫理。必先有性情，然後出腕指。學問深邃時，流動不容已。意得象乃忘，莫之使而使。人多嗤我迂，我亦秘厥旨。孫侯持道心，名世廿年矣。潦倒春明城，春風吹不起。賣文作活計，一貧胡至此。雨晴欸君户，苔暗緑浮几。夕陽剛下簾，激射東堂紫。心空入山宜，語妙談禪抵。許我寫詩龕，曰弗詩龕似。畫竹畫精神，畫石畫骨髓。筆涉竹石外，趣取竹石裏。我龕在何處，與詩相終始。君畫詩龕圖，不必求諸紙。」時帆先生時官大司成，蒙古才子也。時北平翁覃溪方綱生平服膺東坡，遍徵名流爲作蘇齋圖，亦有詩乞先人作圖。其詩已刻入《壽石齋國朝名人法帖》中，兹不録。

先文林客都中十年，有「鄭虔三絶」之譽。爲成邸、定邸上客，今之貝勒載名銓者曾就傳焉。一時如洪稚存、劉金門、張船山輩，無不誼訂金蘭，而尤與鮑覺生先生桂星爲一人交。數十年休戚相關，直如一日。道光甲申秋，先人棄養。信至都門，覺生先生一慟失聲，鬱鬱不樂者數十日。交誼如此，殊可感也。先生下世亦數年矣。長子子堅先歿。次子隨其叔鐵帆先生署中，讀書已嶄然見頭角，不問而知爲翰苑器。鐵帆先生少亦爲先生培植成名，今已晉爵黄堂，異日霖雨舟楫，正未有艾。先生未竟之志，亦可以無憾矣。投贈詩甚多，録其《易硯行》一篇，以見一斑。其詩曰：「少迂先生迂且癡，迂倪高士癡愷之。書畫硯墨皆有癖，就中硯癖尤爲奇。蘭單訪我不我見，見我破研心愕眙。還家一夜睡不得，背倚硯山長太息。朝來忽遣平頭奴，一札飛至兩硯俱。大硯澄泥色深紫，小硯藕青蕉葉似。比之破研價倍蓰，以二易一真癡矣。嗟余生小不好書，行篋所棄一硯無。破研乃是故人贈，譬若暗室投明珠。今以歸君硯得所，與不傷廉何勿取。□知先生耿介性，却之罪反在不佞。赤籐那敢誑西厓，青石聊將作談柄。原注：悔餘先生有青田石一枚，歸楊晚研六年，以詩索還。見《冗寄集》。湯西厓欲以赤籐杖易所蓄畫，又受其杖，而作詩辭之。見《待放集》。得君二妙報以一，君癡可療吾何病。緘題短札再拜上先生，區區片石用志紵衣縞帶千秋情。」

吴興費西墉錫章詩筆蒼老，頗有初唐風味。曾見其贈文蘇亭觀察詩云：「方大又長髯，丰儀衆所瞻。本原從敬慎，造次亦安恬。硯古童知洗，爐香婢省添。自嫌清絶俗，於酒不能廉。」其二云：「漢南觀察使，綽有大臣風。博訪平戎策，羞言餽饟功。爲民愁物力，每飯祝年豐。守土都如此，扶桑早掛弓。」其三云：「欃槍須迅掃，財粟已難支。諸將何爲者，頻年竟若斯。練防千隊合，禱雨百苗滋。只此民安堵，賢於十萬師。」其四云：「玉琢雙環美，花開並蒂妍。因何能得此，聽説亦欣然。刺繡平分線，吟詩共擘牋。六時官事了，半日作神仙。」其五云：「紅日桃花嫩，春風燕語輕。似聞邢避尹，漫道我憐卿。把盞殷殷勸，歸衙欵欵迎。含情欲有問，盜賊幾時平。」結語殊不可解，贊之乎？譏之乎？抑規勸之乎？我不得而知也。

「詩喻」一則，余于徐小香處鈔得。忘其書名，然愛其譬喻精當也，録之。「詩人詩孕乾坤之奧，抒昒渺之精，乘時鼓氣，各有不能自已之致流露自然。若草木含苞，揚芳摛彩于大化中，妙蘊弗能言詮。古來漢魏如薝蔔，陳思王如酴醾，應、劉如山礬，阮步兵如素柰，三張、二陸如桂，左太冲如文杏，陶如菊，謝如芍藥，顔太常如石榴，惠連如木芙蓉，鮑明遠如凌霄，謝朓如桃，沈約如紫薇，江淹如夜落金錢，庾信如玉簪，徐陵如白丁香。陳拾遺如欵冬，曲江如錦帶，四傑如繡毬，沈、宋如牡丹，高達夫、岑嘉州如辛夷，右丞如蕙，孟山人如水仙，韋左司如梨，柳如柳，杜陵如崑侖山萬仞瓊華，太白如世尊頂上千葉寶蓮，大曆十才子如李、如葵、如萱、如素馨、淇澳竹、嶧陽孤桐，長吉如賓珠、山茶，白傅如玉蘭，郊、島、盧仝如當歸、玉竹，韓如孤山老梅、如柏，皮、陸如麗春，温、李如海棠，張、王如夜合，微之、牧之如木香，冬郎如茉莉。東坡居士如滿條紅，又如蔦蘿附喬松，山谷如臘梅，梅聖俞如芭蕉，放翁、誠齋如月季，石湖如鳳仙花，花蕊夫人如含笑。元遺山如杜鵑，虞、楊、范、揭、薩都剌如五色薔薇。下此或籬邊槿、池中萍、山上蘼蕪、庭階間小草，亦自成一家香色。至隋宮剪綵、徐熙潑墨，則得其形似，而生意澌然以盡。」

上元朱春源溶久困場屋，因改就異途，從軍金川，遂得司理一官。詩跌宕有奇氣。佳句如「江遠門庭無俗客，家貧婦子有歡聲」、「往事十年如夢寐，憐才兩字共生平」、「内子送行中酒誡，兒童牽袂問歸期」、「芙蓉南國江邊雨，燈火人家水上樓」，格調頗似放翁。

會稽陳筠浦棟善詞曲，亦工詩。《咏白蓮》云：「淡香明月外，薄艷晚風前。入夢水無際，捲簾秋浩然。」《思鄉》云：「我欲望南雲，山川虧蔽之。夢寐不到家，何由尋交知。」《咏柳》云：「可憐雨急春無主，莫恃風和眼獨青。」《鏡湖曲》云：「小姑十五手纖纖，花底偷來揭畫簾。忽見春山好顔色，又添新恨上眉尖。」句皆韶秀。

常州董東亭先生潮才華傑出。記其《紅豆山莊》七古一首云：「芙蓉庄前紅豆樹，風枝雨葉摇春暮。百年兩度見花開，記取流丹花盛處。衛尉珊瑚十丈紅，敲殘抛入緑雲叢。裝成絳樹巢朱鳥，銜出金盤耀燭龍。植根本自羅浮洞，曲江當日親移種。後來池館屬王孫，奇葩每得尚書重。尚書垂老閲興衰，身是前朝舊黨魁。銅輦秋衾悲昔夢，玉欄智井泣枯槐。上林珠樹烏啼夕，瓊枝碧月供陳迹。白首還家江總持，緑窗擁髻樊通德。美人名士摠飄零，著述空歸野史亭。賸有閒情娱種植，蘗闌花影照娉婷。台仙閣畔湘簾下，最憐此樹婆娑也。種柳金城已十圍，關情不獨桓司馬。繡佛常參大小乘，化城文字現心徵。携將絳雪充雲供，幻出丹霞映寶燈。一枝的皪猩紅迸，拈來正值懸弧慶。曼倩休猜閬苑偷，飛瓊擬作瑶臺贈。火齊瑩瑩列壽筵，吉祥雲擁護花天。西京倘記虞淵簿，定數開期二十年。金樽檀板饒歡讌，風流過眼如飛電。蘼蕪畹晚豆花殘，凄凉都入尚書傳。花木平泉漸已荒，誰尋緑野舊時堂。生公石在埋秋草，長史齋空種白楊。燕子樓頭秋月白，寒塘霜老芙蓉色。劫火難留子駿書，哀音莫問翾風笛。荆棘叢殘總不分，空留花樹倚斜曛。陰霾榦折鵂鶹室，夜雨根穿螻蟻墳。埋没年年依敗隴，栽培無復春泥壅。南國春來發幾枝，天公不斷相思種。繁華何處問前因，零落還歸舊主人。聆到東風消息早，萬枝香雪壓濃薰。」果邸見此詩嘆賞不已，特鎸一玉章曰「紅豆詞人」，以贈東亭云。

袁江有學究設帳，其徒奉母命，以肴盒餉師。因勗以句云：「機杼聲中五月天，一絲一寸買書錢。高堂苦節今知否，冷眼旁觀又一年。」蓋其母係苦節孀婦，茹荼教子者也。此詩全是天籟，讀之令人增長孝思，惜未詳學究姓氏。

常州徐尚之明府以詩文名于世，佳作甚夥。録其《蔣園次壁間閨秀董維瓊韵》云：「高人已駕白雲歸，此地惟餘緑樹肥。賴有生香一行字，彩毫留住藕絲衣。忽開曉鏡試鉛華，波影層層鎖絳霞。無數游魚學蝴蝶，浮萍深處正穿花。」原詩有「差喜並無蜂蝶鬧，不妨微濕薄羅衣」之句。《題鏡影圖》云：「春風鬢影鎮相思，鏡繫紅羅漫自持。勝似若耶溪水澈，幾曾日日照西施。」又《招劉阮山先生可培》句云：「與其鳥毳輕流俗，曷若猪肝累故人。」又有《責鬚詩》五古一篇云：「我歲若潘岳，始有口上髭。今過蘧伯玉，愧乏頷下絲。二毛甫已見，齒牙凋半之。吾衰固如此，無鬚益自疑。晨起攬鏡照，似覺根株垂。譬如緣坡竹，短節葉離披。又如秋樹葉，雖稀風可吹。去之良足惜，留之又可嗤。不見齊髯公，雖多亦奚爲。青青霜前草，顔色幸未衰。養令日夜長，或者成于思。我意欲責鬚，爾生何不早。多者毋已多，少者毋太少。頰上添三毫，傳神方脱稿。况我頭未童，何爾獨枯槁。鬚似對以臆，公也胡不考。

人情皆喜無，莫不貪少好。公非人情乎，不好少好老。壽豈金石堅，壯容不常保。伐毛三千年，仙術非草草。聊爲公解嘲，士龍應絶倒。」近體綿麗，頗似漁洋；五古詼諧，不讓子才。

《雉皋故妓行》，倪文蔚作也。其詞曰：「西湖三月人如蟻，油壁青驄香覆地。妙妓傳聞出雉皋，酒中抱得秦箏至。雲鬟鬌鬋掠雙鴉，玉貌曾傳太守誇。彈罷新聲訴遺事，坐令艷曲變哀笳。憶昔雉皋初領郡，葑岸石函都不問。桃蕊方看露井嬌，柳枝祇愛章臺嫩。積書坊邊甲第開，月明官舍照空階。紅燈十院佳人待，夜半傳呼太守回。複道迴廊經數里，光華照眼皆文綺。直將東海致鵷鸞，何必西京誇趙李。爾時兩浙大中丞，華胄遥遥亦始興。屬吏一朝成假子，冰山百丈勢崚嶒。儂在主家稱領隊，奉命更深送珠翠。同行姊妹多被留，博得瑶池三日醉。中丞富貴實非常，署内新開緑野堂。賈相從人能犬吠，李波游騎愛戎裝。七十諸侯心自凛，狎情上下交孚甚。民間已獻賣兒錢，幕府猶催鋪地錦。國典煌煌不可逃，聖朝弼教重秋曹。檻車晝逮中丞入，浙水凄凉送節旄。太守間關還對簿，罪名擢髮難重數。凶魂相對泣鋼鋒，白骨阿誰埋淺土。傳來凶耗滿江東，皓齒蛾眉散似蓬。蠟淚滿階苔半掩，襪羅經雨草初叢。郎君試聽樽前曲，此曲當年新演熟。進奉中丞博笑懽，纏頭屢致珠成斛。滴粉搓酥在眼前，重來遼鶴恍千年。君游君賞君休笑，儂舞儂歌儂自憐。阿儂淪落何堪惜，天道惡淫有銷歇。君不見雉皋太守逞豪奢，男作人奴女爲妾。」此詩情辭感憤，音節悲凉。其梅村《鴛湖曲》、《卞玉京彈琴歌》之嗣響乎。

桃源袁玉堂潔與先君同官山左，最相善。善畫蒲桃，頗得温日觀筆法。詩才敏捷，不假思索，頃刻成篇。有《螽莊詩話》、《出塞詩話》，著作裒然。以事戍烏魯木齊三年，得江山助，歸途詩卷益富。録其出塞時留别同人三律云：「偶輕然諾禍胎深，蘭臭何曾果斷金。天外風雲多變態，人間鼠雀有機心。亡羊縱使牢還補，失馬空言福可尋。自悔難將生鐵鑄，直教一錯到而今。」「湖山潦倒杜司勳，每到詞場酒易醺。萬里不行天下路，一生空樹劍南軍。縱横筆陣摩齊魯，檢點吟鞭指塞雲。料得西風紅葉裏，玉門關外正斜曛。」「話别從來總黯然，况逢良友意纏綿。鱗鴻準寄相思字，詩畫偏多未了緣。游子飄零惟一劍，皇恩寛大或三年。不知邊塞團圞月，照到征夫可更圓。」

江南諸名士結社長安，名曰「存存吟社」。裙履聯歡，分箋擊鉢，極一時之盛。余來關中，業已風流雲散，大半古人，曷勝感慨係之。社中最著者爲常州王菱江慶瀾、常熟蔣安谷坊、武進程子衡應權、崇明陳笠夫璠、太倉王雲門履基、武進費子雋開榮、儀徵萬雪門宗洛、上元于印川春江、錫山程韵篁開泰，其他尚有入會作詩而不常預社者，不及遍録。社稿已刻，選取數首，以見一斑。王菱江《阿房宫懷古》云：「三百餘里榱棟連，九十餘日紅燭天。火滅仍值天帝醉，不然一焦將萬年。重瞳事事皆媚嫵，斯事尤堪快千古。頓教腥穢還净土，漢雖龍興項王虎。」程子衡《驪山塚》云：「蓬山未回船，驪山已營塚。祖龍果英雄，自識非仙種。三年石槨辛苦成，牧羊兒到阬燒平。華清之泉千古熱，半是當年劫火烈。後人何必悲前人，不見咸陽秋草没。吁嗟乎！温韜出，唐陵空，何似秦陵一火應劫燒天紅。」陳笠夫《拜將壇》云：「項羽不死信可久，項羽一死信作狗。解衣推食乃小惠，知己不如一漂母。底事輕辭執戟郎，此身乃委婦人手。」蔣安谷《五丈原》云：「鞠躬盡瘁至不起，六出誓師竟誓死。氣數當教牛馬興，蜀龍不得不上升。天摇地裂將星落，保障西川摧一角。武侯先亡蜀後亡，地下無慚白帝託。」

萬雪門《夢游太白山吟》頗離奇光怪。其詞云：「太白之星別有天，太白之峰相與連。世傳靈怪不可信，隨刊未聞神禹前。周秦以來二千有餘歲，澒洞闃寂終茫然。李渾何人逞臆説，遂爾金星玉版通人間。考山我未能，登山力甚艱。此山高出太乙頂，安得躡屐升其巔。操蛇之神忽召我，雲虬風馭驅雷鞭。萬壑奔騰海水立，身心不自爲糾纏。長庚入我懷，朗朗映三川。照見萼绿華，銖衣髮且鬈。啖以撥灰芋，滌以紫霞泉。二龍夭矯飲池邊，青鳥不敢窺淪漣。云此頷下驪珠一點潤，可噴三峰八水萬頃之良田。天帝向我言，謫仙久謫多塵緣。蠢蠢香案吏，何足與周旋。携手大羅上，與子滄洲元圃相蹁躚。余曰大羅雖可樂，寸草未報心堪憐。願得九還一粒大如拳，衰顔永駐壽千年。更飭淮王賜藥竈，合家雞犬成飛仙。昊蒼張口忽大笑，雷光閃閃驚風扇。一叫墮地雞忽唱，隔簾明月猶團團。」

馬嵬懷古，爲玉環翻案者多矣。余最愛王雲門七古，不媿斷案老吏。其詞曰：「羯鼓聲斷鼙鼓來，哥舒翰走潼關開。倉皇幸蜀太失計，坐令九廟生蒿萊。明皇雖老尚英武，死守猶能拒驕虜。斷鞅苦諫惜無人，何論國忠與林甫。西出都門事已非，莫將成敗罪楊妃。難言岐下還同走，尚勝烏江竟不歸。將軍安敢逼妃子，妾負君恩自求死。拚將一死挽人心，主辱臣亡義如此。妃死唐家運再新，玉環忠愛勝金輪。君不見景陽宮井同心墜，張孔當年乃罪人。」

費子旉詩筆旖旎，最善言情。《玉門關》云：「風捲黄沙吼不休，大旗落日馬知愁。美人死去留青草，上將生歸半白頭。萬里長城秦代戍，一輪邊月漢營秋。春光欲度無楊柳，惟見黄河滚滚流。」《銅雀臺》云：「東去漳河日夜來，阿瞞此地起高臺。二喬奈有英雄壻，八斗空誇子弟才。到死分香還用詐，可憐疑塚亦成灰。招魂繐帳無魂至，銅雀年年點緑苔。」

于印川詩情綿邈，工於咏物。録其《秋海棠》云：「似曾相識未全殊，不嫁東風惜彼姝。已了春情秋又夢，猶存淚影露如珠。嬰兒面小難施靧，倩女衣輕詎待扶。匀就啼妝拜凉月，低頭可記隔生無。」《芍藥》云：「來襯嬌雲繡領斜，鈿車如水門年華。六朝金粉留餘艷，屯字闌干嵌曉霞。酒載豐臺前度事，香熏小像那人家。乞天付與多情者，便當無雙玉蕊花。」《落花》云：「浮世才登色界天，頓銷風景劇堪憐。曇雲大有飄零劫，塵土原多謫降仙。從古芳姿無白髮，而今紫玉化飛烟。封姨枉自生波折，吹起還枝亦欠鮮。」又《游絲》句云「重霄吹墮三生影，六合難磨一縷情」，「浪傳風解升天去，錯認針神落唾痕」，又《新絲》句云「分繭香連蟬鬢影，沿村賽到馬頭時」，又《送春》句云「有客未歸難作別，如春能買不論錢」，句皆耐人尋味。

集唐而至《香屑集》，至矣，蔑以加矣。惟錫山程韵篁開泰有《集唐詩》八十餘律，竟可抗手。摘録數首，以見一斑。其詩云：「烟花三月下揚州，珍簟新鋪翡翠樓。閬苑有書多附鶴，畫屏無睡待牽牛。司空見慣渾閒事，王粲春來更遠游。銀燭未銷窗送曙，滿堂絲竹爲君愁。」「秦女窺人不解羞，蜻蜓飛上玉搔頭。但將竹葉消春恨，不覺桃花逐水流。幾處早鶯争暖樹，誰家紅袖倚高樓。鸞咽妖唱圓無節，眼意心期卒未休。」「並蒂芙蓉本自雙，綺羅分處下秋江。妝成每被秋娘妬，惜别愁窺玉女窗。暮雨自歸山悄悄，殘燈無焰影幢幢。錦屏銀燭皆堪恨，人世心形兩自降。」「勾引春聲上綺筵，魂銷千片玉樽前。四時最好是三月，一滴何曾到九泉。持此相憐保終始，可能無礙最團圓。新齋結誓如相許，繡被焚香獨自眠。」他如「神女生涯原是夢，賈生才調更無倫」、「料得也應憐宋玉，不成剛爲欠檀郎」、「醉憑青瑣窺韓壽，好織迴文寄竇滔」、「未能言語還分散，絶代容華無比方」、「梁間燕子聞長嘆，樓上花枝笑獨眠」、「秦女樹前花正發，仙人掌上雨初晴」、「蝶銜紅蕊蜂銜粉，雲想衣裳花想容」、「仔細尋思底模樣，大都相似更娉婷」、「不逐彩雲歸碧落，獨留青塚向黄昏」、「能以精誠致魂魄，自從消瘦減容光」、「所慕靈妃媲蕭史，轉教小玉報雙成」，琢對工巧絶倫，真是天衣無縫，將與《香屑集》並傳無疑。

秀楚翹先生堃詩筆工麗。嘗見《出塞雜詩》云：「秋風作驟涼，昨夜過岐陽。積雪終年白，浮雲萬里黄。葡萄來絶域，鸚鵡怨他鄉。多少傷心處，迢迢關壠長。」「地荒都縱牧，野迴亂吹笳。猛犬隨番使，明駝走貢瓜。風號天曠闊，塵擁樹槎枒。聲教覃無外，華夷已一家。」「雨歇崆峒路，羊膏下酒時。馬良人買骨，豹死市留皮。鼓缶悲風遠，吹蘆夜月遲。客來多感慨，店壁亂題詩。」「風急樹翻鴉，天寒路倍賒。鞭絲揮月冷，蹄鐵踏冰斜。送客原頭草，迎人塞上花。日來謀一醉，夜夢又還家。」又《梅枝詞》三十首，哭其亡姬玉楳作也。摘録數首，以見一斑。「晚來最懶近疏窻，生怕寒宵剔短缸。儂自形單十六載，無端對影忽成雙。」「小青一縷屬書痴，得壻如君遂願私。滿面嬌羞低語問，催粧可有定情詩。」「隨風弱絮已沾泥，喜接靈通一點犀。命是小星身是玉，拭紅休怨向郎啼。」「畫眉獨自對妝臺，鏡裏人看笑靨開。最是亂頭時節好，引郎幾度送花來。」「射影無端蜚語侵，頓教玉碎緑珠沉。殉名志在西湟水，填海難償此日心。」言情娓娓，不似《終風》語氣。或云其妾蘇州人，才色並佳。先生謫任出關，隨至西寧，誤中蜚語，竟以冤死，殊可惜也。

徐秋潭先生錕，漢軍人，名臣之後。弱冠即擁麾出鎮，戰功勛業，遍滿寰區。喜讀書，工吟咏。所至，延訪名流，提携寒俊，當世皆以「龍門」、「北海」稱之。曾兩任西安將軍，以微過左遷駐藏大臣，藝林無不惋惜。現已賜環，蓋天子不忘宿將，行覘壇拜匪遥，還其節鎮矣。余與歷下周二南，皆先生重莅西安時，招致門下士也。客其幕二年，公餘之暇，即相與商確古今，流連文酒，生平知遇，推爲第一。所著有《西吾吟稿》、《塞上吟》、《漢南游草》。近復遠涉鐵圍，聞奚囊益富，歸途當快讀焉。先生作詩不專涉一家，大抵皆根柢性靈，自然流露。摘録數章，以誌梗概。欲窺全豹者，自有《一品集》在也。《題二南關城授經圖》五古云：「周生天下士，示我授經圖。作詩嘆寂寞，臨風氣不舒。我爲下轉語，誤我非詩書。青氈殊不惡，鬱鬱胡爲乎。人生貴識字，識字真良謨。蒼頡溯創造，庖犧追權輿。開之有周孔，繼之有程朱。中間漢與魏，經訓當菑畬。但得經神出，何愁秦坑墟。關中盛著作，紛紛皆大儒。郃卿匿複壁，龍門邁董狐。玉杯與繁露，薈蕞注蟲魚。夜諷恒至卯，歸愚識夷塗。大春工説經，孝先腹五車。師嘲何典記，師説非迂拘。况遭盛明際，經爲衆説郛。他日鴻都門，中有承明廬。得非談經者，名與匡劉俱。楊雄上諫獵，相如賦子虚。侏儒事三斗，一飽徒區區。周生天下士，鬱鬱胡爲乎？還君授經圖，贈君青珊瑚。勸君當努力，慎葆千金軀。笑我但識字，差勝耕田夫。」《過少林寺》七律云：「林梢輕度一聲鐘，指點中盤曲徑通。香拂佛龕入薝蔔，雲開天際矗芙蓉。劇愁絶磴遲飛鳥，可許安禪制毒龍。岩月松風各有主，莫將梵刹誤登封。」又《南天門》一首云：「飛翼凌空向午開，氤氲繚繞漫層臺。也容凡品時升降，不礙仙踪日往來。乍喜目能小齊魯，却驚身已近蓬萊。臨流欲得新詩句，隨意推敲步緑苔。」又《度雁門關》句云：「寄語行人秋莫到，滿山霜月恐銷魂。」又「河深尋馬跡，霜冷聽鴻聲。」又「壯懷消馬足，殘夢破鷄聲。」兩押「聲」字，皆妙。

王西亭以銘《客途憶别》有句云：「樓上紅燈江上月，一時齊照未眠人。」《暮春病起》云：「芳草湖堤迷蛺蝶，落花庭院網蜘蛛。」《除夕》云：「盤花堆緑蠟，酒債典金釵。」《舟次》云：「好山千里送，明月半窻留。」皆雋永有味。西亭，福建籍，湖州人。

曲阜孔荃溪先生昭虔，性耽風雅。所至有惠政，任陝西廉訪，以疾引退。詩有專集，尚未付梓。曾見《無題》詩十六首，真可抗手義山。或曰皆寓言也。余愛其綿麗，全録之。「莫向花前唱惱公，王昌咫尺住牆東。幾重屈戌門空掩，昨夜星辰夢未通。定憶流黄中婦艷，誰憐織素故人工。芙蓉甘向秋江老，剩有蓮心徹底紅。」「不向閒庭種合歡，花開花落恨漫漫。團圞璧月空秋影，清淺銀河又曉寒。嬪館有人歌赤鳳，女牀無處覓青鸞。天涯未抵重簾遠，倚遍紅樓十二闌。」「深閉枇杷花下門，門前風雨易黄昏。不消烏鰂心頭字，猶點丹砂臂上痕。春市數錢羞姹女，夜窗鬥草憶王孫。莫嫌一角屏山小，中有相思萬里魂。」「空波蕭瑟怨湘君，江草江花冷夕曛。竊藥悔教人入月，搴幬虚憶夢爲雲。風吹烏桕門前樹，涙染紅榴篋裏裙。角枕錦衾依舊好，名香辟惡爲誰熏。」「柳烟吹暗碧油窻，殘焰猶燒向曉缸。尺素未傳鱗六六，寸心翻妒燕雙雙。不逢交甫空遺佩，誰接桃根共渡江。已是愁懷消未得，誰家水調按新腔。」「秋扇春風冷暖殊，空山腸斷採蘼蕪。柳陰一夜添魚婢，花信連番到鼠姑。潘令鈿車誰擲果，胡姬酒肆正當鑪。已知無復雙飛分，猶繫紅羅舊贈珠。」「大道高樓面面開，新妝争唱紫雲迴。紅牆宛轉通銀漢，碧樹玲瓏繞玉臺。門内雙鴛時左顧，陌頭五馬自南來。同心暗結無人見，翻笑文鸞是鴆媒。」「衆裏如何便目成，夜闌燈暗最關情。摘來梔子心何處，修到梅花夢幾生。轉緑迴黄空反覆，看朱成碧未分明。樓頭一片梧桐月，莫傍闌干踏影行。」「梨雲吹夢幾時醒，愁絶清宵舊畫屏。半夜廊鳴西子屧，千年心抱北辰星。相逢珍偶蛩憐駏，不斷情絲絮化萍。繡幕蕭蕭人寂寂，隔花小犬吠金鈴。」「小窗花影畫陰陰，盡日爐烟炷水沉。緑芷曉牽公子佩，紅蕉春展美人心。同功空結冰文繭，長命慵穿素縷針。惆悵離懷何處寄，湘波無限暮雲深。」「當時相見即相親，不分雲屏隔玉塵。語當胸三五月，定情約指一雙銀。秋風薜荔吟山鬼，曉露胭脂寫洛神。遠道綿綿莫回首，崔徽已是畫中人。」「疏竹天寒翠袖輕，舊歡回憶淚縱横。烏絲空寫花前誓，鵲腦難牽别後情。只有黄金工買賦，何曾碧玉定傾城。夜香炷盡燈挑盡，别院猶聞笑語聲。」「石城楊柳赤城霞，綱户蕭條長昔耶。草爲將離憐芍藥，星猶無匹嘆匏瓜。幾年曉夢隨流水，一樣春風有落花。明鏡素琹還在否，紅箋緘恨寄秦嘉。」「亞字闌干丁字簾，歡期别恨兩相兼。採蓮江上田田葉，垂柳堤邊昔昔鹽。金錯迴環裁錦字，木難珍重寄香奩。離魂擬托楊花便，飛傍春風玳瑁檐。」「汙洲昨夜又春殘，欲採蘋花寄遠難。裁繡帶，誤憑喜子綴雕欄。九迴腸轉車輪熱，一寸心灰蠟淚寒。記否水晶簾外影，玉釵曾掛楚臣冠。」「夢到瑶官路渺茫，前身疑是杜蘭香。箜篌曲和青溪妹，團扇歌翻白石郎。小字定應題玉册，大羅曾記詠霓裳。眉痕深淺何勞問，不鬬人間時世妝。」

道光初年，高家堰決，時有人仿張船山《寶雞題壁》，亦於淮陰旅店揭詩十八首，大抵言鹽務河工之壞。詩筆清挺，不讓《寶雞》之作。摘録數首，亦矇誦瞽師之意也。其詩云：「銅臭兒郎偶恃才，長堤萬丈遽摧頽。震驚已遍三吴地，補救須糜九府財。便死難償溝壑命，偷生真是斗筲材。半年叱咤全河壞，威福如公亦可哀。」「置郵終斷信音沉，地有巡鹽御史臨。破格用人明主意，及時行樂老臣心。門迎珠履朝開宴，屏列金釵夜抱衾。往日南豐尸祝遍，蒼生猶是望爲霖。」「匹馬如龍驛使過，驟傳高堰掣驚波。横流白浪連天急，助惡西風一夕多。利藪漫誇饒蜃蛤，民廬深慮住蛟鼉。空言三策全無用，千古何人能治河。」「石工天險固金湯，三汛安瀾早撤防。詎料陰凝方起凍，俄聞水決是冬藏。在官未必皆餐素，失策終知誤禦黄。爲問河臣膺重寄，撫心何以答穹蒼。」「高寶興東總下州，司農貢賦重揚州。也知成敗關天意，合拯危亡集衆謀。在昔處堂憐燕雀，祇今振羽歎蜉蝣。此邦大吏真閒暇，昨日猶傳菊部頭。」

鄧嶰筠先生廷楨，江寧人。身膺節鉞，勛業炳然。所至愛才若渴，提拔寒儒，孜孜不倦。聞詩才清妙，深以不得一讀爲憾。昨從徐小香處得見先生《入闈追悼費歐餘觀察即簡令嗣佩青詞林》兩律，情詞繾綣，一往而深，亟録之，以誌嚮往。其詩云：「北籥沉沉晝不開，故人曾共此徘徊。原注：戊寅科，觀察提調文闈，余爲監試。茶煎活火晨烟散，燭剪孤檠夜雨來。投分十年知我拙，浮生一夢惜公才。雞蟲得失尋常事，擾擾蚍蜉亦可哀。」「鎖院重來拾墜歡，分襟話别涕汍瀾。縱横百藥君攖疾，蹩躠單車我罷官。誰料東歸成永訣，原注：壬午，觀察再充提調，會余對簿來陝，時解將歸。觀察送余于貢院門外，殷勤話别，各有涕洟。觀察時已抱疴，遂成永訣。却憐西笑又長安。鳳毛喜見超宗繼，珍重榮名葆歲寒。」

余最愛吴梅村七古，以其叙述婉轉，斐惻纏綿也。大姪辟楙頗工此體，昨見其《燕子樓歌》曰：「寒烟細雨彭城路，黄昏陌上哀禽語。行人指點舊妝樓，猶認當年貯嬌處。尚書門第本清華，出鎮名邦建節牙。亭榭玲瓏開别墅，笙歌繚繞鬥名花。金釵十二圍香陣，倚翠偎紅集雲鬟。菊部調箏换紫衣，花奴擊鼓催芳訊。就中生小最嬋娟，盛鬋豐容二八年。問到佳名呼盼盼，妝成寶髻憶翩翩。尊前剛賦定情曲，築得高樓當金屋。夜月微聞鳷鵲鳴，春風常伴鴛鴦宿。呢喃海燕話新愁，紫乙雙飛入畫樓。撲絮低妨金屈膝，銜泥輕觸玉搔頭。霧閣雲窗開四面，興來屢設櫻桃宴。流水同調緑綺琹，墨香小試紅絲硯。湘簾不捲爇沉檀，裊裊爐烟炷影殘。銀燭兩行歌紫邏，璚簫一曲舞青鸞。詎料悲風吹短景，尚書老去霜華冷。海上難尋不死方，樓中賸有孤飛影。遺掛凄清鏡檻涼，舞衣亂叠縷金箱。楊枝遣嫁人消歇，桃葉歸根事渺茫。妾心從此如明月，旦夕長齋繡生佛。屏却三年時世妝，瘦餘一把相思骨。曉起梳頭懶畫眉，天荒地老少人知。闌干倚遍凄風雨，魂夢如親笑語違。當時有箇香山老，一首新詩甫脱稿。可惜生爲並命禽，不教死作連枝草。花箋傳寫認題痕，似説蛾眉今尚存。頗憶緑珠曾殉節，最憐紅拂似辜恩。三更讀罷鐙摇霧，淚點拋珠揮不住。悔煞當初賸子身，六州鑄鐵偏成錯。呑鞵難覓再生緣，此際心如木石堅。十尺紅絲拚訣絶，一時紫玉竟沉綿。脂滅香消徒悵惘，鏡臺冷落懸蛛網。水仙羅襪墨花裙，絶代風姿空想像。懷古蒼茫對夕暉，頹廊壞壁是耶非。樓中人已乘鸞去，樓下空餘燕子飛。」

紀事詩易于委婉，而難于清挺。余親家上海曹春林樹翹，才空一世，著作等身。客雲南時，曾訪逸事，作《楊娥曲》，筆力矯健，無肉多於骨之病。其詩其事，允可並傳，亟録之。其詞曰：「鎮南沐氏節烈多，天波之世遭干戈。焦陳同死定州難，餘風又見楊家娥。楊家武藝人難及，世向公庭爲教習。娥年十六適清河，夫職轅門武衛襲。英武堅貞本性生，亭亭玉貌更傾城。不嫺刺繡嫺刀劍，奪稍雄風勝阿兄。夫兄執戟居黔國，娥處深閨人難識。暇日華堂論用兵，閒宵繡户譚除賊。剩水殘山望極迷，昆明動地起征鼙。天波遠奉由榔竄，甲士攜家亦向西。平西勁旅來金齒，君就檻車臣咒水。舉室倉皇又轉東，傷心中道夫先死。隨兄跋涉返家鄉，縱得重生實未亡。石虎關前招戰鬼，金蟬寺裏縊降王。國讎家怨中心繫，朝夕惟思殺三桂。吞炭難爲豫讓行，披圖尚少荆卿計。側聞甲第起西門，翠海旁開安阜園。水木清華侔上苑，樓臺金碧擬天閽。閒情更選良家女，鐙火笙歌填别墅。妾比觀音金屋藏，花求龍女閒房貯。龍女觀音比屋居，此時顧盼興何如。營成郿塢家方定，坐鎮昆明意未舒。狼心叵測開戎幕，走肉行屍欣有托。子弟由來紈絝多，爪牙四布同爲惡。狐兔紛紛擾市民，衆中感動有心人。老奸好色群奴横，欲報深讎敢惜身。願將身入平西府，手刃奸雄報夫主。要使芳名宫裏馳，還憑身手誇神武。對鏡重新兩鬢雲，當鑪有例學文君。城西即是臨邛路，麗色從教遠近聞。妝成眉目原如畫，白板扉邊酒帘挂。斷甕三雙檻下埋，醇醪千石街心賣。招摇惡少日相臨，揮盡囊中買笑金。艷艷只看花似貌，錚錚誰識鐵爲心。朝來酒肆聞喧鬨，怒掣渠頭納諸甕。厚革先纏臂上韝，精鏐預裹鞋頭鳳。群雄奮起共操刀，躍出當街一丈高。手格諸奴同掃葉，指揮鼠輩急争逃。明晨復聚同心者，跳躍奔騰如怒馬。轉戰多驚面首傷，從此威名震藩下。鄉里人來欲舉杯，妾心有恨世應哀。玉壺滿貯胸中血，莫向蓬門買酒來。深情隱約人知敬，此女生成有至性。勇力芳姿王府聞，果然擇日將行聘。拋卻生涯歸舊帷，寸心惟有九泉知。既消勝國無窮恨，且免他年討逆師。那知天意真難説，不使佳人著奇節。五夜凄風葬落花，三更苦雨消殘雪。苦雨凄風陡作寒，一枝玉樹嘆摧殘。倚門終歲空含垢，不待成仁已蓋棺。惆悵清樽空有酒，薄命難延又誰咎。老奸應死在長沙，先後由天信非偶。光陰百歲似水流，不成名亦足千秋。香魂若與圓圓遇，一樣紅顏志不侔。蘆花瑟瑟拋輕絮，寥落城西秋已去。沐國宫庭蔓草荒，猶認楊娥賣酒處。」

福建薩敬軒孝廉名克特，以其姓似滿洲，名亦仿之，實非滿洲人也。隨其尊人宦游秦中，誠翩翩佳公子，而無紈袴習氣者。詩學岑嘉州。録其《汾川秋感》云：「錦屏早度玉關涼，百雉邊城倚夕陽。絶塞高風盤鐵鶴，空山冷口下奇鶬。黄河遠上連張掖，秋色西來控太行。萬里園林秋露白，登高懷古獨蒼茫。」「西風吹入戰場沙，莽莽沉雲白日斜。捲地黄塵秋放馬，盤空黑陣晚歸鴉。寒砧搗月千家杵，野菊迎霜九塞花。隱几無端思遠眺，城樓暮色動鳴笳。」「山川白狄古戎州，一統輿圖紀壯游。鎖鑰嚴關森虎豹，旌旆遠戍聚貔貅。邊城酒薄難成醉，塞地風高易得秋。慚愧少年虚作客，欲投彩筆看吴鈎。」「榆關迢遞接邊塵，沙磧連雲一掌平。太古以來無禹跡，中原迤北有秦城。雁聲墮地秋横塞，兵氣銷光月照營。聞道將軍征馬健，韝鷹出獵意縱横。」「萬重蒼莽亂峰環，鳥道斜通大漠間。壞艦雲陰高壓陣，吹沙風力健移山。斜陽故壘兼新壘，明月秦關又漢關。自笑恰如幽戍客，秋鴻影裏北征還。」「風雲遥護塞垣深，明月長懸故國心。遠客征鴻多旅夢，能歌秋士總商音。呼鷹大漠氊裘冷，射虎空山白羽沉。無那清晨登隴首，蕭蕭木葉下寒林。」詩筆蒼健，而微嫌一意。余亦有《潼關懷古》詩云：「黄沙滚滚撲嚴城，泱漭河山動客情。楚漢干戈争上下，古今營壘尚縱横。大風歌罷銷王氣，落日烟昏近帝京。棖觸滄桑無限事，不堪回首問炎精。」「乘興登臨意氣豪，無端弔古首頻搔。胡兒漫想身依母，上將空勞夜帶刀。草色尚含天寶恨，河聲似挾廣陵濤。多情惟有團圞月，曾照當年白骨高。」「太平盛世氣佳哉，旭日曈曨四扇開。地闊益形三輔壯，風高知自二陵來。千秋蒼狗迷陳迹，幾代銅駝什劫灰。莫把興亡思往事，且招吟侶醉新醅。」

山左多詩人。近得李子芬孝廉名世賢，利津人，實後來之秀。記其《留别長安舊雨》云：「匆匆整理舊琴書，好趁西風返故閭。小館寒花知戀客，前途落日最愁余。也因良友難爲别，争奈長安不易居。萬種相思從此起，莫將得意賦歸與。」「天涯樂事是知音，一載朋情幾許深。萍水相逢寧有意，芝蘭投味總憑心。雨喧溪館留酣飲，月滿山窗對朗吟。此後華陰雲霧裏，迢迢勞我夢魂尋。」「浪跡頻年滯異鄉，一番泥爪又茫茫。訂交最是貧時密，作客無如今歲長。渭水聲寒離恨咽，灞橋秋老柳枝黄。明宵風味君知否，殘月荒雞野店凉。」「征車催上甚匆匆，一曲陽關唱未終。怕惹碧雲蒸暮雨，獨隨黄葉下西風。他年訪舊知何處，此際還家豈夢中。山色半囊書滿載，客裝歸去不愁空。」

馬嵬題咏，古今不下數千百首。騷人游覽，弔古徘徊，冠蓋往還，神傷埋玉，無不於此小駐，各寄遐思，太真祠中幾於無可着筆。而其間雅鄭不一，摘選數首，以誌勝跡。廖學士鴻藻《馬嵬坡》句云：

「春風吹草緑於波，小隊香車鎮日過。自是群釵愛佳話，踏青不上馬嵬坡。」「銀河一別事都非，從此人間乞巧稀。莫向雙星盟比翼，布裙且□嫁時衣。」「委地花鈿事可傷，三郎當日太郎當。周原走馬何人句，遮莫軍中氣不揚。」「夜雨聞鈴蜀道來，芳墳親見翠華回。仙山玉殿空多事，不及橋陵共夜臺。」「茫茫大地足悲歌，碧海青天唤奈何。一樣紅顔共黄土，李夫人是福緣多。」「南州驛騎走紅塵，佛寺倥傯掩紫茵。共説主恩成妾禍，掖庭辭輦又何人。」「邊庭貢馬久披猖，寂寂明堂少諫章。龍武將軍最多略，當年曾未策漁陽。」「引訣從容用意深，棠梨那復淚霑襟。張家兄弟清華選，媿此佳人報國心。」「名篇麗句各鏗鏘，恩怨千秋總渺茫。自拾桃兒紅粉看，西風吹雨下垂楊。」林少穆制軍則徐《題楊太真墓》云：「六軍何事駐征驂，妾爲君王死亦甘。抛得蛾眉安將士，人間從此重生男。」「費盡金錢買禍胎，猪龍誰遣入宫來。重泉尚聽漁陽鼓，可有胡兒哭母哀。」「才過生日誓長生，誰料生天從此行。六月佛堂凉似水，梵王揮手竟無情。」「龍腦湯泉也自温，華清宫殿鎖千門。紅塵荔子來何晚，一嗅餘香不返魂。」「翻幸長門一斛珠，不隨車騎委泥塗。報他壽邸群妃道，好是羅敷自有夫。」「在地猶爲連理枝，却因摇落正花時。秋風若待歌團扇，那得君王輾轉思。」「金粟堆前獨鳥呼，棠梨樹下月輪孤。三郎不遣招同穴，空望香魂入夢蘇。」「藉甚才名長恨篇，先皇慚德老臣宣。詩家解識君親意，杜老而還只鄭畋。」雲蘭舫太守麟《馬嵬驛題壁》云：「楊柳芙蓉付劫灰，雄關一破悵庸才。君王有恨淋鈴泣，天地無情戰鼓催。望帝魂空啼杜宇，游仙夢不到蓬萊。延秋門外潺湲水，斷送蛾眉去不回。」「旌旂忽亂鸛鵝群，夜半倉皇叛六軍。舞馬有知能辨賊，回天無力只要君。凄凉梧葉聲中雨，零落梨花夢裏雲。到底美人終不死，千秋猶拜貴妃墳。」「承恩空説殿長生，報得君恩妾命輕。天子無愁原重色，美人誤國祇多情。釵鈿悟盡生前劫，牛女誰聞死後盟。怪殺鴻都癡道士，殷勤猶自問雙成。」「再來休更舞霓裳，贏得牽牛也斷腸。舊夢悔教鸚鵡懺，新聲猶記荔支香。鳥啼花落春無主，地老天荒恨最長。莫道君王情太薄，三郎亦自怨郎當。」郭次虎觀察熊飛即步前韵云：「絶代容華付劫灰，將軍靖亂豈無才。忍看馬首蛾眉死，無奈郵程虎旅催。古驛荒凉剩花草，仙宫縹緲隔蓬萊。聲聲杜宇傳哀怨，不共君王蜀道回。」「倉皇姊妹痛離群，不死深宫死六軍。莫把玉環疑禍水，惜無金鑑悟明君。魂銷顔色傾城國，腸斷巫山有雨雲。試看牽牛銀漢畔，至今耿耿照荒墳。」「空教七夕誓長生，狼藉名花委地輕。自是美人多薄命，敢言天子太無情。霓裳竟作雲烟散，鈿合難尋山海盟。黄土可憐埋玉骨，餘香猶有粉新成。」「彩雲猶可想霓裳，如此消沉斷客腸。南内空傳海棠睡，樓東應羨冷梅香。紅桃淚盡傷心久，白傳歌成寄恨長。可笑潼關天下險，寇來竟少一夫當。」余亦有《馬嵬懷古步蘭舫太守韵》云：「鼙鼓無端動地來，玉容誰護少良才。生非禍水曾何罪，死累冰山恨共催。如此紅顔淪草莽，可憐薄命葬蒿萊。芳魂應化杜鵑去，蜀道啼殘日幾回。」「釵分合散痛離群，仗鉞偏難管六軍。不惜蛾眉甘報主，何勞龍武獨匡君。西宫寂寞三秋日，佛院凄凉一樹雲。黄土總然埋玉骨，最憐草草築孤墳。」「欲遣離愁愁轉生，鈴聲悽惻雨聲輕。也難世世生生聚，其奈朝朝暮暮情。劍閣崎嶇悲短景，仙山縹緲問前盟。一鈎蓮襪香仍在，猶有殘痕淚染成。」「不堪重問舊霓裳，追溯華清枉斷腸。芳草夕陽千古恨，梨花冷月一坏香。緑珠墮粉情何限，紫玉成烟夢不長。我欲驅車奠杯酒，金鈴猶怕聽郎當。」周二南欒《馬嵬弔古》云：「鼓鼙動地六軍愁，雲鬟花容自此休。無復新妝倚飛燕，空將私語誓牽牛。魂歸海上踪難覓，香散人間粉尚留。南内凄凉歌舞歇，紅桃一曲淚雙流。」

吾鄉徐懶雲雲路工詩文，善填詞。余居鄉日少，未見專集。昨偶讀其《壽隨園》句云：「一代詞章開後輩，六朝花柳媚先生。」「中年以往偏多樂，造物何嘗肯忌名。」「不老未應增白髮，獨醒曾亦夢黄粱。」「一刻不曾愁裏過，寸心只與物相親。」獨具性靈，洵稱名作。他日還山，當求諸喆嗣蘋洲，一窺全豹，以飫素心也。

潼關旅店亦多題壁詩。曾見一律，頗有唐音，款題「悔庵」，不知何人作也。詩云：「潼關聳峙陣雲收，老木寒鴉古戍樓。三輔咽喉通上國，二陵風雨接中州。大河波冷秦宫月，華嶽烟空漢殿秋。日暮有人歌往事，山花不管舊時愁。」

常州盛孟岩先生惇崇以詩畫字名世，有「鄭虔三絶」之譽。嘗見其《贈孫淵如觀察乞養歸白下兼得子》兩律，洵稱作手。其詩云：「廿載塵勞雪鬢新，詔恩特許乞閒身。六旬休養添佳話，一表陳情近古人。買屋數椽欣有託，載書萬卷詎憂貧。從今嘯傲烟霞外，長奉晨昏不老春。」「聞説抽簪返舊邱，充閭剛喜得驊騮。他年接武占黄甲，此日含飴慰白頭。千里歸舟憐故國，二分明月近揚州。問渠何日仍相訪，共泛秦淮烟水秋。」

前明雁門尚書孫白谷先生名傳庭，有《歸興》云：「風塵事事不堪論，回首雲山斷客魂。四海勞民皮已盡，三年傲吏骨猶存。倦思縮地歸南墅，愁欲呼天賦北門。奄忽故園春又暮，空教青鬢負華樽。」

又張蒼水先生有「日月雙懸于氏墓，乾坤半壁岳家山」之句。大抵忠臣志士，其惻怛之思，慷慨之氣，溢于言表，亦出于不自知也。

「井梧葉落商聲急，羅衣輕薄單寒襲。白團扇底咽秋心，闌干玉筯蛾眉泣。蛾眉絶代謝芳姿，少長侯家作侍兒。修到紅顔嗟薄命，蚩香辛苦伴瑶池。小郎風調人間少，參軍新婦姻緣好。打鴨驚鴛各自飛，從來多事憎邱嫂。惆悵芳華怨奈何，盈盈山海唱迴波。訴將花下流離意，贏得風前蕉萃歌。流離蕉萃羞相見，春羅深掩芙蓉面。低窺珠箔認雕梁，雙棲空羡盧家燕。六朝遺恨半朱門，舊巷烏衣繫夢魂。天涯有人吟柳絮，空閨何處覓桃根。此事豈容相決絶，阮家人種尤堪惜。何須書法笑羊欣，婢學夫人亦良得。此扇由來號合歡，願教璧月與團欒。玉臺雙照温郎鏡，紅尾同驂秦女鸞。瑯琊才子多情客，賃廡皋橋同寄跡。碧水新開謝女祠，青山仍傍王郎宅。彷彿冰紈滴淚紅，美人刧意寫秋風。願勞檢點氤氳簿，莫學班姬怨漢宫。」右《團扇篇》，爲杭州王士驤所作。風情綿邈，置之梅村集中，亦復誰人辨得？士驤號鐵樵，以難蔭，現作營千總。書法二王，隸書尤得古意。如此才華，而埋没于武夫中，殊爲可惜。行將相訪於六橋、三竺間，一識伊人也。

紹興徐佩仙慶紱，才華秀麗，書記翩翩。先與子筠弟訂交都門，嗣客潼關，朝夕過從，與余亦稱莫逆焉。詩不多見，嘗記其《九月四日登驪山》四律云：「驪峰青翠倚秋烟，携侶登臨令節前。得句難超名士上，放懷須趁菊花先。晴郊酒榼城南路，遠水楓林渭北天。好是脚跟無俗跡，歸來濯足有温泉。」「紆迴仄徑幾周遭，石甕峰前解緼袍。我輩襟懷殊落落，下方車騎正勞勞。暫尋空谷停游屐，飽看秋山學老饕。但使共留餘興在，何須此會定持螯。」「遥天雁影下西風，山柿濃酣葉葉紅。秦塚蒿萊興廢後，灞橋烟樹有無中。秋高水歛懸流細，僧老苔荒野寺空。清磬一聲山鳥寂，蕭蕭翠柏自成叢。」「禾稼登場草欲霜，到來滿地急寒螿。山腰選坐莓苔滑，石髓烹茶柏葉香。東嶺攀蘿方卓午，西崖落帽恰斜陽。可知已遂今年約，風雨連朝料不妨。」

江陰查省齋慎思性傲岸，喜使酒駡座，以故所如不合。與余同客于徐秋潭先生節署。嘗誦其《初夏即事》云：「閉户未來客，出門誰適從。閒隨碧溪轉，忽與白鷗逢。小雨十數點，斷雲三四峰。峰峰看不足，山寺已鳴鐘。」又誦其友孔伊人《咏虞美人》句云：「君恩酬一劍，碧血照千年。」頗雅切。

前甘肅平羅令徐保宇，湖州人。以軍功晉司馬。博雅多才，詩筆英挺。與張佑之、沈春橋有金蘭之好。嘗見其《贈沈春橋自塞上還金城旅窗話舊》四律云：「燕臺春色正堪憐，通潞相逢又幾年。埜巷椿濃高士廨，閘河柳縮孝廉船。功名忽老雲中塞，歲月渾驚海上田。把酒金城一回首，楝風梅雨總凄然。」「雕弓手挽送君行，迅掃攙槍罷用兵。囉兀乍聞通互市，染干新議徙邊城。班生小志傳西域，杜老清才賦北征。且莫河梁慘行色，陽關總是別離聲。」「條支絶徼控西荒，説到崎嶇路未忘。太古雪凝千萬嶺，終宵風撼十三房。射雕影落長城闊，躍馬聲騰海子涼。應解歸裝聊慰藉，刀環尚有未還鄉。」「嵰崊山下乍停鞭，話舊城南屋數椽。行篋聊分回子布，歸期未卜普兒錢。風塵鷹隼思君路，烟水鱸魚送我船。原注：余秋初將南歸。他日關中傳報最，滿城花發聽鳴絃。」

南海譚石甫瑀始以孝廉銓鄜州倅，繼以貲遷明府，現補略陽令。爲政一本於誠，所至民皆悦服。

其爲人敦意氣，重然諾，性慷爽，實護世城中之太羹也。學問淵博，著作等身。《重修鄜州志乘》，是其手定。初與余未相識，在鄜時，忽以書來訂交，遂作慕名知己，常以郵筒互寄詩文商確。道光丁酉春，余客長安，適石甫由延長卸篆回省。時别已十稔矣。重晤青門，拳拳道故，鬚眉各認，相得益懽。從此酒緑燈紅，遺簪墜舄，固無日不偕。今復天各一方，未知作何近狀。想河陽花滿，卓越琴聲，必别有一番雅興，停雲在望，能勿黯然。偶撿石甫舊作，書此以誌離群，並摘録數首于左。《羌村》三首，其一云：「薄宦得鄜坊，昔賢此避地。我來值清晏，懷古一按轡。驅馬北郭門，卉里沿清泌。忽焉覩古村，瀼西髣髴至。依山聚數家，瞰水屹一寺。佛面黯無光，神龕赫有位。曰唐杜拾遺，下拜長獻欷。原注：羌村舊有杜公祠，今已無存。其木主尚供天寧寺中。公昔至德初，盡室此偶寄。香火今依僧，零落昔奚異。今昔等坎軻，感兹心悸悸。」其二云：「蓮歇池不芳，銅竭川如故。原注：出北門五里許西折爲采銅川，再行三十里爲羌村。道經蓮花池。瑟瑟西風吹，歷歷北征路。借問道旁人，指點池旁樹。樹杪起炊烟，池坳聚宿鶩。田疇無阡陌，雞犬自朝暮。往昔猛虎場，叢廣今棊布。麥雲十里黄，老稚忘征戍。蒼茫問古窯，父老不知處。」原注：《郡志》：羌村有杜公窯，壁間留題甚多。後爲居民所堙，今不能確指其處。其三云：「緊余服嶺來，萍梗一官輕。室家隔天末，將母不遑迎。治亂世雖殊，聚散良愴情。安得起前哲，浩歌發商聲。父老五六人，村酒向前擎。歲豐酒味冽，愧爾獻葵忱。徐謝兩先生，原注：同游者爲徐穆園、謝向亭。一飲輒數觥。數觥亦不醉，耽酒豈生平。俯仰百慮煎，身世念屏營。躑躅不能去，馬首夕陽横。」《編籬行示路鶴洲同年》云：「我昔倚籬與籬齊，嬉戲慣作觸藩羝。編籬籬竟低過我，老大而今成飯顆。自從三月載花回，東圃西籬次第栽。懸竿未遺金鈴護，群啄先防鋭喙摧。百錢買萑葦，十錢買牡麻。編成千麂眼，衛彼九秋花。疑是惜春之御史，又同咒鉢之釋迦。浩浩乾坤成底事，區區緯蕭賤生涯。鶴洲先生見之粲，此事勤嬉巧拙判。縱横經緯界成文，長短高低裁片段。疎疎密密自停匀，整整斜斜迴不亂。有時慘澹費鏤心，有時飄瞥驚脱腕。尋常斗宿羅胸中，頃刻屏籓環砌畔。可憐短馭屈長才，空教運甓勞陶侃。豈知一一有精義，栽花先策護花計。小題大作語非迂，竟委因端理可譬。有如護首以幅巾，有如護身以衣被。有如護國以城隍，有如護民以官吏。豪强護之以誅鋤，顓蒙護之以撫字。儷皮束帛護邪淫，斗尺權衡護奸僞。煌煌今古大籓籬，問花花未必解事。累我經年扶植勞，煩君俯察維持思。由來小物貴克勤，安在文章斥游戲。粗諳物理肆談天，擬獻芻蕘風有位。但願天下屏翰人，普燭下吏編籬記。」《牧羊篇》：原序：署之西圃，舊蓄二羊，近益以鶴。洲廉泉所饋，合而爲五。放衙多暇，二君邀余牧羊。余龍山分牧，不人之牧而牧羊，良自愧已。爲賦是篇。「一羊貿然來，四羊彳亍至。二羊坡下眠，三羊蹲在地。云是寢訛降飲因乎時，我今問牧牧不知。風高木葉脱，草枯十去九。羸角觸籓饑怒號，羊不得食羊墳首。牧人曰噫予其咎，天生爾羊，人司其牧。非羊是卜，惟牧是卜。爾芻爾場，羊之餱糧。羊肉羊皮，牧之膏脂。受恩重者報以死，殺之生之羊敢訾。凉燠燥濕羊有天，碩大蕃滋牧仔肩。茂林豐草爾倉廩，牝牸牡羝余臊羶。豢養兼求茁壯長，補牢不計日月年。夫然後麾之鞭之剥之烹之，羊伏其辜無怨焉。堯牽羊，舜荷箠。聖人巍巍古司牧，恩威寬猛壹大權。」《監軍臺》七古云：「圖形有閣排碧瓦，廿四功臣誰傑者。崇臺今尚説監軍，原注：在鄜州城南五里。唐尉遲敬德都督鄜州時演武處。鄂公肯出英衛下。晚來辟穀且閑居，瘢痍被體百戰餘。天子拊之涕不已，命作州督鎮鄜畤。鄜畤矗譙樓，三秦控上游。巖疆捍牧帝其勒，俎醢韓彭臣有憂。君不見，鄭國碑已踣，尚主罷頊刻。原注：貞觀七年，踣魏徵碑。初，太宗指衡山公主，欲以妻徵子叔玉，既而罷之。遺愛既蒙誅，遺愛，梁公房玄齡子尚高陽公主。黔州又竄殛。高宗元舅長孫無忌。臣雖不學頗審機，慶善宴歸甘守黑。梁摧棟朽歷千年，臺塌名留萬口傳。舊唐西内披榛棘，蒼茫何處覓淩烟。」五律如《一署》云：「十年强半客，一署盡如僧。所恃無家累，難言作吏能。聞砧心轣轆，羞鏡髮鬅鬙。吹我晴霄迥，南雲望幾層。」《落葉》云：「落葉滿天地，前山復後山。砧聲遥夜怨，游子幾時還。故國七千里，荒城萬仞間。不愁嶺遠樹，吾欲望梅關。」七律如《早春雜興》云：「誰家春榼過山椒，樹杪炊烟裊土窯。掛角有牛書一一，穿墉無鼠屋寥寥。閒將判筆删詩稿，醉把頭巾混酒瓢。見説避燈明日是，南油西漆幾曾燎。」其二云：「佐盤尚有水晶鹽，春菜曾無土碧黏。所媿折腰貪鶴俸，敢將焚齒損雞廉。時平地異萑苻藪，獄簡身忙甲乙籤。又向延陵緗帙借，書淫笑我亦何嫌。」石甫之詩皆獨具性靈，非塗澤者可比。近十年著作，當進而益上，行將郵索一觀也。

吴越間野菜名甚多，有絲蕎蕎、猪殃殃、白鼓釘、看麥娘、燕子不來香等名。明滑浩各系短歌，頗有清味。「白鼓釘，白鼓釘。豐年賽社鼓不停，凶年罷社鼓絶聲。鼓絶聲，社公惱。白鼓釘，化爲草。」又「江薺青青江水緑，江邊挑菜女兒哭。爺娘新死兄趁熟，只留我與妹看屋。」又「抱娘蒿，結根牢。解不散，如漆膠。君不見昨朝兒賣客船上，兒抱娘哭不肯放。」又「雀舌草，葉如茶。採之採之水之涯。途中饑渴不能進，遍尋烟火無人家。」又「絲蕎蕎，如絲縷。昔爲養蠶人，今作挑菜侣。養蠶衣整齊，挑菜衣襤褸。張家姑，李家女，隴頭相見淚如雨。」音節之間，一何哀婉乃爾。

濟南府庫有岳武穆碑，大書「墨莊」二字，古奥飛矯。又有《送張鐵山》近體詩一首，詩既沉雄博大，字亦鐵畫銀鈎。即如岳集中「潭水寒生月，松風夜帶秋」等句，豈讓老杜？考武穆年十八起行伍，二十八爲大將，三十二中興建節，三十九爲秦檜所害。生平從事兵戈，何暇肄習儒業。史稱雅歌投壺，恂恂如書生。一代奇人，固非尋常所能窺測也。

冥寥子《花上露歌》，弔古傷今，感慨係之，真可唤醒世人。其詞曰：「花上露，何盈盈。不畏冷風至，但畏朝陽生。江水既東注，天河復西傾。銅臺化丘隴，田父紛來耕。三公不如一日醉，萬金難買千秋名。請君爲歡調鳳笙。花上露，濃於酒。清曉光如珠，如珠惜不久。高墳鬱纍纍，白楊起風吼。狐狸走其前，獮猴啼其後。流香渠上紅粉殘，祈年宫裏蒼苔厚。請君爲歡早回首。」

竇鞏悼伎東東詩云：「芳菲美艷不禁風，未到春殘已墜紅。惟有側輪車上鐸，耳邊常似叫東東。」王秫農《紅豆曲》「車鈴一路唤東東」，本此。

金錯刀，名一而義二，錢一也，刀一也。《漢·食貨志》：王莽更造大錢，又造錯刀，以金錯其文，曰一刀直五千，此錢也。《續漢書·輿服志》：佩刀，乘輿黄金通身縷錯。諸侯黄金錯環。《東觀漢記》：賜鄧通金錯刀。此刀也。張平子《四愁》詩：「美人贈我金錯刀，何以報之英璚瑶。」杜詩云：「金錯囊徒罄，銀壺酒易賒。」韓詩云：「聞道松醪賤，何須恡錯刀。」梅聖俞詩：「爾持金錯刀，不入鵝眼貫。」則指爲錢。孟浩然詩：「美人騁金錯，纖手膾紅鱗。」錢昭度詩：「荷揮萬朵玉如意，蟬弄一聲金錯刀。」則指爲刀矣。

柳子厚詩云：「越絶孤城千萬峰，空齋不語坐高舂。」李義山詩：「碧虚隨轉笠，紅燭近高舂。」皆以日將落爲言。蓋本《淮南子》「日經于泉隅，是謂高舂；頓于蓮石，是謂下舂」語也。

會稽潘麗槎尚楫令歷城，有能名，後擢德州牧。《游萊州道士谷》有句云：「青到十分三月雨，緑圍四面一壺天。」頗能道其地之勝。

壽光二尹孫一帆，能詩善書。其尊人某爲浙江總戎，擢提督。有遺照曰《柳陰垂釣圖》，題者甚衆，獨王秫農詩爲人傳誦。余記其四句云：「紫駝峰肉黄獐血，何似鱸魚一尺長。」又「不知夜月烟波裏，夢到凌烟閣上無。」

常熟蔣安谷先生坊隨宦至秦，即家于關内。性恬淡，視宦途爲苦，不求仕進，以筆耕遨游諸侯間。教兩子，皆登賢書。先生惟吟咏自適，手一卷，孜孜不倦。嘗開詩社，執騷壇牛耳，一時名流，皆樂歸之。余于丁亥晤于長安，年已七十有九，步履如飛，清談雅興，今之孟襄陽也。以大集見示。録其《石頭城懷古》云：「江左繁華自古饒，白門車馬碧湖橈。降旛影裏亡三國，流水聲中去六朝。金粉但餘吴下勝，烟花還逐廣陵潮。臨風惆悵思前事，日斷秦淮舊板橋。」《玉門關》云：「玉門關外路迢迢，白草黄雲一望遥。萬里難封悲李廣，百年生入老班超。但聞夜月鳴刁斗，不見春風染柳條。猶有琵琶千載恨，至今指點尚魂銷。」《夢游太白山歌》云：「武功太白雲兩角，拔地撑天同一握。峩峩相接無高低，夙聞太白尤難躋。自下而上四十里，嶙峋崱屴升無梯。山陰積雪不知歲，往往長日寒風凄。寒風凄，紅日白，惟有靈湫暈一碧。上池中池雲霧連，登臨不克窮其嶺。下池感應作霖雨，能滋萬頃之良田。勢縱横，莫與京，上有主宰金星精。天産百藥洩神秘，采者樂利服者生。救人活人功不小，始知太白所由名。我來西秦四十載，山光潑潑曾無改。每欲登臨不得登，登臨之興今猶在。不圖夢裏有神仙，誘我無緣作有緣。身若御風多綽約，到來如上大羅天。金星知我久相羡，呼童導引游之遍。山頭靈鶴駴咤人，洞口奇花笑迎面。頓覺仙凡特地分，恍如十丈金蓮現。增我聞未聞，廣我見未見。不知身在夢，轉訝胸襟變。仙凡蹊徑本朦朧，海市蜃樓變幻中。何緣孑立青芙蓉，一覽而盡鎬與豐。游目騁懷誰適從，不圖雞唱扶桑紅。天風吹衣留不住，長嘯一聲天地空。」又和余見贈原韵云：「菊滿重陽雨滿天，客來我許訂忘年。誠知杜牧才如錦，益慕孫康境欲仙。詩酒性情原共賞，風塵形跡況同然。送君歸去頻頻羡，自嘆家無負郭田。」「行雲流水散乾坤，腹具詩書道自尊。莫謂素絲悲墨子，空教芳草怨王孫。秋風薦鶚能無路，春浪登龍定有門。望裏泥金頻屈指，明年今日價難論。」「曲到霓裳豈溷淆，清詞黄絹頓開茅。同音笙磬原相應，入律宫商不待敲。自有歐蘇徵首肯，能無元白鎮心交。原注：君以美才屢困場屋，所謂待其時耳。何修妙筆傳佳話，選向烏絲界裏鈔。原注：蒙以拙詩選入《詩話》。」「漫分王後與盧前，早結平生翰墨緣。有質有文方貴貴，難兄難弟始賢賢。黄花此日愁傾蓋，紅杏他年笑着鞭。惟媿龍鍾淪落客，何當吉語比于籛。」

余於丁亥回南，道出高庄集，見題壁詩云：「四野蘼蕪一望平，濕雲還向樹頭生。鈴聲驚起勞人夢，又上長安道上行。」「小橋流水淡詩懷，露滿疎林月滿街。爲憶江南好風景，紵衫紈扇度秦淮。」「年年徵逐馬蹄忙，幾度懷人水一方。擬向薊丘臺上望，故園烟樹不成行。」「何處逢人笑口開，舞衫歌扇漫低徊。征袍恐濕江洲淚，不遣琵琶入座來。」款題「蔭山」，不知其何許人也。以其詩筆輕倩，愛而録之。嗣余客長安，就慶方伯幕，與蔭山同事，始知其姓鄭名大榕，皖江人，以微員需次，真可謂衙官屈宋矣。蔭山感余知己，出其大集見示。復録其《朱仙鎮謁岳忠武祠》云：「二帝蒙塵飲恨深，鑾輿北去羽書沉。偏安社稷猶稱宋，半壁山河已屬金。報國久勞賢母訓，班師空負藎臣心。廟堂賸有朝南樹，落葉西風滿地陰。」「撼山容易撼軍難，此語曾教虜胆寒。一自金牌來政府，遂令鐵騎解征鞍。君臣南渡輕讎敵，宇宙中分孰奠安。千古含冤三字獄，至今父老涕汍瀾。」《過函關》云：「灘平雙槳速，輕達古函關。郵舍連荒驛，河流繞亂山。人家春水外，帆影夕陽間。欲寄平安字，殷勤託雁還。」《渡延平津》云：「劍津留古蹟，鼓棹此經過。灝氣横秋水，寒光起白波。一泓埋鋭久，千載閲人多。何日逢知己，重將一撫摩。」

滿洲繼蓮龕先生昌，風流倜儻，大雅不群。任陝西廉訪時，每於公暇，即招集名士飲酒賦詩，極一時之盛。余來也晚，不及見先生之人、之詩，深以爲憾。偶與鄭蔭山談及，始知蔭山客先生幕者多年，賓主固甚相得也。出其小詩見示，云：「刮地春風似虎狂，流鶯聒耳奏笙簧。訟庭鎮日清如水，叉手閒階對海棠。」「桃杏匆匆又漸殘，重簾不捲爲春寒。奚童苦説前年事，殺賊歸來看牡丹。」「應官判牘幾曾停，偷暇焚香寫道經。弱女嬌痴殊可笑，生書背與阿爺聽。」後跋云：「此余《春日雜詩》也。今將赴滇南，不獨戒酒，兼欲戒詩。蔭山賢友酷愛余詩字，瀕行留此數行。他日相逢，君自著述等身，我則一無所得。出此同觀，又是一重公案矣。」詩筆清超，跋語瀟灑，真無媿名家。

馮菊坨官縉《銀瓶井歌》云：「我聞鄂王墓土棲霞嶺，早有忠泉昭耿耿。可憐忠孝一門傳，城西更見銀瓶井。此井于今六百年，此事未載金陀編。渚宫寂寂沉芳躅，岳家有女顔如玉。鞍馬何能替父征，風波豈料成冤獄。獄成憤起抱瓶人，叩闕上書書莫陳。縞素倉皇誓同死，父作忠臣兒孝子。玉壺一片墜冰心，紅棠花落胭脂土。嗚呼！冤莫雪，心如鐵。抱瓶赴井井爲咽，曹家之娥符爾節。」又《鳳凰山懷古》云：「五傳玉册小諸侯，衣錦營開十四州。妃妾閒情歌陌上，君王英氣撼濤頭。買燈尚説輸金事，納土誰憐去國愁。一是鳳凰飛不返，至今鄉語話婆留。」

鴛湖陸咸高《衢州遇雪》云：「一夜天葩一夜風，推窗驚看玉玲瓏。春生甕底梨花白，雪壓枝頭橘子紅。八月功名成夢蝶，三年踪跡感泥鴻。浮生輸與乘龍客，兩度簫迎海上篷。」《舟中度歲寄家》云：「頻年蹤迹托江濱，過隙風光似轉輪。終歲更添南浦恨，離懷分與北堂春。」「遣愁拚買梨花醉，歷境還輪菜味辛。贏得催逋人隔面，不須臺上卜藏身。」「去時索摸盡床頭，厨下辛盤待婦謀。無米爲炊才恐拙，大刀虛約願難酬。」「梅花傲骨甘依雪，萍梗浮踪逐逝流。妬煞南來帆影疾，驕人半是孝廉舟。」

《禽言詩》，失記作者姓氏，以其音節近古，録之以備一格。「咄咄怪，咄咄怪。高堂有佛不知拜，燒香遠出州縣界。」「提葫蘆，提葫蘆，酒無錢沽。哥求賒，弟嗟吁。」「姑惡，姑惡，姑惡多向訴青天。無奈何，新婦看看會做婆。新婦偷婆線，不料小姑偏看見。做成踏青鞋，小姑心性乖。冷語相侵怕往訴，暗賄私藏一疋布。三箇半布，一箇完租賦。一箇製郎衣，半箇縫郎袴。兒女兩三人，一箇何能分得匀。」「布穀，布穀。杏花紅，蒲葉緑。四體肯勤五穀熟，舉家彭彭鼓飽腹。快快發科。秀才不讀書，其奈主考何。快快發科。」

《鼻烟》三十韵，亦失記作者姓氏。措詞典切，自是名手。其詩云：「淡巴菰以外，此品亦名烟。吐霧光何有，摶沙質自妍。吹噓功不藉，呼吸趣能傳。採附交州使，裝隨陸賈船。盈箱緘最密，啓鑰鍵彌堅。瓶琢玻璃小，函封錦緞鮮。玉壺分細細，銅管瀉戔戔。挹注金絲弦，迴環翠蓋鐫。製同和藥否，用比截筩便。囊小詩文繡，匙工鬭寶鈿。凝塵香晻冉，霏屑色芊綿。匀似椒泥合，纖疑竹粉研。翻嫌風裊裊，豈待火焆焆。探向懷中出，擎來掌上憐。挑還勞素手，嘗或聳吟肩。屢效然鬚態，如參竪指禪。芳能通鼻觀，味不到唇邊。頗訝鉛華染，休教玉筯縣。梁空三嗅作，關隘一丸填。嚼共檳榔送，薰防茉莉搴。獻酬多酒後，投報在茶前。枯潤評量久，酸辛嗜好偏。何人圬漫試，有客噓頻連。塗抹狂堪笑，挼抄穢已蠲。沁脾神頓爽，調息氣初圓。貢是中朝貴，材逢盛世全。辟寒宜北地，祛瘴説南天。珍合攜朝袖，多應費俸錢。贈之偕芍藥，與爾契蘭荃。數典陳編少，新題媿擘箋。」

戴蘭芬殿撰詩學太白。曾記其《焦山秋望》云：「大江直下三千里，海門一點浮烟起。扁舟行近夕陽樓，無數紅墻照江水。」「夕陽明滅映江流，謝客題詩在上頭。神仙遺跡知何處，風散炊香白石秋。」

果勇侯楊誠村芳《夜度七盤關》云：「烽燧傳來接帝京，焦心日日盼軍情。足間丘壑隨高下，胸次康莊自坦平。鴉翅寒聲秋半夜，馬頭殘夢月三更。雲飛棧閣旌旗捲，敢詡身爲萬里城。」

惠印山昌運以難蔭官山左參戎。先文林令惠民時，印山權武定營游擊，同舟唱和，意氣儒雅。作詩甚富，略不能記，惟記其《題船山先生詩集》四絶云：「邂逅相逢十月時，幾回文酒讀新詩。爬沙搔遍麻姑爪，便受神鞭也不辭。」「西清才子冠瀛洲，翠軸相函處處留。塞外朝天躬橐筆，馬前吟瘦一痕秋。」「韋平不改舊家風，暫管仙山碧海東。一飲千鍾揮萬字，文章太守繼歐公。」「聰明冰雪浄天機，味脱酸鹹色相微。定有鷄林抄萬本，老兵先請製弓衣。」印山曾得司馬君實銅章一方，五色斕斑，紐篆極古，愛而秘之，輕易不以示人。後獻於吾蘇陳笠帆中丞，中丞亦愛甚，遍徵題咏。先文林曾賦七古一章，載集中。

河間紀秋水淦，曉嵐宗伯之裔也。以孝廉大挑，需次山左。瀟灑風流，語言藴藉，生平極熟《文選》、《三都》、《兩京》，背誦如流。詩筆跌宕，吟咏不倦。後補萊蕪令，以微譴罷官，忽雉經於泰安旅舍。聞其治民多惠政，不意如此結果，豈有夙因耶？惜哉！著有《豆花集》。録其《贈周范墅》七古云：「范叔一寒至此也，顧郎非可衣食者。數代家居廉讓間，半生命向磨蝎下。北風蕭蕭吹敝袍，手足瘃裂兒啼號。牛衣夜對鵲山卧，滿室月白讀離騷。鄭虔三絶老不羞，起意欲奪天所仇。青銅三千賣畫得，親爲贖取鷫鸘裘。春温頃刻回甕牖，巽二合嗔滕六走。冰塊雖堆九曲腸，霜威自斂八叉手。翟公饒舌詩盛事，示我新詩數十字。黄綿襖底共抽身，要會暖寒賀君觶。相逢大笑冠纓絶，徹骨酸寒恐難熱。但愁信到酒家胡，索逋打門顔如鐵。」又七律云：「青衫憔悴感中年，落拓江湖惜此筵。沽酒破除童塾俸，典衣浪費畫師錢。牢愁詩句齊紈怨，客路風流越女絃。記否今朝携手處，鵲山寒月歷亭烟。」又有句云：「來日大難添酒債，世人欲殺本浮名。」筆雖健，而語多牢騷。不得其死，或亦因此。

余過臨潼旅店，見壁題《温泉懷古》一首，不著姓名，詩筆藴藉，愛而録之：「天寶風流地，離宫望匪遥。玉環春賜浴，金屋此藏嬌。韵事成千古，佳人悮一朝。甲兵如可洗，何患禄兒驕。」

蔣斗南湜，青州詩人也。二南亟稱之。曾見其五律一首云：「野色壓驢背，携來詩滿囊。一山一流水，半雨半斜陽。紫穗高粱壟，紅花扁豆牆。小風動簑笠，歸路有餘凉。」

如皋章直齋寅，瀟洒倜儻，作令山左，頗有强項之風。以事左遷，後從戎西域復官。詩有慷慨悲凉之氣。録其《門有車馬客行》云：「門有車馬客，駕言返故鄉。送君不能歸，淚下沾衣裳。樽酒暫叙别，欲言重感傷。少年羡游宦，出門氣飛揚。一官作匏繫，萬里逐蓬霜。客久忘寒暑，位卑知炎凉。鄉書歲八九，浮沉四五强。猶恐傷心切，尺素有未詳。起坐恒中夜，拊膺獨徬徨。故人如相問，莫言鬢已蒼。」

金匱孫文靖公平叔先生爾準《逮娑洋集》、《臺灣》云：「飛帆破海色，遥指大瀛東。山立鰲身外，城開蜃氣中。港因沙磧險，轟藉盪纓通。水寨屯形勝，臨風鼓角雄。」「地勢鯤身轉，潮聲鹿耳來。王師千舸入，天險一時摧。運啓歸圖版，風清闢草萊。至今嚴鎖鑰，須仗勒銘才。」《臺灣端陽》云：「有生幾端陽，海外今年獨。疾風捲飛雨，跳珠響竹屋。圓陰漏午晴，嘉樹净如沐。吏散廣庭空，無言對童僕。强持一樽酒，泛此菖蒲緑。羈愁坐懷人，潮聲撼坤軸。」《聽琴》云：「流水挂空壁，秋風生遠林。

煩君一揮手，媿我非知音。夢寐中原隔，波濤大海深。金徽爾何物，能會此時心。」他如「春風神葯緑，曉日佛桑紅。」「病蟬移別葉，飢雀啄殘花。」「潮迴吹地轉，浪去匝天圓。」「劇喜得閒緣卧病，未因多冗減詩忙。」「海霞向晚如含雨，庭樹先秋已送凉。」皆集中警句也。又節録平叔先生《自厦門渡海至彭湖》長句云：「鯨濤高噴日色澹，蜃氣上薄天容愁。不知舟行自掀簸，却怪島嶼頻沉浮。初看水色鴨頭緑，紅黑忽渡雙横溝。柁樓四望絶山影，天水合作琉璃球。我與其間渺一粟，俯念身世真蜉蝣。」筆情恣肆，不讓黄仲則前、後《觀潮》之作。

周二南嘗誦桐城姚子鴻渚《君山》句云：「江空涵遠色，山老帶秋容。」《潼關》句云：「當門蟠嶽勢，繞郭走河聲。」《杏花》句云：「一角小旗行客酒，幾家深巷美人錢。」《清明感懷》句云：「鶯花異地逢三月，風雨銷魂又一年。」《還家》云：「客久漸忘爲客苦，家貧翻覺有家愁。」數聯皆新穎警切。

片玉山房花箋録·詩話卷下

崑山孫兆溎子香甫輯　姪啓楙參訂

詩話

《采蓮》、《采菱》二曲，在古樂府，語簡而饒致。齊梁人爲之，尤極柔情，唐雖太白，不免豪舉襍歌行矣。偶聞友人拈及，聊復爾爾。「荷葉翠欲流，莫將擬妾衣。妾衣宛轉叠，不受凌風吹。」一解。「菡萏嬌欲吐，莫將擬妾面。妾面解藏羞，不令隔溪見。」二解。「素藕彎霜雪，莫將擬妾腕。妾腕深袖中，那得淤泥染。」三解。「緑房駢衆的，莫將擬妾胸。胸中只一心，那得多包容。」四解。「修莖足芒刺，莫將擬妾手。妾手解招郎，不解牽郎走。」五解。「羃羃暮雨來，船船姊妹喧。盡思逐偶去，誰復解流連。」六解。「大菱角彎彎，小菱尖捌捌。嗑破儂口唇，翻笑胭脂薄。」一解。「小菱四距短，大菱雙角長。但使鈎牽來，不怕纖手傷。」二解。「采菱兼采花，花作秋容好。斜插玉搔頭，濕却宜男草。」三解。「采菱兼采葉，葉密傷菱窠。不斷纏綿種，旋采旋復多。」四解。「劃然浮萍開，照見芙蓉面。朝朝對菱花，菱花此時現。」五解。「種菱復種魚，魚菱遞餬口。魚大不盈斤，菱多動論斗。」六解。「張姑與趙姊，携持小兒女。舴艋無篷除，蘆洲避風雨。」七解。「旋摘復旋賣，枯蚌作斛量。那得閑心情，抛打野鴛鴦。」八解。

皖江有一僧，游白下，得句云：「山月白生江浦樹，塔燈紅出建康城。」句頗雄健，不類方外語。惜未記其名。

作詩貴含蓄，耐人尋繹，不可説煞；貴渾厚，深人咀嚼，不可尖刻。前人蹈此病，雖大家名家不免。如趙秋谷《田横寨》：「舍客三千兩雞狗，島人五百一頭顱。」失之鑿。陳宫尹《江都懷古》：「十年士女河邊骨，一笑君王鏡裏頭。」失之纖。即李義山「小憐玉體横陳夜，已報周師入晉陽。」薛王沈醉壽王醒，不從金輿惟壽王」，失之刻。必如王龍標《宫詞》「昨夜風開露井桃」一首，及《春閨詞》「行到中庭數花朵，蜻蜓飛上玉搔頭」，乃爲温柔敦厚，含蓄藴藉，得《三百篇》遺風。他可類推。

先文林交滿天下，投贈之作甚多，不能備載，擇其一二録之。海昌查丙塘奕照詩云：「一年一度春明夢，此去離情倍覺牽。交味濃於初漉酒，雅懷清比出山泉。文章休悵投時晚，金石真能壽世堅。先生刻《壽石齋法帖》。願作雙鳧臨淛水，六橋重與話前緣。原注：時先生方以縣令謁選。」「東風霍霍走輪車，埋我何須塞外沙。舌在有時還説劍，官卑無計可移家。原注：照以郡倅籤掣畿南，因旅費不給，遂引疾歸。韶華過眼春如夢，烟雨多情境似花。揮手又看成遠别，望中雲樹暮烟遮。」朱南臺樹基詩云：「拔幟誰登翰墨場，江東豪傑得孫陽。研都久識文章貴，入洛争知姓氏香。不以上書干宰相，竟容長揖謁諸王。京華冠蓋人如海，鐵檻門前馬足忙。原注：先生客京邸時，求書畫者如市。」「記從緇素覯芝光，前輩儀型敢頡頏。廿載良朋勞遠夢，一朝薄宦得仙鄉。原注：時宰崑山。春風草緑絃歌徑，原注：先生非公不至。時雨花開禮法堂。原注：先生時主玉峰講席。爲愛面城潘岳宅，懷人幾度月昏黄。」同年吴文熙瑛詩云：「家住崑山麓，烟雲畫裏披。江南多舊雨，之子最相思。一别十年久，長淮二月時。各驚顔老醜，蕭索鬢添絲。」「昔日曾游地，重來思惘然。閒鷗應笑我，芳草又粘天。雨氣濇將夕，帆痕輕若烟。憑闌吟不盡，要乞畫圖傳。」同年熊介兹方受詩云：「入城猶未謁諸臺，先欵閒曹客館來。簾影蹙波摇白月，衫痕漬雨認黄梅。量移正羡遷鶯喜，治劇争誇展驥才。邑號惠民真不負，豈惟詞賦比鄒枚。」「媿我生平百事疎，讀書悔不熟河渠。鐵還未鑄先成錯，酒只初巡遂拂裾。何日停風迴退鷁，阿誰汲水活枯魚。同年卅載叨知己，剪燭西窗興有餘。」

鐵冶亭先生保，文章、書法冠絶一時。其夫人亦能詩能畫，雅韵清才，足以相儷。先君受知最深。嘉慶辛酉，得鶴沙司訓，時冶亭先生爲漕帥，聯舟南下，閘河中唱酬甚樂，因出《臨榆眺海圖》屬題。先君之作，已載集中。其自題及小序，備録於右。「己未之秋，余由盛京刑侍，再調少宰，挈眷入山海關。艷臨榆海天之勝，輕騎往觀。至則車輿塞途，内子已携元兒徘徊於雲影天光之外，相視大笑。余喜其意氣豪邁，乘風破浪之思，竟得之閨閣中，有非尋常流輩所能幾及者。辛酉三月，芙蓉山人華君過淮，屬爲補圖，以誌勝概。他日解組歸山，白頭舉案，燈前月下，歷數壯游，亦足增一時談助。元兒其善藏之。」詩云：「登臨一笑倚蒼茫，却喜元暉侍阿章。自古神仙携眷屬，不妨山水入奚囊。閨中尚有觀瀾興，吾輩能無駕海方。好趁長河籌挽運，不須回首嘆望洋。梅華龕侍者自題。」

集對之佳者，曰「平生能著幾緉屐，長日惟消一局棋」、「數點雨聲風約住，一枝花影月移來」、「柳摇臺榭東風軟，花壓闌干春晝長」、「勸君更盡一杯酒，與爾同消萬古愁」、「天下三分明月夜，揚州十里小紅樓」、「梨園子弟白髮新，江州司馬青衫濕」。

薛道衡「空梁落燕泥」之句，乃《昔昔鹽》也。《樂苑》以爲羽調曲。又有「阿鵲鹽」、「突厥鹽」、「白鶴鹽」、「疏勒鹽」、「滿座鹽」等名。唐詩：「媚賴吴娘唱是鹽，更奏新聲刮骨鹽。」即吟、引、曲、行之類。

陶遂號稚雲，浙江秀水人。余莫逆友也。天才高曠，自空一世。詩筆絶肖隨園。嘗題馮子樂太史疑是泛虚船室八律云：「蓬萊山上舊神仙，手執芙蓉下碧天。回首昭融猶尺五，自憐弱水歷三千。故將問字楊雄宅，當作浮家米芾船。從此芳庭成道岸，兩行桃李各争妍。」「不打蘭橈不掛篷，願爲廣厦此心同。頻勞倒屣迎王粲，正值開樽謁孔融。我愛宰官非夏日，君容多士坐春風。青萍結緣分明辨，咫尺瀛洲路可通。」「直使龍門一葦杭，風流更勝聚星堂。檻前楊柳腰初折，海底珊瑚網可張。非陸非舟渾莫辨，宜書宜畫任平章。縹緗插架應無蠹，鎮日頻薰荀令香。」「窗櫺拓處接棠陰，築室如舟造意深。詞客争留傳世句，使君獨有濟時心。理參彼岸回瀾筏，趣領無絃掛壁琴。願借布帆牛斗泛，當風長嘯一披襟。」「琅玕箇箇柳毿毿，别有閒情仔細探。坐上疎狂容我慣，此中清福問誰堪。過墻月到含虚白，倒影山來作蔚藍。倚遍闌干人半醉，緑波春水憶江南。」「旗鼓初開灞上軍，正堪樽酒細論文。三篙借得詞源水，四壁新生墨海雲。牛耳今番推茂宰，猪肝久已累神君。階前喜有揚眉地，秉燭還來話夜分。」「牢騷今日笑江州，何必琵琶夜感秋。訟減蒔花培冷院，官閒載酒泛虚舟。安居容得雙鳧穩，處世原同一葉浮。可似珠江江上景，荔支渡裏放横樓。原注：横樓，粤東舟名。太史番禺人。」「風光仍不減西清，座有金蓮照眼明。原注：太史以散館作令。良宴偶然開幕府，吟箋次第到書生。才庸敢擬滄浪咏，調短差同欵乃聲。我亦似舟渾不繫，十年湖海一身輕。」又贈余四律云：「男兒三十尚華年，筆掃齊州九點烟。胸可羅星知豁達，量能容物總隨緣。轉因膠漆相投後，翻悔蹉跎未識先。記得乍逢同一笑，蠟燈紅照海棠邊。」「半爲豪俠半風流，論到交情管鮑羞。典質錢還供客飲，自家貧更替人愁。風騷共主旗亭社，歌哭争傳賣酒樓。每與談深忘露坐，青天明月照當頭。」「玉樹森森擁綵霞，春風庭院燦荆花。弟能友愛憐姜被，妹亦工詩擬謝家。原注：子香一姊兩妹皆工詩。下拜每尊三品石，消煩偶試一槍茶。叩門半是天涯客，邂逅從無白眼加。」「明湖分據住西東，一笛梅花兩寓公。雲本無心停楚岫，鶯偏着意唤春風。歌將桃葉君能和，唱出楊枝我亦工。畫遍旗亭徵遍酒，他年指爪認飛鴻。」

稚雲詩議論風生，不落前人窠臼。其《題醉鍾馗十三鬼趣圖》云：「不容作士蓬萊巔，不妨捉鬼終南山。鬼怕捉，群而前。但求不捉願供役，爲君奔走承歡顔。先生大喜呼鬼起，從今爾我一家矣。相將嘻戲樂天真，爾供我役我護爾。憶昔劉蕡下第時，白眼揶揄皆相知。鬚眉不作人間好，有鬼多情且憐之。有鬼有鬼大歡樂，跳擲叫笑意不惡。一鬼解牽裾，一鬼來抱脚。一鬼舞胡旋，一鬼拜而却。或爲商羊舞，或爲鯉魚躍。搔背小鬼頭，捧劍鬼獨角。兩鬼互交拳，一鬼作鬼樂。一鬼持杯一鬼斟，一杯一杯先生醺。奇容泛作墨花色，騰騰兩頰飛紫雲。吁嗟乎！西方有佛子，大言不知死。只宗一字無無無，究竟槁木死灰耳。若逢浩劫亦難逃，蓮花墮落火輪裏。碧落多神仙，遨游霄漢邊。圍棋纔一局，人世已千年。如此光陰太迅速，十二萬年轉瞬間。富貴功名等泡影，浮雲一掃即鬼境。本來面目我還我，何必紅塵久馳騁。東家郎，西家女，丁香結挽鴛鴦侶。可憐紅粉共青衫，都是天涯好黄土。閻摩天子鬼中王，亦知鬼趣非尋常。其如位尊同桎梏，不如先生與鬼兩無拘束自徜徉。盤古以前已如斯，須知我語豈荒唐？我爲鬼歌鬼應笑，鬼與先生獨稱妙。此間樂兮不思蜀，黃泉定無子規叫。儘招六合之内蜉蝣來，一齊結作青燐好。嗚呼！先生莫更憾貌醜，濁世不合鬼可友。鬼多鬼趣得鬼真，我欲對圖亂招手。今朝佳節正端陽，一一來飲菖蒲酒，先生先生其點首。」又《題明妃出塞圖》云：「當年慷慨請行時，誰惜蛾眉絶代姿。一曲琵琶千載艷，漢家那個是男兒。」「林立公侯受上封，美人一騎净邊烽。願王莫殺毛延壽，留取凌烟畫玉容。」「脱却宮衣卸翠鬟，春風竟度雁門關。笑他多少長門女，幾點傷心淚暗彈。」「塞外青青冢獨留，地因埋玉擅千秋。若教老死深宮裏，一樣人間土一丘。」

同郡夏鵝溪學禮詩筆韶秀。《憶舊》云：「銀漢無聲露氣寒，疎簾不隔影團團。分明一片揚州月，偏向天涯獨自看。」「明珠的的蕊初含，小摘庭前露正涵。一縷幽香清入夢，夢回錯認在江南。」「兒家姓氏記模糊，我亦秦淮舊酒徒。他日丁簾重過訪，春風惠我一枝無。」送余南歸云：「苔岑同臭味，一見便相親。詩骨清彌健，交情淡自真。琴樽尋舊約，花月感前因。幾日歡場聚，何妨載酒頻。」「異鄉難作别，况别故鄉人。君已還家再，我仍爲客頻。壯懷消轍跡，勳業悮儒巾。何日玉峰下，歸耕結比鄰。」詩講格律，議論抑隨園而尊阮亭，與稚雲大相反。故余題其詩集末首云：「近代才華似列星，問君畢竟眼誰青。吟來風調儂知屬，不揖隨園拜阮亭。」

同郡李湘芷，元塏，今改名勳。虎觀先生之子。藴藉風流，情深一往。詩細膩熨貼，頗似其人。現以微秩，需次山右，屈於銜官，殊可惜也。和余《留别同人》原韵云：「車馬長安憶舊游，詩懷老輩味深投。原注：兩先人在都時相唱酬，余與子香、又萍合明湖，可爲世緣。昔年池館悲寥落，此日旗亭感去留。雁影暫分南北遠，鴻泥新積一重愁。玉山恰值題糕節，好菊憑君插滿頭。」「蓴鱸興動去匆匆，送客偏逢我客中。酒未盈樽謀醉別，詩先好句壓秋風。關心早計安巢燕，放眼應憐落日鴻。身世茫茫誰共語，只須搔首問天公。」「萬里曾經記遠征，滇雲回首淚縱横。散場子弟終無賴，廉吏兒孫共此情。李郤豈真慚鶚薦，孫山何竟滯鵬程。任他柳眼窺如昨，白髮蕭騷鏡裏生。」「補屋牽舟計未遲，江關雲物繫相思。窮如可送何妨賦，愁到難消自有詩。紅樹青山牽客夢，黄橙緑橘趁歸時。相期春水鷗盟續，重整詞壇力健持。」

陽信曾雨門毓封，先文林門下士也。人樸誠緘默，外質内文。詩豪放中有性靈語。《稻田道中懷張六琴》云：「來往方經月，頻番過稻田。野舟驢共渡，旅榻僕同眠。雪徑隨人跡，霜林縮客肩。故人何處問，指點介亭烟。」其他如「我藉黄花來獻佛，僧從紅樹出迎人」、「半架秋添瓜蔓雨，一棚香起豆花風」，皆佳句也。

「冬月入山人愁寒，我來獨覺心胸寬。宦海人心冷於雪，翻手覆手生波瀾。驅車西北百餘里，馬頭塵起迷峰嵐。村荒路僻問途徑，僕夫風咽音含酸。」「垂簾數息默不語，閉目撟舌修泥丸。日暮野店卧土窖，飽食酣夢心安閒。夜殘開户當風立，山頭明月光團團。古人呵氣長如虹，且玩青天白玉盤。」此詩筆致曠逸，子筠於蘆溝旅壁鈔示，惜不知作者姓氏。

同郡陳厚甫先生鍾麟，與先君子交最深。由延安太守擢嘉湖觀察，文章政績，卓著一時。性和平，喜吟咏，公餘之暇，手執一編，孜孜不倦。嘗見其《題王月鉏醉花圖》七古一首，穠麗郁艷，不意帖括家亦能作綺語如此，始信前輩風流，何所不可。其詞曰：「夭桃灼灼柳毶毶，荳蔻稍頭二月三。月夜花枝相對出，泥人春色醉江南。江南閨閣嬌羅綺，枝上啼鶯殘夢裹。錦帳芙蓉鬥艷新，花將儂醉將儂比。畫簾鸚鵡唤春深，著雨梨花扶不起。妾住横塘第幾灣，花開並蒂枝連理。昨宵月落吹笙院，剪燭匀粧重開讌。瀲灩葡萄稱意杯，團圞孔雀同心扇。回席恐防阿母嗔，背燈偷覷郎君面。郎情比酒十分濃，醉酒醉花淚如霰。别後相思幾度春，仙源無路問前津。玉簫庭院迷紅葯，畫彭樓船泛白蘋。響屧廊邊譚舊事，采香徑外憶前塵。山塘七里烟花窟，醉裹還尋夢裹人。」

崑山朱小峰先生鈞，己亥孝廉，與先君爲莫逆交。同客京邸，時相唱酬，每言其狀貌雄偉，長髯過腹，論議滔滔不絶，未及食禄，卒於津門。時同里李玉樵先生已謝鹾使事，爲經紀其喪，歸櫬里門。其弟青湄先生，余長兄之受業師也。善棋，善青烏術，隱居教子，不樂仕進，諸郎皆有聲黌舍。詩有奇氣，無媿郊祁。小峰先生後人零落，詩稿失傳。偶檢得《消夏十詠》，爲代存之，以識前輩餘風。《竹衫》云：「截竹裁絲巧製新，珊珊骨節稱輕身。汗流雨滴交枝潤，淚落斑留叠漬匀。瓊樹掛來開鐵網，玉山頹去印龍鱗。清風兩袖瀟湘冷，差敵胸中千畝人。」《蕉扇》云：「芭蕉分取碧玲瓏，明月裁成自粤東。枕畔無聲驚夜雨，窗前一葉動秋風。篷開摺叠影剛半，紗剪團圞影亦同。只有篷蒲難比擬，不摇自扇御廚中。」《浴盆》云：「沁肌何處覓温泉，斗室湯盆亦快然。盛水騰翻寬似瓮，容身欹側穩於船。頓開塵世冲融境，便是生初混沌天。花意極嬌珠極貴，那從此處更遮妍。」《冰盤》云：「天時人事兩持權，陰慘陽舒任節宣。深室望來愁火熱，和盤托出喜冰堅。寒於水矣終無本，倚若山乎却未然。只有蠅蚊多絶跡，北窗清静好高眠。」《湘簟》云：「宜雨宜雲簟一重，五離九折静溶溶。那知湘水條條影，不隔巫山六六峰。獨夜好携紈箑伴，餘情底事竹奴從。汗潮反側消來盡，好夢誰親江上踪。」《葛帔》云：「怕仍翡翠爛齊光，絺綌裁縫竟一床。夜静尚含中谷冷，天炎時剩半身長。依然大布風如素，弗著相思心亦凉。宵擁休還吟采葛，三秋一日轉情傷。」《紗厨》云：「蠅蜺喧集坐來愁，一架輕紗護處周。落落半間深屋暮，飄飄四起淡烟秋。虚痕欲界浮香住，疎影仍邀静月留。最是風來塵氣杳，圖書坐擁自清幽。」《藤枕》云：「銀絲巧匠織寒藤，高枕虚中謝鬱蒸。柔滑欲驚雲雨化，牽纏還作夢魂徵。儘教汗腕憑無礙，只恐酡顔印不勝。除是邯鄲仙授好，綾文角燦總生憎。」《椶鞋》云：「麤不成芒細不絲，著來五兩葛同時。輕將類舃飛應便，破未穿棕走亦宜。踏月不愁苔徑滑，尋芳一任露華滋。幾番蠟屐拖泥重，却笑東山謝傅痴。」《訟塵》云：「老向大山拂雨雲，一枝借得却塵氛。炎時好絶青蠅汙，高處應招白鶴群。即此解圍談有柄，那須入手玉無分。揮來謖謖秋風起，灑落空濤四座聞。」

玉峰五子，乃王秫農鳴鳳、吴岫微以暢、何二我顧復、張石耘國琛、趙筠坨元春。五人齊名，有《櫟社合刻》行世。余與秫農、石耘交最稔。秫農性戇直卞急，慷慨落拓，友朋有事相許，一諾之後，百折不回。若氣味不投，事雖無與於己，必代爲不平。家本小康，以負氣任俠，遂致中落。妻早亡，奉母居陋巷，吟咏自得，怡怡如也。嘗與余同客山左，極文酒之樂。嗣余萍滯關中，不通消息。有人晤於都門，亦甚憔悴，近不知已倦游歸去否。暮雲春樹，引領爲勞，殊令人棖觸於懷也。録其聞余自豫入秦追寄五古一首，云：「孤梗泛滄溟，摯羽凌軋忽。男兒四方志，海内皆安宅。生小同里閈，結契在束髮。悠悠二十年，歡會能幾日。去春汗漫游，携手明湖月。他鄉寡兄弟，異姓聯同室。忽然流飈起，吹散賓鴻翼。中州帝王都，崤函肇天闕。簫管吹臺樂，詞賦梁園客。蕭條博浪城，寂寞圃田澤。太息古夷門，竟無抱關卒。俯仰不稱意，策馬潼關入。馬前華嶽雲，馬後終南雪。黄河入夢流，濺濺鳴不竭。八川浩浩洞，九嵕高巀嶭。藍田遲日暖，長楊春樹密。遥思花萼樓，新編定成什。不知渭城雨，記否陽關疊。迢迢郊原樹，征鴻去不絶。一片故人心，千里夢魂覓。那堪梅花風，吹入關山笛。」

秝農嘗語余曰：「作詩雖憑學力，尚須天分。學力深，則語意沈着；天分高，則運用新鮮。余於此道攻苦有年，而所造僅如此，良由天分不高。間嘗徹夜吟哦，廢寢忘食，每一合眼，即覺琳琅滿目，往往於夢中得句，而醒即忘之，蓋專心致志所致。最奇者，嘗夢身忽飄舉，御風而行，下視一片梅林，花香濃郁。又有一我僵卧林中，旁有短僮荷鋤葬之，因追作挽詩，至『猶有殘痕染舊衣』之句，遂大慟而寤。又於戊寅五月，夢登峨嵋絶頂，石壁千尋，長江萬里，飄然有凌雲之想。得句云：『石壁豇青天，人倚青天坐。亂雲肩上過，斜陽脚下墮。』遂倩虞山蔣子延爲作《踞坐倚天》及《梅根瘞骨》兩圖云。」余因戲謂曰：「君與梅花有緣，必是林和靖後身。」秝農曰：「何以見來？」余曰：「不然，何以君現有妻梅子鶴光景。」一座爲之粲然。

吴岫微《送春》八首，録其四云：「來本無端去杳然，陌頭一望但蒼烟。傷心極目春歸路，盡是花英與柳綿。」「緑暗紅稀可奈何，日長似歲引愁多。子規處處枝頭唤，也似驪駒唱别歌。」「紅紫紛紛作雨飛，粗枝大葉景全非。莫嫌青帝無情去，苦被長嬴促駕歸。」「明知一刻值千金，天也多愁連日陰。

乳燕流鶯相對睡，大家抱悶晝沉沉。」又《落葉》兩首云：「幾番霜信促寒衣，四顧亭皋景物非。聊爲榮枯三嘆息，静觀生滅一禪機。好生青帝難持柄，執法秋官驟試威。松柏有心逃劫外，依然蒼翠護岩扉。」「落日凄清捲道旁。山家俯拾手携筐。攀條曾見千株緑，回首俄成滿地黄。脱帽解衣真面目，出筋露骨老文章。化工自有乘除運，下士徒勞摇落傷。」

何二我胸無城府，瀟灑天然。家貧恬澹，吟咏自怡。詩有王孟風神，而加以豪邁，洵櫟社中之出色者。二我夫婦皆能詩，閨中相對，惟以拈韵爲事。惜好花早謝，鸞影遽分，造化何心，能無太息。其婦詩已采入閨秀門中，兹録二我《見贈》及《送别》兩律云：「東魯扶回廣柳車，牛眠地不費堪輿。原注：君爲葬親旋里。才真吴下無雙士，腹有人間未見書。夢裏筆花開絢爛，秦中山色最相於。原注：君將之秦中。左芬更喜工詞翰，笑我鬚眉媿弗如。原注：君姊妹皆工吟咏」「欲挽驪駒事最難，一聲風笛柳花殘。五陵風雨家千里，三輔烟雲路百盤。未免人嗤吴語慣，最憐月在異鄉看。成仙喜挈劉綱婦，此去題詩倘寄觀。」《春遊曲》云：「天朗氣清三月三，如雲士女來花南。流觴曲水祓不祥，相携花底歌宜男。少年錦帶騎驄馬，揚鞭唱曲垂楊下。驀地天教一笑逢，妾自風流郎儒雅。郎采蘭，妾贈芍。郎居白玉街，妾住紅欄閣。他日相逢話别離，莫如陌路恩情薄。」《出郭》云：「一水明孤棹，千村抵半城。白雲微有雨，紅樹晚開晴。俗古多書塾，人勤有織聲。老農延客坐，酌酒話閒情。」《南村曉發》云：「明月如霜鋪滿地，雞聲喔喔催人起。櫓枝摇夢出南村，老樹紅黄曉霞紫。此時名利心未動，日高蠻觸旋相鬨。一聲鐵笛破蒼烟，吹醒城中萬家夢。」《同席晨生淞南歸舟》云：「菰蘆風起雁飛遲，送我歸途櫓一枝。古岫烟林寒入畫，澄江水色淡於詩。鱸魚好佐東坡饌，杞菊猶開魯望祠。挂起布帆看破浪，到家正及上燈時。」《贈王寄橋》云：「王生烱烱目如電，張郎對我頻稱善。鐵石心腸斌媚姿，梅花數首神全見。王生不友儒巾人，竊名釣譽真堪嗔。王生不習爛時文，塗澤聖言全無真。朝出屠，夜提壺，醉倒大笑聲胡盧。一斗吟詩成百首，如李如杜如韓如韋還如蘇。落日同尋朱亥里，始信張郎不濫美。笑歌啜泣酒家傍，媿煞儒巾齷齪子。」《滿船載明月》五首，録其二云：「滿船載明月，酌酒更吹簫。良友東西晉，佳人大小喬。人間此良會，天上正填橋。唱罷霓裳曲，嫦娥應見招。」「滿船載明月，赤壁正高秋。一鶴横江去，三人把酒酬。胸吞雲夢澤，風浣古今愁。絶有乘槎想，何如博望侯。」《題黄大癡空山積雪圖》云：「入門忽驚寒氣逼，空堂六月猶飛雪。凍雲漠漠鳥不飛，千山萬山人踪絶。滕六却是黄子久，一幅生綃舒妙手。想見當年下筆時，雲師雨伯繞左右。遠峰近峰雪糢糊，東村西村春有無。山坳寒梅露一株，姑射仙人清且臞。一椽山側欹復斜，閉門應是袁安家。時清豈有漢女冤，如何恍聽爬沙喧。江南地熱非空桑，偏看捲地風沙黄。畫手到此真絶技，癡心飛入畫圖裏。赤日行天總不知，彈箏高唱豐年喜。」《送王芝香之楚》云：「故人湖海士，别我至瀟湘。抱道游衡嶽，高歌上岳陽。烟横秋水净，日落碧天長。慎莫歸來晚，高堂鬢漸蒼。」《答石耘約赴秋闈》云：「秣陵兩度感勞薪，絶類東施慣效顰。兩鬢驚心已點雪，十年春夢總成塵。筆牀茶竈真奇福，白米紅鹽慣誤人。要展才猷須及早，君爲霖雨我爲民。」

張石耘天性恬静，與人交，一往情深，久而彌篤。余應童子試時，即與之角逐，迄今幾及卅年，皆無成就。余本犓才，何足惜。獨念石耘以承明著作之才，而亦困於青衿，殊堪一嘆。詩似查初白，録其送余之濟南兼訊明叔云：「故國鶯聲老，他鄉柳葉肥。風光三月暮，春水一帆飛。狂惜懷中刺，貧憐篋裏衣。鬱金堂畔燕，盼爾早同歸。」「落日明湖柳，條條是别情。鬢眉今老輩，才力各長城。久客親朋諒，無田去就輕。終嫌乘下澤，慷慨送君行。」《喜蔣子延至因憶明叔》云：「江上一爲别，相思動隔年。昨逢漁父問，知泛五湖船。懶負尋山屐，貧貪賣畫錢。因君忽惆悵，不見雁書傳。」《病中偶述》云：「萍梗浮生萬事非，行藏無據兩依依。年加馬齒悲玄鬢，心戀漁竿欠釣磯。詩句儘求驅瘧便，文章翻笑送窮稀。悶中忽聽寒飈厲，正憶江鱸人饌肥。」《食蓴羹》云：「便擬鱸鄉理釣綸，食單添得泖湖蓴。季鷹去後剛千載，我是江東第幾人。」《窮巷》云：「柳折新綿杏褪香，微雲微雨日初長。春殘窮巷無人覺，一簇野花紅上墻。」「長日何曾見夕曛，廉纖雨點隔窗聞。東皇生怕花開早，特地春寒帶一分。」《過中山王墓》云：「豐碑不改舊佳城，異姓真王應運生。鐵券功高分俎豆，雲臺位重冠公卿。千秋蠹種傷烏喙，一代韓彭少雉鳴。功狗紛紛君不見，胡藍骸骨委縱横。」《别秦淮》云：「秦淮風物儘徘徊，終古繁華剩劫灰。孤負石尤留客住，雙飛燕子掠波來。流水依然舊板橋，含情猶自倚蘭橈。臨歧不把垂楊折，留與行人認六朝。」

石耘《咏春柳》句云：「南浦送君衣盡緑，東皇待我眼常青。」有宋人風度。又「往日雄心時看劍，近來好夢不離家」、「未便獨醒聊共醉，斷無憂死得長生」、「死如有鬼生何戀，少不如人老更休」，皆戛戛獨造語也。

趙筠坨，余未識其人，詩不多見。石耘曾誦其《野望》一律云：「江城十月未成寒，木葉初飛野景寬。衰草地閒群馬卧，白雲天遠一鷹盤。橋傾近市船爲渡，稻穫空田水欲乾。壓郭山光鬱葱蒨，西峰不厭百回看。」又《偶行》云：「早市衝寒上，容與泛釣艖。雪晴山色顯，風緊水紋斜。僻渚鳧爲導，荒蘆雁作家。買歸魚數尾，童稚笑相譁。」

《吕公記》：九日天明時，以片糕搭小兒頭頂，祝曰：「願兒女百事皆高。」作三聲，令小兒聰明。錢牧齋《九日》詩云：「嬌女指端裝菊枕，稚孫頭上搭花糕。」

崑山布衣潘晚香道根，隱居於鄉，不求聞達。余未見其人，詩社諸君咸爲余稱道不置。兹吴果生録其詩稿見示，爲摘數首。《讀錢牧齋集》云：「綸巾鶴氅儼如仙，老伴蘼蕪亦可憐。靈運才華能證佛，褚淵身世恨長年。絳雲一炬淪灰劫，拂水千秋弔墓田。自古人才看晚節，東皋松柏影參天。」《送王明叔東游》云：「大風片席此孤征，揮手郵亭無限情。幕下花迎新劍履，山中春遠舊柴荆。黄河飲馬横流怒，目觀題詩海色晴。從古奇人出韋布，不妨長揖傲公卿。」《懷張石耘》云：「聞赴秣陵試，曾爲板渚游。浮雲京口樹，斜日竹西樓。縞紵天涯合，山川筆底收。瑶華應已滿，清倡若爲酬。」「廿載余寥落，棲遲鬢未華。青囊書肘後，皂帽老天涯。生業漁限廢，浮踪客路賒。因思舊朋好，遥望不勝嗟。」

吴葦庵元錫，銀帆師之長君也。清才雅志，家學淵源。善畫山水，頗得石谷筆法。丙戌秋，余以《蓬萊閣觀海放歌》郵寄，得其復書，有見酬一篇，極詭異矞皇之致，殆從太白、長吉兩集中得來者。其詩曰：「域中寥廓境萬千，天一生水浮垓埏。地維不盡盡以海，周游四極茫無邊。烟波縹緲列島嶼，登臨擬上蓬萊巔。憶昔東游指岱麓，景行未遂徒逐逐。峻極曾聞日觀峰，舉頭紅日升天速。滄溟幽渺隔塵凡，大地山河已在目。夢想奇觀不得見，天涯舊雨時縈戀。一朵紅雲海角來，入手始知盡黄絹。就中夸示游海隅，蓬萊閣上奇情擅。再展蠻箋讀百回，情詞詭激何恢恢。幽閴寥迥不可狀，但覺心驚目眩聞奔雷。下有巨鼇怪蜃之潛匿，上有怒濤駭浪之喧豗。或鼉鳴而鯨吼，或鮫泣而龜嬉。山嶽摇兮風力猛，鬼神下兮雲氣垂。時或崇樓傑閣赫然峙，霞飛萬片成基址。空中巧構不恒有，每當斗柄東南指。瓌麗奇偉變態多，潋湙瀲灩常如此。人生天地一蜉蝣，恣觀巨麗他何求。孫子英才時未遇，失意聊復尋盟鷗。胸中奇氣彌灝瀚，横溢奔放難停留。陡然化爲珠玉隨風散，幾回對之輒興嘆。一點靈犀兩地同，頓使俗慮不攖無羈絆。先得吾心兮出塵寰，願與子俱兮凌霄漢。我欲探奇攬勝徧宇中，茫茫堪輿無終窮。於焉控飛虬，跨長虹。扶桑濯足，列宿羅胸。俛探晶宫兮躡貝闕，仰窺月窟兮摩璇穹。將尚羊乎十洲三島無愁之境，而泠然御以列子之風。」

吴廣齋純錫，銀帆師之次君也。有聲黌序。詩筆輕倩，其近體較勝乃兄。送余之秦云：「廿年蘭臭慣離群，隴右江東倏又分。鴻筆天生容易富，鱸鄉酒熟總難醺。别來誰是桃潭水，此去惟多日暮雲。料得灞橋風景裏，吟箋還許讀奇文。」「壯志難伸隙易過，移家今不感蹉跎。鹿門携手非偕隱，松徑聯床好共哦。自有長才騰隴坂，豈緣逸興寄關河。買山若得看囊羡，早計歸田賦澗阿。」「一門棣蕚競争妍，藻思丹青有惠連。並駕快瞻鶯出谷，先驅宜作鶴摩天。撫琴響合鍾期遇，擁彗人看尹喜賢。

穎脱才鋒方發軔，鳳翔初著八觀篇。」「驪駒忽唱玉山城，正值將離放晚晴。愧我青衫何日卸，喜君紫氣及時迎。幽懷難作秦箏訴，勝概還從華頂生。只有眼前無那處，落花時節送君行。」

同邑程廷玉送余赴秦兼寄子筠云：「金城千里舊神京，紫氣西浮作壯行。奠岳山原尊太華，歌風詩最愛秦聲。兩京勝蹟供揮灑，九派黄河迭送迎。自笑轅駒空局促，輸君雁塔去題名。」「記從客歲解征鞍，過從頻聯朝夕歡。鬥句自憐詩思澀，飛觴共負酒腸寬。游原壯志情難别，伴有同懷客不單。聞説碑林名跡滿，歸來金石與君刊。」「君家難弟别經年，宦轍花封繼樂天。名士古來多外吏，官聲想不讓前賢。山重雲黯江東樹，春暮花飛渭北烟。努力循良期報最，有人傾耳聽鶯遷。」

崑山陳竺生孝廉題余《紅豆相思圖》後，復作《感懷》詩五首見示，含毫綿邈，無限深情，其玉溪生之嗣響乎？世有子野，亦當代唤奈何也。其詩曰：「東風吹暖六萌車，一握圓冰恰破瓜。大道琅琊堪繫馬，永豐楊柳慣藏鴉。夢回南浦人千里，春到西泠月萬家。玉筋絲絲和織字，空勞椷恨報秦嘉。」「珍重羅敷未嫁情，紋窗選聟最知名。瑶箏獨坐彈誰和，錦帶同心繡不成。可惜黄金虚牝擲，反輸碧玉小家生。何人暗譜鴛鴦牒，細數良緣只馬卿。」「金鈴犬小卧重門，轉側朱簾燭影昏。臂上未容消鯽墨，眉間且與畫螺痕。細商詩句拈銀管，怕觸羈愁倒玉罇。真箇文鰜稱比翼，紅矜翠謔兩温存。」「並棲雙燕錦花堂，尺素憑誰遠寄將。玉勒花明仍蕩子，珠簾月幌坐秋娘。淺斟低唱春難綰，白日黄雞感自長。柳眼窺人添别緒，攀條愁過善和坊。」「至竟芳蘭蕊易凋，青天碧海恨迢迢。篩窗竹影成單个，卧軫琹絃悵斷么。潘岳哀詞須我賦，崔徽風貌倩誰描。冥通要遣氤氲使，一寸心香默自燒。」

陶稚雲《醉後放歌》：「陶生無嗜只嗜酒，酒醉狂胆大於斗。座上驚聞談天口，筆陣運動拏雲手。雄詞朗朗墨濡首，試問何人敢與偶。登山戲逐虎豹吼，入海鞭叱蛟龍走。常恨生在古人後，欲向燕市訪屠狗。陶生大醉意更豪，萬金寶劍横在腰。拉劍長歌天□□，羯鼓催花花亂飄。張口幾吞赤城標，浩氣直干青雲霄。長虹擬挽輕裘絛，落霞欲剪春衫綃。陶生陶生，飲酒真如入漏巵，一舉千觴猶莫動。猖狂壓倒阮步兵，風流直追李供奉。吁嗟乎！歲易遷，命有天。胡爲向者不作飲中仙？淳于已矣劉伶死，未必黄泉有酒泉。富貴功名如泡影，人生不飲真徒然。風塵衮衮天地窄，除却杯中有何物。千金易得更易消，不如傾家釀酒百萬石。酒兵百萬壯書生，造化空中嘆奇特。羅襟布置北斗星，伸臂勗助女媧力。嗚呼！人生在世縱百年，百年須飲三萬六千日。陶生陶生且莫傷，天地雖窄有醉鄉。可洗抑塞磊落之胸次，瀉作淋漓放誕之文章。」又《鵑啼花行》云：「落花如雨，落花如雨，落花有淚終無語。一段春魂付鳥啼，枝上聲聲叫杜宇。杜宇啼紅顔，已血空流呼不起。吁嗟乎！花亦不必哭，鵑亦不必啼。從來世上無真事，茫茫天地皆鴻泥。君不見，將相衣冠，王侯門户。俠客報仇，將軍用武。富兒豪華，遷客辛苦。名士文章，美人歌舞。曾幾何時，可憐黄土。又不見，鍊石補天女媧氏，天雖可補不免死。神農嘗草欲活人，嘗草之人今已矣。何堪花鳥暫鍾靈，萬古聖賢已如此。我之生也亦偶然，造化小兒游戲耳。」兩詩如天馬行空，舉頭天外，何減太白！

詩有别才。往往有學富五車而不能工吟咏，亦有不讀書而出語自然超妙者。會稽徐松栞方震，爲掖縣少尉，本世家子，書法極佳，字學《争坐位帖》。少即廢學，然作尺牘，洋洋灑灑，往復千言，曲而能達。嘗見余與石生、六琴輩分箋擘韵，忽語余曰：「詩不過抒寫性靈耳，無難作也。今而後亦當效顰。」時值縣試，詩題爲「獨釣寒江雪」。余與湯退園等皆有擬作。松琹曰：「君等皆用帖括功夫。予係門外，但作兩絶句如何？」吟哦半日，得詩曰：「萬里空江水接天，老漁孤笠釣雲烟。垂竿不覺簑衣重，返棹歸來雪滿肩。」「不作凡人不學仙，扁舟一葉雪花天。衝寒獨向江干釣，釣得雙鱗换酒錢。」詩筆秀挺，不知者疑爲老手。

建寧夏玉甫世堂以府倅待選，僑寓崑山。少年倜儻，名流争接。善寫生，工篆刻，好金石，現著《金石萃編拾遺》。書工各體，而行書尤妙。詩不多見，嘗誦其《鬲津道中作》云：「車聲繹繹馬蕭蕭，小坐重茵蕩漾摇。驚起一雙玉條脱，嫩紅如縷是春嬌。」「酣碧紗帷紫隱囊，曉晴真箇怯新凉。侍兒披上襜褕錦，掉却紅繻一串香。」「黄沙撲面幾曾經，又向槐街作小停。手把一甌新鳳髓，生生怕煞水花腥。」筆意絶似玉溪。

張石耘《送王秝農東游》詩：「王郎有胆大如斗，行年三十知名久。平生自負七尺軀，萬事無何一杯酒。知交落落有幾人，嗒然四壁守我貧。學書學劍恨不早，高堂白髮年來新。知君自有屈宋才，置身何必黄金臺。别後相思聊記取，故山正及梅花開。」

夷門王菱江慶瀾，詩學中唐。有《菱江集》行世。如《白紵辭》、《艷歌行》等作，頗得青蓮筆意。余愛其《送友之漢陽》一律云：「交少别常多，行行奈爾何。河梁一揮手，江漢遽分波。遠目輕舟剪，吟魂瘦馬駝。楚山殊寂寞，横出待經過。」

吴縣徐柳橋倬喜結納，美才華。以貲入官，需次山左。而有才無命，遽赴玉樓，同人咸惜之。夏鵝溪嘗誦其《病感》一律云：「風冷嚴城急暮笳，病中游子苦思家。夢回小閣沉沉夜，寒入重衾惻惻加。落拓情懷惟醉酒，嘔心文字最宜花。可憐雞鶩同争食，回首皆緣一念差。」

余於蘇州舊書攤上檢得詩稿一卷，卷尾序「東白」二字，不載姓名。詩極輕清，頗有佳句。《桃源驛路》云：「車聲軋軋客如麻，袁浦迢遥别路賒。驢背夜馱河畔月，馬鞭朝數隴頭花。沿堤草色鋪新褥，隔岸潮痕剩軟沙。春滿江南歸未得，年年離思遍天涯。」《過淮》云：「多情最是淮揚水，只向江南日夜流。」《旅夜》云：「明月不知鄉思苦，照人殘夢五更頭。」《王營起早》云：「日留鴉背影，沙撲馬頭風。」《平山堂》云：「杯酒湖心舫，烟雲水面樓。」《歸途》云：「林花留燕語，溪水寫春痕。」《江景》云：「有山皆入畫，無樹不棲雲。」

余詩話之作，同人投詩甚夥。藏置既久，竟致失記姓氏。兹檢得詩稿一紙，似係福山鹿君所著。曾記在蘭儀署中晤見，鬚髮皓然，一盛德君子也。其名號，則竟不記憶。詩似郊、島。《蘭陽客思》云：「老作依人計，笑如行脚僧。雁聲到中嶽，客思入殘燈。曙近城猶柝，露寒簾欲冰。此時舊山館，正掩白雲層。」《九日河上》云：「菊邊花盡黄，節序已重陽。風雨無家信，茱萸剩客囊。大河千萬里，歸雁兩三行。苦憶敲紅葉，砧聲似故鄉。」《答謝五》云：「聞信忽驚喜，呼童烹鯉魚。自爲大梁客，初得故人書。野戍寒砧急，荒城晚照餘。遠愁轉無盡，蟲語上階除。」「屐愛君家好，移家家翠微。妻孥一墻隔，烟火衆峰圍。海嶼鶴來近，縣城人到稀。别離久爲客，何日共言歸。」《得澤兒都中信並喜生孫》云：「自古情如此，牽纏不可休。偏能數行字，寫盡九門秋。家計貧何病，臣心富轉羞。抱孫真喜事，我已雪盈頭。」《寄西清李修齋明府兼呈謝五》云：「其水淡而清，其人廉且貞。原注：二語用《世説》。鳴琴方出宰，馳檄亦能兵。原注：時出兵征西域，路由中州大吏檄修齋迎送。獄草皆生意，村厖無吠聲。聞知邀謝客，觴咏月高明。」《聞陳貞白先生改福山令作此却寄》云：「一城如斗大，夫子愛清貧。不謂如今日，偏能得古人。村烟初弄曙，海草亦懷春。早擬還鄉縣，長吟爲部民。原注：先生蘇州人。善書法，性慈祥，到處皆有惠政。」

又得詩稿一紙，亦失記姓氏。細味筆意，似肆力於韓、蘇大家者。亟録之。《寫况寄舊游》云：「日向虚空刻意搜，孟郊才地合詩囚。有懷每在千秋上，無事翻增萬古愁。十里雲山名士屐，三春風雨酒家樓。去年快事今猶憶，斗室寒鐙自唱酬。」《秋闈失意》云：「舟到神山風引回，分明咫尺隔蓬萊。友能解事邀狂飲，妻不知書笑鈍才。豈有英雄終落拓，任教流俗屢疑猜。泥金名帖誰家子，得意秋風叩户來。」《雪後訪張履堂》云：「寒日淡於水，炊烟冷化雲。冰開沉樹影，風緊散鴉群。有客能豪飲，携樽與論文。翻愁高館近，詩思正紛紛。」《春游》云：「楊柳鬱空烟，春游憶昔年。鶯花名士地，風雨酒人天。情重難逃佛，詩成或悟禪。衹今成往事，回首意綿綿。」《懷任雲心》云：「憶昔任公子，登高容我狂。故人在遼海，秋色正蒼茫。群鳥散微雨，一峰銜夕陽。縱然有同調，懷舊意難忘。」《秋懷》四首云：「深宵被酒看龍泉，回紇於今尚犯邊。未有經綸除寇孽，可憐心力盡詩篇。空拳白刃無根柢，虚牝黄金惜歲年。漫詡凌雲才子筆，男兒終要泐燕然。」「悵望千秋對夕曛，儒生筆舌太紛紜。白衣亦有回天力，青史多沿諛墓文。少歲妄希韓吏部，年來心折杜司勳。樂游原上昭陵望，忠愛纏綿屬此君。」「經術無端也世情，豈真馬鄭與周程。百年學業陳陳粟，一代儒宗觸觸生。理境心師宋南渡，儒林鼻祖漢東京。一從門户紛争後，丹素相非少定評。」「人海終當有賞音，爨餘材尚説良琴。金戈鐵馬從軍樂，珠典笙墳壽世心。各有高名君請擇，況兼華髮未相侵。即今速懺舒王學，法古無成禍最深。」《得南池先生書酬以長句》云：「泰山突兀摩層穹，何以視之秋毫同。黄河之水湧天去，何以置之杯勺中。我生曾見南池翁，故得放眼開心胸。南池文章無不有，海水倒飛沙礫走。力鎮八荒巨鰲載，思孕九天造化母。去年相逢明湖濱，片語肝膽持贈人。骨騰肉飛一長嘯，湖邊落葉鋪成茵。大兒文舉小德祖，餘子瑣瑣何足數。一杯曲麯惜如金，萬古虚名賤如土。經年長别音問疎，何幸寄我雙鯉魚。殷勤問訊今何如，嗚呼焉用問訊今何如？元龍豪氣不可除。」《送友之城武》云：「嗷嗷孤飛鴻，栖栖返哺心。念子無羽翼，豈能安故林？昨日正高會，離别始自今。頗復怨駑駘，此去何駸駸。雖君識歸路，夢幻終難尋。」

余寓居濟南十年，所交多名下士。如王子秌農、陶子稚雲，無不與周二南樂交，亦無不與余言二南之高雅者。近在咫尺，卒未一見。迨余來關内，二南已先客灞陵，始得謀面而訂金蘭。從此燈紅酒緑，無不接袂聯衿，交情始暢。我不知前此同處東山，何以絮轉蓬飄，落落難合；又不知後此同客長安，何以萍蹤浪跡，轉作知心，蓋其中有數存焉。二南著作已壽棗梨，余最愛其《秦中雜感》十二首，故復録之。詩云：「秦關百二舊山河，此日書生攬轡過。無復宫門立金馬，幾回荆棘卧銅駝。」「昆明尚有劫灰在，關隴從來戰骨多。差喜清時斥堠靖，不妨擊缶付狂歌。」「宮殿丘墟瓦礫場，客中憑弔感滄桑。鐘聲尚似來長樂，月色曾經照未央。」「歷代功名悲逝水，千秋興廢問斜陽。夜深莫漫愁歸去，幾點流螢度短墻。」「咸陽宮闕化寒烟，抔土猶留繡嶺邊。馬鬣却能傳萬世，魚膏曾不照三泉。」「鎬池璧自遺山鬼，徐福舟難覓海仙。太息子嬰組繫後，誰將麥飯灑荒阡。」「當年漢武重横戈，此地曾經肄鸛鵝。那有石鯨動雷雨，衹餘牛女傍星河。」「樓船夜月旌旗杳，人世滄桑劫火多。一代雄圖付流水，西風颯颯起寒波。」「鏡殿凄凉剩暮鴉，園陵尚倚石岡斜。亦知死後仍從李，何苦生前衹摘瓜。」「禍水僅留一杯在，餘殃猶爲五王嗟。同兹麥飯無人奠，不必周唐判兩家。」「罷奏霓裳玉殿扃，蜀山凄絶雨淋鈴。管絃當日喧凝碧，慟哭何人及海青。」「萬户野烟空寂寞，深宮秋葉自飄零。可憐僧寺王摩詰，尚有哀吟動帝聽。」「蕭條輦路野花封，依舊終南積翠重。緑水半池剩楊柳，小園何處認芙蓉。」「荒墳並少麒麟卧，廢圃時還蛺蝶逢。指點曲江亭畔路，游人尚覺馬蹄鬆。」「入谷惟聞飛瀑聲，水流石甕接華清。金沙洞近春雲濕，玉蕊峰高曉日明。」「過嶺松杉留小住，游人宮殿指長生。山中空煉媧皇石，缺陷千秋補未成。」「丹霞西去覺春温，兩岸牡丹花尚繁。一水緑通鸚鵡谷，斜陽紅照鳳皇原。」「逍遥遺墅知何處，游幸離宮剩斷垣。却羨飛昇有仙侣，觀中蟾井至今存。」「塔勢岧嶤接太清，模糊題字枉縱横。當年幾輩矜科第，今日何人識姓名。」「千佛空門都已杳，衆仙俗眼尚相驚。未知淪落劉司户，持較諸君孰重輕。」「帛書萬里使車開，三輔雄圖亦壯哉。天上豈真紅日近，關中時有大風來。」「灞橋驢背空詞客，旅店鳶肩老霸才。寶劍篇成何處獻，遥看西北是蓬萊。」「酒酣浩氣莽縱横，落日登樓百感生。西望烟塵迷古塞，東來風雨滿秦城。」「飄零游跡如春夢，慷慨新詩變夏聲。誰倚秋空吹畫角，淒涼遥起故園情。」

戴秋崖岑，京口人，嘉慶辛酉孝廉。有《函中詩草》。記其《梅花嶺弔史閣部》云：「春燈影裏淺深巵，慷慨何人更誓師。歌到南風聲不競，傾來大厦力難支。一時軍士田橫客，半壁江山杜宇祠。我爲斜陽儘惆悵，古梅花下立多時。」《納凉》云：「忽覺空庭白，不知山月生。荷香隔簾細，螢火入池明。有客坐深夜，聽蟬到五更。悠然心地遠，身世兩忘情。」《送舅氏出塞》云：「秋聲共砧杵，竟夕起離愁。老作無家别，雄誇出塞游。寒沙新戰壘，落日古凉州。莫聽邊城角，行人已白頭。」其他佳句如「關河乞食英雄賤，富貴論交寄托難」、「石乾留屧響，泉冷帶秋聲」、「池寒星倒見，天迴月低飛」、「江影入雲淡，山陰抱寺圓」，皆耐人尋味。

金雨香惪恩，上元名士也。困於場屋，遂以幕著。嘉慶戊寅，余晤於長淮都轉署中，一見如故，訂交而别。道光丁亥，復訪於廣陵，已鬢髮皤然，興致大不如前矣。録其近作見示。《歐陽文忠公生日偕同人先期至三賢祠設祀遇雨紀以詩》云：「湖水碧如此，荷花紅可憐。祝公重此日，高會又經年。雨勢跳珠亟，詩情擊鉢傳。諸山如獻壽，一一到尊前。」「文筆垂千古，勳名重此方。惟靈常不朽，便醉亦無妨。山水樂其樂，鬚顔蒼未蒼。瓣香争一拜，何只舊滁陽。」「不信傳花宴，翻成折柳行。原注：芸士明日將返浙。團沙□近局，殘月護征程。修竹蕩空翠，濕雲遲晚晴。請看禽鳥□，一樣頌先生。」《次日陪鄭夢白都轉雲巢直指琴隝太守諸公展祀平山堂禮成即題荷觴飲福圖》云：「潑翠林亭過雨鮮，小舟輕蹴浪花圓。分明隔宿經行處，點綴晴光作畫傳。」「信有名山俎豆香，滿湖簫鼓藉稱觴。多公七百年前日，肯爲游人闢此堂。」「歲歲南豐敞祀筵，題襟高會集群仙。蕪城此座應風雅，見過張衡又鄭虔。」「傳花判與月裒裒，溮水新荷處處開。此事先生輸一着，不須邵伯載將來。」「廉車憶向豫章游，接部廬陵閱幾秋。今日升堂公定笑，又來輪替領揚州。」「舊論鹽茶最服公，千秋時事略相同。才知使者心香爇，不在尋常文字中。」「鵝絹圖成墨瀋多，旌旗獵獵傍岩阿。探秋新訂紅橋約，還爲漁洋載酒過。」

葉芷林沅，榆林人，以軍功授會稽大令。風流倜儻，詩筆清超，頗不似邊墻人物。余晤於盩厔少尉曹莪屺署中，劇談三日，投詩一卷而別。録其《嘉峪關》一律云：「落日風翻照大旗，甘凉門户此籓離。八千里扼唐回紇，十六城連漢月支。龍起雪山分派盛，馬盤沙磧到關遲。休將嘉嶺區中外，荒徼終年廑聖慈。」又《咏容瀾止閣學布噶爾馬》七古云：「世無王良與伯樂，驊騮騕褭空蕭索。將軍西征得騄耳，坐來猛氣凌褒鄂。憶昨天兵下喀城，貔貅□□□□横。詔使將軍貳都護，快劍斫陣摧鯢鯨。此馬得自紅衣賊，怒嘶嚙碎黄金勒。健將衝風决賊首，鬣奴跨馬還追北。馬昔馳賊賊似鼠，自歸將軍氣亦吐。五花鬘剪陣雲高，將軍似龍馬似虎。玉門關外鶯花春，嘖嘖盡羡真麒麟。豈惟馬也屬青睞，將軍相馬兼相人。瓌材遇合亦有會，不拔其尤心不快。佇看萬彙入牢籠，賞心牝牡驪黄外。」

安鄉張伯良杰刺直隸深州，樂與文士友，頗有愛才之癖。周二南常稱道不置，余固未能晤面也。昨見其《送袁玉堂出塞》一詩，勗勉殷肫，深見交誼。二南之言，良不虚矣。其詩云：「昨日作詩送范五，今朝作詩送袁虎。二子均擅掞天才，一令燕山一令魯。潔己愛民載口碑，吏治於今孰能伍。胡爲都向玉關行，使我聞之爲心憮。若憑月旦採輿論，當有薦牘登縣譜。天子側席正求賢，扶摇直上躋華膴。何至遠戍萬里遥，何至公庭辱對簿。升沉固説總由天，禍福得毋因自取。象緣有齒致焚身，鳥觸網羅爲翠羽。吾輩豈復患無才，正患才多將禍賈。今也二子出玉關，相逢自必同水乳。同水乳，交相輔。勉學金人口三緘，慎勿逞才與世忤。聖朝恩澤大無邊，轉瞬賜環歸故土。棄瑕採菲會有時，亡羊自可將牢補。我聞閫外軍令嚴，幾人能恕車茵吐。君不見杜陵老子氣昂藏，廣座千人嘲嚴武。扁舟一夜遁西川，詩腸幾膏將軍斧。又不見東坡居士性牢騷，出言往往譏政府。垂老投荒向儋州，税駕不得賃人廡。古人明哲貴保身，人侮端必由自侮。作詩送行更勉旃，不言鞅掌征途苦。男兒立志事四方，萬里猶如在牖户。豈復效彼兒女情，但到臨歧泣如雨。」

徐石生鈖，淮安人，子筠弟之内兄也。少時精研舉業，期以必得。貢入成均，每試必前列，與莫寶齋侍郎齊名。後其尊人强之出仕，遂棄帖括，困於丞簿者幾三十年，近方以海運功得宰。石生論詩，每云必須字字咬嚼而出之，方有餘味。若輕於落筆，便多油腔滑調。旨哉是言！著作極富。他不記憶，惟憶其與余同和逍遥道人《殘菊》原韵云：「羽觴籬下成酣戰，西風催老黄花片。天生傲骨拒清霜，不逐桃緋飄柳線。吟詩應媿繼南山，晉人風流香一瓣。昔年誇簿短，此日感髯長。無窮秋思結垂楊。微糈五斗猶戀此，故園三徑空荒凉。客裏年年過重九，白髮星星已到首。飲兹駐顔益壽之寬懷杯，得與仙人名士常相偶。晚香圖畫傳清神，淡容老圃殊風塵。一秋看花已千遍，一飲對客須百巡。名花瀲灩不肯落，吟詩仔細辨秋春。黄花心事如相迫，詩是花魂人花魄。安得長傍琪花瑶草邊，餐仙露，沐仙風，鍊此千年仙花骨，不作人間蒲柳質。」

武林汪雨園宮詹與先文林同充教習，遂結姻婭。長君小園；次小舫；三笠樵，余妹倩也；四鶴山，仕河南府倅；五某，少年英發，更屬不群。母即虛白老人。道光乙酉，小園、小舫、笠樵同舉京兆，一時稱盛，而小舫即以丙戌聯捷，入詞林。一門皆能詩，暇時母子、夫婦輒同聚一堂，分箋拈韵，雍雍怡怡，宜其德門之盛也。小舫嘗爲余《題梅花美人圖》云：「丰姿綽約藐姑仙，紅粉粧成别樣妍。十二碧城消息斷，翻從畫裏結因緣。」「南枝花讓北枝多，探得春風信若何。若把瓊瑶當金粟，美人端合比嫦娥。」

同郡陳雲怡魯璠，貞白先生子也。詩有清微淡遠之旨。記其《哭醉琴道士》五律云：「故人已仙去，游屐怕重經。世事只翻手，浮雲無定形。琴寒前度曲，山失舊時青。化鶴歸來否，秋風不可聽。」送余南歸並贈子筠云：「最怕尊前唱柳枝，無端又賦贈行詩。一程秋色分携地，兩處離愁共此時。天意未妨成小别，人生何計避相思。可憐以後停雲感，逐盡輪蹄不自持。」「一揖登程馬似龍，别情遮莫界胸中。吴門花月經秋好，秦地山河自昔雄。野竹暫棲鸞鳳跡，歸途剛趁鯉魚風。故人獨我猶憔悴，去住無因類轉蓬。」「曾記丁年賦壯游，散場子弟對人羞。客途住久渾如夢，家計長貧轉不愁。頗有肝腸任豪氣，更無鷹隼與高秋。相如草就凌雲賦，除却鄉人肯浪投。」「轉悔從前識力麤，賓家兄弟盡璠瑜。交情深覺明湖淺，别恨重疑月影孤。函谷嚴關勉餐食，故鄉秋水足蓴鱸。臨歧休作楊朱泣，翻箇林亭送别圖。」

滇南嚴秋槎廷中，清才麗句，自命不凡。現作萊陽丞，可爲銜官屈宋。《三十述懷》云：「墮地而今三十年，悠悠歲月借詩編。文章懶入科名選，身價休教世俗憐。此際襟期原落落，當時裘馬自翩翩。酒酣忽憶從前事，過眼韶華一惘然。」「意氣當年百尺樓，髫齡侍宦任遨遊。天山西去人停騎，漢水東來盪客舟。頗有微名傳遠近，也曾長揖見公侯。萱花揺落靈椿謝，從此身如逐浪鷗。」「親闈棄養楚江干，回首家山淚眼殘。宦境空嗟廉吏俸，異鄉誰念故人棺。麥舟大德情何切，滄海深恩報恐難。南望廬江烟水闊，焚香朝夕祝平安。」「平生景仰溯江陰，如此憐才用意深。鄂渚烟波歸去路，長安風雪病中心。空將痛哭酬知遇，從此乾坤孰賞音。夢繞芙蓉城郭外，墓門衰草夕陽沉。」「千里長江一葦杭，泥中鴻爪未全忘。二分明月吹簫路，十里秦淮買笑場。衣袖未乾名士酒，枕函留得美人香。倦游忽動安居念，又指春明作故鄉。」「長安兩載學遷鶯，買得園林近帝城。月地花天開酒社，春風秋雨助詩情。雖無謝朓驚人句，也有平原好士名。同輩少年多得意，文星齊傍客星明。」「駔儈居然誤乃公，銅山豈合付狂童。杯能羽化真奇絶，人縱風流豈愛窮。墮甑不須回首顧，燒丹誰料啓爐空。故鄉幸有先人業，十畝桑田一畝宫。」「宦游歷下感飢驅，八品頭銜負故吾。忽换形容真怪事，未諳拜跪笑酸儒。每逢勝景偕詩侣，也被同人詫酒徒。畢竟未除名士習，肯郎曾礙長卿無。」「斗大姜山傍海隈，卜居且喜近蓬萊。魚蝦常備貧官饌，禄米難供好客杯。自媿聲名真浪得，若論吏治本庸材。近來一事差堪慰，桃李連年着意開。」「男兒只合到公卿，肯博風流不墜名。顧我壯懷空抱負，笑他庸福誤聰明。哦松種秫權隨分，循吏儒林待定評。造物因材知有意，未應丞簿了書生。」

太倉蔣雲樵賓，余向知之。乙酉晤於玉峰方氏，相見恨晚，傾蓋如故。《見贈》云：「江左多名士，孫郎迥不群。看君才獨擅，慚我研須焚。好句栽新柳，知心托紫雲。相逢便傾吐，慷慨酒重醺。」「譚心才幾日，揮手又東西。興爲殘冬減，詩邀新雨題。才應憐小阮，交不棄迂倪。相約蘆溝月，敲鞭駐馬蹄。」雲樵集中珠玉甚多，美不勝收，有《悼亡》十律，録其四云：「十年蝸舍饜糟糠，忍見釵裙舊日粧。到此痛君猶有父，如今撫女已無娘。參苓難致誰援手，皮骨空存欲斷腸。曾説新秋凉最好，只今誰與話新凉。」「常將絮語慰黔婁，忍使牛衣掩淚流。有分功名判遲速，無端貧富聽沉浮。交多知己宜深接，事總違心莫便愁。檢點良言增一痛，夜闌誰與解儂憂。」「喚醒晨鐘思鬱陶，當年食苦不辭勞。衣釵久爲炊糜典，井臼仍憐帶病操。顧影已難尋弱態，遣愁無復覓香醪。風號雪虐凄寒甚，合倩何人補緼袍。」「鏡臺曾拜女門生，代擘雲箋夜月清。不慣逞能如守拙，本來好静似忘情。雪桃醺面慈能教，花纈經心織易成。我欲問天修短數，緑章和淚奏通明。」

太倉張春亭恩煦，橐筆遨遊，風雅自詡。嘉慶己卯，與余訂交於濟南。生平善愁，每有不如意事，必顰蹙不已。然其境遇亦頗蹭蹬，年來益復牢騷，耳爲重聽，詩詞多不平語。記其《秦淮憶舊》云：「一串珠喉囀艷歌，一簾鐙影蕩横波。桃榔月暗銀缸炧，沉水香中喚奈何。」「玉指金徽訴别絃，翠翹斜倚緑雲偏。浪花踪跡楊花命，紅粉青衫各惘然。」

杭州李散牧榮，畫筆詩箋，名滿海内。客南滙時，與先文林朝夕過從，詩酒譚讌，訂金蘭焉。嘗見其《咏白桃花》句云：「細逐楊花愛取妍，息姬原是縞衣仙。瑶臺已覺迷前度，人面全非憶去年。待得重來嗟我老，總饒奇妬見卿憐。漁郎若問春消息，回首東風玉化烟。」《白杜鵑花》云：「躑躅争芳賽藐姑，蜀山魂返雪爲膚。月中影動愁無那，枝上春歸血已枯。珠噴玉泉悲賸跡，詩留白帝弔寒蕪。鶴林別换司花女，屏去胭脂倩粉塗。」

會稽王笠雲煜，美丰儀，有璧人之目。隨宦山左，與余訂交於濟南。壬午秋回京，《旅次見懷》云：「吟蟲繞砌雨如絲，獨飲村醪有所思。數載友朋憐我少，半生心性喜君知。酒雖味淡終求醉，交正濃時偏別離。狂對青天搔首問，再來把臂是何時。」「風清月白早秋時，客館凄凉只自知。身瘦未曾諳羈旅，交輕豈肯説相思。閒眠難得逢君夢，開篋常看送我詩。多少離情言不盡，欲封書口又遲疑。」一路吟咏甚多，皆録以寄余。如「出寺鐘聲隨夢遠，近床蟲語和人嘆。」「閒吟喜得關山助，對酒傷無磊落儔。」「蟲吟破壁初驚夢，菊滿荒籬未着花。」悉情致纏綿之作也。

聯語最難貼切渾成。記常熟蔣伯生呈某鉅公一聯云：「將相功勛，書生面目；神仙福分，菩薩心腸。」可爲渾成。又先文林贈韓桂舲司寇集蘭亭一聯云：「一品風期，群仰當今賢者；九天珠玉，咸欣稽古聞人。」自然雅合。先文林見背後，送挽聯者甚夥，獨翟文泉一聯最貼切，云：「七十年卓爾名家，畫册詩箋，祇道伊人宛在；二千里蕭然旅櫬，琴亡鶴瘦，將毋廉吏難爲。」每一誦及，爲之愴然。文泉名云昇，萊州掖縣人。壬午進士，榜下，分發桂林，高尚不赴，引疾而歸。與余最相得。善隸書，學桂未谷，青出於藍，故名震一時，近則有過之無不及也。長安令郭鶴眠階平自云夢鍾離權而生，好酒善武，狀貌亦頗似鍾離，所在多惠政。周二南贈以一聯云：「有酒學仙，前身散漢；愛民如子，今日細侯。」一言其狀，一切其姓，可爲能事。因憶友朋傳誦，及歷年游歷所記名聯，備録於左，以誌鴻爪。

滇南有一長聯，刻於城樓，其上聯云：「五百里滇池全來眼底，披襟岸幘，喜茫茫空闊無邊，看東驤神駿，西注雲彝，北走宛延，南翔皋素，高人韵士，何妨選勝登臨，趁蟹嶼螺洲，梳裹就風鬟霧鬢，更蘋天葦地，點綴些翠羽丹霞，莫辜負四圍香稻，萬頃晴沙，九夏芙蓉，三春楊柳。」其下聯云：「數千年往事驀到心頭，把酒臨虚，嘆滚滚英雄誰在，溯漢習樓船，唐標鐵柱，宋揮玉斧，元跨革囊，偉烈豐功，費盡移山精力，儘珠簾畫棟，捲不完暮雨朝雲，便斷碣殘碑，都付與荒烟夕照，只贏得幾處疎鐘，半江漁火，兩行冷雁，一枕清霜。」又孫夫人廟聯云：「思親泪落吴江冷，望帝魂歸蜀道難。」徐中山王瞻園對云：「大江東去，浪淘盡，千古英雄，看樓外白雲，雲外青山，何處問吴宫晉苑；小院春回，鶯喚起，一簾風月，對座中緑樹，樹中紅雨，此間有舜日堯天。」許州八里橋關廟，即漢壽亭侯千里獨行處，廟聯云：「亦知吾故主尚存乎，從今日，遍逐天涯，休提起萬鍾千駟；曾許汝立功乃去耳，倘他年，相逢歧路，又肯忘樽酒綈袍。」顏惺甫制軍題額云：「此行千古。」錢裴山中丞五月抵楚，即移撫中州，登黄鶴樓，留對云：「我去太匆匆，騎鶴仙人還送客；此游良惓惓，落梅時節且登樓。」睡仙洞在黄鶴樓下，有對云：「鐵笛無聲，知音者正當洗耳；黄粱未熟，睡覺的且莫翻身。」又對云：「世人但知隱於睡，先生以此全其天。」陝西漢臺有對云：「雲樹蒼茫，高處青山低處屋；滄桑遷變，秦時明月漢時臺。」福文襄公康安閩督大門對云：「惟冰淵若惕，所願小廉大法，上不負國，下不負民，成嶺嶠循良之治；豈韜略能諳，將使有勇知方，亦曰千城，亦曰心腹，爲太平節制之師。」福建温泉慶晴村將軍題額云：「不因人熱。」可爲貼切。又游金陵僧寺，題荷池一聯云：「花逢繞郭開湖目，天許看山到石頭。」可爲工穩。又盩厔難民祠有對云：「盛世而歿於干戈，莫非爾命；編氓而列於俎豆，聊盡予心。」可爲得體，石門吳曾貫句也。又前任潼關司馬凌棣生樹棠，奉母命於黄河渡口捐製船隻，並設救生局，以救沉溺。棣生自製兩對云：「小樓生意浩無邊，請閒看鷗泛晴川，帆懸古渡；隨地風光皆自足，應共羨山凝翠靄，地抱黄河。」又一聯云：「眼前舟楫是慈航，願體婆心，成斯善果；足下波濤皆坦境，仰叨神惠，永慶安瀾。」可爲孝慈兼盡。聞棣生詩筆極佳，同聚兩年，卒未索讀，亦缺事也。

子筠四弟兆蕙，天資敏速，嗣以家累廢書。官盩厔二尹，以軍功升鳳縣令。丁艱後選滇南呈貢，調順寧。所至多惠政，頗有兩袖清風之操。盡得先文林真傳，甚重於時。初不作詩，偶見余吟咏，試爲之，筆力清超，居然能手。《旅病》云：「離家二千里，作客一孤身。除却依衰僕，可憐乏故人。名場情淡薄，世事味酸辛。更有難言者，時還與病親。」《之官秦中留别陶稚雲》云：「見便傾心夙有緣，連宵促膝話纏綿。蘭交兩世空千載，原注：復爲兒輩遥訂金蘭。時俱三歲，亦蘭譜中之僅見者。萍聚三生又一年。指似成金能點石，詩曾引玉屢抛磚。旗亭莫悵明朝别，天雁河魚好寄箋。」「抄將詩稿壯征鞍，細話平生夜漏殘。才大似君偏困幕，志高如我竟卑官。陶潛傲骨家風在，孫武雄心學步難。揮手欲言言不盡，匆匆各自勸加餐。」《謝友人惠玉蘭餅》云：「烟雨樓前幾度看，掃來白雪喜堆盤。團成梅粉和花嚼，釀出瓊英帶露餐。味美紅綾胸積玉，香含金鳳口生蘭。仙肴惠我充饑好，巧製玲瓏欲畫難。」《春郊即景》云：「清明又見踏青忙，畢竟風光是故鄉。楊柳千邨濃繞緑，菜花十里遠鋪黄。燕拖斜照簾迷影，魚泛春波網帶香。人住桃源多放鴨，雙雙疑是野鴛鴦。」《重陽》云：「忽忽重陽到眼前，果然風雨黯連天。貧來兄弟多離别，不插茱萸已數年。」《畫鱸魚》云：「鄉思於今十二秋，迢迢何處覓歸舟。江南九月柳如綫，好貫鱸魚買渡頭。」《思家》云：「一雁獨翱翔，一行俱惆悵。遥知孤棲處，惆悵皆一樣。低首明湖旁，仰首海濱上。千里鯉魚疎，彼此知何狀。」《贈蔡生》云：「蔡生眼底空千古，蔡生俠氣胸中吐。年少欲交當世士，十萬黄金揮如土。黄金散盡士亦去，士去黄金不能聚。可憐猶是散金人，潦倒街頭誰與伍。城東退士李先生，先生好客交不輕。熱腸湧出少懷心，冷眼一雙看世清。蔡生昔富今已貧，先生昔疎今且親。階前倒屣迎王粲，聯床夜雨話三更。頓使白眼窮途客，重作先生座上賓。嘆我歸來滄桑變，十二年間去如電。先生向我論盛衰，盛無可喜衰無怨。黄金散盡識先生，結緣青萍逢薛卞。聞説風流仍似初，擲筆欲識廬山面。」其他如「莫笑腰間餘一劍，十年河海辨雌雄」、「千里還山無别事，逢人先約看梅花」、「明月空教藏屈戌，好花偏又礙闌干」、「千古英雄多困苦，百年事業本匆忙」，句皆雋永可誦。子筠嘗從軍喀什噶爾，現又遠宦滇南。古人云：「行萬里路，讀萬卷書。」信得江山之助，宜其筆之雄健也。余與子筠别已八年矣。關山間阻，姜被難温，從事簿書，未知尚能拈毫吟咏否？思之憮然。

余姪茂林啓楙，先兄露香冢子也。幼聰俊，好讀書，不煩督課，先文林最愛此孫。詩、古文、詞，不同凡艷，惟志大才廣，目空一世，頗染名士習氣。余嘗戒之曰：「逞才非載福之器，何必追踪小阮，自取坎坷。」後迺稍稍就範。而至今屢薦不售，尚困諸生，有孤先文林期望之心，殊可惜也。所著甚富，有《武林游草》、《萍因草》、《夢花》、《嘯葉》等詞。録其《西湖憶舊》七絶句云：「蕭然暝色生前渡，烟樹迷離有所思。記得孤篷泛鶯脰，月華如水獨吟詩。」「携朋放棹水西亭，望裏山光一片青。記得狂歌忘日暮，滿天烟雨過西泠。」「杜鵑啼斷小青墳，寂寞梅花處士村。記得携樽酌春酒，孤山亭畔弔芳魂。」「吟鞭斜指柳絲絲，隔岸何人唱竹枝。記得詩情驢背外，野棠花發水仙祠。」「砑紅衫子襲輕寒，寶鼎焚香篆影殘。記得望湖樓上見，相逢一笑倚闌干。」「繽紛羅綺進香回，油壁輕車得得來。記得嬉游三竺路，春風故揭繡簾開。」「罡風砭骨白茫茫，俯視樓臺水一方。記得吴山登絶頂，狂呼拍手渺錢塘。」又有句云「枝頭宿雨有時響，門外亂山無數青」，亦健。

同邑李未莽光禄存厚、心畬户曹培厚，同受業於先文林。其祖玉樵都轉，與先祖同入泮。其父飲香先生，與先文林爲庚子同年。三世交情，久而彌篤。未莽昆仲皆高才博學，倦於場屋，以貲入官。使其力圖上進，何患不顯跡朝紳。乃以家有園亭竹木之勝，履厚席豐，膏肓泉石，竟至老死牖下。惜哉！心畬詩不多作，未莽則矜材鬥捷，惟恐弗勝。余每一旋里，即與之分箋擘韵，角戰不休。梭織詩筒，童僕爲之告困，亦一時盛事也。唱和投贈之作甚多，皆隨手散失。僅記其謝余招飲云：「隔宵食指動頻猜，曉起欣聞折簡來。久别每懷三徑寂，暫歸便許一樽開。買春賞雨宜詩品，原注：是日微雨，蠟屐赴招。對酒看花屬雅材。原注：庭前花木甚多。最是興公能愛客，不嫌倒着接羅回。」和茂林姪原韵云：「六朝金粉繁華地，抹月批風最繫思。記得秦淮秋泛夜，赤欄橋畔獨尋詩。」「隔江雲樹隱郵亭，山色迎人不斷青。記得妙高臺下過，帆飛一葉品中泠。」「雷塘指點説遺墳，寂寞空餘碌碡村。記得蕪城鴻雪印，梅花嶺下弔忠魂。」「九龍山麓柳千絲，誰爲行人贈一枝。記得竹爐尋舊跡，更携芳酹拜清祠。原注：李忠定祠在慧山下。」「南湖樓閣最高寒，幾度登臨興未殘。記得迷離烟雨裏，菱歌漁唱起河干。」「六橋三竺曳笻回，便向江頭唤渡來。記得推篷看山色，緑鬟臨水鏡奩開。」「湖山勝概接蒼茫，隱約鐘聲出上方。記得討春雙盪槳，寒香冷月過横塘。」

寧波曹莪屺偉皆，好古志學，屢舉不第，以貲郎補盩厔尉。刻有《三甏老人詩集》。記其《西湖竹枝詞》云：「千條垂柳拂湖長，堤畔輕橈趁晚凉。隔水看花未親切，好風送到夜來香。」「采蓮船傍六橋斜，藕比郎心妾比花。采葉采花休采子，紅衣褪盡委泥沙。」「昨夜相逢第一橋，笑將羅帶繫郎腰。願郎長似浙江水，日日如期兩度潮。」又《珠湖竹枝詞》云：「霜葉沿江映碧流，繞莊一帶荻花秋。靈泉纍貫珍珠好，好似儂心不斷愁。」「漂母祠前水拍天，珠湖垂柳緑浮烟。長淮盛漲東流急，郎欲東行早放船。」他如「雲低垂雨脚，潮急撼山根」、「屋欹簷礙月，窗破紙吟風」、「舊雨情懷老彌篤，好花風韵半將開」、「斯世炎凉能勵我，一生榮辱不關人」，皆閲歷語也。

蘇州劉雲階嘉淦，名下士也。久客山左，與余同幕青州。丙戌夏，以《明湖雜咏》見示，並索和章。余雅不喜步韵，另作《竹枝詞》以應。頃於篋中檢得原稿，摘録數首：「滑笏波平泛小舠，榜人側立漫輕操。無潮不用劃雙槳，新漲船頭緑半篙。」「漣漪幾曲遠拖藍，相約探幽客兩三。楊柳受風桃帶雨，杏花時節似江南。」「幾日薰風着意催，水芝次第報花開。却嫌萑葦爲屏幛，孤負游人放艇來。」「四面峰巒濕翠微，波光時逐片雲飛。漁郎不解看山色，只把長竿坐釣磯。」「消夏何人緑水灣，瓜皮艇子載雙鬟。偶來泊近芙蓉岸，妬煞花顔勝妾顔。」「飛沫跳珠滿鏡奩，百花洲畔水痕添。雨湖更比晴湖好，無數濕雲着樹黏。」「歌罷采蓮復采菱，一聲欸乃隔溪譍。此鄉只欠蓴鱸美，無奈西風張季鷹。」「濛濛雲樹冷松杉，蘆雪瀰漫冷月銜。貪理銀箏十三柱，不知珠露濕輕衫。」

常州屠貞士履坦，博雅風流，亦客歷下，有《明湖即景》云：「紅蓮未放白蓮開，對此誰憐解語來。不道有人勤護惜，緑楊深處蕩舟回。」「鵲橋終日水悠悠，不向東流向北流。七夕已過秋色早，野花無賴放牽牛。」

同郡家月坡以詞名，而不以詩名，然詩亦得宋人神韻。録其《費縣署中作》云：「雨過空階上蘚痕，愛閒長日閉重門。幾株老樹三間屋，絶似江南負郭村。」「小小蘆簾拂檻斜，疎窻更借緑陰遮。亂鴉無數歸巢去，日暮離人正憶家。」「昨宵歸夢趁雲還，曉起登城望翠鬟。聽説江南相去近，不知可是故鄉山。」「無多茅屋傍城隈，爲愛看山雨後來。猶有故鄉好風景，緑陰小巷買黄梅。」「寂寥孤館日如年，客裏頻思聽管絃。惆悵倚花人去盡，枇杷巷冷草生烟。」

盩厔説經臺，爲老子著《道德經》處。唐宋以來，名人題咏者，指不勝屈。丁亥秋，余與子筠弟同一登眺，蒼松古柏，不下萬本。層岩叠嶂，瀑布流泉，秀絶人寰，真仙境也。主觀道士號還虚，安徽人。善棋能詩，人亦瀟灑。出詩稿以示，頗有佳句。録其《訪驪山道侣》一律云：「驪山深處遠紅塵，解得安眠有幾人。片片石頭堪作枕，青青草色自成茵。卧殘明月方伸脚，蓋破白雲難起身。我欲相尋無路入，遥聞洞口鳥啼春。」

湖北潘志華茂，丰儀韶秀，志大才高，以俊秀入都，屢困秋闈，竟鬱鬱抱病死。有《北固秋望》詩云：「風高海遠雁啼聲，天末樓臺上晚晴。山合金焦三割據，江分吴楚兩縱横。孤城立馬寒雲闊，絶浦收帆落日平。欲作江南秋望賦，少年誰是庾蘭成。」「秣陵烟樹廣陵花，入眼興亡逐海霞。故國胭脂空有井，中州鴻雁已無家。草深夾岸沉簫管，柳盡横溝葬綺紗。南北莫言天塹險，長江一水洗繁華。」「秋色千家帶郭昏，英雄已矣霸圖存。赭衣舊厭秦皇氣，黄鶴空招宋玉魂。夜冷一燈懸佛閣，月明雙旆閃軍門。年來海國樓船静，尚有如山鐵騎屯。」「潮落空沙起雪鷗，臨江横笛唱瓜州。芙蓉紅怨佳人暮，楓葉青傷帝子秋。南渡烟波深卧病，西風天地老離愁。關河萬里寒霜露，人在蕭蕭木末樓。」

陶稚雲詩筆力詞藻兼有，余絶愛之。嘗見其《桃花行送劉雪畹之邗上》云：「春江載酒敲蘭棹，春風畫出桃源稿。十里江村擁彩霞，軟紅深處呼童掃。掃罷殘紅坐緑茵，花能銷恨客銷魂。東皇盡力粧三月，游子消磨又一春。分明誤入舡粧隊，片片飛來吐絨碎。我儕久擬謫仙人，今朝翻在紅塵内。花非俗客不厭狂，放胆花叢作醉鄉。紅雲裹住吟詩筆，紅雨亂落春酒缸。座上劉晨大妙悟，有限春光怕再誤。十年書劍壯游深，一盞胡麻莫能度。躍身欲上大江船，回頭遽别仙源路。衹因偶動出山心，萬樹桃花留不住。頃刻離愁忽飛到，桃花含泪青山笑。相將把袖各摇頭，離别那堪共年少。王郎執盞張郎斟，樊子鄒子詞題襟。憑他十萬江淹賦，難寫離人此刻心。陶生追逐衆人後，手折桃花當楊柳。慘淡花光眼底春，黯然顔色杯中酒。讓君先著祖生鞭，揚州夢好休纏綿。二分明月吹簫夜，仙鶴歸來寄一篇。花前判袂花無語，寂寂斜陽紅可憐。」《南浦》云：「相逢猶未久，與君又分手。南浦古别離，愁雲萬重厚。蕭蕭道上騅，紛紛岸上柳。送君千里歸，奉君一杯酒。爲我慰家人，爲我問良友。」又《村游》云：「草濃花路窄，水漲板橋低。」《七夕值雨》云：「似將無奈淚，灑濕有情天。」《村居晚步》云：「笛聲牛背月，人語酒家燈。」《舟中》云：「旁人莫相羨，並不是歸舟。」《惆悵詞》云：「落魄書生薄命女，傷心不盡是分離。」《病中》云：「也知秋病非無意，好瘦形骸對菊花。」

余雅不喜咏物詩，蓋咏物必須刻畫入微，對仗精工，方能取勝。一刻畫，則易落纖巧。物之天然的對，能有多少？若一牽强，便使通體減色。古來大家名家，咏物詩大半寥寥，想亦此意。然於初學最宜，因其必須細心熨貼也。

王漁洋工古樂府。一日，在樓上與洪昉思討論歷朝樂府高下。趙秋谷適至樓下，潛聽移時。既登樓，王與洪均默然。秋谷曰：「頃談樂府，究竟如何？」漁洋曰：「君尚未足以知此。」趙憤然而退。遂謁病，遍游天下，訪樂府之真幾十年。學成謁王，王訝曰：「技何一精至此？」秋谷始喜，而自此與王牴牾。足見前輩好名，後人亦所不及。

杜詩大氣盤礴，不見字法、句法痕迹，而鍛鍊精純，千古莫及。後人淺學，動曰學杜，多見其不知量。即如《諸將》詩「韓公本意築三城」，又「此日盡煩回紇馬，翻然遠駐朔方兵」，當時據事直書，老横絶倫。若在今日，效之曰「某公本意」、「煩某國馬」、「駐某方兵」，勢必畫虎類犬，令人噴飯。

余性嗜印章，遇有佳石，必多方購致。曩在萊州，與徐松琴、俞睡山互相角勝，有「石獃子」之稱。因以「醉石」名齋，其於陶隱居之「醉石」，無意蹈襲也。按：圖章石刻，始於王冕。冕字元章，諸暨人，自號煮石山農。善畫梅，始用花乳石鐫私印。《敬業堂詩》云：「後來摹刻怱以石，其法創自王山農。」即指此。

茂林姪爲余言，長洲吴季眉夢袁著作甚富，才名藉藉。惜境遇大奇，故作詩多蕭瑟之音。嘗誦其答贈句云：「贈箋無那答箋遲，新雨難忘見面時。北海家風令我拜，天台賦筆仗君持。草堂金粟歌三疊，畫舫秋燈笛一枝。如此情懷如此景，哀絲豪竹總成詩。」「近來處處覺傷情，非是嵇康嬾送迎。秋老萱花泥易瘦，霜高荆樹葉無聲。反騷魂細邀山鬼，彈淚風危語鳳檠。千萬休嫌詩筆冷，低頭甘築受降城。」同時有袁雪齋志筠者，通州名士，僑寓吴門。唱和無間，詩筆清麗。和姪《芙蓉曲》云：「秋風瑟瑟秋波冷，綽約芳姿艷秋影。影自迷離花自開，花光紅裹鴛鴦頸。」「鴛鴦對對傍人飛，欲採芙蓉露濕衣。晨粧淡掃霜華重，午醉斜欹夕照微。」「晨粧午醉空迷戀，錦幛層層映水殿。所思不見奈愁何，擬把情天補一面。」「情天可補路迢迢，凉透烟波夢亦消。豈知蕙慘蘭凋日，猶有胭脂着色描。」「脉脉含情恨未休，有人輕放木蘭舟。穠華委逝同銷歇，愁咽空江水不流。」

吴縣張蓮民京度，與茂林姪同爲陳芝楣先生所識拔。詩筆超雋，有《摸象庵集》，美不勝收。録其《諸葛武侯銅鼓歌》云：「有鼓有鼓，客自西粤得，云是武侯征蠻物。苔斑緑似成都桑，歲月古於錦官柏。年年風雨敲殘銅，大聲欲鳴丞相忠。當時南征渡瀘水，鼓亦踴躍從軍中。風雨慘澹白日匿，營門飛出雙神龍。疾雷摩空萬山動，一震敵兵三日聾。鞭策獠奴等蠓蠛，縱擒孟獲如孩童。北定中原掃雠耻，鼓能與人立大功。自從天塹降旛起，兵氣不揚鼓聲死。木牛零落定軍山，鐵矢抛殘清渭水。滄桑一夢空中花，酒酣弔古三麻沙。漢祚何能如鼓壽，鬼神呵護留天涯。譙周誤國心所憤，流涕欲作漁陽撾。噫吁嘻！我將抱鼓登祠堂，一擊再擊聲低昂。洩盡元神吐奇氣，發聾振聵聞八荒。出師之表四圍刻，捫之字字生光芒。天荒地老有時盡，此鼓不與高臺銅雀俱淪亡。」《題西湖訪秋圖》云：「西湖如好友，一別便相思。畫舫重來日，清樽獨訪時。荒烟高士墓，凉月水仙祠。誰與話疇昔，六橋楊柳枝。」其他佳句，七言如「何地無禪須自悟，暫時有我莫爲真」、「皂雕匝地秋呼雨，病雁盤雲夜叫霜」、「芳草緑隨孤渡晚，蓼花紅送一帆秋」、「金丸滿路春盤馬，紅袖當樓夜按箏」、「雲隨曉影穿山郭，風截灘聲入戍樓」，五言如「水卧長橋直，峰圍老樹圓」、「蟲聲添夜静，燈影入秋凉」、「市樓當郭静，溪水到門清」、「亂山寒浸水，孤塔濕埋雲」、「鐘殘星出水，燈盡雪明船」，皆雋永可誦。近聞其全家祝髮爲僧，構精廬於支研山側，種梅三百株，釋名祖觀，真異人也。

眼前習見語，一經道出，便成妙景。張蓮民《寒夜》云：「林鴉依水宿，巷火隔牆明。」方小湘步瀛《夜泛》云：「船移故鄉月，人語隔溪烟。」

蘇郡釋無上本不作詩，偶得句云：「天低常近水，雲暗欲移山。」余姪見而賞之，勸其從事於斯，遂工韵語。其佳句如「荒邨鴉宿樹，古寺佛看門」、「壞塔斜陽補，空林宿鳥争」、「樓高多傍水，山遠半依雲」，皆能自出心思，非拾人牙慧者。

嘉興馮柳東登府，以翰林改縣令，甚有雋才。所著有《石經閣詩略》、《小槜李亭詩録》等集。茲録其《訪詩人劉南廬墓》云：「紫琅岩畔小停車，墓傍賓王斷碣斜。白髮盈顛僧乞食，青山萬里客無家。

提壺肯酹生前酒，埋插仍栽去後花。難得袁絲懷舊雨，幾行老淚洒天涯。原注：隨園有詩。」《同人放舟覽虹橋蜀岡諸勝歸飲》云：「風亭竹榭接陂陀，垂柳長堤緑漸拖。流水幾灣橋幾折，夕陽紅處酒船多。」「烟波一角近山堂，鷗影魚絲特樣涼。慚愧江湖忙裏過，十年才得認雷塘。」《富春江行》云：「滑笏新波打槳雙，閒尋好夢落吴艭。夕烟帆影春歸樹，細雨梅花客渡江。四面嵐衣青到枕，一聲歌袖翠當窗。荔支鄉近春寒峭，何處相思采緑茳。」其他如「星摇孤嶼動，月抱萬峰圓」、「宫鴉迎日早，堤柳得風多」、「花殘易醒春前夢，琴斷空餘爨下音」、「天上尚留前度影，人間又在異鄉看」、「明霞百丈關門擁，春草千盤鳥道寒」、「雪屋且停人日酒，竹街遲挂上元燈」、「衹求奉母身常健，但使居官貧不妨」，皆佳句也。

杭州何蘭庭觀察承薰，山水得石谷真傳，秀韵天生，詩有家風。録其《吴山來爽閣》七絶云：「濕烟濃染樹千重，竹粉松花撲短筇。暮色四山攔不住，一湖夕照醉雷峰。」「深林落日影亭亭，倚檻涼風拂酒醒。最愛新晴開晚霽，峰巒無數過江青。」「晴雪玲瓏樹頂明，推窻坐待月華生。一枝入破誰家笛，吹得離人夢不成。」「重重簾幙護庭槐，久雨空階上緑苔。午睡乍驚鼉鼓響，白虹如線看潮來。」「岩阿啼絶餓鴟聲，燭燼空堂欲四更。風雨忽來雲似墨，漁燈偏在外湖明。」「茶勳藥福占閒多，畫稿詩牌盡日摩。雨便在家晴便出，開窗面面見青螺。」

歷下多詩人，如李蘭舟汝楫、方滋齋世振皆近時作手也。録蘭舟《春日獨坐》一絶云：「花影迷離窗外轉，杏花一簾紅不捲。鳥聲啄木似敲門，驚吠竹間黄耳犬。」滋齋《重九登千佛山》句云：「黄葉伴山翠，鐘聲破曉烟。」「樓臺山近郭，風雨雁橫天。」「暗谷千黿濕，明湖一鏡縣。」「菊花垂絶壁，更欲陟層巔。」一似義山，一似摩詰。

錢塘祝鴻宇淳熙，向爲鄂令，以讀《禮》主關中書院講席。與余同爲汪氏至戚，同在長安二年，從未謀面，始知萍水之聚亦有緣也。詩名藉甚，余僅見其《題周二南酉生小影》長句云：「雄雞斷尾尾畢逋，雞其憚爲人用乎。先生之生歲紀酉，寫照即以雞爲圖。意之所寓以蠡測，蒙莊微旨試剖析。非魚非我樂安知，呼馬呼牛應亦得。詩名君已播雞林，於意云何感慨深。半世功名嘗肋味，一窗風雨劇談心。我聞太歲在酉，乞漿得酒。是耶非耶？唯唯否否。請贅狂瞽辭，寓言參十九。君即壽與籛鏗同，恐被子孫供作雞窠翁。君即富有孟嘗積，亦只饔飧兼養鷄鳴客。而況烹伏雌，炊扊扅，入秦豈爲五羊皮。以嵇紹之昂藏而矯然立鶴，效陶公之起舞而依然借鵾。披圖令我生嗟咨。君不見醯雞處甕甕敝漏，山雞舞鏡鏡塵垢。雞兮雞兮乃牛後。」筆力奇恣，可見清才一斑。

一山右人賈山左，娶齊女爲婦，生子後歸里，數年無耗。其婦探知其家原有婦，且新得子，遂作四言詩，以爲迴文之寄，其夫感動，迎之歸里。其詩云：「我夫歸矣，我心傷悲。夫婦團圞，我則長離。我夫歸矣，育兒歡喜。我豈無兒，非夫毛裏。我夫歸矣，侍養高堂。何不迎我，滫瀡同將。問夫何方，近在河陽。夫厭魚肉，我啖糟糠。糟糠何有，終朝空手。釵裙典盡，袒衣露肘。我母寡居，伴我茹荼。我苦可忍，我母何辜。昔苦無子，今苦有子。趙家塊肉，將焉置此。兒飢覓父，問父何處。卧地啼哭，我淚如雨。夫非薄倖，恩何割斷。我命不猶，又誰敢怨。山東山西，隔夫踪跡。登山望夫，恨不化石。

天有鴻雁，河有鯉魚。年復一年，無一封書。我夫棄我，我撫我子。子長尋父，我則可死。」

昨過劉硯卿，見壁懸横幅，寫無題詩七首，含情綿邈，不媿作手。款題「芥颿宗聖垣」。詢係會稽人。其詩云：「嫩寒正是養花天，春服初成半刦綿。侍史華年嬌似水，社翁微雨散爲烟。徐行轉怕雕橋滑，好事多從畫閣傳。記得昨朝芳讌罷，葯欄風影上鞦韆。」「五色輕羅剪絳霞，窻開螺黛壁籠紗。劇談風月千金貴，指點樓臺一道斜。硯北裁雲分柿葉，黑西注水沃梨花。飽收芳信歸青管，不放香塵過別家。」「艷紙成堆砑麥光，平臺小坐鬥群芳。鷺鷥籐結高低幔，荳蔻花含吐納香。緑字分行誇組繡，紅牙對譜按宫商。無邊絲竹拋殘醉，衹在佳人翠袖旁。」「夜雨廉纖曉便晴，濕苔沿路掃還生。到門看竹豈無客，隔巷賣花時有聲。金縷入歌情轉麗，玉奴倩和韵俱成。東君珍重詩人意，特送雲嵐照眼明。」「鸚鵡琵琶悟夙因，夜燒絳蠟曉飛塵。章臺楊柳時拋路，玉洞桃花慣賺人。般若有音翻作字，菩提無樹借爲春。愛河誰引通津筏，珍護維摩自在身。」「宛轉詩留與酒牽，歡場勝事總茫然。芳塵障眼風魔界，花雨蒙頭梵唄天。三島鳳鸞成幻想，百年露電是真詮。香臺玉女非常艷，倏化薰爐一縷烟。」「冰霜堆裏現優曇，識破還須一指參。何處碧雲歸海外，無名紅豆落江南。因緣未解人如夢，嗔喜全消佛自憨。游戲莊嚴真不二，藏花塢是散花龕。」味其詩意，前四首似游曲巷，後三首似爲女冠而作，如魚玄機、卞玉京之類。或云皆爲慧山尼韵香所作，未可知也。

余向聞閩南蘇九齋履吉之名，總未謀面。辛丑冬，九齋道出長安，與余晤於姜小珊寓邸。劇談半晌，始知其在甘作令三十年，雖已得升銜，而莫名一錢。現因起服入都，承其出示《留別蘭省同人》詩八首，又迴韵詩八首，藴藉風流，自是作手。摘録四首，以見一斑。詩云：「轉眼行程近歲寒，雪風飄忽冷吟鞍。駑材猶許馳千里，雞肋仍慚戀一官。回首高堂嗟永感，關心邊地憶盤桓。倘教天假游人願，再至金城亦自歡。」「指日驪歌唱渭城，陽關三叠紀西征。八年沙磧留鴻爪，一路霜蹄聽馬鳴。結習未忘文士氣，交游最愛故人情。那堪垂暮增離别，話到臨歧淚欲傾。」「似我閒同野水鷗，那堪紗帽又籠頭。官階五品輸通顯，客況三年感滯留。好友偏懷今日别，故人應憶曩時游。燈前月下談心處，惟有相知氣味投。」「此後相思各一涯，雲天翹首望尤賒。好看朱軬催行郡，敢擁黄紬促放衙。廿載長教歷邊塞，卅年重得到京華。也知離别原非慣，難禁前途苦憶家。」九齋現在揀發粤東，行將寄言往索全集也。

隴州牧孫亦園世藻，錢塘人。善鞫獄，能吏也。與余相識有年，口不談詩，余亦未知其能詩。偶於友人扇頭見其舊作《客中行》一首，詞旨兼美，始知善刀而藏，幾失交臂。詩云：「旃檀安息碾爲塵，揚州市上香熏人。錦蜂繡蝶簇油壁，揚州城外花留客。問客何處花最多，赤欄杆畔紅雲窩。吴娘授板越娘歌，少年手持金叵羅。歌未終，春已老，燕語鶯啼莫草草。花在枝頭人不歸，花飛陌上人誰掃。」亦園曾爲揚州甘泉令。

宣城李雲生明府名文翰，戊子孝廉。能指頭畫，有淋漓酣暢之致。善填詞，所著《紫荆花》、《銀漢槎》等傳奇行世。以教習期滿分陜，補岐山，旋調長安矣。方需次時，與余一見如故，出示大集，美不勝收。七言如：「何人解買相如賦，知己纔憐范叔寒」、「才非阮籍何須哭，文果昌黎不礙窮」、「種紙抄書須是福，典衣沽酒未爲貧」、「科名近代難陪驥，著作當年欲汗牛」、「腰無萬貫空騎鶴，手有長竿且釣鼇」、「雙眼自看奇士少，九原不作故人多」、「欲拼痛飲追河朔，未敢狂吟學劍南」，五言如「南來剛半月，西望見雙星」、「無心雲出岫，回首日銜山」、「寄檐憐燕苦，釀密笑蜂忙」、「浮雲游子夢，明月故人情」、「水迷千里白，山記數峰青」，皆獨具性靈，警策可誦。

會紀范竹坡紀堂才華富有，困於場屋者幾二十年，不得已改就異途。得西安府經歷，又以不獲乎上引退。詩筆超脱，惟語多牢騷。録其近作一首云：「歷落年華春復冬，那堪棖觸舊行蹤。不才未習千人態，多病難爲悦己容。半世頭銜同畫虎，少年心事悔雕龍。衹今落落成何補，輸與臨邛賣酒傭。」又「滿地緑陰人病酒，半天紅雨客敲門」句，頗耐人尋味。

余向游廣陵，晤上元金雨香。談及鄭夢白先生愛才好士，詩筆清新，余慕之而未見。道光乙巳，先生開藩陝右，蒙其招延入幕，相得甚歡。見贈《小谷口詩鈔》四卷，七古絶似太白，近體不減義山。暇時過從，縱談其守曹娥江及辦理軍需事，匡時經濟，不媿名臣。惜聚未兩月，先生升任滇南。瀕行，手書近作七律詩扇留別。因其尚未續刻，録之。詩云：「百感飄零錦瑟年，筆花鏡影幻情天。誰教哀艷歌香草，大有微詞托水仙。詩意酒心同跌宕，柳絲鬢雪太纏綿。才人幾許邯鄲道，夢到黄粱更惘然。」原注云：「道出漫河，壁間有史遠清、王蕙卿兩女史題壁句，詞意悲惋，大率才人托興之筆，即步其韵。」先生名祖琛，本義門鄭氏，史稱十一世同居者。後遷於烏程之雙林鎮。先生以進士作令，洊膺節鉞，所蒞之處，口碑載道。現爲廣西巡撫。道光廿八年以堵拿匪犯，調度有方，已得軍功，孔翠彯纓矣。《小谷口詩鈔》爲楊至堂中丞愛而索去，他日再當郵致粵西重索一册也。

大興官樗存祁，字彤紳，以字行。其先本金姓，高祖某，於康熙年間召對，賜姓官氏，以武功世其家。樗存長身玉立，談吐風生，性愷爽，喜吟咏，其他名法金穀之學，靡不究心。後以末秩需次武昌，上游因其才，多所委任。而樗存益自謹飭，不以官卑而易其操守，莫名一錢。嗣爲同官所忌，中以蜚語，撫莫須有事去官。樗存處之坦然，改其號曰「樂知生」，取樂天知命之意。益肆力於詩古文詞，陶然自得，其胸襟概可見矣。道光乙巳冬，與余同在林少穆先生署中，出示所著，已裒然成集。名作如林，節録其《偶成》云：「節候何相逼，悠悠半載馳。澆愁不耐酒，消夏强裁詩。樹密天暝早，墻高月上遲。所思偏遠道，休怨屢愆期。」《沔陽舟中》云：「沔水趨江急，湯湯日夜流。北風吹濁浪，冷雨洗殘秋。酒薄難成醉，天高莫説愁。只嫌寒氣勁，戀戀舊羊裘。」《病起書懷》云：「餘生聊爾爾，世態任般般。老至悲秋易，囊空作客難。關山隨處險，風雨一身寒。舊事皆成夢，天涯意未闌。」《同友人游千壽寺》七律兩首云：「選勝同來選佛場，塵囂暫遠便清涼。數聲啼鳥送春去，幾樹緑陰宜晝長。階下輕翻紅芍葯，窗前清供白丁香。維那解道游人渴，煮得新茶待客嘗。」「尋花兩度向招提，喜有名花可共攜。噩夢不迷蕉覆鹿，塵心久作紫沾泥。風過殿角鈴聲碎，日到天中塔影低。慚媿年來詩力退，登臨未敢輒留題。」其他五言如「芳草天涯遍，桃花人面遥」、「深夜碧天净，西風黄葉乾」、「波明紅葉渡，風送白蘋香」，七言如「敢因玩世常耽酒，不爲求官也讀書」、「身到故鄉翻作客，家居異地苦思歸」、「青山數點留斜照，紅葉一肩歸晚樵」、「美酒何須分醉醒，好詩大半在江湖」，獨具性靈，皆雋永可誦。

長白鄂玉農雲本名聯璧，係鄂文端公之後。任江寧督捕同知，緣事遣戍新疆。詩名甚著，書法二王，畫亦蒼古，有鄭虔三絶之譽。道光乙巳，道出長安，與余晤於崇荷卿觀察署中。縱譚當年時事，具見卓識，臨行以詩畫扇誌別。因余有《題靈石三傑圖》長句，玉農亦有是題舊作，故書扇以贈。其詩云：「落拓無聊謁相臣，枉將奇策苦披陳。尸居餘氣空踞傲，緯地經天動鬼神。肯把終身同草木，能將俊眼識風塵。千秋功業三生眷，到底英雄讓美人。」「四海茫茫溷跡塵，天教此地聚星辰。不期野店逢豪傑，幸得深閨有異人。簾下梳頭床畔客，囊中匕首檻前身。一言契合傾家贈，好佐真人秉帝鈞。」又《題荷花楊柳》詩云：「湘娥夜怨寒香泣，露浥芙蓉藕絲澀。雲裳水珮寫玲瓏，無語蜻蜓踏波立。鴛鴦不解相思字，穩睡香巢艷魂醉。膩雨癡雲未損花，銀塘翠柳含秋意。」句法絶似長吉。

余既録王平甫詞於十一卷中，復披心筠堂全稿，詩筆排奡，力追三唐。其中佳句甚多，亟爲摘出，以誌白門之彦。《馬嵬墓》云：「一門同貴榮所親，六軍不發殉以身。生則利家死利國，自來有用惟美人。」「美人春色餘香土，淒絶春風復春雨。過客傷春訴向誰，雨聲自共檐鈴語。」《清涼山晚步》云：「金粉當年跡已銷，尋芳空踏路迢迢。深山破寺斜陽裏，閒共詩僧話六朝。」《山居》云：「儘將樂事夢中尋，鎮日高眠養道心。一帶秋山門外路，不知黄葉幾多深。」《桃花》云：「有樹曾聞種海濱，三千年後一逢春。一年一度花前醉，不作神仙願作人。」《送何雨人尚書入都》云：「無奈别離何，長橋握手過。眼前知己少，天外暮雲多。且盡杯中酒，生憎江上波。匆匆渡舟楫，不管唱驪歌。」「回憶頻年樂，論文氣味諳。但逢三日别，必有一宵談。得月即同玩，無花不共探。頓教千里隔，此恨有誰堪。」「我亦將爲客，揚鞭隴右行。爲君籌旅況，又自動離情。駿馬燕臺立，飛鴻薊塞横。萬愁當此際，齊向故山生。」「轉語忽相勵，桑弧好自期。即今揮手處，已是出頭時。對策金階麗，宣名玉筆知。三年須待我，聯步到彤墀。」《留别内子》云：「帽影鞭絲去不停，春山一抹正青青。小樓此後逢深夜，月莫癡看雨莫聽。」《曉發》云：「僕夫可奈促頻頻，携夢登車屢欠伸。遠市一燈紅引客，荒村孤樹黑疑人。但隨馬去路難辨，似有雞啼聲不真。苦憶家居清味好，攤書安坐讀侵晨。」《晚坐》云：「日落茶烟散，閒中殊有情。聽鐘嫌寺近，隔紙覺燈明。新月淡人影，微風生樹聲。不因笳吹起，忘却在邊城。」他如「風緊塔鈴怒，月明鴉夢寒」、「聽水起吟思，見山生遠情」、「蒼翠逼衣冷，波濤撼酒醒」、「座中知己滿，窗外好山多。」七言如「水憑游子將愁洗，山見詩人帶笑迎」、「出樹鐘聲敲夢破，隔江山色送詩來」、「世惟我輩方宜酒，月笑今人又作詩」、「瘦竹緑酣三徑夢，小窗紅聚一燈秋」，最耐人尋味。平甫七古，灝森汪洋，氣味雄健，與黄仲則大可抗手，惜篇長不能備録。

山陰朱意園先生渌，以制藝名家，有志場屋者，無不奉爲圭臬。登嘉慶己未科進士，由翰林改官部曹，任江西臨江府知府，謝病歸。道光戊申，喆嗣蓮尃觀察來守潼南，招余入幕。晤其同懷弟葆尃副車，始知葆尃即雙五先生之壻也。晨夕談讌，相得甚歡。暇出其尊人遺稿，屬余點定。後生末學，奚敢妄肆雌黄，敬讀一過而歸之。詩詞尚未付梓，爰録數首，以見一斑。《翠環樓看雨》云：「秋雨颯然至，虚窗冷未關。雷光斜入户，雲氣倒吞山。野鳥投林急，孤僮戴笠還。漏聲穿老屋，都在亂書間。」《卿雲萬態奇峰歌》云：原注：宋艮岳石在三座塔。「汴梁城頭天靄靄，日射晚霞金世界。趙家二帝遠蒙塵，一片卿雲同出塞。卿雲本是神霄物，吹落紅塵人不識。曾進淮流花石綱，千岩萬壑資搜剔。百尺黄封貼翠苔，東南半壁巨靈開。舳艫宛轉民膏竭，奇峰一角遥飛來。神運昭功稱第一，玆峰異態真堪敵。糺縵縵兮郁紛紛，若雲非雲化爲石。萼緑華堂帝座通，群臣拜舞盡呼嵩。太湖靈壁知難匹，月髓棲霞迥不同。一朝敵騎奔雷電，梁園草木遭兵燹。括盡金繒赴北轅，乘輿也下宣和殿。圖書法物盡和戎，更割雲根十丈峰。慟哭六宫齊走馬，可憐片石也從龍。麻筋束縛連車去，萬牛回首灤河住。五國冰天補不成，傷心誰共韓陵語。往事依稀記汴宫，壽山艮岳盡成空。雲孤不救龍髯墮，峰斷難教雁使通。建炎泥馬猶南渡，小朝廷内恣歌舞。回首湖山是帝鄉，無心出岫難歸去。一墮黄沙七百秋，春雲璚島隔皇州。槖駝偎雨牛羊卧，塞草茫茫萬古愁。」《閒情》兩律云：「我輩鍾情亦自憐，靈犀誰與致纏綿。易愁多病惟春日，一去不回是少年。結習未除名士氣，風流不結看花緣。那堪惜玉憐香意，虚賦陳王洛水篇。」「人無風趣方爲福，好色憐才總是魔。四壁相如成渴疾，三生杜牧奈愁何。玉簫隔世相思債，錦瑟華年懊惱歌。他日鬚髯雄似戟，恐儂孤負美人多。」

華亭張詩舲先生祥河，係文敏公照之裔孫。留傳祖硯，家學淵源，少即知名。先文林司鐸南沙時，常嘖嘖稱道，敬佩不已。果於嘉慶庚辰登進士，官中書，儤直軍機，敭歷中外，勛績爛然。現爲陝西巡撫。先生詩法三唐，畫追董、巨，其蘭、竹尤奪仲圭之席。書法得天瓶居士神髓。公餘之暇，即手不釋卷。詩有專集。録其《泊申江口》云：「陣雨草香發，小花明淺沙。橋低船被阻，潮退鼓方撾。商婦分新柿，溪童摘嫩茄。年來田話慣，最習是農家。」《放翁生日郭生季虎招集涉園》云：「放翁七百歲而嬴，私淑叨同乙巳生。劍外青山無量壽，吴中團扇有餘情。嶺梅得得春方動，園菊疏疏酒更清。難得詩人舉高會，北行我特緩郵程。」《丹徒越閘候潮》云：「徒陽成古淺，河道阻且長。停艫越牐口，江近帆不揚。前有軍船來歸次，後有米船去賑荒。中泓剩此一尺水，兩難濟涉官旁皇。守者告余潮有準，水長當得五尺强。稍遲請從越牐往，紅船伺客連風檣。側聞海運朝議定，蘇松太屬輸全糧。又聞星使自天下，江驛輿馬遥相望。民艱民隱厪宵旰，濟時何術需賢良。明當乘潮利舟楫，涉江采采芙蓉裳。」《以伏波銅鼓送焦山媵之以詩》云：「神物吉金原不朽，藏之名山佛能守。定陶寶鼎何般章，諸葛銅鼓色青黝。原注：阮芸臺相國、張芥航河帥先後以定陶鼎、諸葛銅鼓安寺中。伏波一器雅堪羼，鼎足而三相左右。嗟哉佛力大無邊，萬里精英不脛走。殷廊聲合靖蛟鰐，旋篆文疑讀蝌蚪。穹碑客訪大蘇勒，佳傳八觀蔚宗久。忝余喜捨蓮座下，一棹紅船溯京口。真州相公導厥前，延安河帥踵其後。鄭重聊儕玉帶留，鏗鏘應待銅釵扣。姓名往謝登雲臺，真氣今看驚户牖。碑影朝摹瘞鶴荒，江聲夜聽蒲牢吼。時平有數將才出，芋火僧房接星斗。」《謁華山廟十六韵》云：「西鎮瞻靈灝，金天祀薦收。蓮華雲削翠，仙掌露凝秋。區井占鶉野，開山起鳳樓。人多男富壽，樹列漢秦周。武帝崇壇拜，興王紀夢游。何方來白鶴，自昔度青牛。秩應中原望，屏連萬户稠。二陵分雨氣，三輔接河流。伯起英姿毓，圖南隱蹟留。搥碑苔繡滿，拭劍土花柔。魚伏圓池静，翬飛一閣脩。廟垣圍堞雉，墟集樂民鳩。殿角棲烏鵲，幢身繞碧虯。但看輪藏轉，安用竈丹求。寶翰光千仞，神紘貢十洲。忝余持節過，藴藻玉泉羞。」其他佳作甚多，不及備録。

雲間顔朗如先生炳，吾崑王椒畦先生高弟也。畫學大痴，談吐藴藉，風神駘宕，望而知爲有道之士。與余别二十餘年矣。己酉秋，晤於詩舲中丞節署，歡然道故，各認鬚眉。自後過從無間。先生吟咏，不肯輕易示人。僅見其《題漁翁》詩云：「千古英雄幾釣徒，半生滋味在菰蘆。功成忘却烟波好，不向君王乞鑑湖。」襟懷高曠，可以想見其爲人。

湖北天門程玉樵先生德潤，性耽風雅，喜提携寒畯。書法秀美，神似董香光。余極愛之。詩不多作，僅有題余《萍寄偶存》及《秋棠花館詩稿》兩律，云：「聞説秦關客，多才有仲謀。宦途雖不遇，詩卷自常留。小酌花三徑，狂歌月一樓。却嫌相見晚，彈指已新秋。」「江左知名士，青門幾日來。竹林時唱和，蓮幕且徘徊。餘事爲詩客，閑情付酒杯。媿予荒老眼，不敢妄敲推。」

湖南安化羅蘇溪先生繞典，題余《萍寄偶存集》云：「卓犖孫郎胸有兵，江東豪氣懾群英。嘯空忽訝鸞凰過，擲地如聞金石聲。緑水紅蓮非浪跡，白雲青蘚寄幽情。一編冰雪百回讀，午簟暑風心自清。」先生長於七古，筆力極似太白，余曾於故友方和齋處見之。惜先生升任他省，不及索觀全集爲憾也。

余讀證諦山人雜志，而知陳餘山大令之爲循吏也。初不知其爲詩人。庚戌冬，邵西崖招飲，有陳餘山、張佑之同席。佑之謂余曰：「餘山乃當今之大手筆也。君作《詩話》，何以遺之？」余方遜謝不遑。次日即蒙過訪，並贈《繼雅堂詩集》全部。集中名作，美不勝收，是真致力於魏、晉、三唐者，始信余前此之見聞不廣也。摘録數首，以誌欽佩。《清明日偕諸兄登九龍山放歌》云：「生不能作安期生，乘雲萬里游壺瀛。又不能作嚴子陵，羊裘垂釣桐江清。終朝盤馬陟蟻垤，縱有驥足何由行。茶鐺晝熟虫夜語，仿佛千巖萬壑之松聲。春風三月何駘宕，送我吟聲落層嶂。摩頂真嫌檜柏低，置身直與雲天抗。撐空石壁立，頓轡羲和愁。嘯傲凌萬象，蒼茫俯神州。下有冥冥之川向南逝，上有突兀縹緲百尺之飛樓。飛樓作鎮標元武，南徼神居屹終古。參旗井鉞相盪摩，虎瑟龍笙下歌舞。騎鵝仙子去不還，夜月樓頭孰賓主。我欲招黃鵠，一和松風吟。塵沙黯澹忽異色，愁雲不動天陰森。人生百年過反手，蓬顆荒碑記某某。泉臺白骨倘有語，應悔生前不飲酒。酒空興盡悲復來，紙錢百萬飛作灰。神仙不可學，功名富貴安在哉？自今以往，不知幾百千萬載。但見新鬼擾擾，故鬼亦復化作風中埃。古樹紅兮野棠，鷓鴣鳴兮夕陽。倏矚目兮萬變，悵昔夢之渺茫。兹游信云笑，不如故鄉樂。四明二百八十有八峰，處處烟嵐茅可縛。伯氏吹壎仲氏篪，季也追隨洗春酌。時將侍家君歸里。奉杖歸來三徑荒，山中幸有長生藥。」《堤夜》云：「夜色轉蒼然，横塘人未眠。鐘聲松寺外，鶴夢石橋邊。片月白成水，凉波空化烟。吟懷年清絶，未覺旅愁牽。」《菱花》云：「菱女木蘭舟，菱歌古渡頭。菱花無限好，菱葉可憐秋。一唱江南曲，碧雲如水流。歸來明鏡裏，腸斷緑螺愁。」《剥木婦》云：「東舍西舍晨烟生，兒飢傍户嘶無聲。破厨薪絶突灰冷，蒙頭出向江邊行。江中喧喧木簰過，十夫牽挽堤上卧。木質鱗鱗皮半存，萍根縈蔓泥沙涴。主者買木棄木皮，十指剥之如秉遺。掌皴爪秃不盈把，傴僂平堤淚交下。剥多木瘦主者嗔，斂手吞聲受呵駡。忍飢剥木木猶濕，縱有木皮燒不得。歸來視兒空舍黑，姑婦慘澹無顏色。吁嗟乎！凶年木皮供作食，豐年木皮供作薪。語汝剥木勿辭苦，幸汝尚是豐年人。」《感憤十韵》云：「荆軻冠衝髮，睢陽齒嚼齦。洪波決桑梓，白日莽荆榛。重鎮元戎舊，分防列戍新。養兵惟不戰，入境乃無人。中外機常失，東南險盡淪。嘯歌驕罔兩，蒲伏走官紳。斷雁鄉音絶，驚烏羽檄頻。朝端誰李勣，海上有盧循。只是揮雙淚，何從訴九宸。横腰長劍在，孰與靖風塵。」《阻水青桐關感懷成長歌》云：「我不能褰帷露冕乘高車，郡邑負弩爲前驅。又不能擕鋤荷笠作鄉老，安居不識關山道。徒然棲棲戀此七品官，索五斗米來長安。敝裘裂風雍北户，羸馬踏葉秦南山。南山高高擁齋閣，塵海萍蹤偶棲泊。吏事吟邊供指揮，民情夢裏通憂樂。撫字心長效終寡，考課頻年書下下。雀鼠真慚竊太倉，鉛刀豈合邀良治。君不見漢馮唐，白頭三世仍爲郎。君不見楊子雲，寂寞草元名不聞。人生分定當自守，何事蠅營還狗苟。十年不待有田歸，在耳盟言忍終負。癸巳仲狄句云：「有約十年如此水，拂衣敢待有田歸。」今別里門有年，期至矣，歸計未成。茫茫江水，負此盟言，奈何！河流瀰瀰山嶙峋，出門跬步成迷津。故鄉猿鶴應無恙，笑我東西南北人。」《灞橋見垂柳奉懷前中丞楊密峰先生》云：「垂楊種幾年，灞水流自昔。不見種柳人，依依柳枝碧。婆娑樹如此，斯人何以堪。豈獨桓宣武，傷心在漢南。元無恩可感，知已感勝恩。今日灞橋上，無人自斷魂。」《晤周伯恬》云：「我老已如此，皤然兩鬢霜。況君十年長，那得一身强。」「末路功名拙，浮生意氣妨。無須覓樽酒，醉後倍情傷。」「相訪苦不早，匆匆是別時。已難重剪燭，聊復一論詩。」「急雨高城度，西風古道吹。飄零憶汪丈，更遺淚雙垂。」《郭隗故里》云：原注：在定興。「戰國策士如卧狗，投之以骨猏猏争。築臺市駿盛誇詡，聲價一旦千金榮。求賢近請自隗始，獻身不待行媒行。當日所得祇樂毅，餘子碌碌無重輕。可憐貽謀及孫葉，白衣冠客來荆卿。嗚呼！吾聞貨取非君子，賢哲何堪以金市。黄金可市亦可間，田單計成士亡矣。明良遇合猶鮮終，何況區區利交士。昭王已没臺已圮，黄金之名冷人齒。西風蕭蕭易水寒，策馬誰尋郭隗里。」《蒲州》云：「百戰蒲關地，雄都控帶遥。河山連底柱，雷雨起中條。大野征塵黯，西風濁酒消。不須尋古蹟，蘆荻晚蕭蕭。」《徐秋士屬題明太僕泰掖徐公遺像詩册》云：「茄花滿地委鬼坐，緹騎捉人急如火。煌煌聖旨出東廠，一網東林構奇禍。」「先生特疏出南垣，二直名高閹膽寒。原注：公與王侍御允成齊名，時號「南中二直」。攬轡真同范孟博，鑿坏肯學申屠蟠。」「全身幸免同文獄，大事中原誰與屬。空留碩果老風霜，獨遺貞松閲陵谷。」「二百年來彈指過，遺容彷佛群靈呵。休將甲子柴桑紀，不及文山正氣歌。」《羌歌送人之塞上》云：「羌婦羊潼酒，羌西兕革鞾。羌兒工觱篥，吹落塞門花。觱篥聲聲腸斷絶，八月榆關滿天雪。胡盧烽畔信平安，蘇李臺前客離别。塞門今古幾人游，到此何人不白頭。送君試作羌人曲，未聽邊聲已自愁。」《秦嶺題韓文公廟壁》云：「公文闢佛佛不靈，佛力殺公公自生。殺之不得公其神，佛乃成公千載名。當年遷謫緣宫市，此日潮陽更萬里。瘴海之行豈人力，草昧乾坤待公啓。公生公死命在天，帝王與佛皆無權。神仙狡獪頗解事，乞公詩句希公憐。雲横雪擁偶然耳，什襲已勒嫏嬛編。只今運會幾遷改，突兀公祠徧寰海。一表高懸日月光，佛骨淒涼竟安在。嗚呼！安得擕來筆五色，擘窠徑尺磨崖刻。巖巖南山此文是，南山不平公不死，奉檄入闈襄事治。」《任有期，適值初度。安紫兩邑紳商士民恐余從此量移，紛紛躋堂，以致祝爲話别，不覺百端交集。因成四律誌愧》：「已知生運值紅羊，原注：余以丁未生。敢望乘雲謁帝鄉。四考官聲居下下，原注：在官已歷四考矣。百年身事付茫茫。馬牛久自甘人後，蜩雀翻教入世妨。原注：瘠邑荒陬，量衣節食以爲生計，自謂無患於己，與世無争，而憂讒畏譏，終復不免，是殆有命焉？不可得而知也。除却終南山色好，更誰慰我鬢成霜。」「瘠區兩度荷量移，差喜琴堂得静治。原注：安康，劇邑。近來訟牒，較初至已減十六七。敢謂閭閻孚保受，原注：保甲之法，未嘗無效。惟地方官徒以文告相約質，而事權不屬，日久玩生，奸宄櫱芽其中，相與齮齕之。憲司又不以爲事，時以文法掣其肘，欲其不廢，得乎？聊將衽席捄阽危。原注：修萬柳堤，東西六堤，及北城數十丈，以捍水患。重開興安門，創築登春堤。治城内外街巷，以利行人。一心直以民爲命，萬變還從義得師。原注：爲治之法萬變，要在因地因時因俗以制。興利除弊之，宜背古，不可泥古。亦不可背古者，半由俗吏泥古，則賢者不免守方臨證，執律求情，吾恐其戾矣。慙愧躋堂紛拜祝，不知何以答孳孳。」「儌幸坡田歲薄收，繭絲安我拙如鳩。重泉徧慰茹荼志，原注：在紫陽、安康，詳請特旌貞節及維持周卹，以成其志者十餘人。今年安康辦理彙題得節孝、貞烈婦女，共二百六十一名。窮嫠子孫，未嘗妄費一錢。熸火先伸曲突謀。原注：道光二十三年秋月，有妖回傳王昇自楚北潛來興安，創傳新教。其術詭秘不經，已有被其感者，安邑回民幾致不靖。余訪得實，密擒到案，盡焚其書，予重杖遞籍，其禍遂解。此事即府鎮同城，亦未嘗知也。夜月堂隍情悱惻，秋風牖户計綢繆。原注：在紫陽，勸民種藷備荒，著《藷蕷集證》；以蝗故，著《捕蝗彙編》。在安康，以憂旱故，著《濟荒必備》。惟三上書，請撤糧禁，而志尚未遂，余滋愧矣。此身已分深山老，無那鄉心逐水流。」「十年歸計竟難成，原注：指壬辰年詩語。孤負閒鷗舊日盟。原注：余舊有《脱笠盟鷗圖》。百不如人愚樸戇，原注：余生乎三疾也。騰讒獲罪，大率以此。一無稱職慎勤清。原注：非不慎，而多事後之悔；非不勤，而有畏難之心。至陋規平餘，不能自異，更不足言清。鼎邊休覰餘丹分，籠内真慙小草名。惟有文章深結習，又催官檄赴遥程。」餘山名僅，浙之鄞縣人。癸酉孝廉，現膺特薦，調任咸寧。蔗景彌甘，後福正未有艾也。

余滯跡青門久矣，冠蓋中之能詩者，無不晉接周旋，而獨於閩中金石船先生，則尚慳謀面。同人皆稱其胸無城府，慷爽愛才，余深以未見爲憾。今正道出渭陽，得識荆州，傾談之下，如坐春風，令人不衣自暖。見示《二瓦硯齋詩鈔》，集中名作如林，始知劍南一軍，尚存今日。録其《改官秦中留別諸同年》四律云：「手把芙蓉下玉京，天風吹作隴頭行。久居郎署安吾拙，小載琴裝慰宦情。出棧畫圖存宋譜，入關詩筆變秦聲。旗亭幾樹垂垂柳，青眼相看酒漫傾。」「滚滚蘆溝十丈橋，班行迴首渺雲霄。秋風閣道便鄉思，夜月觚稜夢早朝。報最他年重上計，謫居此去易魂銷。傳家治譜分明在，莫爲風塵悔折腰。」「行李無多薄笨車，爲貧求仕意何如。觀民畢竟先觀我，讀律焉能不讀書。萬里長途愁匹馬，百年禄養痛皋魚。樞曹六載嗟無補，却念鵜梁愧有餘。」「別筵連日敞笙歌，醉出東華可奈何。鐵嶺山頭歸夢遠，玉堂天上故人多。諸公努力青雲近，他日重逢白髮皤。共此承平期報稱，敢因去住付蹉跎。」《紀游圖》四首云：「海氛夜警胥江潮，樓船十萬横旌旄。書生骨相自寒薄，彎弓意氣何矜驕。龕冷石芝幾弓地，桑弧蓬矢男兒事。妄想封侯亦可憐，散場坐對槐陰翠。」《芝龕習射》「一官西走青門道，迴首西風憐氍毹。聘牌催入龍門高，三尺冰簾夜悄悄。燭影摇紅漏漸深，丹黄堆几費沉吟。文字因緣見知遇，好將今日證初心。」《棘闈分校》「曲江霽色迎人開，散衙還許同追陪。馬羸車破不自惜，猶逐長安弔古來。漢寢唐陵半荒老，豐碑蝕盡人蹤渺。銅駝何事管興亡，獨對殘陽泣秋草。」《長安訪古》「三世傳家留治譜，百年澤在棠陰古。改官重試舊絃歌，萬里鹽州新聽鼓。長城如帶山如環，黄綢朝起足清閒。邊荒地僻豐年少，滿目瘡痍淚自潸。」《鹽州學治》《索錢仙舫聚瀛畫先之以詩》云：「宣和書譜珍瓊瑰，紅羊劫換隨飛灰。黄荃白陽骨俱朽，百花生面誰重開。東南人物毓靈秀，丹青妙筆群争推。近代能者更崛起，經營點染無凡埃。君生穎異得家法，管頭艷聚千花胎。烘窗晴色晝初永，會調粉黛研麝煤。憐余薄宦太蕭瑟，邊城積日吹陰霾。春光如海度關去，並無花柳兼樓臺。一尊獨酌耐閒寂，四壁遍長青青苔。昨朝破篋出故紙，净匀幾幅銀光揩。請君放筆狀群卉，毫尖挽取春風回。南田牡丹石農竹，板橋蘭葉冬心梅。意之所到神氣活，指頭拂拂天工催。宦裝得此差不俗，生涯冷淡甘吾儕。破書萬帙快有伴，入山一度非空來。」《邊墻行》云：「狂風吹沙沙倒立，曉出城闉見秋色。蔓草荒烟匝四圍，一片邊墻如鐵壁。綿連靈朔袤延榆，版築長亘千里餘。泬寥北達飛狐路，悽絶南來寄雁書。鼓角無聲旗影悄，依舊新城當要道。襟帶而今備朔方，干戈當日防河套。有明中葉弛戎政，悍將驕兵玩軍令。競詡狼封入皈章，無端馬市開邊釁。胡兒萬騎嘶秋風，沿邊城堡傳清鐘。戰士枕甲夜不卧，竿鐙三影魫魚紅。捲地陣雲響刁斗，出者戰亡存者守。塼隙苔封古血腥，石根柴壓枯骸朽。朝廷多事憂封疆，監軍節鉞鎮相望。可憐白草黄沙外，都是當年古戰場。中途登眺攬形勝，指點河山佐考證。故城記自范文公，新寨傳爲余子俊。即今中外皆家邦，諸番執梃争先降。戍樓平作呼鷹地，廢礮裁成繫馬樁。老翁七十髮垂素，爲余指説和耕處。苜蓿秋高放牧來，蔓菁春暖犁田去。承平雨露多豐年，邊關内外迷炊烟。鹽茶小足聊生易，盗賊無虞安枕眠。茫茫治亂殊今古，桑土綢繆及未雨。淒涼一曲城鹽州，請誦香山新樂府。」《登城觀收麥》云：「晚凉愜步履，林光散新月。憑高意所適，登兹古城闕。老樹陰正濃，細草芳欲歇。昏烟動村墟，農事忙未竭。時云麥秋至，刈獲遍田堨。車馬各紛紜，登場勢蓬勃。豐歉恃天心，今昔何懸忽。快此一飽情，痛彼餓死骨。新炊浮餅餌，舊夢感薇蕨。無語望遥天，暮山青一髮。」五言如「見塔知城近，逢村覺酒香」、「雪陰連地白，日氣到關黄」、「店虚風四壁，枕冷月三更」、「雲樹望如暝，烟村行更遥」、「驚人群犬吠，警夜一鷄催」、「春光多映水，花氣不離山」、「碧匀芳草瘦，紅貼杏花寒」、「細草遠迎路，早禾高過人」，七言如「也覺才名尊似佛，可能詩意瘦於人」、「一角雲低山外影，滿林風作雨先聲」、「作勢一雕盤暝色，噤寒萬馬動邊聲」、「澗松緑重雲還漬，隴麥春回雪乍晴」、「野花趁雨抽紅小，遠樹禁風破緑難」、「有酒儘容拚一醉，無花多恐負重陽」等句，皆出自性靈，雋永可誦。石船名玉麟，戊戌進士，由部曹改官，現調渭南令。

閬中徐樹萱椿榮，石船先生之宅相也。弱冠即有聲黌序，十試秋闈，依然康了。而詩筆英挺，才華富麗，則何無忌酷似其舅。吾不知天之困阨才人，何以千秋一例？抑天欲玉汝，老其器以晚成，亦未可知也。昨過渭陽，一見如故，承示《慈竹齋稿》，摘録數首，以誌鴻爪。《八棧》云：「二月春風已解寒，出門處處有花看。日邊久悵長安遠，雲棧初經蜀道難。遊子衣裳慈母線，少年裘馬腐儒冠。奚囊襆被匆匆去，萬疊青山路百盤。」《諸葛忠武祠》云：「秋高五丈大星懸，終古風雲動兩川。正統三分籌策地，老臣雙表出師年。偏安早定興王業，盡瘁難回漢祚天。月黑尚聞軍鼓響，誰彈梁父石琴絃。」《留壩看雪峰雲氣》云：「征裘夜擁冷積鐵，高風吹雨凍成雪。棧雲擘絮走連蜷，曉來天際諸峰白。行旅畏寒不出店，風頭如刀鋭割面。誰能僵守榾柮盆，春雪且從棧中看。但見一峰雪聳雲横截，一峰雪斷雲直接。峰峰雪裏峰峰雲，雲雪杳冥天一色。我欲攀雲眺雪山，俯視雪棧雲盤盤。山雲今夜更結凍，明朝大雪登柴關。」《寒食雪後》云：「絲鞭斂指峭寒斜，節序征途感歲華。二月春風摶柳絮，四山晴雪映桃花。愁中白墮先拚醉，客裏清明怕憶家。計日鄉山初上塚，紙錢麥飯夢天涯。」《寶鷄口》云：「垂楊官道欲棲鴉，馬首遥天帶晚霞。渭水東流平野闊，益門西上萬峰斜。民居山郭猶陶穴，路入中原始見車。懷古碧鷄望陳寶，蒼茫春樹暮雲遮。」《馬嵬》云：「古驛郎當倦馬停，羅衣山鬼唱旗亭。佛鐙焰冷棠梨白，霓羽香埋墓草青。天子長生消四紀，人間死别笑雙星。劍門西去鈴淋雨，閣道凄涼掩淚聽。」《舅氏出示蔡易林師手書感賦》云：「春風几席觿蘭侍，頓成三十年前事。生小從談外氏家，迢遥忽拜先生字。先生丰範洵人師，孰染青藍託素絲。武陽官閣紅鑪影，記得心香一瓣時。跨鰲峰簇寒雲薄，相嶺春高雪片落。風雨卬池閱歲華，等身書授隨時讀。石榴簾旌撲紅雨，緑陰心地邃聲午。兒趣眈眈放學時，夕陽背面催衙鼓。童心弗弄詎堪論，曲木難忘匠氏門。丹鉛苦較良多負，夏楚微施總是恩。槐花八月西風動，孟獲城頭策飛鞚。拜别離亭記此時，於今回首都如夢。金沙江上又經秋，感舊山陽一笛愁。烏衣零落憑誰問，流寓蕭條古閬州。閬州山水非吾土，故侯門第增凄楚。十年賓客斷知聞，萬里孤兒心獨苦。武陵裘馬今何處，秋高早聽鹿鳴賦。杏花三看上林紅，得意天衢騁高步。阿甥頭腦殊碌碌，十七名場共角逐。曳白官城九度歸，恩袍盼斷春明緑。枉傳似舅濫時名，虀白何堪作外甥。青天蜀道徒雲棧，尺書招我關中行。渭陽出宰重相聚，落葉青門同小住。寒署推遷寄遠書，山河悵望懷人句。先生壯歲知名早，中年遂託名山老。雞黍茅容奉母心，詩書陳實生兒好。天涯魚雁寄相思，慚愧青雲負所期。十年金榜無名字，兩地遥遥那得知。」《灞橋》云：「千枝衰柳挂寒條，碧榭紅亭認灞橋。儘有詩情剛雪後，縱無别恨也魂銷。暮雲津鼓斑騅戀，落日風簾野店招。一笛陽關人不見，驪山眉月半鉤遥。」《同舅氏滁清亭待雨》云：「澄原麥熟訟事少，放衙長晝容幽探。隱囊燕寢倦午睡，山澤之遊情所耽。山公接羅解駁馬，出郭遠見西山嵐。寺門緑陰静卓午，棗花一路幽香含。虚亭四遠坐高爽，畏熱正復清風貪。磚鑪石銚就茗飲，谷泉冰雪分清甘。鬱蒸積日悶不雨，晚晴時見天蔚藍。洗腸一掬素神異，香花合借靈伽龕。濃雲堆墨斂日脚，衆緑晝晦溪光涵。黑風天外捲馳驟，前山雨勢來方酣。拍流葦葉萬梢響，遠涼頓入襟袖諳。惺忪適體理歸策，雷聲遥送南山南。連朝不饑飯不飽，晚涼定可傾甌甋。翻盆今夕得快雨，明來觀瀑攜瞿曇。」《感興》云：「中夜聞鷄豈惡聲，十年長此失飛鳴。悲歌慣喜秦風壯，險阻經嘗蜀道平。學劍未成甘旅食，買田無福夢躬耕。青袍久坐儒生誤，莫問江東舊姓名。」

歷城余秋門正酉，道光九年訪李餘堂于灞陵。與周二南及余同游下馬陵，謁董江都祠，各有詩以記，忽忽已二十餘年。近聞秋門刻《山左詩鈔》，嘉惠後學，想見爲政風流。言念舊游，已成陳跡，追憶各詩于後。秋門詩云：「蒼涼祠宇亂榛叢，落日城頭夕照紅。一代麟經傳絶業，千秋馬鬣尚西風。庭荒蔓草棲繁露，碑仆頽垣卧斷蓬。想見當年下帷處，耻將學術博三公。」「三策天人溯大原，江都相業至今存。漢廷首重賢良選，聖統全窺道義門。灾異書聞傷主父，春秋學著陋公孫。我來弔古荒陵下，滿樹寒鴉噪墓園。」二南詩云：「江都遺蹟剩祠堂，一代醇儒重此鄉。孔孟以來真道學，天人之策大文章。園花紅落虛帷静，墓草秋深繁露凉。當日平津丞相貴，溪毛何處薦馨香。」余五律兩首云：「一代名賢著，千秋廟貌新。文章冠兩漢，理學振三秦。窺奥思歌鳳，尋源憶泣麟。潛心相受授，射策暢敷陳。」「祠宇頹風雨，維新賴守臣。崇儒一賢宰，謂餘堂。好古兩詩人。謂秋門、二南。俎豆光前哲，循良步後塵。遥遥性情合，千載道相親。」

太蒼周雨蕉賡盛，與徐秋士齊名，皆與先兄露香有金蘭之誼。雨蕉天才高曠，詩筆英挺，嘗見其《夷警》十二首，不減張船山《寶雞題壁》之作，全録之。詩云：「忽傳飛羽動邊笳，海警誰開鼎沸譁。鬼國青燐如意草，人天黑劫斷腸花。陽輪榷税開鮫市，暗使機關射蜮沙。一炬楚人焦土在，疆臣威鎮本無差。」「命將攻車吉日推，欃槍迅掃五雲開。漢家古有平番策，星使天生定遠才。舸艦迷津吴帝廟，旌旗蔽野越王臺。東南士庶歡騰地，此去樓蘭斬盡荄。」「渡江旄鉞耀晴暉，過肆樓颿列水圍。豈有東山追謝傅，直教南狩弔湘妃。班如乘馬連旬駐，急繕鳴鳶徹夜飛。午月笙歌何處起，九龍溪畔聽依稀。」「制府功名閩粤多，霾氛誓掃海澄波。千金買士驅驕鱷，萬丈衝濤仗睡鼉。原注：制軍募習慣沉水者七，晝夜伏水中，鑿穿船底，縱火而上，夷匪不能支。火燄竟教水底出，海天直似鏡中磨。如何募勇稱亡命，八百精兵散水渦。」「海山誰與縛鯢鯨，西北雄師怯水程。一炬燼灰子母礮，萬家團練弟兄兵。但看巷市堅如壁，無那池隍守似甖。一片五羊城外月，如霜難照此心明。」「緩帶輕裘自請纓，將軍神算錦囊盛。漢唐屢下和親詔，晉鄭非要城下盟。輪鏹億千存大度，策勳廿八媿威聲。昨宵探得紅旂報，夷艦都從西淛行。」「鐵艦峩峩偪兩龜，海門一線正當南。慘看道子輪迴劫，泣懺伽籃鉢現曇。倉卒陣圖無甲伍，流離婦女少丁男。國殤何處招魂葬，暮雨蕭蕭聽不堪。」「大纛高懸落日紅，本來開府將門風。文淵裹革無還志，先軫歸元尚怒容。五代有忠唯報國，一身是膽不居功。九重震悼三軍慟，瀕絶還呼負鞠躬。」「水師宿將百蠻知，孤掌難鳴臨難時。前陣雷飛奇已出，右師星散計安施。萬春傀立身當箭，孫夏飴甘肉作糜。試問礮臺東面者，捫心何以答仁慈。」「劉家河口亂泯棼，匹練婁江日又曛。居異武城商避地，士多文苑怯從軍。犒師籌筆供牛酒，祝佛書丹篆蚪紋。天遣夷船到京口，風帆一片過江雲。」「瞥見樓船落照中，分明王濬下江東。淒涼銕甕軍門敞，殘缺金山寺院空。師少蘄王執桴鼓，將無黄蓋駕艨艟。石頭豈肯降城築，衮衮諸公竭藎忠。」「游魂爲變閃青燐，忽駛飛檣到析津。軍府蘇張羅説客，中朝韓范禮夷臣。羈縻司馬傳巴檄，寬大文皇詔粤仁。聖主包荒容異類，豚魚信格浄烟塵。」

商州刺史唐詩輔先生李杜，政事、文章，口碑載道；詩箋、書法，久重藝林。壬子新正，余晤于餘山大令署中，盎然古君子也。别後寄詩一册來，美不勝收。録其《和楊至堂中丞唐花原韵》二首云：「曾向瓊林逐隊看，韶華轉眼惜春闌。人依絳帳風常暖，樹綴丹霞雪不寒。最好花枝三月似，全消火氣十分難。都憑造化洪爐力，五色從新吐筆端。」「沉香亭畔晝初長，勝事當年説上皇。羯鼓即今空舊苑，鶯花隔歲占奇芳。竹籠松火山村夢，錦帳瑶臺夜月涼。生意滿腔春在抱，鑄成凡卉亦非常。」《再詠唐花》二首云：「秋菊春桃各有期，唐花畢竟太趨時。從來冷落見高士，自笑冬烘無别姿。梅果占魁何礙早，棟能殿甲不嫌遲。九天身傍爐烟暖，合讓人間第一枝。」「迢迢花信動園林，世事繁華感不禁。桃李幸逢新炙日，雪霜猶熱耐寒心。看來富貴薰蒸易，修到神仙火候深。自是吹嘘能奪化，應須努力護春陰。」《曉起對雪》四十首，録其四云：「窗間無竹忽聞聲，竟夜霏霏傍曉輕。山亦白頭垂石卧，我將赤脚踏梅行。千條柳老先飛絮，萬斛塵空不濯纓。願抱冰心相對照，乞天緩緩放新晴。」「水晶簾捲眩雙眸，城郭都成白玉樓。六出花從天上落，三春曲愛郢中謳。物情祇恐精明露，詩味當於冷澹求。可許嚴灘同把釣，荻蘆風緊不維舟。」「平旦清明得氣先，眼空銀海界三千。地雖無麥農猶喜，城可栽梅吏亦仙。茅店客迷盤馬路，草堂人夢卧龍年。蓬蓬縱教隨流水，肯負初心入盗泉。」「翳來豈但暑天佳，春釀梅花樹樹皆。絶世葛三通畫意，可人滕六解詩懷。門迎賓客車填巷，窗展琉璃鶴守齋。安得奚奴負囊出，勝他驢背是芒鞋。」《和張詩舲中丞秦中懷古》八首，録二云：「萬里黄流一笑清，江淮草木盡知名。山通帝座尊朝嶽，水引涇渠曲繞城。沙漠日寒猿鶴化，戍樓秋早雁鴻征。當空獨有秦時月，照見關榆塞柳明。」「錦屏金粟碧雲連，零落維摩輞水川。帝主原陵空宿草，王侯第宅剩秋烟。流沙西去槎同泛，瀚海東來石不鞭。今日更逢韓太尉，春風遠度玉關前。」《牽牛花》八首，録四云：「青青籬上葉縱横，原注：孔平仲《牽牛花》詩：「籬上牽牛花，青青照秋色。」照見秋光夜月明。欲結絲蘿空有願，却憐草木亦含情。臨池似恨繩河隔，冒雨還疑别淚盈。開到年年逢七夕，此花應合種長生。」「蒙茸紫翠滿園亭，秋色如烟上畫屏。小院豆棚開七月，誰家瓜菓拜雙星。條條帶宛同心綰，軋軋機從促織聽。惆悵看花人對立，夜深風露墜流螢。」「明河耿耿夜迢迢，簾捲西風破寂寥。宛轉含情如待女，光茫吐燄自凌霄。玉人醉倚針樓看，珠露凉先粉席飄。百尺喬松高許託，扶持小草上星橋。」「柔條宛轉爲誰牽，舊恨難拋未了緣。照影同分三五月，移根合住九重天。野人籬落西風澹，上界星辰北斗聯。莫怨秋光吹易老，乘槎幸有漢張騫。」

山陰顧古生太令淳慶，需次時與余同佐林文忠公幕府。半年未見吟咏。昨李雲生刺史寄《秋簾擢秀圖》石刻來，始見古生和雲生原韻兩絶云：「故應翰墨結因緣，迴首拖藍又幾年。桂子秋風容易到，蕊珠重會大羅仙。」「曾以蓮房喻寸心，猶嫌造語未精深。何時乞得生花筆，寫取蘭言當苦吟。」原注曰：昨偶成一絶云：「蓮界都成翰墨林，曲房羅列各深深。西風幾日登秋實，一樣中間抱苦心。」

李雲生刺史《秋簾擢秀圖》原序云：「己酉秋闈分校，雅與諸試官結文字緣。因乞呂小潭畫桂，余補蘭，江龍門題識，漫成二絶句，用誌鴻泥。」詩云：「金粟如來悟夙緣，秋風一晌廿餘年。原注：余戊子領鄉荐，迄今廿二年矣。廣寒宮殿今親到，辛苦深憐折桂仙。」「十簾蘭臭結同心，采采披榛愛惜深。香草美人搜索遍，恐教遺恨發龍吟。」愛才之意，盎然言外。

山西武芝田先生訪疇作宰渭南時，即與余相識。政治卓然，傳誦人口，現已洊升鳳翔太守。曾與惕庵姪有賓主之好。聞先生詩筆雋永，然不肯輕以示人。兹亦録其《秋簾擢秀圖》句云：「評詩讀畫憶前緣，原注：庚子曾同外簾事。舊夢難尋念四年。原注：甲辰余先内監試。重管大羅天上事，霓裳又换一班仙。」「尊酒論文愜素心，美人佳客結情深。一時珠璧傳聯合，我亦旁觀樂醉吟。」

人之嗜好不同，一有偏好，即聚精會神，孜孜弗倦，莫能自已。好金石者寢饋於碑板彝鼎之間，好古錢者浸淫於貨布泉刀之内。前有翁覃溪先生之子樹崐，考据最精，蒐羅最富。繼之者則有劉燕庭方伯喜海及吾友鮑子年孝廉康，皆廣收博攷，去取極嚴。嘗見子年所藏泉品不下數萬，陸離班駁，青翠紛披，異彩奇文，生平罕見，誠大觀也。子年有《古泉詩》三十六韵，録之以誌專家。詩云：「雅癖推金石，鹹生更癖泉。搜羅償夙願，辛苦憶兒年。原注：余十一二齡即好藏弆。和嶠情同錮，洪遵誌續編。標新臚小大，繪影肖方圓。制向錙銖析，又徵背面全。殊形刀詰屈，異樣布精堅。厭勝閒情肆，題祥吉語聯。原注：刀布圜法正品之外，有厭勝、撒帳、吉語諸品，星日、仙鬼、符咒、生肖、人物樓閣、魚鳥花草，種種殊相，不可窮盡。旁稽瀛海外，詳紀夏殷前。原注：翻用《漢書》語。芬訝黏襟古，暉驚燭几鮮。青紅苔繡澀，斑駁土花妍。偶值奇相餉，真令喜欲顛。五金紛冶鑄，原注：品類最繁，五金咸備。廿載耐磨研。貪許鉤心鬬，趨嗔捷足先。窮檐晨踏訪，列肆夕流連。癡尚詩奇覯，分偏結古緣。但教珍翠積，那借賣珠鈿。原注：頻質室中簪珥購之。紈扇光如拭，原注：友人多屬拓黏扇頭。藤牀夢也牽。選叨劉寵贈，原注：姻丈劉青園觀察與劉燕庭方伯，所藏最富，均蒙持贈。佩比阮修懸。舊譜瘢頻索，原注：舊譜率沿《路史》之失，遠溯洪荒，今各泉具存，得一一訂證其謬誤。新詩句好傳。原注：燕庭方伯有《論泉絶句》二百首，原流備悉。妒嗤慳出手，羨笑久垂涎。原注：何鏡海内兄亦同此癖，時出所藏競鬥。雁鼎思争售，魚珠媿未捐。秦中僞泉日出，率取青緑原泉剷刻一真，殊有疑莫能決者。軼材搜寶鈔，原注：玉民外舅貽大明寶鈔二紙。餘事侑瓊筵。原注：梅宛陵有《古泉勸酒》詩。雨過吟秋館，凉招薄暮天。半生忙似賈，此日快疑仙。筠箔澄于水，紗窗白勝綿。甌香斟苦茗，鑪翠篆疏烟。羅列縑囊富，縱横錦篋駢。螺丸磨處膩，蜆楮拓來便。綺席人高踞，璇閨侶乍延。原注：時屬室人及幼殊爲余拓墨。登登聲著紙，悄悄影移甎。古篆盤蝸結，名書舞鶴翩。原注：泉文多出名手所書。神争碑版秀，字證鼎彝鐫。原注：泉弊文字多與古彝鼎合。初氏譜臚載甚詳。墨本裝緗帙，郵筒遞綵箋。原注：與兩劍君論泉之札甚夥。剖疑滋辨論，數典費言詮。探袖逾三百，論緡貯十千。書迂還著録，兀兀事丹鉛。」子年現著《古泉譜》，裒然成集。近濼泉弟亦染和嶠之癖，雖所藏遠遜於鮑，而自秦漢以來著名之泉，固已無美不備。物莫不聚於所好，信哉！

余七弟濼泉，幼以家貧失學。迨來關内，無以餬口，遂橐筆依人，自以荒廢舉業爲憾。故于佐公之暇，即日夜攻苦，一二年後，居然清光大來。曾兩次應試北闈，未能入彀，嗣以貲郎入仕，爲朝邑主簿。原名兆濟，今改名兆芸。前在鳳翔，曾以所作近體寄余商確。詩筆尚稱清矯，兹擇其可取者存之。《自題小照》原注云：「道光壬寅游幕鳳翔，時年三十。客有爲余寫照者，并兒女而圖之。爰書四律，未可語人，聊以自誌耳。」其詩云：「生來骨格未清奇，處世權從色相宜。人笑儂肥難免俗，我憐兒鈍太無知。小時聰慧原非福，壯歲英豪亦是痴。況復年年壓金線，嫁裳羞煞寄籓籬。」「名場兩度戰秋風，落第文章媿未工。笑我意同知倦鳥，依人莫作可憐蟲。豈無際遇皆緣傲，賴有妻孥不厭窮。醉後丹青隨手寫，發揮春色染新紅。」「鐵研磨殘一寸心，匆匆歲月覺愁侵。卅年飄泊猶無定，兩字因循誤到今。座上放談常托醉，客中有恨且偷吟。借他杯酒澆胸膈，莫向人前泪滴襟。」「細思去日太蹉跎，難得光陰容易過。漸覺名心與秋淡，最憐壯志逐年磨。也知辛苦安排定，無奈嬌痴兒女何。誰識廬山真面目，塗鴉數語當長歌。」《咏蓼花》云：「淺碧漲添三尺水，淡紅疎到十分秋。」《楓葉》云：「低徊詩意隨流水，次第霜痕到遠山。」《菊影》云：「傲質不教秋着色，素心惟待月傳神。」《松濤》云：「九天烟雨龍湫瀉，萬壑風雷鶴夢摇。」前題照四首，能一氣呵成，不嫌白戰，後摘句亦驚策可誦。

壬子初夏，接官槜存來信，云：「今春未吟一字，前月廿七夜，似夢非夢，成此四句。是想是因，殊不可解。」其詩云：「繡谷迷春草，晴川漾落花。貽珠人去遠，漢水照流霞。」詩極緒麗，不意「池塘春草」之句又見於今，是不可以不誌。

城西雜記

城西雜記提要

《城西雜記》二卷，據浙江省圖書館藏鈔本點校。撰者蔣坦（一八二三—一八六一），字藹卿，浙江錢塘人。道光間諸生。有《花天月地吟》等。此本抄於藍條紙上，每半頁九行。無序跋。記事署年有道光二十七、八、九、三十年者，最晚爲咸豐元年辛亥，知作於此際，姑置於道光期末。蔣氏至性人，所録多爲錢塘閨秀之作，稍得袁簡齋性靈之趣。此稿未刊，撰者又有存佚之意識，可稍補道、咸以來諸家閨秀詩話、總集之闕。「城西」者，即杭城西湖也。録其父《城西草堂記》一文，（原有「大人作」三字，自爲點去。）記於湖濱築草堂始末，文雖不佳，可知原委。又不乏小説家言，故曰雜記。

城西雜記卷一

錢塘蔣坦藹卿輯

己酉三月，賓梅宿予草堂。漏三下，聞鄰人不戒，急率僕從趣之，一門已撲滅矣。惟聞空中語云：「今日非有力者居室于此，此境幾爲焦土。」言頃，有二道人與一比丘自天而下。道人戴藕華冠，衣蟠雲幟蠼之袍，其一玉貌長鬚，所衣所冠，皆作金色。比丘踵道人之後，若木若訥。藕冠者曰：「吾名證若，居青城赤水間。訪蔣居士而至此。」與長鬚道人拂麈而歌，歌長數千言，未暇悉記。惟記其末句云：「只回來巧遞了雲英密信，那裴航痴了心，何時得醒。若不早回頭，累我飛昇。醒！醒！醒！明日陰晴難信。」歌竟而逝。亟趨視之，則星月在户，殘燈熒熒，惟聞落葉數聲，籧然一夢覺也。既旦，亟告于予。予曰：予家斷殺十年，而修鴻寶之道六七載，至今黄螾飛騰，猶少返還之訣。豈聖師垂憫凡愚，而現身説法歟？歌中曰雲英，雲英者，豈以予閨房之緣，未解纏縛而諷詠示警歟？時予修陀羅尼懺者數月矣，所謂比丘者豈觀音化身，尋聲自西國來歟？姑記于此，以誌異。

吴山青衣洞有楹帖云：「問木樨香否，門外漢坐卧由他；到梅子熟時，箇中人酸甜自別。」相傳爲純陽帝師降鸞所作。

杭城楚妃巷，相傳爲吴越楚妃葬處，至今猶隱約可識。

蕭山張情齋先生，館巢園十年，著有《賢賢堂詩文集》，及《芙蓉樓》、《玉節記》傳奇。惟傳奇書板猶存，而詩文皆散佚無餘。曾于故紙中，見其題畫詩云：「笑殺人間鬬草萊，滄桑不變此亭臺。崐山石瘦橋穿洞，有箇仙人洞裏來。」又《夢中作》云：「孝子乍行役，東風記不真。如何花下坐，不憶别時人。」又《初秋閒步》云：「地僻多秋氣，園荒淡夕暉。斷雲閒自接，鶯燕倦還飛。尋蟻看壞户，懷人聽擣衣。庭堦萱已謝，寂寞向誰依。」《題大人散花圖》云：「有限因緣無限恩，瑶臺縹緲影空存。散花花散香無盡，繡到針神也斷魂。」「天女維摩相儼然，綵絲縷縷恨空填。天風吹到雄州去，又把金針度與仙。」又《題憶芝圖》云：「仙草無宿根，仙草不再春。仙人輕世塵，仙人患有身。香散風無力，雨斷雲無因。健松閲古秀，媚鹿觸衣親。前山芝草長，携手仙侶新。懿筐挑寒玉，長鑱劚香輪。採芝無厭頻，芝草仙所珍。採芝雖有鄰，愁煞相憶人。」

葛嶺有毘陵女子題壁詩云：「清淚瞞人再四彈，一雙羅袖怯輕寒。可憐春色闌珊甚，猶是逢人説牡丹。」詩筆有落花點草之致。惜姓氏不傳，未得窺其全豹。

亡友王梨門先生，慈谿人。善書工詩。著有《對山樓集》十卷問世。游泮之後，即歸隱魚山不出。晚年爲飢驅出門，游食湖海。予因王伴石識之。逝前之夕，聞于夢中得句云：「蝴蝶一生原是夢，杜鵑三月自催歸。」又云：「剩有多情雙燕子，春來猶伴草堂飛。」時人以爲詩之讖也。予思先生抱希世之才，而貧病終其身，天不用爲波斯國主，亦必留玉樓一集以位置之。昔米南宫臨終以五香水盥沐其身，而合掌曰：「吾衆香國來，將衆香國去。」若先生者，殆亦預知時至者歟？

乾隆壬子五月，泰山有漢柏出火自焚。錢塘高邁庵先生拾其燼餘，斲爲書尺，且製銘云：「漢已往，柏有神。堅多節，含古春。劫灰未盡兮芸編是親，然藜比照兮焦桐共珍。」尺長尺許，闊二寸，今存吳黟山處。

雪蘭，不知誰氏，青衣，工詩善書。有詩數十章，及主人上人書數紙傳世。詩之上下附其主人批注，旁綴款字，是曰「愛堂」。余曾于汪鐵樵處見之。鐵樵裝潢成帙，徵同人題詠。余因録之，以供採選，且爲詞壇佳話云。《詠影》云：「貼地隨身有勝緣，珊珊來處劇翩翾。同尋芳草還垂袖，峭立斜陽恰並肩。簾押相依邀月魄，花陰留伴宿朝烟。幾回移過湘山畔，玉體横陳更可憐。」《咏夢》云：「玉漏迢迢燈火親，緑天深處覺來頻。關河覓客輕千里，閨閤扃愁度一春。生怕黄鸝啼宿雨，且憑蝴蝶化閒身。香魂不隔羅浮路，覆鹿何曾了幻因。」《咏心》云：「葉葉相交翠幄稠，心如荳蔻結稍頭。無窮綺思蠶絲縛，不死芳情宿莽抽。養得靈根還自惜，握來丹棗爲誰投。玉尖捧處緣何苦，常帶西施一點愁。」《咏聲》云：「寂寂空廊屧點遲，清砧撩亂雁來時。魂消紫塞胡笳拍，腸斷青衣團扇詩。屈戍秋風敲静院，啼鵑明月怨芳期。簷前鐵馬如相和，惹起天涯無限思。」《咏旗》云：「巧費神工紈素裁，青娥高揭下蓬萊。頻疑花外春旛動，誰道簾前翠羽開。牽惹晴絲空宛轉，招摇雲影自徘徊。不知卓女當爐日，曾挂成都看幾回。」《咏蠟》云：「羞隨柳色老江干，幻出珠燈耐峭寒。似火流霞愁外爍，如膏仙露潤中乾。銅荷滴盡香初冷，金谷燒餘酒未闌。嚼處漫須嫌味少，秋光幾點隔檐看。」《咏函》云：「緑字書成墨汁浮，浣花新樣篋中收。誰憐襞錦緘愁寄，莫惜題紅付水流。細抹曉嵐千疊翠，薄批明月一天秋。多情共寫長門賦，聞説相如故倦遊。」《咏乳》云：「最喜麟兒纖手搓，醴泉點點溢珠窠。含苞未解丁香結，釀蜜頻驚翼使過。到口如嘗金液美，沁心勝酌玉漿多。劇憐妃子裙腰褪，新剥雞頭春一窩。」《春日病起》云：「忽有存亡感，愁心祇自知。相逢疑在夢，獨坐故生悲。」《有所思》云：「自君之出矣，倏忽度韶光。草色纔鋪緑，菊英復綻黄。時物乃爾變，别路何其長。拈針重延佇，覽鏡徒悲傷。憂懷向誰道，緘書那寄將。安得縮地術，一霎到君傍。」《古離别》云：「蛩蛩弗比肩，鶼鶼弗接翼。青春能幾時，辜此好顔色。道遠夢不測，别恨以爲食。」《初冬夜雨》云：「忽聽聲侵曲户，懸知愁叠層巒。未向風前作雪，先來枕畔添寒。背壁銀燈黯黯，傍簷珠箔珊珊。最是深閨鬱結，今宵夢斷長安。」《春望》云：「春山濃簇簇，春水淡瀜瀜。春靄千峰合，春陰萬里空。天連芳草碧，烟帶夕陽紅。點綴乾坤色，丹色屬化工。」《詠柳》云：「一曲楊枝吹六橋，紫騮嘶入緑千條。春風日日無拘束，偷向蘇堤鬥舞腰。」《蕉窗夜雨》云：「蕉窗秋夜静，細雨到深更。點點堦前滴，聲聲葉上鳴。乍看燈影亂，不覺夢魂驚。獨坐小窗翻舊句，蕭蕭枕畔金風過，還兼雁淚清。」《秋夜》云：「秋來何事最關情，惟有蟲聲和雁聲。獨坐小窗翻舊句，蕭蕭葉落月三更。」《海棠花》云：「一樹嫣紅絶世姿，晴薰雨醉晝遲遲。燭燒静院慵粧夜，酒暈春風薄睡時。漫向堦前疑滴淚，却從簾外認垂絲。日長最怕遊蜂鬧，分付東君好護持。」《水仙花》云：「出水幽姿耐雪霜，蒜山月落暗聞香。琴横碧海彈仙操，珮結明珠倚淡粧。神女凌波來洛浦，帝妃連袂渡瀟湘。汀蘭芳潔梅花瘦，比較風姿可頡頏。」《虞美人》云：「奈何垓下一聲呼，紅粉捐軀肝腦塗。玉骨拋殘埋碧草，香魂飄渺托青蕪。風前倦舞春無力，雨後啼粧淚欲枯。人羨漢家千載恨，何如長頌美人虞。」《秋海棠》云：「柔姿亦占海棠名，翠袖欹斜帶宿酲。腸斷風前秋有色，魂消月下恨無聲。春陰未解尋殘夢，紅粉依然泣舊盟。偏是冶容多命薄，苔階誰爲伴淒清。」《燈花》云：「映壁銀釭細細然，玉蟲銜艷小窗前。月輪滿處垂金粟，佛火光中長碧蓮。客館夜寒隨永漏，香閨夢斷照孤眠。怪他開落無根蒂，一樣飄零亦可憐。」《柳》云：「翠比愁蛾瘦比腰，流鶯立上一聲嬌。淡濃二月和三月，眠起千條更萬條。漢苑籠烟春漠漠，隋堤梳雨夜蕭蕭。驪歌唱罷難爲別，折取青青到渭橋。」《佛手柑》云：「嫩黄一握玉尖勻，臭味從教鼻觀親。定是拈花來佛上，非關承露學仙人。衆香國裏常伸指，千手叢中忽現身。憑爾東南誇橘柚，奇芬那比掌中珍。」《芭蕉》云：「緑覆檐牙暑氣除，摘來窗底好臨書。也應似我愁千叠，長卷芳心不肯舒。」《水仙花》云：「玉質黄冠别樣粧，洛神自愛水雲鄉。月明沙渚偏饒韵，洗浄鉛華透骨香。」《玉簪花》云：「白玉搔頭最可人，緑雲斜插自生春。天孫何處歸來晚，遺向堦除不染塵。」《秋海棠》云：「嬌紅無那力難持，簾外秋光冷玉墀。仿佛斷腸人睡起，拭殘珠淚倚粧時。」《蝴蝶花》云：「粉翅拳鬚碧玉胎，沿墻繞砌緑雲堆。不須幻入莊周夢，羡爾雙棲飛不開。」《楊花》云：「花事闌珊春欲回，楊花點點拂粧臺。憑虚飄泊因風起，謝女清姿詠雪才。」又云：「輕團細點渾無着，舞雪回風不暫停。最是多情雙紫燕，喃喃枝上訴飄零。」《白桃花》云：「萬朵輕盈傍小樓，東風黯淡迴添愁。崔郎一去無消息，空使紅顔變白頭。」《虞美人》云：「深慚長劍覇無成，恨托東風寄此生。玉骨已銷芳草緑，傷心猶喚舊時名。」與主人愛堂書云：「賤婢雪蘭，含淚叩稟，恭請二相公萬福金安。謹稟者不見尊顔，屈指百有六旬矣。未識在京因何貴冗，還是尊體不爽快，何總不一顧耶？四月間，老爺上京回家，聞得曾見二相公來。嗣後二老爺數次回家，不曾聞得説起，時時爲念，心竊若之。婢幼承老爺奶奶視如己女，格外教養，感戴實深，圖報無由。復蒙二相公垂憐踰格，泐感無既。去歲屢承尊命，曷勝感赧，苦衷縷縷，微二相公，其誰可訴！每一念及，不禁嗚咽。舊冬仰蒙厚愛，伏領大老爺數賜隆儀。無才薄命，何能當此。感愧私忱，寢食勿忘。不料倏然感冒，竟爾難痊。老爺前月數次進來，詰問何故一病如是。閒開小厨，已將所存字帖册頁拾去。遺物藏在箱内，無煩廑念。碧窗學語，兩帖俱爲收去。曾要三官去取，説不曾見。不知老爺何故赴挑得二等後，至今總悶悶不樂。又時向奶奶面前追謁懷疑生氣，至今不時角口，聞之甚爲驚懼。近惟攀望二相公到來，自有高見，作何主施。婢今骨瘦于柴，輾轉床笫，自覺藥食日漸減退。婢一死固不足惜，倘不死，奈何此身作何了結？言至此，不覺淚下也。前讀大老爺手書及長短詩詞，知苦于嚴命，迫欲出都，情詞淒婉，不堪卒讀。置之枕傍，每一披閱，不禁潸然出涕，情動于中，不能自已。近未卜曾否留京，事到如今，只得赧顔，瀆陳尊聽。婢莫訴之情，緣病更深。難解之疑，隨時益積。此情此事，惟望二相公曲爲鑒之，下情殊難瀉諸楮墨間也。每逢二相公到來，不便細説心曲，久欲肅禀，留呈尊覽，諸多未便，踽蹐至今。適乘今日老爺奶奶出門，得遂下意，冒昧草陳。中懷愁苦，語無倫次，伏求二相公憐而宥之。七月七日，賤婢雪蘭叩禀。再，三官自夏間到如今，亦不時來看我箱厨。前將我拜箱小厨鎖匙偷去，不知幾時取去花箋、紫玉光等小物，及二相公所要扇袋、眼鏡袋等物，亦俱爲取去。問他總推不知。似此年輕小人，亦須留心避他。見物作字聽話，必要搜根掘穴，可恨之至。婢再禀：老爺取去字帖册頁後，曾來問及那裏來的，婢已告向二相公處借來。若問起，照應爲要。」

余友許少卿娶陳夫人，能詩善音律。余初未知之，戊申夏，夫人病怯，諸醫勿救。聞西溪有箕仙頗著靈異，往叩之，將以求藥也。時有吴翠娥者，降筆贈少卿詩云：「三生石上舊情根，如草生芽雨後痕。一夜離家也是客，風聲月影易銷魂。」「句聯閨閣病郎當，買藥西谿一棹忙。卅里未能通絮語，風狂今夜莫乘凉。」「迂道梨湖訪故知，到門斜日柳絲絲。多情好雨留君住，引出閨人望遠詩。」是日積陰在林，風雨如霰，少卿以路隔金吾，遂宿客館。夫人病中作寄懷詩云：「遠夢來尋水上邨，微雲淡淡雨昏昏。何須萬里關山感，一夜相思已斷魂。」「輕舟一葉路茫茫，無賴東風亦太狂。紙樣羅衣秋樣瘦，那能禁得水天凉。」「醒來猶是月明時，花漏沉沉隔院遲。幾度欲眠眠又起，和愁牽夢寫新詩。」明日少卿歸，視所作詩韵，暗與箕合，始嘆神仙遊戲，隨處皆神通也。明年夫人卒，少卿哭之慟，且爲製挽聯云：「十年餘緣淺情深，問彼蒼是何因果；一别後人間天上，望他生未免虚無。」至今爲予言粧閣舊事，猶涕泗淫淫，徘徊腹痛者。噫！鮑車鴻廡，自古所稀，若少卿者，非足令人增伉儷之重者耶！

吴興峴山有明霞女郎墓。明霞，明推官馮可賓侍姬也。可賓能文，善畫蒲石。明霞以筆硯侍側，日以詩酒相倡隨。乃爲歡不常，遽罹娩難。可賓葬之山陽，且爲詩哭之。是夕，夢明霞來曰：「離合，緣也，亦命耳。妾數當盡，無復還理。君毋自苦爲妾念也。」言已賦詩而别。可賓覺，惟記其中一聯云：「魂到此山應墮淚，夢來何處可爲雲。」事見《湖州雜記》。予過吴興，渴欲翦拜，而風雨冥濛，屐齒久折，僅能于舟中遥望而已。樽酒之奠，姑俟後日。明霞有知，尚不以鰕生爲責否？

戊申冬杪，探梅孤山，時殘雪初晴，路無行客。壁間有題句云：「畫角霜天夢半蘇，萬梅花裏拜林逋。風摇疎影瘦横石，月弄暗香清入湖。茆舍竹籬甘冷淡，殘山剩水憶模糊。我來敬祝先生壽，一盞寒泉餞得無。」末署「鴛湖吴氏」四字。詩格清逸，不減落花點草之致。惜姓氏不傳，無由訪其里閈。簡齋老人云「江湖沿路訪斯人」，余于斯詩亦云。

孫蕙纕夫人麗融，錢塘孫龍光先生之女，關孝廉雪香室也。性穎悟，善屬文辭。幼以隨侍椿庭，多所授受，所著有《碧香餘咏》《片玉詞》諸作。嫁數年，孝廉卒，漸發吟咏所有傷離哀逝之作，别彙一編，命名曰《琴城餘韵》。惜抄録人手半無存者。余于夫人爲曾孫壻，故知之最詳。讀其賸稿，僅數十首，今摘録于此，以待傳者，且以示夫人之才之德之境如此云。《婕好怨》云：「花落鶯聲歇，深閨春暮時。宫人争巧笑，衆女嫉蛾眉。未得長門賦，空吟紈扇詩。愁心寄垂柳，盡日亂如絲。」《子夜吴歌》云：「牀前見玉盤，欹枕思無端。不使臨邛去，偏教戍賀蘭。莫言秋思煎熬盡，蠟炬情多淚也乾。」《母命咏苔》云：「細髪烟中翠，青膚雨後肥。寸心同小草，何以答春暉。」《雨淋鈴》云：「秋雨淋鈴蜀道難，張徽一曲淚闌干。可堪南内無人夜，不似蒙塵劍閣安。」《侍大人疾》云：「我父素孱弱，一朝遘危疾。牀蓐支呻吟，扶持仗參术。有如暮烟生，桑榆摧白石。又如出海洋，破舟值狂颶。昊天胡不弔，降戾偏倉卒。灑涕拜醫生，醫云難保吉。牽衣叩伯叔，安危仍莫必。仰看母與兄，終朝淚横溢。哀哀罔極恩，號泣終無術。自恨罪孽重，長比閨中質。夜分訴穹蒼，背人雙屈膝。殘蠋耿徐青，北風寒瑟瑟。此身如可贖，之死矢靡恤。」《寄外》云：「日□愁緒轉依依，篆裊餘香静掩扉。寄語寒窗好調護，深秋風雨自添衣。」《遊仙詩》云：「元都朝散返瑶林，玉洞春深蕙草青。一曲雲和纔理罷，白蓮滴露寫黄庭。鸞儀獨駕謁虚皇，玉佩金環雲錦裳。敕賜龍綃詩百首，花前陪宴杜蘭香。」《春閨》云：「輕風細雨嫩寒天，人立香霏小閣前。花影一簾春不捲，鷓鴣啼破緑楊烟。」《惜别》云：「封侯原不悔，每促動征鞍。待至分携候，方知離别難。寄書憐紙短，破寂覺杯寬。何似天涯月，流光照碧灘。日暮蕭蕭雨，風輕剪剪寒。宵憐閨夢短，曉念客衣單。痕叠紅綃重，思深翠黛攢。窗前有修竹，好爲報平安。」《征婦吟》云：「鉛華懶御玉容寒，緑慘紅蔫春事闌。莫把菱花照憔悴，畫眉曾記並肩看。」《秋晚泛湖》云：「欲向芳洲采白蘋，枯荷瘦柳自傷神。秋風滿目烟波闊，何處修箋問錦鱗。」《悲懷四首》云：「孤燈何熒熒，空室坐長泣。回首十年事，方寸百憂集。良人生死别，南北音塵絶。南北有會時，陰陽竟永訣。念及痛攢心，一慟腸千裂。逝者長已矣，存者何苟活。」「蕭蕭君子竹，高節凌青霄。秉此幽貞性，鸞鳳不得巢。人生貴立志，憤者拚一朝。此生負荷重，此世焉可逃。堂有垂白親，侍奉在吾曹。膝前撫孤稚，二子甫垂髫。回頭更可憐，牽衣二女嬌。偷生豈徒爲，竊擬陶孟操。苟能守寸業，黽勉不告勞。人生天地間，等如石火消。百歲會有期，何愁前路遥。」「灼灼桃李花，盈盈蒲柳姿。一朝遽萎落，不若園中葵。衛足知有餘，傾陽矢不移。昔主蘋蘩祀，寧惟中饋司。孤兒六七齡，宗祧承在兹。誰云大厦傾，一木非所支。婦道終無成，安用巾幗爲。」「朔風何凛冽，吹我房中帷。婦人不踰閾，形影時相隨。夜哭誠非宜，飲泣淚如絲。顧兹柔脆質，强勉復自支。恐先松栢凋，不及歲寒知。哀哀泉路人，祝願長維持。」《對月》云：「燭淚有時盡，情絲無絶期。寸心何限事，惟許素娥知。梅花香入夢，明月冷依人。待證三生約，蒲團有宿因。」《晚泊三塔灣口號》云：「三塔灣泉水自流，暮鴉聲裏艤行舟。

南湖舊有鴛鴦號，不見鴛鴦湖上游。」《江上懷古》云：「停橈楊子驛，縱目豁胸襟。天塹分南北，人情異古今。六朝餘王氣，一塔鎮黄金。玉樹歌聲歇，寒潮入夜吟。」《晚泊瓜州對秋柳感賦》云：「何處秋風絶可憐，笛聲吹破泬寥天。幾□霜月悲清角，一片寒濤捲夕烟。翠黛已輸秦鏡日，纖腰猶惜漢宫年。祇今摇落江潭上，空使行人嘆逝川。」《戊申除夕》云：「今夕是除夕，頓令遊子悲。袖籠雙點淚，鬢檢幾莖絲。飲强偏難醉，情輸反類癡。燭花空送喜，非復故鄉時。」《寒食遥祭作》云：「冷節傷心客裏逢，携將樽俎祭遥空。榆羹不減故鄉味，麥飯聊存儒士風。蛺蝶有魂春草碧，杜鵑無語野花紅。一卮酹向平原外，何處斜陽是殯宫。」《絡緯詞》云：「一聲淒入疎風裏，露蟀寒螿咽無語。風迴力促聽轉高，林低月暗聲飄蕭。花陰曉漏餘殘滴，數分添得新秋刻。轆轤咿啞金井寒，纖綆欲絶飆回瀾。美人雲鬢宵慵整，半掩畫屏嬌欲寢。冰紈縠簟龍文綃，閒聽秋聲凉到枕。愁絶機窗織女心，絲單繭薄絡未成。繅車軋軋響何處，不似寒蟲鳴盡情。」《促織吟》云：「促織復促織，空檐夜耿秋燈碧。嬾婦不驚貧婦愁，絲絲碎織花心柔。高低斷續聽不得，霜風逼人酸入眸。有時力弱聲轉促，蕭蕭苦雨遥相續。千縷萬縷匹未成，驚心屋角雞已鳴。華堂夜半燒銀燭，十丈紅綾歌一曲。嬌娥被服如明霞，碎剪綃紋蟠作花。露重天高不聞汝，淒清爲訴寒窗苦。君不聽滿城比屋絡緯聲，盡是秋蟲夜深語。」《秋日有懷左蕉窗盟姊詩以代簡》云：「蘭友分襟感索居，淒清天氣渺愁余。秋來心緒多蕭瑟，不是嵇康嬾報書。」《雜言》云：「兒行未百里，母淚欲通津。試向車前望，余心似轉輪。春冷憐兒弱，風嚴慮服單。長途唯伯仲，彼此勸加餐。明發動征鐸，巾車好熟眠。只愁兒夢醒，猶記在親邊。日暮應停轡，宵寒襆被輕。我心又如月，夜夜逐兒行。長江波浩瀚，兒渡慎無喧。莫訝金焦麗，江豚忌浪言。齠齔離桑梓，歸來舞象年。親朋不相識，仔細拜尊前。孔懷花萼好，有過各箴規。要識余心一，非同南北枝。燕越雖迢遞，官河有便魚。課餘休習懶，頻寄數行書。暇日成春服，思兒淚又彈。多情窗外竹，替汝報平安。」《甲寅長至》云：「歲暮窮愁客，天涯善病身。養閒貪短景，晏起怯霜晨。呵凍書尤拙，銜寒酒益醇。有家隔燕越，無計問音塵。」《久無鄉信良夜興懷感成一律》云：「欲占鄉信恨無從，燈不垂花夢亦慵。故國雲山輸雁跡，十年燕趙誤萍蹤。秋風夜警天涯魄，華髮晨侵鏡裏容。斜月穿窗清未寐，滿階涼露泣莎蛩。」《湘妃怨》云：「蛟龍沉睡湘潭底，湘月如鈎印湘水。湘水悠悠湘月寒，湘妃環珮來珊珊。欲泣不泣幽情默，微波暗動輕塵息。初疑矜莊復嚴密，愁絲裊裊秋無力。涼風蕭瑟淒以哀，縹緲峰頭雲作臺。九疑之山蒼烟開，望望不極魂歸來。騷客吟香又今古，幽蘭無心叢竹苦。一聲迸作碧泉雨，瑶瑟夜寒咽杜宇。」《長相思・次謙堂韵》云：「花氣清，露氣清，露冷花香何限情，風敲簷鐵聲。

燈半明，月半明，燈月朦朧入苦吟，闌干莫久凭。」《如夢令・秋晚》云：「何處一聲長笛，吹落滿庭秋色。不合捲簾看，雲匣初開新月。新月，新月，又鑑這番離别。」《水龍吟・秋興次明閨秀沈宛君原韵》云：「無邊木葉蕭蕭，雁聲嘹唳雲間逗。凭高眺遠，澄江如練，暮烟凝岫。蘭佩垂香，荷衣製巧，露華涼透。看池塘柳色，西風殘照，鏡裏玉容同瘦。　漫説人間離合，蟾光肯爲常圓否。風敲竹韵，簾篩花影，清吟徹漏。養性琴書，寫心泉石，生涯惟酒。記當年，折自雲階，携得天香滿袖。」《多麗・惜春》云：「纔喜春來，又道春歸了。滿院韶光留不住，落紅遮遍芳草。繡窗風靜，鈎簾坐蔫，撩人情緒多少。燕剪花飛，鶯梭柳織，蝶魂栩栩，蜂衙擾擾。夕陽暮雲凝碧，離思空飄縹。擡望眼，緑愁紅怨，幾堪凭眺。　猶憶玉人當麗日，錦幃香夢初覺。暖融雙頰胭脂暈，學畫遠山眉淡掃。雲想輕裾，風迎長袖，靚粧剛及年時妙。嘆今日，落花飛絮，去去隨波杳。空贏得，萬緑叢中，數聲蜀鳥。」《一剪梅·秋閨》云：「槐柳蕭疎玉井涼，促織聲忙，絡緯聲長。清宵無寐啓紗窗，池畔荷香，砌畔蘭香。　人去天涯路渺茫，情極多傷，愁絶多忘。裁成鳳紙寫衷腸，雁斷衡陽，夢斷遼陽。」《十二時·春盡日代作閨怨》云：「一絲春、難留九十，又值清和佳節。杜鵑啼盡三更月，不管離人心折。咫尺雲山，迢遥魚雁，何處烟波闊。記握手、花下徘徊，戲托閒情，柳帶同心雙結。　珊枕邊、麝煤芬馥，幾度鸞箋重疊。挑燈細讀，柔情綺語，又作新離别。聽紗窗梅雨，釀濃愁更抑鬱。　寶鼎香殘蓮漏永，繡帳夢縈蝴蝶。露泣風吟，翠顰紅怨，瘦損香肌雪。藴一腔幽思，縱相見難詳説。」《憶江南·四季》云：「江南好，最憶是清明。釀就輕寒飛絮影，唤回幽夢賣花聲，破曉聽新鶯。」「江南好，人在柳絲鄉。學製荷衣臨晚渚，閒翻笛譜上輕航，雪藕沁詩腸。」「江南好，月夕勝花朝。一夜汀洲鴛夢冷，千家砧杵雁行高，坐聽廣陵濤。」「江南好，破臘早梅開。林下思清香入夢，窗前影瘦月投懷，佳句自安排。」《水龍吟·夜窗梅雨》云：「紗窗梅雨三更，金猊一縷蘭烟透。風穿翠幌，寒侵銀蠟，聲偕蓮漏。芍藥辭春，酴醿怯夢，韶華非舊。惜園林無限，嬌花寵柳，贏得緑肥紅瘦。　故國不堪回首，淼滄波、濕雲凝岫。六橋繡轂，兩湖畫舫，問誰載酒。魂斷西泠，愁生南浦，不禁僝僽。正天涯惆悵，王孫芳草，鴂啼何驟。」《十六字令》云：「愁，斜日天涯獨倚樓。西風急，摇落滿庭秋。」《減字木蘭花·思鄉》云：

「夕陽雲樹，閲盡古今離别緒。荒草寒蕪，半是離人淚染枯。數聲風笛，唤起鄉心歸未得。雁過遥空，不帶南來字一封。」

西湖葛林園向爲招賢寺遺址，寺偏凌霄花一本，藤蔓蜿蜒，匪可年紀。或謂香山「雖在人間人不識，與君名作紫陽花」之句，即指此也。寺藏有明中《墨梅》卷子、高邁庵《蒙泉聽雨圖》一軸、奚鐵生白描觀音像一軸、梁山舟行楹帖數聯，及手書《心經》卷子，皆可什襲之物。今爲住持半顛所藏。半顛好詩嗜酒，笑駡不羈，相傳爲萬峰詩僧小顛後身。其所作詩，亦有「我是南屏過去僧」之語，圓澤三生之説，或不誣也。予爲鎸「兩世顛僧」印遺之。并爲製楹帖云：「詩思不離半偈外，前身曾在萬峰間。」

湘潭劉笠人亨序，余忘年友也。好游，工詩詞，雖酒家茶肆，必紀以詩，作即焚去，工拙亦不甚計。與沈湘佩夫人善。夫人隨宦京師，歲終猶寄餅金，以資餅罍，故暮年而得優游于詩酒者，夫人之力也。癸卯春，予寓湖上，笠人因祝一騆泰來來訪，時相過從，或茶話終朝，或數宿夕始去，雖嚴寒酷暑，弗憚也。冬，笠人約遊孤山，飲陸氏酒樓。時西泠橋側方營生壙，指示予曰：「明年當索我于白楊青草間。」予曰：「如君言，當以此爲黄公酒壚耶。」一笑而罷。此後，余病痢，還居巢園，與笠人别距數月。一夕，夢行三佛廠，過其里，居則繐帳，宛然漆燈在室矣，遂驚愕而寤。明日賓梅來，始聞笠人之訃，且知笠人委化之夕，即余入夢時也。回憶年前酒樓之言，恍惚如夢，言之讖歟？抑笠人之有前知歟？秋，余病瘥，擬輯其遺稿問世，以完許劭之願。詢之其子子瑀鍾瑜，知已散佚人間，無復存者，惟得斷句數行于遺篋而已。因附録于此，以示賤子之不能有忘故人也。《流水》云：「曾將杯酒浮蘭渚，慣送桃花出武陵。」《櫓聲》云：「十里烟波收網後，一江風月落潮初。」《緑蝴蝶》云：「迷來芳草全無跡，飛入南園別有春。」《蝴蝶花》云：「幾度誤教宮女撲，一枝争向漆園開。」《夜宿夕陽紅半樓》云：「硯匣詩筒互唱酬，西窗重爲故人留。平橋楊柳春雙槳，短笛梅花月一樓。白髪驚心仍故我，青衫回首感前游。明朝更有西谿約，風雪蘆花定白頭。」《夕陽紅半樓雅集》云：「兩峰移黛入窗扉，感物懷人事漸非。遠水緑垂楊柳緑，晚陽紅上牡丹肥。一年文酒多朋好，滿座春寒尚裌衣。二十華年居社長，元卿才調世間稀。」子瑀性孤潔，詩有父風，人以雛鳳譽之。惜旅食江湖，依人無力，迄今倦極歸來，家食竟至不給。以笠人交遊遍海内，而竟不得一庇其子若婦者，良可悲矣。劉孝標絶交之論，豈過激哉！余將爲笠人誦之。

朱益甫友三娶周夫人，相傳工詩善文，卒不知其真僞。益甫嘗囑劉叙倫九疇作《奇緣記》，而倩叙倫之弟賓吾者繪《淺斟低唱圖》，紀閨房和好樂也。余于魏滋伯謙升處見之，《記》長千餘言，不可卒讀，余識寡陋，未能窺大雅之奥。特圖名不知何本，猶憶幼時讀《能改齋漫録》，云柳三變性嗜烟花，好爲淫冶靡麗之辭，曾作《鶴冲天》詩，詞云：「何用浮名，换了淺斟低唱。」時仁宗崇尚理學，榜發之日，特落之曰：「且去淺斟低唱，何要浮名。」取圖之義，意即本此。西堂老人云：「將軍不好武，名士不讀書。」余于斯世益信。

賓梅館許氏宅，予過齋頭，見許金橋謹身師《竹軒詞稿》一册。讀之纏綿哀艷，情文相生，喜而携歸，摘録數闋。《河傳》云：「天曉寒峭，宵來風雨，落紅多少，春愁上了眉尖。懨懨，道聲休捲簾。簾櫳貼地人思睡，偏憔悴。昨夜何曾醉。夢纔成，恨黄鶯頻驚，隔窗啼一聲。」《酷相思》云：「鵲噪晴檐蛛上袂，預報爾、紅閨喜。説望裏天涯人至矣。清晨也、頻頻嚏。黄昏（也）、頻頻嚏。底事相逢悲未已。怕後日、重抛棄。看蠟炬、偏知愁意味。離别也、盈盈淚，團欒也、盈盈淚。」《喝火令》云：「病後難禁酒，愁來懶上車。别時言語記些些，道是薄寒天氣，半臂莫抛他。蝸篆墻頭瘦，蛛絲屋角斜。舊時人已去天涯，閒煞門前，一樹碧桃花。閒煞碧桃花下，兩箇玉丫叉。」《摸魚兒・自題河梁醉月圖》云：「記年年、旗亭載酒，湖波緑上芳草。而今賸有迷濛月，更着幾絲烟裊。儂漸老。便橋畔、垂楊不似當時好。銷魂畫稿，只檣燕留人，城鴉送客，點綴在林杪。漂零慣，怕見渡頭帆峭。一樽添作去愁料。三聲玉笛吹殘後，打叠别離懷抱。朋輩少。且笑喚姮娥，共索銀瓶倒。瞢騰醉了。奈小市更闌，遠山鐘動，容易又天曉。」《鎖寒窗・咏紙窗》云：「野馬飛來、游蜂穿去，緑櫺朱槅。銀光十幅，換了幾層紗碧。憶新秋、蕉影乍分，夜闌風雨聲聲急。算今宵寒甚，一鐙紅處，有人低説。明白。垂簾隔。恰烘供朝暾，映留殘雪。含愁獨守，翻恨暮雲催黑。問南檐、春意半回，老梅知否還似昔。賸蕭疎、竹影微篩，移上迷濛月。」《珍珠簾・咏氊簾》云：「鋪茸叠毳溶溶院，伴鐙青、今夜書幃寒淺。料峭晚來風，任小鬟慵捲。待到黄昏明月上，也難漾、波紋如線。遮斷。怕誤了春來，玳梁歸燕。還記看罷梳頭，最魂銷窗下，一聲銀蒜。寂寂舊房櫳，甚水晶都换。半縷幽香閒約住，更護得、唐花開滿。窺偏。隔一桁垂垂，便愁人遠。」《臺城路・咏寒衾》云：「布衾如鐵蒙頭卧，深宵那禁寒驟。半晌瞢騰，更番熨貼，擁處依然冰透。蠡窗曙否。似欲起還眠，懶蠶僵後。料峭西風，幾聲落葉撼窗牖。鴛幃默憶遥夕，鴨爐微借暖，鋪絮裀厚。好夢原多，餘香許戀，未肯早朝辜負。心情中酒。笑聽不分明，禁鐘宮漏。翻訝春人，倚薰籠坐久。」《江城梅花引》云：「問伊底事蹙雙蛾。是嗔他。是思他。長向、斷無人處注横波。隔着重簾低説與，風露下，莫徘徊，好睡麽。　睡麽，睡麽，奈愁何。　一更過，二更過。看也看也，又看盡、耿耿明河。除却夢兒、事事上心窩。獨坐懷情悲夜夜，渾不解，只今宵、愁思多。」《洞仙歌》云：「者遭離別，但亂頭粗服。那有心情弄膏沐。怕柳梢、斜月勾起閒愁，黄昏後、不到曲闌干曲。　鐙花連夜卜，盼得書來，喜煞歸人此番速。未暇訴相思，一裹輕綃，先看取、淚痕盈幅。記前度，香囊繫郎腰，怕斷了横條，教儂難續。」又云：「任人癡立，只佯推未見。淚點盈盈洗愁面。乍偶然流盼，驀地迴身，早無語、避入深深庭院。　郎來倍煩惱，繞過迴廊，行到中門闔雙扇。隔着碧窗紗，教把當年，多少恨，替思量遍。甚心緒，今宵不分明，聽擲案倉琅、一聲金釧。」又云：「燕猜鶯妬，悔當時計左。佳約今番定難果。甚墻圍薜荔，夢斷蘅蕪，金了鳥、盡日阿甄深鎖。　可憐人不見，窺影尋聲，那許窗前暗行過。小語只遥聞，稽首慈雲，願長伴、佛龕燈火。但修到、來生得相逢，便無分纏綿、今生也可。」又云：「片帆江上，又西風催客。素手雙携忍輕擘。嘆緣如夢短，情比絲長，渾不料、歸去蕭郎非昔。　綵雲容易散，燕子樓空，舊日房櫳總寥寂。種得碧桃花，未到開時，問吹落、晚風何急。算涼月、團欒似當時，只簾幙重重，照來明白。」又云：「明鐙上了，是懨懨時節。獨自登樓定愁絶。看書牀蟲網，鏡檻蝸涎，梳裹處、依舊晶簾還揭。　那回曾小立，第一銷魂，悄步西堦剗羅韈。倚遍曲闌干，往事淒涼，便思着、更和誰説。猶錯認、春宵墮金釵，恰秋雨侵窗，幾聲落葉。」又云：「一生愛好，甚從前偏慧。聽放嬌鶯鸚竟無。計算飄茵溷，薄命生成，也難解、斷送紅顏如此。　嫁時衣典了，料峭西風，怎禁連宵做寒意。　韵事憶當年、積雪盈堦，還粧箇、獅兒嬉戲。　嘆後日、文姬便歸來，已嘗盡羶腥、胡天滋味。」又云：「銀河橋就，待花陰潛等。　僥倖良期此番準。　甚明窗燭炧，寶鼎香殘，莫又是、負了鳳衾鴛枕。　行雲來冉冉，煩惱心情，只說懨懨隔宵病。　小極訝無端，問訊千般，瞞不住、頰潮紅暈。　强手揭、羅裳近前看，果一捻纖腰、帶圍添困。」又云：「舊情歷歷，早窺簾人遠。　綺夢闌珊一場短。　怕明年、春到梁燕歸來，竟失却、昔日雙棲庭院。　銖衣已烟散，惆悵何曾，算只當初悔曾見。　道是莫相思，眼底心頭，有多少、賺儂幽怨。　剛放伊看萬丈游絲、最纏綿，便是似剪春風、也難吹斷。」《減蘭》云：「薔薇架底，捉得纏綿雙鳳子。　剛放伊歸，又向花間逐隊飛。　紅闌空凭遍，自憐無異與共。　呆覷庭陰，雨後芭蕉未展心。」又云：「呢喃燕子，對語似憐春去矣。　纔折秋千，又做愔愔小雨天。　眉峰盈寸，容得人間多少恨。　怎不知愁，柳絮成團欲上樓。」又云：「游絲幾許，底事東皇難綰住。　新綠濃時，怕聽人言子滿枝。　困人天氣，欲暖還寒無意味。　誰打窗櫺，落了青梅響一聲。」又云：「把花搖碎，擲向檀郎無處避。　惱煞窺人，知道蘭閨浴未曾。　明鐙休點，今夜清輝應不減。　掩上紅窗，小極心情不耐凉。」又云：「挑燈夜半，不信羅衾渾不暖。　一樣殘秋，怪底兒時未解愁。　敲金戛玉，夢醒厭聽窗外竹。　莫是人來，風逼簾櫳忽自開。」又云：「朔風催雪，積向閒堦深幾尺。　簾外休行，料峭寒威怕不禁。　粧獅刻獸，嬉戲未防冰翠袖。　忍凍憐伊，喚與圍爐手一携。」又云：「匆匆分手，記得曾歌將進酒。　又挂帆行，不見當時送別人。　雲波忽捲，回首江南天樣遠。　細雨孤篷，未卜相逢在夢中。」又云：「一番魂斷，說西風吹夢轉。嫁了秋娘，打叠吴兒木石腸。　紅箋小拂，惆悵行雲無處覓。遮却層樓，獨自淒涼獨自愁。」金橋，錢塘人。幼負異才，年十八即登賢書。官至主事而卒。或者曰：金橋初舉京兆也，公車北遊，遇某校書于山左。定情之夕，約抵京來迎，負則神人殛之。是年，舉進士第，繼以王事馳驅，不果徑迎，明年使聘之，校書已遷徙他所，杳不可覓。事遂寢。又明年，校書訪知金橋棲止之所，驅車入都，將以尋前約也。時金橋方出官署，遇之于塗。校書見而驚喜，叩車相接。金橋懼胥吏耳目，佯爲不識，陰使人從而慰諭之。校書疑其異，已歸，即自縊於旅舍。使人至，已勿救矣。金橋聞而大慟，然亦無如何也。未幾，病將殆，夢校書來曰：「君負盟約，吾已請于天帝矣。且君禄已盡，請往質之。」是夕卒，時年纔二十有九也。余思金橋之情之才，非衆香謫者，亦即玉局散仙，與校書恩極而讎，卒至不解，殆亦三生之慧業歟？余亦恨人，負情非一，觀之金橋，不勝玉釵恩怨之感。因耶？果耶？獨不能起金橋而問之。惜哉！

《城西草堂記》云：「鄰虚子，不知何許人也。善居室，有巧思。年五十餘，購地西湖之濱，起草堂焉。或曰此宋丞相秦檜之故地也，或曰此賈秋壑之遺址也，皆置勿論。惟以東負郭、西逼湖；近闤闠而勿喧，押鷗鷺而可侣；磚石繚垣，松杉庇材；堂淺而邃，室曲而軒；六墻八角，危樓儼然。雲霞色其桷榱，烟波澤其帷簾。若堂若樓，若室若奥，一一名之。曰『城西草堂』，紀其地也；『夕陽紅半樓』，宜其景也；曰『一半勾留』，致其情也；曰『於此間住』，言其居之適也。客有造而請焉，主人出迓之。客以狀陋非主人，固請之，曰：「客以予爲非主人也者，何主人之當客也？」客曰：『異哉！髮種種白，目炯炯黑；身頎而長，肌蒼而黄；骨瘦于鶴，足高于鵠。吾聞居之安者體必華，屋之潤者氣必揚。今子敝衣垢面，而富有其室，是窮而不能堅也；寬其手足，而未嘗馳逐乎富貴，是老而不能壯也。不堅不壯，君子無取焉。』主人怒客隱諷，將逐之。有回道人自東南來，從容致辭曰：『客言是也。子窮匠石之力，不可以終日。子以視秦氏、賈氏之經營爲何如？且子樂得其地而甘心焉，將踵子而有者，又不知誰氏子也。子亦知太空之山有瓊室乎？高廣三百由旬，金銀以爲地，白玉以爲堂，琉璃以爲瓦，玳瑁以爲梁，琸璪之階，雲母之屏，珍珠之簾，珊瑚之鈎，眷屬美艷者，千萬億計。子能從我遊乎？』曰：『是殆仙歟？烏乎能？』曰：『子但返其神於無何有之鄉，窮其心於如之何之地。』恍兮惚兮，穆若是乎三日而冥，若是乎三日而漠，相與泠然御風而去。後厥子破小先生肯構之。過斯堂者，咸知是事焉。是爲記。」

有哭先大父聯云：「望我成莪，怒我成蒿，異時縱有顯揚，已非親見；樂父之壽，傷父之衰，此後更無喜懼，不可爲人。」又挽先妣俞太孺人聯云：「生而賢，死早些何害；卿且去，我完了就來。」又挽生妣汪太孺人聯云：「我其無如此命何，善色善心，積德未能移定數；天之所以報卿者，佳兒佳婦，成名已見上初桃。」又挽外祖母俞太夫人聯云：「大地作仙遊，幸兩月承歡，快覩佳兒佳婦；長年傷女逝，倘重泉聚首，那堪秋雨秋風。」數稿久佚，坦幸于篋中撿得之，今謹手録于此。

周寫秋蓮君女士館予草堂，閨人秋芙方弄丹鉛，擬從學焉。清談之暇，每賦感懷詩示余。予初服其才之捷也，既而賦刻韵詩，衆構皆就，獨寫吟哦，終朝未成一字。明日易韵成詩，示予曰：「限韵太苛，易束性靈，盍易去？」既而歸里。予其藏篋中，得葉問珩夫人小傳，并所著詩一册，知前寫秋所賦之作，皆夫人集中有也。夫人名瑩，字琴齋，錢塘人。適同邑張氏。聰慧且孝，女紅之餘，博涉書史。母病，刲股進母，賴得安年。三十八罹于娩難。臨逝，以所著詩文若干卷毁于火，臧獲救之，僅得一卷。與寫秋爲近戚，故再四流傳，得落其手。時予選國朝名媛詩，擬將編入，尚未蕆事。今略摘其警句。《聞鶯》云：「斜風吹石徑，微雨濕江城。已破遼西夢，難忘渭北情。」《雨淋鈴》云：「盡傾天子淚，難慰美人心。曲罷情終斷，恩多罪更深。」又七律云：「猶有上皇悲律吕，更無學士賦清平。燈摇蓉帳驚鼉鼓，露滴梨園泣鳳笙。」《新燕》云：「花影似招翻幙出，主恩猶許上堂飛。」《木蘭從征》云：「鳳吹鐵帳丹心裂，月上征袍玉骨寒。」《雁門懷古》云：「捷足既能臨虎穴，雄心豈懼宴鴻門。」《雨中牡丹》云：「神女出游雲夢倦，太真扶起浴池寒。」《落花》云：「承恩一笑憐褒姒，不語三年耻息嬀。」又云：「晚風楊柳鶯初老，落日樓臺馬不停。」《鷓鴣》云：「暮雨郊原韓子淚，夕陽花草越王臺。」《泛舟》云：「篙痕斜點波心月，帆影平分渡口天。」《衰蓮》云：「羅襪有塵遺洛浦，錦韉無主委齊宫。」《壯游》云：「囊裹焦桐曾引鳳，匣中秋水欲成龍。」《夢中感作》云：「幾訝宋宏將奉詔，曾知蘇蕙亦能成。」《夜窗雜感》云：「知君客舍秋何限，有夢還愁不到家。」《咏虞姬》云：「楚歌四面都堪聽，難聽虞兮腸斷聲。」《太真》云：「上皇休信長生誓，月照牽牛出劍門。」

辛丑間，余獲交古潤徐韵生維城。韵生意氣豪邁，所爲詩雄宕疎爽。暇出其大母鮑夫人《三秀齋詩詞略》示予。夫人字浣雲，名之芬，爲雅堂季妹，女兄茝香之蕙，隨園弟子也。其《咏梅心》七律云：

「澹處祇宜明月印，静中自有妙香傳。」《梅骨》云：「何須錯節方爲鐵，不到開花始有香。」《梅夢》云：「庾嶺神遊天一線，楊州幽會月三分。」《梅魂》云：「幾箇黄昏禁得斷，一番風信黯然銷。峭寒簾角和香返，細語旛鈴怯珮摇。」《簾鈎》七律收聯云：「不鎖芳香偏鎖恨，聲聲清韻出花間。」《贈駱佩香》七律云：「聲名孫抗機雲後，學問言工德貌齊。柳絮清吟都是雪，蓮花妙語不拈泥。」《懷外客崇明》五律云：「依人金失色，抱器玉無瑕。」《自題天際識歸舟圖》七絶云：「曾聞芥子納須彌，更道扁舟壁上歸。空處若能容一葦，秋風擬逐雁行飛。」《舟中對月懷長安兄嫂七夕》云：「連綿梅雨别都城，一日雲山遠一程。憶昔春風楊柳岸，只餘荒葦作秋聲。」《題涉江采芙蓉圖》七古收處云：「焉得仙人一瓣蓮，爲舟偏登五岳陵。十洲雲中招我采珠侣，朝游瀟湘暮洛浦。長風直送斗牛宫，若木咸池共容與。」《牽牛花》七古云：「星姑影落銀河側，金井銅龍露猶濕。一籬藍翠著秋陰，絡緯聲聲唤無力。花房銷霧葉凝烟，幽艷非香清可汲。曉風殘月不勝情，倩女遊仙應共惜。可憐顔色怯朝暾，不及葵心常向日。」詩餘《菩薩蠻·寄長姊》云：「别君江上舒梅萼，思君旅邸秋蕭索。塞雁又南飛，羈人何日歸。　愁心提不得，没箇量愁尺。消瘦對黄花，應知我憶家。」《如夢令·憶燕》云：「紅杏枝頭春吐，不定班班社雨。輕暖又輕寒，總把歸期耽誤。何處，何處，悄坐珠簾繡户。」諸作鬆脆瀏亮，稿率不存。韵生將收拾燼餘付梓，吾知不脛而走，行將洛陽紙貴矣。今摘其佳者如左。韵生德配梁夫人琛，亦能詩。有《送外之金陵》句云：「書壯途中色，愁成鏡裏妝。」亦可誦。風雅一門，詞章三世，予不勝艷羡云。

錢塘周氏女，工詩，善音律。有汪生，女中表也。生故貧士，依舅氏。舅奇生才，許妻之。未聘，尋以他事忤舅。明年，生有江南之行，舅遂以女字他族。且詭言生就聘江南，以絶女望。女鬱鬱牀笫數月而卒。生歸，一慟幾絶。搜女粧奩，得代札詩數十首，皆病中將寄生而未寄者也。同時有張素秋者，居仁和之張御史巷。母早卒，父蓮幙依人，不歸數年。女篝縷艱辛，藉爲餬口而已。初，女之幼也，母與近戚孫氏有婚姻之議，未聘，而張貧，議乃寢。孫長，知前議無成，而女之才色日美，遂陰有比翼之誓，而以堂上之故，未敢請命，僅以篇章互投，目成手語已耳。後母覺，懼子失德，禁而不出户者三年。三年之中，有富人請爲生婚者，母許之。牽羊之日，生磨刃以擊媒氏，幸僕從禦之，獲免。自是生病顛狂，雖參朮踵投，勿復起矣。時女病怯已深，聞生之聘，繼接病音，遂奄息而逝。留《絶命詞》百絶于枕，年纔一十六也。噫！之兩女者，殆負三生未了之因歟？何事跡殊而心跡同也。余素工愁，兼慚薄倖，爲人棖觸，益復自悲，揆之兩生，曷勝同病之嘆！代札數詩幸有藏本，示之來者，當同感也。素秋之詩佚而不傳，滄海遺珠，還將懸金求之。代札詩云：「凄風冷霧撲簾櫳，簾内殘燈澹不紅。夜静那堪迴顧影，雲鬟斜墮鬢飛蓬。」「離愁春日困疏窗，花自交妍燕自雙。幾次夢中尋不得，起來含淚剔銀釭。」「不學楊花繞徑飛，蝶魂飛亦傍郎衣。狂風吹雨江臯暮，曹植空勞賦宓妃。」「燈明虚壁影常孤，人對芸編强自娱。讀到《關雎》重掩卷，幾回搔首獨踟躕。」「窗外梅枝影漸西，疎簾風勁韵凄其。背燈暗泣防人覺，不及孤猿對月啼。」「從今敲斷紫瓊釵，薄命空延事不諧。獨有君情深刻骨，携歸黄土伴儂埋。」「長空晴霽雪初消，坐對清光倍寂寥。明月一輪人兩地，與君同度可憐宵。」「憔悴何辭敢怨郎，盟言曾共海天長。秋來果作齊紈視，雖疊空箱恩未忘。」「東風吹雨灑踈櫺，正是愁人夢乍醒。

半枕淚痕雙袖赤，五年心跡一燈青。」「静掩疎窗懶卷簾，連朝愁與病俱添。瘦容含露花將落，情重知君不我嫌。」「綢繆五載未知愁，乍譜離歌作遠遊。最是銷魂將別況，一聲珍重怕回頭。」「魂斷驪歌涕泗流，心隨碧海送扁舟。倩誰爲勸征途客，休念深閨獨倚樓。」

城西雜記卷二

錢塘蔣坦藹卿輯

海鹽朱未梅夔之題康甫廷康《試院種花圖》詩云：「長安一夜風吹柳，星渡軺車臨浙右。桃李公門十萬株，栽培都出參軍手。昔自皖江來，袖拂龍眠秀色開。劍脱千金餘俠氣，斧修七寶仰仙才。仙才俠氣胸中滿，吉石祥金徵識款。却將捧檄到西湖，六橋花柳閒相伴。相伴欣逢使者賢，一輪明月皎當天。千絲鐵網擎珊樹，百尺污泥擢碧蓮。東南竹箭搜羅廣，和璧隋珠瑩在掌。鬱此春官造士心，化爲秋實培根想。一枝李間一枝桃，咨爾參軍相度勞。槐市兩行分左右，薇垣一樣裹週遭。深紅淺白先經紀，短耜長鑱還料理。拓地平將玉尺量，署名合遺牙牌記。著作林開近結陰，文章木挺易成林。憑將斬棘披荆意，并入調鉛殺粉心。調鉛殺粉圖成帙，瞥眼韶光歸彩筆。幹稺能排閶闔雲，顏酣能捧蓬萊日。從教仙李儘盤根，從此桃源別有村。地曠名葩先得氣，天高凡卉總承恩。匠成一一誇翹秀，插竹安籬資補救。草茁科名爛若霞，花開及第穠于繡。種植非難保護難，好憑仙吏作園官。他年倘宰河陽縣，再繪新圖寄我看。」典麗工切，近世不易才也，故録之。

吳鶩雲崇俊郵寄琴川歸佩珊夫人懋儀手書詞稿數紙，皆出《聽雪詞》之外者，豈夫人晚年之作，未付剞劂者歟？備録之，以補《聽雪》之逸。《念奴嬌・題惜花圖》云：「穠花如錦，早匆匆、開過枝頭紅杏。一種憐香心事苦，直欲將花作命。對景含愁，銷魂無語，立盡春風影。苦吟人瘦，怎禁如許清冷。

還將一縷柔情，千行密字，深體花情性。劉阮當年仙福少，讓與才人管領。彩勝高懸，金鈴低繫，空祝封姨静。新詞剛就，慢聲吟與花聽。」《探春令・即事》云：「日長人倦怯春寒，睡也無心緒。聽聲聲、簷馬因風語。抵多少、凄凉句。遣愁依舊留愁住。何地尋芳去。這愁城苦海，朝朝暮暮，教我如何處。」《柳梢青・題倦粧圖》：「仙貌如花。柔情似水，以月爲家。長爪支頤，香羅覆額，雲鬟欹斜。盈盈二九年華。小顰蹙，愁耶病耶。倦繡心情，暮春天氣，珍重些些。」《聲聲漫》云：「柳拖新緑，桃放嫣紅，南園好片春光。憔悴而今，看花心緒茫茫。家山那堪回首，漫贏得、無限情傷。難消遣，自三生夢斷，殘漏雞窗。又是清明時候，望平原，古塚易動愁腸。黄土青山，商量何處埋香。濁醪三杯兩盞，怎澆他，身世蒼凉。春將去，送春歸，天遠水長。」《百字令・上簡田先生》云：「緑陰如水，正清和時候，先生歸矣。書畫一船人似玉，絡秀賢而並美。蘭砌摳衣，春風聽講，許問之乎字。清言忘倦，樹頭凉月飛起。嗟我似絮行踪，如花薄命，直到如斯地。盼得公來我又去，難忍兩行清淚。無力依人，多情自誤，種種非初意。郵程三百，素書還望頻寄。」《霜天曉角》云：「春光漸老。風雨將花掃。悼死嗟生懷抱。還一味、尋煩惱。緑窗燈影小。向人明到曉。休問未來過去，眼前事、如何了。」《清平樂》云：「五更無寐。愁得心兒碎。瑟縮輕寒生繡被。還睡。昨宵殘夢匆匆，醒來尋夢無蹤。簾外杏花新放，禁他幾陣東風。」《雙紅豆・秋夜》云：「酒乍醒，夢乍醒。怕聽空堦絡緯聲，秋天不肯明。剔銀燈，懸銀燈。零稿新成漸漸增，病餘嬾去謄。」

吴江張春水澹嘗以文章自命，奔走豪貴。或爲之贊曰：「其名曰澹，其心則濃。號爲春水，實則秋風。」聞之絶倒。

横河橋有精籃數椽，是曰蘇庵。庵居少尼，不守梵行，與鄰棍楊阿四通。楊四充仁和皂役，倚挾官勢，鄰近苦之。雖有物議，人無敢攖。時有孀婦葉氏，向慕熏脩，貧孑無倚，將賃居庵宇，終奉佛之志。或以蘇庵爲薦，遂止跡焉。尼方倚附楊勢，事益不密，牀笫之醜，漸爲葉見。葉固正人，屢進箴諫。尼隱恨之，陰謂楊曰：「我等秘事，葉所具聞。何以謀爲俾箝其口？」楊曰：「事易易耳。葉孤立無近親，即酖以斃之，誰爲首者？」尼乃陰囑鄰叟趙成衣者，購買砒石，詭製瘡藥，陰投葉所食器，葉食而死。尼復召楊謀曰：「子我之事，鄰里所聞。人不我侮，懼子勢也。今葉且死，將爲人發。余藏有白金二十兩，子盍上下圖之？」楊方自恃爪牙，無復恐怖，又利其金，遂佯諾，袖之而去。是夕草率收殮，人亦無復問者。越日，始聞其家，詭言葉暴疾身死。葉無近族，僅内姪某向習紙業，訝曰：「吾姑素無痼疾，况月初過而存問，猶無恙也。今而猝死，殆有故歟？」遂察於庵之左右，得趙成衣，具以謀告。初，葉之未死也，尼囑購砒，趙逆知其謀，而陰冀其賂己也。尼以所事囑楊，卒吝不與，趙故怨而發之。姪鳴諸宰，楊乃伏誅，尼亦勒令還俗。近聞張御史巷之慈壽庵有喜尼者，妖邪淫冶，昏夙無已，所與通者動下百十。有張、江兩人，余所素識。江以病瘵蚤死；張固富人，近亦家事中落，將入丐流。余謂此現前報也。福善禍淫，天道之常，况污滅三寶，罪列十惡，楊四之誅，殆其所乎！江、張以貧病受其報，亦幸矣，然張猶未死，余還將拭目視之。

《斷腸集》載《生查子》詞，每爲傖父所毁，以爲淑真失德，兆見於此。王桐花證以歐陽公集，以雪其誣。余曰：「淑真遠矣，余無復辨其誣否。」特憶其《春感》詩云：「東君不與花爲主，何似休生連理枝。」想當時，淑真所天亦即若輩一流人耳。

杜牧嘗謂：「元、白以淫詞綺語蠱惑當世，恨吾方在下位，不能以法治之。」余謂牧之此時，想已忘揚州夢與湖州事耳，不然，何不自反至此？

讀沈湘濤夫人漣清近著《泠月軒詞稿》，中有句云：「却喜近來皈佛後，清才漸覺不如前。」因憶年時朱蓮卿有句云：「却喜今年身稍健，相逢常得笑顏生。」兩「喜」字各有沉痛意。蓮卿兩月未見，聞爲二豎所欺，猶伏床枕。霜風在林，未知寒衣曾檢點否？思之黯然。

杜少陵詩「西望瑶池降王母」，咸謂用漢武迎西王母事。予讀鄺露《赤雅》，玉環入壽邸時，年十有四，玄宗召見，賜西王母服色入宮。少陵殆以詩諷歟？聞見不廣，强爲解人，適爲識者笑耳。

遼后以觀音自名，柳如是名其寢曰「我聞室」，皆獲罪佛氏之甚，卒皆不得其死，殆污瀆之顯報歟？

「明知生死尋常事」、「貧賤夫妻百事哀」，真刻骨至性語，不意此語出自元九，亦大恨事。

梅妃居樓東，上以珍珠馳賜妃，辭以詩云：「長門自是無梳洗，何用珍珠慰寂寥。」上卒不知之，召馬嵬之變。陳玄禮請誅楊妃，以謝六軍，上使以身蔽妃。陳雖不臣，究何敢以刃血妃頸哉？迨靈武授位，而有南内《雨霖鈴》之感，亦上所自召者矣。少陵《北征》詩曰：「不聞夏商衰，中自誅褒妲。」蓋謂此也。

開户見月，霜天悄然。忽憶丁未間，與怡春内史探梅，巢居閣下。斜月曖空，遠水渺瀰，上下千里，一碧無際。相與登補梅亭，瀹茗夜談，意興彌逸。時内史方戴梅花鬢翹，花枝在檐，遽爲攫去。余爲拾得，摘枝上花補之，良久始去。今亭且傾圮，花木荒落，惟姮娥有情，猶往來于孤山麓之間。未知内史此時亦復記憶此游否？

辛亥三月，秋芙作扶鸞之戲，有翠犨仙史賦《雙紅荳》詞云：「風絲絲，雨絲絲，誰使花黏蛛網絲。春光留一絲。　烟絲絲，柳絲絲，儂與紅蠶同有絲。」蠶絲儂鬢，自言備職西池，掌學仙之簿，偶以奉使南巡，停雲一度，携有瑶花仙史致秋芙及其妹侶瓊書，并《金縷曲》詞二闋。書云：「自别人天，載離寒暑，屈指流光，想已人間春盡時矣。兩子榆欓熏脩，認華懺種同龕之樂，應復不淺。姊備職東華，齋心昏夙，天上哀樂，無異人間。惟心如太空，無浮雲之翳，差爲二子勝耳。今者，因者應也，緣者圓也，妙香以一念因而墮色界，摩登伽以夙世因而爲纏縛。兩子既無妙香摩登之因緣，而塵濁過之，則輪轉于情天怨海，亦宜矣。然華以目生，罪自芽茁，而或悔之，得毋爲天台桃花笑耶？所期力仍無生，磨磚作鏡，他日朵雲雙鳳，重來十二樓中，姊當摘海上桃，爲兩子賀之。今翠妹南來，别無慰贈，附書二詞，以當南雁青鸞，有便還當報我玉音也。」贈秋芙詞云：「久未城西過，料如今、夕陽樓畔，芭蕉新大。日日東風吹暮雨，應是病然無那。况幾日、粧臺梳裹。紙薄羅衫寒易中，算相宜、還是擁衾卧。更莫向，夜深坐。　西池已謝桃花朵。恁青鸞、朝朝來去，書兒無箇。聞道黄庭新讀遍，莫是情禪參破。問歸計、甚時纔可。雙鳳同歸明月夜，好細斟、元碧相稱賀。須預報，玉樓我。」贈侶瓊詞云：「三月初三日。正群真、澆紅宴散，蕊珠宫闕。傳到綵章三兩紙，中有青童書跡。道不願、生天成佛。但乞蓮臺花並蒂。要慈悲、憑仗觀音力。此一念，我能悉。而今後事都難決。只他生，無端多了，幾回圓缺。絮影生因花生果，兩世生生滅滅。只一事、要從君説。落葉歸根泉歸壑，願異時、戒定休忘將。須打箇，兩頭結。」甲辰中春，瑶花曾降筆伊齋庵中，指説金丹還返之道，故書中有「自别人天，載離寒暑」之語。

巢園楹帖，漸爲風雨所剥。庚戌秋仲，脩葺既成，蓮卿爲余製染秋亭聯云：「六曲雕欄，夜静好留花影宿；四圍脩竹，天寒應有玉人來。」迎曉樓聯云：「月影到窗知月上，風聲過枕覺秋深。」種花一隅云：「北海樽罍，西園賓客；夕陽樓閣，秋水簾櫳。」又云：「空洞陰符、論語□□、靈鷲楞嚴，合三教文章，述而爲作；枚皋父子、伯玉夫妻、陸機兄弟，聚一門眷屬，富有多文。」高古民學淳，集宋人句爲染秋亭聯云：「嵐光草色濃于染，萬籟百川相與秋。」典切工雅，皆一時擅勝之作。余亦自製聯云：「余歸矣，惜芍藥花殘，荼蘼事過，桃李陰成，所期有舊雨，明朝還來剪燭；客去也，漸窗櫳雨歇，簾幙風微，欄干月上，正好約玉人，今夜閒坐吹簫。」迎曉樓云：「有人聽雨過，此處避風多。」翠軒云：「夜雨芭蕉晚風梧葉，春愁楊柳秋夢蘅蕪。」視之諸公，則瞠乎後矣。